Henrike Engel

Die Hafenärztin

Ein Leben für die Freiheit der Frauen

Roman

Hafenärztin-Serie Band 1

Ullstein

Besuchen Sie uns im Internet:
www.ullstein.de

Wir verpflichten uns zu Nachhaltigkeit

- Klimaneutrales Produkt
- Papiere aus nachhaltiger Waldwirtschaft und anderen kontrollierten Quellen
- ullstein.de/nachhaltigkeit

FSC
www.fsc.org
MIX
Papier aus verantwortungsvollen Quellen
FSC® C083411

ISBN 978-3-86493-190-1

2. Auflage 2021

Originalausgabe im Ullstein Paperback

Umschlaggestaltung: bürosüd° GmbH, München
Titelabbildung: © bürosüd° (Rahmen, Details), © akg Images,
© Arcangel Images / Ildiko Neer
Gesetzt aus der Sabon bei Pinkuin Satz und Datentechnik, Berlin
Druck und Bindearbeiten: CPI books GmbH, Leck

Neues Jahr, neues Glück

Am frühen Morgen des 2. Januar 1910
auf der Elbe

Ihre Finger umschlossen die Reling, krampften sich mehr und mehr um das Holz, je näher sie dem Hafen kamen. Anne kannte jede Biegung der Elbmündung, wie oft war sie hier mit ihrem Vater gesegelt, als sie noch ein Kind war. Glückstadt, die Elbinseln Schwarztonnensand, Pagensand und Bishorster Sand, schließlich Wedel und Neßsand. Erkennen konnte sie davon kaum etwas, der dichte Morgennebel offenbarte die Uferlandschaften nur schemenhaft. Gerade passierte der Großsegler die Insel Finkenwerder, Anne erkannte die Silhouette der Sommerhäuschen, die sich vage abzeichnete wie ein Schattenspiel hinter Gaze. Der Nebel nahm nicht nur die Sicht, er verschluckte auch alle Geräusche, lediglich die Wellen, die an den Bug des Schiffes rollten, das Knarren der Rahen und vereinzeltes leises Klirren frostgefrorener Taue gegen den Schiffsmast waren zu hören. Wie auf einem Geisterschiff glitten sie nahezu lautlos und unsichtbar durch den Nebel und näherten sich Hamburg.

Anne löste sich aus der Erstarrung, wollte die Hände von der Reling nehmen, doch ihre hauchdünnen Lederhandschuhe hingen am Eis, das das polierte Holz überzog, an der rechten Hand blieb ein Loch zurück. Auf ihren Lippen lag ein Fluch, aber sie kontrollierte sich und unterdrückte ihn, obwohl kein Mensch an Deck zu sehen war. Denn der Eindruck trog, die anderen waren ebenso unsichtbar wie sie, vom Morgennebel verschluckt. Gestern Abend war die Dreimastbark in London ausgelaufen, mit Fracht aus den Kolonien, nicht mit Reisenden, Annes Vater hatte jedoch dafür gesorgt, dass man ihr eine der wenigen Kabinen zur Verfügung, aber keine Fragen gestellt hatte.

Der Hamburger Hafen, das Tor zur Welt, empfing sie nicht mit offenen Armen; seit das Schiff von der offenen See in die Elbmündung gelaufen war, gab es die Welt außerhalb des Schiffes nicht mehr, das Dunkel der Nacht hatte sich verflüchtigt und dem Morgennebel der Marschlande Platz gemacht. Wie Diebe schlichen sie sich an, dachte Anne, wie Mörder. Ihr war es nur recht. Sie fühlte sich geborgen, vor neugierigen Blicken geschützt, ihr war, als packten die Schwaden sie in Watte und führten sie heimlich, leise und unerkannt in die Stadt. In ihre alte Heimat, von der sie nicht gedacht hatte, dass sie sie jemals wiedersehen würde.

Sie kam nicht aus freien Stücken. Vor allem aber hatte sie London nicht aus freien Stücken verlassen.

Steinwerder kam in Sicht, die schwimmenden Docks, und nun, als hätte jemand den Schleier fortgezogen, durchdrangen müde Sonnenstrahlen den eisigen Januarmorgen und gaben den Blick auf den Hafen frei. Auch zu dieser frühen Zeit herrschte im Hafenbecken rege Betriebsamkeit. Schiffe aller Art querten den Fluss, liefen die unzähligen Quais an, je nachdem, mit welcher Ladung sie kamen und zu welcher der großen Reedereien sie gehörten.

Zwölf Jahre war Anne fort gewesen, und in diesen Jahren hatte sich der Hafen so grundlegend verändert, dass sie ihn kaum wiedererkannte. Neugierig betrachtete sie die St. Pauli-Landungsbrücken, wo die imponierenden Dampfer der HAPAG vor Anker lagen. Diese Reisetempel atmeten den Duft der großen Welt, jeder, der sie ansah, wusste, dass die Schiffe von weit her kamen und dorthin auch wieder aufbrachen, nach Afrika oder Indien, Grönland oder Südamerika.

Direkt vor den Landungsbrücken wurde gebaut, das mussten die Arbeiten an dem neuen Tunnel sein, der das nördliche Elbufer mit dem südlichen verbinden würde. Die Arbeiten daran waren bereits weit vorangeschritten, man konnte darüber sogar in den Londoner Zeitungen lesen. Ein verrücktes Unterfangen, Anne war kaum imstande, sich vorzustellen, dass man die Elbe, den breiten Fluss, tatsächlich eines Tages unterqueren würde!

Und noch etwas war neu und nicht zu übersehen: Hinter den Landungsbrücken erhob sich groß und mächtig eine Statue. Bismarck, mit kahlem Haupt, aber in Uniform und auf ein Ehrfurcht gebietendes Schwert gestützt, wachte grimmig über die Hansestadt, es wirkte beinahe, als entschied er, wer die Stadt betreten durfte und wer nicht. Dem massiven Steinblock mangelte es vollkommen an Eleganz, fand Anne, nichts von der Erhabenheit der Freiheitsstatue, die sie beim Einlaufen in New York gesehen hatte. Der mächtige Reichskanzler in Stein war kein Gruß an die Ankömmlinge, sondern eine Warnung für alle, die auf dem Seeweg kamen. Leg dich bloß nicht mit uns an, drückte das Denkmal aus, es wird dir nicht bekommen. Wir wissen uns zu wehren.

Keine Sorge, entgegnete Anne im Geiste, ich will keineswegs Ärger haben, vielmehr habe ich vor, unterzutauchen, mich unsichtbar zu machen, du wirst mich nicht bemerken.

Der Segler hielt nun auf den Kaiserspeicher auf dem Großen Grasbrook zu, dem Wahrzeichen des Hamburger Hafens, der sich majestätisch wie eh und je über alle Lagerhäuser und Werften erhob, er teilte die Elbe wie ein spitzer Keil. Der dunkelrote Glockenturm mit dem Zeitball erinnerte Anne an das Royal Observatory in Greenwich, und schmerzlich wurde ihr bewusst, dass sie dieses Wahrzeichen Londons wohl nie wiedersehen würde. Ja, dass sie nie mehr in die Stadt, die ihr Heimat geworden war, zurückkehren konnte.

Ein neues Jahrzehnt war angebrochen, aber für sie war es viel mehr als das. Noch vor achtundvierzig Stunden hatte sie auf einer Party gelacht, getrunken und getanzt. Stets ein gefülltes Glas Champagner in der Hand, ausgelassen hatte sie mit ihren Freunden auf die neue Zeit angestoßen. Niemals hatte sie geahnt, was ihr der nächste Morgen bringen würde. In allerletzter Minute hatte man sie gewarnt, hastig hatte sie das Nötigste zusammengepackt und war geflüchtet.

»Ma'am?« Einer der Schiffsjungen stand neben ihr und riss sie aus ihren Gedanken. Er hatte ihre beiden Reisetaschen und den Koffer an Deck geschleppt und sah sie nun fragend an.

Anne zog ihre Börse aus ihrer Tasche, kramte einige Pfundnoten heraus und gab sie dem Jungen, zusammen mit der Anweisung, das Gepäck per Droschke ins »Hotel Atlantic« bringen zu lassen. Sie selbst wollte den Weg zu Fuß zurücklegen. Eine erste Annäherung an ihre Geburtsstadt.

Das Schiff war mittlerweile am Dalmannquai angelandet und wurde von Schleppern in die richtige Position manövriert. Gegenüber am Sandtorquai wurde die »PREUSSEN« gelöscht, ein riesiges Fünfmast-Vollschiff des Reeders Laeisz, einer der beiden größten Konkurrenten ihres Vaters. Ein wunderschönes, imposantes Schiff, nicht zu vergleichen mit dem Dreimaster, an dessen Deck sie stand. Die Faszination für Schiffe und die Seefahrt waren ihr in die Wiege gelegt worden, Anne liebte das Wasser, es wäre undenkbar für sie, in einer Stadt zu leben, in der es keinen Fluss, keine Kanäle, Brücken und eben keinen Hafen gab. Während sie nach einem kurzen Gruß zum Kapitän, der sichtlich erleichtert war, dass sie sein Schiff verließ, über die Gangway an Land ging, überkam sie schließlich doch ein Hochgefühl. Mochte es an den kreischenden Möwen liegen, die ihr einen vertrauten Willkommensgruß entboten, an der kühlen Hamburger Winterluft, die so ganz anders roch als die Luft an den Docks in London, wo sie bei Nacht und Nebel Abschied von der Insel genommen hatte, oder an dem Anblick der Stadt, die sich vor ihren Augen ausbreitete und ihr bei aller Veränderung doch immer noch vertraut erschien.

Kaum hatte sie einen Fuß auf den Quai gesetzt, liefen auch schon drei zerlumpte Jungen auf sie zu, hielten ihr die schmutzigen Hände vor die Nase und bettelten um Groschen. Aus dem Hafenbecken stieg der Gestank von brackigem Wasser, und Anne fragte sich, was schlimmer war, die Hafenbrühe oder die dreckstarren Kinder. Halb verhungert, ungewaschen, viel zu dünn gekleidet für die Jahreszeit. Sie gab jedem von ihnen eine Münze in die Hand, Pennys, und die drei guckten ratlos.

Anne zuckte mit den Achseln. »Etwas anderes habe ich nicht. Ihr könnt es sicher bei den Matrosen eintauschen.«

Die drei kleinen Kerle murrten und verloren an ihr das Interesse, als ihnen klar wurde, dass es bei der eleganten Frau nichts zu holen gab.

Anne setzte ihren Weg über den Quai fort, beobachtete die Schauerleute, wie sie Pferdekarren entluden, schwere Säcke aus den Schuten hoben oder flache Lastkähne mit Bergen von Kohle durch den Kanal stakten. Die meisten von ihnen sahen nicht anders aus als die drei kleinen Bettler. Schlecht ernährt und noch schlechter gekleidet. Es wurde Zeit, dass sich etwas änderte, dachte Anne und setzte ihren Weg mit entschlosseneren Schritten fort. In den nächsten Tagen würde sie den Verein aufsuchen, sie hatte keinesfalls vor, in Hamburg die Hände in den Schoß zu legen.

Sie überquerte die breite Brooktorbrücke und marschierte direkt auf die Backsteinfront der Speicherstadt zu. An dieser Stelle hatten noch vor wenigen Jahren die ärmlichen Häuser und Baracken der Arbeiterfamilien gestanden, das wusste sie von ihrem Vater, dem die Elendsquartiere stets ein Dorn im Auge gewesen waren. Sie stellten eine Beleidigung für den mächtigen Reeder dar, der gerne ausblenden wollte, dass die Menschen, die Tag und Nacht für ihn schufteten und ihr Leben ruinierten, das gleiche Recht zu existieren hatten wie er. In der gleichen Stadt, an den gleichen Plätzen. Schließlich hatte die Cholera den reichen Bürgern der Stadt geholfen, einen Teil dieser Menschen zu vertreiben, die nun außerhalb des Centrums lebten, dort, wo sie niemandes Auge mehr beleidigten.

Anne lief in die Catharinenstraße hinein, überquerte von dort die Reimersbrücke, blieb in ihrer Mitte stehen und blickte auf das Nicolaifleet. Auf die Speicherhäuser, dicht an dicht, die davor dümpelnden Schuten und Kähne, Ruderboote und die hoch aus dem Wasser ragenden Holzbohlen, an denen sie vertäut waren. Dichter Rauch stieg über manchen der Kontorhäuser empor, in Annes Rücken rumpelten die Pferdefuhrwerke über das Kopfsteinpflaster, zwei Arbeiterfrauen mit einfachen Baumwollkleidern und gewalkten Joppen liefen an ihr vorbei, auf dem Rücken große Säcke mit Wäsche. An einem Kolonialwarenladen wurden die Rollläden hochgezogen, ein Schupo ließ sein wachsames Auge über den Verkehr rund um Sankt Nicolai gleiten, und ein Zeitungsjunge verkündete laut rufend die Neuigkeiten des Tages.

Die Stadt erwachte, der Morgen klarte auf, auch der letzte Nebelschleier hatte sich verflüchtigt, hell stieg die Wintersonne in den Hamburger Himmel.

Anne umrundete die Nicolaikirche auf der westlichen Seite, bog aber erneut ab und überquerte die Trostbrücke. Sie schlug Haken wie ein Hase auf der Flucht, obwohl sie in Hamburg bestimmt sicher war; niemand hier wusste, was sie getan hatte. Der Grund für ihren Weg kreuz und quer durch die Altstadt war eher, dass sie die Stadt in sich aufnehmen wollte, sich vertraut machen, sehen, was sich verändert hatte und was geblieben war. Börse und Rathaus standen an sich unverändert, doch auch hier wurde kräftig gebaut, rund um das Kaiserdenkmal behinderten Absperrungen und tiefe Schächte den Verkehr, Straßenbahnen rauschten dicht an Passanten, Droschken und Fuhrwerken vorbei, ein lebhafter Verkehr, der Anne vom Piccadilly Circus sehr vertraut war. Sie schaffte es, den Rathausmarkt unfallfrei bis zum Jungfernstieg zu überqueren und erreichte die Binnenalster. Keine zwanzig Minuten war sie vom Hafen hierhergelaufen, und doch schien es ihr, als hätte sie eine andere Welt betreten. Das gesamte Ambiente rund um die Binnenalster war nichts anderes als: mondän. Dies hier war die Welt ihrer Familie, dachte Anne mit einer Mischung aus Wehmut und Wut. Hier waren sie sonntags flaniert, unter den Bäumen am Alsterdamm, hatten die Auslagen der eleganten Geschäfte bewundert, waren im Alsterpavillon zum Souper gewesen, oder der Vater hatte sie eingeladen, eine kleine Ruderpartie zu unternehmen – selbstverständlich hatte er sich dazu nicht selbst in die Riemen gehängt.

Hier ging es weniger geschäftig zu als noch wenige Meter entfernt in der Speicherstadt oder am Hafen. Zwar rauschte auch hier der Verkehr rasant um das idyllische Gewässer, und einige wenige Menschen waren bereits zu Fuß oder sogar auf dem Fahrrad unterwegs, auf dem Weg zur Arbeit, wie es schien, aber von Arbeitern, Wäscherinnen oder bettelnden Kindern fand sich keine Spur.

Dies war die Welt, in die sie hineingeboren worden war, dachte Anne und spürte einen Anflug von Scham. Ihr Leben hatte einen vollkommen anderen Verlauf genommen, von der Reederstochter, die sie einmal gewesen war, war sie denkbar weit entfernt.

Einmal noch würde sie in die Welt des Geldes und der Privilegien eintauchen, hatte sie beschlossen, einmal noch sich erinnern, wie sich ein sorgenfreies Leben anfühlte. Sie fand, dass sie es sich verdient hatte, sich von der nächtlichen Flucht über die Nordsee zu erholen, es war eine Entschädigung dafür, dass sie nun ganz und gar auf sich allein gestellt und inkognito in Hamburg zurechtkommen musste. Ein großes Luftholen, bevor sie auch hier wieder die Arbeit aufnehmen würde, die sie in England begonnen hatte.

Zwei Nächte im »Hotel Atlantic«, dem ersten Haus am Platz, gönnte sie sich, und dann würde sie erneut alles daransetzen, die Welt zu einer besseren zu machen.

Der weiße fünfgeschossige Bau nahm sich vergleichsweise bescheiden aus, fand Anne, als sie auf den an der Außenalster gelegenen Komplex zusteuerte. Typisch hanseatisches Understatement, lediglich die Weltkugel auf dem Dach zeugte vom imperialen Anspruch Alfred Ballins, auch er ein ehemaliger Freund und Konkurrent ihres Vaters. Dass sie hier abstieg, beim Rivalen, würde ihrem Vater, wenn er es denn je erfuhr, eine tiefe Verletzung zufügen, vielleicht war ihre Wahl gerade deshalb auf dieses Hotel gefallen.

Der Portier mit der goldbetressten Uniform hielt ihr die Tür schon auf, noch bevor sie die Treppe zum Eingang emporgestiegen war.

»Mein Gepäck wurde bereits geliefert«, gab Anne ihm auf seinen fragenden Blick zu verstehen. Während sie die Drehtür passierte, blickte sie für einen kurzen Moment in ihr Spiegelbild und erschrak. Diese elegante junge Frau mit weißem Teint, hochgesteckten dunklen Haaren unter dem Hut mit der grünen Feder, in langem Mantel mit üppigem Pelzkragen und passendem Muff – war das wirklich sie? Es schien, als beträte eine Fremde das Hotel.

Es gelang Anne, sich schnell wieder zu fassen, und mit strahlendem Lächeln ging sie auf den Mann am Empfang zu.

»Ich habe telegrafiert«, sagte sie, »ein Zimmer für zwei Nächte.«

Der Mann hinter dem dunkel getäfelten Empfangstresen deutete eine winzige Verbeugung an. »Herzlich willkommen bei uns im ›Hotel Atlantic‹«, gab er zurück. »Darf ich fragen, auf welchen Namen Sie reserviert haben, gnädige Frau?«

Anne öffnete den Mund, um zu antworten, stockte dann aber. Wie war ihr neuer Name? Sie zögerte einen winzigen Moment mit der Antwort, doch dann fiel ihr der Name wieder ein.

»Fitzpatrick«, antwortete sie. »Miss Anne Fitzpatrick.«

Sie sollte sich besser daran gewöhnen, dass sie von nun an immer so heißen würde, denn ihr alter Name war ein für alle Mal verbrannt.

Zwei Schritte voran – einer zurück

Zehn Monate später, noch immer Hamburg.
Novemberwetter.

1.

»Sechs Monate. Mein letztes Wort.«

Helene musste den Kopf senken, damit ihr Vater das Grinsen nicht bemerkte, das sich auf ihr Gesicht geschlichen hatte. Sie hörte das Beben in seiner Stimme, wusste ganz genau, wie schwer ihm dieser Satz über die Lippen gekommen war. Wäre es wie früher nur nach ihrem Vater gegangen, hätte er sie ohne Widerrede auf ihr Zimmer geschickt. Aber seit Klaus die Familie verlassen hatte, war im Hause Curtius nichts mehr, wie es gewesen war. Das hatte sie ausgenutzt und eine Diskussion begonnen, für die sie noch vor einem halben Jahr niemals den Mut aufgebracht hätte.

»Ein Jahr«, entgegnete Helene. Sie konnte es nicht lassen! Dabei war ihr vollkommen klar, dass ihr Vater sich niemals darauf einlassen würde, aber die Lust an der Provokation siegte über ihren Verstand.

»Überspann den Bogen nicht!«

In der Stimme ihres Vaters schwang unüberhörbar mit, dass er sich ärgerte. Über seine Tochter, die sich ihm einfach nicht widerspruchslos fügen wollte, und über sich selbst, weil er ihr kaum einen Wunsch abzuschlagen vermochte.

Helene blickte auf und fixierte seine Augen mit ihrem Blick.

Die dichten Brauen des Pastors Engelbert Curtius zogen sich missbilligend zusammen.

Seine Frau legte rasch ihre Hand auf die Helenes. »Lass gut sein.«

Vielleicht hätte Helene sich gefügt, wenn diese Geste ihrer Mutter nicht gewesen wäre. Dieser zarte, kleine und vergebliche Beschwichtigungsversuch war es, der sie aufbrachte. Mehr noch als der Blick ihres Vaters, mit dem er versuchte, sie zum Schweigen zu bringen. Sie hatte es so satt, dass die Mutter ständig zu vermitteln trachtete, dass sie alles daransetzte, Helene dazu zu bringen, sich genauso zu verhalten, wie sie es ihrem Mann gegenüber tat: still, devot, aufopfernd. Nein, dachte Helene, wäre Klaus jetzt hier, säße er ihr gegenüber wie noch vor einem halben Jahr, dann wäre er ihr beigesprungen. Ihr Bruder hätte ihr Beistand geleistet und sie geradezu aufgefordert, nicht nachzugeben.

»Sechs Monate, und danach verhandeln wir erneut.« Helene wich dem Blick ihres Vaters nicht aus.

Dieser legte betont vorsichtig sein Besteck auf den Teller, als wäre es aus dem gleichen Kristall wie das Weinglas vor ihm. Nahezu lautlos, was der Geste exakt die Bedrohlichkeit verlieh, die er beabsichtigt hatte. Der Patriarch nahm die gestärkte Serviette aus dem Kragen und tupfte sich sorgfältig den Mund ab.

Helene seufzte und sah aus dem Fenster. Die Anspannung im Raum war zum Greifen – ihre Mutter, die betete, dass es nicht zu einem Streit kam, hoffte, dass ihr Mann doch bitte das Kind verschonen und nicht anfangen würde zu brüllen.

Der Vater, der seine Autorität um jeden Preis wahren wollte, aber der auch wusste, was geschehen konnte, wenn er sich über die Wünsche und Forderungen seiner Kinder hinwegsetzte. Er hatte es mit Klaus ja erlebt. Dem war das Gebaren des Vaters zu viel geworden, und nun war er weg. Viele Tausend Kilometer weit weg. Außer Helene wusste niemand, wo er sich befand und ob er noch lebte. Sie war nun das einzige Kind, und diesen Trumpf wollte sie für ihre Zwecke ausnutzen.

Scheinbar in aller Ruhe beobachtete sie das Wildgans-Pärchen auf ihrer Wiese. In ihr brodelten die Gefühle, sie hätte am liebsten aufstehen und schreien mögen, das Geschirr vor sich mit einer dramatischen Geste vom Tisch fegen. Aber sie hatte gelernt, sich zu beherrschen. Sie war zwanzig Jahre alt, keine sechzehn. Und so blickte sie weiterhin in den Garten, auf das Wasser, die Gänse, den Steg.

Das Grundstück der Familie Curtius lag am Langen Zug, einem Querarm der Außenalster. Linker Hand die Mühlenkampbrücke, am Ufer gegenüber der Germania Ruderklub, ihr Klub, in welchem Klaus und sie jahrelang trainiert hatten. Nun war es nur noch ihr Klub, dachte Helene wehmütig. Rechter Hand zog die Alster unter hängenden Weiden am Bellevue zur Krugkoppel. Diesiges Novemberlicht lag heute über dem Wasser, es war ein Tag, der nicht richtig hell werden wollte. Die braunen Dolden des Schilfgrases standen starr, keine Brise zog den milchigen Schleier von der Wasseroberfläche, nur die Gänse waren in Bewegung, pickten Löcher ins Gras, auf der Suche nach letzten Schnecken oder Regenwürmern. Herrlich ruhig war es dort draußen vor dem Fenster, eine friedliche Idylle, Helene liebte den Blick auf das Wasser zu jeder Jahreszeit. Hier drinnen, im Esszimmer, braute sich ein Gewitter zusammen. Vielleicht. Vielleicht auch nicht.

»Sechs Monate«, sagte ihr Vater und erhob sich.

Helene wusste, ohne hinzusehen, dass ihre Mutter jetzt zu ihrem Mann aufsah und lächelte. Es war die Aufgabe, die ihr zuteilgeworden war: den Löwen zu besänftigen. Diese Kunst beherrschte sie perfekt. Die Kunst der schönen Fassade.

Diesen Weg würde Helene nicht gehen, niemals. Sie liebte ihre Mutter über alles – aber ein Vorbild, das war sie ihr nicht. Nicht mehr. Genau genommen war sogar ihr Vater schuld daran. Daran, dass Helene einen anderen Blick auf Fanny Curtius hatte. Auf alle Frauen in ihrer Umgebung.

Vor vier Jahren hatte er sich über einen Zeitungsartikel echauffiert, in dem darüber berichtet wurde, dass sich ein neuer Verein in Hamburg gegründet hatte. Ein Verein, der sich die völlige Gleichberechtigung der Frau auf allen Gebieten zum Ziel gesetzt hatte. Auf allen Gebieten! Pastor Curtius war außer sich gewesen. Er hatte am Tisch den gesamten Artikel vorgelesen, in welchem über Lida Gustava Heymann berichtet worden war, die sich im Streit mit der Bonfort vom Frauenverein überworfen hatte. Bereits einige Jahre zuvor hatte sie ein Haus in der Paulstraße gekauft, in dem es einen Mittagstisch gab und einen Hort für die Kinder der Dienstmädchen. Wannen und Brausen für die Frauen, die sonst keinen Zugang zu so etwas hatten. Helene hatte atemlos gelauscht, als ihr Vater den Artikel vorgelesen hatte, der von einer Welt erzählte, die so weit entfernt von ihrer war. Und gleichzeitig nur wenige Kilometer Luftlinie von ihrem Elternhaus lag!

Die Heymann war Helenes Vater von jeher ein Dorn im Auge, und mit den Jahren wurde es immer schlimmer – obwohl sie Hamburg längst verlassen hatte. »Dieses Weibsstück« hieß die Frauenrechtlerin im Hause Curtius nur noch, und der Pastor zitierte Spruch um Spruch aus der Bibel, als würde er nur so dieses Teufelsweib aus der Tür des ehrenwerten Hauses hinaus auf die Körnerstraße spülen können.

Als ihr Vater damals aus dem Zeitungsartikel vorgelesen hatte, hatte Klaus Helene unter dem Tisch angestoßen. Ein Blick unter den Geschwistern, und sie waren sich einig gewesen: Wenn die Meldung ihren autoritären Vater derart auf die Palme brachte, verbarg sich dahinter etwas, das genauerer Betrachtung wert war.

Klaus, fünf Jahre älter als Helene, war bereits besser im Bilde als seine Schwester. Er hatte ein enges Verhältnis zu Julie, dem Dienstmädchen, und Helene war der Überzeugung, dass es nicht das erste Dienstmädchen war, mit dem ihren Bruder eine »innige Freundschaft«, wie er es nannte, verband. Sein Hang zum weiblichen Dienstpersonal ging Hand in Hand mit einer Faszination für die Arbeiterschaft ganz allgemein; Klaus verhehlte nicht, dass er im Grunde seines Herzens ein Sozi – wenn nicht gar ein Kommunist war.

Und damit hatte es angefangen. Zuerst war Helene einfach nur neugierig gewesen, später regelrecht besessen. Heimlich las sie in den Zeitungen ihres Vaters alles, was sie über die neue Frauenbewegung erfahren konnte. Sah die Anzeigen und das Vortragsprogramm. Frauen sollten wählen – Ja!, dachte Helene, ihre stumme und ergebene Mutter stets vor Augen, ja! –, es gab sogar einen kinematografischen Klub, in welchem die Frauen gemeinsam Filme ansahen! Kino, das hatte Pastor Engelbert Curtius seinen Kindern allerstrengstens verboten, der Gipfel erlaubter Unterhaltung war in Kinderjahren der Besuch einer Zirkusvorstellung gewesen. Aber schon die spektakulären Wasserspiele des Paul Busch galten dem Puritaner als zu anzüglich, weshalb Helene und Klaus nicht mitreden konnten, wenn ihre Freunde und Klassenkameradinnen mit strahlenden Augen von den gigantischen Spektakeln erzählten.

Wenn der Vater wüsste, dass Helene letztens erst mit ihrer Freundin Paulina im Kino gewesen war! *Arsène Lupin contra Sherlock Holmes* wurde gegeben, die Spannung hatte sie förmlich von den Stühlen gerissen.

Helene wollte nichts sehnlicher, als Teil all dessen werden. Wollte an den Debattierabenden im Frauenklub teilnehmen, sich für das Wahlrecht einsetzen, Vorträge wie »Die Stellung der Frau im öffentlichen Leben« anhören, und sie wollte sich vor allem, da ließ sich ihre christliche Erziehung nicht verleugnen, für all jene Frauen einsetzen, die es weniger gut hatten als sie.

Vor allem aber wollte sie nie und nimmer eine treusorgende Ehefrau und Mutter werden, deren einzige Aufgabe es war, zu ihrem Mann aufzusehen.

»Darf ich abräumen?«

Das Dienstmädchen holte Helene in die Realität zurück. Sie blickte hoch, direkt in die strahlend blauen Augen Julies. Diese zwinkerte kurz, das verabredete Zeichen, dass sie sich im Souterrain treffen würden.

»Ich lege mich ein wenig hin, Liebes«, sagte ihre Mutter und erhob sich ebenfalls vom Esstisch. Matt sah sie aus und blass. Helene wusste, dass ihre Mutter eine labile Gesundheit hatte. Wie oft hielt sich Fanny Curtius die Hand an die Stirn, stöhnte leise, musste sich hinlegen, war erschöpft, anämisch. Der Kopf, der Kreislauf, das Herz – immer wurde ein anderer Schuldiger ausgemacht. Wahrscheinlich mangelte es ihrer Mutter schlicht und einfach an Bewegung, dachte Helene. Seit sie selbst erwachsen war, oder zumindest auf dem Weg dahin, hatte sich ihr Mitleid für die schwache Mutter verflüchtigt. Stattdessen glaubte sie besser zu wissen, was ihrer Mutter fehlte: Sie sollte mehr Obst essen, auf Fleisch verzichten, kalte Güsse nehmen oder kneippen. Für Letzteres, die Medizin des »Wasserdoktors«, hatte ihr Vater allerdings nur Verachtung übrig. Und so würde ihre Mutter das tun, was sie immer tat: sich in ihr Zimmer zurückziehen, die schweren Vorhänge schließen und dösen.

Helene dagegen musste raus. Raus an die frische Luft, raus aus dem Gefängnis ihres Elternhauses. Sie knüllte ihre Serviette zusammen, schob den Stuhl zurück, was ihrer Mutter ein angestrengtes Stöhnen entlockte, und verließ eilig den Salon. Rannte die Treppe hinauf in ihr Zimmer, zwei Stufen auf einmal. Sieg!, dachte sie, Sieg auf ganzer Linie! Na ja, auf halber. Ihr Vater hatte sich nicht zu hundert Prozent breitschlagen lassen, aber sechs Monate Arbeit in der Wohlfahrt hatte sie ihm aus dem Kreuz geleiert. So lange musste sie nicht in die Hauswirtschaftsschule! Es wäre ihr Tod gewesen, das war so sicher wie das Amen in der Kirche. Insgeheim hatte Helene schon den Plan geschmiedet, abzuhauen. Hätte ihr Vater darauf bestanden, dass sie dorthin gehen musste, dann hätte sie ihren Bruder bekniet, dass er sie zu sich holte. Südamerika!

Rasch zog sie das enge Überkleid aus, tauschte die bauschigen Unterröcke gegen lange Unterhosen, schlüpfte in das wollene Reformkleid, schnappte Schal, Handschuhe, Mantel und die Ohrenwärmer aus Kaninchenfell und rannte die Treppe ebenso schnell hinunter, wie sie sie emporgehastet war. Stoppte nicht im Erdgeschoss, sondern öffnete die Tür zum Souterrain, wo Julie bereits auf sie wartete. Dort, im Untergeschoss des mächtigen Bürgerhauses, befanden sich nicht nur die Gesinderäume, Küche und Waschraum, sondern auch der Rauchsalon, wie die Mädchen es nannten. Tatsächlich handelte es sich hierbei um einen Windfang am Ende des langen Flurs, von wo aus ein Weg ebenerdig in den Garten führte. Hier trafen sie sich, um gemeinsam zu rauchen und Informationen auszutauschen.

»Hast du gehört?« Atemlos strahlte Helene Julie an, während sie ihr aus der kleinen Blechdose eine Salem anbot. Dieses Laster hatte Klaus ihr vererbt – er war es gewesen, der ihr seine Dose mit den Zigaretten hinterlassen und gesagt hatte, dass dies der Eintritt zu Klatsch und Tratsch aus dem Dienstbotentrakt sei. »Biete ihnen eine Zigarette an, und sie erzählen dir, was immer du wissen willst«, hatte er ihr anvertraut. Seitdem also rauchte Helene, und seitdem traf sie sich regelmäßig mit Julie hier unten.

»Was gehört?« Julie inhalierte tief und blies den Rauch hinaus in die feuchtkalte Novemberluft.

»Ich bekomme ein halbes Jahr Aufschub«, gab Helene zurück und tat es ihrer Freundin gleich. Das Nikotin schoss ihr ins Blut, sie spürte, wie ihre Knie weich wurden und die Lungen brannten. »Ein halbes Jahr darf ich mich in der Armenspeisung betätigen, erst danach muss ich auf die Schule.« Helene zupfte sich einen Tabakkrümel von der Lippe. »Was ich natürlich nicht machen werde, aber das muss mein Vater ja nicht wissen.«

Julie lachte auf, ein bisschen spöttisch. »Du bist der einzige Mensch, den ich kenne, der sich darüber freut, dass er sich mit dem lausigen Gesindel abgeben darf.«

»Du sollst nicht so reden. Jeder Mensch kann unverschuldet in eine Notlage geraten.«

»Ach ja, vielen Dank für die Belehrung. Das hätte ich sonst nicht gewusst.«

Helene gefiel nicht, welche Richtung ihr Gespräch nahm, sie hatte gehofft, ihre Freundin würde sie beglückwünschen.

»Warum heiratest du nicht einfach? Dann musst du niemals arbeiten!«

»So wie meine Mutter?« Helene stieß den Rauch mit aller Verachtung aus, »im Leben nicht! Lieber sterbe ich.«

»Ich tausche gerne mit dir.« Julie grinste jetzt und lenkte etwas ein. »Außerdem Armenspeisung – ich denke, du willst zum Frauenhaus?«

»Das muss aber mein Vater nicht wissen.« Helene ließ ihre Zigarette auf den Boden fallen und drückte diese entschlossen mit dem Fuß aus und umarmte Julie einmal fest. »Ich berichte!«

Dann eilte sie den Flur entlang nach draußen, auf den Hof in Richtung Körnerstraße.

Julie sah ihr nach, bückte sich und hob die Zigarettenkippe auf.

Das Fahrrad stand in der Einfahrt, ein Hammonia, auch dies eine Hinterlassenschaft ihres Bruders. Ein weiterer Stachel im Fleisch ihres Vaters.

Rad fahren – das war beinahe noch besser als rudern. Sie war so schnell, schneller noch als manche Droschke, sie raste an Fußgängern und Fuhrwerken vorbei. Zunächst überquerte Helene von der Körnerstraße aus den Kanal am Mühlenkamp, bog sogleich wieder rechts in den Langen Zug, der in die Adolphstraße mündete. Einfach geradeaus, ihre Rennstrecke. Sie trat so engagiert in die Pedale, dass sie trotz der beißenden Kälte unter ihrem Wollmantel schwitzte. Hatte wenige Minuten später Schwanenwik erreicht und hielt sich bis zum Bahnhof an der Außenalster. Überquerte den Glockengießerwall, wo sie um ein Haar mit der Tram kollidiert wäre, die schneller von links kam, als Helene geglaubt hatte. Schrilles Gebimmel folgte ihr bis in die Lilienstraße, wo sie halsbrecherisch links abbog. Nun schlängelte sie sich durch die schmalen Gassen, über das holprige Pflaster, Sankt Jacobi zur Rechten, bis sie vollkommen außer Atem und verschwitzt den Hafen am Dovenfleet erreicht hatte.

Helene stieg vom Rad. Erst einmal Luft holen. Sie musste sich sortieren, sich überlegen, was sie sagen, wen sie ansprechen und wie sie auftreten sollte. Sie entschloss sich, das

Fahrrad an der Wandrahmbrücke stehen zu lassen und den weiteren Weg zu Fuß fortzusetzen.

Ihr Ziel lag am Magdeburger Hafen, so viel wusste sie dank des Zeitungsausschnitts, der in ihrer Manteltasche knisterte. Allerdings hatte Helene nicht die geringste Ahnung, wo dieser Magdeburger Hafen sich befand, sie war noch nie hier gewesen. Sie kannte den Hamburger Hafen lediglich von seiner freundlichen Seite, von den gerade erst eröffneten Landungsbrücken, dort, wo auch die Ausflugsdampfer anlegten. Aber hierher, wo sie jetzt stand, hatte sie sich noch nie gewagt. Und sie hatte hier auch nichts verloren, das wurde ihr auf den ersten Blick klar.

Weit und breit keine andere Frau.

Hier gab es nur Schiffe und Männer. Arbeiter. Helene sah sich um, ihr wurde flau. War sie hier richtig? Sie kramte den Artikel hervor, den sie wieder und wieder gelesen hatte. »Feierliche Eröffnung eines weiteren Hauses für Frauen am Magdeburgquai«, las sie, obschon sie die Zeilen auswendig herbeten konnte. Darunter wurde das interessierte Publikum herzlich eingeladen, dem Festakt beizuwohnen, es sollte Musik geben, eine Tombola, und Frauenrechtlerin Minna Cauer wollte eine Rede halten. Um 15.00 Uhr.

Helene ließ den Ausschnitt sinken. Vor ihr breitete sich das Hafenbecken aus, dunkles Wasser, in dem Schuten und Barkassen dicht an dicht dümpelten. In einigen saßen Männer und waren mit den verschiedensten Tätigkeiten beschäftigt. Sie beluden Barkassen mit Ware, andere flickten Netze oder standen in den Schuten und stakten diese langsam durch das Hafenbecken. Am Ufer befanden sich in regelmäßigen Abständen kleine runde Lastkräne, deren Arme mit Ladung hin und her schwenkten. Etwas weiter entfernt, hinter dem Brooktor-Hafen, ragten unzählige Masten von Clippern, Schonern und

Windjammern jeder Größe in den grau milchigen Novemberdunst. Schiff an Schiff lagen sie eng vertäut, die Luft erfüllt von scharfen Gerüchen. Brackiges Wasser, Teer, alter Fisch, Rauch, der Helene in die Nase biss, Verrottetes und Vergorenes, aber auch Holz und feuchte Wolle. Die dicke Luft dämpfte die Geräusche, lediglich in der Ferne konnte man schrille Töne vernehmen, als würde Holz gesägt. Helene wusste, dass sich hinten am Baaken die Werften befanden, wahrscheinlich kamen die Geräusche von dort. Das Wasser im Hafen gluckerte, Möwen flogen tief über ihrem Kopf, ihr Schreien zerriss die Luft. Ab und an vermischten sich die gedämpften Rufe der Arbeiter mit dem Signalhorn ein- oder auslaufender Schiffe.

Jemand rief Helene etwas zu, was sie nicht verstand. Sie war darauf konzentriert, im Kopf den Plan des Hafens abzurufen, den sie sich wieder und wieder auf dem Stadtplan angesehen hatte. Sie musste geradeaus, über die beiden Poggenmühlbrücken, rechts abbiegen und vor dem nächsten Hafenbecken wieder links. Das sollte dann der Magdeburgquai sein, und sie hoffte, dass sie die Feierlichkeiten dort auch finden würde. Allerdings sah es ganz und gar nicht aus, als könnte sie einfach so herumspazieren, das war keine Flaniermeile, hier wurde gearbeitet. Schienen, Pferdefuhrwerke, Lastkräne, Holzkisten, riesige Taue und überall: arbeitende Männer. Helene holte tief Luft und lief los. Nur nicht bange machen lassen. Je zielstrebiger sie ging, desto weniger lief sie Gefahr, aufgehalten zu werden. Sie hatte noch keine drei Schritte gemacht, da kam ihr der Zufall zu Hilfe. Zwei junge Männer, gut gekleidet und ähnlich fehl am Platz wie sie, überquerten neben ihr die Brücke. Der eine von ihnen schleppte schwer an einem Fotoapparat – die Herren mussten von der Presse sein! Helene beschloss kurzerhand, den beiden zu folgen, denn es schien ganz so, als hätten die Männer das gleiche Ziel wie sie.

Den Blick fest auf die beiden Herren von der Presse geheftet, stolperte Helene über das unebene Kopfsteinpflaster und war mehr als erleichtert, als sie erste Fetzen von Akkordeonmusik vernahm. Also doch! Sie atmete auf, in Erwartung einer feierlich gestimmten Menschenmenge, in der sie weniger auffallen und sich hoffentlich auch nicht mehr wie Falschgeld fühlen würde.

Als das Haus, in dem offensichtlich der Verein »Frauenwohl« ein weiteres Zentrum eingerichtet hatte, in ihr Blickfeld geriet, verlangsamten sich ihre Schritte. Das war nicht das Fest, das sie aufgrund der Zeitungsanzeige erwartet hatte. Ein kleines Grüppchen Frauen, vielleicht sieben oder acht, standen vor einem windschiefen grünen Haus, das den Namen nicht verdiente, vielmehr ein Schuppen war, über dem eine schwache Laterne baumelte. Eine der Frauen spielte Ziehharmonika, eine andere sang. In einiger Entfernung glotzten ein paar abgerissene Gestalten, die sich allem Anschein nach ebenso wenig wie sie – wenn auch aus anderen Gründen – näher zu kommen trauten.

Das Haus lag am Ende einer engen Gasse, durch die nun die beiden Journalisten hindurchgingen. Helene brauchte noch einen Moment, um Mut zu fassen, und zögerte zunächst, ihnen zu folgen. Stattdessen verbarg sie sich hinter einem Stapel verkohlter Bohlen. Zu ihrer Rechten lag hinter dem Magdeburger Hafen der Grasbrook; noch immer standen dort die Trümmer des vor einem Jahr explodierten Gasometers und gaben hinter den Nebelschleiern und dem Dunst, der aus dem Hafenbecken emporstieg, eine furchterregende Spukkulisse ab.

Vergessene Kähne mit zerrissenen Persennings waren hier vertäut, manche lagen tief im Wasser, halb vollgelaufen. Die ganze Umgebung war zum Fürchten, Helene verfluchte ihre

Naivität. Was hatte sie denn geglaubt, was sie erwartete? Lichter und Girlanden, Pomp und Kinderlachen? Fröhliche Menschen, die gut gelaunt Torte verspeisten und Bowle tranken? Das waren die Feste und Feierlichkeiten, die sie kannte, das Uhlenhorster Mädchen. Aber ein Haus am Hafen, eine Anlaufstelle für misshandelte und gefallene Frauen – natürlich war das keine unbeschwerte Angelegenheit und vollkommen anders als die Welt, in der sie lebte.

Unwillkürlich war sie einen Schritt zurückgewichen, und ihr Fuß glitt an der Hafenkante ab. In letzter Sekunde fand Helene Halt an den Balken, dann sah sie hinter sich, hinab ins dunkle Wasser, in das sie um ein Haar gestürzt wäre. Gestank stieg von dort auf, eine Wasserratte flitzte über die dunkelgraue Persenning der Schute unter ihr.

Und sie sah noch etwas.

War das nicht ein Schuh, der aus dem flachen Boot ragte?

Und nicht nur ein Schuh, war das nicht der Teil eines Beins, ein Unterschenkel in löchrigem Strumpf?

Wider besseres Wissen griff sich Helene einen Bootshaken.

Sie wusste, es war ein Fehler, sie wusste es in dem Moment, als sie mit der metallenen Spitze die Persenning der Schute zur Seite schob und der bestialische Gestank sie fast in Ohnmacht fallen ließ. Aber sie konnte nicht mehr zurück, und als es zu spät war und Helene am Hut erkannte, dass sie die Leiche einer Frau vor sich hatte, fuhr sie zurück und erbrach sich auf den Hafenquai.

2.

Seine Lungen wollten platzen, der Atem pfiff wie bei einem Tuberkulosekranken, und die Muskeln brannten höllisch, aber Berthold sah nur das Tor, und er sah vor allem, dass Knäppke sich vor ihm gleich in die Hosen machte. Das war *die* Chance zum Ausgleich, und verdammt wollte er sein, wenn er das Leder jetzt nicht versenkte! Leuters kam von links und machte einen zaghaften Versuch, ihm in die Beine zu grätschen, aber Berthold »Die Maschine« Rheydt ließ sich nicht beirren. Er rannte und rannte, der Ball klebte förmlich an seiner Schuhspitze, das war ein göttlicher Lauf, er legte noch einmal einen Zacken zu, Knäppke blieb nach vorne gebeugt im Tor stehen, die Arme zu beiden Seiten ausgebreitet, die Augen panisch auf den Mann gerichtet, der schnaubend auf ihn zustürmte, als wollte er ihn mit einem gezielten Schuss ins Jenseits befördern.

Berthold nahm aus den Augenwinkeln wahr, dass die Nummer acht, der Neue, aufgeregt mit den Armen wedelte, aber er war kurz vorm Ziel, fixierte die linke obere Ecke, stoppte ab, holte aus und schoss. Der Schwung seines rechten Beines riss ihn mit, er knallte mit voller Wucht auf den Rücken, Rasensoden flogen in die Luft, und der Ball segelte in einem perfekten Bogen ins Tor. Tor! Tor! Tor!

Knäppke hechtete natürlich in die falsche Ecke, Berthold riss triumphierend beide Arme nach oben, die Hände zu Fäusten geballt, stieß einen Jubelschrei aus – und merkte erst dann, dass niemand mit einfiel. Seine Mannschaftskollegen standen auf dem Spielfeld, erschöpft, außer Atem, aber von Siegesgeheul keine Spur. Stattdessen erschien Napfmann, der Trainer, in Bertholds Blickfeld und hielt ihm die Hand hin.

»Schöner Schuss, Rheydt.«

»Ja, und?« Berthold schlug ein, ließ sich hochziehen und sah sich um. Kein Jubel, kein Triumph.

»Abseits. Ich hab gepfiffen, aber du hörst ja nichts.«

»Ach, verflucht!«

Verdammtes Abseits! Verdammte Regeln!

Napfmann klopfte ihm versöhnlich auf die Schulter und lachte.

»Du bist mein bester Stürmer, Rheydt, aber an die Regeln musst du dich schon halten. Sonst wird das nichts mit der ersten.«

Berthold schüttelte bloß den Kopf. Er war verdammt wütend. Auf sich selbst. Beim Fußball gingen die Gäule mit ihm durch, es war nicht das erste Mal. Foul, Handspiel, Abseits – wenn er so weitermachte, konnte er sich den Wechsel in die erste Mannschaft abschminken. Verflucht! Seine zweite war ein lahmer Haufen, die hatten keinen Biss. Elf Tore im Rückstand gegen Eimsbüttel! Das legendäre Spiel hatte im Februar stattgefunden, aber noch immer schämte er sich in Grund und Boden, vor allem für Eugen Knäppke, ihren Tormann. Eine Lusche. Der Kerl war verweichlicht, kein Wunder, ein Winkeladvokat. Napfmann hatte ihn ins Tor gestellt, weil er auf dem Platz nichts taugte, der Junge brach zusammen, wenn er hundert Meter sprinten sollte. Gehörte ausgetauscht, der Kerl. Mensch, im Tor, da brauchten sie einen, der auf Zack war! Berthold hatte auf seiner Wache eine Handvoll junger Schutzpolizisten, von denen jeder mehr Biss im kleinen Zeh hatte als die Pfeifen in seiner Mannschaft im ganzen Fuß. Aber im Verein trugen sie immer noch die Nase hoch, Fußball war nur was für die Snobs, die ehrbaren Bürger der Stadt. Insbesondere, seit sie nun endlich ein eingetragener Verein waren, FC St. Pauli 1910, und nicht mehr länger nur die Fußballabteilung des Turnvereins. Dass er selbst als einfacher Kommissar in die

Mannschaft aufgenommen worden war, verdankte er seinen Meriten bei der kaiserlichen Marine, trotzdem musste er sich von den anderen anhören, dass er nur ein Bauer war. Wenn er Fehler machte! War er gut, schoss er ein Tor, dann galt er was, dann war er wieder Leutnant oder Herr Kommissar.

Berthold hätte es lieber gesehen, wenn es im Verein künftig mehr um die Leistung und Sportlichkeit als um den gesellschaftlichen Stand ging. Dann könnte der FC St. Pauli vielleicht auch einmal ganz vorne mitspielen. Immerhin waren sie in dieser Saison im Norddeutschen Fußball-Verband, von Länderspielen durften sie vorerst nur träumen. An der Victoria Hamburg kamen sie noch lange nicht vorbei.

Das Spiel wurde fortgesetzt, aber Berthold war nicht mehr bei der Sache. Es war ohnehin nur ein Trainingsspiel, Napfmann experimentierte bei der Aufstellung herum, weil er ihre zweite Mannschaft in eine bessere Liga katapultieren wollte. Eimsbüttel und Altona hatten noch immer die Nase vorn, es wurde Zeit für den FC aufzuholen.

Lustlos kickte er sich durch die zweite Halbzeit, bemühte sich aber, den Trainer nicht zu enttäuschen. Er wusste sehr wohl, dass er das Zeug hatte, in die erste zu wechseln. Zweimal hatte er immerhin schon auf der Ersatzbank sitzen dürfen, war allerdings nicht zum Zug gekommen. Es war Zeit, dass Napfmann ihn nicht mehr zappeln ließ. Berthold hatte Biss, er war bereit, alles zu geben. Der Fußballsport war sein Leben, viel mehr gab es nicht. Nicht mehr jedenfalls. Sein Beruf hätte ihn vielleicht ebenso begeistern können, aber auch bei der Polizei spielte er die zweite Geige, blieb ständig hinter Paulmann, dem Inspektor, zurück. Zweiunddreißig Jahre war er alt und hatte immer noch nicht das Gefühl, dass seine Zeit gekommen war.

Napfmann pfiff das Spiel ab, und sie trotteten erschöpft

vom Spielfeld. Martin trabte neben ihn und knuffte ihn in die Seite.

»Kommst du mit? Wir gehen auf ein Bier. Oder zwei oder drei. Haben ja eine Menge Flüssigkeit verloren.«

Er wollte ablehnen, aber dann sah er sie. Direkt am Spielfeldrand, den Jungen hatte sie fest an der Hand. Schön sah sie aus in ihrer Tracht, mit dem dunkelblauen Kopftuch über ihren geflochtenen Zöpfen. Sie hatte den Brustschmuck mit den zwölf Silberknöpfen angelegt und trug keine weiße Schürze über dem dunkelblauen Rock. Ihre Sonntagstracht, auch der Junge hatte Kniebundhosen, die gewalkte rote Joppe und ein weißes Hemd an. Feierlich sahen sie aus, einzig ihre traurigen Gesichter trübten das Bild.

»Ich bin dabei«, gab Berthold seinem Freund zur Antwort, denn er wusste: Alkohol vertrieb die Gespenster. Er wandte seinen Blick von den beiden Gestalten ab und folgte Martin ins Vereinsheim. Bevor er den Bau betrat, schaute er doch noch einmal zurück, aber sie waren verschwunden. Sie erschienen ihm immer nur kurz, verweilten nie, lösten sich innerhalb von Sekunden in Luft auf. Schade, dachte er, ich hätte meinem Sohn heute gerne einen besseren Vater gezeigt.

Im Umkleideraum roch es nach Raubtier, der Geruch von zwanzig durchgeschwitzten Männern, feuchter Wolle und nassem Leder vermischte sich mit dem Wasserdampf aus den Duschen. Berthold genoss den Strahl, der ihm auf die Schultern prasselte, und sehnte sich nach einem kühlen Bier und einem scharfen Schnaps. Er wusste, er würde nicht nur eine Runde brauchen, um später in den Schlaf zu finden, die körperliche Erschöpfung durch den Sport half ihm zu vergessen, betäubte ihn allerdings nicht in ausreichendem Maß.

Er seifte sich ein, stellte die Brause auf kalt und schrie einmal laut vor Schmerz und Schreck, als die eisigen Wassermassen auf seinen erhitzten Körper trafen. Aber der Schrei blieb ihm im Halse stecken, durch die Dampfschwaden erkannte er eine Uniform. Ein Schupo stand inmitten der nackten Männer, den Helm unter den Arm geklemmt, mit der freien Hand wedelte er sich vor dem Gesicht herum, um bessere Sicht auf die Sportler zu bekommen. Kalweit, einer seiner Männer, wunderte sich Berthold. Auch seine Mannschaftskollegen nahmen nun den so unpassend Gekleideten wahr, einige, wie auch Berthold, drehten das Wasser ab, und augenblicklich war es totenstill. Der junge Polizist sah sich suchend um, seine Augen fanden den Kommissar, und als er sich dessen Blöße bewusst wurde, senkte er errötend den Blick. Der dampfige Nebel in dem gekachelten Raum legte sich, und jeder konnte hören, warum der Schupo Berthold Rheydt hier aufgesucht hatte.

»Melde gehorsamst, Herr Kommissar, weibliche Leiche am Hafen aufgefunden. Ein Gewaltdelikt, natürliche Todesursache ausgeschlossen.«

Der Kommissar hätte gerne seine Blöße bedeckt, vor allem, weil er instinktiv Haltung angenommen hatte, was inmitten der nackten Kollegen weniger zackig denn lächerlich wirkte, aber sein Handtuch befand sich nicht in Reichweite, also legte Berthold lediglich seine Hände vors Gemächt. Er räusperte sich.

»Ist der Inspektor schon vor Ort?«

Der Schupo schüttelte den Kopf. Er hatte den Blick wieder gehoben und versuchte, seinem Vorgesetzten um jeden Preis in die Augen zu blicken, was ihm offensichtlich schwerfiel.

»Nein, Herr Kommissar. Der Inspektor hat befehligt, dass es Ihr Fall ist. Mit Verlaub.«

Sein Fall! Sein erster eigener Fall! Wäre seine augenblickliche Lage weniger despektierlich, Rheydt hätte sich einen kleinen Ausdruck der Euphorie darüber erlaubt, so aber schnauzte er lieber seinen Untergebenen an, um sich wenigstens durch den Tonfall etwas mehr Respekt zu verschaffen.

»Reden Sie nicht so geschraubt, Kalweit. Warten Sie draußen, ich brauche keine fünf Minuten, dann bin ich bei Ihnen.«

Der so Angesprochene nickte, drehte sich zackig um – hatte der Kerl tatsächlich die Hacken zusammengeschlagen? In der Dusche?, fragte sich Berthold amüsiert und folgte ihm in den Umkleideraum.

Während er sich hastig anzog, hatte er alle Mühe, seine perverse Freude über die getötete Frau zu verbergen.

3.

Den ersten Schock hatte sie verkraftet, aber das Unbehagen blieb. Helene saß auf dem ausladenden Sofa inmitten des Raumes und sah sich um. Die Decken waren niedrig, durch die windschiefen Fenster fiel weniger Licht als kalte Luft, die einfachen Holztische und Stühle waren ebenso altersschwach wie die Polstermöbel mit ihren abgewetzten Bezügen. In einer Ecke des großen Zimmers bollerte ein Holzofen, der beißenden Rauch, aber auch Wärme verströmte und zusammen mit den kleinen Gestecken auf jedem Tisch – Zapfen und Tannenzweige – eine Ahnung von Gemütlichkeit zu schaffen versuchte. Aber gegen das elende Ambiente kam er nicht an. Die niedrigen Decken drückten auf den dämmrigen Raum. Die Wände waren wohl frisch gestrichen, doch konnte man darunter das marode Mauerwerk ahnen. Es roch modrig.

Helene fühlte sich fremd, die Atmosphäre, die sie hier umgab, war so ganz anders als alles, was sie in ihrem bisherigen Leben kennengelernt hatte. Eigentlich, so hatte es ihr die Frau, die ihr nun gegenübersaß, erklärt, sollten sich hier diejenigen wohlfühlen, für die das Haus heute eröffnet werden sollte: Frauen, die Zuflucht suchten. Sei es, weil sie Hunger hatten, kein Dach über dem Kopf oder niemanden, der sich um ihre Kinder kümmerte, wenn sie ihrer Arbeit nachgehen mussten. Frauen in Not, Frauen, die Hilfe brauchten und sonst nirgends bekamen. Nichts von alledem traf auf Helene zu, sie sollte nicht hier sitzen, und am liebsten wäre sie so schnell wie möglich zu ihrem Fahrrad und zurück in die Behaglichkeit ihres Lebens geflüchtet. Aber die Frau vis-à-vis fixierte sie unnachgiebig mit ihrem Blick.

»Geht es wieder?«, erkundigte sie sich, nachdem sie Helene mit heißem Tee versorgt hatte. Das Gebräu war stark, süß und schmeckte ordentlich nach Rum. Also wunderbar. Vor allem aber: Es half. Helenes Magen hatte sich beruhigt, ebenso wie ihre Nerven.

Helene nickte. »Viel besser.«

Sie sah durch das Fenster, hinaus auf den Quai, wo sich mittlerweile eine Handvoll Polizisten tummelte. Die Männer in Uniform hatten den Zugang zu diesem Teil des Hafens abgesperrt und alle, die sich hier wegen der Eröffnung des Frauenhauses befunden hatten, gebeten, sich ins Haus zurückzuziehen. Die Feierlichkeiten waren ohnehin beendet worden, noch bevor sie beginnen konnten. Die beiden jungen Männer von der Presse hatten an einem Fenster Position bezogen, der eine seinen Fotoapparat so ausgerichtet, dass er möglichst viel vom Geschehen auf dem Quai auf Platte bannen konnte, der andere schrieb hastig auf seinen Notizblock und registrierte jede Bewegung der Polizisten aufs genaueste.

Die beiden hatten sich nicht gerade vor Hilfsbereitschaft überschlagen, als Helene nach der grausigen Entdeckung auf dem Quai zusammengebrochen war. Zwar hatten sie am nächsten bei ihr gestanden und sich zuerst besorgt um sie gekümmert, aber kaum waren sie der Leiche im Boot gewahr geworden, hatten sie sich von Helene ab- und der Sensation zugewandt. Erst danach waren die anderen herbeigeeilt – die Frauen, die sich vor dem Frauenhaus postiert hatten. Die Elendsgestalten im Hintergrund waren urplötzlich verschwunden, als ahnten sie, dass die Aufregung an der Hafenkante nichts Gutes verhieß.

Zwei Frauen hatten Helene aufgeholfen und sie ins Haus gebracht, auf das Sofa gebettet und sich um sie gekümmert. Ohne zu fragen, wer sie war und was sie hier verloren hatte, dachte Helene beschämt und kam sich vor wie ein Dieb, weil sie mit ihrer unheilvollen Entdeckung die kleine Zeremonie gesprengt hatte. Irgendjemand musste die Polizei alarmiert haben, wahrscheinlich der Hafenmeister, aber das hatte sie nicht mitbekommen, so matt und verwirrt war sie gewesen. Jetzt aber, wo es ihr besser ging, wäre sie viel lieber dort draußen gewesen, wo die Polizei ihre Ermittlungen aufnahm.

Sie dachte an den Kinofilm, an *Sherlock Holmes.* Gleich nach dem mitreißenden Erlebnis hatte sie sich die Bücher besorgt und alle Detektivgeschichten verschlungen, auch wenn ihr Vater der Meinung war, dass diese Lektüre denkbar ungeeignet für junge Mädchen war. Helene aber war zutiefst fasziniert vom Scharfsinn des britischen Detektivs – und jetzt fand ausgerechnet sie eine Leiche? Es hielt sie kaum etwas auf dem Sofa, sie wollte um jeden Preis die Arbeit der Polizisten dort draußen verfolgen. Was passierte nun – würde man die Leiche bergen? Jetzt, wo sie wusste, was sie erwartete, hätte sie gerne noch einmal einen Blick darauf geworfen. Helene war überzeugt, dass nur der Schock der Entdeckung, das so schrecklich Unerwartete, sie dazu gebracht hatte, sich zu übergeben. Nun aber, mit kühlem Kopf, würde sie den Anblick schon aushalten. Wie furchtbar die Ärmste ausgesehen hatte … Der Leichnam steckte in Frauenkleidern, der Hut auf dem Kopf wirkte wie eine schlechte Kostümierung. In der Leibmitte allerdings hatte irgendetwas nicht gestimmt. Leider erinnerte sich Helene nicht mehr genau an den Anblick, sie hatte zu schnell weggesehen und sich dann unrühmlich vor aller Augen übergeben. Wie peinlich! Und doch – sie schämte sich nur ein bisschen. Schließlich war dies das Aufregendste, das sie in ihrem ganzen Leben bisher erlebt hatte. Wenn sie das Julie erzählte! Und Klaus, natürlich, Klaus musste sie sofort einen Brief schreiben, noch heute Abend.

Die Frau legte ihr sacht eine Hand auf den Arm. »Fräulein Curtius? Alles in Ordnung?«

»Oh! Bitte verzeihen Sie.« Helene war in Gedanken gewesen, wahrscheinlich hatte die Frau etwas gefragt und wartete auf eine Antwort. »Was sagten Sie?«

»Ich habe gesagt, dass Ihr Vater benachrichtigt wurde. Er wird bald kommen und Sie abholen.«

Vater. Auch das noch. Es würde ein entsetzliches Donnerwetter geben, und Helene wusste, wo diese ganze Episode enden würde: in der Hauswirtschaftsschule. Die Frau ihr gegenüber musterte sie eindringlich, las ganz offensichtlich in ihr wie in einem offenen Buch.

»War das nicht richtig?«

»Nein, es ist nicht Ihre Schuld. Ganz und gar nicht, es ist nur …«

Helene sah die Frau an. Sah in ihr Gesicht, die tiefdunklen Augen und den lächelnden Mund. Ein Lächeln, das die Augen nicht erreichte. Der Blick war eher forschend, als wollte sie Helene durchleuchten, auf den tiefsten Punkt ihrer Seele blicken. Schön war die Frau, sehr schön und nicht viel älter als sie selbst. Helene schätzte sie auf Mitte, allerhöchstens Ende zwanzig. Ihre Haut hell, fast weiß und ihr Haar beinahe schwarz, sie trug es in einem losen Knoten. Eine außergewöhnlich elegante Erscheinung, eleganter, als es Ort und Anlass erwarten ließen. Aber etwas an der Frau blieb eigentümlich. Distanziert war sie, doppelbödig. Geheimnisvoll? Helene konnte es nicht benennen, sie war fasziniert und befremdet zugleich. Sie versuchte, sich zu erinnern, ob sich die Frau ihr vorgestellt hatte, aber ihr wollte nichts einfallen, kein Name und keine Funktion.

»Wer sagten Sie, sind Sie?«

Kaum hatte sie die Frage ausgesprochen, wurde sie sich ihrer Unverschämtheit bewusst, nicht ihre Gastgeberin wider Willen musste sich erklären, es war doch vielmehr so, dass ihre eigene Anwesenheit hier einer Erklärung bedurfte. Aber das schien die Dame nicht zu kümmern.

»Doktor Anne Fitzpatrick«, stellte sie sich vor und lächelte – dieses Mal richtig. »Ich leite dieses Haus.« Sie lachte kurz auf. »Oder vielmehr: Ich hätte es geleitet. Wenn Sie nicht diese schockierende Entdeckung gemacht hätten.«

»Doktor?«

»Ja. Ich bin Doktor der Medizin, ich habe studiert und promoviert.«

Helene verschlug es die Sprache. »Hier in Hamburg? Ich wusste nicht, dass das möglich ist.«

Die Augenbrauen von Dr. Fitzpatrick schnellten nach oben, sie schaute spöttisch. »Ich habe in Edinburgh studiert. An der Medical School.«

»Ich möchte auch studieren.«

»Dann gehen Sie nach Zürich! Im Deutschen Reich bleibt es schwierig.« Sie musterte Helene erneut mit diesem durchdringenden, kritischen Blick, als prüfte sie, ob sie ihr trauen könne. »Ganz im Ernst, ich hoffe, dass wir auch das noch durchsetzen werden, wie so vieles, das wir uns mühsam erkämpfen müssen. Aber Sie sind ja noch sehr jung …«

»Zwanzig! Mein Vater möchte mich auf eine Hauswirtschaftsschule schicken, aber da gehe ich ein.«

Dr. Fitzpatrick nahm ihr sanft die leere Teetasse aus der Hand und stellte sie auf den benachbarten Tisch.

»Ich würde gerne wissen, was Sie hierhergeführt hat. Sie sehen aus wie eine junge Dame aus gutem Haus, nicht gerade unsere Klientel.«

»Ich habe in der Zeitung davon gelesen.«

»Ah!«

Von draußen drang nun Lärm ins Innere des Hauses, und beide Frauen drehten sich um. Männerstimmen, es klang nach einer Diskussion, und zu ihrem großen Entsetzen erkannte Helene den Bass ihres Vaters.

»Ich wollte helfen«, beeilte Helene sich, ihre Anwesenheit zu erklären.

»Nun, das ist gründlich schiefgegangen.«

Die Tür des Raumes öffnete sich, und Pastor Curtius stand auf der Schwelle. Sein Kopf schien beinahe den oberen Türrahmen zu berühren, und entweder nahm er den Hut deshalb ab, oder er zeigte tatsächlich Anstand vor der Dame – was Helene gewundert hätte. Schließlich fiel zweifellos auch Dr. Fitzpatrick in die Kategorie »Weibsstück«.

Sein Blick wanderte zwischen den Frauen hin und her und blieb an der Medizinerin, die sich erhoben hatte und ihm entgegenging, hängen.

»Ich nehme an, Sie sind der Vater dieser jungen Dame?«, sagte Dr. Fitzpatrick.

»Pastor Engelbert Curtius«, gab Helenes Vater erstaunlich brav und fast ohne Poltern in der Stimme zurück. »Vielen

Dank, dass Sie sich um meine Tochter gekümmert haben, Frau …?«

»Doktor Fitzpatrick.«

Helene konnte genau beobachten, wie sich der Ausdruck in den Augen ihres Vaters veränderte und zwischen Abneigung und Faszination wechselte. Es schien ihm für einen Moment die Sprache verschlagen zu haben, denn er nickte nur und wandte sich gleich an seine Tochter.

»Helene, wir gehen.«

Helene stand auf, blieb vor Dr. Fitzpatrick stehen und bedankte sich für den Tee.

»Und es ist mir furchtbar peinlich, dass ich Ihnen solche Unannehmlichkeiten bereitet habe! Ich wünschte, das wäre nicht passiert.«

Erneut zog Dr. Fitzpatrick ihre Augenbrauen hoch und bedachte sie mit dem gleichen spöttischen Ausdruck wie zuvor.

»Ich nehme nicht an, dass Sie den Tod der armen Frau verursacht haben, also sind Sie vollkommen unschuldig an dem unglücklichen Verlauf.«

Plötzlich jedoch änderte sich der Ausdruck in ihrem Gesicht, und Helene drehte sich um. Hinter ihrem Vater stand eine junge Frau im Türrahmen. Blass, abgemagert und erbärmlich gekleidet. Sie schwankte und hielt sich nur mühsam auf den Beinen. Noch bevor Helene reagieren konnte, machte Anne Fitzpatrick einen entschlossenen Schritt auf die Beklagenswerte zu, schob ihren Arm unter den der Frau und stützte sie. Mit letzter Kraft schaffte diese es, sich dank der Hilfe zum Sofa zu schleppen, auf dem Helene gerade noch gesessen hatte, und sank erschöpft darauf nieder.

Helene war entsetzt. Bei genauerem Hinsehen erkannte sie, dass die Frau nicht älter war als sie selbst. Es war noch ein junges Mädchen, aber die tiefen Augenringe, der ausgezehrte Körper und ein Gesicht, das wirkte wie nicht mehr von dieser Welt, ließen sie um viele Jahre älter wirken.

Die Ärmste stöhnte, während Doktor Fitzpatrick sie mit einer dicken Decke umhüllte, ihr routiniert die Stirn fühlte und den Puls.

Helene und ihr Vater standen wie erstarrt daneben, hilflos und unfähig, mit der Situation umzugehen.

Das junge Mädchen bewegte die Lippen, die Ärztin beugte sich zu ihr hinab, nickte und strich ihr mit einer sanften Handbewegung die verklebten Haare aus dem Gesicht.

Im Zimmer hatte sich mittlerweile ein ekelerregender Geruch breitgemacht, den die Frau auf dem Sofa ausdünstete. Urin und Schweiß, aber darunter mischte sich noch etwas anderes, Muffiges, das Helene nicht identifizieren konnte. Sie war von der Szene gleichermaßen abgestoßen wie fasziniert. Bewundernd beobachtete sie die junge Medizinerin, die zu dem armen Wesen sofort eine Beziehung herzustellen schien und dabei keinerlei Berührungsängste kannte. Alles wird gut, schien sie der Hilflosen zu sagen, du bist bei mir, ich kümmere mich um dich.

»Tee«, sagte Anne Fitzpatrick jetzt, »ich hole Ihnen süßen Tee. Bin gleich wieder zurück.«

Damit stand sie auf, der spöttische Ausdruck kehrte sofort in ihr Gesicht zurück, als sie Vater und Tochter Curtius wie zwei Ölgötzen vor der Tür stehen sah.

Helene schämte sich ihrer Hilflosigkeit, ihr Vater jedoch ergriff sie am Arm, er wollte das Etablissement lieber früher als später verlassen.

Die Medizinerin beachtete ihn nicht, nahm stattdessen Helene ins Visier, ihr Blick wurde weicher.

»Ich würde mich freuen, wenn Sie mich wieder besuchen

kommen. Und einen richtigen Eindruck von unserer Arbeit hier gewinnen könnten, Fräulein Curtius.«

Überrascht sah Helene sie an, aber der Ausdruck Dr. Fitzpatricks verriet keine Gefühlsregung. Ihr Vater jedoch kochte, das nahm sie deutlich wahr, ohne ihn anzusehen.

»Sie sind hier jederzeit willkommen.«

Ein fester Ruck an ihrem Arm, und Helene folgte dem Pastor nach draußen vor die Tür. Sie warf noch einen raschen Blick zurück zu der hoch aufgerichteten Gestalt der jungen Medizinerin, die ihr nachblickte. Die Frau war an diesem Ort, am Hafen, aber auch in dem Etablissement, das sie leitete, ebenso deplatziert wie sie. Aber das schien sie nicht zu stören, im Gegenteil, Dr. Fitzpatrick wirkte auf eine provozierende Art selbstsicher, sie strahlte aus, dass sie genau wusste, was sie hier tat und wo sie sich befand, und dass ihr die Irritation, die sie bei anderen damit auslöste, vollkommen egal war.

Helene wandte sich schließlich ab und eilte ihrem Vater hinterher, wohl wissend, dass sie gleich eine seiner berüchtigten Strafpredigten zu hören bekäme, auf die er sich so gut verstand. Aber es war ihr gleichgültig. Diese Frau hatte sie eingeladen; ihr eine Möglichkeit eröffnet, wiederzukommen, vor den Augen und Ohren ihres strengen Vaters. Und wie unhöflich wäre es, eine solche Einladung auszuschlagen? Ja, dachte sie, ich komme wieder. Mit diesem Ort bin ich noch nicht fertig. Und schon gar nicht mit Dr. Fitzpatrick.

4.

Berthold starrte in die leeren Augenhöhlen der Leiche. Zentimeter für Zentimeter strich sein Blick über das Skelett oder das, was davon übrig geblieben war. Die übereifrigen Polizisten, die als Erste vor Ort gewesen waren, hatten die sterblichen Überreste der Getöteten aus der Schute geholt und auf den Quai gehievt. Einen Bärendienst hatten sie ihm damit erwiesen, aber Berthold wusste, dass die Polizisten immer noch bestrebt waren, einen Tatort gründlich aufzuräumen, anstatt ihn möglichst unangetastet zu lassen. Da konnte Kripochef Roscher predigen, wie er wollte, zu den Schupos drang das einfach nicht durch. Allenfalls ein paar Kriminaler hielten sich daran – beileibe nicht alle. Er war stinksauer über die Dusselei der Kollegen und hätte sie sich am liebsten zur Brust genommen, aber schlechte Laune musste er sich verkneifen, wollte er Stiche bei den Kollegen machen. Sein erster Fall – da konnte er nicht riskieren, als Kameradenschwein verschrien zu werden.

Dass die Leiche durch den Transport vom Hafenbecken auf den Quai erheblich gelitten hatte, war auf den ersten Blick ersichtlich – die sterblichen Überreste der Frau wurden hauptsächlich durch ihre Garderobe zusammengehalten; so wie sie vor ihm auf dem Pflaster lag, wirkte die Leiche eher wie ein Bündel Knochen im Kleid.

Berthold beugte sich zu den Überresten des Opfers hinunter und besah sich den Kehlkopf.

»Sehen Sie das?« Bertholds Zeigefinger fuhr vorsichtig am Knochen der Halswirbelsäule entlang.

Kalweit tat es ihm nun gleich und beugte sich tief zum Skelett hinab. Er kniff die Augen zusammen und folgte dem Finger seines Chefs. »Rillen?«

Berthold nickte. »Rillen. Mal sehen, was der Doktor sagt, aber ich denke, die Spuren stammen von einem Messer.« Er richtete sich wieder auf und warf erneut einen Blick in das Boot, in dem die Leiche gelegen hatte. »Ein natürlicher Tod war das jedenfalls nicht. Der Dame hier hat jemand die Kehle durchgeschnitten.«

»Und nicht nur das.«

Berthold fuhr herum. Hinter ihm stand eine Frau, die Arme vor der Brust verschränkt. Bevor er sie fragen konnte, wer sie war und warum sie ihn bei der Ermittlungsarbeit störte, fuhr diese fort.

»Er hat sie aufgebrochen. Schauen Sie sich den Brustkorb an. Ich bin mir sicher, dass es so ist.«

Kalweit blieb der Mund offen stehen, aber Berthold würde sich von dieser Person nicht die Butter vom Brot nehmen lassen.

»Und Sie sind?«

»Dr. Anne Fitzpatrick«, gab die Frau zurück und sah ihn herausfordernd an. »Ich war dabei, als die Leiche entdeckt wurde. Wir wollten gerade das Haus eröffnen.«

Mit der Linken machte sie eine Geste zu dem schmalen Holzhaus, die Rechte streckte sie ihm entgegen.

Anstatt ihre Hand zu ergreifen, machte der Kommissar die Andeutung eines Dieners. »Also sind Sie eine Zeugin. Ich muss Sie doch bitten, sich nicht in unsere Ermittlungsarbeit einzumischen. Ich unterhalte mich später mit Ihnen.«

Über das Gesicht der Frau huschte ein gequälter Ausdruck. »Gern geschehen. Ich helfe, wo ich kann.«

Damit drehte sie sich auf dem Absatz um und ging zum Eingang des Hauses, vor dem bereits weitere Frauen standen und neugierig beobachteten, was am Quai vor sich ging.

»Brenner«, wies Berthold Rheydt einen der Schupos an, »nehmen Sie die Namen und Adressen der Zeuginnen auf. Dann sind die beschäftigt.«

Der Schupo nickte. »Eine Zeugin ist schon abgeholt worden. Die, die die Leiche gefunden hat. Ich habe mir ihre Aussage notiert und sie gebeten, sich auf der Wache zu melden.«

Der Kommissar nickte anerkennend. »Gute Arbeit.« Er wollte sich wieder mit der Leiche beschäftigen, vor allem um die Behauptung der Frau zu überprüfen, als er hinter einem Fenster des Hauses, das einmal ein Frauenhaus werden sollte, wie Kalweit ihn aufgeklärt hatte, etwas blitzen sah.

»Kalweit.« Sein Assistent folgte seinem Blick, sah, was er sah, und machte sich auf den Weg zum Haus, vor dem die Frauen standen.

Berthold Rheydt hockte sich neben die Leiche und besah sie sich genauer. Es stimmte, Beckenknochen und Brustkorb waren gebrochen, jedoch nicht zersplittert, sondern mit klaren Schnittkanten. Das konnte keinesfalls eine Folge der Bergung durch die Schupos sein, vielmehr erinnerte es Rheydt daran, wie es aussah, wenn Doktor Bäuerlein eine Leiche auf seinem Seziertisch aufschnitt. Wieso hatte der Täter sich derartig an der Frau vergriffen – wenn er ihr bereits die Kehle durchgeschnitten hatte. Denn davon, dass dies zuerst geschehen war, ging der Kommissar aus, andersherum war es vielleicht möglich, ergab aber keinen Sinn.

Was auch immer hier geschehen war, der Täter war mit äußerster Grausamkeit vorgegangen, und Berthold war sicher: So etwas hatten sie in Hamburg noch nicht gesehen.

Die Sonne stand schon tief, in weniger als einer Stunde würde es dunkel werden. Sie mussten sich beeilen, wenn sie noch Aufnahmen machen wollten.

»Wo ist Schultheiss?« Der Kollege war für die fotografische Aufnahme des Tatorts zuständig und glänzte ebenso wie der Physicus durch Abwesenheit.

Der Schupo, der mit Brenner als Erster bei der Leiche gewesen war, brachte das Kunststück fertig, gleichzeitig zu salutieren und mit den Schultern zu zucken.

Berthold wandte sich ab und kletterte an den metallenen

Sprossen, die in die Hafenmauer eingelassen waren, in die Schute hinab. Dann würde er eben alleine anfangen mit der Spurensuche. Fingerabdrücke und besondere Merkmale des Opfers – alles obsolet. Die Fingerkuppen waren nur noch rudimentär vorhanden, die Hafenratten hatten sich daran schadlos gehalten.

Das Boot war alt und vermodert, kaum hatte Berthold Rheydt seinen Fuß in die Schute gesetzt, brach eine Planke entzwei, der Kommissar hatte Schwierigkeiten, das Gleichgewicht zu halten. Konnte es sein, dass die Frau einen Schlafplatz gesucht hatte und hier von ihrem Mörder überrascht worden war? Bei dem Versuch, jemandem in diesem abgewrackten Boot die Kehle durchzuschneiden – vorausgesetzt, dies war überhaupt die Todesursache –, geschweige denn, den Leib aufzubrechen, wäre mit Sicherheit einer von beiden, Täter oder Opfer, im Wasser gelandet.

Blieben nur zwei Möglichkeiten, schlussfolgerte Rheydt. Entweder war die Frau vor ihrem Peiniger, der sie schwer verletzt hatte, in das Boot geflüchtet und hatte sich unter der Persenning versteckt, wo sie letztendlich verblutet war. Sehr unwahrscheinlich bei derartig massiven Verletzungen. Sehr viel naheliegender war die Annahme, dass der mutmaßliche Mörder sein bereits lebloses Opfer hier verborgen hatte. Dann musste die Tat woanders begangen worden sein, und sie mussten die nähere Umgebung des Fundortes gründlich absuchen. Wenn nach all der Zeit überhaupt noch Spuren vorhanden waren. Das Opfer war viele Wochen oder gar Monate tot, für diese Feststellung brauchte er keinen Doktor.

»Kommissar?« Kalweit guckte zu ihm hinab. Neben ihm ein weiterer Mensch, ein junger Mann mit Schiebermütze, der seltsam begeistert dreinblickte, dem Anlass völlig unangemessen. Berthold ahnte, was ihn oben erwartete. Er packte Kalweits Hand, stützte sich mit der anderen auf dem Quai ab und sprang mit einem sportlichen Satz nach oben.

»Presse?«

»*Hansepost*, Lauritzen.« Der Junge schwitzte sein Glück, als erster Pressevertreter vor Ort zu sein, aus allen Poren. »Sie sind Kommissar Rheydt, richtig? Können Sie uns schon etwas sagen?«

Neben ihm stand sein Kollege – mit einem Fotoapparat.

»Sie waren dabei, als die Leiche geborgen wurde?« Der Kommissar zog es vor, selber Fragen zu stellen, als welche zu beantworten. »Dann haben Sie doch bestimmt Bilder gemacht?«

Der Fotograf zögerte mit einer Antwort und warf dem fixen Jungen einen unsicheren Blick zu. Aha, dachte Berthold, ins Schwarze getroffen. »Konfisziert.«

»Was?«

»Die Aufnahmen. Sie händigen mir die Platten aus. Ich nehme an, Sie haben die Leiche fotografiert, als sie noch im Boot lag?«

Der schnelle Lauritzen ließ sich nicht ins Bockshorn jagen. »Sie wissen selbst, dass das nicht erlaubt ist.«

»Beweismittel«, knurrte Berthold Rheydt.

»Was bekommen wir dafür?«

Berthold packte den Bengel am Revers und zog ihn nah an sich heran, um ihm zu sagen, dass er ihm mal den Allerwertesten küssen konnte, aber ein Blick in Kalweits schockiertes Gesicht belehrte ihn eines Besseren. Er ließ los und legte dem Reporter stattdessen den Arm um die Schultern.

»Diese Eröffnung des Frauenhauses wäre deine Story gewesen, richtig? Wäre bestimmt nicht auf der ersten Seite gelandet, nehme ich an.«

Lauritzen nickte, war aber nicht im Mindesten eingeschüchtert.

»Und Sie bearbeiten Ihren ersten Fall für die Hamburger Polizei und sind vielleicht mit den Gepflogenheiten noch nicht so recht vertraut, Herr Kommissar?«

Ein Punkt für das Bürschchen, dachte Berthold, ließ sich aber ebenfalls nicht in die Karten gucken. »Die Gepflogenheiten bestimme ich. Und bis jetzt bin ich mit meiner Arbeitsweise gut gefahren, sonst hätte Paulmann mir den Fall nicht überlassen.«

»Eine Hand wäscht also die andere?« Lauritzen grinste ihn frech an.

»Du wäschst erst mal meine, und dann sehen wir weiter.« Der Kommissar hatte seine Stimme gesenkt, er wollte nicht, dass Kalweit, der die Ohren gespitzt hatte, unbedingt mitbekam, dass er versuchte, sich Freunde bei der Presse zu machen, eigene Freunde, die nicht schon der Schleimspur seines Inspektors folgten.

Lauritzen schüttelte den Kopf, hielt sich eine Hand hinters Ohr und stellte sich dumm.

»Wie war das Angebot, Herr Kommissar?«

Berthold flüsterte nun fast. »Ihr macht noch ein paar Fotos von der Leiche hier auf dem Quai. Von mir aus hocke ich mich daneben und spiele ein bisschen Sherlock Holmes. Ihr bekommt Informationen aus erster Hand und eine große Geschichte – dafür bekomme ich die Fotos. Wenn es etwas gibt, lasse ich es dich wissen.«

Lauritzen grinste und reichte Berthold seine Hand. »Einverstanden.«

Der Kommissar schlug ein und hoffte inständig, dass er mit diesem Handel keinen folgenschweren Fehler gemacht hatte.

Der Pressefotograf händigte Kalweit die Platten aus und

wollte sich gerade dranmachen, seinen sperrigen Apparat umständlich aufzubauen, da eilte bereits Schultheiss, der Polizeifotograf auf den Quai, im Schlepptau seinen Assistenten, der das Leiterstativ trug. Berthold war erleichtert, schließlich wusste der Kollege genau, welche Fotos eines Tatortes von ihm erwartet wurden, und arbeitete selbstständig, ohne dass er ihm auf die Finger schauen musste. Er schob Lauritzen und seinen Fotografen etwas ins Abseits, und trat neben Kalweit, der interessiert zusah, als Schultheiss seiner Arbeit nachging.

»Sie hatte recht, oder? Diese Frau Doktor«, fragte sein Assistent ihn unvermittelt, nachdem sie ein paar Minuten stumm auf die Leiche geblickt hatten. Kalweit hatte danebengestanden, als Dr. Fitzpatrick ihre leider nicht aus der Luft gegriffene Behauptung geäußert hatte.

Berthold Rheydt nickte nur. »Wir müssen abwarten, was der Doktor sagt. Aber selbst als Laie … Es sieht ganz so aus.«

»Furchtbar«, flüsterte Kalweit. »Wer tut so etwas?«

Berthold schüttelte den Kopf. »Ich weiß es nicht, Kalweit. Aber so, wie es aussieht, haben wir es mit einem Monster zu tun. Er kannte keine Gnade mit seinem bedauernswerten Opfer.«

»Aber doch nicht da drin?« Kalweit beugte sich über die Kante des Quais und blickte zu der Schute hinab. »Der Täter hat sie woanders getötet und die Leiche hier versteckt, oder?«

Du kleiner Streber, schoss Berthold durch den Kopf. Aber wenn schon. Kalweit war ein guter Mann, blitzgescheit. Verstand sofort, was der Kommissar andeutete, und zog die richtigen Schlüsse. Wenn du nun noch den Stock aus dem Arsch bekommst, dachte Berthold Rheydt, dann kann aus uns beiden was werden. Bei diesem Fall, seinem ersten eigenen Fall, konnte er einen guten Mann an seiner Seite brauchen. Er wollte, nein, er musste beweisen, was er auf dem Kasten hatte.

Inspektor Paulmann hatte ihm die Aufklärung ohne Zweifel aus einem einzigen Grund überlassen: Eine Tote in dieser Gegend des Hafens war nicht ungewöhnlich. Mit Sicherheit ging sein Chef davon aus, dass es sich um eine der vielen Gelegenheitsprostituierten handelte, wie es sie im Hafen an jeder Ecke gab. Ein Mädchen, dem niemand eine Träne hinterherweinte, ein Tod, der Hamburgs Bürger außer einem kurzen Moment des Grusels kaltlassen würde – mithin ein Mord, mit dem man sich keine Sporen verdienen konnte.

Aber Berthold war sich sicher: Die Umstände, die zum Tod dieser armen Frau hier auf dem Quai vor ihm geführt hatten, waren alles andere als alltäglich. Das hier roch nach mehr. Es würde ein spektakulärer Fall werden. Und er, Berthold Rheydt, würde alles dransetzen, mit der Aufklärung Furore zu machen.

Er drehte sich einmal langsam um seine eigene Achse und nahm die Umgebung in sich auf.

Der Magdeburgquai grenzte hier, wo er sich befand, an das Ufer des Großen Grasbrook. Vor beinahe einem Jahr war dort der Gasometer explodiert, es hatte viele Tote gegeben. Einige Monate lang hatte dieser Teil des Hafens mehr oder weniger stillgelegen, keine Schiffe legten mehr an, auch die Werften waren umgezogen, die Lager und Schuppen leer. Alles war zerstört gewesen, bis im Frühling die Aufräumarbeiten begonnen hatten und peu à peu das Leben zurückkehrte. Neben dem Haus, das der Verein »Frauenwohl« nun zu einer Anlaufstelle für Frauen in Not ausgebaut hatte, waren vielleicht noch drei, vier Lagerhäuser in jüngster Zeit wieder in Betrieb genommen worden. Aber richtig belebt war dieser Teil des Hafens noch immer nicht.

Wenn er davon ausging, dass das Opfer einige Monate hier gelegen hatte, fiel dies just in die Zeit nach der großen Explosion. Vielleicht davor, aber das war unwahrscheinlich, man hätte sie, als die Umgebung nach Opfern der Explosion abgesucht worden war, unweigerlich entdeckt. Nein, es musste danach passiert sein, nach dem 7. Dezember. Der Täter oder wer auch immer sie unter der Persenning versteckt hatte, wollte sichergehen, dass die Leiche so schnell nicht entdeckt wurde. Die Schuten und Kähne, die hier vertäut waren, glichen eher einem Schiffsfriedhof, sie waren bemoost, verfault, zum Teil bereits halb versunken. Es war das perfekte Versteck – der tote Teil des Hafens.

Der Kommissar ließ den Blick über die anderen Boote schweifen, die neben der Schute, in der die Leiche verborgen gewesen war, schwammen. Was er sah, war ein Friedhof. Graue Gräber, die still vor sich hin moderten. Er hob einen Arm in die Luft.

»Drei Mann zu mir!«, brüllte er, und während er gleich darauf die eiligen Schritte einiger Schupos auf dem Kopfsteinpflaster des Quais näher kommen hörte, sprang er schon in den flachen Kahn, der ihm am nächsten lag, und riss die verschlissene Plane herunter.

»Wir durchsuchen die Boote«, rief er seinen Kollegen über die Schulter zu. »Alle.«

In dem wackeligen Kahn stehend, griff er sich einen Bootshaken und zog die nächstgelegene Schute zu sich heran, während seine Männer es ihm gleichtaten. Er hörte Kalweit rufen, der die Schupos instruierte, und augenblicklich ergriff ihn ein Fieber, eine Ahnung, Berthold witterte förmlich, dass sich auf diesem auf den Wellen schaukelnden Totenacker mehr verbarg.

Ein weiteres Mal unterzog er die Boote, die vor ihm im Wasser lagen, einer genaueren Betrachtung, vor allem die mit einer Plane oder einer anderen Abdeckung. Weiter hinten, etwa drei Boote von ihm entfernt, lag ein schmaler Kahn, der dafür gemacht war, eine oder höchstens zwei Personen zu transportieren. Er war ebenfalls mit einer Persenning abgedeckt, aber diese wies eine auffällige Wölbung auf. Länglich.

Der Kommissar wollte seine Leute rufen, aber aus seiner Kehle drang nur ein erstickter Laut, er sprang in die Schute, die er soeben herangezogen hatte, und versuchte, von dieser zum nächsten Boot zu springen und dabei zugleich den schmalen Kahn mit einem Bootshaken zu sich heranzuziehen. Er rutschte mit einem Bein ab, geriet damit ins Wasser, kam aus dem Gleichgewicht und wäre um ein Haar in die stinkende Brühe abgetaucht. Stattdessen ließ er sich nach vorne fallen, landete mit dem Oberkörper auf dem schmalen, gondelartigen Boot, die Beine noch in der Schute, während seine Körpermitte dazwischen über dem Wasser hing. Berthold stemmte seine Ellenbogen gegen die Reling des Kahns und die Knie gegen die der Schute und zog so mit der Kraft seiner Bauchmuskeln die beiden Boote zueinander. Richtete sich auf, kletterte nun ganz in das verdächtige Boot, und sofort stieg ihm der Gestank in die Nase. Berthold Rheydt wusste genau, was es war, dieser Geruch. Nur allzu vertraut. Er kniete sich hin, denn das schmale Boot wackelte zu stark, und er wollte das Risiko, im Wasser zu landen, nicht eingehen. Die Blicke seiner Kollegen waren auf ihn gerichtet, er nickte nur kurz zum Zeichen, dass er wusste, was ihn erwartete, kaum würde er die Persenning zur Seite gezogen haben.

Aber er zögerte. Etwas in ihm sträubte sich. Obwohl er nicht umhinkam, der Wahrheit ins Auge zu blicken, zu erkennen, dass unter dieser Plane vor ihm ein weiterer toter Körper lag, wollte er nur zu gerne, dass dem nicht so sei. Die Vorstellung, dass sich dort eine weitere Frau verbarg, vielleicht ebenso furchtbar zugerichtet wie die Ärmste, deren Überreste auf dem Quai lagen, verursachte ihm Übelkeit. Nicht, weil er sich vor dem Anblick fürchtete. Berthold Rheydt fürchtete sich vielmehr vor den Konsequenzen, die dieser Fund mit sich brachte.

Er fasste die rechte untere Ecke des graugrünen Stoffes und zog ihn mit einem beherzten Ruck zur Seite.

Zum Vorschein kam, was er befürchtet hatte.

Eine Frau. Sie war jung. Und sie war offensichtlich noch nicht so lange tot wie das erste Opfer.

»Schultheiss!« Der Kommissar wandte sich von dem entstellten Körper ab und dem Fotografen auf dem Quai zu. »Wir müssen das hier aufnehmen, bevor es dunkel wird.«

Dann drehte er sich wieder um, blickte in das bemitleidenswerte Gesicht der Toten und ließ seine Augen langsam abwärtswandern. Auf den ersten Blick schien es die gleiche Methode wie bei dem ersten Opfer zu sein. Berthold war sich sicher, dass sie am Kehlkopf auch die gleichen Rillen finden würden.

Der Mörder hatte eine Methode. Und er hatte Zeit gehabt. Er musste seine Taten geplant haben, denn um sich auf diese Weise an den Körpern zu vergehen, musste man sich in Sicherheit wiegen. Er hatte es einmal getan und noch ein zweites Mal.

Und dann?

Berthold Rheydts Instinkt hatte ihn nicht getrogen. Er hatte einen Fall, einen großen Fall. Und er wusste: Hamburgs Kriminalpolizei war in Not. Denn wer auch immer das hier getan hatte, der würde es wieder tun.

5.

Sie stand noch am Fenster, die Stirn an das kalte Glas gepresst, lange nachdem alle anderen gegangen waren. Das arme, halb verhungerte Mädchen hatte sie in die Obhut ihrer Kolleginnen geben können, die die Ärmste in das Frauenhaus in der Paulstraße brachten. Dort würde sie erst einmal bleiben können, so lange, bis sie wieder auf die Füße kam. Sie musste tagelang nichts gegessen haben, vermutlich hatte sie noch nie in ihrem Leben wirklich richtig gegessen. Unterernährung, schwere körperliche Arbeit und Misshandlungen hatten die junge Frau – kein Jahr älter als zwanzig Jahre – bereits zum Wrack gemacht. Der Frauenverein würde sie medizinisch versorgen und sie mit anständigen Mahlzeiten aufpäppeln.

Und dann? Welche Perspektiven hatte das Mädchen?

Sie würde in den gleichen todbringenden Kreislauf aus Armut und Gewalt geraten, aus dem sie herkam.

Es fehlte an so vielem.

An allem.

Die Gaslaterne auf dem Quai verbreitete gelbes Licht, warmes Licht, aber das konnte Anne nicht darüber hinwegtäuschen, dass nichts dort draußen warm und hell war.

Der Verein hatte die Laterne, genauer genommen drei Laternen, teuer bezahlt. Sie wollten, dass es rund um ihr Frauenhaus immer Licht gab, dass sich die Frauen, die Hilfe suchten, nicht durch die Dunkelheit wagen mussten, um zu ihnen zu kommen. Es sollte Geborgenheit vermitteln, ein Signal sein, eben: das Licht im Dunkel. Aber nun fiel der Schein auf das regennasse Pflaster, dorthin, wo die Leiche gelegen hatte.

Wie zum Hohn.

Sie wusste nicht, was nun werden sollte, nicht mit dem Haus und auch nicht mit ihr.

Der Verein brauchte sie, würde sie woanders einsetzen, dann arbeitete sie eben wieder in der Paulstraße, wie schon in den letzten Monaten. Es gab viel zu tun für eine Medizinerin im Dienst der Armen, der Frauen, der Kinder. Aber war es ihr überhaupt noch möglich, hierzubleiben, in Hamburg, nach dem, was heute geschehen war?

Ihre Vergangenheit hatte sie eingeholt. An einen Zufall konnte, wollte sie nicht glauben. Dass zwei Frauen umgebracht worden waren, genau an dieser Stelle, wo sie den Grundstein für ihre Zukunft und für die der Hilfsbedürftigen gelegt hatte – vielleicht, ja, vielleicht war es ein Zufall. Eine seltsame zeitliche und räumliche Koinzidenz, an die sie mit viel gutem Willen glauben konnte. Aber die Art, wie der Mörder seine Opfer zugerichtet hatte, ließ keinen anderen Schluss zu, als dass es einen Zusammenhang gab. Für Anne fühlte es sich so an, als hätte der Mörder ihr die Frauen direkt vor die Nase gelegt, um zu sagen: Sieh her, sieh genau hin, erinnerst du dich? Ich weiß, wer du bist!

Und ich weiß, wer du bist, dachte Anne.

Jack the Ripper.

Oder einer, der ihn sich zum Vorbild nimmt.

Mary Jane Kelly, das letzte Opfer der Whitechapel-Serie, war bereits seit zehn Jahren tot gewesen, als Anne als Fünfzehnjährige nach London gekommen war. Aber die Morde der Bestie von Whitechapel waren allgegenwärtig. Jeder kannte die Namen der Opfer, die Orte der Taten, wusste von der Kreideinschrift an der Wand, der Lederschürze, den Verstümmelungen und vor allem: dass er noch immer nicht gefasst worden war. Der Ripper war überall, man konnte ihm und den Geschichten über ihn nicht entkommen.

Als junges Mädchen hatte sie von ihm geträumt, hatte sich vor ihm gefürchtet und einen großen Bogen um dunkle

Gassen und einsame Straßen gemacht. Später, als sie studierte und schließlich ihr Jahr bei Scotland Yard absolvierte, hatte sie tiefe Wut und Hass empfunden. Als erwachsene und gebildete Frau hatte sie ihn mit anderen Augen gesehen, seine Unbarmherzigkeit den weiblichen Opfern gegenüber, die Grausamkeit, sie nach ihrem Tod zu verstümmeln und ihre Körper einfach wegzuwerfen wie Müll – sprach das nicht nur für einen geistig kranken, sondern auch für einen schwachen Mann? Seine Verachtung dem weiblichen Geschlecht gegenüber hatte Anne aufgebracht, und sie machte es sich fortan zum Ziel, Frauen davor zu bewahren. Sie vor Männern wie dem Ripper zu schützen. Daraufhin war sie in die Gassen gegangen, in die Docks, in die Kaschemmen und die Hinterhöfe und hatte geholfen.

Es war nicht gut ausgegangen. Jedenfalls nicht für sie.

Und nun, so kam es Anne vor, hatte er sie aufgespürt. War ihr von London nach Hamburg gefolgt.

Natürlich war es schwachsinnig, so zu denken, Milena hätte sie ausgelacht und wegen ihrer überbordenden Fantasie hochgenommen.

Aber Anne nahm die Morde persönlich. Sie konnte sich des Gefühls nicht erwehren, dass die Frauen, die man heute in ihren schwimmenden Gräbern gefunden hatte, mit ihr zu tun hatten.

Der Ripper war hier, er wusste, wer sie war und was sie tat. Ihr Versteck war aufgeflogen.

Sollte sie weiterziehen?

Entschlossen stemmte Dr. Anne Fitzpatrick sich von der Fensterbank ab, löschte das Licht im Raum und zog sich ihren Mantel über. Nein, sie würde ihm die Stirn bieten. Damit würde er nicht durchkommen, damit durfte kein Mann durchkommen.

6.

Die schweren Stiefel zogen wie Bleigewichte an den Beinen, als Berthold Rheydt die Treppen zu seiner Wohnung emporstieg. Er wohnte im zweiten Obergeschoss einer hübschen kleinen Villa an der Flottbeker Chaussee, eines der letzten noch städtischen Gebäude, bevor die Straße auf dem platten Land nach Othmarschen führte. Von seinem Salär hätte er sich diese Gegend nicht leisten können, die meisten seiner Kollegen wohnten irgendwo in Altona oder der Neustadt. Aber Rheydt war bei der Admiralswitwe Petersen untergekommen, der Frau seines verstorbenen Kommandanten. Er hatte ihr mit dem Nachlass geholfen, sie war kinderlos und bereits über siebzig, und so hatte sie ihm im Gegenzug das Obergeschoss ihres Hauses zur Verfügung gestellt, als er bei der Polizei anfing. Er half ihr im Garten, reinigte die Dachrinnen und beschnitt die wuchtigen Bäume. Schleppte Kohlen aus dem Keller in die oberen Stockwerke oder reparierte, was kaputt war. Ein besserer Hausmeister, aber Berthold war dankbar, auf diese Weise gab es niemals Leerlauf in seinem Leben, er hatte immer etwas zu tun – außer in den Nachtstunden. Die Nächte waren der blinde Fleck im Leben des Kommissars.

Er verfügte über zwei Räume, ein Zimmer, das die Witwe Salon nannte, es diente ihm als Wohn- und Arbeitszimmer, dazu ein kleines Schlafzimmer mit Zugang zum Waschraum. Das Wannenbad im ersten Stock durfte er mitbenutzen, aber Berthold Rheydt hätte nicht gewusst, warum er ein Bad hätte nehmen sollen. Reine Zeitverschwendung.

Noch bevor er die Tür zu seinem Wohnbereich öffnete, wusste Berthold, was ihn erwartete. Der vorwurfsvolle Blick seiner Frau. Sie würde ihm wieder erscheinen, so weit weg sie auch sein mochte. Vielleicht saß sie auf dem Sofa, den Sohn auf dem Schoß. Willem. Oder sie stand am Fenster, starrte nach draußen, auf das Elbufer, leere Augen, wirres Haar, tropfnasse Kleider. Ein nasser Geist, der ihn heimsuchte.

Manchmal, und das waren die guten Abende, die Abende, an denen Rheydt nur zwei oder drei Gläser trank, manchmal erschien sie ihm einfach nicht, und der Kleine auch nicht. Wie sehr hoffte er Abend für Abend darauf, dass es so und nicht anders war, heute ganz besonders. Denn heute hatte er auch noch die Bilder zweier anderer Frauen im Kopf. Frauen mit aufgebrochenem Brustkorb und durchtrennter Kehle.

Aber Elisabeth tat ihm den Gefallen nicht, sie erwartete ihn bereits und sah ihn mit diesem Blick an, der nichts als Abneigung ausdrückte.

Berthold schüttelte nur müde den Kopf, wankte mit schwerem Schritt zum Sessel und sank darauf nieder. Diesen Platz immerhin ließ sie ihm, der alte Sessel war ganz und gar sein, hier saß er, und manchmal schlief er auch in ihm – dann, wenn der Kleine in seinem Bett lag.

Die Flasche Genever stand schon bereit, er goss sich ein, Elisabeth verschwand. So lautlos und unvermittelt, wie sie auch stets erschien. Gottlob.

Der erste Schluck stieg ihm zu Kopf, er schloss die Augen und stöhnte. Streifte die klobigen Stiefel von den Füßen und ließ den Tag Revue passieren.

Der Anblick der zweiten Frau, die sie gefunden hatten, war ungleich schlimmer als der des ersten Opfers. Dieses war nichts weiter als ein Bündel Knochen gewesen, aber die zweite war erkennbar noch nicht so lange tot. Höchstens zwei Monate, hatte der Physicus gesagt, wollte sich aber nicht festlegen, erst nach genauerer Untersuchung. Es war eine Frau Ende zwanzig, mit gut erhaltenem Gesicht, sodass Berthold einen Zeichner kommen ließ, der versuchen sollte, ein ungefähres Porträt von ihr zu erstellen. Auch konnten sie von ihr Fingerabdrücke für die daktyloskopische Untersuchung nehmen, möglicherweise hatten sie sie bereits in ihrer umfangreichen Datei. Beide Körper waren genauestens vermessen worden, ihre Kleidungsstücke wurden im Moment untersucht und jedes Detail aufgelistet.

Sie hatten Fotos von den jeweiligen Auffindesituationen der Körper und jede Menge Detailbilder. Schultheiss war ein Perfektionist, und dank ihm erhielt die erkennungsdienstliche Kartei, die Gustav Roscher, der Polizeichef installiert hatte, täglich mehr Material. Der Kommissar hatte sich ebenso wie sein Assistent eine Unmenge Notizen gemacht, sie hatten Zeugenaussagen von den Leuten, die die kleine Einweihungsfeier besucht hatten, aber auch von einigen Arbeitern, die in der Nähe zu tun gehabt hatten.

Morgen würden er und Kalweit sich daranmachen und alles, was sie von den beiden Opfern als Erkennungsmerkmale aufgenommen hatten, im Archiv abgleichen. Von der älteren Leiche hatten sie kaum Anhaltspunkte, aber bei der zweiten Toten würden sie mit etwas Glück fündig werden. Vielleicht war sie bereits einmal straffällig geworden. Wegen Prostitution oder Diebstahl. Dann würden sie sie finden.

Außerdem würde Berthold so bald wie möglich mit seinen Männern das gesamte Gelände des Magdeburger Hafens vom Brooktor bis zu den Fruchtschuppen durchkämmen. Vielleicht fanden sie etwas, irgendetwas, das einen Hinweis auf den Ort gab, an dem die Taten begangen worden waren. Der Mörder musste jede Menge Blutspuren hinterlassen haben, als er seine Taten beging. Vielleicht hatte er sein grausames Werk an den beiden Körpern sogar an ein- und demselben Ort begangen, das schien Berthold plausibel. Um so etwas zu tun, musste sich der Mörder sicher gefühlt haben. Vorausgesetzt, die erste Frauenleiche war auch das erste Werk des Täters, dann würde er bei seiner zweiten Tat versuchen, genauso vorzugehen. Schließlich war er offensichtlich weder gestört noch entdeckt worden, also musste er einen Platz gefunden haben, an dem er seiner perversen Tätigkeit sicher nachgehen konnte. Und, davon war der Kommissar fest überzeugt, er konnte die toten Frauen nicht weit getragen haben. Der Tatort musste sich folglich in der Nähe der Boote befinden. Es sei denn, fiel es Berthold nun ein, er hatte sie mit einem Fahrzeug transportiert. Einem Kraftwagen oder einem Fuhrwerk. Was wiederum ungleich auffälliger war, aber sie sollten, wenn sie die Arbeiter rund um den Hafen befragten, unbedingt auch diese Möglichkeit in Betracht ziehen. Wenn es ihnen gelang, diesen Ort zu finden, wären sie in der Ermittlungsarbeit einen großen Schritt weitergekommen.

Berthold Rheydt goss sich ein weiteres Glas Genever ein und begann sich dazu eine Pfeife zu stopfen. Tabak half ihm, sich zu konzentrieren. Das Pfeiferauchen war ein wunderbares Ritual für ihn, um zur Ruhe zu kommen und seine Gedanken zu ordnen. Und das war nötiger denn je. Er hatte in seiner bisherigen Polizeiarbeit nicht viel Anlass gehabt, intensiver über einen Fall nachzudenken, außer beim Mord an dem Uhrmacher in Eppendorf im April dieses Jahres. Aber das war der Fall von Inspektor Paulmann gewesen, der nicht viel darauf gegeben hatte, was Berthold dachte oder zur Lösung des Falls beitragen konnte. Dieses Mal war es anders. Dieses Mal leitete *er* die Ermittlungen, *er* teilte seine Leute ein, *er* gab Anweisungen. Alle Fäden führten in *seinem* Kopf zusammen.

Er musste ihnen allen einen Schritt voraus sein.

Rheydt zog an der Pfeife, schloss die Augen und ließ den

Tag und seine Eindrücke Revue passieren. Warum hatte er das unbestimmte Gefühl, der Täter würde es nicht bei diesen beiden Taten belassen?

Diese Morde waren besonders, sie waren keine impulsiven, aus einem bestimmten Anlass heraus begangenen Taten. Sie entsprachen in nichts seiner bisherigen Erfahrung, und selbst Paulmann, der lange im Dienst war und viel gesehen hatte, pflichtete ihm bei: Das hatte es noch nie in Hamburg gegeben. Die Morde, mit denen sie sonst zu tun hatten, waren hauptsächlich Morde aus Habgier. Ob der Mord an der Pfandleiherin in der Poolstraße, an ebenjenem Uhrmacher oder der Zimmerwirtin – erschlagen, erstochen oder stranguliert, weil die Täter es auf die gefüllte Ladenkasse, die Versicherungssumme oder das Bündel Geldscheine unter der Matratze abgesehen hatten. Seltener waren die Lustmordfälle oder Eifersuchtstaten. Aber immer war die Tat Mittel zum Zweck, und der Zweck war dann erfüllt, wenn das Opfer tot war.

Im Fall der Leichen aus dem Hafenbecken war das anders. Allem Anschein nach hatte der Täter die Frauen mit einem gezielten Schnitt durch die Kehle zunächst getötet, um sich anschließend an ihnen zu vergehen. Berthold schlug sein Notizbuch auf und las sich die Fragen durch, die er sich am Ende des langen Arbeitstages notiert hatte. Außer den Fragen nach dem Tatort und der Identität der Opfer mussten sie sich auch fragen, was zum Teufel der Grund dafür war, die Frauenkörper zu öffnen. War es vielleicht nicht ein einzelner Täter, sondern eine Gruppe? Eine perverse Sekte, die die Frauen bei einem Ritual geopfert hatte?

Was für ein ekelhafter Gedanke, fand Berthold Rheydt, schenkte sich aus der Geneverflasche nach, stand auf und schaute durch das straßenseitige Fenster in die Dunkelheit. Am Tage konnte er auf das Wasser der Elbe blicken, auf die

Schiffe, die in den Hamburger Hafen einliefen und die ihn wieder verließen, hin zur Nordsee. Schmerz und Sehnsucht fühlte er, wenn er den ziehenden Schiffen nachsah. Das Meer fehlte ihm, er hatte sein Leben mit ihm verbracht. Er war ein Inselkind, die Nordsee hatte ihn seine gesamte Kindheit und Jugend hindurch begleitet. Natürlich hatte er sich für eine Laufbahn bei der Marine entschieden, war zur See gefahren, hatte den Atlantik und das Mittelmeer kennengelernt, war bis in den pazifischen Ozean gekommen. Bis die See ihm seine Familie genommen hatte. Seine Frau und sein Sohn, im Watt verschwunden und seitdem Geister, die ihn heimsuchten. Daraufhin hatte er sich für das steinerne Häusermeer Hamburgs entschieden und für eine Karriere bei der Polizei. Aber die Sehnsucht blieb.

Berthold stieß das Gaubenfenster weit auf. Er konnte die Elbe riechen, frisch und klar strömte die Seeluft in das Zimmer und half ihm, die Nebelschleier in seinem Hirn zu vertreiben.

Er legte die Pfeife in den Aschenbecher auf dem Fensterbrett, so wollte es die Witwe Petersen, die den Tabakgeruch in Räumen nicht schätzte, und dann wusste er mit einem Mal, was ihm seit Stunden durch den Hinterkopf geisterte.

Alle Morde und Tötungen, die er in seinem Leben bislang gesehen hatte, waren mehr oder weniger dilettantisch. Vor allem, wenn es sich um erste Taten handelte. Ob es der Hammer war, der den Kopf nicht beim ersten Mal traf, das Messer, dessen erster Stich folgenlos blieb, die Strangulation, die sich als schwieriger als gedacht herausstellte – keine dieser Taten war je perfekt ausgeführt. Wie konnte es sein, dass eine derart komplexe Tat, wie sie der Mörder an den beiden Frauenkörpern ausgeführt hatte, anscheinend so reibungslos vonstattengegangen war? Wer auch immer dafür verantwortlich war, er hatte es möglicherweise nicht zum ersten Mal getan. Wer aber hatte Übung in so einer grauenvollen Tätigkeit? Ein Schlachter? Ein Doktor? Ein Soldat? Und warum, in drei Teufels Namen, hatte er sich so sicher gefühlt? Das Ganze musste schließlich eine Zeit lang gedauert haben. Er musste die Frauen in seine Gewalt bringen, sie töten, und schließlich hatte er sich auch noch die Zeit genommen, ihre Körper aufwendig zu verstecken.

Je länger Berthold darüber nachdachte, desto sicherer war er, dass er es hier keinesfalls mit einem impulsiv handelnden Mörder zu tun hatte. Dagegen wurde die Idee, es steckten möglicherweise mehrere Täter dahinter, immer wahrscheinlicher.

Und die Gewissheit, dass es weitere Morde geben würde, überwältigte den Kommissar jetzt mit Macht, während er in die Hamburger Nacht starrte.

Er würde nicht schlafen können. Nicht mit diesen Gedanken im Kopf.

Berthold Rheydt schloss das Fenster, drückte sich den Homburg auf den Kopf, nahm den schweren Wintermantel vom Garderobenhaken und entschied sich für seine Schnürstiefel statt der Knobelbecher, in denen er bereits den ganzen Tag unterwegs gewesen war.

Es würde eine lange Nacht für ihn werden.

Er begann seine Suche im »Langen Heinrich«, in einer Querstraße des Schaarmarktes. Rheydt wusste, in welchen Spelunken und zwielichtigen Schankstuben sich das Gesindel herumtrieb, das er suchte. Die Kleidung der ersten Toten hatte unzweifelhaft einer armen Frau gehört, darauf wies die einfache Kleidung sowie die Tatsache hin, dass beinahe alles, was die Beklagenswerte getragen hatte, mehrfach geflickt worden war. Gleichzeitig hatten der Hut und die dünne Strickjacke nicht wie die Kleidung einer einfachen Arbeiterin gewirkt, so etwas trug man nicht zum Arbeiten, sondern wenn man ausging, zum Tanz oder einem Fest. Rheydt und Kalweit hatten daraus übereinstimmend den Schluss gezogen, dass es sich bei der Frau um eine Prostituierte handeln könnte oder eine der Frauen, die sich durch Prostitution ein Zubrot zum kargen Lohn verdienten. Jedenfalls war es einen Versuch wert, sich bei den Luden im Gängeviertel umzuhören, vielleicht hatte Berthold Glück und traf auf jemanden, der ihm Informationen liefern konnte.

Die Luft im »Langen Heinrich« war zum Schneiden, der Holzboden klebte und war nass vom Bier und dem Dreck, den die Männer von draußen mit ihren schweren Arbeitsstiefeln hereinschleppten. Dicke Rauchschwaden hingen in der Luft, und Berthold Rheydt war sich bewusst, dass er alle Blicke auf sich ziehen würde. Er sah für die Männer hier aus wie ein feiner Pinkel, aber auch die, die ihn nicht kannten, würden wittern, dass er ein Polizist war.

Er bestellte ein Bier und sah sich um. Schlender-Jan kauerte am anderen Ende des Tresens und duckte sich noch ein Stückchen tiefer über seinen Bierkrug, als er den Blick des Kommissars auf sich fallen sah.

Berthold fixierte ihn mit den Augen, damit die Kanalratte nicht stiften ging, und bahnte sich mithilfe seiner Ellenbogen den Weg durch die Trinker.

Obwohl Schlender-Jan sichtlich nervös wurde, je näher der Kommissar kam, machte er keinen Versuch abzuhauen.

»Ich habe nichts auf dem Kerbholz, Kommissar!« Sein Versuch, treuherzig zu gucken, beeindruckte Rheydt kein bisschen.

»Mich interessiert im Moment nicht, was du auf dem Kerbholz hast, mein Junge. Ich brauche nur eine Information«, gab Berthold zurück, drückte den Mann, der neben dem Luden stand, zur Seite und schob sich so nah an Schlender-Jan heran, dass ihm von dessen säuerlichem Geruch fast der Atem wegblieb.

»Ich will nur wissen, ob du eines deiner Mädchen vermisst.«

Sein Gegenüber riss die Augen auf, die Überraschung schien echt zu sein.

»Was? Nee. Jette hat aufgehört, aber freiwillig, die war zu alt.« Er grinste zahnlos. »Obwohl, auch dafür gibt's Liebhaber.«

»Ich meine auch nicht in der letzten Zeit. Eher so vor einem bis einem halben Jahr.«

Schlender-Jan kniff die Augen zusammen und schien angestrengt zu überlegen. Aber da kam nichts, wie auch, bei seinem Schnapskonsum litt er vermutlich unter galoppierender Hirnerweichung. Er schüttelte schließlich den Kopf. »Nee. Da ist nichts. Mir fehlt keine.«

»Hast du was gehört?« Der Kommissar bemerkte, dass die Umstehenden ihre Unterhaltungen weitgehend eingestellt hatten und interessiert ihrem Gespräch folgten. Das war ihm nur recht. Es durfte sich ruhig herumsprechen, was er wollte. Im Gängeviertel war die Welt beengt und klein, jede Neuigkeit verbreitete sich wie ein Lauffeuer.

»Was gehört?«

»Dass ein Mädchen verschwunden ist. Oder eine Frau. Kein Kind, eine erwachsene Frau.«

Jetzt schien Schlender-Jan aufzugehen, dass es um etwas Größeres ging als um eine Strafe wegen Zuhälterei oder Prostitution. Auch in die anderen Männer um sie herum schien

Bewegung zu kommen. Obwohl der Tod in diesem Viertel allgegenwärtig war, beinahe täglich raffte er die durch Armut und entsprechend mangelhafte Hygiene, durch die beengten Wohnverhältnisse, harte Arbeit und Mangelernäherung geschwächten Menschen dahin, Kinder starben an Rachitis, Arbeiter und Arbeiterinnen an Trunksucht, und wer hier alt wurde, das waren ohnehin nicht allzu viele, ging irgendwann einfach an Erschöpfung und zerschundenem Körper ein. Schlägereien, Hurerei, Diebstahl – auch das war in den engen Gassen mit ihren unzähligen lichtlosen Hinterhöfen an der Tagesordnung. Aber dann, das schien dem Publikum im »Langen Heinrich« allmählich in seine benebelten Köpfe zu sinken, würde hier kein Kriminalkommissar stehen, keiner, der bei Mord und Totschlag ermittelte, und erst recht nicht nach Feierabend.

Berthold beschloss, seine Stimme etwas anzuheben, damit er in der Schankstube möglichst viele erreichte.

»Wir haben eine Frau am Hafen gefunden.« Er entschied, dass eine Leiche vorerst reichte, um die Flüsterpost in Gang zu setzen. »Sie ist tot. Und sie hat sich nicht selbst das Leben genommen. Sieht übel aus, und ich dachte, vielleicht hast du was gehört, Jan, dass eine verschwunden ist.«

Schlender-Jan spuckte den Priem, den er unter der Oberlippe ständig hin- und hergeschoben hatte, verächtlich auf den Kneipenboden. So, wie dieser aussah, war der Zuhälter nicht der Einzige, der sich so benahm, dachte Berthold Rheydt, ließ sich aber seinen Ekel nicht anmerken.

»Um die Ecke gebracht, meinen Sie?« Schlender-Jan sah sich in der Runde der Umstehenden um. Plötzlich schien er geschmeichelt zu sein, dass die Polizei in einer derart wichtigen Sache zu ihm kam und um Mithilfe bat. »Pfui Teufel!«

»Ganz genau, das meine ich. Mord.«

Der Kommissar trank die zweite Hälfte seines Bieres mit einem Zug aus, stellte es auf dem klebrigen Tresen ab. »Wenn du was hörst, lass es mich wissen. Hör dich um.« Er wandte sich ab und tippte sich an den Hut. »Das gilt natürlich auch für alle anderen. Wenn ihr nicht wollt, dass eure Mädchen in Gefahr sind, dann wendet euch an die Polizei.«

Damit verließ er den »Langen Heinrich«, erleichtert, dass er wieder Luft in die Nase bekam, die nicht nach Bier, Schweiß oder schlechtem Tabak stank, und außerdem, dass ihm niemand Schläge angedroht oder ein Bier über den Kopf gekippt hatte. Die Polizei war hier nicht überall wohlgelitten, Berthold war sich sicher, dass keiner von den Männern, die seinen Appell gehört hatten, sich jemals mit einer Information an sie wenden würde, aber er hatte einen Samen gepflanzt. Und der würde schon bald wachsen, und irgendwann würde das Bäumchen Früchte tragen, und dann würde es sogar die Polizei erfahren.

Nach hundert Metern sah er den »Schleusenkrug«, eine Kaschemme, die dem »Langen Heinrich« in ihrer Erbärmlichkeit in nichts nachstand, und er öffnete die Tür auch dieser Kneipe, schlug sich zum Tresen durch, bestellte ein Bier und ließ seine Augen durch den wabernden Tabakdunst wandern, bis er ein bekanntes Gesicht entdeckte.

Als sich das erste Grau des neuen Novembertages vom Hafen in die Fleete drückte, wattig und feucht, torkelte Berthold Rheydt aus dem »Munteren Hering« am Paradieshof, hangelte sich zum Vorplatz von St. Ansgar und ließ sich dort auf eine Bank nieder. Er duckte sich tief in seinen Mantel, ließ sich zur Seite kippen und schlief sofort ein.

7.

»Eins! Und … eins! Und … eins!«

Rhythmisch stachen die Ruder ins Wasser, Helenes Muskeln brannten, ihr Körper unter dem wollenen Leibchen war nass. Der Oberkörper beugte sich im Takt vor und zurück, vor und zurück, vollkommen synchron zu Greta, die vor ihr im Vierer saß. Morgens um sieben zogen sie auf dem Goldbeckkanal durch Winterhude und weiter hinaus aufs platte Land, glitten unter der Eisenbahnbrücke hindurch, entlang der Stadtparkerweiterung in Richtung Ohlsdorf. Die wenigen Enten, die sich aus den Schilfgürteln wagten, blieben unbeeindruckt von dem flachen Boot mit den Mädchen, die sich in die Riemen legten, und der Stimme der Steuerfrau im Bug.

Warmer Atem in eisiger Luft, das geflochtene Haar benetzt von Reif, jeder Muskel ihres Körpers angespannt – Helene genoss es, sich zu verausgaben, sich zu spüren, lebendig zu fühlen. Diese Momente im Boot, auf dem Wasser oder auch auf dem Fahrrad waren ihr die teuersten. Sie fühlte sich frei, frei! Nicht eingesperrt im Haus unter den strengen Augen ihres Vaters, der sie am liebsten nirgendwohin gehen lassen wollte und immer unter Aufsicht stellte, erst recht, seit Klaus nicht mehr da war und auf sie aufpasste. Wenn der Vater wüsste! Klaus war es gewesen, der ihnen beiden Freiräume verschafft hatte, schon als sie kleine Kinder gewesen waren. Unter seinen Fittichen hatte sie das Leben gesehen, hatte fliegen dürfen, frei wie ein Vogel. All das war nun vorbei, sie wurde eingesperrt ins Haus, seit dem gestrigen Vorfall wohl mehr denn je. Natürlich hatte sie ein schreckliches Donnerwetter über sich ergehen lassen müssen. Schließlich hatte sie ihrem Vater nicht gesagt, dass sie zur Eröffnung des Hauses am Hafen gehen würde, er hatte sie bei der Speisung der Bedürftigen in der

Kirche geglaubt. Helene fand zwar, dass es im Engagement für die Armen keine Unterschiede geben dürfe, das eine sollte so wertvoll wie das andere sein, hatte aber wohlweislich geschwiegen.

Über den Feldern erhob sich ein Schwarm Kraniche in die Luft und zeichnete ausgreifende Ornamente in den Novemberhimmel aus Stahl. Bei ihrem Anblick – der Lust am Fliegen, der Synchronität ihrer vollendeten Bewegungen, dem Vertrauen in die Formation – fiel ihr die große Volière ein, die sie im Wintergarten gehabt hatten, jahrelang. Irgendwann hatten Klaus und sie die Käfigtüren geöffnet, weil sie Mitleid mit den darin eingesperrten Vögeln gehabt hatten. Wie oft hatten die Kinder beobachtet, dass die Vögel, gelbe Kanaris, versucht hatten, innerhalb der Gitterstäbe zu fliegen. Verzweifelte, zum Scheitern verurteilte Versuche, die zumeist mit erschöpft auf dem Käfigboden sitzenden Vögeln geendet hatten. Kaum hatten sie und Klaus die Käfigtüren geöffnet, waren die Vögel hinausgeflattert, dankbar, wie es den Kindern schien. Ihre Freude jedoch währte nicht lange. Der Vater hatte sie spöttisch angesehen, als er davon erfuhr, und seinen Kindern gesagt, dass sie die zarten Geschöpfe, die Freiheit nicht gewohnt waren, dem sicheren Tod preisgegeben hatten. Die Tiere wussten weder, wo sie Nahrung finden sollten, noch waren sie gegen natürliche Feinde gewappnet.

Helene war erschüttert gewesen, ihr Vater hatte sie für den Tod der geliebten Vögel verantwortlich gemacht – wie sollte sie damit leben? Die ganze Nacht hatte sie geweint, war zu ihrem Bruder ins Bett geschlüpft und hatte sich von ihm trösten lassen.

»Weißt du, was die Leute von den Inseln sagen?«, hatte Klaus seine kleine Schwester gefragt. Sie hatte ihr tränennasses Gesicht in seine Seite gedrückt und darauf gehofft, dass er ihr etwas wirklich Tröstliches sagen würde, etwas, das sie zum Lachen und ihre Tränen zum Versiegen bringen würde.

»Lewer duad üs Slav«, beantwortete er seine rhetorische Frage. »Lieber tot als Sklave. Die Vögel sterben, so viel ist sicher. Aber sie waren frei, vielleicht nur kurz, aber sie haben das echte Leben geschmeckt. Konnten ihre Schwingen in die Luft erheben! Ist das nicht allemal besser, als ein Leben im Käfig zu verbringen?«

Die Frage hallte in ihr nach, immer noch, ganz besonders jetzt, fünfzehn Jahre später.

Ist es nicht besser, in Freiheit zu sterben, als ein Leben in Gefangenschaft zu verbringen? Sollte sie nicht etwas wagen, anstatt ein Leben in Unterwerfung zu führen wie ihre Mutter? Klaus war ausgebrochen, er hatte es vorgemacht. War irgendwo in Südamerika, im Dschungel, immer in Gefahr, von Eingeborenen gefangen genommen, von Schlangen gebissen oder Krokodilen getötet zu werden.

Aber Klaus war eben ein Mann und galt somit als Abenteurer.

Sie war eine Frau – was würde man über sie sagen, wenn sie ausbrechen und ein freies Leben führen würde? Mit Schaudern dachte Helene daran, in welchem Ton ihr Vater über Lida Heymann oder andere Frauen des Vereins »Frauenwohl« sprach.

Was wäre aber, wenn ihr das egal wäre? Sie sich davon frei machen könnte – wäre sie überhaupt fähig, dort draußen zu überleben?

»Wende über Backbord – los!«

Auf Kommando stellten die vier Ruderinnen die Ruderblätter backbord auf, legten sie steuerbord flach und bereiteten so die Wende vor. Die Ufer zu beiden Seiten lagen noch vollständig im Frühnebel, keine weiteren Boote waren im

Wasser, außer der Stimme ihrer Steuerfrau und dem keuchenden Atem der Mädchen war es vollkommen still. Eine unwirkliche Stimmung, als wären sie in eine Welt jenseits ihres Alltags eingetaucht, seien allem davongerudert. Leicht und frei waren sie, und hätte Helene entscheiden dürfen, so wären sie weitergefahren, so weit, bis sie über den Rand der Welt gekippt wären.

Oder in die Mündung des Amazonas eingelaufen, dachte Helene nun amüsiert, um Klaus zu besuchen.

Sie hatte ihm noch gestern geschrieben, sie musste ihr Erlebnis mit irgendjemandem teilen, denn Julie, die Helene unbedingt im Rauchsalon hatte treffen wollen, war ausgegangen. Sie hatte ihren freien Abend und war, so behauptete die Köchin, zum Schwof. Helene hatte es mit einer Mischung aus Neid und Verärgerung aufgenommen. Nach der Gardinenpredigt ihres Vaters und dem Beinahe-Nervenzusammenbruch ihrer Mutter hätte sie dringend mit jemandem reden müssen, der ihre Aufregung teilte. So aber hatte Helene an Klaus geschrieben und dabei heimlich eine Salem geraucht – aus dem geöffneten Fenster. Dass ihr Vater sie auch dabei erwischen konnte, war ihr gleich gewesen, schlimmer konnte es ohnehin nicht mehr kommen. Hausarrest war über sie verhängt worden, die Hauswirtschaftsschule stand an, sobald ihr Vater einen Platz für sie bekam.

Haus, Haus, Haus. Das war alles, was ihren Eltern einfiel. Und das Schlimmste, was man ihr antun konnte. Guter Gott, sie war zwanzig Jahre alt, zwei Jahre älter als Julie, die längst selbstbestimmt lebte, Geld verdiente und einfach so tanzen gehen konnte. Was hätte Helene darum gegeben, mit dem Dienstmädchen zu tauschen! Und nun hatte ihr Vater beschlossen, dass sie doch die Hauswirtschaftsschule besuchen sollte, was nichts anderes bedeutete, als zu lernen, wie sie eine gute Hausfrau und Mutter und Dienerin ihres zukünftigen Mannes werden sollte.

Wütend hängte Helene sich in den Riemen und bekam sofort eine Rüge von der Steuerfrau.

»Curtius! Zurück ins Glied! Und … eins! Und … eins!«

Helene krampfte ihre Hände um die Ruder, sie wusste nicht, wohin mit ihrer Wut, ihrer Energie, dem Hunger aufs Leben. Sie fühlte sich so bereit auszubrechen, aber gleichzeitig hilflos, weil sie keine Möglichkeit sah, wie sie entkommen konnte. Dabei war sie gestern noch so nah dran gewesen. Hätte sie nicht die Leiche gefunden. Allerdings hätte sie dann auch nicht diese Ärztin getroffen. »Gehen Sie nach Zürich!« – aber wie?

»Halbe ohne Kraft!«

Sie waren wieder am Langen Zug angelangt, viel zu schnell wieder am Ruderklub. Die Steuerfrau manövrierte sie an den Steg, das schmale Ruderboot glitt geräuschlos an seinen Platz. Auf Kommando machten die Mädchen sich fertig zum Anlegen und Aussteigen, zogen gemeinschaftlich das Boot ins Bootshaus, keuchten und sprachen kein Wort. Nieselwetter hatte eingesetzt, ein feuchter Film aus Regen und Schweiß überzog Helenes Körper, sie freute sich auf ein heißes Bad und kräftige Massage mit der Bürste. Aber was sollte sie mit dem Tag anfangen? Am Kamin neben ihrer Mutter sitzen und lesen? Oder sticken? Eine Freundin treffen war ihr verboten worden. Und Julie, die heute wieder arbeitete, würde zwischen ihren Aufgaben im Haus kaum Zeit für sie haben.

Helene verabschiedete sich von ihren Sportkameradinnen, und ihr Blick fiel über den Langen Zug zu ihrem Zuhause. Den Wildgänsen im Garten und den hohen Fenstern in allen drei Stockwerken. Im ersten Stock sah sie vage eine Figur zwischen den Vorhängen, ein hellblaues Kleid, das Zimmer dahinter im Dunkeln.

Fanny. Ihre Mutter blickte zum Ruderklub hinüber und hob sacht eine Hand zum Gruß, offenbar hatte sie Helene beobachtet und bemerkt, dass diese sie gesehen hatte.

Helene blieb stehen und nahm das Bild, das sich ihr bot, in sich auf. Den dominanten Bau aus rotem Klinker mit weißen Verblendungen aus Stuck, üppig und hochherrschaftlich. Ein Haus, das bürgerlichen Stolz ausstrahlte. Seht her, sagte es, hier lebt der Pastor mit seiner Familie, und er lebt nicht schlecht. Die Silhouette ihrer Mutter darin aber war schwach und schmal, verletzlich.

Ein kleiner Kanarienvogel in seiner Volière.

»Lewer duad üs Slav«, murmelte Helene, hob eine Hand, um ihre Mutter zu grüßen, und trat den Heimweg an.

»Das Wasser ist heiß«, sagte Julie anstelle einer Begrüßung, als sie Helene die Haustür öffnete. Diese nickte und wollte das Dienstmädchen um ein Treffen bitten, später, aber sie kam nicht dazu, denn ihre Mutter wartete bereits mit einer Nachricht im Flur.

»Du hast einen Anruf bekommen«, sagte sie, Verwunderung in der Stimme. »Ein Kommissar Rheydt bittet dich, auf die Wache im Stadthaus zu kommen. Deine Aussage muss protokolliert werden.«

Helene hatte große Mühe zu verbergen, dass sie innerlich jubilierte! Ob es Gott doch gab? Klaus hatte behauptet, Nein, aber dieses unverhoffte Geschenk, das ihr gerade gemacht wurde, das musste eine himmlische Macht arrangiert haben!

»Ach ja«, sagte sie leichthin und bückte sich zu ihren Schuhen, um diese aufzuschnüren und ihr glückliches Gesicht vor ihrer Mutter zu verbergen. »Hat er gesagt, wann?«

»Heute. Eine Uhrzeit hat er nicht genannt. Soll ich dich begleiten?«

»Danke, Mutter«, gab Helene zurück. »Das wird nicht nötig sein. Leg dich hin und ruh dich aus.«

Dann lief sie hinauf in ihr Zimmer, übermütig drei Stufen auf einmal nehmend.

Kommissar Berthold Rheydt war eine Enttäuschung auf der ganzen Linie. Helene hatte sich auf der Hinfahrt zum Polizeipräsidium ausgemalt, wie ihre Vernehmung ablaufen könnte, hatte insgeheim gehofft, dass der leitende Ermittler ihr vielleicht einen kleinen Einblick in seine Erkenntnisse erlauben würde, schließlich war sie es gewesen, die den spektakulären Fund gemacht hatte, sie, eine junge Frau aus dem gehobenen Bürgertum, keine von den Beklagenswerten, die im Frauenhaus Hilfe suchen mussten.

Stattdessen wirkte dieser Rheydt, als wäre er geradewegs aus einer Hafenkaschemme ins Büro gestolpert. Der Bartschatten kündete davon, dass er sich nicht rasiert hatte, und zwar nicht nur an diesem Morgen. Der Geruch, der in dem kleinen, dunklen Raum hing, ließ Helene um Atem ringen, Schweiß, Tabak und Branntwein ergaben eine ekelerregende Mischung. Das Hemd des Kommissars, das er unter der Weste trug, war am Kragen nachlässig geöffnet, an den Armen hochgekrempelt, als hätte er vor, schwere körperliche Arbeit zu verrichten, und ebenso knittrig wie Weste und Hose.

Er musste in seiner Kleidung geschlafen haben, dachte sie bei sich, wenn er überhaupt irgendwo geschlafen hat. Die Augen lagen tief in dunklen Höhlen, wieder und wieder fuhren die großen Hände des Mannes darüber, wischten und rieben, als müssten sie verhindern, dass ihm die Lider zufielen.

Noch war kein einziges Wort gefallen, seit ein Schupo, der

nun neben der Tür stand, sie ins Allerheiligste eingelassen hatte.

Berthold Rheydt hatte nur kurz aufgeblickt, Helene zugenickt und stumm auf den Stuhl ihm gegenüber gewiesen. Er selbst las in Papieren, die vor ihm auf dem Schreibtisch lagen. In völliger Unordnung, was Helene angesichts der überaus informellen Gesamtsituation nicht überraschte.

Er könnte durchaus etwas zu seinem Vorteil aus sich machen, fand Helene und musterte die gebeugte Figur des großen Mannes. Er war breit, aber nicht dick, sondern muskulös. Volles dunkles Haar fiel ihm immer wieder in die Stirn, während er sich auf seine Lektüre konzentrierte. Seine Lippen waren schön geschwungen, er hatte weiche Züge, gab sich aber alle Mühe, besonders grimmig und verkniffen dreinzublicken. Ausgeprägte Kiefermuskulatur, stellte Helene fest, und starke Hände wie ein Arbeiter, Berthold Rheydt schien auf den ersten Blick nicht hinter den Schreibtisch zu gehören.

Eher in einen Boxring.

»Boxen Sie?«, entfuhr es ihr, und im selben Moment schämte sie sich für ihre Vorwitzigkeit.

Der Kommissar blickte sie überrascht an, konnte sich aber ein Lachen nicht verkneifen.

»Fußball«, gab er zurück. »Wie kommen Sie darauf?«

»Ihre Hände. Sie wirken, als könnten Sie damit mehr anfangen, als nur einen Stift zu halten.«

»Ich kann Knochen brechen«, nahm Rheydt ihr den Wind aus den Segeln, kam hinter dem Schreibtisch hervor und stellte sich mit verschränkten Armen ihr gegenüber. »Fräulein Helene Curtius.«

Es war eine Feststellung, keine Frage, und seine Augen musterten sie, als versuchte er, ihre verborgensten Gedanken zu lesen. Sie nickte und zwang sich, ihm in die Augen zu sehen, dazu musste sie fast den Kopf in den Nacken legen.

»Was führt eine brave Pastorentochter an den Magdeburgquai?«

Ihr lag eine freche Antwort auf der Zunge, aber sie beherrschte sich und erzählte dem Kommissar von der Anzeige in der Zeitung. Dass sie neugierig gewesen war und beschlossen hatte, sich das Frauenhaus am Quai einmal anzusehen. Dass sie dazu ihren Vater belogen hatte, verschwieg Helene.

»Wie haben Sie den Weg dorthin gefunden?«, hakte der Kommissar nach. »Eine Frau allein, die mir nichts, dir nichts in den Freihafen wandert, das wundert mich. Dort wird gearbeitet und nicht flaniert.«

Langsam dämmerte Helene, dass sie sich von dem verwahrlosten Äußeren des Kommissars dazu verleiten ließ, ihn zu unterschätzen. Aber seine Fragen kamen schnell, präzise, sie waren scharfsinnig und trafen ihren wunden Punkt.

»Sind Sie vielleicht schon mehrmals dort gewesen? Wieso fühlen Sie sich von dem Ort angezogen, Sie sind nicht gerade die Klientel, die man dort erwartet?«

»Nein, ich … Es war das erste Mal, und ich hatte keine Ahnung, wo … Ich bin den Männern von der Presse gefolgt.«

Rheydt zog die Augenbrauen nach oben. »Und warum, wenn ich fragen darf?«

»Ich war neugierig.«

»Und darüber hinaus?«, fragte er scharf zurück und beugte sich nach vorne, die Hände stemmte er auf die Knie und schob sein Gesicht nah an ihres.

Helene würgte fast, so unangenehm war der Schnapsatem des Polizisten. Sie beugte sich zurück. Der Kommissar bemerkte ihr Unwohlsein und richtete sich wieder auf. »Pardon.«

»Also gut. Ich habe eine Auseinandersetzung mit meinem Vater darüber, was ich mit meinem Leben anfange.«

Rheydt setzte sich wieder hinter seinen Schreibtisch, was Helene dankbar zur Kenntnis nahm. Sie war bereit, dem Kommissar ihre Lebensgeschichte zu erzählen, schließlich hatte er nach dem wahren Grund ihrer Anwesenheit dort gefragt, aber er schien sich nicht weiter für ihre ausschweifende Antwort zu interessieren. Egal, dachte sie und trat die Flucht nach vorne an. Als sie in ihrer Erzählung an den Punkt kam, wo sie sich hinter den verkohlten Bohlen verbarg, weil sie nicht gesehen werden wollte, fiel Rheydt ihr ins Wort.

»Fräulein Curtius. Ich habe Sie heute hergebeten, weniger, weil Ihre Aussage für den Fall vonnöten wäre, das ist sie keineswegs, Ihre Entdeckung der Leiche verdankt sich einem Zufall, sondern weil ich Ihnen ganz deutlich vor Augen führen möchte, dass Sie an Orten wie diesem nichts, aber auch gar nichts verloren haben.«

Helene spürte, wie heiße Scham ihr die Wangen rötete.

»Sie sind ein Uhlenhorster Mädel, die Tochter eines angesehenen Bürgers. Bleiben Sie, wo Sie hingehören, und treiben Sie sich weder im Hafenviertel noch an den Speichern und Quais herum. Ich sage das zu Ihrem Schutz.«

Helene erhob sich. »Wo ich mich aufhalte oder nicht, Herr Kommissar, ist Ihre Sache nicht. Vielleicht sollten Sie selbst auf Ihren Umgang achtgeben …« Sie wedelte demonstrativ vor ihrer Nase herum. »… und ansonsten Ihre Ratschläge für sich behalten.«

Helene wandte sich zur Tür, der Schupo trat grinsend einen Schritt zur Seite und öffnete ihr diese, als sie von draußen lautes Kindergeschrei und die Stimmen von Polizisten vernahm.

Rheydt schob sich augenblicklich vor Helene und schnitt ihr den Weg ab.

In der Wachstube stand ein junges Mädchen, sicherlich nicht älter als vierzehn Jahre. Die Tränen liefen ihr über das fahle Gesicht, ihr Kleid war verschlissen, auf dem Arm hielt sie ein schreiendes Kleinkind, in fadenscheinige Lumpen gewickelt. An der anderen Hand fasste sie einen kleinen Jungen, mit dem für Rachitis so typisch verkrümmten Körper. Er sah aus, als verhungerte er bei lebendigem Leib. Auch ihm liefen Tränen übers Gesicht.

Einer der Schupos, die mit betroffenen Gesichtern um die Kinder herumstanden, drehte sich um, als er Rheydt hinter sich hörte.

»Sie suchen ihre Mutter«, sagte er.

»Ich hab gehört«, richtete sich das Mädchen an den Kommissar, »Sie ham wen gefunden?«

Instinktiv trat Helene einen Schritt zurück und versuchte, sich unsichtbar zu machen. Aus Pietät, sie spürte, dass diese Szene nicht für ihre Augen und Ohren bestimmt war, aber auch aus Neugierde, schließlich schien es hier um den Leichenfund vom Vortag zu gehen.

Berthold Rheydt, den Helene noch vor wenigen Minuten als grobschlächtig und desinteressiert wahrgenommen hatte, kniete sich jetzt vor die Kinder hin, streckte eine Hand aus, und der kleine Junge setzte sich tatsächlich vertrauensvoll auf das Knie des Polizisten. Helene ertappte sich bei dem Gedanken, dass dem Jungen der Gestank, der dem Kommissar entströmte, anscheinend weniger zu schaffen machte als ihr.

»Wir haben zwei Frauen im Hafen gefunden«, gab Rheydt aufrichtig zur Antwort. Das junge Mädchen schwankte kurz, und es schien, als hielten ihre Beine sie nicht, aber sie biss die Zähne zusammen und nickte unmerklich.

»Aber kommt bitte in mein Büro – Brenner, machen Sie mal Kakao, und vielleicht treiben Sie noch etwas Essbares auf.«

Helene beobachtete, wie Rheydt sich wieder zu ganzer Größe aufrichtete, sein Scheitel berührte um ein Haar die niedrige Decke der Wache, dabei den Jungen auf seinen Arm nahm und sich umdrehte, um in sein Büro zu gehen.

Helene wich aus, aber es schien, als bemerkte der Kommissar sie nicht, er war konzentriert auf die drei Kinder.

Sie jedoch registrierte durchaus, wie sich sein Ausdruck verändert hatte, nichts Zynisches stand mehr in seinem Gesicht, stattdessen erschienen ihr seine Züge weich, fast liebevoll.

Und in seinen Augen stand tiefe Trauer.

8.

Sie identifizierte die Jacke ihrer Mutter. Den Rock, die Schürze.

Berthold Rheydt hatte es nicht übers Herz gebracht, das Mädchen mit dem Frauenkörper, der nur wenige Hundert Meter weit entfernt in der Leichenhalle lag, zu konfrontieren. Das Antlitz der weiblichen Leiche war schwer zu ertragen, selbst für ihn, den Polizisten. Aber erst recht nicht für ein vierzehnjähriges Mädchen, das seiner toten Mutter ins Gesicht blicken würde. Oder dem, was von ihr übrig war.

Stattdessen behalf er sich damit, dass sie die Kleidung ihrer Mutter erkannte, und nicht nur das, sie wusste ohne jeden Zweifel, dass es die Dinge gewesen waren, die die Mutter am Abend ihres Verschwindens getragen hatte.

»Wieso kannst du dich so genau an das Datum erinnern?«, fragte er Sophie. So hatte sie sich ihm vorgestellt. Sophie, Tessa und Marten Lautenschläger. Drei von sieben Kindern der verstorbenen Elsie Lautenschläger. Die gerade einmal einunddreißig Jahre alt geworden war, bis ein Verrückter sie auf schreckliche Weise ermordet hatte.

»Weil«, Sophie zog die Nase hoch und wischte sich erneut über die vom Weinen geröteten Augen, »weil sie Hilfe holen wollte.«

»Hilfe?«

Berthold hatte dem Mädchen gegenüber noch nicht darüber gesprochen, dass er vermutete, es handle sich bei der Frau um eine Prostituierte. Möglicherweise wusste das Mädchen ohnehin davon, in den Vierteln der Armen gingen viele Mütter diesem Nebenerwerb nach; je mehr Kinder sie zu versorgen hatten und je größer die Not, desto geringer die Scham, sich das nötige Haushaltsgeld mit dem eigenen Körper zu verdienen.

Aber einstweilen schwieg er darüber, er wollte die Kinder nicht noch mehr verletzen.

»Der Vater hat wieder keine Arbeit bekommen. Sie geben ihm nichts mehr.«

Sophie sah Berthold Rheydt in die Augen, ihr Blick war stumpf, gleichgültig fast, und obwohl ihr die Tränen aus den Augen liefen, meinte Berthold darin zu erkennen, dass sie mit ihrem Schicksal abgeschlossen hatte. Der Vater war nutzlos, die Mutter verschwunden, Geld gab es keines und zu essen erst recht nicht. Sie stand in der Blüte ihrer Jugend, aber sie hatte keine Zukunft. Kümmerte sich um ihre kranken Geschwister, bis sie selbst krank werden würde oder von einem Luden auf den Strich geschickt oder beides zugleich.

Sophie Lautenschläger hatte von der Zukunft nichts zu erwarten.

»Wo ist dein Vater jetzt?«

»Zu Hause. Er ist immer zu Hause. Er war ein Schwarzer, aber seine Lunge macht nicht mehr mit. Er liegt im Bett und hustet.«

Ein Schwarzer, so viel verstand der Kommissar, war ein

schwarzer Schauermann, also einer, der die Kohle von den Booten löschte und sie in schweren Säcken von den Schuten in die Lagerhäuser schleppte. Der Kohlenstaub zerfraß die Lungen dieser Schauerleute, keiner von ihnen erlebte ein hohes Alter.

»Also musste eure Mutter das Geld verdienen?«

Der kleine Marten auf seinem Schoß versuchte, an den Teller mit den Broten, die Bertholds Kollegen für die Kinder von ihrer eigenen Verpflegung gespendet hatten, zu kommen, und Berthold zog diesen dichter heran. Der Junge saß noch immer auf seinem Schoß, der Kommissar hatte seine große Hand schützend auf den buckligen, mageren Rücken gelegt. Marten mochte so alt sein wie Willem damals, als er mit seiner Mutter im Watt verschwand. Sonst verband die Kinder nichts miteinander. Willem war ein strohblonder und rotwangiger Lausbub gewesen, vorlaut und verspielt, gesund und wohlgenährt, ein Kind der Inseln. Marten hier auf seinem Schoß glich einem klapprigen Äffchen, er war unterernährt und rachitisch. Hatte kein Wort gesprochen, vielleicht war er der Sprache nicht mächtig, weil niemand mit ihm redete. Bertholds Herz wurde von einer unerbittlichen Faust in seinem Brustkorb zusammengepresst, aber er wusste: Er konnte den Kindern nicht helfen. So viel Elend, Tag für Tag, wenn er einmal anfing, sein Herz zu öffnen, würde er es nie wieder verschließen können.

Solche wie die Familie Lautenschläger gab es viele. In den Resten des Gängeviertels, in Altona oder Barmbek. Den Armenvierteln der Stadt, dort, wo die einfachen Arbeiter wohnten. Marten hatte das Brot mit wenigen Bissen aufgegessen, jetzt hustete er und spuckte die Krümel über den Boden des Büros.

Berthold sah darüber hinweg. Es würde die einzige Mahlzeit sein, die der kleine Kerl seit Langem zu sich genommen hatte, und er würde so schnell auch nichts mehr zu beißen bekommen.

»Noch einmal zurück zum Abend des …« Er blickte auf seine Notizen. »… sechsten September. Was genau ist an dem Tag passiert? Warum hat deine Mutter Hilfe geholt, und was war anders als sonst?«

Das Mädchen schloss kurz die Augen, um sich zu konzentrieren, und erzählte schließlich erstaunlich detailliert und der Reihe nach, was geschehen war und warum sie sich so gut daran erinnerte. Letzten Endes lief es darauf hinaus, dass der Vater, wie so oft, den Tag am Hafen verbracht hatte, aber wegen seiner schlechten Konstitution und der geschwächten Lunge keine Arbeit bekommen hatte. Die Mutter, Elsie, putzte zum Nebenerwerb in zwei Geschäften, einem Kolonialwarenladen und einem Milchgeschäft. Aber natürlich reichte das Geld vorne und hinten nicht aus, um neun Menschen satt zu kriegen und obendrein die Miete zu bezahlen. An diesem Tag, dem sechsten September, war ihre Verzweiflung so groß geworden, dass sie sich gewaschen, ihre besten Kleider angezogen und auf den Weg gemacht hatte – um Hilfe zu holen, wie sie gesagt hatte.

»Hast du eine Idee, was sie damit gemeint haben könnte? Mit Hilfe?«

Sophie schüttelte den Kopf. »Vater ist noch in der Nacht los, um sie zu suchen. Aber keiner hat sie gesehen. Er ist immer wieder los, nichts.«

Niemand wusste, wohin Elsie Lautenschläger gegangen war, um Hilfe zu holen. An wen hatte die Frau sich gewandt? Nachbarn, Familie, ein Doktor – laut Sophie hatte der Vater überall gefragt, aber Fehlanzeige.

»Wäre sie zum Hafen gegangen?«, tastete sich Berthold

Rheydt vorsichtig an das heikle Thema heran. »Dort haben wir sie gefunden.«

»Was soll sie denn im Hafen? Am Abend?« Das Mädchen zog die Brauen zusammen. »Nee, da wär sie niemals nicht hingelaufen. Da ist doch nur Gesindel, da hatte meine Mutter nichts zu suchen.«

Der Kommissar glaubte ihr. Bäuerlein, der Physicus, hatte noch keinen Bericht vorgelegt, er würde später zu ihm in die Leichenhalle gehen und sich erkundigen, was er gefunden hatte. Sicherlich würde er ihm auch sagen können, ob Elsie Lautenschläger sich prostituiert hatte oder ob sie, das glaubte Berthold Rheydt zum jetzigen Zeitpunkt, das Pech gehabt hatte, auf ihrem Weg wohin auch immer dem falschen Mann zur falschen Zeit begegnet zu sein. In den dunklen Gassen des Gängeviertels lauerten Gefahren, vielleicht war Elsie Lautenschläger ein Zufallsopfer gewesen.

Er und Kalweit hatten bereits spekuliert, dass die beiden Frauenleichen nicht dort ermordet worden waren, wo man sie gefunden hatte, sondern dass der Mörder sie dorthin transportiert hatte, um sie zu verstecken. Vielleicht verfügte der Mörder – und dass es ein Mann sein musste, dessen war sich Rheydt sicher – über eine Droschke, einen Leiterwagen oder Ähnliches. Mit Leichtigkeit hätte er eine Leiche auf diese Weise in den Hafen bringen können, es genügte eine Plane, um den Körper zu verstecken. Es würde obendrein nicht besonders auffallen, wenn man in der Nacht Waren in den Hafen transportierte.

»Warum seid ihr nicht zu uns gekommen?«

Sophie zuckte nur mit den Schultern. »Hilft einem doch sowieso keiner. Nicht solchen wie uns. Die Leute im Viertel ham alle gewusst, dass Mutter weg ist. Die ham schon die Augen aufgehalten.«

Dieses Verhalten, der Polizei nicht zu trauen, war Berthold nur allzu bekannt. Je niedriger der gesellschaftliche Status, desto größer das Misstrauen gegenüber dem Staat. »Die da oben« interessieren sich doch sowieso nicht für »uns da unten«, war die gängige Meinung. Allerdings, korrigierte er sich im Geiste, galt das auch für die Spitze der Gesellschaft. Die Adligen und die reichsten Bürger der Stadt. Auch sie hatten die fatale Neigung, Dinge unter sich auszumachen oder unter den Teppich zu kehren, weil sie der Meinung waren, den Staat gehe ihr Leben nichts an.

Seine Strategie, auf die Flüsterpost der Kneipen zu setzen, war jedenfalls goldrichtig gewesen und hatte sehr viel schneller ein Ergebnis gezeitigt, als der Kommissar es sich erhofft hatte. Euphorie über das rasche Ermittlungsergebnis verbat er sich dennoch angesichts der traurigen Lage, in die Elsie Lautenschlägers Tod ihre Kinder gebracht hatte.

»Meine Kollegen begleiten euch jetzt nach Hause, Sophie. Und ich möchte, dass ihr fest darüber nachdenkt, du und dein Vater, was deine Mutter mit Hilfe holen gemeint hat. Hat sie eine Freundin? Verwandte? Du schreibst mir alle auf, die dir einfallen, bei denen deine Mutter um Hilfe gebeten haben könnte.«

Als er den ratlosen Blick des Mädchens sah, wusste der Kommissar, dass dies vergebene Liebesmüh war – Sophie konnte nicht schreiben.

»Oder dein Vater«, schob er nach. Hob den kleinen Marten von seinem Schoß und sah den Kindern hinterher, die von zwei Schutzpolizisten nach draußen begleitet wurden.

Es war nicht üblich, dass sich die Kommissare in den schäbigen Raum begaben, in dem der Physicus die Leichen untersuchte, und noch weniger üblich war es, dass sie sich gleich vor Ort eingehend demonstrieren ließen, was er über etwaige Verletzungen herausgefunden hatte. Doktor Bäuerlein, der den Platz des Physicus seit vielen Jahren besetzte und ein erfahrener Leichenbeschauer war, machte aus seiner Verwunderung über Berthold Rheydts lebhaftes Interesse keinen Hehl.

»Eigentlich gehören sie schon abtransportiert«, murmelte er in seinen wild wuchernden Bart hinein, schlug aber dennoch das schmutzige Leintuch zurück, das den Körper von Elsie Lautenschläger bedeckte.

»Ihre Vermutung hat sich bestätigt«, nickte er Berthold zu. »Beide Frauen wurden durch einen tiefen Kehlschnitt getötet. Erstaunlich ist dabei, dass der Mörder nur einmal ansetzen musste. Er muss die Opfer überrascht haben, und es gab vermutlich keine Gegenwehr. Hat sie sich von hinten gegriffen und einmal durchgezogen. Das hat gereicht.«

»Sehr professionell«, bemerkte der Kommissar.

»Und kaltblütig. Das war jemand, der genau wusste, was er tat.«

»Und der es nicht zum ersten Mal getan hatte«, führte Berthold Rheydt den Gedanken weiter.

»Na, na, na, da gehen die Gäule mit Ihnen aber durch, Rheydt.«

Der Kommissar drehte sich um und sah zu seiner Verwunderung seinen Chef Inspektor Christian Paulmann in der Tür stehen. Er füllte mit seiner gedrungenen und rundlichen Figur den Rahmen beinahe zur Gänze aus, der kahle Kopf glänzte im Gegenlicht. »Schneemann« wurde der Oberkommissar hinter vorgehaltener Hand genannt, weil er ebenso wie ein solcher aus mehreren Kugeln zusammengesetzt schien.

Berthold hörte Bäuerlein neben sich schnaufen, einen derartigen Auflauf hatte der Physicus in seinen so gar nicht edlen Hallen vermutlich selten erlebt.

»Habe Sie gesucht«, schnaufte Paulmann kurzatmig und

kam zu ihnen hinüber, stoppte jedoch abrupt, als er kurz vor seinem Untergebenen stand.

»Wie sehen Sie eigentlich aus, Rheydt? Und Sie stinken zum Gotterbarmen!«

Berthold hatte gehofft, dass seine Ausdünstungen hinter dem ekelhaften Geruch, der in der Leichenhalle hing, verschwinden würden, aber Paulmann war nahe genug an ihn herangetreten, um Branntwein von Formaldehyd unterscheiden zu können.

Auf der Stelle nahm er Haltung an. »Bitte um Verzeihung, Herr Inspektor, habe ermittelt, anstatt zu schlafen.«

Paulmann kniff die Augen zusammen und schnüffelte skeptisch. »Das können Sie mir doch nicht erzählen. Sie stinken, als hätten Sie in einem Branntweinfass ermittelt.«

»Völlig richtig.« Berthold Rheydt stand noch immer stramm, so wie er es beim Militär jahrelang exerziert hatte, die Hände an der Hosennaht, und bemühte sich um größtmögliche Ernsthaftigkeit. »Habe mich in ein paar Kaschemmen umgehört.«

Sein Vorgesetzter starrte ihn an, diese vermeintlich renitente Antwort hätte mindestens einen Tadel verdient, aber Paulmann, der durchaus eine humorvolle Ader hatte, beschränkte sich darauf, den Ton zu verschärfen.

»Sie sind Polizeikommissar im deutschen Kaiserreich, Rheydt! Mit Ihrem verlotterten Aussehen bringen Sie die ganze Truppe in Misskredit! Ich will Sie hier nicht mehr sehen, bis Sie sich in Ordnung gebracht haben und aussehen, wie ein Kommissar der Hamburgischen Polizei auszusehen hat!«

Berthold Rheydt nickte ergeben, war aber fest entschlossen, seinem Chef noch etwas abzutrotzen, bevor er sich wusch und umzog.

»Sie erlauben, Herr Inspektor, ich bräuchte mehr Männer

für die Untersuchung. Ich dachte, vielleicht fünfzehn oder zwanzig …«

»Rheydt!« Paulmann brüllte, dass die Wände wackelten. »Raus! In einer Stunde stehen Sie in meinem Büro und duften nach Veilchen!«

Veilchen, das war zu viel verlangt. Aber Kölnisch Wasser hatte Berthold hingekriegt. Zusammen mit Pfefferminz. Er hatte sich gewaschen, die Zähne geputzt, umgezogen, seiner Zimmerwirtin Petersen die stinkenden Klamotten mit der Bitte um Reinigung vorbeigebracht und von ihr einen Kaffee serviert bekommen, in dem der Löffel stehen konnte. Dann war er schleunigst wieder ins Revier zurückgekehrt, es galt jetzt, keine Zeit bei der Ermittlung zu verlieren.

Paulmann ließ kein Wort über die wundersame Verwandlung seines Kommissars verlauten, stattdessen ließ er ihn den Fall zusammenfassen und hörte konzentriert zu.

Berthold legte ihm die Tatortfotos sowie Detailfotos der Leichen vor, berichtete, wie es zu dem Fund durch Helene Curtius gekommen war und dass er die Flüsterpost in den Kneipen des Hafenviertels in Gang gesetzt hatte, womit er sofortigen Erfolg vorweisen konnte.

»Ziemlich eigenwillige Methoden«, kommentierte sein Vorgesetzter, beließ es jedoch dabei.

»Wir haben eine Menge Ermittlungsarbeit vor uns, Herr Inspektor, wir müssen die Leute nach Elsie Lautenschläger befragen, ich würde gerne den Hafen durchkämmen, vom Zollkanal zum Baakenhafen …«

»Wozu das denn?« Paulmann sah alles andere als begeistert aus. »Das ist ja ein Gelände so groß wie halb Hamburg! Was erhoffen Sie sich davon? Sie haben doch ihre Leichen, der Mörder wird sich wohl kaum da verstecken.«

Mit dieser Antwort hatte Berthold Rheydt gerechnet, Paulmann war ein hervorragender Ermittler, er hatte eine Reihe spektakulärer Mordfälle aufgeklärt, aber er war bekannt dafür, dass er am liebsten im Alleingang oder höchstens mit kleinem Team arbeitete. Es widerstrebte ihm, eine ganze Mannschaft Schupos loszuschicken.

»Erstens wurden die Frauen nicht dort getötet, wo sie entdeckt worden sind. Ich muss aber den Tatort finden, wenn ich etwas über den Täter wissen will.«

Paulmanns skeptischer Blick wich kein bisschen, deshalb fuhr Berthold größere Geschütze auf.

»Außerdem gehe ich davon aus, dass es noch weitere Opfer gibt, die der Mann früher getötet hat. Und wenn er so ist, wie ich denke, dann wird er so lange weitermachen, bis wir ihm das Handwerk gelegt haben. Eile ist geboten, Herr Inspektor.«

»Woher nehmen Sie das denn?«

Berthold räusperte sich. Er musste seine Worte jetzt gut wählen, um den Chef zu überzeugen. Auf der Wache galt er ebenso wie auf dem Fußballfeld als Heißsporn, als einer, der voranstürmte, ohne nach rechts und links zu blicken – und sich dabei gerne einmal vergaloppierte. Diesen Eindruck galt es nun, tunlichst zu vermeiden.

»Bäuerlein ist ebenso wie ich der Ansicht, dass der Täter nicht zum ersten Mal auf diese Weise getötet hat. Einem Menschen mit nur einem gezielten Schnitt die Kehle zu durchtrennen, gelingt nicht auf Anhieb. Darin muss man Übung haben – und das übt man auch nicht an einem Tier. Er hat nicht einmal oder mehrmals angesetzt, er hat präzise durchgezogen. Deshalb glaube ich, dass die beiden Frauen, die wir gefunden haben, nicht seine ersten Opfer waren.«

Paulmann beugte sich über die Bilder, die vor ihm lagen.

»Aber das ist doch nicht alles«, gab er zu bedenken. »Der hat doch ein Massaker angerichtet!«

»Er – und ich denke, wir sind uns einig, dass nur ein Mann zu einer solch grausamen Tat fähig ist – hat einen Längsschnitt durch den Oberkörper gesetzt, bis hinunter zum Schambein. Auch dies mehr oder weniger professionell. Und dann …« Berthold Rheydt merkte, dass ihm der starke Kaffee der Kapitänswitwe wieder hochkam, den er auf nüchternen Magen getrunken hatte. »… hat er ihre Organe entfernt.«

»Pfui Teufel!« Der Oberkommissar lehnte sich mit einem Ruck nach hinten, als wollte er größtmöglichen Abstand zwischen sich und die auf den Bildern dokumentierten Gräueltaten bringen. »Das ist ja monströs!«

»Eben darum brauche ich volle Unterstützung«, wiederholte Berthold Rheydt seine Bitte. »Der das getan hat, ist krank. Ein Tier. Ein skrupelloses Wesen im Blutrausch, und ich bin fest überzeugt: Er wird es wieder tun.«

»Das ist Spekulation.« Paulmann griff zu seiner bereits erkalteten Zigarre und kaute darauf herum. »Es könnte ein Durchreisender gewesen sein. Schließlich haben Sie die Opfer im Hafen gefunden. Vielleicht ist er längst über alle Berge.«

Auch diese Möglichkeit hatte der Kommissar bereits in Erwägung gezogen.

»Die Frauen wurden mit großem zeitlichem Abstand getötet. Bäuerlein schätzt, dass das erste Opfer ungefähr ein halbes Jahr tot ist, dem Verwesungszustand nach zu urteilen. Das wäre Mai. Vielleicht ein Monat mehr oder weniger. Die Leiche der Elsie Lautenschläger ist vermutlich vom 6. oder 7. September. Natürlich ist es möglich, dass es ein Täter von außerhalb ist, ein Seemann, ein Handlungsreisender. Aber gerade dann müssen wir anderen Häfen telegrafieren und uns nach ähnlichen Vorfällen erkundigen. Das alles kostet Zeit.«

Er richtete sich jetzt zu voller Größe auf. »Zeit, die wir nicht haben.«

»Also gut«, Paulmann legte die weich gekaute Zigarre wieder in den Aschenbecher zurück. »Meinetwegen. Sie bekommen Ihre Männer.«

Mit großen Schritten durchquerte Berthold Rheydt den Wachraum, hinter dem sein kleines Büro lag.

»Brenner! Kalweit!«

Der Schupo und der Kriminalassistent beeilten sich, ihrem Chef zu folgen. Kaum hatten sie das Kabuff betreten, schmiss Berthold Rheydt die Tür hinter ihnen zu.

»Spielen Sie Fußball?«

Brenner und Kalweit wechselten einen irritierten Blick und schüttelten beide den Kopf.

»Dann bringe ich es Ihnen bei. Wir sind jetzt eine Mannschaft. Brenner, Sie holen einen Kollegen ins Team. Einen Mann, den Sie für clever halten und dem Sie vertrauen.«

Kalweit, der als Kriminalassistent der ranghöhere Polizist war, nahm seinen Mut zusammen. »Eine Mannschaft? Das heißt, wir ermitteln zu dritt?«

»Zu viert.« Berthold Rheydt rang nach Luft, der Kragen seines Hemdes schnürte ihm die Luft ab, er schwitzte, das war der Ärger, sein Körper gierte danach, sich abzureagieren. »Das war alles, was mir der Inspektor zugestanden hat. Zwanzig Leute habe ich gefordert – drei habe ich bekommen.«

Betreten sahen seine Kollegen zu Boden.

»Wie dem auch sei.« Berthold schlug mit der flachen Hand auf den Schreibtisch. »Wir lösen den Fall. Schlafen können wir, wenn wir tot sind.«

9.

»Tut es hier weh?«

Die Frau stöhnte. Anne schob ihre Hände behutsam näher an die Leiste heran. »Und hier?« Wieder drückte sie sacht, aber die Frau, die vor ihr auf der Untersuchungsliege lag, schien trotz der vorsichtigen Berührung starke Schmerzen zu empfinden.

Natürlich wusste Anne, was geschehen war. Die dunklen Verfärbungen auf dem Bauch und dem Unterleib der Frau sprachen Bände. Jemand hatte sie getreten oder mit der Faust geschlagen. Mehrmals.

»Ich möchte das gerne von innen untersuchen. Wir müssen nachsehen, ob Sie schwerwiegende Verletzungen haben.«

»Von innen?« Die Frau richtete sich auf und sah Anne verwirrt an. Sie hatte die zwanzig erst knapp überschritten, aber der Ausdruck in ihren Augen war bereits stumpf und abgeklärt.

»Wie wollense das denn machen? Von innen?«

Anne zeigte auf den gynäkologischen Stuhl, die Spende einer wohlhabenden Bürgersfrau, auf die Anne sehr stolz war. Einen solchen Stuhl hatten nur wenige Ärzte und Kliniken, aber für ihre kleine, notdürftig eingerichtete Praxis im Frauenhaus der Paulstraße stellte dies wahren medizinischen Luxus dar.

»Sie nehmen dort Platz, ich kippe Sie ein bisschen nach hinten, und dann kann ich Sie untersuchen. Ich mache das sehr behutsam, es tut nicht weh.«

»Außer meinem Mann hat da keiner was zu suchen.«

Anne verkniff sich den Kommentar, dass sie im Gegensatz zum Ehemann ihrer Patientin kein gewalttätiger Grobian war, und setzte ihr gewinnendstes Lächeln auf.

»Ich möchte gerne nachsehen, ob alles in Ordnung ist. Sie

haben wahrscheinlich innere Blutungen. Wenn ich weiß, wie es aussieht, kann ich etwas gegen Ihre Schmerzen tun.«

Sie musste noch ein Weilchen Überzeugungsarbeit leisten, aber schließlich ließ sich die Frau überreden und stimmte einer Untersuchung zu. Zum Glück waren die inneren Verletzungen weniger dramatisch, als Anne befürchtet hatte, sie gab der Frau starke Schmerzmittel mit, klärte sie über Genitalhygiene auf und hoffte, dass es der Patientin in Zukunft gelang, ihrem Mann besser auszuweichen oder rechtzeitig Hilfe zu holen.

Aber eigentlich wusste sie es besser. Die junge Frau vor ihr würde diese Gewalt wieder erleben. Und wieder. Und irgendwann trat der Mann einmal zu oft oder zu hart zu.

Ihre Wut über Männer wie diesen wusste die Ärztin mittlerweile zu unterdrücken. Früher, in England, hatte sie geglaubt, den Frauen die Augen über ihre gewalttätigen Männer öffnen zu müssen, aber sie hatte stattdessen erlebt, dass diese ihre Peiniger noch verteidigten und rein gar nichts an ihrer Ohnmacht verändern wollten. Es hatte gedauert, bis Anne Fitzpatrick begriffen hatte, wo man den Hebel ansetzen musste: bei der Wohlfahrt. Bildung, medizinische Versorgung, Unterstützung in der Kinderbetreuung – damit konnte sie helfen. Sie und so viele andere Frauen, die sich in Verbänden und Vereinen für ihr Geschlecht engagierten. Stärkte man die Frauen mit dieser Form von Unterstützung, anstatt sie gegen ihre Männer aufzuhetzen, stärkte man auch ihr Selbstvertrauen. Wehren würden sich die Frauen dann irgendwann von allein.

Also sagte sie auch zu dieser Patientin kein schlechtes Wort über deren Gatten, sondern drückte ihr einen Zettel mit dem Programm des Hauses in der Paulstraße in die Hand in der Hoffnung, dass die junge Frau die Angebote dort auch annehmen würde.

»Suppe?« Theresa stand in der großen Küche und rührte in einem großen Topf, als Anne nach ihrer letzten Patientin den kleinen Untersuchungsraum abschloss und sich im Haus umsah, ob sie noch irgendwo anders gebraucht würde. Draußen war es bereits finster, der feuchte Hamburger Abendnebel stand wie Milchsuppe vor den Fenstern, das Licht der Gaslaternen schimmerte gelblich.

»Ja danke. Es war ein langer Tag.«

»Wie jeder Tag.«

Anne nickte und nahm nur zu gern eine Schale deftigen Linseneintopfes entgegen, brach sich ein Stück Brot ab und setzte sich mit Theresa an den Tisch. Sie waren die letzten an diesem Abend, tagsüber hatten sich zehn Frauen um den Betrieb gekümmert. Hatten mit Kindern gespielt, Unterricht erteilt, Seelsorge betrieben, Kleider und Essen ausgeteilt. Das Haus war seit seiner Gründung vor dreizehn Jahren stets gut frequentiert. Es gab bereits weitere Frauenhäuser, aber es waren immer noch zu wenig. Sie mussten dringend expandieren, in andere Stadtteile vordringen, noch mehr Angebote für noch mehr bedürftige Frauen und Kinder machen.

Das grüne Haus wäre wichtig gewesen. Als weitere Anlaufstelle, aber auch wichtig für sie, Anne Fitzpatrick. Sie hatte ihr Herz daran gehängt, nur wenige Wochen nach ihrer Ankunft in Hamburg hatte sie begonnen, an dem Haus zu arbeiten. Geld und Energie hineingesteckt, vor allem aber: Hoffnung. Dieses Haus sollte ihre Zukunft sein, es sollte ihr ermöglichen, die Vergangenheit hinter sich zu lassen und etwas zu schaffen, das sie endlich sesshaft werden ließ.

Aber der Ripper hatte ihr einen Strich durch die Rechnung gemacht.

»Anne?«

Sie blickte in Theresas verwundertes Gesicht.

»Du hast mir gar nicht zugehört, oder?«

»Tut mir leid, ich war vollkommen in Gedanken.«

Theresa fragte zum Glück nicht nach, vermutlich glaubte sie, dass die Ärztin einfach nur erschöpft war von dem arbeitsreichen Tag. Womit sie nicht völlig danebenlag, aber in Annes Kopf jagten sich seit dem Erlebnis vom Vortag noch viele andere Gedanken, überschlugen sich und bereiteten ihr Kopfzerbrechen.

Theresa, die junge Köchin, die einst als Hilfesuchende gekommen war und nun ein festes Gehalt vom Verein »Frauenwohl« dafür bezog, dass sie die Küche betrieb, stand auf und füllte Suppe nach.

»Hast du schon gehört?«, fragte sie Anne, »die Polizei hat eine von den toten Frauen, die sie am grünen Haus gefunden haben, identifiziert.«

»So schnell?« Anne war ehrlich überrascht. »Aber das war doch erst gestern? Und bei dem Zustand der Körper … Ich hätte das nicht für möglich gehalten.«

»Elsie Lautenschläger. Sie wurde vermisst. Ihre Tochter hat sie identifiziert. Sophie, erinnerst du dich?«

Anne legte den Löffel neben den Teller und suchte in ihrem Kopf nach Bildern, die sie den Namen zuordnen konnte. Elsie und Sophie Lautenschläger. Etwas klingelte da, aber es war zu leise, als dass sie behaupten könnte, sich an die Frauen zu erinnern.

»Sie waren ein paarmal hier. Zum Essen. Sieben Kinder hatte die arme Frau.«

»Ist das die, die bei Kolonialwaren Bremer geputzt hat?«

Theresa nickte, und jetzt entstand vor Annes geistigem Gesicht das Bild der Toten. Sicher, sie erinnerte sich. Elsie war sogar einmal am grünen Haus aufgetaucht. Sie hatte um Arbeit gebeten in der Hoffnung, sie könnte gegen Essen oder ein paar Groschen mit anpacken. Anne hatte ihr damals den

Auftrag gegeben, Vorhänge zu nähen, was die Frau dankbar und zu voller Zufriedenheit erledigt hatte.

Theresa berichtete Anne, dass sich die Nachricht unter den bedürftigen Frauen, die sich in der Paulstraße eingefunden hatten, wie ein Lauffeuer verbreitete. Obwohl der Tod in ihren Kreisen an der Tagesordnung war – durch Krankheit, Komplikationen bei der Geburt oder schlichtweg Erschöpfung –, Mord war doch etwas anderes. Mord war eine Sensation, auch in den Armenvierteln. Zumindest, wenn es kein Mord aus Eifersucht oder Habgier war. Elsie Lautenschläger war eine bedauernswerte, aber eine redliche Frau gewesen, eine, der ein so grausames Schicksal keineswegs ins Buch des Lebens geschrieben war.

Sie unterhielten sich noch ein wenig darüber, was ihr wohl zugestoßen sein mochte, aber Anne spürte, dass sie jedes Wort, das sie über den Ripper – oder den, der ihm nacheiferte – verlor, bedrückte. Sie wollte nicht daran denken, alles, was mit London zu tun hatte, schob sie ganz weit von sich. Sie wollte nicht an die Zeit dort erinnert werden, obgleich sie mehr als eine Dekade sehr glücklicher Jahre in Großbritannien verbracht hatte.

Aber das war das Leben einer anderen gewesen.

Jetzt lebte sie das Leben von Doktor Anne Fitzpatrick, und in diesem Leben hatten Erinnerungen an damals nichts zu suchen.

Nur eine Erinnerung hatte sie hinübergerettet. Sie trug sie tief in ihrem Herzen, ein winziges Licht, das ihr Innerstes wärmte und erhellte.

Die Liebe zu Milena.

Die Kohlen, die sie am Morgen in den Ofen gelegt hatte, umwickelte Anne stets fest mit einer dicken Lage Zeitungspapier, damit die Stücke nicht so rasch verglühten und die Wärme bis zum Abend, wenn sie in die Dachgeschosswohnung zurückkehrte, anhielt. Jetzt legte Anne nach, sie hatte, bevor sie die Treppen emporgestiegen war, noch einen Eimer Briketts aus dem Keller geholt. Das war die Art von Luxus, die sie sich nun leistete in ihrem neuen Leben: Sie gab Geld für Briketts aus, nicht für Kohlenbruch. Gute und teure, fest gepresste, schwarz fettige Briketts, die nicht nur ein kurzes, loderndes Feuer erzeugten, sondern die Wohnung nachhaltig wärmten. Sie hatte in ihrem kleinen Bad sogar die Möglichkeit, mit einem Ofen warmes Wasser zu machen und ab und an, so wie heute, wenn die klamme Kälte bis in die Knochen kroch, eine Badewanne zu nehmen. Hier lag sie nun im angenehm warmen Wasser, ein Glas Gin in den Händen, starrte durch das Gaubenfenster in die sternenlose Novembernacht und fühlte sich zerschlagen und einsam. Anne dachte an ihren Vater, was würde er sagen, wenn er sehen würde, wie bescheiden, in seinen Augen elend, sie wohnte, obwohl er ihr monatlich ein üppiges Salär auszahlte, mit dem sie ohne Weiteres eine Beletage in Harvestehude hätte mieten können.

Aber Anne zog es vor, das Geld in ihr Projekt zu stecken, das grüne Haus – wozu sollte sie im Luxus schwelgen? Sie war eine alleinstehende berufstätige Frau, und daran würde sich in absehbarer Zeit nichts ändern.

Ihr Vater. Er hätte nicht gutgeheißen, wenn er wüsste, wie sie hier lebte und was sie tat. Sie war das einzige Kind ihrer Eltern, heiß geliebt und verwöhnt, aber mit einem einzigartigen Dickschädel ausgestattet, der sie immer wieder in heftige Konflikte mit dem Patriarchen gebracht hatte. Wäre es nach ihrem Vater gegangen, hätte sie nach ihrem Abitur in die Londoner Gesellschaft eingeheiratet, aber Anne hatte ein Medizinstudium in Edinburgh durchgesetzt. Wieder ruhte die Hoffnung ihrer Eltern auf einer gewinnbringenden Heirat mit einem Arzt, aber auch hier machte die Tochter ihnen einen Strich durch die Rechnung und ging zu Scotland Yard, um dort in der Pathologie zu hospitieren.

In dieser Zeit hatte sie Milena kennengelernt, eine Suffragette, und mit dieser Bekanntschaft hatte Annes junges Leben noch einmal eine Kehrtwendung vollzogen. Milena, die aus Russland stammte, brachte Anne dazu, sich in der Frauenwohlfahrt zu engagieren, und dieses Betätigungsfeld führte zum Bruch mit ihrer Familie.

Es gab einen schrecklichen Streit mit dem Vater, und es war das letzte Mal, dass Anne ihn und ihre Mutter gesehen hatte. Seine monatlichen Schecks nahm sie trotzdem an. Milena hatte sie dazu überredet, hatte sie davon überzeugt, dass das Geld der Sache diente, dass sie nur wenig davon für den Lebensunterhalt benötigte und den nicht unerheblichen Rest den Bedürftigen zugutekommen lassen konnte.

Wohl hatte sich Anne damit nicht gefühlt, um wie viel lieber hätte sie von ihrer Arbeit gelebt, schließlich war sie promovierte Ärztin. Allerdings musste sie feststellen, dass sie keine Chance auf eine bezahlte Festanstellung in den Londoner Kliniken hatte – eine alleinstehende Frau, die berufstätig sein wollte, ohne Mann und Kinder, das schien den meisten Arbeitgebern suspekt –, stets bot man ihr stattdessen eine schlecht bezahlte Stelle als bessere Oberschwester an.

Anne lehnte ab. Spezialisierte sich auf Geburtshilfe und Gynäkologie und half in der Wohlfahrt, ohne Bezahlung. Auch das dank der Unterstützung ihres Vaters.

Noch zweimal hatte sie seit der großen Auseinandersetzung Kontakt mit ihm aufgenommen, zweimal hatte sie ihn um Hilfe gebeten, und beide Male hatte er sie ihr gewährt. Ohne Fragen oder Forderungen zu stellen, was ihr ohnehin schon schwarzes Gewissen noch mehr belastete.

Beim ersten Mal musste sie Hals über Kopf vor der Polizei aus London fliehen – und ihr Vater hatte ihr innerhalb kürzester Zeit eine Passage auf einem seiner Schiffe vermittelt.

Kurze Zeit später hatte sie ihn um das leer stehende Haus auf dem Magdeburgquai gebeten, und wieder hatte er ihr es, ohne zu zögern, überlassen.

Sie stand tief in seiner Schuld.

Ein schreckliches Gefühl, eines, das ihr schlaflose Nächte bereitete, und Anne wusste, dass sie sich dem endlich einmal stellen und ihr Verhältnis zum Vater klären musste.

Aber nicht jetzt, nicht heute, beschloss sie und tauchte einmal ganz tief unter Wasser, um die langen Haare von der Seife zu befreien.

Später, als sie unter dem klammen Plumeau lag und sich an die heiße Wärmflasche klammerte, kehrten die großen Fragen wieder zurück, die Fragen, die sie sich schon so lange stellte, und seit dem Fund der Leichen drängender denn je: Will ich so leben? Ganz allein, auf mich gestellt, im Verborgenen, unter einer falschen Identität? Darf ich jemals wieder jemandem vertrauen, ihm oder ihr anvertrauen, welch dunkles Geheimnis mich plagt? Kann ich überhaupt in Hamburg bleiben, oder soll ich nicht weiterziehen, jetzt, wo mein Traum vom grünen Haus, dem Zufluchtsort für Frauen, geplatzt ist?

Die junge Ärztin wälzte sich von der einen Seite auf die andere, Bilder ihres Vaters, ihrer Mutter, von Milena und sorglosen Tagen in London trieben durch ihren Kopf, und darüber fand sie doch kurz nach Mitternacht in den Schlaf.

Als Anne am Morgen die Augen aufschlug, war es wie so oft in Hamburg: Hatte sich der gestrige Abend noch mit undurchdringlichem Nebel und Regen verabschiedet, so zeigte sich der heutige Tag wie klargespült, eine gnädige Hand hatte den düsteren Schleier gelüftet, und die sonnenbeschienene Stadt strahlte von ihrer schönsten und heitersten Seite. Von ihren Fenstern aus blickte Anne auf die Außenalster, sie wohnte in der Gurlittstraße, unweit des neuen Hauptbahnhofes und des Allgemeinen Krankenhauses. Außerdem hatte sie es nicht weit in die Paulstraße, dem in der Neustadt gelegenen Frauenhaus. Zu Fuß benötigte sie lediglich zwanzig Minuten, bei schlechtem Wetter nahm sie die Trambahn.

Heute jedoch entschied sie sich, einen großen Spaziergang zu unternehmen, bevor sie zu ihrer Arbeit gehen würde. Die Sonne war gerade erst aufgegangen, klirrende Kälte färbte das Alsterufer frostig weiß, der Himmel leuchtete blau, und Anne Fitzpatrick freute sich darauf, ihren Kopf durchzupusten und die Lungen mit frischer, gesunder Luft zu füllen.

Sie würde die Alster einmal umrunden, die Sonne genießen und die Welt umarmen. Wie sehr der simple Spruch »Morgen sieht die Welt schon wieder anders aus« doch zutraf!

Mit gefütterten Schnürstiefeln, einem gewalkten Wollmantel und einer Fellmütze – echter russischer Nerz, hatte Milena behauptet – lief Anne entschlossenen Schrittes los. Die Kälte biss in den Lungen, Augen und Nase liefen, aber sie freute sich an dem stillen Wasser der Alster, den hauchdünnen Eisschichten auf den Pfützen und dem bereiften Schilf.

Eine halbe Stunde später hatte sie bereits das Uhlenhorster Fährhaus erreicht, das zu dieser frühen Morgenzeit geschlossen und verlassen dalag. Sie setzte sich auf die Stufen, um Luft zu holen. Es war bis auf einige Augenblicke im Sommer, wenn sie durch den Park Planten un Blomen flanierte oder Hagenbeck besucht hatte, den Jungfernstieg entlangspazierte oder an der Elbe ein spontanes Bad genommen hatte, einer der seltenen Augenblicke, in denen sie gewahr wurde, wie sehr sie Hamburg liebte. Wie schön war diese Stadt!

Als Jugendliche hatten sie Hamburg beinahe über Nacht verlassen müssen, mussten alles zurücklassen – ihr Haus, ihre Heimat, ihre Freundinnen. Aber auch ihre Geheimverstecke, ihre Großmutter und ihre Hasen, die in einem Stall im Garten der elterlichen Villa lebten.

Und all das, um nach London zu gehen, eine Stadt, die ihr lange fremd geblieben war, nicht zuletzt, weil sich ihr fünfzehnjähriges Ich der neuen Sprache verweigert hatte. Der Schmerz des Verlustes war allzu groß gewesen, dafür war später, als sie London doch noch in ihr Herz geschlossen hatte, ihre Hamburger Kindheit immer blasser geworden, bis sie fast vergessen war.

Anne erhob sich und ging weiter, hinter der Krugkoppel beschleunigte sie ihre Schritte, steuerte nun auf den Harvesterhuder Weg zu und damit auf die Villa, in der sie ihre Kinderjahre verbracht hatte. Ob sie noch stand? Wer dort nun wohnte?

Mit Verwunderung nahm Anne Fitzpatrick wahr, dass die Gründerzeitvilla samt Garten beinahe genauso aussah, wie sie sie in Erinnerung hatte. Die akkurat gestutzte Buchsbaumhecke, die die Auffahrt säumte, war neu, ebenso ein Terrassenanbau, aber ansonsten wirkte der mächtige Sandsteinbau so, als hätte sie ihn gestern erst verlassen.

Längst vergessene Kindheitserinnerungen stiegen bei seinem Anblick in ihr auf, wie sie Ostereier gesucht oder mit ihrer Freundin im Garten Federball gespielt hatte. Ihre Mutter war plötzlich vor ihrem geistigen Auge sehr präsent, ihre wunderschöne und immer lächelnde Mutter, deren schwarzes Lockenhaar sich ebenso wenig bändigen ließ wie das ihrer Tochter.

Der Vater jedoch spielte kaum eine Rolle in den Erinnerungen, wie auch, er war so selten zu Hause gewesen. Ein mächtiger Reeder, der von früh bis spät in der Nacht gearbeitet hatte. Erst nach der Katastrophe, drüben in England, hatte Anne ihn besser kennengelernt, aber da war es fast zu spät gewesen für innige Tochterliebe. Mit fünfzehn hinterfragt man die Eltern, sieht sie mit kritischen Augen, insbesondere den fast fremden Mann, der über das Leben der Tochter bestimmte, als kennte er sie besser als sie sich selbst.

Bei dem Gedanken an die Katastrophe, von der Anne bis heute nicht wusste, was tatsächlich in Hamburg vorgefallen war, zuckten ihre Augen unwillkürlich zur pompösen Nachbarsvilla hinüber.

Hier lebte Wilhelm von Stetten mit seinen Söhnen. Joachim und Johannes fiel es Anne auf einmal ein, Namen, an die sie zwölf Jahre nicht gedacht hatte. Und als hätte sie mit den Namen die Geister der Vergangenheit beschworen, fuhr ein Automobil in die lange Auffahrt, die zur Villa des Bankiers von Stetten führte, und hielt mit laufendem Motor an der Treppe zum Haus. Dessen Eingangstür öffnete sich, ein livrierter Butler trat heraus, hielt einen Flügel der Tür geöffnet und wartete mit leicht gesenktem Kopf, bis ein älterer Herr, den Anne augenblicklich an seinem imposanten Backenbart als den Hausherrn erkannte, heraustrat. Er musterte den Himmel, nahm von seinem Butler etwas entgegen, eine Aktentasche oder Ähnliches. Dann stieg der Chauffeur aus dem Wagen, öffnete eine hintere Autotür für von Stetten, dieser nahm Platz, und sogleich fuhr der Mercedes um das Rosenrondell und die Auffahrt wieder hinunter. Der Fahrer stoppte, bevor er in den Harvestehuder Weg einbog, sodass Anne den Kopf unwillkürlich senkte, um nicht erkannt zu werden. Aus den Augenwinkeln musterte sie Wilhelm von

Stetten, und der Eindruck, den sie gewann, war der gleiche, den sie schon von Kindesbeinen an von ihm gehabt hatte.

Ein schrecklicher Mensch.

Von Stetten war einer der einflussreichsten Männer der Hansestadt. Ein hohes Tier im Senat, in der Bürgerschaft saß er den Deutschkonservativen vor, alter Hamburgischer Adel, größtes Bankhaus der Stadt. Kaum jemand verfügte über so eine Machtfülle wie er. Und er verstand es, dies alle, die mit ihm zu tun hatten – und das war die halbe Stadt –, spüren zu lassen.

Auch ihr Vater hatte es gespürt, schmerzlich. Denn was immer auch die Katastrophe gewesen sein mochte, die dazu geführt hatte, dass ihre Familie Hals über Kopf aus der Hansestadt fliehen und ihr Vater in London fast wieder bei null anfangen musste – Anne hatte schon als junges Mädchen geahnt, dass ihr Nachbar Wilhelm von Stetten ganz unmittelbar damit zu tun hatte.

Die Familien waren einander lange Jahre zugetan gewesen, ihr Vater und ihre Mutter hielten sich viel darauf zugute, dass sie so einen einflussreichen Nachbarn hatten, dessen häufige Gäste sie waren.

Aber eines Tages war es vorbei gewesen. Zu der Zeit war die Ehefrau von Stettens gestorben, Anne wusste nicht, woran, aber danach war das nachbarliche Verhältnis erkaltet. Keine gemeinsamen Diners, keine Soireen, kein Gruß von Garten zu Garten. Ihre Eltern hatten Angst, auch wenn sie es die Tochter nicht spüren lassen wollten, aber Kinder haben feine Antennen für Misstöne, und Anne hatte gewusst: Vater und Mutter zittern vor dem Bankier.

Binnen eines halben Jahres hatte sich die Stimmung in ihrem Haus ins Düstere und Traurige verkehrt, und schließlich hatten sie die Stadt verlassen.

Nein, dachte Anne, dies hier, die Villen und der Pomp, das Herrschaftsgebaren und die Dienstfertigkeit, das ist nicht mehr meine Welt. Und ich möchte dahin auch nie wieder zurück.

Sie schüttelte sich wie ein Hund, der den Tadel seines Herrchens abstreifen will, und lief zunächst weiter am Alsterufer, aber ihre Beine wurden jetzt schwer, war es die Vergangenheit, die sie eingeholt hatte, oder doch der lange Weg? Sie entschied sich, am Alten Raben eine Droschke in die Innenstadt zu nehmen, wo sie sich an der Ecke Jungfernstieg/Alsterdamm absetzen ließ. Die letzten paar Meter lief sie wieder zu Fuß, sie wollte nicht an der Paulstraße mit der Pferdedroschke vorfahren, das hätte den Frauen dort ein falsches Bild vermittelt. Schon von Weitem sah sie die Schlange, die an der Suppenküche stand, es waren Mütter mit den kleinsten Kindern, die frühmorgens um ein Frühstück und Milch für die Kinder anstanden.

Anne beschleunigte ihre Schritte, einige der wartenden Frauen erkannten sie und grüßten, und Anne spürte, dass ihr das Herz aufging. Von wegen einsam! Hier wurde sie gebraucht, hier hatte sie ihre Freundinnen vom Verein, die sich ebenso wie sie der guten Sache verschrieben hatten.

Das war ihr Leben, und während sie Mantel und Mütze abstreifte, in den weißen Arztkittel schlüpfte, die Hände wusch und desinfizierte, wusste Anne eines mit Bestimmtheit: Jetzt durfte sie nicht aufgeben. Nicht fliehen, nicht weiterziehen, sondern kämpfen. Sie würde das grüne Haus in Betrieb nehmen, so, wie sie es geplant hatte!

10.

Als Helene endlich die Dammtorstraße erreichte und einen Platz für ihr Fahrrad suchte, war sie vollkommen durchgeschwitzt. Ihr Gesicht glühte – vor Anstrengung, weil sie durch die halbe Stadt gestrampelt war, des Nachts, vorbei an Kraftdroschken und Pferdefuhrwerken, Trambahnen und Pferdebussen. Aber auch vor Aufregung, weil das, was sie tat, der Gipfel des Verbotenen war! Nichts ahnend saßen ihre Eltern in diesem Moment im Deutschen Schauspielhaus und lauschten irgendeinem langweiligen Stück des alten Lessing. Während ihre Tochter sich draußen herumtrieb und eine Filmvorstellung besuchte, anstatt wegen des verordneten Hausarrests auf ihrem Zimmer zu bleiben.

Zwei Tage hatte Helene warten müssen, bis die Gelegenheit, zu Hause auszubrechen, gekommen war.

Zwei Tage, in denen sie das Erlebte mit sich herumtrug und nicht darüber reden konnte, weil sie außer mit Julie mit niemandem ein Gespräch führen durfte. Sie hatte Paulina eine Nachricht zukommen lassen, und diese hatte ihr geantwortet, dass sie Gewehr bei Fuß stand – Helene sollte über Julie ein Signal geben, wann und wo sie sich treffen konnten, sie würde sich dort einfinden.

Heute Morgen war es schließlich so weit gewesen. Helene hatte beim Frühstück aufgeschnappt, dass ihre Eltern eine Theateraufführung besuchen wollten. Eine Notiz an Paulina genügte – wie immer überbrachten entweder Julie oder die Köchin ihre Nachrichten gegen ein paar Groschen Handgeld –, und schon stand der verbotenen Verabredung mit der besten Freundin nichts mehr im Weg.

Paulina hatte es gut, dachte Helene mit einem Anflug von Bitternis, während sie ihr Hammonia zwischen zwei Büsche schob. Der Vater ihrer Freundin war Anwalt und bekennender Sozi, außerdem war Paulina die jüngste von vier Schwestern, da waren die Eltern sehr viel weniger streng als bei Helene, deren einzelne Schritte wachsam beäugt wurden.

Sie zog ihre Mütze vom Kopf, versuchte notdürftig, ihre rote Mähne zu bändigen, und sah sich um. Was für ein Leben! Auf dem breiten Damm flanierten auch zu dieser Stunde noch Himmel und Menschen! Vor dem »Waterloo-Theater« standen die Leute Schlange, und Helene hoffte inständig, Paulina sei vor ihr am Lichtspielhaus gewesen und habe ihnen bereits Karten besorgt. Das Lichtspielhaus im »Waterloo-Hotel« war eines der größten der Stadt in einem festen Bau – und was für einem Bau! Erst vor einem Jahr war es prachtvoll neu eröffnet worden, mit Rokoko-Fassade und -Innenraum, die Bestuhlung glich der des gegenüberliegenden Stadttheaters. Vierhundertfünfzig Zuschauer fanden hier Platz! Dies war nicht eines der notdürftig errichteten Lichtspieltheater mit einer Leinwand aus Bettlaken und Bierbänken, nein, hier wurde dem Film der Raum gegeben, der ihm Helenes Meinung nach gebührte: einer Kunstform, die dem Theater in keiner Weise nachstand.

Auch dies ein Streitpunkt mit ihrem konservativen Vater, der glaubte, dass der Film dazu erfunden worden war, um die Köpfe der Menschen zu verwirren, anstatt sie, so wie es das Theater seiner Meinung nach tat, aufzuklären und eine kathartische Wirkung zu entfalten.

»Warum konnten wir uns nicht einfach nur treffen? Und miteinander schnacken?«

Helene schrak auf und drehte sich zu der vertrauten Stimme hinter ihr um.

Paulina wedelte lachend mit den Karten. »Ich habe eine halbe Stunde auf dich gewartet! Weißt du, wie viele Heiratsanträge ich in der Zeit eingesammelt habe?«

Helene umarmte ihre beste Freundin stürmisch, es war ihr ein Fest, sich endlich wieder mit einem vernünftigen – oder ganz und gar unvernünftigen, das lag in der Sichtweise des Betrachters – Menschen zu treffen. Und das mit den Heiratsanträgen glaubte sie auf der Stelle – wo immer sie mit Paulina auftrat, verdrehten die Männer die Köpfe nach ihr.

»Ich habe angezogen im Bett gelegen«, gab Helene zurück, während die Freundinnen Schulter an Schulter dem Eingang entgegenstrebten, »aber meine Frau Mama ist einfach nicht fertig geworden mit ihrer Toilette. Hier noch ein anderer Ohrring und dort noch ein Schal – es tut mir leid, dass du warten musstest.«

Paulina zuckte mit den Achseln, sie blieb wie immer bemerkenswert unbeeindruckt. Während Helene, die Rothaarige mit den Sommersprossen, alles um sich herum aufsog wie ein Schwamm, war ihre Freundin – groß, schlank, blond und sehr hanseatisch – wie ein Alsterschwan. Den Vergleich hatte Klaus einmal gezogen, und Helene fand, dass man Paulina nicht besser charakterisieren konnte. Sie zog majestätisch ihre Bahnen, den edlen Kopf stolz nach oben gereckt, aber wehe, man trat ihr zu nahe, dann konnte sie aus dem Stand Gift und Galle spucken.

»Um neun Uhr muss ich zu Hause sein!«, mahnte Paulina, als sie vor dem Einlass warteten, »meinst du, du hast mir bis dahin alle deine angekündigten Sensationen erzählt?«

»Du darfst wenigstens am Abend ausgehen«, murrte Helene, »du Glückliche.«

»Hast du noch immer Hausarrest?«

»Noch immer? Vermutlich mein Leben lang!«

Der Mann am Einlass riss die Karten ab und zeigte ihnen den Weg zu den nummerierten Plätzen.

»Was zum Teufel hast du verbrochen?«

»Ich habe eine Leiche gefunden«, flüsterte Helene ihrer Freundin ins Ohr, woraufhin Paulina abrupt stehen blieb und laut ausrief: »Was hast du?«

Die Leute drehten sich nach ihnen um, Helene musste unwillkürlich grinsen, aber Paulina packte fest ihren Oberarm und zerrte sie gegen den Strom am Einlasser vorbei aus dem Lichtspielhaus. Helene war so überrumpelt, dass sie ihr bis hinaus auf die Straße folgte und nur halbherzig protestierte.

»Du bist eingeladen«, sagte Paulina und zerriss resolut die Eintrittskarten in kleine Fetzen. »Ich verzichte auf den Kinofilm, wenn mir das Leben die spannenderen Geschichten schenkt. Schieß los!«

Arm in Arm liefen die jungen Frauen in Richtung Gänsemarkt zum Jungfernstieg; ohne sich darüber zu verständigen, beschlossen sie, die Binnenalster zu umrunden, während Helene von ihren Erlebnissen berichtete.

Zweimal flanierten sie um das Gewässer herum, dessen umliegende Straßen von Laternen hell beleuchtet waren, bis Helene mit der ganzen Geschichte, die mit den beklagenswerten drei Geschwistern auf der Wache endete, fertig war. Natürlich unterbrochen von andauernden Nachfragen Paulinas.

Mittlerweile saßen sie auf einer der gusseisernen Bänke am Jungfernstieg, mit Blick auf die dunkle Alster und die immer weniger werdenden Flaneure, eng aneinandergekuschelt und rauchend. Paulina verschmähte Helenes Salem in der Regel, aber heute war nichts normal, also hatte sie sich nicht zweimal bitten lassen.

»Und was geschieht jetzt?«, fragte Paulina ihre Freundin.

Helene blies den Rauch zu Kringeln aus, ein Trick, den Klaus ihr beigebracht hatte und auf den sie sehr stolz war. Wer professionell rauchen kann, ist so gut wie erwachsen, befand sie.

»Ich weiß es nicht. Ich werde es vermutlich auch nie erfahren. Bei der Polizei brauche ich mich nicht blicken zu lassen, dieser Rheydt hat mich deutlich spüren lassen, was er von mir hält.«

»Nämlich? Sah er gut aus?«

Paulina drückte sich noch enger an Helenes Seite. Männer waren für sie ein unerschöpflicher Quell des Interesses. Helene, die für dieses Thema keine Leidenschaft aufbringen konnte, fragte sich wieder einmal, warum Paulina noch nicht verheiratet war. Sosehr sie ihre Freundin liebte, so wenig verstand sie, warum diese so dringend einen Ehemann und leider auch Kinder haben wollte. Das war der einzige Punkt, in dem die Freundinnen grundverschiedene Ansichten hatten. Helene hielt es mit Anita Augspurg, der Lebensgefährtin der von ihr über alles verehrten Lida Gustava Heymann: »Die Ehe ist Selbstmord für die denkende Frau«, hatte diese einmal gesagt. Helenes Eltern waren der beste Beweis für den Wahrheitsgehalt dieser Aussage.

Allerdings konnte sie Paulina zugutehalten, dass diese ein weniger missglücktes Beispiel vor Augen hatte – ihre Mutter war eine geistreiche und selbstbewusste Frau, die ihrem Mann weitgehend gleichgestellt zu sein schien. Zwar übte auch sie keinen Beruf aus und kümmerte sich stattdessen um den Haushalt und die Kinder, aber Ida Reimers führte das Haus wie eine Künstlerin. Sie selbst malte, übte sich in Tanz und Schauspiel und veranstaltete mehrmals im Monat bunte Zusammenkünfte der verschiedensten Hamburger Bürger. Da saßen Harfenistinnen aus dem Opernorchester neben wild gelockten jungen Dichtertalenten, Anwaltskollegen ihres Mannes neben barfüßigen Lebensreformern. Vielleicht würde Helene nicht so einen Widerwillen gegen die bürgerliche Ehe entwickeln, wäre sie ebenfalls als Kind der Familie Reimers groß geworden und nicht im staubtrockenen, autoritären Pastorenhaushalt der Curtius.

»Um Himmels willen!« Helene schauderte, wenn sie nur an den Kommissar dachte. »Dieser Rheydt ist ein Widerling. Er ist ungehobelt, und das Wort Körperhygiene kann er nicht einmal buchstabieren. Dem muss ich kein zweites Mal begegnen.«

»Du hast einfach kein Auge für Männer.« Paulina stieß ihr den Ellenbogen in die Seite.

»Ich habe einen Riecher für sie!«, protestierte Helene, »Der Kommissar hat schlimmer gestunken als die Tiger bei Hagenbeck.«

Sie schüttelte sich regelrecht, wenn sie daran dachte, wie Rheydt sich nach vorne gebeugt und ihr seinen Schnapsatem ins Gesicht gepustet hatte. »Aber die Ärztin würde ich gerne wiedersehen. Sie war wahnsinnig klug und schön. Und geheimnisvoll. Sie hätte dir gefallen.«

Aber Paulina lachte sie aus. »Geheimnisvoll! Du interpretierst auch überall eine Geschichte hinein, Helene. Du solltest Romane schreiben.«

»Du glaubst gar nicht, wie gerne ich das täte. Alles, nur nicht auf die verdammte Hauswirtschaftsschule gehen müssen.«

»Ach komm!« Paulina stand auf und zog ihre Freundin sanft von der Bank. Es war Zeit, dass sie sich auf den Heimweg machten. Paulina würde die Tram nach Uhlenhorst nehmen, Helene ihren Drahtesel. »Ich finde es gar nicht so schlimm.«

Helene stöhnte. »Sticken und stricken und stopfen und mangeln und kochen und backen – zeig mir etwas Stupideres. Nein, also wirklich, Pauli, wie du das aushältst.«

»Ich vertreibe mir so die Zeit, bis der Richtige kommt. Warum soll ich mich krumm und bucklig arbeiten? Das ist nicht gut für den Teint.«

Sie waren an Helenes Fahrrad angelangt, das unbehelligt in den Büschen stand.

»Die Paulstraße ist in der Nähe unserer Hauswirtschaftsschule«, gab Helene zu bedenken. »Meinst du nicht, wir könnten einfach mal hinüberspazieren? Ich weiß ja gar nicht, ob das Haus am Magdeburgquai nun überhaupt geöffnet wird.«

»Welche Frau sucht Schutz in einer Gegend, in der zwei Frauen ermordet wurden?«, fragte Paulina spöttisch. »Ich glaube, deine Dr. Fitzpatrick muss sich etwas Neues suchen.«

»Sie ist bestimmt in der Paulstraße«, insistierte Helene. »Komm doch mit. Wir machen blau und schauen uns dort einmal um.«

Statt einer Antwort küsste Paulina sie auf die Wange und winkte gleichzeitig der Trambahn, die mit lautem Bimmeln um die Ecke ratterte. Helene stülpte sich Mütze und Handschuhe über und schwang sich aufs Fahrrad. Zwei junge Männer beobachteten sie und machten sich offensichtlich lustig über sie, Helene hielt zum Dank mit ihrem Hammonia direkt auf die beiden zu und klingelte wild, sodass die Herren zur Seite springen mussten, um nicht umgefahren zu werden.

»Affen!«, rief Helene, die nun fest in die Pedale trat, um einer möglichen Verfolgungsjagd vorzubeugen, aber die Mühe machten sich die Männer nicht, stattdessen sandten sie ihr deftige Flüche nach.

Das Haus in der Körnerstraße lag bis auf die Lampe über dem Eingang dunkel da. Die Eltern waren noch nicht zurückgekehrt, vor zehn Uhr am Abend würden sie nicht kommen. Das Dienstpersonal legte sich meistens kurz aufs Ohr, bevor es seine Herrschaft in Empfang nehmen musste, das hatte Julie Helene erzählt. Diese hatte es verwundert, dass man so früh schon das Bedürfnis hatte, sich schlafen zu legen, sie selbst tat vor Mitternacht selten ein Auge zu und war viel zu aufgekratzt. Aber Julie hatte ihr nur einen verächtlichen Blick zugeworfen und darauf verwiesen, dass ihr Tag um fünf Uhr dreißig begann – irgendjemand musste schließlich einheizen, bevor die Herrschaft aufstand, das Frühstück zubereiten, die Tageszeitung für den Herrn Pastor besorgen und dergleichen mehr.

Deshalb hatte Helene mit Julie verabredet, dass diese die Tür ihres »Rauchsalons«, also des Windfangs, der in den Garten führte, nicht versperren sollte, so konnte sie ungehindert ins Haus schlüpfen, ohne dass irgendjemand wegen ihr seinen Schlaf unterbrechen musste. Natürlich hielt Julie für diese Geheimhaltung ebenso wie für alle anderen Dienste, die sie für Helene tat, die Hand auf, und Helene fragte sich allmählich, ob es sich bei ihrer beider Beziehung wirklich um Freundschaft handelte oder ob Julie hier mehr auf ihren Vorteil bedacht war, als dass sie Zuneigung zur Tochter ihrer Herrschaft gefasst hatte.

Der Gedanke betrübte Helene ein bisschen, während sie im Stockfinsteren vom Souterrain ins Erdgeschoss tapste und von dort in den ersten Stock, wo sie ihr Zimmer hatte, direkt neben dem der Mutter. Nach ihrer Abendtoilette, als sie bereits im Bett lag, wie sie es seit Stunden hätte tun sollen, hörte Helene, dass die Eltern nach Hause kamen. Die schwere Eingangstür fiel ins Schloss, dumpf vernahm sie die Stimmen von Julie und ihrem Vater, von ihrer Mutter keinen Mucks. Auch nicht, wie ihre Mama die Treppen emporstieg, lediglich ein leises Knacken, als diese ihre Zimmertür öffnete und wieder schloss. Ihr Vater dagegen war unüberhörbar, seine Schritte tönten schwer über den Flur, er warf die Tür seines Zimmers mit Verve hinter sich zu – ohne Rücksicht darauf, dass seine Tochter vermeintlich schon schlief.

Kein Wort hatten ihre Eltern gewechselt, seit sie zurück waren. Sie hatten weder im Salon ein kleines Nachtmahl eingenommen und sich angeregt über das Erlebte ausgetauscht noch sich im Flur liebevoll voneinander verabschiedet und Gute Nacht gewünscht.

Waren ihre Eltern schon immer so lieblos miteinander gewesen? Helene konnte sich nur vage an unbeschwerte Tage im Hause Curtius erinnern. Natürlich, sie und Klaus hatten sich die gute Laune nie vermiesen lassen, sie hatten als Kinder großen Spaß miteinander gehabt und waren fröhlich durchs Haus getobt. Zumeist unter den milden Augen ihrer Mutter, die im Gegensatz zum strengen Vater kaum je ein Wort des Tadels verlor.

Ja, doch, erinnerte sich Helene allmählich, während sie mit offenen Augen an die Zimmerdecke starrte, früher war ihre Mutter weniger still, weniger leidend gewesen. Sie war nie so selbstbewusst im Auftreten wie Paulinas Mutter, sondern stellte sich stets hinter den Vater, hinter seine Bedürfnisse. Aber Fanny Curtius war immer bei ihnen gewesen, hatte lächelnd zugeschaut, wenn ihre Kinder spielten oder beaufsichtigt vom Kindermädchen ihre Instrumente übten oder etwas für die Schule lernten.

Wozu bekommt man Kinder, wenn man sie nicht selbst erzieht?, fragte Helene sich.

Warum heiraten, wenn man ein Leben in häuslicher Isolation führt?

Und welchen Sinn hat es, als Frau zu Hause zu bleiben, während sich draußen die Welt drehte, schneller und immer schneller?

Helene schlug die Bettdecke zurück und stand auf. Sie würde nicht schlafen können, zu viel ging ihr im Kopf herum. Morgen müsste sie, wie auch schon am heutigen Tage, wieder in die Hauswirtschaftsschule gehen. Eine Mädchen-Verwahranstalt, so kam es ihr vor. Wie oft sollte sie noch dorthin traben und sich zu einer Hausfrau und Mutter erziehen lassen, die sie nicht werden wollte? Wann würde sie sich daraus befreien können? Sie war keine fünfzehn mehr, sie war zwanzig Jahre alt! Andere in ihrem Alter, wie Julie, verdienten seit Jahren ihr eigenes Geld. Natürlich, und da biss sich die Katze in den Schwanz, wie sollte Helene jemals Geld verdienen, wenn sie nichts gelernt hatte? Sie konnte nicht einfach studieren – wovon sollte sie ihren Lebensunterhalt bezahlen? Würde ihr Vater einwilligen, sie unterstützen, wenn sie ihm vorschlagen würde, nach Zürich oder Berlin oder in eine andere Stadt an die Universität zu gehen? Wohl kaum. Von ihrer Mutter war in der Hinsicht keine Unterstützung zu erwarten.

Sie brauchte einen Beruf. Einen Beruf, mit dem sie Geld verdienen und ein eigenständiges Leben führen konnte. Aber auch einen Beruf, mit dem ihr Vater vorerst einverstanden sein musste, denn ein Beruf wollte erlernt sein und in dieser Zeit brauchte man ebenfalls ein Auskommen.

Unten im Garten erkannte Helene die Silhouetten der schlafenden Wildgänse, der Mond würde sich in wenigen Tagen zum Vollmond runden und leuchtete schon jetzt kräftig weiß auf die Wasseroberfläche, die sein Licht sanft reflektierte.

Frei wie ein Vogel sein, dachte Helene beim Anblick der Wintergäste aus dem Norden, ziehen, wohin ich will, so wie mein Bruder. Lewer duad üs Slav.

Still wiederholte sie den Satz einige Male für sich, damit er sich in ihr Herz einbrennen würde. Jeder Mensch müsse sich ein Ziel setzen, nach dem er strebe, das predigte Pastor Engelbert Curtius Sonntag für Sonntag von der Kanzel herab. Und sie, seine Tochter, würde sich diesen Rat zu Herzen nehmen – allerdings in einem ganz anderen Sinn, als ihr Vater es gemeint hatte.

Sie würde dieses Ziel verfolgen und das Ruder in ihrem Leben herumreißen.

Jetzt!

Jetzt, fasste Helene den Entschluss, jetzt musste sie ihr Leben in die eigene Hand nehmen, und sie wusste plötzlich genau, was sie tun würde und wen sie um Rat fragen konnte.

Leichten Herzens schlüpfte sie in ihr Bett zurück und war wenig später tief eingeschlafen.

11.

Berthold Rheydt hatte den Überblick verloren. Wohin er auch sah, sein Schreibtisch war übersät mit Notizen, Fotos, anthropometrischen Karteikarten, Zeitungsausschnitten und Mitschriften von Kneipengesprächen, die die unzähligen Spitzel des Polizeiapparates angefertigt hatten. Diese Protokolle sollten eigentlich dazu dienen, umstürzlerisches Gedankengut, das gegen Kaiser und Kanzler gerichtet war, aufzudecken, aber Berthold hatte sich Seite um Seite durchgelesen in der Hoffnung, auf die Spur seines außergewöhnlichen Mörders zu kommen.

Er schlief kaum noch, und wenn, fiel er in unruhigen Schlaf, wachträumte, was noch zu tun sei, und machte sich Listen, welche Punkte genauerer Nachforschungen bedurften.

Im Moment suchte er die Abschrift eines Gespräches aus dem Mai 1909, auf das er gestoßen war und in dem sich zwei Zuhälter darüber unterhielten, dass eine Prostituierte vermisst wurde. Aber er konnte sie partout nicht finden, stattdessen stieß er bei seiner ungestümen Suche den Kaffee um, der sich nun über die Papiere ergoss.

»Verdammte Sauerei!« Berthold sprang auf und warf seinen

Wollschal über den Schlamassel, in der Hoffnung, so viel wie möglich von der braunen Brühe damit aufsaugen zu können.

Kalweit, der an einer Art provisorischem Katzentisch saß und die Tatortfotos ungeklärter Mordfälle durchsah, schob Berthold Rheydt sanft beiseite.

»Chef, ich mach das hier. Gehen Sie mal raus und drehen eine Runde um den Block.«

Er nickte Brenner zu, der aufgrund des Fluches seines Vorgesetzten eilfertig die Bürotür aufgerissen hatte, um nach dem Rechten zu sehen. Sofort pflichtete dieser seinem Kollegen bei und half, den Kommissar aus dem Büro zu bugsieren.

»Wir machen das hier, Chef. In einer Viertelstunde ist alles wieder in Ordnung.«

Berthold seufzte und ließ sich erweichen. So ungerne er seine Arbeit verließ, so sehr wusste er doch, wie recht seine Mitarbeiter hatten. Er hatte sich so tief in das Material geschraubt, dass ihm der klare Blick verloren gegangen war. Es war Zeit für eine Pause, er sollte tatsächlich einmal eine Runde an die frische Luft gehen. Fußball hätte ihm jetzt gutgetan, aber das Training der zweiten Liga fand erst wieder übermorgen statt.

Also schlüpfte er in seinen langen Wollmantel, setzte den Homburg auf und verließ das Polizeipräsidium.

Nach zwei herrlich klaren Tagen und klirrender Kälte herrschte heute wieder typisch Hamburgischer Nieselregen, klammkalt und düster. Der Kommissar schlug den Weg in Richtung Leinemann ein, ein Geheimtipp, seiner Meinung nach der beste Bäcker der Stadt. Er würde ein halbes Blech Butterkuchen holen, seine Leute hatten eine kleine Aufmunterung verdient.

Obwohl Rheydt in einer Minimalbesetzung arbeitete, hatte er offensichtlich ein gutes Händchen bei der Auswahl seiner

Leute gehabt. Auf seinen Assistenten Kalweit hielt er ohnehin große Stücke, der Mann war für seinen Geschmack etwas zu steif und zurückhaltend, aber er hatte einen genauen Blick und war ein kluger Kopf. Ein richtiger Preuße, sehr penibel, seiner Aufmerksamkeit entging rein gar nichts. Er hatte einen Hang zur Korinthenkackerei, aber unter seiner Ägide, da war der Kommissar gewiss, würde sich das mit der Zeit legen.

Ganz anders Willy Brenner, der Schupo, den er aus reiner Sympathie ins Team geholt hatte, der sich jedoch als Goldgriff entpuppte. Brenner war ein junger Mann aus einfachsten Verhältnissen. Er sprach nicht gerne über sich, aber den wenigen Äußerungen nach schlussfolgerte Berthold, dass Brenner aus einer bitterarmen Familie stammte. Offenbar hatte er in der Jugend die Wahl zwischen einer Verbrecherkarriere oder der bei der Polizei treffen müssen und sich gottlob für die richtige Seite entschieden. Ein robuster und nimmermüder Kerl, kräftig gebaut, das Herz am rechten Fleck und mit unerschütterlich guter Laune gesegnet.

Brenner hatte seinerseits den Schupo Jens Raabe angeschleppt, der jüngste in ihrem Quartett. Er war noch grün hinter den Ohren, kam gerade erst von der Polizeischule, was er aber mit enormem Ehrgeiz wettmachte. Außerdem war er gewitzt und hatte den Kommissar bereits mit manch kluger Äußerung überrascht.

Sie alle einte, dass sie es sich zu ihrer persönlichen Aufgabe, ja Pflicht gemacht hatten, dem Frauenmörder auf die Spur zu kommen. Nicht etwa, weil sie ihre Karriere im Blick hatten, sondern weil sie so einem wie dem Hafenschlächter, wie sie ihn unter sich nannten, in Hamburg keinen Zentimeter Raum geben wollten. Sie fürchteten um all die Frauen dort draußen, die in Gefahr waren. Frauen, die ihre sein könnten, ihre Schwestern, Mütter oder Töchter. Die Uhr tickte, und die vier waren bereit, alles aufs Spiel zu setzen, für dieses eine Ziel: ihn zu finden, bevor es ein weiteres Opfer geben würde.

Als Berthold Rheydt nach zwanzig Minuten in sein Büro zurückkehrte, vergaß er um ein Haar, den Butterkuchen auf den Tisch zu stellen, so perplex war er angesichts der Veränderung, die in dem Raum vor sich gegangen war.

Brenner und Kalweit – Raabe war noch unterwegs – hatten seinen Schreibtisch komplett leer geräumt. Aber nicht nur das, sie hatten die Wände umgestaltet in einer Weise, wie der Kommissar es noch nicht gesehen hatte. Allen Tand, der an der Wand hinter seinem Stuhl gehangen hatte – ein Porträt des Kaisers, gerahmte Urkunden und Auszeichnungen, Stadtansichten von Hamburg sowie eine Kuckucksuhr, Geschenk eines Kollegen aus dem Schwarzwald –, hatten sie abbeziehungsweise umgehängt und auf die anderen drei Wände verteilt. Dafür hatten sie mithilfe von großen Papierstreifen, Nägeln und Kleber alles, was den Fall des Hafenschlächters betraf, geordnet und thematisch passend an die Wand gepinnt.

Einen Pharusplan der Stadt Hamburg, der eigentlich neben der Bürotür gehangen hatte, hatten sie dort ebenfalls angebracht und zweckentfremdet, indem sie Orte, die in dem Fall relevant und bekannt waren, eingekreist und benannt hatten; die entsprechenden Informationen darüber, hatten sie daneben und darunter gehängt. Bis jetzt waren dies lediglich das Hafenbecken mit den verrotteten Kähnen, wo sie die Leichen gefunden hatten, sowie der Wohnort von Elsie Lautenschläger, aber sie alle wussten, sie würden im Lauf der Ermittlungen weitere Orte markieren können, wie hoffentlich in Bälde den Tatort.

»Donnerwetter«, kommentierte Berthold. »Kalweit, war das Ihre Idee?«

Kalweit guckte verschämt zu Boden. »Schon, aber der Kollege Brenner hat sofort mit angepackt.«

Brenner, mit hochrotem Kopf, nickte und grinste bis über beide Ohren, er nahm es nicht krumm, dass der Kommissar auf den Kollegen getippt hatte, stattdessen freute er sich über die gelungene Überraschung.

Ohne Hut und Mantel abzulegen, trat Berthold Rheydt näher an die Wand heran und besah sich, was seine Männer geleistet hatten. Alles wurde so viel klarer als zuvor! Instinktiv hängte er einige der Zettel und Notizen um, aber er begriff auch auf den ersten Blick, wie sehr ihm dieses System half, Ordnung in den chaotischen Zettelkasten in seinem Kopf zu bringen.

»Brenner, kochen Sie mal eine Kanne Kaffee, sobald der Kollege Raabe zurück ist, besprechen wir uns – wo steckt der eigentlich?«

»Befragungen, Herr Kommissar. Alle Angestellten der Molkerei Dobrschek und die vom Kolonialwaren Bremer. Außerdem die Nachbarn der Frau Lautenschläger, noch einmal bei der Familie vorbeigehen, ob die endlich die Liste angefertigt hat und nach Verwandtschaft forschen.«

Mit dieser erschöpfenden Auskunft verschwand der Schupo aus dem Raum, um dem ihm erteilten Befehl nachzukommen.

»Er müsste aber bald zurück sein«, ergänzte Kalweit. »Sie hatten ja ohnehin um vier Uhr eine Zusammenkunft angeordnet.«

Rheydt drehte sich überrascht um. Sogar diese Information war aus seinem Kopf gerutscht zugunsten eines Gedankens, dem er auf dem Weg zum Bäcker nachgehangen hatte.

»Ach ja? Na dann, umso besser. Ihre Wand hier wird uns gute Dienste leisten, Kalweit. Ich werde bei Gelegenheit mit dem Schneemann darüber sprechen. Das Prinzip könnte man getrost bei anderen Fällen übernehmen.«

Berthold nahm einen Kohlestift von seinem Schreibtisch und zeichnete auf dem Stadtplan eine dicke Linie zwischen der Wohnung der Lautenschlägers und dem Fundort der Leiche ein.

»Meiner Meinung nach ist das«, er malte einen großen Kreis um die Linie herum, »der Bereich, der uns interessiert. Die Lautenschläger wohnte nicht so weit vom Hafen. Luftlinie sind das vielleicht tausend, tausendzweihundert Meter. Ich kann mir nicht vorstellen, dass der Mörder sie irgendwo anders aufgelesen und dann so weit südlich in den Hafen gebracht hat.«

Er starrte auf den Stadtplan und memorierte im Geiste die Straßennamen. Niedernstraße, Pumpenstraße, Klosterstraße, Wandrahmbrücke. Die Alarmglocke in seinem Kopf schrillte laut. Großer Wandrahm! Da war etwas. Er drehte sich um.

»Kalweit, die Spitzelprotokolle?«

Sein Assistent zeigte zu einem der säuberlich geordneten Papierstapel auf dem Aktenschrank. Fieberhaft blätterte Berthold die Blätter durch auf der Suche nach jenen, an die er sich erinnert hatte, bevor er seinen Kaffee über ihnen ausschüttete.

Da war es.

Ein Gespräch, mitgehört am 23. Mai 1909 im Verbrecherkeller, Niedernstraße Ecke Depenau. Schon wieder die Niedernstraße! Unterhalten hatten sich der Frische Max und ein anderer Zuhälter, den der lauschende Polizeispitzel nicht kannte. Die beiden zwielichtigen Gestalten hatten darüber gesprochen, dass der Frische Max ein Mädchen vermisste. Rosi. Besagte Rosi war einige Tage nicht aufgetaucht, und ihr Louis erkundigte sich, ob der andere etwas von ihr gehört oder gesehen hatte. Was nicht der Fall war, aber anstatt sich Sorgen über den Verbleib der jungen Frau zu machen, hatten diese beiden Drecksäcke nichts Besseres zu tun gehabt, als noch mehr Bier und Schnaps in sich hineinzuschütten und auf die Vermisste alle möglichen Flüche auszustoßen.

Aber Berthold Rheydt hatte jetzt keine Zeit, sich über niedere Charaktere aufzuregen, ihn elektrisierte, wo die vermisste Rosi ihren Standort gehabt hatte: am Alten Wandrahm, einem Quai am Zollkanal, unweit des Magdeburgquais, inmitten des Kreises, den er soeben gezogen hatte.

Triumphierend drehte der Kommissar sich zu seinem Assistenten um, just in dem Moment, als Brenner mit einer großen Kanne Kaffee und hinter ihm Jens Raabe ins Büro traten.

»Tür zu«, befahl Berthold. »Wir haben eine Spur.«

Es blieb nicht bei der einen Kanne Kaffee, noch mehrmals verließ einer der Männer den Raum und holte Nachschub, während der Butterkuchen allmählich von Schmalzbroten abgelöst wurde.

Der Schupo Raabe erzählte von seinen erfolglosen Befragungen – niemand der Kollegen oder Nachbarn hatte einen Verdacht, wen Elsie Lautenschläger an dem Abend ihres Verschwindens hätte um Hilfe bitten können, weitere Verwandtschaft lebte nicht in Hamburg, sondern irgendwo in Schlesien, und weder Sophie noch ihr Vater waren in der Lage gewesen, eine Liste von Bekanntschaften der Toten aufzustellen.

Kalweit, der damit betraut worden war, bei der Hamburger Zollbehörde und der Hafenmeisterei die Listen derjenigen Schiffe, die im Mai – dem mutmaßlichen Todeszeitpunkt der ersten Leiche – den Hamburger Hafen angelaufen hatten, mit jenen um den 6. September herum zu vergleichen, berichtete, dass dies im Moment ein fast unmögliches Unterfangen war.

»Bei den Überseeseglern und den Dampfschiffen der HAPAG habe ich noch keine Übereinstimmung gefunden.

Und selbst dann – die Passagierlisten und die der Angestellten sind endlos! Wissen Sie, wie viele Leute auf so einem Schiff fahren?«

Aber Berthold Rheydt kannte diesbezüglich kein Mitgefühl. »Weitermachen, Kalweit. Wir dürfen nichts unversucht lassen. Vielleicht können Sie die Suche ein wenig eingrenzen. Nur im zollfreien Gebiet suchen, also ab Sandtorquai, Brooktor und so weiter. Sie wissen schon. Aber bleiben Sie dran.«

Kalweit war nicht glücklich mit dieser Anweisung, das sah der Kommissar natürlich auch, wahrscheinlich hätte er sich viel lieber Rheydt und Brenner angeschlossen, die sich vorgenommen hatten, den Frischen Max aufzutreiben und sich auf die Suche nach Rosi zu begeben.

»Wenn diese Rosi tatsächlich unsere erste Leiche ist«, sinnierte Berthold, »dann müssen wir fest davon ausgehen, dass der Täter seine Opfer in genau diesem Kreis hier gefunden hat«, er tippte auf den Plan. »Wir müssten das Gebiet durchsuchen, aber dazu brauche ich mehr Männer, und die gesteht mir Paulmann nicht zu. Wir müssen alle Prostituierten in der Hafengegend befragen, am besten fangen wir schon heute Abend damit an. Die Frauen kommen erst, wenn die Schauerleute Feierabend und die Matrosen Landgang haben. So in etwa zwei Stunden.«

Kalweit hob die Hand. »Melde mich freiwillig, Herr Kommissar. Mit den Listen mache ich morgen weiter, aber diese Rosi-Spur ist bis jetzt das Beste, was wir in der Hand haben.«

»Danke, Kalweit! Weiß Ihr Engagement zu schätzen. Wir können jeden Mann brauchen.« Berthold warf einen Blick zu Jens Raabe. »Wie sieht es mit Ihnen aus?«

»Zu Hause wartet niemand«, gab der junge Schupo zurück, eine leichte Röte stieg in seine Wangen. »Sie können auf mich zählen.«

»Sehr gut. Dann müssen wir noch die Zeit überbrücken bis dahin.«

Berthold Rheydt streckte sich und spürte, wie es in seinem Rücken knackte. Diese Schreibtischarbeit war nichts für ihn. Er bückte sich und zog aus der untersten, großen Schublade seines Tisches einen ledernen Ball hervor. Grinsend hielt er ihn hoch. »Wer ist dabei?«

»Passen!«, brüllte Berthold, »Passen, Kalweit, Mensch, jetzt passen Sie doch zu mir!«

Er rannte im von hellen Laternen erleuchteten Hinterhof des Polizeipräsidiums an der Wand entlang und wedelte mit beiden Armen zu seinem Assistenten, der sich mit der Zungenspitze im Mundwinkel abmühte, den Fußball vor sich her in Richtung des improvisierten Tors zu treiben. Er tat das vorsichtig mit den Schuhspitzen, viel zu zögerlich für Bertholds Begriffe, Brenner belagerte ihn schon und würde ihm den Ball gleich abluchsen.

Sie hatten zwei Paare gebildet, der Kommissar und sein Assistent gegen die beiden Schupos. Berthold Rheydt hatte seinen Leuten eine kurze Einführung erteilt, ihnen erklärt, wie man dribbelte, dass Kopf-, aber nicht Handball erlaubt war, wie man Haken schlug, um dem Gegner auszuweichen, und sich mit langen Flanken von einer Außenlinie zur anderen den Ball zuspielte. Und natürlich, dass man versuchen sollte, ins Tor zu treffen. Da sie nur zu viert waren und mit einem Ball spielten, hatte er es aber für das Beste gehalten, nach der kurzen Einführung gleich drauflloszuspielen. Es zeigte sich schnell, dass die beiden Jüngeren, Brenner und Raabe, Spaß und Begabung an dem Ballspiel hatten, Kalweit, der denkende Preuße, dagegen seine liebe Mühe.

Brenner machte sich zum Angriff bereit, Berthold brüllte Kalweit eine Warnung zu, aber der war so vertieft in die Aufgabe, den Ball überhaupt mit seinen Füßen zu bewegen, dass er nicht hörte, und schon grätschte ihm der Schupo zwischen die Beine. Kalweit stolperte, musste den Ball abgeben, der stürmische Brenner aber rutschte bei seinem Manöver aus und kam kurzzeitig auf dem Pflaster des Innenhofes zu liegen. Rappelte sich jedoch in Windeseile auf, unterstützt vom Johlen und Pfeifen des Publikums – ihre Brüllerei auf dem Hof hatte die Polizisten aus den Büros an die Fenster gelockt –, und rannte, den Ball geschickt vor sich hertreibend, auf das gegnerische Tor zu. Das Tor der Schupos wurde durch ihre Pickelhauben notdürftig markiert, das des Kommissars auf der einen Seite von seinem Homburg, auf der anderen von seinem Wollmantel.

Aus dem schwarzen Abendhimmel fielen allererste trockene Schneeflocken, aber trotz der klirrenden Kälte dampften die Männer vor Hitze. Sie spielten seit einer Stunde und waren gehörig ins Schwitzen geraten.

Als der Kommissar nun abdrehte, um Brenners Sturm aufs Tor zu verhindern, sah er, dass dort bereits jemand zwischen den Markierungen stand. Ein Kommissar, den er nur vom gelegentlichen Sehen auf den Gängen des Präsidiums kannte. Dieser hob jetzt die Hand, zum Zeichen, dass er das Tor gegen den heranstürmenden Brenner verteidigen würde.

Aber Brenner, der die Kniffe des Spiels schnell begriffen hatte, passte zu Raabe, der sich an der gegenüberliegenden Außenlinie unbemerkt in Position gebracht hatte, den Ball geschickt annahm und in einen gewagten Torschuss verwandelte.

Der Ball geriet zu hoch und prallte im zweiten Stock des Gebäudes gegen ein vergittertes Fenster – was erneut Applaus und Pfiffe ihres mittlerweile recht zahlreichen Publikums zur Folge hatte.

Berthold klatschte ebenfalls lobend in die Hände in Richtung seiner beiden Schupos, er war stolz darauf, wie schnell die jungen Männer sich die Finessen des Sports angeeignet hatten. Solche Talente stünden dem FC Sankt Pauli 1910 gut an, dem es in dieser Saison an kraftvollen jungen Stürmern mangelte. Aber Fußball war ein elitärer Sport, der den Arbeitern versagt blieb. Viele Jahre lang hatte Fußball im Kaiserreich um Anerkennung kämpfen müssen, immer noch blitzte die Arroganz der Turner durch, wenn man in der Nachbesprechung eines Turniers in der Zeitung lesen konnte, dass Fußballer krumme Beine und Buckel wie Affen hätten. Spätestens seit Kronprinz Wilhelm jedoch regelmäßig internationale Spiele besuchte, hatte sich der Fußball auch außerhalb Großbritanniens durchgesetzt. Bertholds Verein nahm allerdings nur gut gebildete Angestellte auf, darunter zahlreiche Studenten der technischen Hochschulen, die den Sport nach Bertholds Geschmack viel zu akrobatisch und kunstvoll betrieben. Kalweit wäre vermutlich in die dritte Mannschaft aufgenommen worden, Brenner und Raabe dagegen trotz ihres Talentes gar nicht.

Dem Vorbild des spontanen Torhüters waren mittlerweile noch andere Beamte gefolgt, und es dauerte nicht lange, da waren sie acht gegen acht auf dem improvisierten Spielfeld.

Um ein Haar hätte der Kommissar vergessen, dass er und seine kleine Truppe noch etwas vorhatten, so gut tat es ihm, sich nach Tagen einmal wieder richtig auszuagieren, die brennenden Muskeln seines Körpers zu spüren, so zu rennen, dass die Lungen zwickten – und vor allem: seinen Kopf vollkommen auszuschalten.

Der Kripochef selbst erinnerte ihn daran. Gustav Roscher stand plötzlich am Spielfeldrand und nickte dem Kommissar ernst zu. Berthold löste sich schwer atmend aus dem Spiel, trat vor seinen Dienstherrn und nahm Haltung an.

»Ihr sportlicher Ehrgeiz in allen Ehren, Kommissar Rheydt«, der schmale Zwicker auf Roschers Nasenrücken hüpfte kaum merklich, »aber ich denke, die Kollegen haben sich genug ausgetobt.«

»Selbstverständlich, Herr Kriminaldirektor.«

»Wir sind immer noch bei der Kriminalpolizei und nicht auf dem Heiligengeistfeld beim Fußballspiel«, setzte Roscher nach, aber der Blick seiner Augen milderte den strengen Tonfall ab, außerdem bildete Berthold Rheydt sich ein, unter dem buschigen Schnurrbart des Kripochefs den Ansatz eines Lächelns zu erkennen.

»Bitte um Vergebung, Herr Kriminaldirektor!« Erneut schlug Rheydt die Hacken zusammen, eine Angewohnheit aus seiner Zeit beim Militär.

Gustav Roscher nickte nur und ging wieder zurück in das Gebäude, während der Kommissar das Spiel seiner Kollegen abbrach. Zur Enttäuschung aller, selbst Kalweit schien nun Gefallen an der Bewegung gefunden zu haben. Die Polizisten verabschiedeten sich mit Handschlag oder klopften sich gegenseitig auf die Schultern, die Luft war weiß von der Hitze ihrer Körper. Berthold sammelte seine Männer ein.

»In zehn Minuten am Haupteingang«, instruierte er sie, »in tadelloser Uniform. Dann rücken wir zum Hafen aus und verteilen uns dort.«

Er kehrte rasch noch einmal in das Gebäude zurück, um in seinem Büro Notizbuch und Stift zu holen.

Zuerst wunderte er sich, dass die Tür offen stand und das Licht brannte, aber dann sah er den breiten Rücken des Inspektors. Paulmann stand vor der Wand mit den Akten und Notizen; als er den Kommissar kommen hörte, drehte er sich um.

»Es hat jemand etwas abgegeben für Sie.« Er hielt einen Zettel hoch. »Ein junges Mädchen. Außer mir war niemand da, alle Kollegen waren beim Turnier.«

Berthold wollte sich bei seinem Vorgesetzten entschuldigen, aber dieser sprach sogleich weiter.

»Interessantes Prinzip, Rheydt. Gefällt mir.« Er deutete mit dem kahlen Kopf auf die Wand.

»Das ist nicht auf meinem Mist gewachsen, Herr Inspektor«, gab Berthold ehrlich zu. »Kommissaranwärter Kalweit hat das erfunden.«

Paulmann nickte anerkennend. »Gute Sache das. 'n Abend!«

Damit verließ er das Büro, und der Kommissar warf einen Blick auf den Zettel in seiner Hand. Es war die Liste von Sophie Lautenschläger und ihrem Vater, eine Auflistung aller möglichen Personen und Institutionen, bei denen die Verstorbene Elsie Lautenschläger möglicherweise um Hilfe ersucht haben könnte.

Neben einer Reihe unbekannter Namen stach Berthold einer sofort ins Auge: »Verein Frauenwohl« stand da.

Just der Verein, der seinen Hauptsitz in der Paulstraße hatte, der Verein, dessen Ableger am Magdeburgquai eröffnet werden sollte. Was nur deshalb ins Wasser gefallen war, weil man die beiden Frauenleichen im Hafenbecken gefunden hatte.

Die Kopfhaut des Kommissars Berthold Rheydt begann zu kribbeln. Er hatte eine Spur. Eine erste, richtige heiße Spur. Das hier konnte kein Zufall sein, das grüne Haus spielte eine Rolle in seinem Mordfall, dessen war der Kommissar nun gewiss.

Er nahm sein Notizbuch, löschte das Licht und stürmte die Treppen hinunter. Heute war er in seinen Ermittlungen einen großen Schritt weitergekommen. Sie würden bald wissen, wer die unbekannte Frauenleiche war, und dann würde er nicht ruhen, bis er herausgefunden hatte, welche Rolle dieser Frauenverein mit seinem grünen Haus in der ganzen Sache spielte.

12.

In allen Gesichtern, die jetzt in dem kleinen Raum auf sie gerichtet waren, las Anne das gleiche ungläubige Staunen, wenn nicht gar Entsetzen. Deshalb sah sie sich aufgefordert, ihre Worte zu wiederholen, dieses Mal mit größerer Dringlichkeit.

»Wir sollten das grüne Haus so schnell wie möglich eröffnen«, sagte sie und reckte ihr Kinn entschlossen in die Höhe. »Wir haben monatelang Arbeit und Geld in das Haus gesteckt, wir können uns gar nicht leisten, es nun brachliegen zu lassen.«

Die erste Vorsitzende des Vereins Charlotte Lehmann schüttelte energisch den Kopf.

»Anne, das geht nicht. Das grüne Haus werden wir niemals wieder in Betrieb nehmen können. Und du weißt genau, warum.«

»Über die Sache wird irgendwann Gras gewachsen sein«, widersprach Anne. »Und gerade dort, an einem Ort, an dem Frauen sich fürchten, muss es eine Anlaufstelle geben. Ein Licht in der Dunkelheit.«

Eine andere Frau meldete sich zu Wort. »Aber selbst wenn sich irgendjemand dorthin wagen würde, um Hilfe zu suchen – ich möchte dort nicht arbeiten. Ich gehe nicht in diesen Teil des Hafens. Und schon gar nicht jetzt, im Winter, wo es bereits so früh dunkel wird.«

Anne konnte am beifälligen Nicken und dem Gesichtsausdruck der anderen ablesen, dass sie alle so dachten. Und wer wollte es ihnen verdenken? Sie konnte von den Frauen des Vereins, die sich hier in dem kleinen Zimmer in der Paulstraße versammelt hatten, nicht erwarten, dass sie so angstfrei und hartgesotten waren wie sie selbst. Anne war mit Milena in den nächtlichen Docks von London unterwegs gewesen, in den unterirdischen Schächten der Tube, sie hatte Frauen behandelt, die in den düsteren Kellern von Whitechapel wie Vieh gehaust hatten – der Hamburger Hafen schreckte sie zu keiner Tages- oder Nachtzeit.

»Können wir nicht ein anderes Haus finden?«, meldete sich eine der Unterstützerinnen zu Wort. »Und einfach umziehen?«

»Einfach umziehen?«, schnaubte Anne, mäßigte ihren Tonfall aber sofort. Mit Wut kam sie hier nicht weiter, sie musste versuchen, die Frauen argumentativ zu überzeugen. »Das würde uns Monate kosten. Und sehr viel Geld.«

»Es ist zwecklos, Anne.« Die Vorsitzende versuchte, die Diskussion jetzt zu beenden. »Das grüne Haus ist für uns verbrannt. Wir sind uns einig: Keine Frau wird sich dorthin wagen, wo man die Leichen zweier Unglücklicher gefunden hat. Und keine von uns«, sie blickte einmal rundherum, »wird es wagen, sich nach Anbruch der Dunkelheit dort aufzuhalten.«

»Vielleicht ist es so. Und ich verstehe, wenn ihr Angst vor dem Ort habt.« Diese versöhnlichen Worte kamen Anne schwer über die Lippen, Einlenken war keine ihrer charakterlichen Kardinaltugenden, doch sie war fest entschlossen, den Kampf nicht so schnell aufzugeben. »Aber wir haben uns einmal darauf geeinigt, dass wir den Ärmsten der Armen beistehen. Nicht nur den Müttern mit Kindern, sondern auch den gefallenen Frauen. Dass wir dahin gehen, wo sie uns brauchen. Und dort am Hafen, ich habe es in den Wochen und Monaten gesehen, als ich am grünen Haus gearbeitet habe, stehen Nacht für Nacht Frauen, die ihren Körper anbieten. Sie stehen dort, weil sie keine bessere Wahl haben. Gewiss haben sie auch Angst, aber dort am Hafen finden sie ihre Kunden – Mord hin oder her, sie suchen sich das nicht aus.«

Anne nahm ihre Mitstreiterinnen nun genau ins Visier. Sie blickte ihnen der Reihe nach in die Augen, nagelte sie fest, keine sollte ihr entkommen, und tatsächlich schlich sich ein betroffener Ausdruck in ihre Gesichter. Ermutigt setzte sie nach.

»Sie stehen da in der Kälte, allein. Ohne Schutz. Junge Frauen, manche sind noch halbe Kinder. Nicht wenige von ihnen sind Mütter, die keinen anderen Weg sehen, ihre Familien zu ernähren. Sie verkaufen ihre Körper, und sie setzen sich den Männern aus, die ihnen dafür Geld geben. Niemand ist für diese Frauen da. Niemand hört sich ihre Sorgen an, niemand kümmert sich um ihre Wunden, niemand bietet ihnen heißen Tee oder Suppe an.« Sie stand auf. »Aber ich werde das tun. Notfalls allein.«

Sie nahm ihren Hut und Mantel und schickte sich an, den Raum zu verlassen, als sie hörte, dass Theresa sich räusperte.

»Ich könnte etwas mehr kochen als nur für unser Haus hier. Ein paar Extraportionen für das grüne Haus. Es müsste nur jemand hinüberbringen.«

Die junge Frau warf einen Blick zur Vorsitzenden. Diese nickte.

»Wenn es denn so ist, dass unsere Frau Doktor es sich nicht ausreden lässt ... Das lässt sich organisieren. Anne?«

»Danke! Das hilft mir sehr.«

Anne rang sich ein Lächeln ab, zog die Tür hinter sich zu und verließ das Haus. Als sie auf der Straße stand, holte sie erst einmal tief Luft. Das war ein Anfang. Es genügte nicht, aber es war etwas, worauf sie aufbauen konnte. Sie musste nun Frauen finden, die trotz des Ortes bereit waren, sie zu unterstützen. Und Anne wusste aus Erfahrung, dass sie die Unterstützung gerade von jenen bekommen würde, die sie selbst am nötigsten hatten. Und sie wusste auch schon, was ihr nächster Schritt in dieser Sache werden sollte.

Als sie dem Drucker anderntags den Entwurf zeigte, den sie am Abend gemacht hatte, musterte dieser sie mit leichter Skepsis.

»Wenn Sie etwas dazu sagen möchten«, Anne wedelte mit ihrem Zettel herum, »dann immer heraus damit.«

Aber der Mann schüttelte nur den Kopf. »Dazu sage ich gar nichts, gnädige Frau. Aber wundern werde ich mich noch dürfen.«

»Wundern? Was daran finden Sie verwunderlich?«

»Ist dafür nicht die Kirche da? Den Armen zu helfen?«

»Das sollte sie, durchaus«, pflichtete Anne ihm bei, während sie zusah, wie der Lehrling die Lettern heraussuchte und in einem Holzkasten ihrem Text entsprechend anordnete. Obwohl von den Frauen, die Anne ansprechen wollte, nur die wenigsten lesen konnten, glaubte sie an die Wirkung des Flugblattes. Es sollte eine auffällige Farbe haben, links neben dem Text prangte die Zeichnung einer Frau, auf der rechten Seite die von zwei Kindern. So würde sie die Aufmerksamkeit der Frauen erreichen – zumal Anne plante, ihre Zettel überall auffällig zu platzieren. Die Frauen würden neugierig werden, sie würden sich Wege suchen, zu erfahren, was auf diesen Blättern stand. Und wenn erst eine Handvoll von ihnen wusste, welchen Inhalt das Blättchen hatte, würde sich die Botschaft in Windeseile verbreiten.

In der Werkstatt roch es angenehm nach Farbe und dem holzigen Duft von Papier. Es war warm durch die großen Maschinen, die mit Dampf betrieben arbeiteten. Die Druckerei befand sich in einem Hinterhof unweit ihrer Wohnung, sie hatte vor ein paar Tagen durch Zufall das Schild an der Straße gesehen, das darauf hinwies.

»Leider hilft die Kirche nicht allen, die hingefallen sind, wieder auf die Beine. Und nicht jede Frau ist der Meinung, dass Gott oder ein Pfaffe ihr weiterhelfen können.«

Der Drucker zuckte nur mit den Achseln. »Ist überhaupt eine Schande. Die Frauen sollten sich um ihre Kinder kümmern. Und den Haushalt. Und nicht für Geld an der Ecke rumstehen«, grummelte er.

Anne hatte einen bissigen Kommentar auf den Lippen, aber sie wollte, dass ihre Flugblätter in guter Qualität gedruckt und am Nachmittag geliefert wurden, das würde sie unter Umständen gefährden, wenn sie dem konservativen Herrn ihre Meinung zu diesem Thema allzu unverblümt ins Gesicht schleudern würde.

»Vierzehn Uhr, kann ich mich darauf verlassen?«

Der Drucker nickte, und Anne machte sich auf den Weg. Zum grünen Haus, nach fünf Tagen zum ersten Mal. Seit die Kripo dort gewesen war und den Teil des Magedeburgquais für ihre Untersuchungen abgesperrt hatte, hatte sie es nicht mehr aufgesucht. In ihrer Tasche klapperte der Schlüsselbund, und sie beschleunigte ihre Schritte zum Hafen, sie freute sich jetzt, das Haus wieder mit Leben zu füllen.

Die grüne Fassade strahlte ihr schon von Weitem entgegen. Anne fand, dass ihr Entschluss, das alte Haus so zu streichen – Grün war die Farbe der Hoffnung, oder nicht? –, der richtige gewesen war. Zugegeben, die Umgebung war trostlos. Die Trümmer nach der Explosion des Gasometers waren noch immer nicht vollständig entfernt, man konnte noch ein

Jahr danach Spuren der Flammen sehen, die an den riesigen Fruchtschuppen geleckt hatten. Dort, wo man die Leichen der zwei Frauen gefunden hatte, dümpelten neben den vermoderten Kähnen verkokelte Holzbalken im schmutzigen Wasser. Hier herrschte kein munteres Händlertreiben – zumindest im Moment nicht, Anne erinnerte sich durchaus an andere Zeiten –, und kein Schiff legte in diesem Teil des Hafens an. Allerdings hatte Anne in den letzten Monaten viele Kontakte geknüpft, zum Hafenmeister und einigen Wachleuten, die ab und an durch den Geisterhafen patrouillierten, und so erfahren, dass es sehr konkrete Pläne gab, auch den Magdeburger Hafen schnellstmöglich wieder in Betrieb zu nehmen, die Überbleibsel des großen Brandes zu beseitigen und die Fruchtschuppen zu eröffnen. Der Hamburger Hafen boomte, er war zu einem der größten Häfen der Welt angewachsen; zentrale Lagerhallen sowie Anlegestellen wurden dringend benötigt, um dem Schiffs- und Warenverkehr Herr zu werden.

Als Kind hatte Anne einige wenige Male ihren Vater in den Hafen begleiten dürfen. Er war ein mächtiger und bedeutender Reeder, besaß schnelle Viermaster, auf denen er Waren aus der ganzen Welt für die Hamburger Händler transportierte. Besonders die Besuche in den Fruchtschuppen hatten sie damals nachhaltig beeindruckt. Die riesigen hohen und unendlich langen hölzernen Hallen, in denen Reihe um Reihe Kisten mit Obst aufgebaut waren, wirkten wie Kathedralen des Überseegeschäfts.

Die Händler versuchten, sich gegenseitig zu übertönen, sie boten ihre Ware mit den verlockendsten Angeboten feil, ihre Rufe legten sich zu einer undurchdringlichen Kakofonie übereinander. Sie hielten die reifen Früchte in die Höhe, boten sie dar, deren Gerüche vermischten sich, intensive Süße verklebte die Luft gemeinsam mit dem Dampf von Vergorenem, der den zertretenen Früchten auf dem Boden entströmte, und nahm dem Mädchen fast die Luft.

Anne kannte lange nicht alle Früchte, die hier zum Verkauf an Großhändler angeboten wurden, ihr Vater aber, der wie ein König durch die Schuppen stolzierte, konnte jede einzelne Frucht benennen. Pfirsich, Ananas, Aprikose, Pampelmuse, Orange, Banane, Mango – von jeder Frucht, die er in die Hand nahm und ihr den Namen sagte, wusste er, woher sie stammte und wie sie geerntet, vor allem aber, wie sie während der langen Überfahrten aus Indonesien oder Südamerika, Madagaskar oder Afrika gelagert werden musste. Und immer, wenn sie sich näherten und ihr Vater eine der Früchte aus den zahlreichen Kisten nahm, um ihr dazu eine Geschichte zu erzählen, schnitten die stolzen Händler für das kleine Mädchen das Obst auf, zerteilten es und ließen es kosten.

Wenn Anne die Augen schloss und an diese Erlebnisse zurückdachte, meinte sie, den Geschmack der fremden Früchte noch heute auf ihrer Zunge spüren zu können.

Als sie aber die Augen aufmachte und sich die ramponierten und verlassenen Fruchtschuppen heute ansah, brach ihr das Herz. Sie wünschte sich, dass hier wieder reges Hafenleben herrschte, dass man die Rufe der Arbeiter und das Knarren der Lastkräne, das Plätschern der Wellen an hölzerne Schiffsrümpfe hören könne.

Und mittendrin ihre kleine grüne Arche.

Nein, das musste Anne Fitzpatrick zugeben, in diesem traurigen Teil des Hafens herrschte keine heimelige Atmosphäre – noch nicht. Aber das würde sich gewiss ändern, und sie machte einen Anfang.

»Verein Frauenwohl« stand in Messinglettern über der Eingangstür, die Anne nun aufsperrte, eine Lampe spendete bei jeder Tages- und Nachtzeit freundliches Willkommenslicht. Drinnen waren die Räume noch nicht fertig ausgestaltet, das Geld war knapp, obwohl Anne die Zuwendungen ihres Vaters darin investiert hatte. Sie wünschte sich einen Raum, in dem sie die Frauen, die zu ihr kamen, medizinisch behandeln konnte. Ganz so wie in der Paulstraße, wo sie nun, da sie sich mehr dem grünen Haus widmete, feste Sprechzeiten würde einrichten müssen. Aber das Geld dafür fehlte, sodass Anne sich mit ihrer gut ausgestatteten Arzttasche behelfen musste.

Aber eigentlich, so dachte Anne stolz, während sie Zimmer um Zimmer durchquerte, überall Licht anmachte – elektrisches Licht, keine blakenden Petroleumlampen –, ist es gemütlich und sauber. Es gab ein Bad, zwei Duschen für die Frauen. Eine Kleiderkammer, noch spärlich gefüllt, aber Anne war gewiss, dass es ihr gelingen würde, schon bald mehr Kleiderspenden zu erwirken, einen Speiseraum und einen gemütlichen Salon, in dem die Frauen sich einfach nur ausruhen konnten; etwas Warmes trinken und sich von dem Leben auf der Straße oder den überbelegten Zimmern ihrer Unterkünfte erholen, zumindest für einen kurzen Zeitraum.

Anne kochte sich in der Küche einen Tee, dachte mit Dankbarkeit an Theresa, durch deren Unterstützung sie den Hilfe suchenden Frauen eine warme Mahlzeit anbieten konnte, und machte sich sodann in ihrem winzigen Büro an die Arbeit. Sie setzte eine Liste der Dinge auf, die noch benötigt wurden – medizinische Geräte, Verbandsmaterial, Desinfektionsmittel, Seife, Medikamente, aber auch Kleider, in dieser Jahreszeit vor allem warme Sachen … Die Liste wurde lang. Gleichzeitig hatte Anne neben die benötigten Dinge geschrieben, wen sie darum bitten könnte. Es sah ganz danach aus, als würde sie sich in den nächsten Tagen die Absätze ihrer Sohlen flach laufen. Aber sie war voller Tatendrang und dachte daran, dass sie nicht ewig allein dafür arbeiten würde müssen, sicher würden ihr in den nächsten Tagen andere Frauen beispringen.

Milena fehlte ihr jetzt. Milena mit ihrer unerschöpflichen Energie, die nie ruhte, sondern sich und andere stets antrieb, noch mehr für das Wohl der Frauen zu tun, und die dadurch so viel erreicht hatte.

Die Energie von Milena hatte Anne durch die Zeit in London getragen und sie beflügelt, nun musste sie zeigen, was sie von ihr gelernt hatte und dass sie diejenige sein konnte, die andere motivierte.

Am Nachmittag schließlich wurden ihre Flugblätter geliefert – hübsch sahen sie aus, große schwarze Lettern auf rosafarbenem Papier. Anne wies den Gehilfen der Druckerei an, die dicken Stapel im Eingang neben der Tür zu lagern, so würden sie immer, wenn sie das Haus verließ, griffbereit sein.

Sie richteten sich an die bedürftigen Frauen und machten sie auf die neue Anlaufstelle am Magdeburgquai aufmerksam. Ihnen wurde kostenlose medizinische Betreuung, Hilfe auch in schlimmsten Notfällen, eine warme Mahlzeit pro Tag, geheizte Räume zum Verweilen sowie Waschräume mit fließend warmem Wasser versprochen. Alles, nur kein Geld. Wer allerdings mithelfen wolle, sei herzlich willkommen.

Wenn das keine Einladung war, der man Folge leisten musste!

In dem Moment, als Anne mit einem Arm voller Flugblätter das grüne Haus absperrte, um sich auf den Weg zu machen, diese zu verteilen, fiel ihr Blick auf einen jungen Mann, dem sie trotz der zivilen Kleidung ansah, dass er in einer offiziellen Mission unterwegs war. Und zwar zu ihr. Ein Beamter, keine Frage.

Tatsächlich stellte sich der Mann, kaum hatte er sie erreicht, als Kommissaranwärter Eduard Kalweit vor. Er erkundigte sich, ob er mit Frau Dr. Anne Fitzpatrick spreche, und als sie dieses bejahte, teilte er ihr mit, dass sie sich zur Befragung durch den Kommissar Rheydt am folgenden Tag um siebzehn Uhr im Stadthaus einfinden solle.

So etwas hatte ihr gerade noch gefehlt. »Das tut mir leid«, entgegnete sie, »aber erstens habe ich bereits eine Aussage gemacht, ich weiß nämlich rein gar nichts, und zweitens habe ich zu tun.« Sie deutete auf ihre Flugblätter.

Der junge Mann verzog keine Miene. »Es tut mir leid, Ihnen Unannehmlichkeiten machen zu müssen, aber eine Befragung durch die Kriminalpolizei in einem Mordfall ist nicht verhandelbar.« Er machte die Andeutung eines Dieners, lupfte kurz seinen Hut, was so überaus steif und förmlich war, dass Anne unwillkürlich lächeln musste, und fügte hinzu: »Bei Nichterscheinen müssten wir Sie abholen und auf das Kommissariat verbringen, ich nehme an, dass Sie diesen Eindruck zu vermeiden gedenken.«

Himmel, dachte Anne, muss sich ein junger Mensch so geschraubt ausdrücken? Kann der das nicht anders sagen?

»Ich habe verstanden«, beschied sie ihm. »Sagen Sie Ihrem Vorgesetzten, ich werde es einrichten.«

Der Kommissaranwärter nickte erleichtert und stakste wieder auf dem gleichen Weg zurück, den er gekommen war.

Anne seufzte und sputete sich, heute noch die Adressen abzuklappern, bei denen sie etwas ausrichten wollte, bevor sie nach Anbruch der Dunkelheit weitere Flugblätter an die Hafenprostituierten verteilen würde.

»Sie eröffnen? Teufel!« Der Journalist der *Hansepost*, Lauritzen, wie Anne wusste, sah sie mit großen Augen an.

Anne hatte ihn in der Redaktion der Zeitung direkt aufgesucht. Einmal, weil sie sich nicht am Telefon abwimmeln lassen wollte, und zum anderen, weil sie sehen wollte, wie es in der Redaktion einer großen Tageszeitung zuging. Ziemlich unspektakulär, wie sie nun feststellte. Zwar eilten ständig Tippfräulein auf dem Gang hin und her, sowie Männer mit Ärmelschonern und Notizblöcken, aber das Büro des Journalisten zeugte nicht von der großen weiten Welt, von Nachrichten aus den entlegensten Ecken der Weltkugel. Er hatte keinen Morsetelegrafen, ja nicht einmal eine dieser modernen Schreibmaschinen, lediglich ein Telefon auf dem Tisch kündete davon, dass Informationen hier etwas schneller verbreitet wurden als woanders.

Sie hatte ihn aufgesucht, weil sie sich wohlwollend daran erinnerte, dass er am Tag der geplanten Frauenhauseröffnung sogar mit einem Fotografen angerückt war, um zu berichten. Daraus war bekanntlich nichts geworden, stattdessen hatte er einen größeren Artikel über die Leichenfunde gebracht.

»Ja«, bestätigte Anne nun mit all ihrem Optimismus. »Wir öffnen trotzdem. Und ich dachte, nachdem Sie eigentlich schon beim letzten Mal berichten wollten …«

Er unterbrach sie. »Tut mir leid. Aber daraus wird nichts.«

Verwundert sah Anne ihn an. Es schien ihm richtiggehend unangenehm zu sein. Warum nur?

»Pardon?«

Lauritzen warf einen Blick über seine Schulter, stand auf und schloss die Tür zum Flur. Er senkte seine Stimme.

»Ich kann darüber nichts bringen.«

»Aber letztes Mal …«

Er schüttelte den Kopf. Anne gab nicht nach.

»Sie sind sogar mit einem Fotografen angerückt!«

»Miss Fitzpatrick, bitte.« Lauritzen holte tief Luft und

wurde noch etwas leiser. »Ihr Engagement in allen Ehren – und glauben Sie mir, dass ich Sie und Ihre Mitstreiterinnen zutiefst bewundere –, aber ich darf nichts darüber bringen. Anordnung von oben.«

Jetzt wurde Anne neugierig. Anordnung von oben? Sie lehnte sich zurück, verschränkte die Arme vor der Brust und war ganz Ohr.

»Beim letzten Mal war es meine eigene Initiative. Meinen Vorgesetzten war es gleich. Aber durch die Sache mit den Toten …« Erneut warf er einen Blick über seine Schulter, als fürchtete er, dass ihm einer der zahlreichen Spitzel des Hamburgischen Polizeiapparates im Nacken sitze. »… wurde ruchbar, für was Sie sich dort tatsächlich engagieren.«

»Und das wäre?«

»Prostituierte.«

»Ganz richtig. Und was ist dagegen einzuwenden?«

»Das gefällt der Bürgerschaft nicht. Dem Senat. Den Herren, die die politische Macht in Hamburg haben. Nennen Sie es, wie Sie es wollen, ich habe jedenfalls klare Order meiner Herausgeber bekommen, dass wir das Engagement der Frauenvereine zu diesem Thema in keiner Weise unterstützen dürfen. Außerdem bewegen Sie sich am Rande der Kriminalität.«

»Was unterstellen Sie mir da?«

Annes Stimme wurde lauter, aber Lauritzen legte nur einen Finger an seine Lippen.

»Ich möchte noch einmal betonen, dass dies nicht meine Meinung widerspiegelt. Aber das, was Sie tun, kann als politisches Engagement interpretiert werden, und das ist strafbar.«

Grollende Wut stieg aus Annes Bauch in ihre Brust empor, wie oft hatte sie das schon hören müssen, es war die Angst aller Frauenverbände, dass man ihnen mit dem Argument der politischen Agitation ihr Engagement verwehren wollte. Den

Herren an der Macht passte es nicht ins Weltbild, dass Frauen sich für andere Frauen einsetzten, dass sie die Stimmlosen stärken wollten, dass sie Rechte einforderten, dass sie wählen wollten und ja: dass sie eine eigene Meinung hatten!

Aber Frauen hatten Rechte, sie sollten die gleichen Rechte haben wie Männer und nicht in das Gefängnis der Ehe eingesperrt werden. Solange Anne auf Widerstände dieser Art stieß, solange würde sie weiterkämpfen.

Sie stand auf. »Dann kann ich hier wohl nichts ausrichten.«

Der junge Journalist sah sie zerknirscht an. Aber er nahm einen der rosafarbenen Zettel von dem Stapel, den sie auf seinem Tisch abgelegt hatte.

»Ich drucke einen Spendenaufruf. Das ist das Höchste, was ich tun kann. Und durch die Blume erfahren so alle, die es wissen müssen, dass Ihr Haus eröffnet worden ist.«

Wie gerne wäre sie aufrichtig dankbar gewesen, sie wusste Lauritzens Idee zu schätzen, aber trotzdem musste sich Anne sehr zusammenreißen, um ihre tiefe Enttäuschung nicht zu zeigen. Sie schaffte es, ihm ihre Liste der benötigten Gegenstände in die Feder zu diktieren, und verließ hoch erhobenen Hauptes das Redaktionsgebäude.

Ohne auf den Verkehr zu achten, überquerte sie die Straße, um ein Haar hätte die Trambahn sie gestreift, der Fahrer betätigte laut und lange die Klingel, aber anstatt zu erschrecken, schimpfte Anne ihm hinterher. In ihren Augen stand das Wasser, sie sah nur noch verschwommen, aber das war ihr gleich, sie beschleunigte ihre Schritte und lief und lief, bis sie vollkommen außer Atem war. Irgendwann erreichte sie die Lombardsbrücke, die sie mit tränennassem Gesicht überquerte.

In der Mitte blieb sie stehen, fand Halt an einem der massiven steinernen Pfeiler und versuchte, wieder zu Atem zu kommen.

Ein eleganter Herr mit Zylinder blieb neben ihr stehen und bot ihr freundlich sein Taschentuch und seine Hilfe an.

»Ich brauche Ihr Mitleid nicht«, fauchte Anne und ließ ihn stehen.

Es war keineswegs die Demütigung, die ihr die Tränen in die Augen getrieben hatte. Es war Wut. Ihre Wut, immer wieder gegen die gleichen Mauern zu rennen. An den Regeln zu scheitern, die Männer aufgestellt hatten. Sich eine blutige Stirn an ihrer Ignoranz zu holen.

Himmel, welche Gefahr ging denn von ihr aus? Sie wollte lediglich Unterstützung für ihre Arbeit, Hilfe und ein bisschen Aufmerksamkeit dafür, dass ein paar Frauen in Not nicht alleingelassen wurden.

Aber nicht einmal das wurde Frauen gewährt. Mächtige Männer verbündeten sich gegen sie, als hätten sie Angst, dass man ihnen die Weltherrschaft entreißen könnte.

Und genau das werden wir tun, sagte sich Anne Fitzpatrick. Wenn ihr uns weiter so kleinhaltet, nehmen wir uns mit Macht und Einfallsreichtum, was uns zusteht.

Und das ist nicht weniger als die Hälfte von allem.

13.

Helene starrte auf das frisch aufgeschlagene Ei in der Schüssel vor ihr. Sie hätte das Eiklar vom Eigelb säuberlich trennen sollen, aber es war ihr nicht gelungen. Nun lief der Dotter in Schlieren aus und verunreinigte das Eiweiß. Dazu aber gesellte sich eine rote Spur, Blut, das sich bereits ein wenig verdickt hatte.

Ein Küken, dachte Helene, daraus wäre ein Küken geworden! Übelkeit stieg in ihr auf. Sie hielt sich die Hand vor den

Mund, und noch bevor die strenge Hauswirtschaftslehrerin sie wegen des unsauber getrennten Eis tadeln konnte, stürmte sie an ihr vorbei aus der Tür.

Sie lief den langen Gang entlang zu den Mädchentoiletten, stieß die Tür auf und verschanzte sich in einer der Kabinen. Dort saß sie eine Zeit lang, bis die Übelkeit wich – das dauerte nur wenige Sekunden – und sie bereit war, in den Unterricht zurückzukehren – was sich auch nach Stunden nicht einstellen würde. Stattdessen blickte Helene nach oben, dorthin, wo ein schmales Fenster einen Streifen Licht in die hohe Kabine ließ.

Licht, Luft, Himmel, Weite, Freiheit.

Und hier drinnen: Backstein, Enge, Dunkelheit, Tadel. Allein heute war sie mehrmals getadelt worden. Wegen ihrer Haare, die nicht streng genug aus dem Gesicht frisiert waren. Ihrer ungestärkten Bluse. Ihrem Benehmen – sie hatte gekichert. Die Tadel schrieb die Hauswirtschaftslehrerin mit wichtiger Miene in ein Buch, und Helene fragte sich, wen sie damit beeindrucken wollte. Ihr Vater würde also zu hören bekommen, dass das Betragen seiner Tochter zu wünschen übrig ließ.

Ja, und?, fragte sie sich. Das weiß er, und wenn er es nicht weiß, dann wird es allerhöchste Zeit, dass er davon erfährt. Vielleicht war dies überhaupt der richtige Weg, um aus dieser furchtbaren Anstalt entlassen zu werden: sich fortgesetzt danebenzubenehmen. Klaus hätte ihr dazu geraten.

Helene hörte, wie die Tür zu den Waschräumen geöffnet wurde, und hielt die Luft an. Dann aber hörte sie Paulinas Stimme.

»Helene? Bist du hier?«

Helene öffnete die Tür ihrer Kabine.

»Ich soll nach dir sehen«, ihre Freundin grinste sie an, »aber ich glaube, dir war gar nicht so furchtbar schlecht, oder?«

Helene schüttelte den Kopf. »Ein bisschen. In dem Ei war

Blut, und ich habe mir vorgestellt ... ach, egal.« Sie holte einmal tief Luft. »Ich kann nicht mehr zurück.«

»Ach komm! Ist doch halb so schlimm.«

Helene wünschte, sie könnte die Dinge so leichtnehmen wie Paulina.

»Wie schaffst du das? Du machst alles mit und kannst noch darüber lachen. Diese Frau Guse mit ihrem lächerlichen Zwicker. Wenn ich schon den missbilligenden Blick von ihr sehe – ich kann ihr sowieso nichts recht machen.«

Paulina lächelte nur nachsichtig. »Das willst du doch auch gar nicht.«

»Nein!« Helene wurde laut. »Das will ich nicht! Ich will das alles nicht. Ich will keine eiertrennende Hausfrau sein, keine Mutter, und ich will niemals heiraten.«

»Schätzchen, du kannst nicht einfach nur nichts wollen – was willst du denn stattdessen machen?«

Helene starrte Paulina an. »Sag mir bitte nicht, dass die Frauenbewegung vollkommen an dir vorbeigegangen ist? Wir sind im zwanzigsten Jahrhundert!«

Paulina lachte und zuckte mit den Schultern.

Diese Sorglosigkeit brachte Helene noch mehr in Rage. »Frauen können arbeiten! Und studieren!«

»Können!« Paulina verschränkte die Arme vor der Brust, und Helene wusste, dass sie zu weit gegangen war. Ihre beste Freundin ließ sich nicht gerne als einfältig beschimpfen.

»Wer sagt denn, dass sie auch wollen? Ich für meinen Teil will überhaupt nicht arbeiten. Warum denn auch? Schau dir meine Mutter an, sie hat ein herrliches Leben.«

Dagegen ließ sich nicht argumentieren. Zwar war das ein Leben, das Helene nicht wollte, aber es war kommod und inspirierend, sie konnte Paulina nicht übel nehmen, dass diese darüber hinaus keinerlei Ambitionen hatte.

»Ach komm schon!« Paulina nahm Helene an der Schulter und drehte sie zu sich. »Lass uns nicht streiten. Ich möchte dich nicht so unglücklich sehen.«

Helene fasste die Hand ihrer Freundin und ließ sich zurück ins Klassenzimmer ziehen. Bevor sie die Tür öffneten, stoppte sie.

»In der Pause gehe ich in die Paulstraße. Ich muss Dr. Fitzpatrick treffen. Kommst du mit?«

Paulina schüttelte den Kopf. »Lieber nicht. Die Pause ist doch viel zu kurz.«

Widerwillig kehrte Helene zurück ins Klassenzimmer, wo sie erst einmal eine Ermahnung von Frau Guse über sich ergehen lassen musste. Sie versuchte, gar nicht hinzuhören, und verdämmerte auch den Rest des Unterrichts, in dem es um so wichtige Dinge wie das Ausfetten von Kuchenformen und die richtige Konsistenz von Eischnee ging.

Kaum hatte der Gong die Pause eingeläutet, wachte Helene aus ihrer Erstarrung auf, verließ das Gelände der Hauswirtschaftsschule und achtete darauf, dass niemand sie dabei beobachtete.

Sie hatte nicht vor, heute noch zurückzukommen.

Beim Haus in der Paulstraße Nr. 26 zögerte sie kurz. Von der anderen Straßenseite beobachtete sie die Frauen, die dort ein und aus gingen. Sie hatte keine konkreten Vorstellungen darüber gehabt, aber aus irgendeinem Grund hatte Helene angenommen, dass es ihr schwerfallen würde hineinzugehen, sie erwartete, sich wie ein Fremdkörper zu fühlen. Schließlich gehörte sie weder zu den Frauen, die dort Hilfe suchten, noch zu jenen, die sie anboten.

Aber das Gegenteil war der Fall. Es war ein völlig normales Haus, wo sich Frauen jeden Alters und von unterschiedlicher

Herkunft die Klinke in die Hand gaben. Sicher, den meisten sah man an, dass sie nicht aus begütertem Haus stammten, sondern aus den Arbeitervierteln, aber es waren Frauen, viele mit Kindern am Rockzipfel, wie man sie auch auf dem Markt in der Elbestraße, auf dem Hopfenmarkt vor Sankt Nicolai oder irgendwo in der Neustadt sah.

Helene fasste sich ein Herz und wechselte die Straßenseite. Eine junge Mutter hielt ihr die Tür auf und lächelte freundlich. Helene trat einen Schritt über die Schwelle.

Es war nur ein Schritt, aber es war ein großer Schritt für die Pastorentochter Helene Curtius. Sie war kaum eingetreten, da erfasste sie eine Welle und trug ihr Herz davon.

Das hier war Leben! Echtes, wahres, pulsierendes Leben, so ganz anders als die steife Stimmung in der Hauswirtschaftsschule und erst recht wie in ihrem erkalteten Elternhaus in der Körnerstraße.

Das Haus war warm, im übertragenen Sinne, aber auch wirklich: In der Ecke eines großen Zimmers bollerte ein Kaminofen. Es war hell – überall waren Lampen angezündet. Es roch gut, nach angebratenen Zwiebeln und Milchbrei, nach Seife und Kinderpuder. Die Luft vibrierte von den vielen Stimmen, die nicht immer nur freundlich waren, auch Kindergeschrei gehörte dazu, aber es waren nur Frauen, die sich untereinander und mit den Kindern unterhielten. Niemand brüllte, niemand tadelte.

Im Gang saßen zwei Kinder und spielten friedlich mit Stoffpüppchen. Helene ging vorsichtig an ihnen vorbei und warf einen Blick in alle Räume im Erdgeschoss. Es war Mittagszeit, und beinahe alle Frauen hier waren damit beschäftigt, ihre Kinder zu füttern, selbst zu essen, Tische abzuräumen, zu wischen oder aufzudecken. Es war so wunderbar, zu sehen, wie die Wärme, das Licht und das Essen auch jene zufrieden machten, die sich eigentlich in übler Lage befanden. Und das waren viele. Bei genauerem Hinsehen erkannte Helene, dass hier unterernährte Frauen und Kinder waren, solche, die furchtbar husteten, schlechte Zähne hatten, Wunden, blaue Flecken. Sie durchlitten offensichtlich Armut, Gewalt, und alle, mit Ausnahme der ehrenamtlichen Helferinnen, zeigten Merkmale eines harten, viel zu harten Lebens. Doch hier waren sie willkommen, wurden versorgt, und Friede umgab sie.

Eine Frau, die offensichtlich zum Verein »Frauenwohl« gehörte, sprach Helene freundlich an.

»Kann ich Ihnen helfen?«

»Ich suche Frau Doktor Fitzpatrick.«

»Oh, das tut mir leid. Die medizinische Sprechstunde findet erst wieder am Donnerstag statt. Wenn es sich um einen Notfall handelt …« Die Frau musterte Helene, aber in ihrem Blick lag nur Hilfsbereitschaft und Milde, nichts Abschätziges.

»Nein, nein, es ist … anders. Ich brauche ihren Rat.«

»Ah!« Die Frau lächelte und griff in ihre Schürzentasche. »Frau Doktor arbeitet wieder am Magdeburgquai.« Sie hielt Helene ein rosafarbenes Flugblatt hin. »Sie finden sie dort. Wenn sie nicht gerade unterwegs ist, um Spenden einzusammeln. Leider hat sie noch keinen Telefonapparat.«

Helene blickte auf das Flugblatt. »Sie eröffnen das Frauenhaus?«

Nun huschte doch ein Ausdruck der Besorgnis über das Gesicht ihres Gegenübers.

»Sie hat partout darauf bestanden. Aber wie gesagt: Wenn Sie dort nicht hingehen wollen, dann müssten Sie am Donnerstag wiederkommen.«

Aber Helene dachte nicht daran zu warten. Wenn Anne

Fitzpatrick sich nicht abschrecken ließ, dann würde sie es auch nicht tun! Zumal es Mittag und helllichter Tag war, da würde sie es ja wohl wagen, den Hafen zu betreten.

»Danke! Vielen Dank!«, brachte sie noch hervor, drehte auf dem Absatz um und stürmte aus dem Haus.

Der zweite Eindruck der Umgebung war weniger abschreckend als der erste. Helene fand dieses Mal allein den Weg vom Brooktor zum Magdeburgquai, und sie hatte sich vorgenommen, ihn rasch und selbstbewusst zurückzulegen und sich nicht damit aufzuhalten, die dort arbeitenden Männer – und es waren ausschließlich Männer – anzustarren. Sie wollte aussehen wie jemand, der ein Ziel hatte und sich nicht aus Neugier in dieser Hafengegend herumtrieb. Das war ihr beim ersten Mal nicht gerade gut gelungen …

Der Tag war weniger neblig als der ihres ersten Besuchs, und obwohl die Sonne nicht strahlend am Himmel stand, sondern sich hinter Wolken versteckte, war der Eindruck auch weniger trüb. Das mochte daran liegen, dass sie einen anderen Weg genommen hatte, schließlich war sie von der Paulstraße auf direktem Weg zum Hafen gelaufen, hatte nach der Speicherstadt den Weg über den Wandrahm und Sankt Annen genommen. Hier war der Hafen belebt, es wurde eifrig gearbeitet, voll beladene Schuten stauten sich im Zollhafen und den benachbarten Kanälen. Wuchtige Drei- und Viermaster lagen dicht an dicht und warteten darauf, ent- oder beladen zu werden. Helene musste aufpassen, dass sie den Arbeitern, die mit schweren Säcken auf den Rücken gebeugt umherliefen, nicht im Weg stand. Hier hatte niemand Zeit, auf sie zu achten.

Erst als sie die Brooktorbrücke überquert hatte und schließlich über die Meyerstraße die alten Fruchtschuppen ansteuerte, wurde der Hafen stiller und verlassener. In dieser Hafenecke waren nur noch einzelne Lagerhäuser mit Waren gefüllt, und entsprechend wenig belebt war die Gegend.

Das grüne Haus leuchtete ihr heute freundlich entgegen, und anstatt sich, wie beim letzten Mal, hinter dem Berg verkohlter Balken zu verstecken, der noch immer an der gleichen Stelle lag, steuerte Helene zielstrebig darauf zu.

Sie hatte Glück. Schon durchs Fenster sah sie Doktor Fitzpatrick, die allein in der Küche stand und dort herumhantierte. Helene trat ein und hatte die Küche noch nicht erreicht, als die Medizinerin, ohne sich umzudrehen, sagte: »Sie schickt der Himmel.«

»Verwechseln Sie mich?«

Jetzt wandte die Ärztin sich zu Helene um. »Nein, aber egal, wer Sie sind – Sie sind willkommen.« Sie legte die Stirn in Falten. »Moment – Sie sind die junge Frau, die die Leichen entdeckt hat. Curtius?«

Helene platzte vor Stolz, dass die Ärztin sich an sie erinnerte, und nickte.

»Wie dem auch sei, fassen Sie bitte mit an.« Anne Fitzpatrick deutete auf eine hölzerne Bank. »Die muss vor die Tür.«

Gemeinsam trugen die Frauen die Bank hinaus und stellten sie unter die Fenster an die Mauer. Just in dem Moment zwängte sich ein schmaler Streifen Sonne durch die Wolkendecke, und Anne Fitzpatrick setzte sich auf die Bank, den Rücken an die Hausmauer gelehnt.

»Weshalb sind Sie hier?«

Helene fühlte sich aufgefordert, sich neben sie zu setzen.

»Ich brauche Ihren Rat.«

Fitzpatrick zog amüsiert die Brauen nach oben. »Es ist eigentlich nicht meine Aufgabe, Pastorentöchter zu beraten.«

»Aber hier steht«, Helene fummelte den rosafarbenen Zettel aus ihrer Manteltasche, »Hilfe auch in schwerer Not.«

Die Ärztin konnte sich ein Lachen nicht verkneifen. »Sie haben Glück, dass hier kein Betrieb ist. Noch nicht. Also, ich bin ganz Ohr.«

Und Helene legte los. Sie begründete zunächst, warum sie sich an die Ärztin wandte – weil sie schlicht die einzige studierte Frau war, der sie jemals begegnet war. Außerdem hatte sie das Gefühl, rasch eine Entscheidung treffen zu müssen. Sie erzählte vom Zwist mit ihrem Vater und der Hauswirtschaftsschule.

»Ich gehe dort nicht mehr hin«, schloss sie. »Ich muss das Gespräch mit meinem Vater suchen.«

»Gespräch?«

»Vielmehr den Streit, ja. Aber ich kann nicht länger warten!«

»Sie wissen also, was Sie nicht wollen«, zog Fitzpatrick das gleiche Resümee wie auch schon Paulina. »Aber wissen Sie, was Sie wollen? Das soll hoffentlich nicht ich für Sie entscheiden?«

»Keineswegs.« Helene straffte sich. »Am liebsten würde ich studieren. Aber das ist in Hamburg nicht möglich, und mein Vater lässt mich nie und nimmer weg. Also dachte ich, ich biete ihm etwas an, das er vielleicht akzeptiert.«

»Und das wäre?«

»Lehrerin!«

Das war die Idee, die Helene am Abend zuvor in ihrer Schlaflosigkeit gekommen war. Lehrerin war ein veritabler Beruf. Einer, der sich auch unter bürgerlichen jungen Frauen mehr und mehr verbreitete. Ihr Vater würde nicht begeistert sein, das wusste sie, aber vielleicht war es ein Vorschlag zur Güte, und sie konnten darüber einen Kompromiss schließen.

Die Ärztin neben ihr auf der Bank musterte sie, interessierter als zuvor. »Eine gute Entscheidung«, beschied sie Helene, deren Herz sogleich einen Sprung machte. »Aber Sie wissen, dass eine Heirat damit ausgeschlossen ist.«

»Einer der Vorteile dieser Berufswahl.«

Die Ärztin lächelte, und Helene ärgerte sich ein wenig, weil sie die milde Nachsicht im Gesichtsausdruck der Älteren lesen konnte.

»Das wissen Sie jetzt schon, in Ihrem Alter?«, hakte Dr. Fitzpatrick dann auch nach. »Wie alt sind Sie?«

»Zwanzig.«

»Dann sollten Sie die Entscheidung für oder gegen eine Ehe jetzt noch nicht für alle Ewigkeit treffen. Aber das wissen Sie natürlich selbst am besten, dafür sind Sie jedenfalls alt genug.«

»Im Moment kann ich mir nicht vorstellen zu heiraten«, korrigierte Helene sich. »Und wenn es sich ändert – kann ich noch immer den Beruf wechseln.«

»Zum Beispiel studieren. Die Ausbildung zur Lehrerin ist ein guter Grundstein dafür. Und wer weiß – vielleicht haben wir in Hamburg dann auch eine Universität.«

»Ich hatte gehofft, dass Sie so etwas sagen.« Von Helene fiel eine Last ab. Diese Bestätigung tat ihr gut – von wem sonst hätte sie sie bekommen sollen? Ihr Vater polterte, ihre Mutter flüchtete ins abgedunkelte Zimmer, Paulina war es gleich, und Klaus, ach, Klaus war Welten entfernt.

»Als Lehrerin können Sie viel bewirken«, bestätigte ihr die Medizinerin weiter. »Es gibt Lehrerinnen und Lehrerinnen. Sie vertreten völlig unterschiedliche Ansätze und unterrichten mittlerweile sogar schon an den höheren Schulen, nicht nur Kinder der ersten Klassen. Wir haben einige sehr engagierte bei uns in der Frauenbewegung. Denken Sie an Helene Lange.«

Natürlich wusste Helene, von wem die Rede war – Helene Lange hatte einen Lehrerinnenverband gegründet und ein Handbuch für die Frauenemanzipation herausgegeben. Davon hatte sie bislang nur gehört, es leider noch nicht gelesen, aber es interessierte Helene brennend.

»Wenn Sie es ernst meinen mit Ihrer Mitarbeit in der Wohlfahrt«, fuhr Dr. Fitzpatrick fort, »dann werden Sie als Lehrerin dringend gebraucht. Den Frauen hier hilft nicht nur heiße Suppe. Um ehrlich zu sein, hilft diese am allerwenigsten. Bildung ist das, was die Frauen, die hier Hilfe suchen, am dringendsten brauchen. Viele von ihnen können nicht einmal lesen und schreiben. Von den Kindern gar nicht erst zu reden.«

Sie stand auf und nickte Helene zu. Die Audienz war offenbar beendet. »Wenn Sie sich für den Weg entscheiden, dann sind Sie beim Verein herzlich willkommen.«

»Kann ich Ihnen jetzt schon behilflich sein? Heute?« Helene wollte den Ort nicht verlassen, sie hätte sich so gerne ausführlicher mit dieser faszinierenden Frau unterhalten. Hätte erfahren mögen, woher diese kam, wie ihr Weg ins Medizinstudium gewesen war, was ihre Eltern dazu gesagt hatten – aber die Ärztin schien nicht in Plauderlaune zu sein. Stattdessen ging sie kurz ins Haus zurück und kam mit einem frischen Stapel des Flugblattes, das Helene bereits kannte, zurück.

»Hier«, streckte sie Helene die Zettel entgegen. »Verteilen Sie die Flugblätter. Geben Sie jeder Frau eines in die Hand, jedem Kind. Keinem Mann.«

Ihre Mutter saß stumm im Salon, die Miene vorwurfsvoll, die blassen Hände in den Schoß gelegt.

Helene trat ein, die Flugblätter, von denen sie auf dem

Nachhauseweg bereits einige losgeworden war, hatte sie wohlweislich in ihrer Mappe versteckt.

»Setz dich.« Die Stimme ihrer Mutter war leise, aber fest.

Helene kam der Aufforderung nach, fest entschlossen, sich nicht ins Bockshorn jagen zu lassen. Ihrer Mutter hatte sie stets die Stirn bieten können, und sie war froh, dass nicht ihr Vater sie empfing.

Fanny Curtius konnte Gedanken lesen. »Du kannst von Glück sagen, dass dein Vater nicht zu Hause ist.«

Helene schwieg. Sie wollte sich nicht unnötig verteidigen müssen, das versetzte sie sofort in die schwächere Position.

»Man hat sich in der Schule Sorgen gemacht«, fuhr ihre Mutter fort. »Zum Glück hat deine Freundin Paulina gewusst, dass dir nichts passiert ist, sondern dass du einfach entschieden hast, dem Unterricht fernzubleiben.«

»Ich werde so lange fernbleiben, bis ich nicht mehr dorthin muss.«

Ihre Mutter rang sichtlich um Fassung. »Helene! Warum musst du dich um jeden Preis unglücklich machen?«

»Ich mache mich nicht unglücklich! Das Gegenteil ist der Fall. Ich sterbe, wenn ich noch einen Tag in dieser entsetzlichen Anstalt verbringen muss.«

»Es ist eine Hauswirtschaftsschule. Es ist kein Internat, keine Besserungsanstalt und erst recht kein Gefängnis.«

»Für mich fühlt es sich so an.«

Ein langer, sorgenvoller Blick ruhte auf ihr. Ihre Mutter sagte kein Wort, und Helene wurde es ungemütlich. Vielleicht wäre ein ordentliches Donnerwetter doch besser gewesen, dagegen hätte sie sich leichter zur Wehr setzen können als gegen stumme Vorwürfe.

»Du wirst einmal einen Haushalt führen. Heiraten, einen liebenden und guten Mann haben, der dich versorgt, und Kinder großziehen. Was an dieser Vorstellung ist so fürchterlich, dass du dich mit Händen und Füßen dagegen wehrst?«

»Hast du einen liebenden Mann? Ist das Leben, das du führst, eines, das dich glücklich macht?«

Helene sah, dass die Mundwinkel ihrer Mutter zuckten, ganz leicht nur, aber sie wertete es als Zeichen, dass sie ins Schwarze getroffen hatte. »Du bist immer traurig, Mama. Seit Jahren! Ihr sprecht kaum noch miteinander, Klaus hat im Streit die Familie verlassen – sag mir einen Grund, warum ich mich auf so ein Leben vorbereiten sollte?«

»Du weißt nicht, wovon du redest.« Fanny Curtius hatte Mühe, Ruhe zu bewahren. »Ich habe einen guten Mann. Ich bin deinem Vater zu großem Dank verpflichtet. Und ich kann dir versichern, man kann wahrlich ein übleres Leben haben als dieses.«

Vage fuhr eine Hand ihrer Mutter durch den Raum. Durch den großen Salon mit seinen üppigen Stuckdecken, den Kristalllüstern, den Möbeln aus poliertem Mahagoni, den goldgerahmten Bildern und bodentiefen Vasen mit teurem Blumenschmuck, den tiefen Fenstern, durch die man auf den großen Garten und die direkt daran vorbeifließende Alster blicken konnte. Ja, man konnte es schlechter haben, durchaus, das begriff auch Helene.

Es war ein luxuriöses Gefängnis, in dem sie hier saßen.

»Ich möchte einen Beruf ergreifen.« Die Worte purzelten förmlich aus Helenes Mund. »Ich möchte Lehrerin werden. Ich kann das Lehrerinnenseminar besuchen, es ist nicht weit von hier, schon nach einem halben Jahr kann ich fertig ausgebildet sein. Bitte, Mama. Bitte hilf mir. Leg ein gutes Wort für mich ein.«

Aber ihre Mutter starrte sie nur stumm an. Es war Helene nicht möglich, in ihrem Gesichtsausdruck zu lesen. Was dachte ihre Mutter? Warum erschien es Eltern so furchtbar, dass ihre Kinder eigene Träume hatten?

»Lehrerin«, wiederholte Fanny Curtius schließlich ungläubig. Und dann geschah etwas für Helene absolut Unerwartetes. Ihre Mutter fing an zu lachen. Sie lachte aus vollem Hals, lachte so sehr, dass sie nicht mehr aufhören konnte und ihr sogar Tränen in den Augenwinkeln standen.

Helene hatte mit allem gerechnet. Sie hatte die Situation, wie sie ihrem Vater von ihren Plänen berichtete, wieder und wieder durchgespielt. Sie hatte mit Streit, Verbot, Hausarrest, ja sogar mit Züchtigung gerechnet, aber niemals mit ihrer lachenden Mutter.

So heiter und lebendig hatte sie ihre Mama seit Jahren nicht mehr gesehen.

Irgendwann ebbte die Heiterkeit ihrer Mutter ab. Der Blick, mit dem sie ihre Tochter betrachtete, war nun viel weicher als zuvor.

»Ich habe mit allem gerechnet«, erklärte sich Fanny Curtius. »Aber nicht damit. Ruderin, Physikerin, Flottenkapitänin, Dichterin – alles, alles hätte ich dir zugetraut. Aber Lehrerin? Damit wird sich vielleicht sogar dein Vater anfreunden können. Immerhin bleibst du uns dann erhalten.«

Sie stand auf, ging an ihrer Tochter vorbei, streifte diese sanft an der Wange und zog sich nach oben in ihre Gemächer zurück.

Helene jedoch saß wie ein begossener Pudel im Salon, unfähig, sich zu rühren.

Die Demütigung war perfekt. Schlimmer hätte es kaum kommen können.

Was sie für eine revolutionäre Idee gehalten hatte, hatte ihre Mutter soeben mit einer einzigen Geste der Lächerlichkeit preisgegeben.

Es schien, als wären sogar ihre Träume zu klein, dachte Helene, all ihre Euphorie und Kraft, die sie aus der vermeintlichen Auflehnung gezogen hatte, waren aus ihr gewichen. Jetzt fühlte sie sich einfach nur elend und dumm.

14.

»Rosalind Speyer, genannt Rosi, aus Breslau.«

Berthold Rheydt präsentierte seine Ermittlungsergebnisse mit einem gewissen Stolz. Er und seine Leute hatten am Vorabend nicht allzu lange gebraucht, um herauszufinden, wer die andere Tote im Hafen aller Wahrscheinlichkeit nach war. Mehrere Prostituierte, die von ihnen befragt worden waren, erinnerten sich übereinstimmend daran, dass Rosi im Mai von einem Augenblick auf den nächsten plötzlich verschwunden war. Einige der Frauen hatten sie noch an ihrem angestammten Platz gesehen – ein schmaler Durchgang zwischen zwei Lagerhäusern am Alten Wandrahm –, aber im Lauf der Nacht war sie weg und kam nicht wieder. Keine von ihnen hatte sich allerdings Gedanken gemacht, es geschah häufiger, dass die Dirnen bei ihren Kunden über Nacht unterschlüpften, wenn diese sie dafür bezahlten. Erst als Rosi weder am nächsten noch am übernächsten Tag, noch in den Tagen darauf erschien, hatten sie untereinander über ihr Verschwinden geredet. Und als der Frische Max sich schließlich auf die Suche nach seinem Pferdchen gemacht hatte, war allen klar gewesen: Rosi hatte die Biege gemacht. Dass ihr Körper zu dem Zeitpunkt bereits wenige Meter weit entfernt im Hafenbecken dümpelte, hatte keine von ihnen vermutet.

Die Gleichgültigkeit, mit der die Frauen untereinander auf das Verschwinden von einer von ihnen reagiert hatten, schockierte den Kommissar nachhaltig. Auf die Frage, was sie denn dachten, wohin Rosi verschwunden sein könnte, hatten die Frauen lediglich mit Achselzucken reagiert. Sich dünne gemacht? Umgezogen? Sich mit einem Freier zusammengetan? Ins Wasser gegangen?

»Das Tragische daran ist«, setzte Berthold nun seinen Vortrag fort und nahm seine beiden Zuhörer, Inspektor Paulmann und Polizeichef Gustav Roscher, ins Visier, »dass niemand sie vermisst hat. Sie hat als Schlafgängerin bei einer Familie ein Bett gemietet, aber selbst die haben sich nichts gedacht, als sie nicht mehr kam.«

»Was wissen Sie noch über das Mädchen?«

»Der Kollege Kalweit war heute Morgen schon sehr fleißig und ist auf dem Amt vorstellig geworden. Seit August 1908 war sie in Hamburg gemeldet. Gearbeitet hat sie zunächst in der Margarinefabrik Mohr in Wilhelmsburg, dort hat sie jedoch ein halbes Jahr später gekündigt. Laut Einwohnermeldeamt wurde sie 1891 in Breslau geboren, wir versuchen zurzeit, Kontakt mit der Familie herzustellen, aber das wird wohl nicht über Telefonapparat möglich sein, es dauert also, bis wir eine Antwort aus Breslau erhalten.«

»Können Sie ganz sicher sein, dass es sich bei Ihrer Toten um das Mädchen handelt? Schließlich befand sich der Körper im fortgeschrittenen Zustand der Verwesung«, warf Roscher nachdenklich ein.

»Einige der Frauen, die wir befragt haben, erinnerten sich an die Sachen, die die Verstorbene getragen hat – das war wohl nicht weiter schwer, weil sie immer das Gleiche anhatte –, aber zusätzlich hatten wir mehr Glück als Verstand.« Berthold Rheydt machte eine Kunstpause. »Der Grund, warum Rosalind Speyer ihre Arbeit in der Fabrik beendet hat, lag in einem Unfall. Sie ist mit ihrer rechten Hand in die Abfüllanlage gekommen – und verlor die letzten Fingerglieder von Zeige- und Mittelfinger. Die gleiche Verletzung, die Physicus Bäuerlein in seiner Akte erwähnt.«

Der Polizeichef nickte wohlwollend, und Berthold sah sich veranlasst, in seinem Bericht fortzufahren. Er kam nun zu seinem wichtigsten Anliegen.

»Wir können die Orte, an denen die beiden Frauen zuletzt gesehen wurden – Elsie Lautenschläger im Treppenhaus ihres Wohnhauses in der Niedernstraße und Rosalind Speyer an ihrem Standort am Alten Wandrahm –, genau benennen. Sie wurden danach beide nicht mehr gesehen, waren wie vom Erdboden verschluckt. Bis wir sie im Hafen gefunden haben. Da beide Orte nah beieinanderliegen, gehen meine Leute und ich davon aus, dass wir in diesem Dreieck …« Er breitete auf dem Tisch des Polizeichefs, in dessen Büro sie sich befanden, einen Stadtplan aus und zeichnete um beide Orte sowie den Magdeburgquai einen Kringel, danach verband er alle drei miteinander. »… einen Ort finden, an den der Täter beide Frauen verschleppt und sie dort umgebracht hat.« Er klopfte energisch mit dem Finger auf den Plan. »Es ist ein überschaubares Gebiet. Ich möchte es Meter für Meter durchkämmen, wir müssen den Tatort finden.«

»Und dafür brauchen Sie wohl mehr Leute?« Roscher warf einen Seitenblick auf den Inspektor, der mit dem Kopf wackelte. »Paulmann?«

»Kurzfristig kann ich ein paar Männer entbehren, vielleicht zehn. Einen halben Tag lang. Mehr auf gar keinen Fall!«

Berthold Rheydt wusste, dass es jetzt besser war zu schweigen. Sonst würde sein Vorgesetzter sofort einen Rückzieher machen. Zehn für einen halben Tag waren besser als nichts. Aber das Gebiet, das er durchsuchen wollte, war ein undurchdringliches Labyrinth. Hinterhöfe, schmale Gassen,

Keller, Ruinen, die Lagerhäuser am Hafen – sie würden sich ranhalten müssen, wenn sie es in der Kürze der Zeit schaffen wollten.

»Wie erklären Sie es sich, dass der Mörder die Frauen nicht einfach dort hat liegen lassen, wo er sie getötet hat?« Roscher war noch immer über den Plan gebeugt. »Warum geht er das Risiko ein, dabei entdeckt zu werden, wie er die Leichen zum Hafenbecken transportiert?«

Auf diese Frage hatte der Kommissar gewartet, denn das war exakt das, was er mit seinen Männern wieder und wieder besprochen hatte. So ein Verhalten war vollkommen untypisch, er hatte es in seiner Karriere bei der Kripo jedenfalls noch nicht erlebt. Auch Paulmann nicht, der so viel länger dabei war.

»Er ist seiner selbst vollkommen sicher. Er hält sich für unfehlbar. Ich vermute, dass er gar nicht in Betracht zieht, dass man ihn ertappen könnte. Er zelebriert den Mord, ihm reicht es nicht, die Frauen zu töten. Ja, ich habe fast den Eindruck, dass es ihm darum gar nicht geht. Das Drumherum ist wichtiger.«

Inspektor Paulmann schnalzte mit der Zunge, seine Augenbrauen schnellten nach oben. »Gewagte These, Rheydt. So ein Täter ist mir in meiner gesamten Laufbahn noch nicht begegnet.«

Berthold Rheydt nickte seinem Vorgesetzten zwar zu, ließ sich jedoch in seinen Ausführungen nicht beirren. »Die Körper in den Kähnen – das hatte etwas von einem Friedhof. Ich bin ziemlich sicher, dass es ihm Genugtuung bereitet hat, die Frauen dorthin zu bringen und sie regelrecht aufzubahren.«

In der Nacht hatte Berthold sich über den Täter den Kopf zerbrochen, über Motive und Persönlichkeit. Und tatsächlich konnte er einige Vermutungen anstellen, aber er scheute sich, all seine Gedanken vor den beiden hochrangigen Beamten offen zu äußern. Es war keineswegs üblich, sich über die Persönlichkeit eines Mörders Gedanken zu machen, Vorrang hatte das Handwerk: Spurensicherung, Abgleich der Fingerabdrücke und der vorhandenen Verbrecherkartei, natürlich die Suche nach einem Motiv, aber alles darüber hinaus galt leicht als Spinnerei.

Aber nun sah der Kripochef ihn erwartungsvoll an, also entschied sich der Kommissar für den direkten Angriff.

»Alles spricht dafür, dass wir es nicht mit spontanen Taten zu tun haben. Hier hat jemand sorgfältig geplant. Er muss ein spezielles Werkzeug mit sich führen, um derart präzise Schnitte auszuführen. Er reagiert auch nicht kopflos, er hat keine Panik, nachdem er seine Opfer in ihrem Blut sieht. Auch das spricht für jemanden, der mit dem Tod vertraut ist. Mediziner, Fleischer, Soldat. Ich glaube mittlerweile auch nicht, dass er in den vier Monaten, die zwischen den Taten liegen, anderweitig gemordet hat. Sonst hätten wir seine Opfer in dem improvisierten Friedhof im Hafenbecken gefunden. Meiner Meinung nach haben wir es mit einem Mann zu tun, der keine Reue empfindet, sondern Stolz.«

Paulmann unterbrach ihn. »Sehr überzeugend, Rheydt. Und nach allem, was Sie uns referiert haben, glaube ich, dass der Täter aus einer besseren Schicht stammt. Obwohl es sich bei den Opfern um Frauen aus dem niederen Milieu handelt.«

Gustav Roscher nickte zustimmend. »Die Tötungsdelikte, die wir in den Armenvierteln verzeichnen, sehen anders aus. Da ist rohe Gewalt im Spiel, Verzweiflung, Trunksucht. Aber das hier …«

Er schüttelte den Kopf, und Berthold Rheydt wagte es, den Satz zu vollenden.

»… sieht nach Kalkül aus.«

Die drei Männer schwiegen und starrten auf die Karte.

»Wir dürfen auch nicht ausschließen, dass es sich um eine Gruppe von Tätern handelt«, fuhr der Kommissar fort. Auch das war ein Ergebnis der Gespräche in seiner Ermittlungsgruppe. »Womöglich werden die Frauen entführt und für irgendwelche Rituale missbraucht. Man hört im Moment viel von Satanisten und Okkultisten und seltsamen Kulten. Allerdings kenne ich mich damit nicht aus, das ist reine Spekulation.«

»Aber nicht auszuschließen«, stimmte Inspektor Paulmann zu. »Allein der Transport der Körper ins Hafenbecken ist zu mehreren leichter zu bewerkstelligen. Wie schafft man es, die Körper vom Quai in diese Kähne zu bugsieren? Das erfordert Kraft und Geschicklichkeit. Ich bezweifle stark, dass das ein Mann allein zuwege bringt.«

»Wonach also suchen wir konkret?« Der Kripochef richtete sich auf.

»Wir suchen nach einem Raum, in welchen der Täter die Frauen gebracht hat, um sich dann an ihnen zu vergehen, ungestört. Und wenn wir den Ort gefunden haben, hoffe ich auf belastbare Spuren. Und einen handfesten Hinweis auf den Täter.« Berthold Rheydt fuhr mit dem Finger das von ihm gezeichnete Dreieck auf dem Stadtplan nach. »Ein altes Lager, ein Keller, ein Schuppen, der niemandem gehört. Im Bereich zwischen Ericusstraße, Niedernstraße und Brandstwiete, südlich begrenzt durch den Brooktorhafen.«

»Gut«. Roscher klopfte mit den Fingerknöcheln auf den Stadtplan. »Inspektor, Sie stellen Rheydt die Leute zur Verfügung. Ich möchte aber nicht, dass zu viele Ressourcen für die Suche verschwendet werden. Ich denke, wir müssen noch intensiver nach konkreten Spuren suchen. Fingerabdrücke, Blutspuren, Haare – wurden die Boote, in denen die Frauen gefunden wurden, nach Spuren untersucht?«

Berthold bejahte. Er verwies darauf, dass er auch Fotos hatte anfertigen lassen, versprach jedoch, sich die Ergebnisse der Spurensicherung noch einmal anzusehen.

Roscher nickte, und der Kommissar machte sich daran, den Stadtplan wieder zusammenzufalten und mit Inspektor Paulmann das Büro zu verlassen.

Roscher hielt ihn zurück. »Sie leisten gute Arbeit, Rheydt. Sehr gute Ergebnisse in der kurzen Zeit.«

»Danke, Herr Direktor!«

»Aber Sie müssen noch besser werden.« Roscher nahm ihn streng ins Visier. »Ich glaube, dieser Täter ist noch nicht fertig.«

Mit dieser letzten Bemerkung hatte der Kripochef ins Schwarze getroffen. Genau dieser Auffassung war Rheydt mit seinem Team ebenfalls. Das überaus Rätselhafte an beiden Taten war für den Kommissar allerdings das fehlende Motiv. Wonach hatte der Täter seine Opfer ausgesucht? Warum hatte es Elsie Lautenschläger, die Mutter, und Rosi Speyer, die Prostituierte, getroffen?

Sie konnten mittlerweile ausschließen, dass sich die beiden Opfer gekannt hatten. Es gab keinerlei Verbindung zwischen ihnen. Habgier, Eifersucht oder Rache schieden ebenso aus. Und wenn die Frauen Zufallsopfer waren, weil sie arglos und leicht zu ködern waren – beide waren in der Dunkelheit allein in schlecht beleumundeter Umgebung unterwegs gewesen –, dann hinderte den Täter nichts daran, sich wieder ein argloses Opfer zu suchen. Er hatte schließlich zweimal Erfolg gehabt.

Er müsste versuchen, eine Warnung an alle Frauen abzusetzen, fiel es Berthold nun ein. Sollte er diesen Lauritzen kontaktieren? Einen offiziellen Aufruf der Hamburger Polizei in die Zeitung zu setzen, war nicht möglich. Damit würden die

Ermittlungen in den Fokus der Öffentlichkeit geraten, und das war selten hilfreich. Es würde einen Aufruhr unter Hamburgs Bürgerschaft geben, wenn die Polizei insinuierte, dass ein gefährlicher Frauenmörder die Straßen unsicher machte. Es würde so aussehen, als wüsste die Polizei nicht, was sie tun sollte, und es würde Kritik und unerwünschte Ratschläge von allen Seiten hageln. Aber wenn er sich zu einem konspirativen Bier mit dem Journalisten treffen würde und sie gemeinsam einen Plan entwickelten, wie man die Frauen zur Vorsicht gemahnen und gleichzeitig die enormen Fortschritte der Ermittlungen lobend erwähnen könnte, wäre vielleicht einiges gewonnen.

Sehr zufrieden mit diesem Gedanken, öffnete Berthold Rheydt die Tür seines Büros und schreckte überrascht zurück, als er darin eine Frau stehen sah. Im ersten Augenblick glaubte er, wieder ein Trugbild seiner toten Gattin zu erblicken, aber der Rücken in der hellgrauen Bluse, der Hut und der ebenholzfarbene Haarknoten darunter wirkten zu real für Elisabeth.

Als sie die Tür klappen hörte, drehte sie sich um, und der Kommissar erkannte Dr. Fitzpatrick. Natürlich! Hatte er sie nicht zur Vernehmung einbestellt? Um siebzehn Uhr? Er warf einen Blick auf die Uhr, es war bereits zwanzig nach fünf.

»Ich wäre längst wieder gegangen«, sagte die Medizinerin mit einem süffisanten Lächeln. »Aber dann habe ich mich zu gut unterhalten.«

Sie wies auf die Wand mit dem Pharus-Plan, den Fotografien und allen Fallnotizen.

»Das ist intern und streng vertraulich«, knurrte Berthold und schob sich zwischen sie und die Wand. Dr. Fitzpatrick wich aus, aber er machte sich nichts vor: Sie hatte genug Zeit gehabt, um sich alles genauestens anzusehen. Wer auch immer diese Frau in sein Büro gelassen hatte, konnte sich auf einen ordentlichen Rüffel einstellen.

»Das ist mir klar«, gab Fitzpatrick zurück. »Ich war eine Zeit lang beim Yard.«

Berthold stutzte. »Scotland Yard? In London?«

Die Ärztin nickte knapp, schien sich aber nicht weiter darüber unterhalten zu wollen.

»Sie stammen aus England?«, fragte er nach. Natürlich hatte er den britischen Nachnamen registriert, aber die Frau ihm gegenüber sprach perfektes Deutsch mit hamburgischem Einschlag, er hatte sie nicht für eine Britin gehalten.

»Nein, ich bin in Hamburg geboren. Aber darüber wollten Sie sich gewiss nicht mit mir unterhalten. Kommen wir zum Punkt, meine Zeit ist knapp bemessen, und ich habe bereits zwanzig Minuten mit Warten vertan.«

Die Ärztin schenkte ihm ein knappes Lächeln, aber es erreichte ihre Augen nicht, und Berthold spürte instinktiv, dass sie mit Informationen über sich sparsam war. Nun denn, er war die Polizei, und was sie ihm nicht aus freien Stücken erzählte, würde er selbst herausfinden.

Aber warum hielt sie sich so bedeckt?

»Richtig. Ich möchte mit Ihnen über Elsie Lautenschläger sprechen.«

»Eine der beiden toten Frauen, wie ich den Ermittlungen entnehmen konnte.« Dr. Fitzpatrick deutete auf die Pinnwand.

»Ich denke, Sie haben es schon gewusst, bevor Sie mein Büro betreten haben«, schoss er zurück.

Keine Regung in ihrem Gesicht. Kein Ertapptsein, keine Suche nach einer Ausrede.

»Das ist richtig. Gestern wurde darüber im Frauenhaus in der Paulstraße geredet. Die Flüsterpost ist schnell.«

»Warum haben Sie sich dann nicht von sich aus bei mir gemeldet?«

Berthold spürte, dass er immer gereizter wurde. Diese Frau in seinem Büro hatte etwas an sich, das ihn auf die Palme brachte, ohne dass er es genau benennen konnte. Die Medizinerin mochte Ende zwanzig sein, sie war schön, wirkte aber gleichzeitig unnahbar. Ihr Augen waren blaue Glasmurmeln, mit denen sie ihn kühl und mit einer gewissen Geringschätzung musterte. Ein spöttischer Zug lag um ihren hübsch geschwungenen Mund, ihre Körperhaltung signalisierte Abwehr, sie wirkte insgesamt so, als würde sie sich die Menschen lieber vom Hals halten, als ihnen nahe sein. Oder zumindest ihn, dachte Berthold Rheydt. Weil ich Polizist bin? Oder weil ich ein Mann bin? Schließlich behandelt sie Tag um Tag Frauen, die Gewalt durch seine Geschlechtsgenossen erfuhren, da war es vielleicht naheliegend, misstrauisch zu sein.

»Warum sollte ich mich bei Ihnen melden, nur weil ich die Tote kannte?«

»Genau aus diesem Grund! Um vielleicht einen Hinweis zu geben, schließlich hatte die Verstorbene Kontakt mit Ihrem Verein und wird dann quasi vor Ihrer Haustür gefunden.«

Sie zuckte die Schultern. »Zufall.«

Der Kommissar hätte am liebsten mit der flachen Hand auf den Tisch geschlagen, so ärgerte ihn diese Ignoranz, bei einem männlichen Zeugen hätte er es auch getan, aber in der Gegenwart von Frauen wusste er sich zusammenzunehmen. Er atmete tief durch.

»Ich habe den Eindruck, dass Sie mir nicht gerne behilflich sind.«

»Ach, tatsächlich?« Sie zog eine Augenbraue so weit nach oben, dass diese einen spitzen Bogen bildete. »Nun, dann haben Sie einen falschen Eindruck. Vielleicht stellen Sie nur einfach nicht die richtigen Fragen.«

»Ich rede nicht gerne um den heißen Brei herum, Dr. Fitzpatrick.« Berthold entschied sich für die Flucht nach vorne. Er hatte keine Zeit zu verlieren. Dieses Geplänkel hier war aber im Moment nichts anderes als das: Geplänkel. Er war zu erschöpft und zu müde für so etwas. »Sie hatten Zeit genug, einen Eindruck von dem zu bekommen, was geschehen ist.« Er machte mit dem Kopf eine Bewegung zu der Wand hinter sich. »Sie sind eine studierte Frau, und Sie begreifen, dass wir es mit einem unberechenbaren und brandgefährlichen Täter zu tun haben. Mir hilft im Moment jede Kleinigkeit, einfach alles. Nicht Sie entscheiden, ob etwas daran wichtig ist oder nicht. Sondern ich. Und deshalb fordere ich Sie auf: Erzählen Sie mir einfach, was Sie mit der Toten verbindet.«

Der spöttische Zug um ihren Mund verschwand, und der Kommissar bildete sich ein, in ihren Augen etwas anderes als Herablassung zu lesen. Mitgefühl? Interesse?

»Elsie Lautenschläger hat immer wieder mal das Haus in der Paulstraße aufgesucht, daher kenne ich sie. Sie hat manchmal meine Hilfe in Anspruch genommen, wenn es um die Kinder ging. Unterernährung, Rachitis. Sie wurde von ihrem Mann nicht misshandelt, auch die Kinder nicht, insofern hatte sie es noch gut getroffen. Aber sie waren bitterarm. Das Geld hat nie gereicht, nicht für das Nötigste. Deshalb kam sie mit den Kindern oft zum Mittagstisch. Sie hat immer wieder nach Arbeit gefragt, ob sie bei uns putzen könne, aber wir konnten ihr nicht weiterhelfen.«

Jetzt heftete sie ihre Augen an die Pinnwand hinter ihm, anscheinend nahm sie das Bild der Verstorbenen aus der Leichenhalle ins Visier, denn ihr Ausdruck veränderte sich, wurde beinahe traurig.

»Aber als ich das grüne Haus aufgebaut habe, hatte ich Arbeit. Frau Lautenschläger kam im August an den Magdeburgquai und hat mir geholfen, für die Vorhänge Maß zu nehmen. Ich hatte Stoff besorgt, und sie hat die Vorhänge für mich genäht.«

Dr. Fitzpatrick sammelte sich, ihre kühle Fassade bröckelte für einen Moment. »Sie hat das ganz wunderbar gemacht, sehr zuverlässig. Dafür habe ich sie natürlich bezahlt.«

»Wann genau war das?«

»Irgendwann Ende August.«

»Haben Sie sie danach noch einmal gesehen?«

Die Medizinerin schüttelte den Kopf. »Nie mehr.«

Sie schwiegen beide, dann erhob sich Dr. Fitzpatrick. »Brauchen Sie mich noch?«

Berthold stand ebenfalls auf, schüttelte den Kopf und ging zur Tür, um sie für seinen Gast zu öffnen.

Dr. Fitzpatrick zögerte, dann zeigte sie noch einmal zur Pinnwand. »Sie kennen Jack the Ripper?«

Er nickte verwundert.

»Es gibt auffällige Ähnlichkeiten.«

»Der Ripper wurde nie gefasst.«

Sie schüttelte nachdenklich den Kopf. »Nein. Wer auch immer es war, er ist nie wieder aufgetaucht.«

»Und Sie glauben, er ist jetzt hier? Zwanzig Jahre später? In Hamburg?«

Sie lachte nervös auf. »Klingt seltsam, oder? Ich gebe zu, es ist unwahrscheinlich, aber einen Gedanke ist es wert, oder nicht?«

»Wo sollte er in der Zwischenzeit gewesen sein? Und warum hat er zwanzig Jahre lang nicht gemordet?«

»Das hat er vielleicht ja doch.« Dr. Fitzpatrick wurde ernst. »All die Jahre. Ich denke oft darüber nach. Wir haben es nur nicht gemerkt, weil es nicht unter unseren Augen geschehen ist. Sondern woanders, unbemerkt.«

»Und wo sollte das sein?«

»In den Kolonien«, gab sie zurück und verließ das Büro.

Berthold blieb nachdenklich zurück. Er glaubte nicht an die Ripper-Theorie, aber irgendetwas von dem, was Dr. Fitzpatrick gesagt hatte, kitzelte seine Hirnwindungen. Ein Gedanke, eine Idee, die es wert war, verfolgt zu werden. Im Moment konnte er es nicht greifen, aber er würde noch daraufkommen.

Das betraf auch die Ärztin selbst. Berthold Rheydt war überzeugt davon, dass sie versuchte, etwas vor ihm zu verheimlichen.

Was auch immer es war, er würde es herausfinden.

15.

Vor dem Polizeipräsidium empfing sie strenger Wind, der ihr eisigen Graupelschauer ins Gesicht wehte und nicht dazu beitrug, dass sich ihre ohnehin schlechte Stimmung besserte. Anne Fitzpatrick schob sich den breitkrempigen Hut tiefer ins Gesicht und zog den Pelzkragen höher. Sie zögerte kurz, ob sie gleich nach Hause gehen oder doch noch im grünen Haus vorbeischauen sollte. Zu Hause wartete niemand auf sie, am Hafen dagegen gab es immerhin die Chance, dass sich eine der Frauen, denen sie ihre rosaroten Zettel in die Hand gedrückt hatte, an sie wandte. Bislang war trotz der vielen Flugblätter noch keine Hilfe suchende Seele aufgetaucht, aber Anne Fitzpatrick war klar, dass sie Geduld haben musste. Die anderen Frauen aus dem Verein hatten recht – die Tatsache, dass das Haus mit zwei Leichen in Verbindung gebracht wurde, war auch für die Frauen auf der Straße abschreckend. Trotzdem hoffte sie weiter – Theresas warme Suppe und die Kleiderspenden, die sie in der Zwischenzeit erhalten hatte, würden irgendwann ihre Anziehungskraft ausüben.

Entschieden lenkte Anne ihre Schritte zum Hafen. Verbissen kämpfte sie gegen das entsetzliche Hamburger Novemberwetter an, das die Menschen von den Straßen trieb und nur diejenigen in den Häuserschluchten zurückließ, die kein Zuhause oder Dringendes zu erledigen hatten.

Anne haderte mit sich. Wieso in drei Teufels Namen war ihr die Sache mit Scotland Yard herausgerutscht? Sie hatte sich allerstrengstes Stillschweigen über ihr Vorleben auferlegt, erzwungenermaßen, und dann patzte sie ausgerechnet bei der Polizei? Wenn dieser Rheydt wollte, könnte er sich bei Scotland Yard nach ihr erkundigen, und es würde nicht allzu lange dauern, bis er ihren falschen Nachnamen entlarvt und ihren richtigen herausgefunden hatte.

Dann würde er auch wissen, dass in London nach ihr gesucht wurde. Dass sie eine Kriminelle war.

Verdammt, Anne, und das alles nur, weil du dich profilieren wolltest, Himmel!

Sie schwor sich, um diesen Kommissar und seine Kollegen einen großen Bogen zu machen und alles zu tun, damit sie nicht mehr in deren Visier geriet. Sonst würde sie auch Hamburg verlassen müssen. Inständig hoffte sie, dass ihre falschen Papiere nicht als solche zu erkennen waren. Es hatte in der Nacht ihrer Flucht schnell gehen müssen, Milenas Kontakt hatte rasch gearbeitet, aber sicherlich nicht allzu gründlich. Einem Polizisten würde die Fälschung wahrscheinlich sofort ins Auge fallen.

Sie war vom Stadthaus kreuz und quer durch die Fleete gelaufen und bog nun von der Brandstwiete in den Hüxter ein.

Von hier führten zwei schmale Gassen durch die eng an eng stehenden Häuser der Speicherstadt, die Anne normalerweise gemieden hätte – vor allem bei diesem Wetter und in der Dunkelheit. Aber als sie am Ende der einen Gasse der Silhouette einer Frau gewahr wurde, die mit dem Rücken an die Mauer gelehnt stand und allzu offensichtlich auf Freier wartete, entschied sie sich, ihre Schritte in dieselbe Richtung zu lenken.

Anne schob sich durch den finsteren Gang, die Abkürzung zum Dovenfleet hatte immerhin den Vorteil, dass hier sowohl der Wind als auch der Niederschlag abnahmen, dafür musste sie die Luft anhalten, damit sie den Kloakengestank nicht einatmete.

Als sie die Frau erreicht hatte, die mehr ein Kind als eine Frau war – Anne schätzte sie auf sechzehn, höchstens siebzehn –, blieb sie stehen und holte ein Flugblatt aus ihrer Tasche.

»Zieh Leine, du verdirbst das Geschäft.«

Anne streckte dem Mädchen unbeirrt den rosafarbenen Zettel entgegen. »Ich bin gleich weg. Aber wenn du Hunger hast, frierst oder sonst irgendwie Hilfe brauchst – hier bekommst du sie.«

Die Prostituierte warf einen skeptischen Blick auf den Zettel. »Was steht da?«

»Am Magdeburgquai gibt es ein Frauenhaus. So eines wie in der Paulstraße. Mit Suppenküche und Kleiderkammer.«

Die Frau lachte bitter auf und spuckte aus. »Ich bin doch nicht lebensmüde. Ich weiß schon, wo das ist. Da, wo sie die Rosi gefunden ham.«

»Es ist dort weniger gefährlich als hier, wo du allein im Dunkeln herumstehst«, entgegnete Anne. »Bei uns ist es hell, und der Weg ist nicht weit. Komm doch einfach mit einer Freundin.«

»Muss arbeiten.« Das Mädchen war mürrisch, aber Anne

war sicher, dass die Aussicht auf Suppe und etwas Wärme in ihren Augen verlockend klingen musste.

»Dann komm tagsüber. Ich bin da.«

»Tagsüber schlaf ich.«

Es war Zeit weiterzugehen, aber Anne wollte das Mädchen nicht so einfach stehen lassen.

»Dann komm morgen. Vor der Arbeit. Es gibt auf jeden Fall etwas Warmes zu essen.«

Damit bog sie um die Ecke und ließ die junge Frau in der Gasse zurück.

Mit einem schrecklichen Gefühl. Am liebsten würde sie das Mädchen mit sich zerren und ihr eine Gardinenpredigt halten. Dass sie vor die Hunde gehen würde, wenn sie ihren Körper verkaufte, dass sie versuchen solle, eine anständige Arbeit zu finden und ein würdiges Leben zu führen. Aber das war vergebliche Liebesmüh, Mädchen wie diese suchten sich ihr Schicksal nicht aus. Sie hatten nicht die Qual der Wahl wie eine Helene Curtius, die mit einem goldenen Löffel im Mund zur Welt gekommen war und sich nun damit abquälte, dass man ihr ein allzu geruhsames Leben als Ehefrau zugedacht hatte.

Oder, dachte Anne, wie sie selbst. Auch sie hatte sich aus der ihr vorgegebenen Rolle als schwerreiche Reederstochter befreit und war eigene Wege gegangen, hatte radikal mit allem gebrochen, was ihr in die Wiege gelegt worden war.

Diese Möglichkeit hatten die Frauen aus den unteren Schichten nicht, und aus genau diesem Grund stand es weder ihr noch anderen Frauen aus besserem Milieu zu, darüber zu urteilen.

Anstatt den Weg über die Brücke in den Hafen einzuschlagen, machte Anne noch einmal eine Schleife in die Gasse, die zu derjenigen, aus der sie gekommen war, parallel verlief. Diese schmalen Häuserschluchten am Hafen waren genau die Orte, an denen Frauen am meisten auf der Hut sein mussten, hier konnten sie leichte Beute für Männer werden, die es alles andere als gut mit ihnen meinten. Raub und Vergewaltigung kamen in diesen düsteren Gassen immer wieder vor, und auf Hilfe sollte man hier nicht hoffen.

Anne steckte ihre Faltblätter in jede Mauerritze, in Türspalten und zwischen Fensterläden. Sie hatte Tausende von diesen Blättern, und sie würde die Speicherstadt und das Gängeviertel, Altona und St. Georg, Barmbek und Hammerbrook mit ihnen pflastern, so lange, bis jede Frau wusste, wo es Hilfe gab.

Hinter der Milchglasscheibe eines Geschäfts nahm sie plötzlich einen schwachen Lichtschein wahr, unwillkürlich zuckten ihre Augen zu dem Ladenschild. Aber es war kein Geschäft, sondern die Praxis eines gewissen Doktor Theodor Schumann, verkündete zumindest das Messingschild neben der Tür. Ein Arzt, der sich in dieser düsteren Gegend niederließ, schien genau die Patienten zu behandeln, die auch sie ansprechen wollte, dachte Anne und klopfte gegen die Scheibe. Sofort verlosch das Licht, und sie fragte sich kurz, ob sie es sich nicht nur eingebildet hatte. Es war nicht der Widerschein einer elektrischen Lampe, sondern ein flackerndes, zaghaftes Licht wie Kerzenschein gewesen. Energisch pochte Anne erneut gegen die Scheibe.

»Hallo? Doktor Schumann?«

Sie hoffte, dass sich noch jemand in der Praxis befinde, dem oder der sie einen Stapel Flugblätter zur Auslage im Wartezimmer geben konnte, aber hinter der Tür blieb alles still. Enttäuscht drehte Anne sich von der Tür fort, presste sich mit dem Rücken an die Backsteinmauer, weil ein scharfer Windstoß in die Gasse pfiff, und wollte ihre Zettel wieder in der Tasche verstauen, als sie ein Geräusch neben sich wahrnahm.

Da war doch jemand. Hinter der Tür. Instinktiv drückte Anne sich noch flacher gegen die Mauer, plötzlich empfand sie die Nähe des anderen Menschen als unheimlich. Warum hatte niemand auf ihr Klopfen und Rufen reagiert? Sie hielt den Atem an und spürte, dass sie Gänsehaut bekam. Der düstere Ort, die schmale Gasse, das flackernde Licht – auf einmal war ihr Mut gänzlich verflogen, und sie fühlte sich seltsam ausgeliefert.

Sie nahm die physische Gegenwart des Menschen hinter der Tür so stark wahr, als wären sie nicht durch dicke Mauern getrennt. Als sie bemerkte, dass die Klinke der Tür langsam heruntergedrückt wurde, stürzte sie aus der Gasse hinaus, rannte immer schneller bis auf den Dovenfleet, wo Straßenlaternen Licht ins Dunkel brachten und Menschen unterwegs waren.

An einer Straßenlampe stützte sie sich ab, ihr Herz klopfte bis zum Hals, die Beine fühlten sich an wie aus Gummi, und Panik schnürte ihr förmlich die Kehle ab. Anne blickte auf ihre zitternden Hände, was war nur so plötzlich in sie gefahren? Sie konnte sich die Furcht, die sie ergriffen hatte, nicht erklären. Sicherheitshalber wechselte sie die Straßenseite und behielt den dunklen Eingang zur Gasse aus der Entfernung im Blick.

Warum sollte Doktor Schumann, wenn er es denn war, sich so seltsam verhalten? Wenn jemand an die Tür einer geschlossenen Arztpraxis klopfte, musste er doch davon ausgehen, dass ein Mensch seine Hilfe benötigte – warum um alles in der Welt verbarg er sich stattdessen?

Ein Mann trat aus der Gasse ins Licht, den Kopf zwischen die Schultern gezogen. Er blickte kurz nach rechts und links

– Anne trat unwillkürlich einen Schritt aus dem Licht in den Schatten –, dann ging er mit raschen Schritten davon.

Ein schmaler junger Mann, so viel hatte Anne erkennen können. Was sie aber besonders irritierte, war die Tatsache, dass sie das Gesicht schon irgendwo gesehen hatte. Sie hatte nur kurz sein Profil erblickt, dann hatte er sich die Melone tiefer in die Stirn gedrückt. Trotzdem war sie gewiss: Der mysteriöse Fremde war ihr in ihrem Leben ganz sicher schon einmal begegnet.

Als sie im grünen Haus ankam – nie zuvor war sie so dankbar für die vom Verein installierten Laternen vor dem Haus gewesen! –, nahm sie sich etwas von der Suppe, die Theresa gemacht hatte. Wirsingeintopf, kräftig mit Muskat gewürzt. Anne aß mit Heißhunger zwei Portionen und spürte, wie die Kälte, die ihr vom Wetter, aber auch von dem unheimlichen Erlebnis in den Gliedern saß, langsam wich. Morgen würde ein Lieferant erneut mit einem großen Topf Suppe kommen und den Topf von heute mitnehmen. Das Essen, das sie am grünen Haus nicht benötigte, wurde anderntags in der Paulstraße wieder ausgegeben, und Anne wünschte sich sehnlich, dass all die Arbeit, die sich Theresa, aber auch sie selbst machte, bald damit belohnt werden würde, dass der Topf leer zurückgehen würde. Sie nahm es als Zeichen persönlichen Scheiterns. Wenn doch wenigstens ein Mensch vorbeischauen würde! Sie erinnerte sich an die junge Frau, die am Tag der Eröffnung erschienen war. Was wohl aus ihr geworden war? Ob sie noch einmal wiederkehrte? Anne wusste nur zu gut, dass sie ihr Herz nicht an persönliche Schicksale hängen durfte, man musste lernen, Hilfe zu leisten und in Kauf zu nehmen, dass man nie erfahren würde, ob man erfolgreich gewesen war oder eben nicht.

Nach dem Essen wechselte sie in das Zimmer, das sie Salon nannte, das zentrale Zimmer des Hauses, mit dem Kaminofen in der Ecke, den gemütlichen Sofas und den hübschen Vorhängen von Elsie Lautenschläger. Annes Gedanken schweiften ab, während sie den Berg an Spenden prüfte, den sie von einer Textilfabrik erbettelt hatte. Es waren nagelneue Sachen, aber mit Herstellungsfehlern, und anstatt die Charge in den Reißwolf zu geben, hatte der Besitzer eingewilligt, sie zu spenden. Ein Glücksfall, wie er nicht alle Tage vorkam, freute sich Anne, jetzt fehlten nur noch die Abnehmerinnen für die schönen Sachen.

Hinter sich nahm sie eine Bewegung wahr, es schien ihr, als wäre jemand am Fenster vorbeigehuscht. Sah sie jetzt Gespenster? Anne machte ein paar Schritte und spähte hinaus. Kaum hatte sie ihr Gesicht am Fenster gezeigt, klopfte es.

Anne spürte, wie sehr sie plötzlich die Furcht im Griff hatte – obwohl ein Klopfen doch das langersehnte Zeichen war, dass endlich jemand kam! Aber das seltsame Erlebnis in der Gasse steckte ihr noch immer in den Knochen.

»Ja bitte?«, fragte Anne hinter der Eingangstür, die Klinke in der Hand, ohne jedoch aufzumachen.

»Wachdienst hier. Alles in Ordnung bei Ihnen?«

Sofort öffnete Anne die Tür und blickte in das schnauzbärtige Gesicht des Hafenpolizisten, der in diesem Teil des Hafens seinen Dienst tat, sie hatte ihn schon mehrmals gesehen.

Erleichtert atmete sie auf. »Danke! Ja, alles in Ordnung.«

Er tippte sich an seine Mütze. »Wollte nur sichergehen. Ist ja ganz schön einsam hier. Für ’ne Frau alleine.«

»Das ist es, und ich bin ehrlich froh, dass Sie anklopfen. Darf ich Ihnen eine Suppe anbieten? Es ist noch Wirsingeintopf übrig.«

Der grau melierte Schnurrbart zuckte amüsiert. »Ich danke schön, Frau Doktor. Aber meine Frau versorgt mich gut. Dann werd ich mal wieder meine Runden drehen.«

Anne verabschiedete ihn, aber dann fiel ihr etwas ein. »Entschuldigung!«

Der Mann drehte sich nach ihr um.

»Sagen Sie, Sie gehen doch immer so um die gleiche Zeit hier vorbei, oder nicht?«

Er nickte. »Um sieben, so wie jetzt, und um zehne. Danach kommt der Kollege.«

»Würde es Ihnen etwas ausmachen, wenn ich mich Ihnen um zehn Uhr anschließe? Natürlich nur, wenn ich so lange hierbleibe. Aber dann fühle ich mich sicherer, wenn ich nicht allein durch den Hafen nach Hause muss.«

»Na sicher. Bis zum Oberhafen. Das ist meine Strecke. Danach geht's ab nach Hause.«

Anne fiel ein Stein vom Herzen. »Danke, vielen Dank! Es soll Ihr Schaden nicht sein.«

Der Hafenpolizist winkte ab, drehte sich um und ging mit seiner Laterne des Wegs. Er war ein schwerer Mann, nicht mehr jung, aber Anne würde sich sehr viel sicherer fühlen, wenn sie in der Nacht auf dem Weg durch die dunklen Quais diesen Mann an ihrer Seite wusste.

Diese Angst war neu für sie. Anne hoffte inständig, dass sie das kribbelige Gefühl im Nacken so schnell wie möglich loswurde. Und dass es nur durch das seltsame Erlebnis mit Dr. Schumann ausgelöst wurde, das sie hoffentlich bald wieder vergessen konnte.

Warum war ihr der Vorfall so in die Glieder gefahren? Sie war völlig außer sich vor Angst gewesen, das kannte sie gar nicht von sich, dabei war der Anlass recht banal. Dieser Doktor Schumann hatte schließlich nichts Verbotenes getan, er hatte ihr nur einfach nicht die Tür geöffnet.

Obwohl Anne sich zum rationalen Denken zwang und sich ständig sagte, dass sie überreagiert hatte, rasten Fragen in ihrem Kopf herum: War der junge Mann überhaupt Doktor Schumann gewesen? Oder war der Arzt ein anderer? Warum fand sie, dass er nicht wie ein Mediziner gewirkt hatte, und die drängendste Frage von allen: Warum glaubte sie, ihn zu kennen?

Eine halbe Stunde später entschied Anne, dass sie auf andere Gedanken kommen müsse. Sie hatte die Kleiderspenden sortiert, zusammengefaltet und verstaut, es gab nichts mehr für sie zu tun. Heute Abend würde vermutlich doch niemand mehr zum grünen Haus kommen, denn was ihr die junge Frau vorhin an den Kopf geschleudert hatte, stimmte ja: Am Abend begann die Arbeitsschicht der Frauen, sie schafften an. Und am Tag mussten sie sich davon erholen – wann also war die günstigste Zeit, die Mädchen zu erreichen? Entweder morgens zum Frühstück oder am frühen Abend, bevor sie sich an ihre Ecken und Straßen stellten.

Sie würde also morgen früh wieder hier sein, beschloss Anne, aber den Abend musste sie heute woanders verbringen. Sich ablenken, das dumme Erlebnis vergessen. Nach Hause zu gehen kam nicht infrage – was sollte sie dort, außer grübeln und Gin trinken?

Kurz zog Anne Fitzpatrick in Betracht, ein Lichtspielhaus aufzusuchen, das »Waterloo-Theater« lag genau auf ihrem Weg. Sie war noch nie dort gewesen, aber die anderen Frauen aus dem Verein hatten mit glänzenden Augen erzählt, wie wunderschön der Kinosaal mit richtiger Bestuhlung war und wie unterhaltsam die Filme, die dort gezeigt wurden, wie zum Beispiel über eine Rollschuhbahn und wilde Affen in Kalkutta.

Oder sie könnte sich auf dem Spielbudenplatz vergnügen. Sich heiße Mandeln kaufen und vielleicht in eines der Varietétheater gehen. Allerdings war das Wetter zu schlecht, um draußen zu flanieren, St. Pauli lag auch nicht gerade auf ihrem Weg.

Der Frauenklub! Es war einige Zeit her, dass sie dort einen Abend verbracht hatte, in den vergangenen Wochen hatte sie sich zu sehr in die Arbeit vergraben. Der Gedanke an den Klub wärmte sofort ihr Herz, sie packte Mantel, Hut und Tasche, sperrte das grüne Haus zu und machte sich auf den Weg.

Es war noch nicht allzu spät am Abend, vereinzelt wurde noch an den Quais gearbeitet, im Licht der Laternen. Anne musste sich um diese Zeit nicht fürchten, bis acht Uhr herrschte im Hafen immer noch rege Betriebsamkeit. Überhaupt schlief der Hamburger Hafen zu keiner Tages- oder Nachtzeit, stets wurden irgendwo Schiffe entladen, in den Lagerhäusern war rund um die Uhr ein Kommen und Gehen, die großen Atlantikdampfer der HAPAG und der anderen großen Reedereien liefen auch mitten in der Nacht den Hafen an.

Allein in ihrem Teil des Hafens war alles tot.

Aber Anne fixierte die Lastkräne am Sandtorquai, und es tröstete sie, zu wissen, dass sie nur wenige Hundert Meter davon entfernt war. Gleich würde auch sie ins Licht und ins Leben treten, am Brooktor in eine Tram springen und die kurze Strecke bis zum Frauenklub trocken und sicher zurücklegen.

Sie würde dort einen gemütlichen Abend verbringen, in den tiefen Sesseln versinken, die Ruhe und die Gegenwart anderer Frauen genießen, Wärme, Zeitungen, Kaminfeuer und ein gutes Getränk. Außerdem war der Jungfernstieg, wo der Frauenklub beheimatet war, eine angenehme Gegend, in der sie sich nicht fürchten musste.

Sie gab es vor sich selbst nicht gerne zu, und niemals hätte sie es Milena gestanden, aber sie hatte sich in den vergangenen elf Monaten, die sie nun in Hamburg war, mit der Gegend um die Binnenalster, dem Gänsemarkt, der Lombardsbrücke oder dem Alsterpavillon wieder angefreundet. Eine Zeit lang hatte sie dafür nur Verachtung übrig gehabt, gerade weil sich dort das gehobene Bürgertum und die oberen Gesellschaftsschichten vergnügten. Aber sie ließ in ihrer Arbeit ständig Federn, ihr Engagement war kräftezehrend, und allzu oft hatte sie nach all dem Elend, das ihr Tag für Tag begegnete, das dringende Bedürfnis nach etwas Schönem, nach Erholung. Und die fand sie nun mal hier, rund um den Jungfernstieg. Anne liebte die Auslagen der exquisiten Geschäfte, gönnte sich selbst hin und wieder eine teure Schachtel Pralinen oder feinste Handschuhe aus Ziegenleder. Auch wenn sie sich geschworen hatte, dass sie nie wieder dazugehören wollte, auch wenn sie ihr Leben den Ärmsten der Armen gewidmet hatte und dies mehr denn je in voller Überzeugung, genoss sie es so sehr, sich winzige Annehmlichkeiten aus der anderen Welt zu gönnen.

Es fühlte sich für Dr. Anne Fitzpatrick, die eigentlich eine andere war, so an, als hätte sie ein Geheimnis mit sich selbst.

Kaum öffnete sich die Tür zum Frauenklub am Jungfernstieg, wusste Anne, dass diese Entscheidung die richtige gewesen war. Die Luft war erfüllt vom aromatischen Duft parfümierter Orientzigaretten, prasselndes Kaminfeuer empfing sie sowie einige bekannte Gesichter, die sich ihr beim Eintreten freundlich zuwandten; flirrende Gesprächsfetzen füllten den Raum.

Anne grüßte hier und dort, gab ihre Garderobe ab und stöberte in den ausliegenden Abendzeitungen. Hier lagen auch die Ankündigungszettel kommender Veranstaltungen, interessiert überflog sie diese.

Plötzlich blieb ihr Blick an einem bekannten Namen hängen.

Milena Suslowa.

Erstarrt griff Anne den Zettel. Angekündigt wurde eine Vortragende aus London, die politische Aktivistin Milena Suslowa würde zum Thema »Das Frauenstimmrecht in den Ländern Europas« sprechen. Hier in Hamburg! Im Frauenklub!

Fieberhaft suchte Anne das Datum – bereits in fünf Tagen!

Mit zitternden Fingern presste sie den Zettel an die Brust und spürte, wie ihr Herz davongaloppierte, von der Alster an die Themse flog. Milena würde kommen! Und sie würden sich wiedersehen. Endlich! Denn dass Milena allein wegen ihr nach Hamburg kam, daran bestand für Anne kein Zweifel. Ihre Freundin wusste, dass sie sie nur so erreichen konnte, sie hatten bislang nicht gewagt, miteinander Kontakt aufzunehmen, Milena wusste nicht, wo Anne wohnte und welchen Namen sie angenommen hatte. Aber sie konnte sicher sein, dass Anne den Frauenklub besuchte und auf ihren Vortrag aufmerksam werden würde.

Mit wackligen Knien und heißen Wangen steuerte Anne einen Klubsessel an, ließ sich hineinfallen und schloss die Augen, um sich Milenas schönes Gesicht ins Gedächtnis zu rufen.

Welch wunderbare Wendung dieser Tag genommen hatte, freute sie sich, doch noch während sie an die feinen Züge ihrer Freundin dachte, schob sich ein anderes Gesicht immer wieder davor.

Es war das blasse Antlitz des düsteren jungen Mannes aus der Praxis von Dr. Schumann, das sich ihr in die Netzhaut gebrannt hatte – und von dem ihr nicht einfallen wollte, warum es ihr vertraut erschien.

16.

Die Demütigung, die sie nach dem Gespräch mit ihrer Mutter empfunden hatte, war längst verflogen. Denn es war etwas geschehen, das Helene mit allem aussöhnte: Ein dicker Brief ihres Bruders war eingetroffen! Klaus adressierte seine Post an Paulina, denn die Eltern sollten nicht wissen, dass Helene und er miteinander in Kontakt standen. Paulina war vorhin selbst mit dem Brief in die Körnerstraße gekommen, denn Helene hatte zwar Hausarrest, aber kein Kontaktverbot.

Die beiden jungen Frauen hatten sich in den Gartenpavillon gesetzt, Helene hatte sich kaum auf ein Gespräch mit ihrer Freundin konzentrieren können, Klaus' Brief knisterte verheißungsvoll in ihren Händen. Irgendwann verabschiedete sich die Freundin, Helene rannte in ihr Zimmer, sperrte sich ein und riss hastig den mit fremdartigen Briefmarken und verschnörkelten Stempeln versehenen Überseebrief auf.

Klaus war auf Kuba! In Havanna, einer Stadt, die er mit glühenden Worten beschrieb. Seitenlang schilderte er Helene die Schönheiten der Metropole, ihre Größe, die vielen Theater, das nächtliche Leben auf den Plätzen, die Leidenschaft ihrer Bewohner. Er lernte Spanisch und verdiente sein Geld als Hauslehrer, indem er den Kindern und Frauen Wohlhabender Deutsch und Englisch beibrachte. Auf großem Fuße schien er nicht zu leben, er bewohnte ein kleines Zimmer – aber er war frei!

Helene las zwischen den Zeilen das unbändige Glück ihres Bruders heraus, die Freude, weit weg vom zugeknöpften Hamburg und vor allem vom autoritären Vater und seinem freudlosen Pastorenhaushalt zu sein.

Klaus schilderte in den lebhaftesten Farben, wie er des Abends durch die pulsierende Stadt lief, deren Straßen noch um Mitternacht so belebt waren »wie der Jungfernstieg am Samstagnachmittag«. Er erzählte von den Hafenarbeitern, die sich zu spontanen Tänzen trafen, von überirdisch schönen Frauen und immer wieder vom Rausch, dem er erlag. Dem Rausch von Tabak, von Getränken aus Zuckerrohr, aber auch vom Rausch, den diese Stadt in ihm auslöste.

Es war Helene, als könnte sie all das mitempfinden, als atmete sie die heiße Luft der Karibik, steckte ihre Zehen in den Sand der lang gezogenen Bahia de la Habana und lauschte den Gitarren in der Nacht. Klaus schrieb, es würde niemals kälter als zwanzig Grad, auf Kuba gebe es keinen Winter.

Er schrieb aber auch, er lebe im Paradies, und er komme niemals wieder.

An dieser Stelle zerriss Helenes Herz, und sie weinte. Auch jetzt, spät in der Nacht, als sie den Brief zum wiederholten Male las, konnte sie ihre Tränen nicht zurückhalten.

Er kehrte niemals zurück.

Natürlich forderte er sie auf, zu ihm zu kommen, auch sie könne in Havanna Arbeit finden, und ja, sie würde sogar studieren können, denn anders als Hamburg hatte Havanna seit zwei Jahrhunderten eine eigene und angesehene Universität.

Ihren Bruder besuchen – Helene wollte nichts lieber als das, aber wie sollte sie so ein großes Vorhaben in die Tat umsetzen? Sie schaffte es nicht einmal, ihre Eltern davon zu überzeugen, dass sie diese entsetzliche Hauswirtschaftsschule nicht mehr besuchen musste.

Ohne die Erlaubnis und vor allem das Geld ihrer Eltern eine Atlantikpassage wagen – wie sollte sie das bewerkstelligen? Abgesehen davon, dass es ihr niemals möglich sein würde, auf einem Frachter zu reisen, so wie ihr Bruder, der sich die Überfahrt als Arbeiter verdient hatte. Sie müsste Geld für eine Reise mit der HAPAG sparen, dazu aber brauchte sie einen Beruf, und zu diesem musste sie ihren Vater erst überreden.

Die Katze biss sich in den immer gleichen Schwanz.

Seufzend schob Helene den Brief unter ihr Kopfkissen und warf einen Blick auf die Uhr. Gleich Mitternacht. Sie musste sich zwingen, die Augen zu schließen, war sie auch noch so aufgewühlt.

Sie entschied sich, aus der Küche ein Glas lauwarmes Zuckerwasser zu holen, ihre Mutter behauptete stets, das helfe gegen Einschlafschwierigkeiten.

Helene stand auf und öffnete leise ihre Zimmertür. Die Mutter nebenan hatte einen leichten Schlaf und wurde von jedem noch so kleinen Geräusch geweckt. Manchmal beschwerte sie sich, Helene würde im Schlaf reden, und sie höre dies durch die Wand.

Noch hatte Helene ihre Tür nicht zur Gänze geöffnet, als sie draußen auf dem Flur Licht und eine Bewegung wahrnahm. Vorsichtig riskierte sie einen Blick.

Es war Julie. Sie trat zum gleichen Zeitpunkt, zu dem Helene ihre Tür geöffnet hatte, aus dem Zimmer des Vaters. Mit einer Kerze. Bloß mit einem Nachthemd bekleidet.

Instinktiv zuckte Helene zurück und hielt ihre Zimmertüre zu.

Sie war verwirrt. Hatte der Vater geläutet? Brauchte er etwas, ging es ihm vielleicht nicht gut?

Während sie leise zu ihrem Bett zurückhuschte, wusste sie, dass dies keineswegs die richtige Erklärung für Julies Anwesenheit war, und sie ahnte natürlich, um was es hier ging. Aber die Wahrheit war zu unappetitlich, Helene wollte den Gedanken nicht in aller Konsequenz zu Ende denken.

Tat es dann aber doch.

Ihr frommer Vater. Vor allem aber: ihr alter Vater. Julie

war jünger als seine eigene Tochter! Widerwärtig! Pastor Engelbert Curtius hatte in diesem Jahr seinen sechzigsten Geburtstag gefeiert, er war fünfzehn Jahre älter als seine Frau. Ein typischer Altersunterschied, bei den meisten Freundinnen Helenes verhielt es sich so, auch dies eine zum Himmel schreiende Ungerechtigkeit. Denn während von den jungen Männern des Bürgertums erwartet wurde, dass sie Lebenserfahrung vor ihrer Ehe sammelten, und dazu gehörte außer einer anständigen Ausbildung, Erfahrung im Beruf und Reisen durchaus auch der Besuch einschlägiger Etablissements, sollten die jungen Frauen möglichst früh und unerfahren unter die Haube.

Und das kam dann dabei heraus, zog Helene ein bitteres Resümee. Natürlich hatte sie oft davon gehört, dass Dienstmädchen ihrer Herrschaft auf vielfältige Weise zu Diensten sein mussten. Sogar ihre Mutter hatte sie davon reden hören, angeblich hatte ein Hausmädchen ihrer Nachbarn seine Stelle aus diesem Grund verloren. Aber ihr eigener Vater! Ob Fanny davon wusste? Ob die Triebhaftigkeit ihres Mannes der Grund für ihre zunehmende Unpässlichkeit war? Oder verhielt es sich genau andersherum?

Obwohl dieses nächtliche Erlebnis Helene schrecklich aufwühlte, fiel sie über ihre Grübelei rasch in den Schlaf. Tief und traumlos.

Bei Tagesanbruch wachte sie auf. Der Nebel über Hamburg war noch dichter als gestern, dafür war es wärmer als am Vortag. Die aufgehende Sonne schaffte es jedoch nicht, die graue Suppe zu durchdringen; dort, wo sie über dem Wasser aufging, hing ein fahler gelber Schimmer in der Luft, als stünde eine Lampe hinter einem Vorhang.

Was sollte sie mit diesem Tag anfangen? War es überhaupt

nötig aufzustehen? Sollte sie behaupten, sie sei krank? Helene wusste, dass sie weder ihren Vater noch Julie sehen wollte, und ihrer Mutter konnte sie vermutlich auch nicht ins Gesicht blicken, ohne sich zu verraten. Aber wenn sie jetzt schon anfing, bei Problemen nicht mehr aus dem Zimmer zu kommen, dachte sie dann, würde sie den gleichen Weg wie ihre Mutter einschlagen – den Weg in die Passivität, ins Nicht-wissen-Wollen, in die Krankheit.

Energisch schwang Helene die Beine aus dem Bett, reckte sich, warf einen Blick in den nebligen Garten und entschied sich, dass Bewegung immer noch das erste Mittel der Wahl für sie war. Auf dem Fahrrad oder im Boot, das war beinahe gleich, aber wenn sie sich verausgabte, ihren jungen Körper spürte, der so kräftig und ausdauernd war, hatte sie stets das Gefühl, dass sie jedes Hindernis, das sich ihr in den Weg stellte, meistern konnte.

Sie streifte sich wollene Unterwäsche über, ein weites Winterkleid, gerade geschnitten, ohne Mieder zu tragen, sodass sie ausreichend Bewegungsfreiheit hatte. Mütze und Handschuhe ließ sie im Schrank, sie kam beim Rudern sowieso ins Schwitzen.

Aus dem Salon hörte sie Julie mit Geschirr klappern, Helene huschte rasch vorbei, sie würde dem Dienstmädchen erst einmal aus dem Weg gehen. Sie wusste nicht, wie sie ihrer Freundin, wenn sie das denn überhaupt war, ins Gesicht sehen sollte. Auf Zehenspitzen lief sie ins Souterrain, den langen Gang zum »Rauchsalon« und von dort hinaus in den Garten.

Das Gras knirschte unter ihren Schritten, Reif zog sich über Wiese und Pflanzen. Die Wildgänse auf dem Steg schliefen noch, hoben allenfalls träge ihre Köpfe, um festzustellen, dass von dem jungen Mädchen keine Gefahr ausging. Aus dem Bootshaus zog Helene ihr Ruderboot ans Ufer, holte die Ruder und legte sie hinein. Ihr Atem bildete feine weiße Wölkchen vor ihrem Gesicht, sie probierte damit Kringel zu formen, so wie sie es mit dem Zigarettenrauch tat, aber es wollte ihr nicht gelingen.

Bevor sie in das Boot steigen konnte, sah sie vom Haus eine Gestalt durch den Nebel auf sich zukommen.

Fanny, ihre Mutter.

»Du willst doch jetzt nicht hinaus?«

»Warum nicht?«

»Mädchen, du siehst doch deine Hand vor Augen nicht! Das ist viel zu gefährlich!«

»Mama, das ist die Alster, nicht die Elbe. Hier gibt es keinen Schiffsverkehr. Jedenfalls nicht im Herbst. Und die Ufer rechts und links kann ich beinahe mit ausgestrecktem Arm berühren.«

Helene stellte ein Bein in das Boot, um deutlich zu machen, dass sie sich von ihrem Vorhaben keinesfalls würde abbringen lassen.

Ihre Mutter seufzte, runzelte die Stirn, verzichtete jedoch auf einen weiteren Einwand. Offensichtlich war sie nicht deshalb so früh aufgestanden und in den Garten gegangen.

Helene betrachtete ihre Mutter. Fanny Curtius war eine schöne Frau. Von zarter Statur, ihre Locken, einstmals von goldenem Blond, wurden von ersten weißen Strähnchen durchzogen, was sie nur noch zerbrechlicher wirken ließ. Sie hatte blaue Augen, die Helene von ihr geerbt hatte, aber das war beinahe die einzige sichtbare Ähnlichkeit zwischen Mutter und Tochter. Helene kam viel mehr nach ihrem Vater. Zu ihrem großen Bedauern! Das dicke rote Haar – das ihres Vaters war mit den Jahren allerdings grau geworden und fast verschwunden –, der eckige, sehnige Körper und vor allem das aufbrausende Temperament, sie konnte die Verwandtschaft nicht leugnen. Als Kind hatte Helene unter ihrem Aussehen gelitten, sie war niemals das süße kleine Mädchen gewesen – so wie Klaus als Engel galt, weil er der Mutter wie aus dem Gesicht geschnitten war –, sie war ein nicht zu bändigender Wildfang, ungestüm und mit zu viel Energie. Sie hatte sich so sehr danach gesehnt, zu sein wie ihre Mutter, eine Prinzessin.

Aber auch Prinzessinnen wurden alt, und im Fall ihrer Mutter verblassten sie zusehends. Manchmal, wenn die Eltern ausgingen, die Oper besuchten oder eine Soirée, war vom Glanz der Fanny Curtius noch etwas zu spüren, es gelang ihr mithilfe von Schmuck und Schminke, einem besonderen Kleid und kunstvoll aufgesteckten Haaren durchaus noch zu strahlen, aber wie sie hier vor ihrer Tochter stand, mit tiefen Augenringen, fahl den Rücken hinabfallendem Haar, durchscheinenden, ineinander verknoteten Händen mit papierner Haut, schien sie zu welken. Fanny Curtius war ein Schatten ihrer selbst.

Plötzlich mischte sich in Helenes gelinde Verachtung, mit der sie ihre Mutter in der letzten Zeit betrachtet hatte, Mitleid. Vor allem, nachdem sie in der Nacht erfahren musste, was ihr Vater trieb. Sie nahm das Bein wieder aus dem Boot, vertäute dieses am Steg und ging ein paar Schritte auf ihre Mutter zu.

»Bist du deshalb so früh aufgestanden? Um mich zu bitten, nicht zu rudern?«

Fanny sah Helene an, ihre Augen brachten sogar ein kleines Lächeln zustande. »Nein. Nicht nur. Ich habe gehört, dass du aufgestanden bist. Ich wollte …«

Es fiel ihrer Mutter offensichtlich schwer, hervorzubringen, was sie ihrer Tochter sagen wollte.

»Ich möchte mich bei dir entschuldigen.«

Nun war es an Helene, sprachlos zu sein. »Entschuldigen? Wofür?« Noch niemals hatte ein Elternteil sich bei ihr oder ihrem Bruder entschuldigt, Eltern waren unfehlbar, Kinder waren es nicht.

»Dass ich gestern gelacht habe. Ich habe dich nicht auslachen wollen. Ich war nur so überrascht.«

»Hast du Vater davon erzählt? Von meinem Plan, Lehrerin zu werden?«

Ihre Mutter schüttelte den Kopf und zog ihren Wintermantel, den sie sich über das Nachthemd geworfen hatte, fester vor dem Körper zusammen.

»Nein. Er hat weder erfahren, dass du die Schule geschwänzt hast, noch weiß er von deinen Plänen.«

»Ich danke dir.«

Fanny Curtius nahm ihre Tochter fest ins Visier. »Das musst du selbst mit ihm besprechen. Und ich bitte dich, es bald zu tun. Er hat Aufrichtigkeit verdient.«

Helene nickte nur. Sie wusste, dass sie sich ihm offenbaren sollte, schließlich konnte sie nicht einfach tagelang der Hauswirtschaftsschule fernbleiben. Aber nach heute Nacht fiel es ihr noch schwerer, dem Vater unter die Augen zu treten.

»Helene. Ich weiß, es ist schwer für dich.« Ihre Mutter holte tief Luft und ließ den Blick über die nebelverhangene Alster schweifen. »Wahrscheinlich schwieriger als für mich damals. Die Zeiten ändern sich, und ich sehe natürlich, dass ihr jungen Frauen heute andere Bedürfnisse und Wünsche habt.«

»Weil wir andere Möglichkeiten haben!«, brach es aus Helene hervor. »Wir dürfen Abitur machen. Die ersten Frauen studieren! Und immer mehr von uns arbeiten. Ich möchte das auch. Ich möchte mehr vom Leben als nur Mutter sein.«

Das Lächeln Fanny Curtius' wirkte gequält. »Nur Mutter. Wie schade, dass du das so siehst.«

»Es tut mir leid. Ich wollte dir nicht zu nahe treten.«

Helene lenkte ein. »Vielleicht will ich ja eines Tages Mutter sein. Sicher sogar. Aber ich bin noch so jung, wenn ich mich jetzt an einen Mann kette und ihm den Haushalt führe, dann …«, sie suchte nach Worten, »dann hätte ich das Gefühl, ich hätte im Leben etwas verpasst.«

Ihre Mutter bedachte sie mit einem langen, traurigen Blick, aus dem Helene alles lesen konnte. Denn so war es: Fanny Curtius hatte ihr Leben verpasst. Und jetzt, wo beide Kinder groß, der Sohn in die Ferne gegangen war und die Tochter sich ebenfalls anschickte, die Familie zu verlassen, blieb kaum noch etwas von dem über, was ihr Leben ausgemacht hatte.

»Ich hatte nicht die Wahl«, gab ihre Mutter zur Antwort. »Wir hatten alle keine Wahl, es war das, was zu tun war. Eine gute Partie machen. Heiraten. Vielleicht fällt es mir deshalb so schwer, dich zu verstehen.« Sie stockte und machte eine vage Bewegung, es wirkte fast, als wollte sie ihre Tochter in den Arm nehmen, aber stattdessen schlang sie die Arme um ihren Körper. »Aber ich will mich bemühen, dich zu unterstützen.« Ein zerbrechliches Lächeln huschte über ihr Gesicht, dann drehte sie sich um und lief zum Haus zurück. Der Nebel verschluckte sie, beinahe wie ein Spuk, eine gespenstische Erscheinung.

Hinter der Krugkoppelbrücke legte Helene sich richtig in die Riemen. Sie wollte hinaus zum Mühlenteich, noch hinter dem Fährhaus am Winterhudequai, an der militärischen Badeanstalt vorbei, unter der Alsterkrugchaussee hindurch. Sie ruderte, um zu vergessen, ihre Muskeln brannten, die roten Locken waren weiß vom Raureif, der sich in der Kälte um ihre schwitzende Gestalt legte.

Julie, die aus dem Zimmer ihres Vaters kam.

Die Mutter, so traurig und durchscheinend.

Die furchtbare Hauswirtschaftslehrerin und ihre Tadel.

Das Frauenbein unter der Persenning.

Das leere Zimmer von Klaus.

Julie konzentrierte sich auf ihre gleichmäßigen Bewegungen, auf ihren Atem, der stoßweise ging, sie legte sich noch mehr in die Riemen, bis sie unter der Alsterchausseebrücke durchfuhr. Die Wasserratten flüchteten – erschrocken von der frühen Störung – aus dem Wasser und huschten an Land ins Uferdickicht. Helene hatte den Mühlenteich erreicht. Sie steuerte das westliche Ufer an, einen Abschnitt, der an eine verwilderte Grünfläche grenzte, und ließ das Boot unter einer Trauerweide ins Schilf gleiten.

Erschöpft und schwitzend rutschte sie von der Bank und legte sich auf den Rücken, blickte hoch in die sanft schwingenden Äste des Baumes. Dohlen saßen wie stumme Teichwächter in der Krone, ihr Anblick, so still und starr, beruhigte Helene.

Sie wusste, dass sie sich vor einem gewaltigen Umbruch befand. Nicht allein, dass sie an der Schwelle zum Erwachsensein stand. Nein, sie war das Kind eines neuen Jahrhunderts, gehörte zu einer Generation Frauen, wie es sie zuvor noch nicht oder zumindest nicht so zahlreich gegeben hatte. Frauen, die mutig ihre Rechte einforderten und die sich nicht damit zufriedengaben, dass ihnen die Männer an der Macht gnädig die Krümel überließen. Endlich, dachte sie, endlich waren sie an der Reihe, und sie würden sich nehmen, was ihnen zustand. Sie gingen für das Wahlrecht und Gleichberechtigung auf die Straße, und je mehr sie waren, je lauter sie waren, desto weniger konnten die Männer sie ignorieren.

Aber wie sollte sie jemand da draußen ernst nehmen, wenn sie es nicht einmal schaffte, sich innerhalb ihrer Familie durchzusetzen?

Sie musste bestimmter auftreten, nicht mehr mit dem Vater

verhandeln und sich wegducken, nein, sie würde ihre Karten mit Vehemenz auf den Tisch legen.

Der Schweiß an ihrem Körper kühlte sie jetzt aus, das feuchte Wollzeug wurde klamm, und Helene begann zu frieren.

Entschlossen setzte sie sich wieder auf die Ruderbank und trat den Rückweg an. Ruhig dieses Mal, sie ruderte nicht wie eine Getriebene, sondern bemühte sich um kraftvolle, gleichmäßige Züge. So wollte sie ihrem Vater gegenübertreten: ruhig, gelassen und stark.

Er saß am Frühstückstisch, als sie hereinkam, die Mutter neben ihm. Beide blickten auf, sobald ihre Tochter eintrat, aber keiner von ihnen sagte auch nur ein Wort.

Die Mutter stocherte lustlos in ihrem Rührei herum, der Vater las die Zeitung.

Helene wusste, dass sie den richtigen Zeitpunkt abwarten musste, um das Gespräch zu beginnen, und das war nicht jetzt, denn bei der Lektüre durfte der Hausherr niemals gestört werden.

Julie trat ein und goss Helene Tee in die Tasse, aber diese vermied es hochzublicken. Es war ihr beinahe unmöglich, sich im selben Raum mit ihrem Vater und Julie aufzuhalten, ohne daran zu denken, was die beiden verband. Noch ein Grund, abzuwarten.

Aber Engelbert Curtius zwang seine Tochter zum Handeln, indem er die Zeitung zusammenklappte, sich mit der Serviette den Mund abtupfte und sie dann ebenfalls akkurat gefaltet neben seinen Teller legte. Er sah Helene an, sie konnte seinen Blick auf ihrem Scheitel spüren, und deshalb wagte sie es, ihm in die Augen zu schauen.

Kraftvoll!, dachte sie, ruhig! Bleib besonnen!

»Deine Mutter hat mit mir gesprochen«, begann ihr Vater das Gespräch. »Du bist nicht glücklich auf der Hauswirtschaftsschule.«

Helene schüttelte den Kopf und brachte sogar ein »Nein« über die Lippen. Sie spürte, wie alle ihre Vorsätze, stark zu bleiben und ihrem Vater etwas entgegenzusetzen, schwanden. Immerhin, dachte Helene, wusste er nichts davon, dass sie dem Unterricht fernblieb.

»Darf ich fragen, warum?«

»Weil es nutzloses Wissen ist«, platzte Helene hervor. »Es sind dumme und stupide Tätigkeiten, die wir erlernen, für nichts davon kann ich meinen Kopf brauchen. Ganz und gar geistlos und dumm.«

»Nutzlos wohl kaum. Du lernst, wie du einen Haushalt führst.«

»Ich will etwas anderes lernen! Ich will etwas lernen, das mich herausfordert, ich will klüger werden, ich will intelligente Dinge lernen. Und ich will sie weitergeben.«

So. Jetzt war es heraus. Sie hatte es gesagt, und es gab kein Zurück.

»Und wie hast du dir das vorgestellt?«

»Ich möchte das Lehrerinnenseminar besuchen. Gleich in der nächsten Woche beginnt ein Kurs, in der Fuhlentwiete. Ein halbes Jahr. Und dann kann ich weitersehen.«

Ihr Vater schien wenig überrascht. »Als Lehrerin musst du ledig bleiben.«

»Ich bin erst zwanzig, Papa! Das ist vielleicht nicht für immer. Aber ich will etwas Nützliches machen. Jetzt. Etwas, das mich bildet – und andere!«

»Du bist sehr entschlossen.«

Helene wunderte sich über den milden Tonfall ihres Vaters. Er polterte nicht und wurde nicht laut.

»Ja«, bekräftigte sie und zwang sich, ihm selbstsicher in die Augen zu blicken. »Ja, ich bin sehr entschlossen.«

»Also gut.«

Ihr Vater nickte, und Helene wusste im ersten Moment nicht, wohin mit sich. Sie konnte nicht glauben, was gerade geschah, sie hatte sich alles vorgestellt, aber keinesfalls, dass ihr strenger Vater einfach so zustimmte. Es riss sie förmlich von ihrem Stuhl, sie flog auf ihn zu und umarmte ihn fest. So fest sie konnte, und als sie nachließ, weil ihr einfiel, dass in diesem Hause solche Vertraulichkeiten mit den Eltern nicht schicklich waren – nicht, seit sie erwachsen war, jedenfalls –, ließ sie ihn los. In seinem Gesicht las sie, dass er keinesfalls peinlich berührt war, im Gegenteil, er schien sich darüber zu freuen. Wann hatte sie ihn das letzte Mal umarmt? Es musste Jahre her sein, sie war ein kleines Mädchen gewesen.

»Danke, Papa«, brachte sie hervor, beinahe sprachlos vor Glück.

Er nickte nur. »Dank deiner Mutter«, gab er zurück und verließ das Zimmer.

Fanny Curtius lächelte Helene an. Und zum ersten Mal seit langer Zeit hatten sich ihre Wangen wieder zart gerötet. Ein Hauch von Leben war in ihre Mutter zurückgekehrt, und diese Erkenntnis freute Helene fast genauso wie die Tatsache, dass sie sich noch heute im Lehrerinnenseminar anmelden würde.

17.

Allein durch die Auswahl des Treffpunktes hatte Lauritzen bei Berthold Rheydt gepunktet. Am Vortag noch hatte er den Journalisten um ein Gespräch gebeten – konspirativ, wie er ihm klarmachte –, und der hatte die Kaffeerösterei in der

Sternschanze, gleich vis-à-vis vom Pianohaus Trübger vorgeschlagen. Weit genug sowohl vom Polizeipräsidium als auch von der Redaktion der *Hansepost* entfernt, sodass sie nicht Gefahr liefen, von einem Kollegen oder gar Vorgesetzten gesehen zu werden, gleichzeitig lag der Treffpunkt für beide zentral und gut erreichbar.

Die Rösterei beherbergte neben einem Ladengeschäft auch einen Kaffeeausschank; der frisch geröstete und gemahlene Kaffee weckte von der ersten Tasse an die Lebensgeister des Kommissars.

In der Nacht hatte er schlecht geschlafen, so wie eigentlich immer, aber in den letzten Nächten war der obligatorische Besuch seiner Frau mit Sohn noch das kleinste Übel. Nein, Berthold Rheydts Albträume waren bestimmt vom Hafenschlächter. Und auch von Jack the Ripper, das hatte er Dr. Fitzpatrick zu verdanken. Dabei waren es weniger die Taten des britischen Serienmörders als vielmehr die Tatsache, dass man seiner niemals habhaft wurde. Die größte Furcht eines Mordermittlers – den Täter niemals zu fassen zu bekommen. Und auch wenn er es nicht einmal vor sich selbst zugeben mochte – der Kommissar wusste, dass der Hamburger Ripper ihnen im Moment mindestens eine Nasenlänge voraus war. Und wenn sie diesen Vorsprung nicht aufholen würden, käme eine weitere Frau ums Leben, dessen war sich Berthold Rheydt ganz sicher.

Es wäre ihm nur recht gewesen, schon in der Nacht mit der Durchsuchung des »magischen Dreiecks« zu beginnen, aber Inspektor Paulmann bestimmte die Regeln, und der hatte verfügt, dass die Durchsuchung, für die er überraschend doch mehr als zehn Leute zur Verfügung stellte, erst um elf Uhr am Vormittag beginnen sollte.

Da Berthold ein unruhiger Mann war, der es in seinem Büro keine zehn Minuten auf dem Stuhl aushielt – ganz anders als sein Assistent Kalweit, der Stunde um Stunde damit verbringen konnte, Passagierlisten miteinander zu vergleichen oder die Karteien ungelöster Mordfälle nach relevanten Merkmalen zu durchsuchen –, musste Berthold Rheydt seinen schweren Körper bewegen. Und seinen rastlosen Geist.

Eigentlich wäre am Nachmittag das von ihm langersehnte Training beim FC St. Pauli angesetzt, sie hatten am Wochenende ein Turnier, ausgerechnet gegen die zweite Mannschaft von Victoria. Vor dem Treffen mit Lauritzen war Berthold also noch zum Verein gefahren, um sich persönlich für sein Fernbleiben zu entschuldigen.

Trainer Napfmann war der Job des Mordermittlers herzlich egal, Nichterscheinen bei einem Training war Nichterscheinen und wurde sanktioniert.

»So wird das nichts mit der ersten Mannschaft, Rheydt«, sagte er.

Der Kommissar stöhnte nur. »Ich trainiere privat, Trainer, hoch und heilig versprochen. Sie werden sehen, beim Turnier bringe ich sehr gute Leistungen, da können Sie Gift drauf nehmen.«

»Na, versprich mir mal nicht zu viel.«

»Wir haben einige in der Mannschaft, die nicht so leistungsstark sind wie ich«, platzte Berthold hervor. »Knäppke zum Beispiel.«

»Überschätz dich mal nicht, Rheydt!« Napfmann hatte es nicht gerne, wenn man Mannschaftskameraden kritisierte.

»Ist doch wahr. Solange wir nicht die Besten nehmen, sondern die mit der besten Bildung. Abitur schießt keine Tore!«

Jetzt konnte sich der mürrische Trainer ein trockenes Lachen nicht verkneifen. »Stimmt ja. Aber das entscheide nicht ich. Sondern der Vorstand.«

»Die Victoria hat auch schon angefangen, Arbeiter aufzunehmen. Die sind nicht umsonst ganz vorne.«

Napfmann kniff ein Auge zusammen und musterte Rheydt. »Hast du jemanden im Auge?«

Berthold Rheydt nickte. Na endlich. Genau genommen-hatte er sogar zwei im Auge: Brenner und Raabe. Aber er wusste, dass er es langsam angehen lassen musste.

»Kollege von mir. Schupo. Richtig guter Mann, Bombenschuss. Wäre ein guter Stürmer.«

»Die Aufstellung überlass mal immer noch mir. Und wenn du weiterhin mehr quasselst als trainierst, landest du auf meiner Ersatzbank.«

»Verstanden.«

»Am Freitag trainieren wir wieder. Sorg dafür, dass du keine Leiche hast, und erscheine pünktlich. Den Kollegen kannst du mitbringen. Schadet ja nicht.«

Sorg dafür, dass du keine Leiche hast – das sagt sich so, sinnierte Berthold, während er mit ausladenden Schritten von Sankt Pauli zur Sternschanze lief. Er fürchtete im Moment nichts mehr als das – und zwar nicht, weil es sein Training gefährdet hätte.

Lauritzen empfing ihn in der Rösterei mit roten Wangen und Ohren – draußen war die Temperatur um den Gefrierpunkt gesunken, drinnen im Ausschank bollerte ein Holzofen und heizte zusammen mit dem kochend heißen Getränk ordentlich ein.

»Sie sind Fußballer?«, fragte er interessiert nach, als der Kommissar ihm zur Gesprächseröffnung erzählte, wo er gerade herkam, und Berthold bejahte.

»Der FC St. Pauli ist nicht mein Verein, ich halte es mehr

mit SC Germania«, gestand der Journalist, »aber ich habe auch schon damit geliebäugelt, selbst zu spielen.«

»Wenn Sie in der Lage sind, den Ball mit Ihren Füßen zu treffen, dann haben Sie gute Chancen«, bestärkte ihn Berthold Rheydt und ließ einen längeren Exkurs über sein Lieblingsthema folgen, nämlich die Entwicklung des Fußballs zum Volkssport. Sie sprachen noch ein wenig über die jüngsten Turniere; wie sich herausstellte, favorisierten sie unter den internationalen Vereinen beide Aston Villa, doch dann kam der Journalist auf den Grund ihres Treffens.

»Wie weit sind Sie mit Ihren Ermittlungen? Sie haben mir eine exklusive Berichterstattung versprochen, aber seit unserem ersten Zusammentreffen habe ich nichts mehr von Ihnen gehört.«

»Tut mir leid«, gab Berthold zu. Er stand in der Schuld des Schreiberlings. »Im Wesentlichen haben wir die toten Frauen identifizieren können.«

»Donnerwetter!«, pfiff Lauritzen anerkennend durch die Zähne, zückte gleich seinen Notizblock sowie einen Stift.

Der Kommissar diktierte ihm die Namen und erzählte, wie es ihnen in der kurzen Zeit gelungen war, herauszufinden, wer die Opfer waren.

»Darf ich das bringen?«

»Das dürfen Sie schreiben«, bestätigte Berthold. »Aber ich wäre Ihnen dankbar, wenn Sie es subtil mit einer Warnung verbinden könnten.«

Der Journalist wurde sofort hellhörig. »Sie erwarten also noch weitere Morde.«

»Das muss unter uns bleiben«, Berthold sah sich um und senkte die Stimme. So hilfreich es manchmal war, dass die Hamburger Polizei ihre Spitzel überall hatte, so hinderlich konnte es sein, wenn man selbst etwas zu verbergen hatte.

»Wenn Sie unverblümt schreiben, dass die Polizei weitere Taten erwartet, bricht die Hölle los. Alle anderen Zeitungen werden sich darauf stürzen, und im Nu herrscht Hysterie in unserer Stadt.«

Lauritzens Ohren glühten förmlich. »Ein Serienmörder! Herrlich, das hatten wir seit der Giftmörderin von Sankt Pauli nicht mehr.«

»Ihre Begeisterung in allen Ehren ...« Berthold hoffte, dass er das Treffen mit dem Schreiberling, dem die Sensationslust aus den Augen sprang, nicht bereuen musste. »... aber genau das meine ich. Wir müssen unter allen Umständen vermeiden, dass die Hamburger in Panik geraten. Einerseits. Und unsere Arbeit andererseits damit behindern, dass aus Sensationsgier jeder unserer Schritte belauert wird.«

»Was wollen Sie denn dann von mir?« Lauritzen schien das Anliegen des Kommissars nicht klar zu sein.

»Ich möchte, dass Sie berichten. Möglichst unaufgeregt. Neutral. Ihre Leser sollen informiert werden und auf der Hut sein, aber eben nicht wie aufgeschreckte Hühner den Fuchs hinter jeder Ecke vermuten.«

Jetzt lachte Lauritzen. »Sie mögen ein guter Kriminaler sein, mein lieber Rheydt, aber von Journalismus haben Sie keine Ahnung.« Er hob die Hand und forderte das Serviermädchen auf, ihnen neuen Kaffee einzugießen. »Was Sie sich vorstellen, ist die Quadratur des Kreises. Ich soll nicht schreiben, dass in Hamburg ein Serienmörder sein Unwesen treibt, aber die Frauen sollten sich lieber in Acht nehmen? Vorsichtshalber? Mensch, Herr Kommissar, beides geht nicht. Die Leute zählen doch eins und eins zusammen!«

»Schreiben Sie doch, die Polizei steht kurz vor der Aufklärung des Falles.«

»Und wie stehen Sie dann da, wenn es noch eine Tote gibt?«

Berthold Rheydt schwieg. Lauritzen hatte in jedem Punkt recht. Aber wenn in der Öffentlichkeit von einem Serienmörder die Rede war, riss Kripochef Roscher ihm höchstpersönlich den Kopf ab. Der ging nur mit handfesten Informationen an die Presse. Der Kommissar musste einsehen, dass das, was er sich erhofft hatte – eine dezente Warnung an die Frauen dort draußen –, nicht so einfach zu haben war.

Lauritzen erkannte ebenfalls, in welcher Zwickmühle sich sein Gegenüber befand. »Ich schreibe, dass die Hamburger Polizei innerhalb kürzester Zeit einen enormen Erfolg verbuchen konnte. Und nenne die Namen der beiden Frauen. Vielleicht finden sich noch Zeugen. Jemand, der etwas gesehen hat.«

»Ein Zeugenaufruf«, griff Berthold nach dem Rettungsanker, den der Journalist ihm hingeworfen hatte. »Sehr gut. Und geben Sie meinen Namen an. Dann wird das auch kein großer Artikel?«

»Leider nicht. Dabei bräuchte ich mal einen richtigen Knaller«, gestand Lauritzen. »Ich komme bei der *Hansepost* nicht vom Fleck. Eigentlich hatte ich gehofft, dass ich mich mit der Sache hier empfehlen kann, zwei Tote, unter mysteriösen Umständen aufgefunden, und dann habe ich noch einen heißen Draht zur Polizei.« Er zwinkerte dem Kommissar zu, es sollte scherzhaft wirken, aber Berthold sah durchaus die traurige Verzweiflung des jungen Mannes dahinter. Das erinnerte ihn an sich selbst, wie er stets im Schatten von Paulmann gestanden hatte. Bis zu diesem Fall.

»Aber mein Redakteur wollte von der Sache nichts wissen«, fuhr Lauritzen fort. »Er sagt, Delikte im Milieu gehören in die Schmierblätter und nicht in sein seriöses Blatt.«

Das wiederum wunderte den Kommissar. Er erinnerte sich daran, dass sowohl der Fall des toten Uhrmachers als auch der Pfandleiherin aus der Pohlstraße tagelang groß im Blatt gestanden hatten. Mit allen unappetitlichen Details.

Auf seinen Einwand hin nickte der Journalist. »Ganz richtig. Aber diese Sache hier will er nicht anfassen. Ich weiß nicht, warum.«

Berthold Rheydt griff nach seinem Hut. Es war Zeit, aufzubrechen. »Lauritzen, ich halte mein Versprechen. Wenn ich den Mörder habe, bekommen Sie die Geschichte als Erster. Und ich bin ganz sicher, dass Ihr Redakteur dann auch im Boot ist.«

»Max«, gab der Journalist zur Antwort und hielt ihm die Hand hin.

Der Kommissar schlug ein. »Berthold.«

Als er die Rösterei verließ, hoffte Kriminalkommissar Berthold Rheydt, dass er eine Freundschaft fürs Leben und kein Bündnis mit dem Teufel eingegangen war.

Sie liefen jeweils zu zweit ihre Tour. Berthold Rheydt hatte jedem Paar ein Gebäude zugeteilt; wenn der erste Straßenzug auf diese Weise durchsucht worden war, würde er eine neue Verteilung vornehmen. Das Gelände, das sie absuchten, war unwegsam und äußerst heterogen. Eine Wiese oder ein Waldstück zu durchsuchen, war sehr viel einfacher, dann liefen die Polizisten in geringen Abständen nebeneinanderher, aber hier hatten sie es mit schmalen Häusern und engen Gassen, versteckten Kellern und verwinkelten Treppenhäusern zu tun. Sie kämpften sich durch ein Labyrinth. Die engen Arbeiterwohnungen würden sie nicht durchsuchen, davon versprach sich Berthold nicht viel, und er glaubte auch, es koste sie zu viel Zeit. Dennoch hatte er verfügt, dass die Schupos an jeder Tür um Einlass bitten sollten und den Grund ihrer Durchsuchung angeben. Außerdem sollten sie sich gleichzeitig nach leeren Wohnungen und auffälligen Mietern bei den Leuten erkundigen, vielleicht erhielten sie auch auf diese Weise eine Spur.

Er hatte seine Leute jeweils nach Dienstjahren miteinander verbunden, die älteren Kollegen mit einem jüngeren, sich selbst hatte er Raabe an die Seite gestellt, weil dieser der am wenigsten erfahrene Kollege war. Der Junge sollte schließlich etwas lernen.

»Wir haben Zeit bis zur Dunkelheit, das sind ein paar Stunden, aber keine Ewigkeit«, instruierte Berthold seine Truppe, bevor sie ausschwärmte. »Haltet euch nicht auf, stellt eure Fragen, aber seht zu, dass ihr euch nicht bequatschen lasst. Und habt vor allem den Boden im Auge.«

Ein Schupo meldete sich. »Was genau suchen wir? Tatwerkzeug?«

»Auch. Vor allem aber: Blutflecken. Es muss eine Menge Blut geflossen sein, das hinterlässt Spuren, die sich nicht so einfach wegschrubben lassen. Das Blut sickert in Holzfußböden ein. Aber auch Planen, fleckige Teppiche, etwas, worauf der Täter die Körper abgelegt hat – danach halten wir Ausschau. Wenn ihr etwas gefunden habt – nicht anfassen! Signal geben. Zweimal pfeifen – ich komme. Dreimal pfeifen – alle Mann anrücken.«

Und dann schwärmten sie aus.

Berthold Rheydt und Raabe begannen mit einer Seifensiederei, der Kommissar hatte den Besitzer informiert, der ihnen widerwillig Zugang zu allen Räumen verschaffte. Die Luft war erfüllt vom Gestank der aus Tierkadavern gewonnenen Fette in Natronlauge, und Raabe bemerkte offensichtlich mit Verwunderung, wie etwas so Sauberes wie Seife in der Herstellung so übel riechen konnte. Berthold hatte sich die kleine Seifenfabrik als erstes Objekt herausgepickt, weil man hier, ohne Misstrauen zu erregen, Blutspuren beseitigen konnte. Schließlich wurden die für die Seifenherstellung gelagerten Knochen vor Ort zerlegt, entfettet und für die Laugengewinnung vorbereitet. In der Fabrik herrschte eine Luft wie im Dampfbad, die Frauen, die hier an den Kesseln und Öfen standen, machten sich lustig über die beiden Polizisten, von denen der eine, Raabe, in seiner Uniform besonders schwitzte.

Fündig wurden sie nicht, der Besitzer der Fabrik versicherte ihnen obendrein, dass die Räumlichkeiten nach Arbeitsschluss ordentlich versperrt wurden und kein Fremder Zugang hatte. Ein Nachtwächter drehe hier seine Runden, dem wäre aufgefallen, wenn sich Unbefugte herumtreiben würden.

Bereits eine kostbare Stunde war vergangen, und die Niedernstraße, in der sie mit der Suche begonnen hatten, war gerade einmal zur Hälfte durchkämmt. Berthold instruierte seine Leute neu, und weiter ging die Suche, Haus für Haus, Hof für Hof.

Sie tasteten sich durch feuchte Erdkeller, rückten schimmelige Möbel zur Seite, stiegen über bewusstlose Betrunkene hinweg, scheuchten Liebespaare aus verschwiegenen Ecken und wurden von neugierigen Kinderhorden verfolgt.

Sie aßen und tranken über Stunden nicht, sie starrten auf Katzenkopfpflaster und zerkratzte Dielenböden, sie stocherten im Müll, der in den Ecken lag, und jagten Ratten aus ihren Löchern.

Sie sprachen mit Wichtigtuern und Möchtegernzeugen, sie ließen Flüche und Verwünschungen über sich ergehen, nahmen, ohne mit der Wimper zu zucken, hin, dass man ihnen Schmutzwasser und Schlimmeres vor die Füße kippte.

Berthold Rheydt und seine Leute arbeiteten ernst, konzentriert und mit aller Sorgfalt. Aber als sich am späteren Nachmittag die Dämmerung ankündigte und der vorabendliche Nebel seine Gespensterfinger über die Fleete schickte, hatten sie nichts.

Nichts.

Gute zwei Drittel ihres Gebietes waren abgesucht, bis zum Dovenfleet waren die Männer vorgestoßen, aber nicht fündig geworden.

Ein letztes Mal, bevor es dunkel wurde, teilte der Kommissar seine Leute neu ein, die ersten würden bereits über die Brooktorbrücke zum Hafen ausrücken. Er und Raabe sowie Kalweit und ein weiterer Schupo mussten das Ende zweier schmaler Gassen durchkämmen, die vom Hüxter zum Dovenfleet führten. Hier, wie auch überall davor, klemmten rosafarbene Flugblätter, deren Text Berthold Rheydt schon auswendig aufsagen konnte. Dr. Fitzpatrick hatte bei ihrer Werbung für das Frauenhaus am Magedeburgquai ganze Arbeit geleistet. Es würde in der gesamten Speicherstadt und im Gängeviertel niemanden geben, der nicht wusste, dass es im grünen Haus Suppe, Kleidung und Hilfe für bedürftige Frauen gab.

Rheydt und Raabe waren soeben dabei, eine feuchte Treppe hinabzusteigen, die in einen düsteren Verschlag führte; der junge Schupo hatte vorausgedacht und eine Karbidlampe mitgenommen, die er nun entzündete, damit sie überhaupt eine Chance hatten, etwas zu sehen, als sie den Pfiff hörten.

Gellend. Ein Pfiff. Dann ein zweiter, zögerlicher, als wäre dem Pfeifenden die Puste ausgegangen.

Berthold machte auf dem Absatz kehrt, er wäre um ein Haar über seinen langen Mantel gestolpert, da ertönten noch einmal die bekannten Pfiffe: dreimal, sehr entschlossen.

Das kam aus der Nachbargasse! Kalweit hatte Signal

gegeben! Raabe stürmte hinter seinem Vorgesetzten her, sie brauchten nur wenige Sekunden, um zu ihren Kollegen vorzudringen, da sahen sie bereits den Schupo, weiß wie ein Leintuch, neben einer geöffneten Tür stehen. Er deutete nur mit dem Kopf an, dass sich hinter der Tür etwas verbarg. Und es war offensichtlich nichts Angenehmes, sonst wäre dem Polizisten nicht das Blut aus dem Kopf gewichen.

Der Kommissar zügelte seine Schritte und betrat vorsichtig den Raum. Obwohl er nichts lieber wollte, als umgehend zu sehen, was Kalweit entdeckt hatte, dachte er mit kühlem Kopf daran, keine Spuren zu vernichten. Er bedeutete Raabe und dem anderen Schupo, niemanden über die Schwelle zu lassen, die Kollegen, die ohne Zweifel sogleich auftauchen würden, sollten eine Absperrung an beiden Enden der Gasse bilden.

Sie befanden sich in einer Arztpraxis, das war offensichtlich. Aber die Praxis schien schon lange nicht mehr in Betrieb zu sein, Staub hatte sich über Möbel und Instrumente gelegt, die teilweise mit Leintüchern abgedeckt waren.

Kalweit kniete im ehemaligen Untersuchungsraum auf dem Boden. Als Berthold eintrat, sah er auf, Verzweiflung im Blick. Neben ihm lag eine Frau, lang hingestreckt, Blut hatte sich um sie herum ausgebreitet wie ein rotes Tuch, auf das sie gebettet war. Wäre nicht die klaffende Wunde in ihrer Kehle gewesen, man hätte glauben können, sie schlafe einen hundertjährigen Schlaf.

Der Kommissar brauchte nicht zu fragen – dass die Tote nicht mehr zu retten war, war offensichtlich. Die tödliche Verletzung war ihr auch nicht gerade erst zugefügt worden, ihr Körper erschien kalt und erstarrt, das Blut war längst getrocknet.

Berthold Rheydt nahm seinen Homburg vom Kopf und kniete sich neben seinen Assistenten.

»Die Tür war nicht versperrt«, erklärte dieser. »Ich hatte geklopft, dabei ging sie etwas auf. Deshalb sind wir hineingegangen …« Er sammelte sich. »Wir hatten sofort so ein Gefühl. Es hat seltsam gerochen.«

Berthold verstand augenblicklich, was Kalweit meinte. In der Praxis hing der Staub, der einen in der Nase kitzelte, sowie ein schwacher Hauch von Medizin, der ihm bekannt vorkam, den er aber nicht identifizieren konnte. Außerdem der metallische Geruch geronnenen Blutes.

Vorsichtig hob der Kommissar einen Arm der Frau vom Boden an. Es war wie vermutet, die Leichenstarre hielt noch an, es waren also nicht allzu viele Stunden oder gar Tage seit der Tat vergangen, doch Näheres würde nur der Physicus ihnen sagen können.

Berthold Rheydt instruierte Kalweit, einen der Schupos ins Stadthaus zu schicken, damit man ihm den Tatort-Koffer bringe und der Polizeiapparat anlaufen konnte. Er hielt es auch für notwendig, nicht nur Bäuerlein, den Physicus, und Schultheiss, den Fotografen, zu alarmieren – die Begutachtung des Tatorts würde er selbst mit seinem Assistenten vornehmen –, sondern auch den Inspektor sowie den Kripochef zu informieren.

Sie hatten eine dritte Tote. Zwischen den ersten beiden Taten waren schätzungsweise fünf Monate vergangen. Zwischen Nummer zwei und drei jedoch nur zwei. Obwohl der Täter wusste, dass die Polizei seine ersten beiden Opfer gefunden hatte und nach ihm suchte, hatte er es gewagt und sich ein drittes Opfer gesucht. Er hatte keine Furcht vor Entdeckung. Oder seine Sucht zu töten war übermächtig.

Außerdem war der Mörder offensichtlich überrascht worden, sonst hätte er sein Werk in der üblichen Manier vollendet.

Berthold zog aus alldem den Schluss, dass sie es mit einem

kaltblütigen Serienmörder zu tun hatten, obendrein mit einem, der dieses Mal nicht beenden konnte, was er angefangen hatte.

Er würde es erneut versuchen, und das schon bald.

Während Berthold bei dem Opfer kniete, das er nicht hatte beschützen können, wurde ihm mit aller Deutlichkeit bewusst, dass diese Ermittlung nun seine Kompetenz überstieg. Inspektor Paulmann würde übernehmen, aber Roscher würde entscheiden, wie vorzugehen war.

Berthold Rheydt wusste nicht einmal, ob er unglücklich darüber sein sollte. Er kannte nicht nur seine Grenzen, er wollte auch keinesfalls als Einziger dafür verantwortlich sein, wenn es weitere Opfer geben würde.

Er betrachtete die Tote und nahm die Umgebung in sich auf. Eine Kerze stand auf dem Instrumententisch unweit von ihm. Die gehörte gewiss nicht hierher. Außerdem bemerkte er nun einen hellen Lappen, vielleicht ein Stofftaschentuch, das unter der Untersuchungsliege lag. Ein weiteres Corpus Delicti. Solange der Fotograf den Tatort nicht dokumentiert hatte, würde er nichts davon anfassen, Berthold Rheydt hatte die Predigten Gustav Roschers dahingehend verinnerlicht, aber er beugte sich so nahe an das weiße Tuch heran, wie es ihm möglich war. Ein schwacher Geruch ging davon aus. Es war der gleiche Geruch, den er in der Praxis wahrgenommen hatte. Woran erinnerte ihn das nur?

An den Dentisten, fiel es ihm ein. Er hatte sich letztens einen Backenzahn ziehen lassen müssen, und zur Betäubung hatte der Zahnarzt ihn auf einem Wattebausch herumkauen lassen, der mit Chloroform getränkt war.

Chloroform. Der Mörder hatte seine Opfer damit betäubt.

Die Erkenntnis, erneut einen kleinen Schritt weitergekommen zu sein, ließ Bertholds Finger zittern. Er hätte jetzt einen Schluck Rum oder Genever trinken mögen, um die Nerven zu beruhigen. Aber so, wie es aussah, würde er heute nicht einmal in sein Bett kommen und erst recht nicht in eine Kneipe.

Erneut ließ er seine Augen über die junge Frau gleiten. Auch sie war erkennbar nicht aus bürgerlichem Haus, ihre Kleidung war schlicht. Er schätzte sie auf Mitte zwanzig, sie trug die Haare hochgesteckt und unter einem billigen Hut verborgen. Ihre Jacke aus grob gewalktem Stoff klaffte etwas auseinander und gab den Blick auf eine einfache Bluse frei. Sie trug eine Schürze, unter dem Bund erkannte der Kommissar eine kleine Wölbung. Es sah aus, als wäre die Frau schwanger gewesen, er würde Bäuerlein seine Vermutung mitteilen.

Und noch etwas fiel Berthold jetzt auf. Ihre rechte Hand hatte die Frau zu einer Faust geballt, und zwischen den starr gekrümmten Fingern erkannte er einen Fetzen rosafarbenes Papier.

Er wusste sofort, um was es sich handelte.

Dr. Fitzpatrick und ihr grünes Haus. Schon wieder! Immer und immer wieder spielte das Frauenhaus am Magdeburgquai eine Rolle, an einen Zufall glaubte Berthold Rheydt längst nicht mehr.

18.

Der Journalist hatte tatsächlich Wort gehalten und einen Spendenaufruf in der *Hansepost* abgedruckt. Allerdings auf einer der hinteren Seiten, und man musste schon eine sehr aufmerksame Leserin des Blattes sein, um ihn unter all den vermischten Nachrichten zu finden. Anne Fitzpatrick sah stirnrunzelnd auf.

»Was ist damit?«, fragte sie die Vereinsvorsitzende Charlotte Lehmann. »Es ist nicht gerade auffällig, aber immerhin, er hat Wort gehalten.«

Charlotte schüttelte ungeduldig den Kopf. »Nicht deshalb habe ich dir das gegeben. Sondern wegen des Leitartikels. Seite eins. Lies das mal.«

Anne schlug die *Hansepost* zu und entdeckte auf der Titelseite einen Bericht über die Bürgerschaftssitzung vom Vortag. Es ging um alle möglichen Etats und Beschlüsse, wobei in dem konservativen Blatt gerne hervorgehoben wurde, wie schwierig die Verhandlungen mit den Sozialdemokraten seien, die sich gegen alles sperrten, was der Wirtschaft der Stadt förderlich war. Wie immer hatte es schwere Grabenkämpfe zwischen den Parteien, vor allem Nationalliberalen und Sozialdemokraten gegeben. Anne überflog das, verstand aber lange nicht, was das mit ihr zu tun hatte.

Bevor sie Charlotte erneut fragen konnte, erreichte sie die betreffenden Zeilen. Es war nicht nur ein Absatz, nein, beinahe ein Drittel des Aufmachers drehte sich um den Magdeburgquai, die dort leer stehenden Fruchtschuppen und insbesondere: das grüne Haus.

Einige Bürgerschaftsmitglieder – hervorgehoben wurde in dem Artikel namentlich Wilhelm von Stetten – nahmen die in der Zeitung sogenannten »Prostituiertenmorde« am Magdeburgquai zum Anlass, um auf die Situation dieses Hafenabschnittes hinzuweisen. Seiner Meinung nach müsse die Stadt durchgreifen, die von der Explosion des Gasometers in Mitleidenschaft gezogenen Quais und Lagerhäuser endlich wieder aufbauen und dafür Sorge tragen, dass dort Schiffe anlegen und Lagerhäuser in Betrieb genommen werden konnten.

Eine Forderung, der sich Anne Fitzpatrick nur zu gerne angeschlossen hätte, wenn von Stetten nicht gleichzeitig dafür plädieren würde, dass eine Reihe von Häusern unbedingt abgerissen gehörte. Allen voran das grüne Haus des Vereins »Frauenwohl«. Dieses Haus sei ein Dorn im Auge der Sittlichkeit. Der Verein setze sich vordergründig für die Wohlfahrt ein, tatsächlich aber würde hier der Prostitution Vorschub geleistet, indem die Hafendirnen noch unterstützt wurden! Durch – hier wurde Annes Flugblatt zitiert – »Kleiderspenden, eine warme Mahlzeit und Hilfe in allen Notlagen«.

Die Nationalliberalen und Deutschkonservativen im Senat schienen sich förmlich auf das Haus eingeschossen zu haben, ihrer Meinung nach waren die Aktivitäten des Vereins »Frauenwohl« der Nährboden für die beiden Morde. Dass das allein zeitlich nicht zusammenpasste – der erste Mord geschah lange vor der Gründung des grünen Hauses –, wurde unter den Tisch gekehrt.

Auch dass es sich bei Elsie Lautenschläger um die Mutter von sieben Kindern gehandelt hatte, die alles versucht hatte, um sich gerade nicht prostituieren zu müssen, wurde verschwiegen. Stattdessen legte insbesondere Wilhelm von Stetten, der Großredner seiner Partei, den Zusammenhang zwischen Förderung der Prostitution im grünen Haus und den Morden nahe.

Annes Hände begannen zu zittern, sie ließ das Blatt angeekelt auf den Tisch gleiten. »Das entbehrt jeder Grundlage!«

Die Vorsitzende nickte. »Allerdings. Wir werden dagegen vorgehen müssen, unser guter Leumund steht auf dem Spiel.«

»Es tut mir leid«, sagte Anne, »ich hätte niemals gedacht, dass unser Engagement solche Kreise zieht.«

»Du kannst nichts dafür«, beruhigte Charlotte sie. »Die konservativen Parteien bekämpfen uns, wo sie können. Und sie kämpfen immer mit unlauteren Mitteln. Wir sehen uns ständig der Verleumdung ausgesetzt, seit Lida die Paulstraße gegründet hat. Aber das hier …« Sie klopfte mit der Faust auf die Zeitung. »… schlägt dem Fass den Boden aus. Zu behaupten, wir trügen mit unserer Wohlfahrt zu Gewalttaten bei, zu so etwas hat sich der feine Herr von Stetten noch niemals verstiegen.«

»Du kennst ihn?«

»Und ob! Er ist konservativer als Bismarck. Wir haben einen schweren Stand.«

»Ich weiß.« Anne überlegte, wie viel sie von sich preisgeben konnte, ohne ihre Biografie zu verraten. »Mein Vater hatte früher beruflich mit ihm zu tun.«

Charlotte nickte, fragte aber nicht nach. Sie stellte zwei Tassen auf den Tisch ihres kleinen Büros, goss ungefragt ein und schob eine Tasse zu Anne über den Tisch.

»Was machen wir jetzt?«, fragte diese. In ihr hallten noch immer die Zeilen des Artikels nach. Außer dem grünen Haus wurde ein weiterer Name erwähnt, der sie elektrisiert hatte. Der ihres Vaters. Offenbar hatte die Deutschkonservative Partei mehrfach erwähnt, dass die betreffenden stillgelegten Fruchtschuppen und auch das grüne Haus im Besitz eines Reeders waren, der Hamburg längst verlassen hatte und sich nicht um seinen Besitz kümmerte. In dem Artikel war mehrfach von Enteignung die Rede.

Ein Gedanke breitete sich in Annes Hinterkopf aus, ohne dass sie ihn richtig zu fassen bekam. Von Stetten. Ihr Vater. Was, wenn es gar nicht um den Verein ging? Sondern um das Haus an sich? Aber noch bevor Anne diesen Gedanken weiterdenken konnte, ergriff Charlotte das Wort.

»Wir machen weiter«, sagte sie ganz ruhig.

Anne war überrascht. War das die gleiche Frau, die ihr

noch vor ein paar Tagen dringend davon abgeraten hatte, das Haus überhaupt wieder zu eröffnen?

»Woher der Sinneswandel?«

»Wir können das nicht auf uns sitzen lassen«, erklärte Charlotte. »Wenn wir das grüne Haus jetzt schließen, kommt es einem Eingeständnis gleich. Dass diese Herren mit bösartigen Unterstellungen arbeiten, können wir am ehesten damit beweisen, dass wir weitermachen. Und dass wir Erfolg haben. Und vor allem: dass wir mit diesen Morden nicht das Geringste zu tun haben.«

»In dem Artikel ist die Rede von Morden an Prostituierten. Das müssen wir richtigstellen.«

»Vielleicht würdest du mit dem Reporter darüber sprechen?«, erkundigte sich Charlotte.

Anne nickte. »Du könntest mir im Gegenzug auch einen Gefallen tun. Es geht um diesen Vortrag.« Sie holte die Ankündigung, dass Milena Suslowa im Frauenklub sprechen würde, aus ihrer Tasche, entfaltete den Zettel und schob ihn Charlotte über den Tisch. »Ich würde Mrs Suslowa gerne vom Schiff abholen. Sie ist schließlich eine Landsmännin von mir.«

»Verstehe. Sie ist allerdings nicht auf unsere Einladung hier, aber ich bekomme trotzdem heraus, wann sie ankommt. Das dürfte kein Problem sein, ich kann mir vorstellen, dass der Klub ganz froh ist, wenn das jemand übernimmt, der fließend Englisch spricht.«

Anne erhob sich. »Dann sehe ich zu, dass ich jetzt an den Hafen komme. Wenn ich Glück habe, habe ich gestern einen Köder ausgeworfen.«

Sie dachte an das junge Mädchen, das an der Ecke zum Dovenfleet gestanden hatte. Anne hatte das Gefühl, dass sie die Frau mit ihrem Angebot, vor der anstrengenden Nacht etwas Warmes in den Bauch zu bekommen, hatte locken können.

Charlotte erhob sich ebenfalls. »Pass auf dich auf, Anne. Wir brauchen dich.«

»Glaubst du, ich bin in Gefahr?« Anne hatte es scherzhaft gesagt, aber als sie in das Gesicht der Vorsitzenden blickte, sah sie, dass diese ihre Warnung durchaus ernst gemeint hatte. »Mach dir keine Sorgen, Charlotte.«

»Die Konservativen zündeln«, gab diese zurück. »Wir haben gesehen, was sie mit den Sozialdemokraten damals angestellt haben. Wir glauben gern, dass wir verschont werden, weil wir Frauen sind. Aber wir sehen es hier jeden Tag: Wir sind Opfer. Und dieser von Stetten hat die Lunte angezündet, ich hoffe, das ist dir klar.«

Wenig später stand Anne auf der Straße, sie hatte ein mulmiges Gefühl in der Magengrube. Nicht nur wegen Charlottes Warnung. Das Erlebnis am Vorabend stand ihr noch lebhaft vor Augen, das Gesicht des Mannes, der aus der Praxis dieses Doktor Schumann gekommen war, hatte sie in der Nacht verfolgt. Außerdem bereitete ihr die Tatsache, dass der Name ihres Vaters plötzlich in dieser unguten Gemengelage auftauchte, das größte Unbehagen.

Es war Zeit, dass sie mit ihm ein Gespräch führte. Das frühere Unglück ihrer Familie warf einen langen Schatten in die Gegenwart. Gleich morgen würde sie ihrem Vater ein Telegramm schicken und ihn um ein Gespräch bitten. Leider war es ihr nicht möglich, jemals wieder nach London zurückzukehren, und ihr Vater hatte seinerseits unmissverständlich klargemacht, dass er keinen Schritt mehr in die Hansestadt Hamburg setzen würde, also müsste sie sich mit einem Telefongespräch begnügen. Im Klub gab es die Möglichkeit, Gespräche zu empfangen, sie würde ihrem Vater diesen Vorschlag unterbreiten. Sie wollte die Wahrheit einfordern und ihn nach seiner Verbindung zu Wilhelm von Stetten fragen, daran führte nun kein Weg mehr vorbei. Viele Jahre hatten ihre Eltern sich ausgeschwiegen, und ebenso viele Jahre hatte sie nichts wissen wollen. Durch den Artikel in der Zeitung jedoch hatte Anne das Gefühl gewonnen, dass zwischen beiden Männern, dem einflussreichen Bankier und dem einstmals großen Reeder, noch immer eine Rechnung offen war.

Und sie wollte diese nicht begleichen müssen.

Anne entschloss sich, eine Tram zum Hafen hinunter zu nehmen, sie hatte sich vorgenommen, nicht später als achtzehn Uhr im grünen Haus einzutreffen, falls sie später tatsächlich Besuch bekommen würde. Aber nicht allein aus zeitlichen Gründen wollte sie die Strecke jetzt nicht zu Fuß gehen, sie fühlte sich erschöpft. Zu viele Eindrücke waren in den vergangenen vierundzwanzig Stunden auf sie eingestürzt, Milena, ihr Vater, von Stetten … Sie musste mit ihrer Energie haushalten, durfte nicht zusammenbrechen. Im Moment war sie nicht in der Lage, auch nur einen klaren Gedanken zu fassen, das war fatal. Etwas braute sich zusammen, sie konnte es spüren, ihre Nerven vibrierten, da war es wichtig, dass sie auf sich achtete.

An der Brooktorbrücke stieg sie aus, hier war außergewöhnlich viel Verkehr, anscheinend hatte die Polizei irgendwo eine Straße gesperrt, Anne floh lieber in den weniger belebten Hafen. Obwohl noch gearbeitet wurde, war der nahende Feierabend zu spüren, die Arbeiten mussten aus Mangel an Licht über Nacht eingestellt werden, Ewerführer sammelten ihre Leute und erteilten Anweisungen, wie die verbliebenen Waren verräumt, die Lagerhäuser geschlossen, die Schuten und Barkassen an ihre Ankerplätze verbracht werden sollten.

Es würde eine sternklare, kalte Nacht werden, gottlob,

Nebel hätte Anne heute Abend nur schwerlich ertragen, diese Suppe, die ihr unter die Kleider und in die Knochen kroch und fantastische Gespinste vor dem Auge aufziehen ließ – nein, heute brauchte sie Klarheit um sich herum.

Als sie nun schon zum zweiten Mal an diesem Tag die Tür des grünen Hauses aufsperrte, hatte sie schon einen langen Arbeitstag hinter sich. Am Morgen hatte Dr. Fitzpatrick bereits den Ofen eingeheizt, weitere Spenden entgegengenommen und Korrespondenz erledigt. Nach dem Mittag hatte sie ihre medizinische Sprechstunde in der Paulstraße absolviert, die wie immer gut besucht gewesen war. Fünf Stunden lang hatte sie dort Frauen und Kinder behandelt, bevor sie nun erneut an den Hafen zurückkehrte und auf Klientinnen wartete.

Theresa hatte Gulaschsuppe liefern lassen, der köstliche Geruch verbreitete sich im ganzen Haus. Anne fiel erst jetzt ein, dass sie noch nichts Richtiges zu sich genommen hatte. Überhaupt hatte sie, seit sie nach Hamburg gekommen war, nicht gut auf sich geachtet. Hatte sich in die Arbeit gestürzt, nicht nur um der Arbeit willen, sondern auch, um zu vergessen, was ihr in London widerfahren war und was oder vielmehr wen sie hatte zurücklassen müssen.

Dass sie Milena nun wiedersehen würde, so bald schon, erschien ihr unwirklich, ihre Liebe gehörte nicht in dieses Leben, gehörte nicht zu Anne Fitzpatrick. Gehörte zu einer anderen, von der sie sich in den letzten zehn Monaten weit entfernt hatte. In diesen zehn Monaten war sie zu einer Frau ohne Körper geworden. Ohne Leidenschaft und ohne Appetit, einer Frau, die sich nicht schminkte und nicht tanzen ging. Geschweige denn ein Theater, ein Varieté, die Oper oder auch nur ein Restaurant aufsuchte.

Wer war sie heute?, fragte Anne sich und betrachtete ihre

Hände, deren Haut spröde und rissig von Seife und Desinfektionsmittel war. War sie plötzlich freudlos und pflichtversessen? Wo war ihre Heiterkeit, die Leichtigkeit, der Hunger auf Leben, den sie stets verspürt hatte – obwohl sie in London die gleiche Arbeit verrichtet hatte wie hier. Und das unter weitaus elenderen Bedingungen. Aber sie und Milena hatten es immer wieder geschafft, die furchtbaren Seiten des Lebens, mit denen sie in ihrer Arbeit konfrontiert waren, abzustreifen und ihre gemeinsame Zeit zu genießen.

Anne hatte sich als Frau einer neuen Ära gefühlt, konnte den Aufbruch des weiblichen Geschlechts spüren, ja, sie waren Teil davon, Teil von etwas Großem, und das hatten sie gefeiert. Sie, das waren außer ihr und Milena ein großer Freundeskreis junger Menschen, der sich aus Dichtern und ihren Musen, aus Reformern, liberalen Politikern, aber auch Adligen, die dem Muff der Herrenhäuser entkommen wollten, zusammensetzte. Sie hatten einander inspiriert und aufgestachelt, noch weiter zu gehen, sich den Konventionen zu widersetzen, sie wollten nichts weniger, als die Welt in diesem neuen Jahrhundert aus den Angeln heben.

Anne wusste, dass es diese Menschen auch in Hamburg gab, aber sie hatte sich selbst isoliert, aus Vorsicht und Misstrauen. In dem Moment aber, als sie im Salon ihres grünen Hauses saß, allein, und das seit Tagen, ja, eigentlich Wochen und Monaten, beschloss Dr. Anne Fitzpatrick, aus dem selbst gewählten Gefängnis ihrer Einsamkeit auszubrechen. Sie brauchte Mitstreiterinnen, Gespräche, Lachen, Anregung, Zärtlichkeit. Sie brauchte andere Menschen, Männer wie Frauen um sich herum, um das hier zu überleben.

Sie würde mit Milena darüber sprechen müssen, aber bis dahin, so nahm sie sich selbst ein Versprechen ab, würde sie versuchen, besser auf sich achtzugeben.

An diesem Abend wurde sie belohnt. Es war kurz vor sieben – Anne hatte sich in ein Buch vertieft, und es war ihr tatsächlich gelungen, alles um sich herum zu vergessen –, als sie die Stimmen draußen auf dem Quai hörte und kurz danach Klopfen an der Tür.

Sie öffnete und blickte in die Gesichter dreier junger Frauen, halbe Kinder noch. Die vorderste erkannte sie sofort, es war das junge Mädchen, das sie am Vorabend in der Gasse angesprochen hatte. Der trotzige Zug, den diese ihr gegenüber gezeigt hatte, war allerdings gänzlich verschwunden, sie wirkte durchgefroren, verängstigt und dadurch noch einige Jahre jünger.

Anne bat die drei herein und führte sie in den Salon, wo sie sich um den wärmenden Ofen gruppierten.

»Gulaschsuppe?«

Dankbar blickten die Frauen sie an, eine von ihnen sprang gleich wieder auf und folgte Anne in die Küche, um ihr behilflich zu sein.

»Isa hat gesagt, hier gibt's was Warmes zu essen«, sagte sie und warf einen hungrigen Blick auf den Topf mit Theresas Gulaschsuppe. »Hat nich zu viel versprochen.«

»Es gibt jeden Tag etwas Warmes.« Anne füllte die Suppenschüsseln randvoll. »Hier ist jede willkommen.«

Über das Gesicht des Mädchens huschte ein schüchternes, aber auch misstrauisches Lächeln. Gewiss war sie es nicht gewohnt, dass sie etwas bekam, ohne dafür eine Gegenleistung erbringen zu müssen. Gemeinsam trugen sie das Essen hinüber.

Die Frauen setzten sich, Anne gesellte sich zu ihnen, stellte Wasser und einen Brotkorb auf den Tisch und beobachtete, wie ihre ersten Gäste die Mahlzeit verschlangen. Die drei waren seltsam in sich gekehrt, schüchtern fast, und Anne wunderte sich, wo das Freche und Herausfordernde geblieben war, das die ihr bekannte Frau gestern an den Tag gelegt hatte. Doch nach den ersten Löffeln brach eine von ihnen das Schweigen.

»Danke für die Suppe. Schmeckt gut.«

»Das freut mich.« Anne lächelte. »Ihr könnt das jeden Tag haben. Dafür sind wir hier.«

Die drei wechselten einen Blick.

»Wir wollten ja nich kommen. Aber dann wussten wir nich, wohin.«

»Isa hat gesagt, wir können hier unterkommen.«

Isa schien die junge Frau zu sein, die Anne bereits kennengelernt hatte. Diese jedenfalls blickte Anne nun entschuldigend an.

»Tut mir leid, wenn ich nich so nett war gestern. Aber quatschen verdirbt das Geschäft.«

»Ich nehme es dir nicht übel«, gab Anne zurück. »Aber ich freue mich, dass ihr das Angebot annehmt.«

Die drei konzentrierten sich wieder auf ihre Suppe, doch Anne spürte, dass ihnen etwas auf dem Herzen lag, sie las es aus den Blicken, die die drei austauschten, aus ihrer Unsicherheit.

»Was hat euch denn bewogen, doch zu kommen?«

»Na, wie Grete schon gesagt hat, wir wussten nich, wohin.«

»Überall die Polizei. An unsere Plätze können wir nich.«

»Wieso das denn? Wo sind eure Plätze?«

»Na, wo Sie mich aufgegabelt ham.«

In der Gasse.

Anne erinnerte sich augenblicklich an ihre Fahrt mit der Trambahn. Die Sperrungen am Dovenfleet, das Polizeiaufgebot. Ahnungsvoll hakte Anne nach. »Was heißt das, ihr könnt da heute nicht hin?«

Die drei sahen sich an, und Isa, die Initiatorin, gab sich einen Ruck. »Die Polizei hat alles abgesperrt. Die Gassen. Na, unsere Plätze eben. Und wir wussten nich, wohin, alle anderen sin ja auch besetzt. Und da hab ich gesagt, wir gehn erst mal zu Ihnen. Was essen. Bisschen aufwärmen.«

Anne blickte in die unsicheren und verängstigten Gesichter der jungen Frauen. Wie gerne hätte sie die Sache auf sich beruhen lassen, aber sie folgte einem inneren Zwang zu fragen. Sie würde die Antwort nicht aushalten können, das wusste sie. Genau wie sie sofort gewusst hatte, dass es einen Zusammenhang gab zwischen ihrem gestrigen Erlebnis und dem Polizeieinsatz.

»Wisst ihr denn, was passiert ist?«

»Na, die ham schon wieder 'ne Tote gefunden.«

»Nur 'n paar Meter von meiner Ecke!« Isa fröstelte und schlang die Arme um ihren mageren Körper, während sie Anne ansah. »Die is vielleicht gestorben, als ich da auf Freier gewartet hab.«

Annes Herz tat einen Sprung, Erinnerungssplitter vom Vorabend tauchten vor ihrem inneren Auge auf, brannten sich in ihre Netzhaut: die dunkle Gasse, ihre Hand, die an die Milchglasscheibe der Praxis klopfte, der flackernde Kerzenschein dahinter.

Das Gesicht des Mannes, das ihr so seltsam vertraut war.

Und ihre Angst. Sie konnte die Panik, die ihren Körper gelähmt hatte, augenblicklich wieder spüren – jetzt wusste sie, was dieses unerklärliche Entsetzen in ihr ausgelöst hatte. Eine Frau war getötet worden, und Anne hatte direkt danebengestanden. Nur durch eine Mauer getrennt. Hatte die Frau noch gelebt, als sie gegen die Praxistür geklopft hatte? Hatte sie den Mörder gestört? Oder hatte er sein grausames Werk bereits vollendet?

Sie würde wohl niemals die Antwort auf diese Frage erfahren, aber eines wusste Anne gewiss: Der junge Mann mit dem bleichen Gesicht war niemand anders als der Mörder.

Und sie kannte ihn.

Wenn ihr nur einfallen würde, woher.

Die Mädchen blieben noch eine Weile, aßen, wärmten sich auf und nahmen sogar ein paar warme Kleidungsstücke mit, doch dann trieb die Furcht vor ihren Zuhältern sie wieder in die Nacht. Ob sie wollten oder nicht, eine Tote war kein Grund, am nächsten Tag kein Geld abzuliefern. Anne erfuhr von ihnen nicht, wer die Tote war, die Polizisten hatten sich vollkommen bedeckt gehalten.

An diesem Abend wartete Anne auf den Hafenpolizisten und ließ sich bis zum Oberhafen begleiten, von wo aus sie sich eine Droschke nach Hause leistete.

Dort angekommen, schlüpfte sie sofort ins Bett, ihre Zähne schlugen hart aufeinander, und ihre Stirn war heiß. Die Schwäche, die sie schon am Nachmittag befallen hatte, war nur der Vorbote gewesen, sie wurde krank, das spürte sie deutlich. Ob es eine einfache Erkältung oder doch ein Zeichen für ihre seelische Erschöpfung war, wollte Anne nicht genauer hinterfragen. Am nächsten Tag aber würde sie im Bett bleiben. Ihre Gedanken sortieren, sich ausruhen.

Und darüber nachdenken, ob sie Berthold Rheydt aufsuchen sollte. Es war ihre Pflicht, sie war gewiss eine wichtige Zeugin, aber ihr letzter Besuch bei ihm hatte gezeigt, dass er ihr nicht traute. Dass er Fragen stellte. Und sie Gefahr lief, ihre Deckung zu verlieren.

19.

Der Mond stand hoch und klar am Himmel, abnehmend, wie Berthold an der Sichelkrümmung erkannte. Weit nach Mitternacht verließ er das Stadthaus, sie hatten lange gearbeitet und beraten, bis Gustav Roscher seine Leute nach Hause geschickt hatte, damit sie am nächsten Morgen mit voller Kraft weitermachen konnten.

Den Fall hatte er ihm entzogen und Inspektor Paulmann übertragen. Was nur folgerichtig war, sowohl der Kripochef als auch der Schneemann hatten mehrmals betont, dass Berthold Rheydt seine Sache sehr gut gemacht habe, aber ein Serienmörder von diesem Format verlangte nach erfahreneren Ermittlern. Nach der dritten Tat konnten sie den Fall nicht mehr kleinreden, morgen würde die ganze Sache an die Presse gehen müssen, Senat und Bürgerschaft würden Auskünfte über Ermittlungen verlangen, und Roscher, der die Verantwortung trug, stand in der Pflicht, den Fall als Chefsache zu behandeln.

Trotzdem war Berthold noch dabei; in den wenigen Stunden nach dem Leichenfund hatte er zudem erleichtert festgestellt, dass sich etwas im Verhältnis zu seinem Vorgesetzten verändert hatte. In den vergangenen Fällen hatte Inspektor Paulmann den Alleingang gepflegt, die beteiligten Kommissare und Assistenten durften Archivarbeit, weniger wichtige Befragungen und überhaupt alle möglichen Zuarbeiten übernehmen. Seine Erkenntnisse und Gedanken aber hatte Paulmann nicht mit ihnen geteilt.

Dieses Mal aber war es anders. »Was denken Sie, Rheydt?«, hatte ihn sein Chef mehrfach gefragt. Er hatte ihm die Befragung des Ehemannes der Verstorbenen überlassen, die Aufnahme des Tatorts und hatte sich zu guter Letzt mit Berthold über die nächsten Schritte in ihrer Ermittlung beraten.

Berthold war nicht gekränkt, dass er den Fall abgeben musste. Roscher hatte so handeln müssen, das verstand er nur zu gut. Dennoch: Es war seine erste eigene Ermittlung gewesen. Natürlich hätte er gerne weitergemacht, vor allem, da er eine Mannschaft zusammengestellt hatte, auf die er sich vollends verlassen konnte.

Berthold Rheydt ließ seine Hand über das gefrorene Geländer der Stadthausbrücke gleiten, beobachtete, wie sich das helle Mondlicht auf dem tiefschwarzen Wasser im Fleet spiegelte, zitterte, anmutige Tänze vollführte. Ein langer Heimweg lag vor ihm, eine knappe Stunde, aber Berthold fühlte sich wach und würde die Zeit zum gründlichen Nachdenken nutzen.

Gerade stand er im Begriff, in den Alten Steinweg einzubiegen, als ein großes Automobil neben ihm hielt. Der Fahrer klappte die Scheibe hoch.

»Kann ich Sie mitnehmen?«

Es war der Kripo-Chef. Gustav Roscher steuerte seine Limousine selbst, er war bekanntlich ein Verehrer der Automobilität und fuhr einen nagelneuen Mercedes-Simplex.

Obwohl er es vorgezogen hätte, seine Gedanken in der Klarheit der Nacht zu sortieren, nahm Berthold das Angebot an. Ein Vieraugengespräch mit dem Polizeidirektor schlug man nicht aus.

»Ich wohne aber fast in Othmarschen.«

»Schöne Gegend«, bemerkte Roscher und gab Gas. »Ich leide ohnehin unter Insomnie, ein nächtlicher Ausflug kommt mir gelegen.«

Sie waren bereits am Millerntor angelangt, schwungvoll nahm Roscher, dem kein Hauch von Ermüdung anzumerken war, Kurs auf die Reeperbahn.

»Sagen Sie mir, was Sie über diese Sache denken, Rheydt. Frei weg.«

Berthold spürte, wie seine Hände feucht wurden. Seit Stunden war es im Präsidium um nichts anderes als diesen Fall gegangen, er hatte auch schon vor Roscher die bisherigen Ereignisse und Erkenntnisse zusammengefasst, den Stand der Ermittlungen erläutert und sich angehört, was Paulmann und Roscher als nächste Schritte planten. Aber dass der Kripochef in diesem inoffiziellen Rahmen seine Meinung hören wollte, die doch gegenüber den Fakten nicht maßgeblich sein sollte, brachte den Kommissar in eine für ihn ungewohnte Lage.

»Er ist intelligent«, sagte er. »Und er glaubt, dass er nicht zu fassen ist, sonst hätte er nach Elsie Lautenschläger erst einmal abgewartet. Trotzdem hat er dieses Mal einen Fehler gemacht. Er wurde unterbrochen – wir müssen unbedingt herausfinden, warum und durch wen –, das wird er nicht auf sich sitzen lassen wollen.«

Die Häuser und Alleebäume der Palmaille flogen nur so an ihnen vorbei, Roscher legte ein ordentliches Tempo mit seinem Automobil vor, und er schien seinem entspannten Gesichtsausdruck zufolge eine große Freude an der Geschwindigkeit zu haben.

»Bin ganz Ihrer Meinung, lieber Rheydt. Paulmann im Übrigen auch. Aber es hilft uns alles Wissen nicht, es müssen Taten folgen. Wir stehen unter Druck.«

Der Kommissar nickte. Vielleicht war es auch eine Erleichterung, dass er die Verantwortung für den Fall nicht mehr allein auf seinen Schultern trug.

»Morgen kommen die Journalisten ins Haus. Ich werde sie persönlich unterrichten, und Sie können mir glauben: Wenn die Abendzeitungen draußen sind, wird die Hölle los sein. Die Bürger, aber vor allem die Politiker werden Druck machen. Wir müssen diesen Mann fassen, lieber gestern als heute.«

»Verstehe«, nickte Berthold.

»So etwas habe ich noch nicht in Hamburg gehabt«, fuhr der Kripochef fort. Mittlerweile näherten sie sich der Flottbeker Chaussee und somit der Villa der Witwe Petersen. »Und ganz unter uns: Mir macht der Fall die allergrößten Sorgen.«

Berthold Rheydt wies ihn auf die Villa zur Rechten hin. »Hier ist es, Herr Direktor.«

Roscher bremste und stoppte den Wagen exakt vor dem Gartentor. »Die Brutalität, die Tatsache, dass er es auf Frauen abgesehen hat, die allein unterwegs sind, dass er unbeeindruckt von unseren Ermittlungen so schnell wieder zuschlägt – all das ist furchtbar genug. Aber was uns größte Probleme bereiten wird,« er sah Rheydt direkt an, »ist die Tatsache, dass unser Mann nicht von unten kommt. Er ist kein Arbeiter. Er ist einer aus unserer Mitte. Aus dem Bürgertum.«

Berthold Rheydt wusste nicht, was er antworten sollte. Er war der gleichen Meinung wie sein Vorgesetzter, aber dieser hatte noch vor wenigen Stunden den Polizisten gepredigt, dass sie sich nicht allzu früh auf einen Täter festlegen sollten. Dass sie alle Möglichkeiten zulassen sollten. Alle. Und nun tat er das genaue Gegenteil.

»Das wird niemand hören wollen. Die Bürger dieser Stadt werden das nicht akzeptieren. Denken Sie an meine Worte, Rheydt. Ab morgen bläst uns ein eisiger Wind ins Gesicht.«

Damit startete er den Motor, der Kommissar bedankte sich für die Fahrt und stieg aus. Er beobachtete, wie Roscher den Wagen geschickt wendete und mit hohem Tempo in Richtung Innenstadt davonfuhr.

Berthold blieb am Gartentor stehen, mit Blick auf die Elbe, und fasste einen Entschluss. Er konnte jetzt unmöglich ins Bett gehen, und da sein Vorgesetzter ihn um den langen Spaziergang gebracht hatte, würde er sich vor dem Zubettgehen noch eine kleine Zeit zum Nachdenken nehmen.

Vorsichtig schlich er nach oben in seine Wohnung, holte sein Rauchzeug und lief die Treppe wieder hinunter. Ging in den Garten, setzte sich auf einen Stuhl unter dem kahlen Apfelbaum und stopfte sich eine Pfeife. Elisabeth erschien ihm, langsam lief sie durch den Garten, ohne den Boden zu berühren, ohne einen der frostigen Halme zu knicken. Sie warf ihrem Mann einen traurigen Blick zu, und je weiter sie sich aus dem Garten entfernte, und je näher sie dem Flussufer kam, desto durchscheinender wurde sie, bis sie sich ganz in der Nacht auflöste, ein Hauch, eine Ahnung nur blieb von ihr zurück. Wie gerne hätte Berthold sie festgehalten, sie noch einmal in die Arme genommen, seine Lippen auf ihre gedrückt. Sie gefragt, was sie von ihm wolle und was er tun müsse, damit sie Ruhe finde. Sie und das Kind.

Die Wahrheit über ihren Tod herausfinden, gab sich Berthold selbst die Antwort, er hatte Elisabeth und Willem im Stich gelassen. War von der Insel geflüchtet, nachdem er zu viel Zeit damit verbracht hatte, die beiden im Watt zu suchen. Immer und immer wieder war er hinausgegangen, in Richtung der Nachbarinsel Amrum, kaum hatte die See sich zurückgezogen. Aber er hatte seine Frau und sein Kind nicht gefunden, da hatte er die Insel verlassen, er wäre sonst verrückt geworden.

Nun suchte er die Wahrheit über den Tod anderer Menschen.

Er dachte an den Ehemann des jüngsten Opfers. Sie hatten ihn noch wenige Stunden nach der Auffindung vernehmen können, Jens Martinen, auch er ein Inselkind. Berthold hatte es schnell gemerkt, dass er einem Föhrer gegenübersaß, und sich dem Mann doppelt verbunden gefühlt. Er musste einer der Martinens aus Utersum sein, hatte die Familie nicht drei Söhne, jünger als er? Auch sie waren Landwirte, ebenso wie die Familie, aus der er selbst stammte, nur mit dem Unterschied, dass Rheydts Vater reicher Großgrundbesitzer war und die Martinens Kleinbauern. Ebenso wie er war Jens Martinen von Föhr nach Hamburg gekommen, und nun hatte er – wie der Kommissar – seine Frau und ein ungeborenes Kind verloren. Aber da hörten die Gemeinsamkeiten auch schon auf. Martinen war gut zehn Jahre jünger als Berthold Rheydt. Er verdiente sein Geld auf einem Ewer, seine junge Frau Katharina hatte als Wäscherin gearbeitet. Sie war schwanger mit ihrem ersten Kind.

»Warum war Ihre schwangere Frau nachts allein unterwegs?«, hatte Berthold Martinen gefragt, und dieser war in Tränen ausgebrochen. Er fühlte sich schuldig, weil er im »Schleusenkrug« ein Bier getrunken hatte, anstatt bei seiner Frau zu Hause zu sein. Anscheinend hatte sie Schmerzen gehabt und sich Sorgen wegen des ungeborenen Kindes gemacht. Martinen wusste nicht, dass sie noch einmal aufgestanden war, er hatte sie im Bett liegend zurückgelassen. Allerdings war er bereits gegen acht Uhr am Abend zurückgekommen und hatte das Bett leer vorgefunden. Daraufhin hatte er alle Nachbarn gefragt und sich auf die Suche gemacht – ganz so, wie es auch der Mann der Elsie Lautenschläger getan hatte.

Eine Nachbarin erzählte ihm, dass Katharina wegen der Schmerzen einen Arzt aufsuchen wollte oder vielmehr eine Ärztin.

An dieser Stelle hatte Berthold Rheydt aufgehorcht und nachgefragt. Eine Ärztin? Martinen gab die erwartete Antwort. Eine Ärztin aus dem Frauenhaus in der Paulstraße. Katharina war mehrfach bei ihr gewesen, die Behandlungen waren gut, und vor allem kosteten sie kein Geld.

Hier verlor sich die Spur von Katharina Martinen, ihr Mann hatte nach seiner vergeblichen Suche schließlich den nächsten Polizeiposten aufgesucht. Daran hatte sich einer der Schupos später am Tatort erinnert, und so war es ihnen gelungen, das Opfer schnell zu identifizieren.

Der Kommissar starrte auf die Silhouetten der kahlen Obstbäume, die ihre dürren Zweige ins weiße Mondlicht streckten.

Dr. Anne Fitzpatrick und das grüne Haus. Es gab sowohl im Fall Elsie Lautenschläger als auch bei Katharina Martinen eindeutige Querverbindungen zu ihr. Wie war das bei Rosi Speyer? Er würde hier tiefer graben müssen. Kurz kam ihm der Gedanke, ob auch eine Frau die Morde hätte verüben können. Die Opfer hinterrücks zu betäuben, indem man ihnen einen mit Chloroform getränkten Lappen aufs Gesicht presste, war relativ einfach, dazu musste man nicht über die Kraft eines Mannes verfügen.

Aber ihnen die Kehle durchzuschneiden – das war keine Tötungsmethode, die er einer Frau zutrauen würde. Und den Brustkorb fachmännisch zu öffnen, das erforderte große Kraft und spezielles Werkzeug.

Die Körper der toten Frauen dann aber an einen anderen Ort zu transportieren, in die Schuten zu legen, auch das traute er keiner Frau zu.

Trotzdem tauchte der Name der Ärztin zu oft auf, im Kopf des Kommissars nahm der Gedanke Gestalt an, dass Dr. Fitzpatrick durchaus eine Komplizin sein könnte. Und woher kam sie? War sie Britin, oder stammte sie, wie sie behauptete, aus Hamburg? Er würde mehr über sie herausfinden müssen – wer war sie?

Berthold Rheydt klopfte die erkaltete Pfeife am Absatz seines Stiefels aus und schleppte sich nach oben. Tatsächlich war er über das Pfeiferauchen und Nachdenken zur Ruhe gekommen, spürte die Erschöpfung in seinen Gliedern. Er würde schlafen können. Endlich. Wenngleich ihm nicht mehr als fünf Stunden Schlaf bevorstanden, doch das war mehr, als er in den letzten Nächten gehabt hatte.

Sein letzter Gedanke, bevor ihm endgültig die Lider zufielen, galt Dr. Anne Fitzpatrick. Er würde sie zur Vernehmung einbestellen. Und bestimmt nicht mit Samthandschuhen anfassen. Diese Frau hatte ein Geheimnis, und wenn es irgendeinen Zusammenhang mit den Morden gab, dann würde er es herausfinden.

Das Präsidium glich einem Ameisenhaufen. Kripochef Roscher hatte Informationen und Anweisungen an alle Dienststellen herausgegeben, dass der Fall des Hafenschlächters absolute Priorität über alle anderen Kriminalfälle hatte. Die Hamburger Kriminalpolizei unter ihrem Chef Gustav Roscher galt als eine der fortschrittlichsten weltweit und konnte sich durchaus mit Scotland Yard messen – daran erinnerten Paulmann und Roscher in einem besonderen Bulletin alle Polizisten, die auf den Straßen Hamburgs unterwegs waren, angesichts der Gefahr, mit der sie es zu tun hatten. Wer, wenn nicht die Polizisten der Hansestadt sollten es mit diesem Serientäter aufnehmen können? Schulter an Schulter sollten sie kämpfen, vom Polizeischüler zum Schupo, vom Kriminalassistenten zum Direktor!

Berthold Rheydt spürte die besondere Energie, die an diesem Morgen im Stadthaus herrschte, kaum hatte er es betreten. Roscher hatte seine Leute auf sich eingeschworen, der Kommissar konnte die Entschlossenheit allen, die ihm begegneten, ansehen – sie mussten einen vierten Mord verhindern, hier war jeder Mann gefragt!

Auf der im Stadthaus gelegenen Wache herrschte reger Betrieb, es wurden Vernehmungen im Akkord durchgeführt. Kaum hatte Kommissar Berthold Rheydt am Vortag die Tote in der Arztpraxis entdeckt und seine Leute gerufen, hatten sie nicht nur die Gasse und Teile des Dovenfleets sowie des Hüxter auf der anderen Seite abgesperrt, sie hatten auch alle Passanten, alle, die im direkten Umkreis des Tatorts unterwegs waren, die dort arbeiteten oder wohnten, umgehend befragt. Ob sie Doktor Theodor Schumann kannten, ob ihnen etwas aufgefallen sei, ob sie jemanden die Praxis betreten oder verlassen gesehen hatten. Von allen Befragten hatten sie die Personalien aufgenommen und jede und jeden, der auch nur das Geringste gesehen oder gehört hatte, auf die Wache zur Vernehmung einbestellt. Ein gutes Dutzend Schupos war damit beschäftigt, Protokolle anzufertigen, und Berthold Rheydt wusste, dass dieser Stapel Papier über kurz oder lang auf seinem Tisch landen würde.

»Haben wir schon was?«, erkundigte er sich bei Willy Brenner, der direkt am Eingang zu seinem Büro saß und gerade ein neues Papier in seine Schreibmaschine spannte.

Dieser schüttelte den Kopf. »Wenig über diesen Doktor. Die Praxis ist seit Jahren stillgelegt, sagen die Nachbarn. Der Kollege Kalweit arbeitet daran. Und Chef, in Ihrem Büro …«

Rheydt hatte die Tür bereits geöffnet, bevor er Brenners Warnung vernahm, und wäre beinahe über einen Schirm gestolpert.

»Oh, pardon!«

Rasch wurde das Hindernis aus dem Weg entfernt, und der überraschte Kommissar blickte in das Gesicht von genau der Person, die er sich für den heutigen Tag groß auf seine Agenda geschrieben hatte.

In seinem Büro saß Dr. Anne Fitzpatrick.

»Darf ich fragen, wer von meinen Männern Sie einfach so in mein Büro spazieren lässt? Bereits zum zweiten Mal?«

»Keinen Ihrer Männer trifft irgendeine Schuld, Herr Kommissar. Wenn ich ein Ziel habe, dann setze ich es in der Regel auch ohne Erlaubnis durch, und ich musste mit Ihnen sprechen. Dringend.«

Von Schuldbewusstsein keine Spur, der Kommissar erkannte jedoch, dass die Medizinerin unausgeschlafen und fahrig wirkte. Ihre Augen waren glasig, sie sah aus, als wäre sie erkrankt.

»Sie haben vielleicht bemerkt, Miss Fitzpatrick, dass wir derzeit viel zu tun haben. Wenn Sie mich also im Fall der toten Frauen vom Magdeburgquai sprechen wollen, bin ich ganz Ohr, sollte dies jedoch nicht so sein …«

Er machte eine Geste zur Tür.

Sie reagierte nicht auf diese ausgesprochene Unhöflichkeit, stattdessen kam sie sofort auf den Punkt.

»Ich bin vielleicht eine wichtige Zeugin in Ihrem neuesten Mordfall.«

Das verschlug Berthold die Sprache. Woher wusste sie …? In den Zeitungen hatte es keine Meldungen gegeben, Roscher hatte erst am Mittag ein Treffen mit der Presse anberaumt.

Aber Dr. Fitzpatrick ließ ihm keine Zeit für Gedankenspiele.

»Ich hatte gestern Besuch von drei Frauen. Die ihrer Arbeit am Hafen beziehungsweise am Dovenfleet nachgehen. Sie haben mir erzählt, dass eine weitere Tote gefunden wurde. In einer Arztpraxis. Ist das so?«

Der Kommissar nickte. Niemand sollte das erfahren, sie hatten strikte Geheimhaltung verordnet, aber allein durch die Befragungen vor Ort und die Absperrung hatte sich die Nachricht natürlich trotzdem wie ein Lauffeuer im Viertel verbreitet. Dr. Fitzpatrick war offenbar von Prostituierten informiert worden, die in der Nähe des Tatorts ihre Standorte hatten.

»Ich habe vorgestern meine Flugblätter verteilt. Es mochte gegen fünf Uhr abends gewesen sein, soeben war es dunkel geworden, als ich hinter der Milchglasscheibe der Praxis eines gewissen Dr. Schumann ein Licht gesehen habe.«

Ihre Stimme wurde brüchig, Berthold Rheydt sah, wie schwer es ihr fiel, sich daran zu erinnern und darüber zu sprechen, die distanzierte Arroganz, die er bei ihrem letzten Besuch bemerkt hatte, war von Dr. Fitzpatrick gänzlich abgefallen.

»Darf ich Ihnen ein Wasser anbieten? Kaffee, Tee?«

»Wasser, gerne.« Sie lächelte ihn dankbar an. Berthold öffnete kurz die Tür und bat Brenner darum, eine Karaffe mit frischem Wasser zu besorgen. Er selbst nahm Stift und Papier zur Hand. Er würde ihre Aussage gleich protokollieren, von Hand konnte er noch immer sehr viel schneller stenografieren, als er auf der verdammten Maschine tippte.

Sie sprach erst weiter, als der Schupo ihr ein Glas Wasser eingegossen und sie etwas getrunken hatte. Der Kommissar bat Brenner gestisch, im Zimmer zu bleiben, dann konnte er die Aussage der Ärztin bezeugen.

»Danke!« Dr. Fitzpatrick holte tief Luft. »Ich habe gegen die Tür geklopft …«

»Weshalb?«

»Weil ich fragen wollte, ob ich in der Praxis meine Flugblätter auslegen darf. Jedenfalls erlosch auf mein Klopfen das Licht.«

Sie stockte, und die Polizisten wechselten einen Blick.

»Ich habe noch einmal geklopft und gerufen, aber es blieb alles dunkel und still.«

Berthold Rheydt machte einen dicken Kringel um Uhrzeit und Datum. Zu dieser Zeit hatte sich jemand in der stillgelegten Praxis befunden. Der Mörder. Und vielleicht auch sein Opfer.

»Eigentlich wäre ich weitergegangen, aber es kam eine Windbö, deshalb bin ich noch kurz neben der Tür stehen geblieben und habe versucht, die Flugblätter wieder in meine Tasche zu stecken.«

Erneut trank sie etwas Wasser. Berthold beschloss, ihr behutsam weiterzuhelfen. »Kam jemand aus der Tür heraus?«

»Nicht sofort. Ich habe gesehen, dass die Klinke sich bewegte. Und plötzlich – ich komme mir lächerlich vor, wenn ich es ausspreche, aber es ist eben so gewesen – habe ich entsetzliche Angst bekommen. Völlig unerklärlich! Ich stürzte aus der Gasse und bin in den Dovenfleet gerannt, auf die andere Straßenseite. Wo Licht war und Menschen.«

»Lächerlich würde ich das keineswegs nennen«, versuchte der Kommissar, sie zu beruhigen. »Der Mensch ist ein Fluchttier. Das war ein Reflex. Und in dem Fall durchaus angebracht.« Das Bild von Katharina Martinen in ihrem eigenen Blut flackerte vor seinem inneren Auge auf.

»Aber dann kam jemand aus der Gasse. Ein Mann. Ein ziemlich junger Mann.«

Brenner verlagerte sein Gewicht nervös von einem Fuß auf den anderen, und Berthold Rheydt hielt den Atem an.

»Könnten Sie ihn beschreiben?«

»Vielleicht. Aber der Eindruck war nur flüchtig, er war zu weit weg, es war dunkel ... Ich versuche es natürlich. Aber da war noch etwas. Sehr Seltsames.«

»Ja?«

»Ich ... kenne ihn.«

Brenner hinter ihm sog scharf die Luft ein, und durch Berthold Rheydt zuckte ein veritabler Stromstoß, er fühlte sich, als stürmte er mit dem Ball auf das gegnerische Tor zu und sähe genau, wohin er zielen musste, damit der Torwart seinen Schuss nicht halten würde.

»Ich weiß, dass ich ihn kenne«, fuhr Anne Fitzpatrick fort. »Leider habe ich mir die ganze Nacht das Hirn zermartert, aber mir will nicht einfallen, woher.«

Berthold atmete aus. Er hatte doch nur die Latte getroffen.

Sie kannte ihn, aber sie wusste nicht, wer er war. Dennoch: Für den Kommissar war es ein Gefühl, als passte endlich ein Schlüssel ins Schloss, nachdem er Hunderte probiert hatte.

Die Aussage von Dr. Fitzpatrick war trotzdem ein Durchbruch. Sie jagten kein Phantom. Der Täter hatte ein Gesicht, und auch wenn es jetzt noch vor ihnen verborgen blieb – schon bald würden sie den Schleier der Identität lüften können.

20.

Die Abendzeitung lag vor ihrem Vater ausgebreitet auf dem Tisch, Helene blickte über seine Schulter und las stumm mit, was er mit bebender Stimme vortrug.

Ein Serienmörder! Es hatte ein drittes Opfer gegeben!

Helene krallte sich förmlich in die Schultern ihres Vaters, Adrenalin schoss durch ihren Körper, sie erinnerte sich an die furchtbar zugerichtete Frau in dem Lastkahn, die sie gefunden hatte, die dunkle Atmosphäre am Magdeburgquai zwischen den halb verfallenen Fruchtschuppen, aber auch an den unfreundlichen Kommissar, der sie behandelt hatte wie ein Kleinkind. Dennoch: Er hatte mit seiner Warnung, dass sie am Hafen nichts zu suchen hatte, nur allzu recht behalten. Laut dem Zeitungsartikel war das jüngste Opfer des Hafenschlächters in einer Gasse, die vom Dovenfleet abzweigte, gefunden worden. Wenige Meter von der Brooktorbrücke entfernt, die auch sie schon überquert hatte, um zum grünen Haus zu kommen.

»Man sucht nach Doktor Schumann?« Engelbert Curtius warf einen Hilfe suchenden Blick zu seiner Frau. »Kommt mir recht bekannt vor, Fanny. Doktor Theodor Schumann?«

Seine Frau musste kurz nachdenken, dann fiel es ihr ein. »Der Militärarzt«, gab sie zurück. »Wir haben ihn vor einigen Jahren in der Oper getroffen. Er stand kurz davor, nach Afrika zu gehen.«

»Ich erinnere mich.« Helenes Vater runzelte die Stirn, dann schüttelte er den Kopf. »Das muss ein anderer sein.«

Er deutete auf das Phantombild des mutmaßlichen Täters, welches die Zeitung veröffentlicht hatte. Dieser Mann hätte jeder sein können. Er trug eine Melone, tief in die Stirn gezogen, sodass man seine Augen nicht erkennen konnte, und das, was vom Gesicht zu sehen war, passte zu jedem beliebigen jüngeren Mann, so er denn keinen Bart trug.

Fanny Curtius warf ebenfalls einen Blick auf das Bild. »Also, nein, das ist keinesfalls der Dr. Schumann, den wir kennengelernt haben. Der müsste mittlerweile über sechzig sein.«

Helene hörte dem Dialog ihrer Eltern nur mit halbem Ohr zu.

Hastig hatte sie die Zeilen überflogen, der Artikel umfasste beinahe die gesamte erste Seite. Ein Serienmörder ging in Hamburg um, und er hatte es auf Frauen abgesehen, die in der Dunkelheit unbegleitet unterwegs waren. Schaudernd erinnerte sie sich an ihr heimliches Treffen mit Paulina vor ein paar Tagen, als ihre Eltern im Theater gewesen waren. Hätte es eine von ihnen treffen können?

Unwahrscheinlich, jedenfalls wenn man dem im Artikel zitierten Inspektor Paulmann glaubte, der einen engen Kreis um die Orte des Verbrechens zog. Demnach trieb sich der Täter in den verbliebenen Teilen des Gängeviertels sowie der Speicherstadt und dem Hafen herum – alles Orte, an denen ein junges Mädchen wie sie sich ohnehin nicht aufhalten sollte.

Sofort fiel Helene Dr. Fitzpatrick ein. Die zwischen Paulstraße und dem Magdeburgquai hin und her pendelte und sich also genau durch das Quartier bewegte, das die Polizei als brandgefährlich beschrieb.

Wie würde es ihr jetzt gehen? Musste sie sich Sorgen um ihr Leben machen? Würde sie ihre Aktivitäten im grünen Haus so lange einstellen, bis der Frauenmörder gefasst war? Helene brannte darauf, mit ihr zu sprechen. Ohnehin war sie in Gedanken immer wieder bei dieser beeindruckenden Frau, sie hatte sich von ihr inspirieren lassen, und die Idee, den Lehrerinnenberuf zu ergreifen, hätte sie ohne die Gespräche mit der Medizinerin vielleicht niemals gehabt. Dr. Fitzpatrick war aus Fleisch und Blut – erstmals hatte Helene mit einer dieser Frauen direkt zu tun gehabt, die sie so bewunderte und die einen Kampf kämpften, an dem sie sich so gerne beteiligen wollte.

Julie kam in den Salon und servierte das Dessert. Helene spürte, dass das Dienstmädchen sie leicht touchierte, und warf ihr einen Blick zu. Julie zwinkerte, ihr vereinbartes Zeichen, sich im Rauchsalon zu treffen, aber Helene schüttelte nur leicht den Kopf.

Sie konnte nicht.

Sie wollte nicht.

Julie anzusehen, bedeutete, sie in den Armen ihres Vaters zu sehen, ein Bild, das sie verfolgte und das sie so gerne aus ihrem Gedächtnis gelöscht hätte.

»Darf ich Paulina sehen?«, fragte sie stattdessen, denn mit irgendjemandem musste sie über die Sensation sprechen, die heute Abend ganz Hamburg erschütterte.

Ihr Vater wiegte den Kopf.

»Bitte! Das ist nur einmal über die Straße. Ich bin in einer Stunde zurück, ich verspreche es hoch und heilig!«

Fanny Curtius nickte ihrem Mann zu, und dieser gab tatsächlich sein Einverständnis.

Seit ihr Vater ihr erlaubt hatte, sich zur Lehrerin ausbilden zu lassen, was anscheinend auf die Fürsprache ihrer Mutter hin geschehen war, beschlich Helene ohnehin der Gedanke, ihre Mutter unterschätzt zu haben. Sie schien bei aller Passivität doch Einfluss auf die Entscheidungen des Hausherrn zu haben, und dies nicht zu knapp.

Als Helene im Hause Reimers ankam, saß Paulinas gesamte Familie – Vater, Mutter sowie die drei Töchter – im Salon und diskutierte hitzig. Helene wurde herzlich dazugebeten, sie setzte sich neben Paulina auf eine Récamiere und folgte interessiert dem Gespräch.

In dem Salon, der so ganz anders eingerichtet war als in Helenes Zuhause, weniger dunkel und plüschig – Ida Reimers hatte eine Vorliebe für üppige Palmen, orientalische Stoffe und gemütliche Sitzmöbel –, hingen Rauchschwaden. Ferdinand Reimers, der Familienvorstand, paffte Zigarre, während in Ida Reimers' langer Zigarettenspitze eine Orientzigarette steckte und feine weiße Rauchschleier malte. Wie gerne hätte Helene sich erwachsen und großbürgerlich eine ihrer Salems angesteckt, aber so selbstbewusst war sie nicht. Zumal sie hier keine Fremde und Gast der Eltern war, sondern die engste Freundin der jüngsten Tochter und mithin noch immer Kinderstatus innehatte.

Dafür schenkte Ida ihr ohne nachzufragen, ein Glas Portwein ein, den Helene regelmäßig im Hause Reimers angeboten bekam, selbstverständlich ohne dass ihre Eltern jemals davon erfuhren. Alkoholgenuss war in ihrem Zuhause den Eltern vorbehalten; der Pastor erlaubte sich regelmäßig zum abendlichen Diner ein Glas Rotwein – in Maßen, wie er stets betonte, und das hieß ein Glas, nie mehr, manchmal auch weniger. Fanny Curtius hatte einen Hang zum nachmittäglichen Sherry, aber Helene bezweifelte, dass ihr Mann das wissen durfte. Zum Abend trank sie Wasser oder Kräutertee.

Helene nippte an dem süßherben Getränk und prostete den drei Töchtern Paulina, Henrike und Mina zu, die ebenfalls Portwein tranken und sich durch die verrauchte Luft rege mit ihren Eltern unterhielten.

Hier wie auch bei der Familie Curtius hatten die Abendzeitungen mit ihrer Berichterstattung für Aufregung und Entsetzen gesorgt. Während Helenes Vater die Auffassung vertrat, dass die Mordserie mehr oder weniger eine Angelegenheit war, die vorrangig die armen Menschen in den Arbeitervierteln traf, und davon sprach, dass die dortigen Lebensbedingungen ein Klima von Gewalt und Verrohtheit geradezu provozierten, ganz so, als wären die Menschen, die dort lebten, mehr oder weniger selbst schuld daran, dass sich ein Mörder aus ihren Reihen erhob, glaubte Paulinas Vater, der Sozialdemokrat, dass der Mörder mit seinen grausamen Taten offene Verachtung gegenüber den schwächsten Gliedern der Hamburger Gesellschaft offenbarte – als da waren verarmte Frauen.

»Die Polizei muss diese Menschen besser schützen«, sagte er, »stattdessen werden sie drangsaliert und bespitzelt. Es darf doch nicht sein, dass eine Frau, die in der Dämmerung allein unterwegs ist, in einer dicht besiedelten Stadt wohlgemerkt und nicht irgendwo in der Einsamkeit eines Parks, ihres Lebens nicht mehr sicher ist!«

Es entspann sich eine rege Diskussion darüber, und Helene folgte ihr aufmerksam. Sowohl die Hausherrin als auch die Töchter durften frei ihre Meinung äußern, der Vater hörte zu, nahm Argumente auf, widersprach, belehrte hie und da, ließ jedoch die Meinungen der weiblichen Familienmitglieder gelten. Helenes Vater hingegen haute an einem bestimmten Punkt der Gespräche auf den Tisch und verbat sich weitere Diskussionen. Kurz ertappte Helene sich bei dem Gedanken, dass sie sich auch einen Ehemann wünschte, der so war wie Ferdinand Reimers, aber dann fiel ihr ein, dass sie gar nicht heiraten wollte und zumindest für die Dauer ihrer Lehrerinnenausbildung und späteren Berufstätigkeit auch keinen Gatten haben durfte.

»Helene«, richtete Ida Reimers nun das Wort an sie, »hast du nicht die erste Leiche gefunden? Paulina hat es uns erzählt.«

»Ida! Wirst du wohl das Kind in Ruhe lassen?« Ferdinand Reimers schaute streng, aber Helene ließ sich nur zu gerne auffordern, sie genoss die Aufmerksamkeit und fand nichts dabei, das Erlebnis ein wenig auszuschmücken.

»Für den Verein ist es doch eine Katastrophe«, kommentierte der Hausherr, als Helene mit ihrer Schilderung der Ereignisse geendet hatte. »Ich kenne Lida Heymann und auch Charlotte Lehmann, ihre Nachfolgerin. Sie haben sich wohl viel erhofft von dem Ableger am Hafen?«

»Dr. Anne Fitzpatrick leitet das Haus«, berichtete Helene, stolz darauf, dass sie so gut informiert war. »Sie ist studierte Ärztin und kommt aus England. Sie hat das Haus am Magdeburgquai mehr oder weniger alleine aufgebaut. Und ja, sie haben natürlich gehofft, dass sie vor allem die gefallenen Frauen dort versorgen können.«

»Wie spannend! Was ist diese Dr. Fitzpatrick für eine Person?« Ida drehte sich zu ihrem Gatten um. »Wir könnten sie zu unserer nächsten Soiree einladen, Ferdi. Was meinst du? Sie ist sicher eine interessante Bereicherung. Eine studierte Britin!«

Paulina zwickte Helene neben sich in den Arm und rollte mit den Augen. Ihre Mutter sammelte Persönlichkeiten wie andere exotische Schmetterlinge. In diesem Fall jedoch konnte Helene sich nicht darüber lustig machen, im Gegenteil, sie wäre hocherfreut, wenn sie Dr. Fitzpatrick mit der Familie Reimers bekannt machen konnte, bei deren Abendgesellschaften immer interessante Verbindungen geknüpft wurden.

»An sich eine gute Idee«, stimmte Ferdinand Reimers seiner Frau zu. »Wenn der Verein das Haus überhaupt halten kann. Hast du gestern die Schmierereien in der *Hansepost* gelesen? Die Deutschkonservativen wollen die Häuser dort am Quai am liebsten dem Erdboden gleichmachen.«

Helene erschrak. Diese Information war ihr neu. Das grüne Haus sollte abgerissen werden? Und was dann?

»Dann erst recht!« Ida Reimers ging zu einer Anrichte, entnahm einen Briefbogen und schrieb etwas darauf. Faltete das Papier und übergab es Helene. »Da du Dr. Fitzpatrick kennst, sei so lieb und überbringe ihr doch bitte diese Einladung.«

Nur zu gerne! So hatte Helene wenigstens einen ordentlichen Grund, die Ärztin aufzusuchen, und musste sich nicht wieder heimlich davonstehlen.

Die Stunde im Salon der lebhaften Familie Reimers verflog im Nu, Helene musste sich schneller verabschieden, als ihr lieb war. Nur mit Mühe bekam sie die Kurve und löste sich aus der gemütlichen und anregenden Runde; als sie sich von der Récamiere erhob, spürte sie zudem, dass ihre Beine vom zweiten Glas Portwein etwas wackelig waren. Paulina begleitete sie noch bis zur Gartenpforte. Von hier aus konnte man schräg über die Körnerstraße zur Villa des Pastors hinüberblicken. Helene sah im Zimmer ihres Vaters Licht und überlegte einen Moment, ob sie ihrer Freundin von der ungeheuerlichen Entdeckung, Julie und ihren Vater betreffend, erzählen sollte.

Aber dann verwarf sie diese Idee. Es war ihr zu peinlich. Außerdem wollte sie damit nicht konfrontiert werden. Früher hatten sie und Paulina sich alles erzählt, erinnerte sie sich mit Wehmut. Wann hatte das aufgehört? Wann war dieses »früher« gewesen, und was war heute? Warum gab es plötzlich Geheimnisse zwischen ihnen?

»Kommst du auch zum Kostümball?«, erkundigte sich Paulina.

»Bei dieser Hagemann? Aus der Schule?«

»Wieso sagst du das so? Magst du sie nicht?«

»Und wenn schon.«

Helene zuckte mit den Schultern und versuchte, möglichst gleichgültig zu gucken. Tatsächlich hatte sie eine Einladung zu dem Ball erhalten, aber sie sofort in kleine Fetzen zerrissen. Sie fand, dass derlei Vergnügungen nicht mehr zu ihrem neuen Leben, dem Leben als bald berufstätiger Frau, passten. Ein Kostümball in Hamburgs Hautevolee – das war nicht gerade das, was eine Dr. Fitzpatrick oder andere Frauen aus den Wohlfahrtsvereinen gutgeheißen hätten. Nahm sie jedenfalls an.

»Ach komm schon! Das Motto ist Hagenbeck! Wir könnten uns etwas Herrliches ausdenken. Als Zebra gehen zum Beispiel.«

Jetzt musste Helene doch lachen. Die Vorstellung, dass sie als Hinterteil von Paulina – eine andere Rollenverteilung käme selbstverständlich für ihre Freundin niemals infrage –

in einem gestreiften Anzug herumlaufen sollte, amüsierte sie. Aber sie blieb standhaft. Nein, den Ball würde sie sicherlich nicht besuchen.

»Was ist nur mit dir los?« Paulina fasste sie sanft am Arm. »Du hast dich verändert. Früher warst du für jeden Spaß zu haben. Und jetzt …«

»Was jetzt?«

Die Rückfrage kam schärfer aus ihrem Mund, als sie beabsichtigt hatte, Paulina zuckte leicht zurück und blickte sie erstaunt an.

»Ich bin eben erwachsen«, setzte Helene nach. »Ich beginne eine Ausbildung und werde bald berufstätig sein. Nach Spaß steht mir nicht der Sinn.«

In Paulinas Zügen erkannte sie, wie sehr sie ihre Busenfreundin verletzt hatte, und obwohl ein Teil in ihr das nicht wollte, konnte sie nicht aufhören, es war, als zwänge ein innerer Dämon sie, noch einmal zuzustoßen und noch einmal.

»Aber geh du nur dich amüsieren. Du musst dich ja nicht mit den ernsten Fragen des Lebens beschäftigen, du läufst sicher bald in den Hafen der Ehe ein und kümmerst dich um deine Kinder.«

Das war kindisch, dumm und unfair, sie wusste es, noch während ihr diese verletzenden Worte aus dem Mund fielen, aber Helene vermochte es nicht, sie zurückzunehmen. Stattdessen wandte sie sich von ihrer besten und liebsten Freundin ab, ließ diese sprachlos und mit verwundert gerunzelter Stirn einfach stehen und stapfte hinüber zu ihrem Elternhaus.

Paulinas Blick brannte in ihrem Rücken, Helene beschleunigte ihre Schritte, riss das Gartentor auf, nahm die Treppen mit zwei großen Sprüngen und klingelte stürmisch. Als Julie ihr die Tür öffnete, drängte sie sich grußlos an ihr vorbei und rannte in ihr Zimmer. Warf die Tür mit Verve hinter sich zu und blieb mit dem Rücken darangepresst stehen, um wieder zu Atem zu kommen.

Was war nur in sie gefahren? Paulina hatte ihr nichts getan! Und noch viel mehr: Paulina war der einzige Mensch, dem sie vertrauen konnte, mit dem sie reden konnte und der immer ein offenes Ohr für sie hatte. Wie konnte sie nur?

Klaus hatte sie verlassen, von Julie fühlte sie sich betrogen, und nun hatte sie selbst das Tischtuch mit Paulina zerschnitten. Für einen Moment überlegte Helene, ob sie zurückgehen und sich entschuldigen sollte, damit wieder alles gut wäre zwischen ihnen, aber dann entschied sie sich anders.

Vielleicht hatte es so kommen müssen. Sie veränderte sich, das spürte sie seit Wochen oder eher seit Monaten mit Macht. Sie sagte sich, dass sie neue Wege gehen wollte, da musste sie auch mit der Vergangenheit, mit der kindlichen Helene Curtius abschließen. Und dazu gehörte nun mal Paulina, die sie seit Kindesbeinen kannte, mit der sie zusammen Puppen gespielt hatte und – ach, nicht daran denken!, mahnte Helene sich. Keine Sentimentalitäten! Nach vorne schauen, nicht zurück!

Aber als sie sich in ihr Bett zum Schlafen legte, das Licht löschte und dem tanzenden Mondlicht an ihrer Zimmerdecke zusah, spürte sie, dass diese Entscheidung ihr mehr Kraft abforderte, als sie aufbringen konnte. Sie drückte ihr Gesicht tief in das Kissen und angelte nach ihrem Elefäntle, das sie ebenfalls von frühester Kindheit an begleitete.

Es mochte durchaus sein, dass dessen Fell sich daraufhin ein wenig tränenfeucht anfühlte.

Dr. Fitzpatrick entfaltete die Nachricht von Ida Reimers, überflog rasch die Zeilen, lächelte und gab Helene das Schreiben zurück.

»Das ist sehr freundlich von Ihrer Bekannten«, sagte sie, »Aber richten Sie ihr bitte aus, dass ich dankend ablehne.«

Helene hatte Mühe, ihre Enttäuschung zu verbergen, hatte sie sich doch ausgemalt, dass sich die Medizinerin bei ihr bedanken würde, immerhin wäre das für sie, die sie laut eigenem Bekunden erst Anfang des Jahres in die Stadt gekommen war, eine Gelegenheit, Bekanntschaft mit einflussreichen Bürgern Hamburgs, zumal Sozialdemokraten, zu machen.

»Ich habe zu viel zu tun«, führte Dr. Fitzpatrick fort, »meine Sprechstunden in der Paulstraße, die Abende verbringe ich in unserem Haus am Magdeburgquai, da bleibt keine Zeit für Vergnügungen dieser Art.« Sie lächelte Helene an. »Und wenn ich einmal einen Abend freihabe, dann können Sie mir glauben, dass ich es genieße, wenn ich meine Ruhe habe.«

Helenes Enttäuschung schmolz dahin wie Eis in der Sonne, sie sah sich durch die Worte der Älteren nur bestätigt in ihrer Haltung, die sie gestern gegenüber Paulina vertreten hatte. Natürlich hatte Dr. Fitzpatrick für so etwas weder Sinn noch Zeit! Hätte sie sich das nicht denken können? Sie waren Frauen einer neuen Zeit und kümmerten sich um die wesentlichen Dinge – Amüsement gehörte nun mal nicht dazu.

Die Frauen saßen in einem Kaffeehaus unweit des Gänsemarktes, Helene hatte von ihrem Platz direkten Blick auf das Lessing-Denkmal und das rege Treiben auf dem Platz. Noch am Vormittag war sie in Begleitung ihres Vaters im Lehrerinnenseminar in der Fuhlentwiete gewesen, um sich dort anzumelden. So missmutig ihr Vater hineingegangen war – so zufrieden hatte er das Gebäude wieder verlassen. Die Direktorin hatte Eindruck auf ihn gemacht, und nicht nur das, der Umfang und die Art der Ausbildung schien ihn davon überzeugt zu haben, dass seine Tochter hier wider Erwarten in guten und strengen Händen war. Der umfassende Bildungsanspruch der Lehranstalt appellierte an seinen eigenen humanistischen Hintergrund, und zu guter Letzt sah Pastor Engelbert Curtius ein, dass der Unterricht in Geschichte oder Latein gegenüber dem in Backen und Kinderwickeln einen Mehrwert hatte.

Er war sogar so gut gelaunt gewesen, dass er Helene gestattete, sich nach ihrem Termin noch ein wenig in der Innenstadt zu vergnügen, während er zur Arbeit musste.

Helene hatte die Gelegenheit genutzt und war auf direktem Weg zur Paulstraße aufgebrochen. Ihr positiver Eindruck von der Einrichtung bestätigte sich auch bei diesem zweiten Besuch. Das Haus vibrierte vor Leben, Kinder tobten durch die Flure, es war warm und roch herrlich nach Essen. Helene hatte Glück, sie kam in der Mittagspause, Dr. Fitzpatrick beendete soeben ihre Sprechstunde und schien sich über ihr Auftauchen zu freuen. Ohne Umschweife hatte sie Helene vorgeschlagen, gemeinsam einen Kaffee zu trinken.

Nun saßen sie hier, und Helene wollte am liebsten ihr Herz ausschütten, der von ihr bewunderten Frau erzählen, dass sie nun ins Lehrerinnenseminar gehen durfte sowie von ihren zukünftigen Plänen das Berufsleben betreffend. Aber die Frau, die ihr gegenübersaß und sich redlich mühte, heiter und gelöst zu wirken, hatte sich verändert. Der strahlende Glanz, die Vitalität und Energie, die Helene bei ihren beiden bisherigen Treffen gespürt hatte, schienen verflogen. Blass sah die Frau aus, fiebrig.

Mit Sicherheit lag dies an den Anfeindungen, denen sie vonseiten der konservativen Politiker und Journalisten ausgesetzt war, aber gewiss auch an der Sorge um die Zukunft des grünen Hauses. Helene beschloss, ihre Gesprächsthemen hintanzustellen und sich nach dem Befinden der Ärztin zu erkundigen.

Sie steckte das Briefchen von Ida Reimers in ihren Muff.

»Sie sehen ein wenig erschöpft aus, Dr. Fitzpatrick, wenn ich das sagen darf. Ist es die Arbeit?«

»Wie aufmerksam von Ihnen, Fräulein Curtius …«

»Sagen Sie doch bitte Helene!«

»Gerne. Aber nur, wenn Sie mich Anne nennen.«

Helene strahlte die Ältere an, die sogleich weitersprach.

»Nein, die Arbeit macht mir nicht zu schaffen. Ganz im Gegenteil, sie hält mich über Wasser. Das, was wir tun, ist für manche der Frauen und Kinder überlebenswichtig, wie könnte mich das erschöpfen?«

Jedes ihrer Worte saugte Helene auf. Etwas tun, das Leben rettete, war dies nicht der Sinn des Daseins?

»Aber Sie haben recht. Ich bin tatsächlich erschöpft.« Dr. Fitzpatrick atmete schwer auf. »Haben Sie Zeitung gelesen?«

Helene wusste augenblicklich, worauf die Ärztin anspielte. Sie hatte den dritten Frauenmord ständig im Kopf, am liebsten hätte sie schon in der ersten Sekunde ihres Zusammentreffens von dem Leichenfund in der Arztpraxis sprechen wollen, aber dann war die Medizinerin ihr so distanziert erschienen, mit den Gedanken vollkommen woanders, sodass sie sich nicht getraut hatte.

»Natürlich«, gab Helene nun zurück, erleichtert, dass Dr. Fitzpatrick – Anne – das Thema von sich aus ansprach. »Ist das nicht entsetzlich? Die arme Frau. In der Zeitung stand, sie soll schwanger gewesen sein.«

»Ich war da.« Anne Fitzpatrick sah Helene an. Das Leben schien aus ihrem schönen Gesicht gewichen, ihr Blick glitt ausdruckslos zum Fenster hinaus.

»Sie waren … wo? Da? Bei der Leiche?«

Anne nickte und nahm Helene wieder ins Visier. »Ohne es zu wissen. Ich habe meine Flugblätter verteilt. Und zur gleichen Zeit …« Ihre Stimme erstarb.

Helene nahm Annes Hand. »Ein Zufall! Ganz sicher! So wie es ein Zufall war, dass ich die Frau am Hafen gefunden habe. Anders kann es doch gar nicht sein.«

»Ich weiß es eben nicht. Sind es nicht zu viele Zufälle?« Dr. Fitzpatrick wischte sich über die Stirn.

Helene wollte ihr die Angst nehmen, sie suchte nach Worten, mit denen sie die Ärztin hätte beruhigen können, sie aufmuntern. Wäre es nicht besser, das Thema zu wechseln? Sie sah, wie Anne sich plagte, aber ihr wollte nichts einfallen, mit dem sie der Älteren die Sorgen hätte nehmen können.

»Es ist nur, weil Sie dort unterwegs sind, wo er nach seinen Opfern sucht«, machte sie einen Versuch, die Bedenken Annes vom Tisch zu wischen. »In der Zeitung stand, er findet seine Opfer rund um den Hafen – es ist also kein Wunder, dass Sie in der Nähe sind, schließlich ist es Ihre Arbeit, dort zu sein, wo die Frauen sind, die Hilfe benötigen.«

»Und diese Frauen sucht er sich aus«, pflichtete Anne ihr bei. »Es sind leichte Opfer, das ist es, was mir zu schaffen macht. Wir müssen diese Frauen schützen, Helene, ohne uns sind sie ihm ausgeliefert. Und gerade habe ich das Gefühl, ich schaffe es nicht.«

Sie machte eine zögerliche Pause, und Helene sah ihre Chance gekommen. Sie würde die Hand, die Anne ihr soeben ausgestreckt hatte, ergreifen.

»Wenn ich Sie unterstützen kann, mithelfen, was auch immer es ist – ich bin dabei.«

»Danke, Helene. Ich weiß das zu schätzen. Aber erstens ist es im Moment nicht ungefährlich, diese Arbeit zu tun, und zweitens hatte ich den Eindruck, dass Ihr Vater davon nicht begeistert wäre.«

»Wir haben uns geeinigt«, erzählte Helene, den wackligen Burgfrieden mit ihrem Vater etwas beschönigend, »er hat mir erlaubt, das Lehrerinnenseminar zu besuchen. Die Hauswirtschaftsschule habe ich verlassen. Gottlob!«

Anne zog erstaunt die Brauen hoch, Helene nutzte die Gelegenheit, weiterzusprechen. »Ein halbes Jahr, danach kann ich schon arbeiten! Unterrichten, mich anstellen lassen. Mein eigenes Geld verdienen. Vielleicht sogar von zu Hause ausziehen.«

»Glückwunsch! Eine gute Entscheidung. Und wer weiß, vielleicht schließt sich danach ein Studium an?! Ich freue mich sehr für Sie, Helene.«

»Danke! Bitte sagen Sie mir, wie ich helfen kann. Ich unterstütze Sie gerne, auch wenn es gefährlich ist, ich fürchte mich nicht.«

»Das können Sie tatsächlich.« Ein Lächeln huschte über Annes Gesicht, und Helene schätzte sich glücklich, dass es ihr gelungen war, die Besorgnis der Ärztin wenigstens ein wenig zu vertreiben.

»Sie könnten unterrichten«, fuhr Anne fort. »Nicht sofort, aber vielleicht in ein paar Wochen? Geben Sie doch Unterricht, für die Frauen, die Kinder. Die wenigsten können flüssig lesen und schreiben. Und gerade das, Bildung, schützt die Frauen. Je mehr sie wissen, je mehr sie lesen, sich interessieren, desto seltener müssen sie sich auf der Straße prostituieren oder Arbeit annehmen, die sie nachts noch auf die Straße treibt. Unterrichten Sie, Helene, damit tragen Sie Ihren Teil bei, Frauen zu schützen.«

Helene spürte ihr Herz klopfen. Endlich, endlich nahm sie jemand ernst! Von allen, die sie umgaben, insbesondere ihren Eltern, wurde sie ständig wie ein Kind behandelt. Immer ging es nur darum, ob sie hübsch aussah, ob ihre Kleidung ordentlich und ihre Leistungen auf dem Klavier vorzeigbar waren. Aber diese Frau, die mit ihr hier im Kaffeehaus saß, behandelte sie wie ihresgleichen! Wie eine Erwachsene, der sie etwas zutraute. Wie eine Freundin, wie eine, deren Tun eine Bedeutung hatte.

Unterrichten! Am liebsten wäre Helene Anne Fitzpatrick um den Hals gefallen, konnte sich aber noch beherrschen, dazu war die Stimmung zu ernst, und sagte ihre Unterstützung nur allzu gerne zu. Natürlich würde sie unterrichten! Vielleicht, so hoffte sie, würde ihr Vater sogar seine Zustimmung geben. Wenn sie erst ein paar Wochen das Lehrerinnenseminar besucht hatte, wäre ihr Engagement im Verein »Frauenwohl« – dem sie unbedingt beitreten würde, noch in den kommenden Tagen – eine gute Gelegenheit, in ihrem künftigen Beruf erste Erfahrungen zu sammeln. Dagegen konnte doch niemand etwas einwenden!

Wenig später stieg sie mit einem in den vergangenen Wochen selten gewordenen Hochgefühl in die Trambahn in Richtung Uhlenhorst, nach Hause. Wann war sie seit Klaus' Weggang so euphorisch gewesen? Dieser Vormittag würde noch lange in ihrem Herzen nachwirken, so viel war geschehen, und das Wunderbarste an alldem war das Gefühl, dass sie in Anne Fitzpatrick eine neue Freundin gewonnen hatte. Sie durfte sie beim Vornamen nennen! Sie würden in absehbarer Zeit miteinander arbeiten! Ja, lobte Helene sich selbst, sie hatte einen großen Schritt nach vorne gemacht, und das entschädigte sie fast schon wieder für das Zerwürfnis mit Paulina, das sie gestern vom Zaun gebrochen hatte.

Alles, alles würde gut werden, die Zukunft wartete auf Frauen wie sie, Helene Curtius!

21.

Anne sah der jungen Frau mit gemischten Gefühlen hinterher. Ja, sie freute sich mit Helene Curtius aufrichtig darüber, dass diese einen großen Schritt in Richtung Selbstbestimmtheit gemacht hatte. Jede Frau, die sich dorthin bewegte, machte sie stolz und froh. Sie brauchten Mitstreiterinnen, die Frauenbewegung musste größer und stärker werden, jede war willkommen und würde dazu beitragen, dass die Welt eine andere wurde. Eine weiblichere. Eine gerechtere.

Gleichzeitig spürte Anne, wie sich ihr Gewissen regte. War es richtig von ihr gewesen, Helene zum Mitmachen zu bewegen? Ihr anzubieten, dass sie im grünen Haus unterrichten konnte? Das war keine einfache Umgebung für ein naives junges Mädchen aus gutem Haus. Schon unter normalen Bedingungen und erst recht nicht in Zeiten wie diesen, wo sich ein Wahnsinniger dort draußen herumtrieb, vor dem sie sich alle in Acht nehmen mussten.

Hatte sie Helenes unbelastete Seele verführt? Anne hatte die Begeisterung und Bewunderung gespürt, die das Mädchen nicht nur der Sache, sondern auch ihr selbst entgegenbrachte. Versprach sie ihr etwas, das sie nicht halten konnte? Glaubte Helene Curtius nun, dass sie enger miteinander verbunden waren, Vertraute oder Freundinnen gar?

Das durfte sie nicht zulassen! Sie hatte in einem Moment der Schwäche zu viel Gefühl gezeigt, sie war seit dem Zwischenfall am Dovenfleet besonders durchlässig, verletzt und bedürftig nach einer Freundin, einem Menschen, mit dem sie reden konnte, sich anvertrauen – auch wenn sie sich diese Offenheit unter gar keinen Umständen erlauben konnte.

Niemand hier durfte wissen, wer sie war. Sie musste sich in Acht nehmen und durfte keine Schwäche zulassen.

Mit Milena, die alles wusste, konnte sie reden, von ihr würde sie sich in den Arm nehmen und trösten lassen.

Aber nur von ihr und niemand anderem.

Was Anne etwas beruhigte, war die Tatsache, dass Helene Curtius erst einmal ein paar Wochen oder Monate das Lehrerinnenseminar besuchen musste, um überhaupt in der Lage zu sein, Unterricht im grünen Haus zu geben. Bis dahin würde der Frauenmörder hoffentlich längst überführt sein und sie selbst wieder in einer besseren Verfassung.

Anne nahm sich vor, Helene künftig vom grünen Haus fernzuhalten und sie dagegen an das neue Marta-Helene-Heim zu vermitteln, wo Agnes Wolfssohn Kurse in Allgemeinbildung für Frauen anbot. Dort war die Lage weniger prekär als ausgerechnet am Hafen.

Zurück in der Paulstraße, kümmerte sich die Medizinerin noch um einige Patienten, heute waren es vor allem Kinder mit den im Herbst üblichen Erkältungskrankheiten. Bei den meisten konnte sie nicht mehr tun, als eine Salbe für die Bronchien auf den mageren Brustkorb aufzutragen, Empfehlungen für Kräutertee und warme Wickel zu geben – und vor allem, die Kinder in die Kleiderkammer schicken, damit sie sich dort warme Wintersachen holen konnten. Die wenigsten besaßen wollenes Unterzeug, dicke Strümpfe oder gar geeignetes Schuhwerk für den Winter. Es war eine Sisyphusarbeit, Anne wusste, dass die Kleinen gar nicht gesund werden konnten, sie würde im besten Fall dazu beitragen, ihre Symptome zu lindern. Die Kinder aus den Arbeitervierteln bekamen nichts Richtiges zu essen, die Wohnungen, in denen sie hausten, waren nicht beheizt, oftmals feucht und dunkel. Licht, Luft und Wärme – das würden die Kleinen allenfalls im Frühjahr wieder erleben, wenn sie draußen auf der Straße spielten. In den kommenden Monaten aber, in denen die nasse Kälte aus den Fleeten und Kanälen in die Löcher und Behausungen kroch, in denen die armen Würstchen vegetierten, würden sie weiter mit Husten, Schnupfen und Fieber kämpfen. Und das waren nur die harmlosen Krankheiten. Einige der zartesten Kinder, das ahnte die Ärztin, würde sie im nächsten Sommer nicht mehr wiedersehen.

Bevor sie sich aus dem Frauenhaus verabschiedete – an diesem Tag etwas früher als sonst, da sie gleich im Klub das sehnlichst erwartete Telefonat mit ihrem Vater haben würde –,hielt Charlotte sie auf und bat Anne in ihr Büro.

»Ich habe in Erfahrung gebracht, was du wissen wolltest«, sagte die Vorsitzende und kramte nach einem Zettel, den sie Anne reichte.

»Ankunft Mrs Suslowa: Freitag, den 18. November 1910, 15.00 Uhr mit der *Fürst Bismarck*, Landungsbrücken. HAPAG.

Abfahrt Montag, 21. November 1910, 11.00 Uhr Gleis 5 nach Berlin.

Unterkunft Hotel Ambassador.«

Annes Hände zitterten leicht, als sie den Zettel überflog, aber sie wollte sich nichts anmerken lassen, steckte das Papier sogleich weg und verließ das Büro.

»Ich soll dich von Frau Rohlsen vom Klub grüßen!«, rief Charlotte ihr auf dem Flur noch hinterher. »Sie ist dir sehr dankbar, dass du dich kümmerst!«

Ja, dachte Anne, ich kümmere mich, ich tue nichts lieber als das – aber verdammt noch mal, was soll das? Abreise drei Tage später? Weshalb? Was tut sie mir damit an?

Natürlich ahnte sie, dass der Grund für die Weiterreise ein weiterer Vortrag in Berlin war. Von dort reiste Milena wahrscheinlich kreuz und quer durch das Deutsche Reich. Milena war schon früher auf Vortragsreisen durch Europa unterwegs gewesen, sie war eine der Galionsfiguren der Suffragetten-Bewegung in England, außerdem eine begabte und mitreißende Rednerin. Aber warum hatte sie nicht wenigstens ein paar Tage in Hamburg eingeplant, damit sie auch etwas voneinander hatten? Anne wollte mindestens einen ganzen Tag mit ihrer Lebensgefährtin im Bett verbringen, auch für das Danach hatte sie bereits Pläne geschmiedet – und was wollte sie Milena nicht alles zeigen? Durch Planten und Blomen spazieren, eine Fahrt mit dem Ausflugsschiff auf der Elbe unternehmen, einen Tag am Meer verbringen, in die Oper gehen, sich auf der Reeperbahn vergnügen.

Und nun das. Sie war furchtbar verletzt, die Nachricht, dass Milena nicht vorhatte, mehr Zeit mit ihr einzuplanen, traf Anne wie ein Schwerthieb – obwohl sie doch bereits am Boden lag.

Während Anne die kurze Strecke von der Paulstraße zum Jungfernstieg lief, wo sich der Frauenklub befand, dachte sie darüber nach. Wie selbstverständlich hatte sie angenommen, dass Milena nach Hamburg kam, um sie endlich wiederzusehen. Weil sie davon ausging, dass Anne es auf alle Fälle bemerken würde, wenn sie im Klub einen Vortrag hielt.

Aber was, wenn dem gar nicht so war? Milena konnte schließlich nicht mit Sicherheit wissen, ob Anne tatsächlich in Hamburg geblieben war. Es war lediglich ihr erster Anlaufpunkt im Deutschen Reich gewesen, nachdem sie England über Nacht verlassen musste. Was, wenn Milena zwar hoffte, Anne wiederzusehen, aber dafür extra eine ausgiebige Tournee als Vortragsreisende geplant hatte, damit sie sichergehen konnte, ihre Geliebte irgendwo im Reich zu treffen?

Mit dieser neuen Interpretation hob sich die Stimmung der Medizinerin zusehends – natürlich, so und nicht anders musste es sein! Niemals würde Milena sich bewusst so wenig Zeit für sie nehmen, bestimmt hatte ihre Freundin ebenso Sehnsucht nach Anne wie diese nach ihr.

Vor dem Schaufenster einer Confiserie blieb Anne Fitzpatrick stehen, angelockt von Champagner-Trüffeln, Sahne-Karamellen und Petits Fours. Kurz entschlossen betrat sie den Laden, der sie mit dem süßen Duft seiner Köstlichkeiten empfing, und kaufte einen hübschen hellblauen Karton mit ausgesuchten Pralinen. Die würde sie sich heute Abend gönnen, zum Trost, weil sie sich so matt fühlte, zur Belohnung, weil sie dann das Gespräch mit ihrem Vater hinter sich gebracht haben würde – dessen Verlauf noch in den Sternen stand –, aber auch als Vorgeschmack auf das, was ihr bevorstand: Sie würde ihre Freundin wieder in die Arme schließen können!

Vielleicht, so überlegte Anne, konnte sie sich einige Tage freinehmen und Milena auf den ersten Stationen ihrer Vortragsreise begleiten? Sie hatte seit ihrer Ankunft in Hamburg am 2. Januar gerade einmal zwei Tage lang nicht gearbeitet, und das waren die, die sie inkognito im »Hotel Atlantic« verbracht hatte. Seitdem war sie jeden Tag für den Frauenverein auf den Beinen gewesen. Gewiss würden ihr ein paar Tage Tapetenwechsel guttun. Das würde sie mit Charlotte Lehmann besprechen, sobald Milena angekommen war. Natürlich wollte sie der Vorsitzenden nicht die ganze Wahrheit über ihrer beider Verbindung sagen, aber sie konnte glaubhaft versichern, dass sie als Dolmetscherin gebraucht wurde.

Anne saß in der Telefonkabine und wartete darauf, dass das Fräulein vom Amt die Verbindung herstellte. Vor Nervosität hatte sie sich bereits bei den Pralinen bedient, es schien zu dauern, bis die Leitung nach London stand.

Endlich aber hörte sie den erlösenden Satz: »Jetzt kommt ein Gespräch für Sie.« Noch bevor Anne sich melden konnte, vernahm sie auch schon die tiefe Bassstimme ihres Vaters.

»Ännchen!«

»Papa«, brachte sie heraus, dann verschlug es Anne auch schon die Sprache. Sie hatte mit allem gerechnet, aber keinesfalls damit, dass er sie mit ihrem Kosenamen ansprechen würde.

»Deine Mutter und ich haben lange warten müssen, bis du dich rührst.«

»Es tut mir so leid, Papa. Ich bin hier so beschäftigt.«

»Hm, hm.« Er glaubte ihr kein Wort, und selbst wenn, wollte er es nicht hören. Er schätzte ihre Arbeit nicht besonders hoch und machte keinen Hehl daraus, dass er es lieber gesehen hätte, wenn sie in den Hafen der Ehe eingelaufen wäre. Wie oft hatte Anne sich die Klage anhören müssen, wer einmal das Vermögen erben sollte, wenn sie es nicht schaffte, ihm Enkel zu schenken.

»Wie geht es euch?«, erkundigte sie sich.

»Gut, gut. Mein Herz möchte nicht mehr so, wie ich das will, und deine Mutter verträgt die Stadtluft nicht. Wir überlegen, ob wir aufs Land ziehen.«

»Aufs Land?« Anne musste lachen. »Schafe züchten? Fasane jagen?«

Sie hörte ihn nicht lachen, aber sie wusste, dass ihr Vater lächeln musste und sich sein dichter Schnurrbart, der ihm kostbarer als das Haupthaar war, in die Breite dehnte.

»Papa, hier gibt es Probleme.«

Ein schwerer Seufzer.

»Nicht mit mir!«, beschwichtigte Anne sofort. »Du musst mich nicht schon wieder retten, keine Bange.«

Ihr Vater brummte nur.

»Es geht um das Haus.«

»Ach, vergiss den alten Schuppen. Was ist damit? Du kannst ein anderes haben, wenn du das willst.«

»Nein, darum geht es nicht. Ich möchte in diesem Haus bleiben und nicht umziehen, aber es gibt Probleme.«

Anne umriss ihrem Vater die Lage. Davon, dass der Frauenmörder in ihrer direkten Umgebung aufgetaucht war, sagte sie wohlweislich nichts. Aber sie erzählte von der Debatte in der Bürgerschaft. Dass die Gebäude am Magdeburgquai als Schandfleck angesehen wurden und allgemein dafür plädiert wurde, sie abzureißen.

Sie wusste, dass dies ihren Vater treffen würde. Der Magdeburgquai war sein Quai. Er hatte der Stadt viel Geld für den Ausbau dazugegeben, dort hatten früher die Schiffe seiner Reederei gelegen, die großen Schoner und Windjammer, auch seine allerersten Dampfschiffe. Er besaß den Großteil der Gebäude am Magdeburgquai noch immer, auch wenn er sie zwangsläufig leer stehen ließ. Als der Gasometer am Brooktor explodiert war und dies viele Gebäude an »seinem« Quai in Mitleidenschaft gezogen hatte, war es für ihn wie ein Angriff auf ihn selbst – obwohl er keine Schiffe mehr in Hamburg liegen hatte, obwohl er sich mit seinen Geschäften vor fünfzehn Jahren aus der Stadt zurückgezogen hatte. Aber er war Hanseat von Geburt, Hamburg war seine Heimat, die Stadt seines großen Erfolges.

Auch der Ort seines Niedergangs.

Ihr Vater hatte in London neue Geschäfte aufgebaut, noch einmal von vorne angefangen und war nicht untergegangen. Vermutlich wollte er die Rechnung, die er in Hamburg noch offen hatte, irgendwann einmal begleichen. Und vielleicht, dachte Anne, lieferte sie ihm gerade die Gelegenheit dazu. Den Magdeburgquai jedenfalls würde er allein aus Sentimentalität nicht aufgeben. Wenn die Bürgerschaft die Gebäude dort abreißen lassen wollte, dann traf ihn das ins Mark.

»Bürgerschaft?«, unterbrach ihr Vater sie. »Wer genau?«

»Unser alter Nachbar«, gab Anne zurück. »Wilhelm von Stetten.«

»Halte dich fern von ihm!«

Anne konnte durch das Telefon hören, dass ihr Vater aufgebracht war, auch wenn die Verbindung rauschte und zwischenzeitlich unterbrochen wurde.

»Lieber reiße ich von Hand alles ab, was da noch steht«, sagte er und atmete heftig. »Aber von Stetten soll sich um seine eigenen Angelegenheiten kümmern!«

»Ich glaube, dass er das zu seiner eigenen Angelegenheit macht«, versuchte Anne vorsichtig, sich dem Thema zu nähern. »Ich hatte den Eindruck, er hat es mehr darauf abgesehen, dir zu schaden als dem Verein ›Frauenwohl‹.«

»Weiß er, wer du bist?« Ihr Vater ging nicht weiter auf ihren Verdacht ein. »Weiß er, dass du hinter dem grünen Haus steckst?«

»Natürlich nicht! Niemand weiß, wer ich bin.«

»Dann sieh zu, dass es so bleibt. Von Stetten ist verrückt. Und er ist gefährlich. Er kann dich vernichten, wenn er will. Es kostet ihn ein Fingerschnippen. Ich bitte dich inständig, Anne, zieh dich zurück!«

»Hat er dich auch vernichtet?«

Stille. Ihr Vater antwortete nicht. Anne wurde nervös und brach das Schweigen. »Er hat sogar Enteignung ins Spiel gebracht. Er hat dich erwähnt und behauptet, dass du die Gebäude dort verfallen lässt und dich nicht darum kümmerst. Und dass die Stadt handeln müsse, notfalls enteignen.«

Wieder blieb es kurz still in der Leitung, aber dann lachte ihr Vater. Schallend. Es war ein bitteres, kein fröhliches Lachen.

»Er kann es nicht lassen! Er wird sich erst zufriedengeben, wenn ich unter der Erde liege.«

»Warum? Papa, was ist da zwischen euch?«

»Das sind alte Geschichten, die müssen dich nicht kümmern.«

»Doch, das müssen sie. Mich betreffen die Auswirkungen eurer Fehde gerade direkt!«

»Papperlapapp«, fuhr er ihr in die Parade. »Halt du dich da raus! Wenn von Stetten mich enteignen lassen will, kann er das gerne versuchen. Aber wenn die Hamburger Bürgerschaft meine Gebäude abreißen lassen will, dann müssen sie früher aufstehen. Ich regle das. Mach dir keine Sorgen.«

»Was hast du vor?«

»Ich schicke meine Anwälte los und nehme Geld in die Hand. Lasse alles wieder aufbauen. Sie wollen, dass der Quai in altem Glanz erstrahlt? Bitte, das können sie haben. Aber von Stetten wird nicht den kleinsten Sieg gegen mich erringen. Niemals.«

»Was hat er dir getan?«

»Kümmere dich um deine Angelegenheiten, Anne. Und glaube mir: Fürchte Wilhelm von Stetten.«

Anne wollte noch etwas sagen, aber dann hörte sie nur noch die Stimme des Fräuleins vom Amt: »Ihre Verbindung wurde beendet.«

Anne hängte das Hörrohr in die Gabel und fischte eine weitere Praline aus dem Karton. Zwar hatte sie erreicht, dass das grüne Haus bleiben würde, aber was die Fehde zwischen von Stetten und ihrem Vater betraf, war sie so klug wie zuvor.

Eigentlich hatte sie vorgehabt, direkt zum Hafen zu gehen, aber dann nahm sie einen kleinen Umweg in Kauf. Sie hatte noch einen Punkt auf der Agenda, den es abzuhaken galt: Lauritzen, der Schreiberling. Sie wollte mit ihm sprechen, damit in der *Hansepost* nicht ständig von »Prostituiertenmorden« die Rede war. Das verunglimpfte die Opfer, außerdem sollte es irrelevant sein, welcher Tätigkeit die Frauen, die getötet worden waren, nachgegangen waren. Sie waren Frauen. Opfer. Dieser Hafenmörder war ein Serienmörder. Ein Frauenmörder. Ein Ripper, fügte Anne im Geiste hinzu.

Der dritte Mord hatte ihr sehr zugesetzt. Jack the Ripper, der verrückte Killer, der in London umgegangen war, hatte viel weniger professionell getötet und in weitaus größeren Abständen als der Mann, der Hamburg nun in Angst und Schrecken versetzte. Mit was für einem Monster hatten sie es zu tun? Und mit »sie« meinte Anne keineswegs nur die Polizei oder die Öffentlichkeit, nein, sie meinte explizit auch sich.

Der Mörder rückte immer näher an sie heran. Das war kein Zufall. Und sie hatte es dem Kommissar heute angemerkt, dass auch er nicht an einen Zufall glaubte.

»Frau Doktor!«

Anne schreckte aus ihren Gedanken auf und sah sich um. Sie hatte das Redaktionsgebäude der *Hansepost* fast erreicht, als quer über die Straße ein Mann auf sie zugelaufen kam, er wedelte mit einer Hand, in der er eine zusammengerollte Zeitung hielt.

Es war der Mann, den sie sprechen wollte, der Journalist Lauritzen.

»Das nenne ich einen Zufall«, sagte er, ein wenig außer Atem.

»Dito«, gab Anne zurück. »Ich wollte Sie sprechen.«

Der Journalist guckte sie zerknautscht an. »Und ich Sie. Vermutlich haben wir beide denselben Grund.« Er entrollte die Zeitung und tippte auf die große Schlagzeile. »Mord im Milieu – Prostituiertenmörder hält Hamburg in Atem.«

»Das ist degoutant!« Anne war entsetzt.

»Ich bin ganz Ihrer Meinung. Auf meinem Mist ist das nicht gewachsen.«

»Eigentlich war ich auf dem Weg zu Ihnen, um Sie zu bitten, nicht mehr von den Opfern als den Prostituierten zu sprechen. Und nun das. Das setzt dem noch die Krone auf!«

Der Journalist fasste sie sanft am Arm und zog sie vom Bürgersteig in eine Einfahrt. Dabei blickte er mehrfach über die Schulter. »Hier haben die Wände Ohren«, erklärte er sein Verhalten. »Überall Kollegen.«

»Ich hoffe, Sie wollten mich nicht sprechen, weil Sie stolz auf diese Schmierereien sind.«

»Ganz und gar nicht«, beteuerte er, und Anne war durchaus bereit, ihm zu glauben.

»Ich wollte Sie warnen.«

Ein Blick in seine Augen, und Anne wusste, dass er nicht scherzte. Lauritzen senkte die Stimme.

»Dass vom Mord im Milieu die Sprache ist, ist politisch gewollt. Wir hatten heute Morgen eine Redaktionskonferenz, ich sollte den Leitartikel schreiben.« Erneut blickte er sich um, ihm standen Schweißperlen auf der Lippe. »Ich habe mich auf die Arbeit der Polizei kapriziert, habe herausgearbeitet, wie gut die Ermittlungsarbeit vorangeht, die neuesten Methoden, et cetera, et cetera.«

»Das ist aber nicht der Artikel, der dann gedruckt wurde …«

»Ganz richtig.«

Anne war plötzlich hellwach. »Jemand hat interveniert?«

Lauritzen stöhnte und leckte sich nervös über die Lippen. »Ich kann nicht so offen mit Ihnen darüber sprechen, aber sagen wir so: Heute Mittag kam hoher Besuch in die Redaktion.«

Anne konnte sich an den Fingern einer Hand abzählen, um wen es sich gehandelt hatte. »Politiker. Aus der Bürgerschaft.«

»Sogar aus dem Senat.« Lauritzen flüsterte. »Und unser Herausgeber. Mein Chefredakteur war danach klein wie eine Maus.«

»Ich verstehe. Aber was habe ich damit zu tun?«

»Die Stoßrichtung ist doch sonnenklar. Diese ganze Mordserie wird ins Milieu verschoben. Angeblich sind es die armen Schweine, die sich hier gegenseitig abstechen, das ist die Botschaft, die alle glauben sollen. Das richtet sich natürlich gegen die Sozialdemokraten. Es richtet sich aber auch gegen die Wohlfahrts*v*erbände, die nicht kirchlich sind. Vor allem aber richtet es sich gegen den Frauenverein, weil Sie sich dafür einsetzen, dass die Prostitution nicht mehr strafbar ist.«

»Ich verstehe. Der Mörder wird politisch instrumentalisiert.«

Der Journalist sah sie schweigend an.

»Was kann ich tun?« Die Frage war rhetorischer Natur, Anne stellte sie sich selbst. Lauritzen traf mit seiner Spekulation gewiss ins Schwarze. Aber welche Konsequenzen sollte sie daraus ziehen? Sich bedeckt halten? Aufhören?

»Ich fürchte, Sie können gar nichts anderes tun, als den Sturm über sich hinwegziehen lassen. Die Polizei kann etwas tun, nämlich den Mörder finden. Und ich kann eventuell meinen Teil dazu beitragen. Ich weiß nur noch nicht, wie.«

Anne Fitzpatrick fasste seine Hand. »Ich danke Ihnen sehr, Herr Lauritzen. Ich kann mir vorstellen, wie man sich fühlt, wenn man sein eigenes Nest beschmutzen muss.« Sie warf einen Blick zum Gebäude der *Hansepost* hinüber.

»Ach, wissen Sie«, gab er in bemüht leichtem Tonfall zurück, »ich bin Sozi. Mein Vater ist Sozi. Da weiß man, wo der Feind steht.«

Damit tippte er sich an seine Schiebermütze und lief zurück, quer über die Straße, zu seiner Arbeitsstelle.

Als Anne am grünen Haus ankam, war sie nicht die Erste. Auf der Bank vor der Tür lag etwas. Es sah aus, als hätte dort jemand einen Haufen Stoff aufgehäuft – wäre da nicht das Paar durchgelaufener Schnürstiefel gewesen, die über die Bank hinaus in der Luft hingen. Beim Näherkommen stieg Anne ein übler Geruch in die Nase, der seinen Ursprung in dem Kleiderhaufen zu haben schien. Die Ärztin sperrte das Haus auf und ging direkt durch zum kleinen Duschbad, das sie für ihre Gäste eingerichtet hatte. In der Paulstraße gab es große Gemeinschaftsduschen und sogar zwei Badewannen, sodass die Frauen sich auch zusammen mit ihren Kindern reinigen konnten. So viel Platz bot das kleine Haus am Hafen nicht, aber das Bad war blitzblank und neu. Sie heizte den Badeofen an, ging hinüber in die Küche, wo bereits das von Theresa gekochte Essen wartete, heute gab es gestampfte Kartoffeln mit Kohl und Speck, und setzte Wasser für Kaffee auf. Dann erst rüttelte sie den übel riechenden Kleiderhaufen auf der Bank wach, dort, wo sie die Schulter vermutete. Der Haufen reagierte mit Stöhnen und einem Grunzen, drehte sich schließlich, sodass das Gesicht einer Frau zum Vorschein kam, deren Alter Anne unmöglich schätzen konnte. Aber sie wusste, wen sie vor sich hatte, es war die »alte Suse«, eine stadtbekannte Lumpensammlerin. Wie alt mochte sie sein, überlegte Anne, als sie sich mühte, der Frau von der Bank zu helfen. Ihre Augen wirkten wie die eines uralten Menschen, sie hatten vieles gesehen und dabei wenig Schönes. Die Haut war wächsern und aufgedunsen vom Alkohol, sie hatte blaue Flecken, rissige Lippen. Aber die verfilzten Haare waren voll und noch nicht von Grau durchzogen. Die alte Suse erschien der Medizinerin weniger alt an Jahren als durch das Leben auf der Straße vorzeitig gealtert.

Sie stützte die Frau und führte sie ins Bad, wo sie ihr half, sich von den Kleidern zu befreien. Die Stoffschichten klebten teilweise aneinander, durch Ausscheidungen, Blut und Schmutz. Die alte Suse sprach kein Wort, sie konnte sich kaum auf den Beinen halten; als sie endlich entkleidet war, kam ein magerer Körper zum Vorschein mit unnatürlich aufgedunsenem Bauch. Am besten wäre es gewesen, die bedauernswerte Frau umgehend ins Krankenhaus zu bringen, aber Anne wusste aus Erfahrung – Suse war in unregelmäßigen Abständen bereits in der Paulstraße aufgeschlagen –, dass diese sich mit Kratzen, Beißen und Zetern wehrte. Das Beste, was sie tun konnte, war, Suse zu waschen, ihr frische Kleidung und eine Mahlzeit anzubieten.

Während Anne Fitzpatrick damit beschäftigt war, hörte sie, dass weitere Frauen das grüne Haus betraten, es waren die drei Mädchen vom Vortag, die sie begrüßten, nun schon etwas weniger scheu. Anne bat sie, sich in der Küche selbst zu bedienen, und gesellte sich später zu ihnen, nachdem sie den stinkenden Kleiderhaufen beseitigt und der alten Suse neue warme Sachen aus der Kleiderkammer gegeben hatte.

Es gab eine große Kanne Kaffee für alle, die alte Suse kauerte in einer Sofaecke und machte nicht den Anschein, als würde sie angesprochen werden wollen. Nachdem sie ihren Teller geleert und zwei Becher Kaffee getrunken hatte, stand sie wortlos auf und ging. Anne versuchte, ihr das Sofa über Nacht anzubieten, ausnahmsweise, eigentlich war das grüne Haus nicht für Übernachtungen ausgerichtet, aber Suse reagierte nicht auf sie.

Die anderen drei Frauen blieben noch ein wenig im Warmen. Wie auch schon am Vortag war ihnen anzusehen, dass sie ihren Arbeitsbeginn so weit wie möglich hinauszögerten. Wer wollte schon hinaus in die eiskalte Hamburger Nacht und sich die Beine in den Bauch stehen – und das war noch das am wenigsten Unangenehme, das die Mädchen draußen erwartete.

»Bleibt ihr zusammen?«, erkundigte Anne sich. »Dass ihr aufeinander achtgeben könnt?«

Grete zuckte vage mit den Schultern. »Geht ja nich immer.«

»Mein Louis hat ein Auge drauf«, brüstete Isa sich, aber die beiden anderen lachten nur.

»Wer's glaubt, wird selig!«

»Und die Schupos?«, erkundigte Anne sich. »Laufen die wenigstens öfter mal vorbei?«

»Ach, woher denn? Sind alle wieder abgezogen.«

Anne spürte, wie der Groll in ihr hochstieg, diese Frauen hatten niemanden, der sie beschützte, niemanden, der für sie eintrat. Wären die Morde in Harvestehude geschehen, der noblen Villengegend, in der sie früher zu Hause gewesen war, hätte man alle naselang Schupos durch die Straßen patrouillieren gesehen. Das war beschämend für die Gesellschaft, in der sie lebten. Wenn sich schon niemand bemüßigt fühlte, diese Frauen zu schützen, wäre es schön, wenn sie wenigstens untereinander achtgäben, aber Anne stellte immer wieder fest, dass auf der Straße jede für sich allein kämpfte.

Zumindest bestand Hoffnung, dass die Frauen das grüne Haus als Anlaufstelle mehr und mehr akzeptierten. Die warme Mahlzeit war ein schlagendes Argument, es würde sich im Milieu herumsprechen, dass das grüne Haus ein sicherer Hafen war.

Als Anne eine Stunde später das Haus hinter ihren Gästen verschloss, blieb sie noch einige Minuten an der Haustür stehen. Der Hafenpolizist würde auf seiner Runde bei ihr vorbeikommen, sodass sie sich ihm anschließen konnte. Wie dankbar war sie für diesen Schutz, sie war weder so mutig noch so verzweifelt wie die drei jungen Mädchen, die sie gerade alleine in die dunkle Nacht entlassen hatte.

Sie sah den Schein seiner Lampe, noch bevor er um die Ecke bog, und freute sich. Sie mochte den Mann, er strahlte Ruhe und Gelassenheit aus, auch wenn er im Notfall vermutlich keine körperliche Auseinandersetzung mit einem Jüngeren für sich entscheiden konnte, so flößte er Anne doch das Vertrauen ein, dass ihr mit ihm an ihrer Seite nichts geschehen konnte.

Sie waren wenige Schritte nebeneinander gegangen, als er sie fragte, ob ihr Bruder sie noch erreicht hatte.

Anne blieb stehen. »Mein Bruder?«

»Ja. Ein junger Mann. Ihr Alter, vielleicht jünger. Er hat sich hier herumgedrückt, und ich habe gefragt, was er hier will. Er sagte, er wartet auf Sie. Fräulein?«

Er leuchtete ihr mit der Petroleumlampe direkt ins Gesicht.

»Was ist denn? Ist Ihnen nicht gut?«

»Ich habe keinen Bruder«, gab Anne zur Antwort.

Stumm blickten sie sich an, beiden wurde in dem Moment klar, was das zu bedeuten hatte.

»Ich habe keinen Bruder«, wiederholte Anne, und die Kälte, die ihr von den Füßen ins Rückenmark emporstieg, kam nicht von der spätherbstlichen Nachtluft.

22.

Bertholds Lunge brannte höllisch, sein Atem pfiff. Er brauchte nicht zu Brenner hinüberzuschauen, um zu wissen, dass dieser im Gegensatz zu ihm mit Leichtigkeit trabte. Napfmann scheuchte sie beim Training zehnmal um das Fußballfeld, eine Aufwärmübung, die der Kommissar noch vor wenigen Jahren, ohne in Atemnot zu kommen, absolviert hätte. Diese Idee des Trainers, dass es ihnen half, schon vor dem Training Sport zu machen, um die Muskeln aufzuwärmen, war in ihrer Truppe mehr als umstritten. Berthold, der schon nach einer Viertelstunde ächzte, war trotz alledem ein Verfechter dieser neuen Methoden. Nichts lehnte der Kommissar mehr ab als die Das-haben-wir-immer-schon-so-gemacht-Haltung, er war grundsätzlich dafür aufgeschlossen, neue Wege zu gehen, in der Kriminalistik wie im Sport. Aber die meisten seiner Mannschaftskollegen hielten Napfmann für einen Spinner – kein anderer Verein machte Aufwärmübungen, und überhaupt, was sollte das sein – Sport vor dem Sport? Da war man doch schon erledigt, bevor man angefangen hatte!

Berthold Rheydt pfiff bereits jetzt auf dem letzten Loch, schließlich war sein Leben alles andere als gesund. In der Nacht hatte er wieder nur vier Stunden geschlafen, unruhig, davor eine halbe Flasche Genever geleert und gleich zwei nächtliche Pfeifen hintereinander geraucht. Am Morgen erwachte er stets durchgeschwitzt und wenig erholt, erst nachdem er sich einige Handvoll kaltes Wasser ins Gesicht gespritzt hatte, konnte er einigermaßen unter die Lebenden treten. Zudem hatte er Gewicht angesetzt, seit er nicht mehr beim Militär war und regelmäßig exerzierte. Seit er im Fall des Hafenmörders ermittelte, änderte sich das etwas, er versauerte nicht nur hinter seinem Schreibtisch. Er wusste, dass er etwas an seiner Lebensführung ändern sollte, allein, er vermochte es nicht. Sein Geist war rastlos, er brauchte Betäubung, Erschöpfung, musste an seine Grenzen gehen. Dass ihm das Training jedoch schwerer und schwerer fiel, wurmte ihn.

Obwohl seine Beine sich anfühlten, als wären sie aus Blei,

zwang sich Berthold, zu den anderen aufzuschließen, und legte einen Zahn zu. Er hatte den Anschluss an das Mittelfeld etwas verloren und war zurückgefallen – Napfmann hatte ihn bereits ins Visier genommen. Berthold war ehrgeizig und wollte unbedingt in die erste Mannschaft, so konnte er nicht weitermachen. Dass er technisch dazu in der Lage war, wusste er. Aber an seiner Disziplin und Kondition musste er arbeiten.

Brenner zog mit ihm. Der Jüngere hätte ohne Weiteres an der Spitze laufen können, hielt sich aber zurück und achtete tunlichst darauf, nicht eine Fußlänge vor seinem Chef zu laufen.

»Zischen Sie ab«, keuchte dieser und machte eine auffordernde Geste. »Napfmann will sehen, was Sie draufhaben.«

Brenner guckte ihn kurz verunsichert von der Seite an, aber Berthold Rheydt bekräftigte seine Worte gestisch, und der junge Schupo sprintete davon. Berthold sah ihm mit Wehmut hinterher. Er wurde alt, schon über dreißig, verdammt noch mal.

Trotzdem biss er die Zähne zusammen und hielt tapfer mit. Es hatte ihn nicht viel Mühe gekostet, den jungen Kollegen dazu zu überreden mitzukommen. Brenners Augen leuchteten, als er ihm vorschlug, ihn zum Training zu begleiten. Anstandshalber hatte er allerdings zuerst Kalweit gefragt, der ranghöher war, aber der hatte zu seiner großen Erleichterung bedauernd abgesagt. Natürlich eierte sein Assistent erst einmal herum; dass sie alle in einem streng hierarchischen Verhältnis zueinanderstanden, machte die Sache nicht einfacher. Kalweit hatte zunächst gesagt, er freue sich sehr über die Einladung zum Training – schließlich gab man dem Chef keinen Laufpass. Aber Berthold Rheydt hatte gleich gemerkt, dass die Freude eher halbherzig war, und hatte Kalweit angeboten, dass er auch beim nächsten Mal kommen könnte, falls ihm dieser Freitag nicht passte. Kalweit war zutiefst erleichtert über dieses Hintertürchen, und Rheydt war seinerseits heilfroh, denn so konnte er Brenner mitnehmen. Er würde Kalweit kein zweites Mal fragen, und dieser würde das Thema von sich aus bestimmt nicht mehr aufs Tapet bringen. Er war Turner und dafür bestimmt besser geeignet als fürs Fußballspielen.

Jetzt hoffte Berthold, dass Brenner im Training zeigen konnte, was er draufhatte. Mit einem wie ihm würden sie beim FC punkten können, der Schupo war top in Form, begabt für das Spiel, und er hatte Biss. Wenn Napfmann von ihm überzeugt war, dann würde auch der Vereinsvorstand mitziehen. Schließlich wollte man bei den Punktspielen des Norddeutschen Fußballverbands auch mal mehr als einen Blumentopf gewinnen. Der FC St. Pauli 1910 wollte schließlich ein Verein von Bedeutung sein und kein Haufen von Freizeitspielern.

Kaum hatten sie ihre zehn Runden Dauerlauf beendet, ließ Napfmann sie paarweise verschiedene Ballübungen machen, Zuspiel, Dribbeln, Torschuss. Mit einem Auge war der Kommissar stets bei Brenner und stellte mit Freude fest, dass dieser sich geschickt anstellte, besser als so mancher, der seit Längerem in der Mannschaft spielte.

Vor dem Trainingsspiel genehmigte ihnen der Trainer eine kleine Pause. Brenner und Rheydt setzten sich etwas abseits von den anderen, um über ihren Fall zu sprechen. Sie hatten arbeitsreiche Tage hinter sich und doch das Gefühl, so wenig in der Hand zu haben. Die heißeste Spur, die sie hatten, führte zu Doktor Theodor Schumann – und hier kamen sie im Moment nicht weiter. Rheydt und Kalweit hatten nicht lange gebraucht, um herauszufinden, dass Dr. Schumann auf keinen Fall identisch war mit dem jungen Mann, den Dr. Fitzpatrick gesehen hatte. Schumann war dreiundsechzig Jahre alt, er hatte seine Praxis sieben Jahre zuvor vorübergehend stillgelegt, weil er die Truppen nach Deutsch-Südwestafrika begleitet hatte. Den Aussagen seiner ehemaligen Angestellten und Kollegen zufolge, war er seitdem nicht mehr ins Deutsche Reich zurückgekehrt. Da er sich aber aus den militärischen Diensten ebenfalls verabschiedet hatte, war es äußerst schwierig, etwas über seinen Verbleib herauszufinden. Berthold hatte bereits an alle möglichen Militärstützpunkte sowie Missionarsstandorte telegraphieren lassen, aber bislang war keine Antwort eingetroffen, sie mussten sich in Geduld üben. Geduld, die sie nicht aufbringen konnten, denn ihr Mann würde weitermorden. Jetzt erst recht, prophezeite Inspektor Paulmann, der der Auffassung war, dass ein derart kühler Kopf wie ihr Mörder es nicht auf sich sitzen lassen würde, ein unvollendetes Werk – und als solches würde er den Mord an Katharina Martinen verstehen – zu hinterlassen. Durch die Störung, mutmaßlich durch Doktor Fitzpatrick, hatte er nicht mehr die Gelegenheit gehabt, seinem armen Opfer den Brustkorb zu öffnen und es anschließend zu »bestatten«. Berthold und seine Leute stimmten dem Schneemann zu, und sie alle erwarteten, dass der Täter bald wieder zuschlagen würde.

Umso wichtiger war es, mit Doktor Schumann zu sprechen, aber dieser war nicht aufzutreiben. Das wiederum machte ihn verdächtig – war er inkognito zurückgekehrt? Gehörten er und der junge Mann zu einem Mordkomplott? Solange die Ermittler nicht wussten, was aus Dr. Theodor Schumann geworden war, würden sie in ihrem Fall auf der Stelle treten.

Weitere Zeugen hatten sich gemeldet, die den jungen Mann von der Zeichnung ebenfalls gesehen hatten – und das nicht nur an diesem Abend, als Katharina Martinen in der Praxis ihr Leben lassen musste, sondern auch an anderen Tagen, immer in der Nähe der Gasse, in welcher die Praxis lag. Über seine

Identität wussten sie nichts, dazu waren das Phantombild und die Beschreibung zu vage, was aber alle Zeugen übereinstimmend ausgesagt hatten, war die Tatsache, dass der Mann gut gekleidet war. Er hatte nichts von einem Arbeiter oder gar von Lumpenproletariat an sich – ganz so, wie Berthold Rheydt und Roscher vermutet hatten. Dieser Mann stammte aus einer besseren Schicht, war intelligent, agierte gerissen und nicht aus dem Bauch heraus. Es war ein Täter, der nicht aus dem Milieu stammte, in dem er mordete.

In der Praxis hatten die Kriminaler viele weitere Spuren sichern können. Es fanden sich Blutspuren älteren Datums, die im chemischen Labor untersucht wurden. Berthold Rheydt mutmaßte, ebenso wie Roscher und Paulmann, dass es sich um das Blut von Rosi Speyer und Elsie Lautenschläger handelte, deren Blutgruppen sie bereits feststellen konnten – vielleicht aber auch von anderen, ihnen noch unbekannten Opfern?

Der Kommissar war ungemein fasziniert von den neuesten chemischen Methoden. Er konnte Stunden im Labor zubringen und der Chemikerin Agathe Melwerk dabei zusehen, wie sie mithilfe von Pulvern und Flüssigkeiten Dinge sichtbar machen konnte, die dem Auge verborgen blieben. Frau Melwerk gehörte nicht zur Polizei, sie betrieb das chemische Labor ihres Gatten, der seine Tätigkeit als Apotheker erweitert und seine Dienste dem Präsidium zur Verfügung gestellt hatte. Nach einem Schlaganfall war er dann nicht mehr in der Lage, die Arbeit selbst auszuführen, aber seine Gattin, die lange Jahre mit ihm zusammengearbeitet hatte, stand ihm in nichts nach, ja, Berthold hatte manchmal das Gefühl, dass sie ihn mittlerweile im Wissen überflügelte. Der Polizeipräsident hatte damals, als Herr Melwerk erkrankte, nichts davon wissen wollen, die Dienste einer Frau in Anspruch zu nehmen, aber Gustav Roscher hatte sich vehement für sie eingesetzt –

und recht behalten. Nach wie vor brachten die Ermittler der Hamburger Kripo alles in ihr Labor, was sie untersucht haben wollten, und Frau Melwerk lieferte ihnen zuverlässig belastbare Ergebnisse. Mit ihrer Unterstützung ließen sich einige Vergehen aufklären – nicht zuletzt hatte Paulmann im Fall des Uhrenhändlers den Täter mithilfe der Blutspuren am Tatort überführen können. Nun wartete Berthold auf die Ergebnisse der Spuren, die sie in der alten Arztpraxis gesichert hatten.

Dazu zählten auch jede Menge Fingerabdrücke, die sie mittels der Daktyloskopie von den Oberflächen abgenommen hatten. Geholfen hatte ihnen hierbei der Staub, der sich über die Jahre auf alle Oberflächen in der Arztpraxis gelegt hatte, denn nur dort, wo er verwischt oder nicht mehr vorhanden war, mussten sie Abdrücke nehmen, das schränkte die Arbeit gottlob ein. Auch diese Ergebnisse lagen noch nicht vor, sie würden, wenn es so weit war, viele Schupos daransetzen müssen, die Abdrücke genauestens mit solchen aus ihrer anthropometrischen Datenbank abzugleichen. Gustav Roscher hatte eine bald zwanzigtausend Stück umfassende Sammlung von Karteikarten anlegen lassen, auf welchen akribisch jeder Straftäter vermessen und seine körperlichen Eigenschaften erfasst wurden. Seit wenigen Jahren waren nun auch die jeweiligen Fingerabdrücke auf den Karten gespeichert.

Brenner bot dem Kommissar die Hälfte seines Butterbrotes an. Der Kommissar lehnte dankend ab, obwohl sein Magen knurrte, aber er dachte an seinen Hüftspeck und verzichtete.

»Sie hatten letztens schon Butterbrote hervorgezaubert, als die Waisen der Frau Lautenschläger bei uns waren. Meint es Ihre Mutter oder Ihre Frau so gut mit Ihnen?«

»Weder noch.« Brenner stieg leichte Röte ins Gesicht. »Die schmier ich mir selbst.«

»Alle Achtung! Die Disziplin habe ich nicht. Ich habe nicht einmal Brot zu Hause.«

Der junge Mann guckte ihn mitleidig an. »Das könnte ich nicht. Essen hält Leib und Seele zusammen.«

Wohl wahr, dachte Berthold bei sich. Meine Seele scheint diesen Leib jedenfalls schon längst verlassen zu haben.

»Mein Vater ist Bäcker«, erzählte Brenner indessen freimütig. »Wie mein Großvater und dessen Vater davor. Gutes Brot, das ist für mich lebensnotwenig. Viel mehr gab's bei uns auch nicht. Brot und Hiebe.«

»Und dann sind Sie ausgerechnet zur Polizei gegangen?«

»Ich bin der Jüngste«, gab Brenner zurück. »Von acht Jungs. Wir konnten ja nicht alle die Bäckerei übernehmen. Also bin ich weg. Ich musste die Kurve kriegen.«

Gerne hätte Berthold noch weitergefragt, aber Napfmann gab mit schriller Pfeife das Signal zum Trainingsspiel.

Natürlich wurde Brenner noch nicht aufgestellt, er drückte mit einigen anderen – die Berthold allesamt für Luschen hielt – die Ersatzbank und sollte, so Napfmann, erst einmal lernen, wie das Spiel funktionierte. Dass Berthold Rheydt seinen Schupo längst über alles im Detail aufgeklärt hatte, überhörte der Trainer geflissentlich.

Sie hatten keine fünfzehn Minuten gespielt, es war kein Tor gefallen, Berthold aber schon gehörig außer Atem, als er seine Chance kommen sah. Martin trieb den Ball auf der linken Seite vor sich her, belagert von Rudolf und Herrmann. Er hielt sich tapfer, suchte aber den Blick zu einem Spieler, an den er abgeben konnte.

Berthold Rheydt war frei. Und er war bereit. Bereit, zu feuern, bereit, seine gesamte Energie in diesen Schuss zu legen. Er wollte Napfmann zeigen, wozu er imstande war. Und Brenner sollte sehen, wie das war, wenn Könner an den Ball kamen. Der Kommissar musste Druck loswerden, er hatte den Ehrgeiz, die Kugel ins Tor zu knallen, denn er wettete mit sich selbst: Schoss er heute ein Tor, auch wenn es nur ein Trainingsspiel mit der eigenen Mannschaft war, dann würde er auch einen Treffer gegen den Hafenmörder erzielen.

Martin passte, der Schuss war gut gesetzt, Berthold war sicher, dass er ihn verwandeln und ins Tor bringen konnte, da kam aus dem Nichts Olle Erdmann wie eine Rakete angeschossen, schnappte sich den Ball elegant, stoppte ihn ab, lenkte rüber zu Rudolf, der, das musste Berthold zugeben, sofort verstanden hatte, was Sache war, und schon hatten die beiden das Leder zurück in die andere Spielfeldhälfte gelenkt. Johlen von der Ersatzbank. Berthold schäumte. Obwohl er Seitenstechen hatte und sich sein Atem wie eine Dampflok anhörte, schlug er einen geschickten Haken und lief zurück. Winkte Martin zu, der sich noch immer auf der linken Außenlinie befand. Sie würden das Manöver wiederholen, sobald die Gelegenheit dazu günstig war. Und die bot sich schon wenige Minuten später. Die Gegner hatten ihrerseits einen Angriff gestartet, der an der Mauer von Bertholds Mannschaft kläglich scheiterte. Sie nahmen ihnen den Ball ab, Berthold erwischte ihn, dribbelte flink Olle Erdmann aus, passte zu Martin, der tanzte damit bis knapp vor den gegnerischen Strafraum, passte zu Rheydt zurück, und der schoss.

Ein Bombenschuss.

Es knallte gehörig, Knäppke im Tor war so überrascht von der Schnelligkeit und der Wucht, die da auf ihn zukam, dass er unfähig war, sich für eine Seite zu entscheiden. Stattdessen blieb er wie angewurzelt zwischen den Pfosten stehen.

Und bekam das Leder frontal ins Gesicht.

Er kippte ohne einen Mucks nach hinten.

In Bertholds Ohren rauschte es, er nahm kaum das Pfeifen

von Napfmann wahr, sprintete los zu Knäppke ins Tor, den er gefällt hatte wie einen Baum.

Blut rann dem Torwart aus der Nase übers Gesicht, er war ohnmächtig. Berthold drehte den Mann sofort auf die Seite, um zu verhindern, dass das Blut in den Rachen lief und Knäppke daran erstickte.

Das war ja mal wieder tüchtig nach hinten losgegangen.

Eugen Knäppke wurde ins Krankenhaus gebracht. Nase, Augen, das gesamte Gesicht schwoll von der Mitte aus an und hatte eine tiefrote Farbe. Eine Fraktur der Nase war gewiss, ob auch andere Knochen gebrochen oder angebrochen waren, würde man untersuchen müssen, in jedem Fall sorgte der Bluterguss dafür, dass der Mann nicht mehr aus seinen Augen schauen konnte.

»Das war's«, hatte Napfmann konstatiert. »Das Spiel am Sonntag können wir absagen.«

Zwar hatte die Mannschaft einen Ersatztorwart, doch dieser lag mit Ruhr zu Hause, auch er war nicht einsatzbereit. Berthold hätte sich ohrfeigen können, und da war er nicht der Einzige, sowohl Napfmann als auch seine Mannschaftskollegen ließen den Kommissar wissen, dass sie ihm die Schuld an dem Desaster gaben. Am liebsten hätte Berthold laut gesagt, was er dachte, nämlich dass Knäppke selbst schuld war. Welcher Torwart ließ den Ball ungeschützt auf sich zurasen? Und bekam nicht mal die Arme vors Gesicht! Aber er schwieg natürlich, es war nicht die feine Art, dem Schwerverletzten auch noch hinterherzutreten.

Napfmann beendete umgehend das Training. Das Spiel am Sonntag wollte er dann doch nicht gleich aufgeben, sie sollten sich zur Verfügung halten, für den Fall, dass er noch einen Ersatztorwart auftrieb.

Die Spieler strebten zu den Duschen, der Trainer hielt Berthold Rheydt zurück.

»Bombenschuss«, sagte er leise. »Wenn du am Sonntag auch so spielst, haben wir das Ding in der Tasche.«

Bevor Berthold darauf reagieren konnte, sah er zu seinem Erstaunen eine große Limousine langsam am Trainingsgelände des FC vorbeirollen. Ein Mercedes-Simplex, identisch mit dem des Kripochefs. Auch Brenner hatte das Automobil bemerkt und blieb neben seinem Vorgesetzten stehen.

»Roscher?«, fragte er.

Im gleichen Moment, in dem Berthold nickte, öffnete sich der hintere Wagenschlag, und eine massige Gestalt zwängte sich heraus. Der Schneemann! Er hatte Rheydt und Brenner bereits auf dem Trainingsgelände entdeckt und zeigte auf den Kommissar.

Verwundert machte Berthold sich auf den Weg, hörte im Weggang jedoch, dass Napfmann seinen jungen Kollegen ansprach. Ob er noch eine Stunde erübrigen könne. Einzeltraining.

Vielleicht, so hoffte er, konnte Brenner jetzt zeigen, was in ihm steckte und dass er als Spieler ein Gewinn für den Verein sein könnte.

Sie hatten ihn richtiggehend in die Zange genommen. Der Kripochef lenkte den Wagen, Berthold Rheydt nahm auf dem Beifahrersitz Platz, hinter ihm im Fond hatte sich Inspektor Paulmann breitgemacht.

Zunächst fuhren sie ein wenig durch die Stadt, dann nahm Roscher Kurs auf Eimsbüttel. Wortlos. Der Kommissar wagte es nicht, nach dem Zweck des Ausflugs zu fragen, die Mienen seiner beiden Vorgesetzten waren ernst und verschlossen. Wüsste er nicht, dass er es mit hohen Beamten der Kriminalpolizei zu tun hatte, hätte er sich in einer Entführung unter Verbrechern gewähnt.

Nachdem sie mit hoher Geschwindigkeit auf der Pinneberger Chaussee stadtauswärts gefahren waren, verminderte Roscher sein Tempo und bog schließlich nach links in ein Waldstück ab. Hier parkte er den Mercedes, machte jedoch keine Anstalten auszusteigen. Ebenso wenig Paulmann. Das wird ja immer verrückter, dachte Berthold, während er beinahe platzte vor Neugier.

»Sie kriegen den Fall wieder, Rheydt«, begann Roscher irgendwann. Und sah alles andere als glücklich dabei aus.

Der Kommissar warf einen Blick nach hinten, zu seinem Vorgesetzten, aber der Schneemann nickte nur. Mit ebenso verkniffener Miene.

»Offiziell zumindest«, fügte der Kripochef hinzu.

Bevor Berthold Rheydt Fragen stellen konnte, lieferte Roscher die Erklärung.

»Unser Präsident hat die Weisung bekommen, wie der Fall zu behandeln ist. Politischer Druck, wenn Sie verstehen, was ich meine.«

»Und das heißt, dass der Fall erstens nicht mehr höchste Priorität hat, deshalb wurde er mir als oberstem Mordermittler auch entzogen«, ergänzte Paulmann. »Es ist politisch gewollt, dass der Hafenmörder aus dem Milieu kommt und auch im Milieu mordet. Also werden wir dort auch suchen. In den Arbeitervierteln, unter den Luden und Kriminellen.«

»Und unter den Sozis?«, fügte Berthold hinzu.

»Sie sind ein schneller Denker«, lobte Roscher, nicht ohne Bitterkeit. »Sie wissen, dass das nicht unseren Erkenntnissen entspricht, der Inspektor weiß es und ich auch.«

»Der Mann, den wir suchen, ist zu gefährlich, als dass wir uns nur aufs Milieu beschränken könnten«, übernahm jetzt wieder Paulmann. »Aber wir müssen den Politikern unserer Stadt Genüge tun. Und das heißt, nach außen hin übernehmen Sie wieder den Fall, intern bin ich trotzdem beteiligt.«

»Verdeckte Ermittlung?«, fragte Berthold. »Und wie soll das gehen?«

Gustav Roscher lächelte jetzt. »Ganz einfach. Wir geben den Politikern, was sie wollen. Eine Theateraufführung. Aber hinter den Kulissen gehen wir den Spuren nach, die wir im Moment verfolgen.«

»Wir setzen eine Razzia an. Für morgen. Wir durchkämmen mit Großeinsatz die Arbeitersiedlungen. Wir setzen jeden Mann fest, gegen den auch nur ansatzweise der Verdacht einer kriminellen Handlung besteht. Jeden Luden, jeden Taschendieb, jeden Kartenzinker und jeden Tresorknacker. Und meinetwegen auch noch ein paar Sozis, die auf den Kaiser pinkeln. Damit bekommen die Politiker, was sie wollen.«

»Und unsere Ermittlungsgruppe hat Ruhe, um unter dem Radar ihre Arbeit zu tun.« Auf Paulmanns rundem Gesicht erschien ein feistes Grinsen. »Wir verfolgen die Spur Schumann.«

Dann drehte der Kripochef den Zündschlüssel, setzte zurück, und sie fuhren wieder in die Stadt.

Berthold Rheydt wusste, dass er den Vorsatz, sich in Zukunft mehr Nachtruhe zu gönnen, so schnell nicht in die Tat würde umsetzen können.

23.

»Was ist das?« Fanny blickte auf das Papier, das Helene ihr vorgelegt hatte.

»Mein Mitgliedsantrag für den Verein ›Frauenwohl‹«, entgegnete Helene und wunderte sich, wie selbstbewusst ihre Antwort kam. Sie hatte den Antrag direkt bei der Vereinsvorsitzenden in der Paulstraße, Charlotte Lehmann, abgeholt; diese hatte sich sehr erfreut gezeigt, dass Helene zu ihnen stoßen wollte. Allein: Der Vertrag musste von ihren Eltern unterzeichnet werden, da sie noch nicht großjährig war. Wohlweislich hatte Helene abgewartet, bis ihr Vater das Haus verlassen hatte, und hoffte, ihre Mutter dazu überreden zu können, dem Vater später an ihrer Stelle den Vertrag vorzulegen.

»Das kannst du deinem Vater nicht antun!« Fanny schob das Blatt von sich weg, aber Helene hörte wenig Entschlossenheit in der Stimme ihrer Mutter.

»Mama«, sie setzte sich zu ihr an den Tisch, »du hast mir vor wenigen Tagen gesagt, wie sehr du es bedauerst, dass du als junge Frau keine Möglichkeit hattest, deinen Lebensweg selbst zu bestimmen.«

»Erpress mich nicht!«

»Ich erpresse dich nicht, ich nehme dich beim Wort.«

»Habe ich dir etwa geraten, deinen Kopf gegen den Willen deiner Eltern durchzusetzen?«

»Nicht ganz. Aber ein bisschen. Du hast mich ermuntert, meinen Weg zu gehen. Und du hast Papa dazu gebracht, dass er meiner Ausbildung zur Lehrerin zugestimmt hat. Dafür danke ich dir von Herzen.«

»Das muss auch reichen, Helene. Treib es nicht auf die Spitze. Dein Vater hat sich zu mehr Zugeständnissen überreden lassen, als ich ihm jemals zugetraut hätte. Es ist genug jetzt.«

»Ich finde nicht.«

»Willst du mich verärgern?«

»Nein. Ich weiß sehr wohl, wie Papa zu den Frauenvereinen steht. Aber glaub mir, bitte, ich war da. Mehrmals. Ich habe in der Paulstraße gesehen, was sie dort für eine Arbeit tun. Wie wertvoll und wichtig das für die Frauen ist. Hättest du die Kinder gesehen, halb verhungert …«

Fanny hob die Hand. »Schluss! Ich weiß sehr wohl, dass nicht alle Menschen in dieser Stadt so gesegnet sind wie wir. Du musst mich nicht belehren.«

Helene schwieg.

»Wir sind ein christlicher Haushalt«, fuhr ihre Mutter fort, »und wir sind barmherzig. Es ärgert mich, dass du deinem Vater und mir unterstellst, nicht zu wissen, wie es um die Wirklichkeit außerhalb unserer vier Wände bestellt ist. Und so tust, als wären wir hartherzig.« Sie stand auf. »Ich habe viel für dich getan, Helene. Ich habe mich dafür eingesetzt, dass du einen Beruf erlernen kannst. Gib dich damit zufrieden.« Mit diesen Worten schickte sie sich an, den Salon zu verlassen, drehte sich an der Tür aber noch einmal um. »Lerne Demut, mein Kind. Deine Maßlosigkeit wird dir im Leben noch einmal sehr hinderlich sein.«

Meine Maßlosigkeit ist nichts anderes als Willenskraft, dachte Helene bei sich, als die Tür ins Schloss fiel. Und die wird mich noch sehr weit bringen. Sie nahm den Antrag wieder an sich. Es half nichts, sie würde mit ihrem Vater darüber sprechen müssen. Oder abwarten, bis der Tag ihrer Großjährigkeit gekommen war.

Letzteres allerdings war keine Option für Helene. Geduld zählte ebenso wenig zu ihren Stärken wie Demut.

Einmal im Monat war der Donnerstagnachmittag für die *Teatime* im Alsterpavillon reserviert. Pastor Engelbert Curtius, dem Üppigkeit und Prunk sonst ein Graus war, führte seine Familie in den Tempel des Überflusses aus, solange Helene sich erinnern konnte. Es war eine der wenigen gemeinsamen Unternehmungen mit ihren Eltern, auf die sie sich auch heute noch freute – das Angebot an Kuchen, Torten, Glace, Pâtisserie aller Art, englischen Scones, Sandwiches und Fleischpasteten war überwältigend, die mondäne Ausstattung des Kaffeehauses jedes Mal aufs Neue beeindruckend, und auch das Publikum gab sich stets Mühe, der Ausstattung im Auftreten nicht nachzustehen, sodass der Alsterpavillon im Ruf stand, das berühmteste und mondänste Kaffeehaus Europas zu sein.

Aus diesem Anlass war Helene sogar bereit, ihr Reformkleid abzulegen und sich in ein Mieder zu zwängen, das Kleid aus dunkelgrüner Seide überzustreifen und sich von Julie die Haare kunstvoll hochstecken zu lasen. Zur *Teatime* war die Kleiderordnung elegant, aber nicht festlich; Helene musste sich eingestehen, dass sie sich mit ihrem Spiegelbild durchaus anfreunden konnte, ja, sie erkannte an, dass sie sich zu einer attraktiven Frau entwickelt hatte, der Backfisch schien verschwunden. Niemals würde sie das vor anderen zugeben, nicht vor Paulina und nicht vor ihrer Mutter, zu sehr bestand sie darauf, dass ihr Äußerlichkeiten nichts bedeuteten.

Während Julie ihr die Haare machte, war sie auffällig still. Blass sah sie aus, unter den Augen dunkle Ringe. Aber auch Helene hatte keine Lust zu reden, noch immer scheute sie die Konfrontation mit dem Dienstmädchen. Bislang war sie ihr erfolgreich aus dem Weg gegangen. Immer wieder trafen sich ihre Blicke im Spiegel, die unangenehme Stille zwischen ihnen breitete sich drückend im ganzen Zimmer aus, sodass Helene erleichtert aufatmete, als Julie mit der Frisur fertig war und sich mit einem Knicks von ihr verabschiedete. Sie nickte nur, ihre Kehle war zugeschnürt – was hätte sie auch sagen sollen? Würde es jemals wieder unbeschwert zwischen ihnen sein?

Würden sie rauchend in ihrem »Salon« im Souterrain stehen und miteinander scherzen?

Dass diese Zeiten unwiderruflich vorbei waren, tat Helene im Herzen weh, ihre Gedanken flogen sogleich zu ihrer anderen Freundin, mit der sie ebenfalls im Zwist lag – allerdings ganz und gar selbst verschuldet. Paulina hatte sich seit dem Abend, da Helene sie schnöde vor den Kopf gestoßen hatte, nicht mehr blicken lassen.

Helene wusste, dass es nicht recht von ihr gewesen war, ihre allerliebste Gefährtin abzukanzeln. Noch weniger richtig war es gewesen, zu behaupten, dass sie die Erwachsene, Lebenserfahrene sei, der Vergnügungen wie ein Ball nichts mehr bedeuteten. Das war Hochmut, so erkannte Helene glasklar, und der kam bekanntlich vor dem Fall.

Auf die Teestunde im Alsterpavillon aber freute sie sich unbändig, es bereitete ihr, wenn sie ehrlich zu sich war, Freude, sich hübsch zu machen. Auch wenn diese Eitelkeit alles andere als christlich war: Sie hoffte sogar, dass sie die Blicke junger Männer – die ihr selbstverständlich nichts bedeuteten – auf sich ziehen würde. Und zugleich spürte sie einen Stich. Etwas fühlte sich furchtbar falsch daran an.

Helene betrachtete sich im Spiegel und fragte sich, ob ihr der Spagat zwischen beiden Welten gelingen würde – der, in die sie als großbürgerliche Tochter hineingeboren worden war, und der, zu der sie sich hingezogen fühlte. Einer Welt, in der Frauen engagiert für ihre Rechte und füreinander eintraten, was in der Gesellschaft, wie sie nun mal war, nicht auf Gegenliebe stieß. Sie würde kämpfen und auf Privilegien verzichten müssen, sie würde sich zurücknehmen und die Ziele der Gemeinschaft in den Vordergrund stellen müssen.

War sie dazu in der Lage? Würde sie die Kraft besitzen, sich selbst zu beschränken, wo es nötig war, und Erfüllung in selbstloser Hilfe finden, so wie ihre großen Vorbilder Lida Heymann, Helene Lange oder eben auch Dr. Fitzpatrick?

Helene wandte den Blick von ihrem Spiegelbild ab.

Es würde das letzte Mal sein, entschied sie, dass sie an einem gesellschaftlichen Ereignis dieser Art teilnehmen würde. Sie würde das letzte Mal eine junge Frau sein, die sich vergnügen wollte, nichts sonst.

Heute Abend würde sie nach Hause zurückkehren, das Kleid abstreifen, es in den Schrank hängen und nie wieder tragen.

Zum Alsterpavillon nahm die Familie eine Pferdedroschke, ein eigenes Automobil erachtete der Vater als dekadent. Im Lauf des kalten Tages hatte sich der Himmel zugezogen, zum Abend hin war es wärmer geworden, dafür hatten sich alle Schleusen geöffnet, und auf Hamburg ging ein Regen nieder, der das Wasser in kleinen Bächen durch die Straßen trieb.

Der Kutscher lenkte die Droschke so nah wie möglich an den mit einem Baldachin überdachten Eingang, ein Bediensteter sprang mit einem Schirm zum Verschlag und geleitete erst Fanny, dann Helene und zum guten Schluss den Pastor in den Alsterpavillon.

Im Inneren empfing sie behagliche Wärme sowie der Geruch von frisch gemahlenem Kaffee, Kuchen und Tabakrauch. Ein Streichtrio spielte Schubert und lieferte die passende musikalische Untermalung. Während einer der Ober die Familie Curtius zu ihrem reservierten Tisch geleitete, am Fenster mit Blick auf die Binnenalster, ließ Helene ihre Augen neugierig durch den großen, üppig mit Palmen dekorierten Saal wandern. Sie erkannte einige prominente Gesichter der Hamburger Gesellschaft, die ebenso wie ihre Familie ihre *Teatime* hier verbrachten. Das Publikum war gehoben und, wie es ihr zum ersten Mal auffiel, arriviert und wenig spannend. Junge

Gesichter suchte man fast vergeblich, Künstler und Literaten, Freigeister und Reformer verkehrten vermutlich eher woanders. Helene dachte an die Schilderungen Paulinas, wenn ihre Mutter eine ihrer Soireen gab, wie bunt und ungezwungen es dort zugehen musste. Nichts davon fand sich hier in diesem Etablissement, das Helene immer so geliebt hatte. Aber heute nahm sie es mit anderen Augen wahr, ihr Blick hatte sich verändert, sie spürte, wie sie sich von dieser Welt mehr und mehr zu entfernen begann.

Die Scones und Sandwiches allerdings, die ihr kurz darauf serviert wurden, genoss sie mit jedem Bissen und musste sich eingestehen, dass ihr großbürgerlicher Stand gewisse Annehmlichkeiten mit sich brachte, auf die sie schwer würde verzichten können. Helene strich sich fingerdick Clotted Cream und Erbeermarmelade auf das kleine Gebäckteilchen und hatte soeben herzhaft davon abgebissen, als sie bemerkte, wie ihre Eltern wie auf ein geheimes Zeichen gleichzeitig den Kopf zwischen die Schultern zogen und außerordentlich verkrampft wirkten.

Den Grund sah sie erst, als sie den Kopf drehte. Direkt hinter ihr, die sie mit dem Rücken zum Saal saß, stand ein Mann, hoch aufgerichtet, in kaiserlicher Uniform, mit Orden dekoriert und imposantem Backenbart.

Natürlich wusste sie augenblicklich, um wen es sich handelte. Wer würde das nicht! Jeder Hanseat erkannte Baron Wilhelm von Stetten, Generalmajor des kaiserlichen Heeres, Vorsitzender der Deutschkonservativen Partei und Mitglied im Hamburger Senat. Einer der einflussreichsten Männer der Stadt. Hinter ihm standen zwei jüngere Männer, auch sie kannte Helene, hatte sie aber seit einigen Jahren nicht mehr gesehen und staunte über ihre Veränderung. Es waren von Stettens Söhne Joachim und Johannes. Zwillinge, die bei aller äußerlichen Ähnlichkeit unterschiedlicher nicht sein konnten.

Wann hatte sie die beiden zuletzt gesehen? Helene erinnerte sich dunkel an ein Sommerfest, das die Gemeinde ihres Vaters gegeben hatte, es musste weit mehr als zehn Jahre her sein. Von Stetten war gerade Witwer geworden, seine Frau unter tragischen Umständen ums Leben gekommen, und als er mit seinen Söhnen erschien, war die ausgelassen fröhliche Stimmung des Festes mit einem Mal dahin gewesen. Helene, ein kleines Mädchen, verstand nicht, warum sie nun von einer Minute auf die andere nicht mehr spielen, lachen und laut reden durfte, und hatte diese beiden traurigen Jungen bedauert. Johannes und Joachim mochten zu dieser Zeit vielleicht dreizehn, vierzehn Jahre alt gewesen sein. Sie, die einander noch glichen wie ein Ei dem anderen, waren in schwarze Anzüge gekleidet, ließen ihre Köpfe hängen und wirkten wie zwei traurige Marionetten, denen man die Fäden abgeschnitten hatte. Während des gesamten Nachmittags standen sie stumm hinter ihrem Vater, der Honneurs entgegennahm, sagten kein Wort, spielten nicht mit anderen Kindern und – für die kleine Helene das größte Mirakel – aßen nicht einmal von dem herrlichen Kuchen.

Auch heute standen sie in gebührendem Abstand hinter ihrem Vater, es war jedoch unübersehbar, dass sie das Marionettenhafte ebenso abgelegt hatten wie ihre Jugend.

Der eine Sohn – war es Joachim? Oder doch Johannes? – stand kerzengerade hinter seinem Vater aufgerichtet, trug wie dieser Uniform, die schwarzen Haare streng nach hinten pomadiert, sein Gesicht glatt rasiert, sodass die Narbe, die von der Mitte der Stirn über den Nasenrücken zum linken Backenknochen verlief, gut sichtbar war. Die Narbenwulst war rosig und frisch, und Helene grübelte, woher er diese

Verletzung haben könnte. Er schien sie jedenfalls mit Stolz zu tragen. War das ein Schmiss von einer Mensur? Helene hatte keine Ahnung von den Gepflogenheiten schlagender Verbindungen, aber sie fragte sich, welche Lust man daran empfinden konnte, sich mit voller Absicht zu verletzen und verletzen zu lassen. Die Art, mit der der junge von Stetten im Saal umherblickte, empfand Helene als blasiert und herablassend, alles andere als sympathisch.

Sein Bruder dagegen – war es Johannes? Oder doch Joachim? – stand lässig, eine Hand in der Hosentasche und lächelte Helene an. Verschwörerisch, wie sie fand. Oder sagte der Ausdruck in seinen Augen eher: Eigentlich interessiert mich das alles hier nicht, wie sieht es mit dir aus? Er trug keine Uniform, dafür einen britisch anmutenden Dreiteiler aus Tweed, die zu lang geratenen Haare fielen ihm verwegen ins Gesicht. Unter seinem Blick glaubte Helene rot zu werden, der junge von Stetten war anziehend, im Gegensatz zu seinem Zwillingsbruder strahlte er eine Nonchalance aus, die Helene überaus faszinierend fand. Sie wurde in ihren Gedanken unterbrochen, da Wilhelm von Stetten das Wort an ihren Vater richtete.

Dieser wirkte wie ein Musterschüler, der dem gestrengen Lehrer unbedingt gefallen will, wohingegen Fanny den Blick demütig gesenkt hatte und auf ihrem leeren Teller etwas ungemein Faszinierendes zu betrachten schien.

»Sehr gut, dass ich Sie hier treffe, Pastor.«

Die Stimme von Stettens dröhnte durch den Alsterpavillon, Helene glaubte, dass augenblicklich alle Gespräche verstummten und sich die Aufmerksamkeit der anderen Gäste auf ihren Tisch richtete.

»Ich muss mit Ihnen über eine dringende Angelegenheit sprechen und möchte Sie bitten, mich in den nächsten Tagen in meinem Bureau aufzusuchen.«

»Selbstverständlich, Baron von Stetten.« Helenes Vater setzte sich kerzengerade auf, er nahm Haltung an wie ein Soldat, dem ein Befehl erteilt wurde, oder, wie Helene belustigt feststellte, wie ein Schüler, der vom Lehrer abgefragt wurde.

»Darf ich erfahren, zu welchem Behuf? Dann kann ich mich entsprechend vorbereiten.«

»Es betrifft Ihre Unternehmungen in der Wohlfahrt, mein lieber Curtius. Die Kirche muss ihre Aktivitäten bezüglich der Notleidenden in unserer Stadt unbedingt verstärken. Eine reine Armenspeisung ist nicht ausreichend.«

»Ganz Ihrer Meinung, Herr Baron! Allein, Sie wissen, die Mittel der Kirche sind begrenzt und …«

»Daran soll es nicht scheitern«, unterbrach ihn von Stetten. »Das besprechen wir unter vier Augen. Sie dürfen auf meine Großzügigkeit rechnen.«

Helenes Vater nickte erfreut, während von Stetten seine Stimme noch ein wenig mehr anhob, es schien Helene, dass er dies mit Absicht tat, damit auch alle Anwesenden die Botschaft, die er an ihre Eltern richtete, hörten.

»Wir dürfen nicht zulassen, dass die Frauenvereine die Aufgaben der Kirche gänzlich an sich reißen. Wir sehen dieser Tage, was geschehen kann. Die Frauenvereine gehen Hand in Hand mit kriminellen Subjekten, hilfebedürftige Frauen geraten unter den schlechten Einfluss von Sozialdemokraten und anderen subversiven Elementen. Dem müssen wir, Pastor, Sie und ich, dringend Einhalt gebieten.«

Seine Rede schien Eindruck zu machen, Helene konnte das Einverständnis im Saal beinahe körperlich spüren, genauso wie sich in ihr der Widerspruch regte und sie das dringende Bedürfnis hatte, gegen die ungeheuerliche Diffamierung durch diesen Mann aufzubegehren.

»Das sind reine Unterstellungen, mit Verlaub«, hörte sie sich sagen und sah die entsetzten Gesichter ihrer Eltern.

»Junge Dame?«

Helene drehte sich auf ihrem Stuhl um, damit sie von Stetten, der sie angesprochen hatte, ins Gesicht blicken konnte.

»Die Behauptung, dass die Frauenvereine sich mit kriminellen Subjekten vereinen, ist unhaltbar«, bekräftigte sie, aber dann verließ sie der Mut. Eisige Ablehnung wehte ihr von dem Mann, der vor ihr aufgerichtet war und zu dem sie emporblicken musste, ins Gesicht.

Sie schwieg.

Er schwieg ebenfalls und musterte sie ohne jegliche Emotion. Stattdessen richtete er seinen Blick auf ihre Eltern.

»Das ist ganz und gar nicht unsere Haltung«, beeilte sich ihr Vater, ihn zu beschwichtigen. »Adoleszenz, geehrter Herr von Stetten, Widerspruch um des Widerspruchs willen. Hören Sie gar nicht hin.«

»Das habe ich auch nicht vor. Meine Verehrung, Frau Fanny!« Er deutete eine Verbeugung zu Helenes Mutter an, die scheu nickte. »Wir sehen uns in den nächsten Tagen, Pastor.«

Dann ging er weiter, unter den Blicken aller Gäste. Einer der Söhne, der in Uniform, folgte ihm auf dem Fuß, aber der andere blieb an Helenes Stuhl stehen.

»Meine Hochachtung«, sagte er, ohne die Stimme zu dämpfen, anscheinend war ihm die Meinung seines Vaters ebenso gleichgültig wie Helene die des ihrigen. »Widerspruch erlebt mein Herr Vater nicht alle Tage.«

Dann lächelte er ihr zu, Helene lief ein wohliger Schauder den Rücken hinab, und sie sah ihm hinterher, wie er zu seinem Vater und Bruder aufschloss.

Mit geröteten Wangen drehte sie sich wieder zu ihrem Tisch, ein Grinsen konnte sie sich nicht verkneifen.

»Was hast du dir dabei gedacht?«, fauchte ihre Mutter.

»Ich habe ausgesprochen, was ihr euch nicht getraut habt«, gab Helene zurück.

»Respektlosigkeit gehört nicht zu den Grundwerten unseres Hauses«, betonte ihr Vater. »So haben wir dich nicht erzogen. Baron von Stetten repräsentiert unsere städtische Regierung und selbstverständlich auch das Deutsche Reich. Den Kaiser! Ich erwarte von dir mehr Hochachtung für Autoritäten, Helene, sonst warst du die längste Zeit im Lehrerinnenseminar.«

Helene schwieg. Aber nicht, weil sie sich die Appelle ihrer Eltern zu Herzen nahm. Stattdessen überlegte sie, wie sie sich bei ihrem Vater Gehör verschaffen und ihre Ziele durchsetzen konnte. Sollte er doch laut werden und ihr drohen. Damit setzte er sich nur selbst ins Unrecht. Hausarrest prallte an ihr ab, und sollte er ihr verbieten, weiterhin das Lehrerinnenseminar zu besuchen, dann würde sie sich im Zimmer einsperren und abwarten, bis der Tag ihrer Großjährigkeit erreicht war. Dann konnte sie ohnehin nichts und niemand mehr aufhalten. Sie würde Hilfe beim Frauenverein finden; das Bewusstsein darüber, Teil einer Gemeinschaft von Frauen zu sein, die füreinander einstanden, stärkte Helene spürbar.

Das verdankte sie nicht zuletzt Dr. Fitzpatrick, die ihr für diesen Weg Mut gemacht hatte.

Die darauffolgende Stunde saß die Familie Curtius stumm am Tisch, beschäftigt mit Tee, Sandwiches, Sherry für ihre Mutter und Cognac für den Vater. Die Stimmung war auf den Gefrierpunkt gesunken, Helene erinnerte sich an die Zeit vor einem halben Jahr, nachdem Klaus sein Elternhaus so plötzlich verlassen hatte. Es stimmte sie traurig, dass sie es in all den Monaten nicht geschafft hatten, den Riss, der durch ihre

Familie ging, zu kitten. Sie hatte gehofft, dass sie langsam wieder zueinanderkamen: Das offene Gespräch mit ihrer Mutter, als diese sich bei ihr entschuldigt hatte, die Tatsache, dass sie sich beim Vater für die Ausbildung zur Lehrerin starkgemacht hatte, das unvermutete Einverständnis ihres Vaters zu dem Berufswunsch – all das hatte Helene hoffen lassen, dass ihr Verhältnis auf dem Weg zur Besserung war. Aber es schien komplizierter als gedacht, und während sie an ihrem Sandwich knabberte, das ihr zum ersten Mal in all den Jahren fad schmeckte, überfiel Helene die Erkenntnis, dass der Unfriede in ihrer Familie nichts mit ihr zu tun hatte. Sie begehrte gegen die Erstarrung auf, das schon, damit folgte sie ihrem Bruder, aber ebendiese Erstarrung, das Unglück ihrer Mutter, die Strenge und Verschlossenheit des Vaters, hatten ihre Ursache vielleicht nicht im Verhalten der Kinder.

Vor einiger Zeit hatte sie mit großem Interesse einem Gespräch im Hause Reimers gelauscht, in welchem Paulinas Vater und Mutter sich über einen Doktor Freud und seine erstaunliche Methode, seelische Krankheiten zu diagnostizieren, ausgetauscht hatten. Helene hatte beileibe nicht alles verstanden, aber es hatte sie schrecklich interessiert, in der Zeitschrift *Jugend* hatte sie später einen Artikel darüber entdeckt, der in ihr den Wunsch entstehen ließ, sich näher mit den neuen Methoden zu befassen. Dazu war es nicht gekommen, ihr unruhiger Geist war zu beschäftigt, sich tausend Wege aus dem engen Gefängnis ihres Elternhauses zu suchen, aber während sie hier stumm zusammensaßen und sich über ihnen eine dunkle Wolke ausgebreitet hatte, die kein Kuchen und kein Seidenkleid, kein Blick auf die Binnenalster und kein Schubert-Stück vertreiben konnte, erinnerte sich Helene wieder daran.

Irgendwie war es um Erlebnisse in der Vergangenheit

gegangen, die sich auf das Verhalten in der Gegenwart auswirkten, und wenn sie ihre Eltern so betrachtete, glaubte sie durchaus zu erkennen, dass etwas geschehen war, was ihre Eltern verändert hatte. So verändert, dass die Lebensfreude, das Heitere und Gelassene aus ihrem Leben verschwunden war. Sie musste ihre Familie verlassen, bevor der Schatten sich auch auf sie legte.

Auch wenn ihr Vater nun nach dem Zusammentreffen mit dem Baron in denkbar schlechtester Stimmung war, würde sie es wagen und mit ihm über den Frauenverein sprechen. Wann, wenn nicht an diesem Tag?

Als ihr Vater schließlich zum Aufbruch mahnte, sah sich Helene suchend im Saal um in der Hoffnung, den jungen von Stetten noch einmal zu sehen, und tatsächlich erkannte sie ihn unweit der Musiker an einem Tisch mit seinem Vater und Bruder. Er saß weit zurückgelehnt auf seinem Stuhl, die Beine lang ausgestreckt und rauchte. Von den Männern am Tisch war er abgewandt, seine Augen waren auf den Saal gerichtet, und in dem Moment, als Helene ihn fand, trafen sich ihre Blicke.

Er lächelte ihr zu und hob eine Hand.

Sie tat es ihm gleich, und als sie ihren Eltern zur Garderobe folgte, waren ihre Schritte leichter als vor zwei Stunden beim Betreten des Etablissements.

Er gefiel ihr. Er gefiel ihr mehr, als ihr jemals ein Mann gefallen hatte, Helene ertappte sich dabei, dass sie breit lächelte, ohne Grund. Hieß das, sie war verliebt?

Bloß nicht, schalt sie sich, das konnte sie sich nicht erlauben. Nicht jetzt, wo sie im Begriff war, einen Beruf zu erlernen, einen Beruf, den nur ledige Frauen ausüben konnten. Himmel, Helene! Wer denkt denn gleich ans Heiraten? Zum ersten Mal sieht sie einen Mann, der ihr gefällt, und dann gehen die Pferde mit ihr durch, schalt sie sich.

Die Heimfahrt in der Droschke überstand Helene nur mit größter Willenskraft, am liebsten wäre sie die Strecke vom Alsterpavillon im strömenden Novemberregen nach Hause gelaufen, hätte sich bis auf die Knochen nass regnen lassen, nur um das Gedankenkarussell in ihrem Kopf anzuhalten!

Was war nur mit ihr los? Seit Tagen war sie nicht mehr recht bei sich, sie erkannte sich selbst nicht mehr.

Zu Hause angekommen, ging jedes Mitglied der Familie Curtius augenblicklich seiner Wege. Der Pastor verschwand ohne ein Wort mit grimmigem Gesicht in seinem Arbeitszimmer, Fanny floh in den Salon, wo sie, dessen war sich Helene gewiss, ein weiteres Glas Sherry trinken würde, und sie selbst konnte es kaum erwarten, in ihr Zimmer zu rennen und die Tür hinter sich zu verschließen.

Aus ihrer Wäschekommode kramte sie das Döschen mit den Salem-Zigaretten hervor, öffnete ein Fenster weit und steckte sich eine Zigarette an. Sie musste ihre Nerven beruhigen, noch lieber hätte sie sich jetzt bewegt, wäre in ihr Boot gestiegen oder auf das Fahrrad. Aber es war bereits Abend, und es schüttete aus Kübeln. Helene streckte eine Hand hinaus in die Luft und ließ das eisige Nass auf ihre Haut prasseln, während sie den Tabakrauch tief in ihre Lungen inhalierte. Langsam fing sie an, ihren Körper wieder zu spüren, die Härchen auf ihrem Arm stellten sich auf, die Poren zogen sich vor der Kälte zusammen, ihr Atem schickte weiße Wölkchen in die Nacht. Der Regen schlug einen Trommelwirbel auf das Blech über dem Fenster, Tausende kleine Fontänen hüpften über die Alster.

Die frische Luft tat ihr gut, sie hatte das Gefühl, wieder zu sich zu kommen, der plüschige Mief aus dem Kaffeehaus, die stickige Luft, das enge Kleid, der zackige Baron, all das hatte ihr die Luft abgeschnürt. Sie drückte ihre Zigarette an der Mauer aus, warf den Stummel in den Garten, knöpfte sich umständlich aus dem Kleid, schnürte das Mieder auf und warf alles aufs Bett. Streifte sich ein lockeres Hauskleid über und verließ ihr Zimmer.

»Ich habe keine Zeit«, entgegnete ihr Vater, als Helene darum bat, ihn sprechen zu dürfen. Aber die Angelegenheit musste jetzt geklärt werden, sie duldete keinen Aufschub. Auch wenn ihr Vater nicht gut auf sie zu sprechen war, das wusste Helene, aber das machte ihr plötzlich keine Angst mehr. Sie fühlte sich stark und zu allem bereit.

»Es nimmt keine Zeit in Anspruch«, sagte sie, trat in das Arbeitszimmer und schob ihrem Vater das Papier unter die Nase.

Verständnislos sah er sie an. So viel Dreistigkeit war ihm neu; wenn er sagte, er habe keine Zeit, richtete sich ein jeder danach, erst recht seine Frau und seine Tochter.

»Was soll das?«

»Das ist ein Mitgliedsantrag für den Verein ›Frauenwohl‹. Ich möchte, dass du ihn für mich unterzeichnest.«

Er starrte sie an. Unfähig, auf ihre Unverfrorenheit zu reagieren.

»Bitte«, schob Helene hinterher. Jetzt gab es keinen Weg zurück, und seltsamerweise fühlte sich genau das sehr gut an. Sie war stark. Stärker als er.

»Das kann nicht dein Ernst sein! Nach dem, was du dir gerade geleistet hast …«

»Unterschreib!«

Ihr Vater machte Anstalten, sich hinter seinem Schreibtisch zu erheben, bereit, ein Donnerwetter über ihr niedergehen zu lassen, aber sie erstickte es im Keim.

»Ich weiß, was du mit Julie treibst. Ich habe sie aus deinem Zimmer kommen sehen. Unterschreib!«

Aus dem Gesicht von Pastor Engelbert Curtius wich alle Farbe.

Wenig später faltete Helene in ihrem Zimmer das für sie so bedeutsame Papier sorgfältig zusammen, schob es in ein Kuvert und adressierte es an die Paulstraße.

Ein weiterer wichtiger Schritt auf dem Weg zur erwachsenen und selbstbestimmten Frau war getan.

24.

Das Polizeipräsidium glich einem im Frühjahr erwachenden Bienenstock. Noch bevor sie das Gelände des Stadthauses auch nur betreten hatte, beobachtete Anne, dass jede Menge Polizisten kreuz und quer über den Hof eilten, motorisierte Wagen mit Schupos vom Gelände rollten und berittene Polizisten ihnen folgten. Am Eingang zur Wache, hinter der das Büro des Kommissars lag, war kaum ein Durchkommen, so strömten die Beamten nach draußen. Mehrmals versuchte Anne, sich durchzufragen, aber niemand beachtete sie, niemand gab ihr Antwort, ein jeder schien ganz mit dem erhaltenen Auftrag beschäftigt. Am Ende fand sie den Weg selbst, doch die Tür zum Zimmer von Berthold Rheydt stand sperrangelweit offen, und es war leer. Der Kommissar war ebenfalls unterwegs.

»Entschuldigung, wo finde ich Kommissar Rheydt?«, sprach Anne nun den Wachhabenden hinter dem Tresen an, aber der schüttelte nur den Kopf und teilte Papiere an Schupos aus, die in Zweiergruppen auf ihre Befehle warteten.

»Schenk und Laufitz in die Hopfenstraße zu Müller, Hinterhaus, dritter Stock.«

Und wieder verließen zwei Beamte die Wache, ihren Einsatzbefehl in der Hand, grimmig entschlossen.

So ging es Order um Order, Anne konnte kaum glauben, dass Hamburg so viele Polizisten zur Verfügung hatte, wie sie an diesem Morgen im Stadthaus zu sehen bekam. Zum Wundern allerdings war keine Zeit, sie musste den Kommissar sprechen, und das so schnell wie möglich.

Die ganze Nacht hatte sie wach gelegen und auf Geräusche gelauscht. Hörte sie Schritte auf der Treppe? Versuchte jemand, die Tür zu ihrer Wohnung – doppelt versperrt – zu öffnen? Dreimal war sie aus dem Bett gesprungen und hatte hinter dem Vorhang verborgen einen Blick auf die Straße geworfen, um zu kontrollieren, ob irgendwer sie beobachtete.

Nein, nicht irgendwer. Sondern der Mörder.

Die Bemerkung des Wachmanns hatte sie zutiefst erschreckt. Der Hafenmörder – und nur er konnte es gewesen sein, wer denn sonst? – hatte sie im grünen Haus aufgespürt und sich als ihr Bruder ausgegeben.

Warum suchte er sie?

Wie war sie in seinen Blick geraten?

Sie war inkognito in Hamburg – kannte er ihre wahre Identität?

Wenn er ausgerechnet ihr nach dem Leben trachtete, warum hatte er dann die anderen Frauen getötet?

Hatte er auch diese vorher ausspioniert?

Was hatten sie gemeinsam?

Oder war all dies nur ein großer Zufall?

Antworten auf diese Fragen hatte sie in der durchwachten Nacht nicht gefunden, erhoffte sie sich jedoch von Kommissar Rheydt. Die Tatsache, dass der mutmaßliche Mörder sich aus der Deckung gewagt, ihr am Hafen hinterherspioniert und sogar den Wachmann nach ihr gefragt hatte, war für den Kommissar sicherlich eine bedeutende Spur. Anne wollte um Polizeischutz bitten, das musste auch in Rheydts Interesse sein. Denn würde der Mann, der nach ihr gefragt hatte, wiederkommen, dann konnten die Polizisten ihn verhaften, sobald er sich im Umkreis des grünen Hauses zeigte.

Ein Gesicht unter all den Uniformierten um sie herum kam Anne bekannt vor. Hatte sie diesen Schupo nicht schon im Büro des Kommissars gesehen? Sie sprach ihn an.

»Entschuldigen Sie, ich muss dringend Kommissar Rheydt sprechen, können Sie mir sagen, wo ich ihn finde?«

Er lächelte sie bedauernd an. »Der Kommissar ist heute beschäftigt, Sie sehen ja, was hier los ist.«

»Es ist überaus wichtig, wirklich.«

»Ich kann ihn nicht stören, er ist in einer Besprechung.« Der junge Mann zog bedauernd die Schultern hoch.

»Er ist wieder aufgetaucht.« Sie sah ihm in die Augen. »Der Mörder.«

Die Augen des jungen Polizisten weiteten sich, Anne konnte seinem Gehirn hinter der Stirn förmlich bei der Arbeit zusehen.

»Kommen Sie mit!« Der Schupo nahm sie am Arm und zog sie vom Zimmer des Kommissars und der Wache weg. Mit schnellen Schritten lief er durch den Gang, in dem ihnen immer mehr Schupos entgegenkamen, erst eine, dann weitere Treppen hoch und bog in einen weiteren Gang ein. Anne, deren Arm er mittlerweile losgelassen hatte, folgte ihm. Je höher sie kamen, desto weniger Schupos waren unterwegs, hier oben schien alles menschenleer. Gott sei Dank, dachte sie bei sich, war dieser Junge clever. Er hatte sofort begriffen, keine Fragen gestellt und sich nicht hervorgetan.

Vor einer der letzten Türen blieb der Schupo stehen, atmete einmal tief durch, zog seine Uniform stramm und klopfte.

»Herein!«

Er öffnete die Tür; Anne sah, dass sich in dem weiträumigen Zimmer drei Männer befanden, die sich über einen großen Tisch in der Mitte des Raumes beugten. Einer von ihnen war Kommissar Rheydt, der seinen Blick irritiert vom Schupo zu ihr wandern ließ.

»Keine Störung, Brenner, das war doch klar genug!«, schimpfte ein kleiner Mann mit polierter Glatze, an dem alles rund zu sein schien.

»Bitte um Verzeihung, Herr Inspektor, aber die Sache erlaubt keinen Aufschub.«

Nun richteten sich alle Blicke auf Anne Fitzpatrick, die den Raum ebenfalls betrat, den Herren zunickte und sich an den Kommissar wandte.

»Gestern Abend war ein Mann am grünen Haus. Er hat nach mir gefragt.« Sie machte eine Pause und nahm auch die beiden anderen Männer in Augenschein. Sie hatte deren ungeteilte Aufmerksamkeit. Auch wenn Anne nicht wusste, wen außer Rheydt sie vor sich hatte, war ihr sofort bewusst, dass sowohl der kleine Runde als auch der Dritte mit dem gepflegten Schnurrbart wichtige Positionen innehatten.

»Er hat sich als mein Bruder ausgegeben«, fuhr sie fort. »Aber ich habe keinen Bruder.«

»Wie sah er aus?« Rheydt hatte sich zu voller Größe aufgerichtet und kam auf sie zu. Sein Gesichtsausdruck hatte von irritiert zu entschlossen gewechselt, und auch die beiden anderen Männer im Raum schienen elektrisiert.

»Jung, blass, schmal. Eine Melone tief ins Gesicht gezogen,

sodass der Wachmann – der war es, der mit ihm gesprochen hat – die Augen nicht erkennen konnte.«

»Könnte er eine Beschreibung geben?«

»Ich denke, ja.«

Rheydt drehte sich um. »Ich schicke Kalweit. Der soll eine Aussage aufnehmen. Wir brauchen ihn nicht zwingend für unsere Aktion, das hier ist wichtiger.«

Der rundliche Mann kam hinter dem Tisch hervor. »Inspektor Christian Paulmann. Sie sind Dr. Fitzpatrick, wie ich annehme?«

Anne nickte.

»Bitte entschuldigen Sie, dass wir uns nicht vorgestellt haben. Wir sind, wie Ihnen unschwer entgangen sein dürfte, mit einer großen Aktion beschäftigt, die alle Kräfte bindet.«

Neugierig, aber nicht unfreundlich nahm er sie in Augenschein. »Allerdings duldet Ihre Beobachtung in der Tat keinen Aufschub«, sagte er mit einem Seitenblick zu dem jungen Schupo.

Die Art, wie er sie ansah, verunsicherte Anne. Der Blick war prüfend. Sie erkannte in seinen Augen wache Intelligenz. Als Inspektor war er der direkte Vorgesetzte von Kommissar Rheydt, und ihr wurde schlagartig bewusst, was ihr Auftritt hier für sie bedeutete. Man würde sie verhören. Und fragen, warum in aller Welt der Hafenmörder ausgerechnet nach ihr gefragt hatte. Wo gab es biografische Überschneidungen? Sie würden sie so lange befragen, bis sie ihnen die Wahrheit nicht länger vorenthalten konnte.

Die Tatsache, dass sie Hilfe bei der Polizei suchte, brachte sie in Gefahr. Aber nun war es zu spät.

Sie schwitzte.

»Ja, schicken Sie Kalweit«, sagte der Inspektor und nahm endlich seinen prüfenden Blick von ihr. »Und stellen Sie

Leute zu dem Haus ab. In Zivil, bewaffnet. Drei Männer in Schichten. Falls er dort wieder auftaucht. Wir müssen das Haus unter Beobachtung haben.«

Rheydt nickte, sah zu seinem Schupo, der schien den Befehl verstanden zu haben, denn er trabte sofort wieder los.

»Sie wissen, dass das letzte Opfer eines Ihrer Flugblätter in der Hand hielt?«

Dieses Mal sprach der Mann mit dem Schnurrbart. Er deutete auf einen Sessel.

»Bitte nehmen Sie Platz, Frau Doktor. Mein Name ist Gustav Roscher, Polizeidirektor.«

Der Polizeidirektor, dachte Anne, auch das noch. Mit wachsweichen Beinen ging sie zum Sessel und setzte sich. Sie durfte nicht in die Lage kommen, dass die Männer hier im Raum sie näher befragten, deshalb entschied sie sich, das Ruder wieder in die Hand zu nehmen.

»Ich habe die Zettel überall verteilt. Und gerade in der Gasse, in der die Praxis von Dr. Schumann liegt. Ich habe mir in der Nacht bereits meine Gedanken gemacht, warum der Mann ausgerechnet hinter mir her sein soll …«

»Und zu welchem Schluss sind Sie gekommen?« Der Polizeipräsident bot ihr Zigaretten aus einem Etui an, aber sie lehnte dankend ab. Sie durfte sich nicht ablenken und nicht einseifen lassen, das Gespräch mit den Polizeibeamten musste sie mit aller Konzentration durchstehen, damit sie nicht auf die Idee kamen, sie nach ihrer Vergangenheit zu fragen. Obendrein sollte keiner der drei Herren ihre Anspannung bemerken.

»Ich denke, er hat mich erkannt. Vielleicht hat er mich beobachtet, wie ich die Flugblätter verteilt habe. Ich bin den ganzen Nachmittag im Viertel unterwegs gewesen, ich war überall. Es ist sehr gut möglich, dass er mich dabei beobachtet hat. Dann herauszufinden, wer ich bin, ist kein Kunststück.

Die meisten Frauen kennen mich. Von meiner Arbeit in der Paulstraße«, fügte sie hinzu.

Der Polizeidirektor sagte nichts. Er zeigte keine Regung, er sah sie stumm an. Nicht ablehnend, aber auch nicht wohlwollend.

Anne hielt stand.

»Gut möglich«, regte Roscher sich schließlich, sah zu den beiden anderen Herren im Raum. »Sie haben uns einen wichtigen Hinweis geliefert, Frau Doktor Fitzpatrick. Wir werden der Sache nachgehen.«

Jetzt räusperte sich Rheydt. »Sie haben ja gerade gehört, dass wir das grüne Haus bewachen lassen werden. Aber wie sieht es mit Ihnen aus? Wenn Sie sich bedroht fühlen, stellen wir Ihnen jemanden an die Seite.« Er warf einen Blick zu seinen beiden Vorgesetzten, und der Mann, der sich als Inspektor Paulmann vorgestellt hatte, nickte.

»Selbstverständlich.«

Auf gar keinen Fall, dachte Anne. Je weniger sie über mich wissen, desto besser.

»Darauf werde ich vielleicht zurückkommen«, gab sie zur Antwort. »Ich habe mit meiner Vorsitzenden Frau Charlotte Lehmann gesprochen. Ich werde das Haus ein paar Tage lang meiden. Und da ich nicht davon ausgehe, dass der Täter – wenn er es denn war – mehr über mich weiß, wird er mich auch nicht finden.«

Das war eine glatte Lüge, aber die Idee war tatsächlich gut, sie würde im Anschluss sofort in die Paulstraße gehen, um ebendies mit Charlotte zu besprechen. Damit stand sie auf und wollte sich verabschieden. Sie musste raus hier, so schnell wie möglich.

»Ich bringe Sie zum Ausgang«, sagte Kommissar Rheydt. »Man kann sich im Präsidium schnell verlaufen.«

Es kostete Anne größte Kraft, sich ein Lächeln abzuringen.

Rheydt ging mit ausgreifenden Schritten, er schien es eilig zu haben, und zu Annes großer Erleichterung kam er nicht noch einmal auf das Berichtete zu sprechen. Er stellte ihr keine einzige Frage oder begann sonst ein Gespräch. Sie gingen nicht auf dem gleichen Weg zurück, den sie mit dem jungen Schupo gekommen war, sondern er geleitete sie zu einem hinteren Ausgang, wo weniger los war. Durchquerte den Hof und blieb dann am gusseisernen Zaun stehen. Hielt ihr das Tor auf, Anne schlüpfte durch und schüttelte seine ausgestreckte Hand.

»Auf Wiedersehen!«

Sie wollte ihre Hand zurückziehen, aber der Kommissar ließ nicht los. Er hatte sie mit festem, fast schmerzhaftem Griff gepackt.

»Auf Wiedersehen!«, sagte er und fixierte ihren Blick. Obwohl der Moment unpassend war, fiel ihr auf, wie schön seine Augen waren. Strahlendes Blau unter den dichten schwarzen Brauen und Wimpern. Blau und tief.

»Passen Sie auf sich auf.«

Sie nickte und wollte sich erneut aus dem Griff lösen, aber der Kommissar ließ noch immer nicht los.

»Ich werde Sie im Auge behalten«, sagte er, »Doktor Fitzpatrick.«

Erst dann ließ er ihre Hand los, schloss das Tor, drehte sich um und eilte zum Präsidium zurück.

Anne war sich im Klaren darüber, dass er das nicht allein zu ihrer Beruhigung gesagt hatte. Es hatte sich vielmehr wie eine Drohung angehört.

»Das Haus war ein Fehler! Von vorneherein!« Charlotte lief unruhig in ihrem kleinen Büro auf und ab, Anne zog es vor zu schweigen. Sie hatte der Vereinsvorsitzenden von dem Mann am grünen Haus erzählt, aber auch, dass sie bereits bei der Polizei gewesen war und diese das Haus bewachen lassen würde.

»Natürlich kannst du da nicht mehr hin, Anne. Aber ich kann auch sonst niemanden schicken.«

»Wenn wir jetzt schließen, dann enttäuschen wir die Frauen, die nun endlich kommen. Es fängt gerade an, Charlotte.«

»Sollen die in die Paulstraße kommen. Anne! Da unten läuft ein Mörder herum, die Arbeit im grünen Haus muss unverzüglich beendet werden. Unverzüglich.«

»Wenn wir die Arbeit einstellen, nehmen wir der Polizei die Chance, den Mörder zu fangen.«

»Wir spielen nicht den Lockvogel für die Polizei, Anne. Es ist mir egal, wie sie es machen, die Arbeit des Frauenvereins wird am Hafen eingestellt. Das ist mein letztes Wort.«

»Also gut«, sagte Anne mit unverhohlener Wut. »Dann haben sie es ja geschafft. Es ist genau das, was die Konservativen, was die Männer in dieser Stadt wollten.« Sie nahm ihre Tasche. »Dann werde ich meine Arbeit dort weiterhin tun. Das kannst du nicht verhindern.«

»Anne, bitte!« Charlottes Stimme wurde weicher, sie stellte sich vor die Jüngere hin, fasste sie an beiden Oberarmen und blickte ihr in die Augen. »Ich möchte nur verhindern, dass etwas Schlimmes geschieht. Dir, aber auch den Frauen, die um Hilfe suchend dorthin kommen. Sei vernünftig. Solange sie diesen Hafenmörder nicht gefasst haben, können wir unsere Arbeit dort nicht tun. Es ist nur vorübergehend.«

Anne blieb stumm. Was würde Milena in dieser Lage sagen? Würde sie es wagen und weitermachen? Sie würde sie fragen können. In weniger als zwei Stunden kam Milenas Schiff an, und Anne würde sie abholen.

»Ich denke darüber nach. Einverstanden?«

»Einverstanden.«

Als hätte der Wettergott ein Einsehen und wollte Anne einen Gefallen tun in dieser aufreibenden Zeit, hatte er die grauen Schleier von der Stadt gezogen, den Himmel blau angemalt und die Sonne frisch aufpoliert. Möwen kreisten kreischend über den St. Pauli Landungsbrücken, wo Anne inmitten einer größeren Menschenmenge auf die Ankunft des HAPAG-Dampfschiffes wartete. Der Preis für den klaren Himmel war ein eiskalter Wind, der vom Wasser an Land fegte, die Leinen der Fahnenmasten klappern und Annes Augen tränen ließ. Fest eingepackt in ihren langen Wintermantel mit pelzbesetztem Kragen – der einzige Luxus, den sie offen zur Schau trug –, gefütterte Handschuhe und einen Filzhut, dessen Stoffbänder unter dem Kinn gebunden wurden, wodurch ihre Ohren geschützt waren, stand sie bereits seit einer halben Stunde hier, obwohl die »Fürst Bismarck« noch nicht in Sicht war. Mittlerweile jedoch, der Pier hatte sich weiter mit Abholenden und Schaulustigen gefüllt, kamen die Schornsteine des HAPAG-Dampfers in Sicht. Die Wartenden winkten, hielten Taschentücher und kleine Wimpel oder Fähnchen mit der Hamburgischen Flagge in die Luft. Wie Anne aus Gesprächen Nebenstehender erfuhr, war das Schiff von New York ausgelaufen, mit Zwischenstopp in Dover und Boulogne, war mithin einige Tage unterwegs gewesen und brachte Passagiere mit sich, die ihre Liebsten vielleicht viele Wochen, Monate, wenn nicht gar Jahre nicht gesehen hatten, was die fröhliche Hochspannung der Menschen am Pier erklärte.

Auch Anne war hochnervös und freudig erregt. Erwartete Milena, sie zu sehen? Wie würden sie einander gegenübertreten, nachdem sie noch vor elf Monaten an eine Trennung für immer geglaubt hatten? War Milena vielleicht erneut gebunden? Hatte gar geheiratet? Zuzutrauen war es ihr, ihre Freundin war kein Kind von Traurigkeit und hatte auch in ihrer Zeit mit Anne den ein oder anderen Liebhaber oder andere Liebhaberin gehabt, zu Annes Leidwesen.

Oder hatte ihre Liebe all die Monate überdauert?

Die Zeit vor Milenas Ankunft hatte sie noch genutzt, um Einkäufe zu tätigen. Zwei üppige Blumensträuße mit Wicken, Milenas Lieblingsblumen, Champagner, Konfekt, exotisches Obst, geräucherter Fisch, Roastbeef, frisches Weißbrot. Das alles hatte sie in ihre kleine Wohnung gebracht, sich rasch umgezogen, die Haare gemacht und Parfüm aufgelegt – Étiquette bleue, den Duft, den Milena so sehr an ihr liebte. Alles war bereit, es fehlte einzig ihre Geliebte.

Die »Fürst Bismarck« war nur noch wenige Hundert Meter vom Pier entfernt, von den Relings winkten die Passagiere, dicht an dicht, Annes Augen glitten suchend von Deck zu Deck, aber es war unmöglich, ihre Freundin auszumachen. Die Schiffsirene ging, einmal, zweimal, dreimal, der Schornstein stieß eine dicke Wolke aus, dann brachten die Schlepper den Dampfer punktgenau an die Landungsbrücke. Jubel und Applaus auf beiden Seiten – vom Festland und von Bord des Passagierschiffes.

Annes Herz schlug schneller. Die Gangway wurde ausgebracht, sie streckte den Kopf hoch in die Luft, um zu sehen, wie die ersten Passagiere von Bord gingen, aber plötzlich kam Bewegung in die Menschen um sie herum, alle drängten dorthin, wo sie auch hinwollte. Kurz verlor sie die Gangway aus den Augen, entschied sich dann aber, dortzubleiben, wo sie war. Von hier aus hatte sie immerhin einen guten Blick. Sobald Milena auftauchte, würde sie rufen und sich lautstark bemerkbar machen.

Zunächst verließen die Fahrgäste der ersten Klasse das Schiff, und obwohl Anne sicher war, dass Milena nicht so komfortabel und vor allem teuer reiste, beobachtete sie die von Bord Gehenden genau, sie wollte ihre Freundin auf keinen Fall verpassen.

Beinahe eine Stunde stand sie wartend an der Pier.

Sie sah Frauen, Männer, Kinder und Hunde über die Gangway das Schiff verlassen.

Große, kleine, helle, dunkle, mondäne, ärmere, gebrechliche, heitere und melancholische Reisende. Mit großem und kleinem Gepäck.

Sie sah, wie die Menschenmenge an Land kleiner und kleiner wurde, bis am Schluss nur noch sie selbst dort stand.

Milena war nicht gekommen.

Hatte sie sie übersehen? Aber das konnte nicht sein! Je mehr Zeit verstrich, desto unruhiger war Anne geworden, immer wieder hatte sie auf den Zettel gestarrt, den Charlotte ihr gegeben hatte. Alles stimmte! Zeit, Ort, Schiff – oder hatte Charlotte einen Fehler gemacht? Sich in der Uhrzeit geirrt?

Als keine Passagiere mehr von Bord gingen, lief Anne auf einen der Matrosen zu, der etwas vom Schiff an Land trug, und sprach ihn an, aber er zuckte nur mit den Schultern und deutete auf einen Offizier an Deck.

Dieser kam tatsächlich an die Gangway, nachdem Anne ihm zugerufen hatte, dass sie jemanden vermisse, ein Fahrgast sei nicht angekommen! Der Mann hörte sich ihre Sorge an, er war Amerikaner, und versprach ihr, den Zahlmeister zu informieren, aber sie müsse sich gedulden.

Lange musste Anne warten, sie überlegte, ob es richtig war, vielleicht sollte sie stattdessen in den Klub fahren und nachsehen, ob Milena dort aufgetaucht war. Vielleicht hatte sie sie doch übersehen. Oder sie könnte dort eruieren, ob die Angaben, die sie hatte, richtig waren. Gerade als sie sich entschied, nicht länger zu warten, erschien ein weiterer Offizier an der Gangway und winkte ihr.

»Miss?«

Anne eilte zu ihm. *»Doctor Fitzpatrick, please. I might have missed a friend of mine, Miss Suslowa.«*

»Wir können uns auf Deutsch unterhalten. Martin Lehmann. Ich bin Bremer. Wenn ich recht verstehe, wollten Sie Frau Suslowa abholen, aber sie hat das Schiff nicht verlassen?«

Anne nickte nur, sie hatte einen Kloß im Hals und brachte kein Wort mehr heraus.

»Bitte folgen Sie mir in die Zahlmeisterei, dort kann ich die Passagierlisten einsehen. Miss Suslowa kam von New York?«

»Nein«, gab Anne zurück, während sie dem freundlichen Purser durchs Schiff folgte, »sie ist in Dover zugestiegen.«

Eine irrige Annahme, wie sich kurz darauf herausstellte. Milena hatte das Schiff nie betreten. Sie stand auf der Passagierliste, war aber nicht erschienen. Nicht in Dover und auch nicht in Boulogne. Sie war nie auf dem Schiff gewesen. Der Purser bedauerte, aber mehr konnte er nicht für sie tun.

Anne war wie erstarrt, verabschiedete sich dankend und verließ mit tausend Gedanken im Kopf die »Fürst Bismarck«.

Was war geschehen? War Milena etwas zugestoßen? Aber hätte sie dann nicht telegrafiert? Heute war Freitag, morgen sollte sie im Klub den Vortrag halten. Sie hatte nicht abgesagt – oder vielleicht doch?

Anne winkte auf den Landungsbrücken nach einem Taxi und ließ sich zum Jungfernstieg bringen, sie wollte sich im Klub erkundigen, ob der Vortrag entfiel und man lediglich vergessen hatte, sie zu benachrichtigen.

Eine Stunde später steckte Anne den Schlüssel ins Schloss ihrer Wohnung. Sie war vollkommen kraftlos, hatte nur mit Mühe die Treppen nach oben erklommen. Der Sturm der Gefühle – die frohe Erwartung, auf die Ratlosigkeit und schließlich Angst um Milena folgten – hatte sie aller Kraft beraubt, die widerstreitenden Gefühle tobten in ihr, sie wusste nicht, ob sie panisch, enttäuscht oder wütend sein sollte; eine Seelenregung allerdings erfüllte sie vollkommen. Sie war unendlich traurig. Sie verzehrte sich nach einem Menschen, den sie liebte, sie brauchte Geborgenheit, Zärtlichkeit und Trost so sehr wie nie zuvor in ihrem Leben.

Und stattdessen war sie wieder: allein.

Abgeschlagen stand sie in ihrer Wohnung, starrte auf den Esstisch, auf dem sie die Blumensträuße, den Champagner im Eiskübel und die Köstlichkeiten, die Milena so gerne aß, angerichtet hatte. Ihr Anblick traf Anne wie ein Schlag ins Gesicht und machte ihr schmerzhaft bewusst, wie einsam sie wirklich war.

Und sie würde es bleiben.

Sie war eine gesuchte Verbrecherin, in den Augen einiger war sie gar eine Mörderin, auch wenn sie selbst überzeugt war, die Verbrechen im Namen der Menschlichkeit verübt zu haben, es half alles nichts. Sie war gebrandmarkt. Und nun musste sie büßen.

Den Hut, die Tasche, den Mantel ließ Anne an sich herabgleiten, trat einige Schritte zum Tisch, packte mit beiden Händen das Tischtuch und riss mit aller Kraft, die ihr noch zur Verfügung stand, daran. Die Vasen und Teller, die Gläser und Schüsseln, der Kübel mit dem Champagner, Fisch und Fleisch, Blumen und Obst, alles polterte zu Boden, zerbarst in tausend Stücke und Scherben, und Anne ließ sich mittendrin auf die Knie sinken. Sie war blind für das Chaos um sich herum, ihr Blick war einzig auf eine spitze Scherbe gerichtet, die von einem der Champagnerkelche stammte. Das Licht der Deckenlampe brach sich in ihr, sie funkelte Anne verführerisch zu, als wollte sie sie locken.

Sie griff danach. Betrachtete die Scherbe. Setzte sie an ihren Unterarm.

Anne fühlte sich so leer.

Was erwartete sie noch von ihrem Leben? Das, was sie tat, war gewiss das Richtige, aber erfüllte es sie?

Das sind die falschen Fragen zur falschen Zeit, gab sie sich selbst die Antwort. Warf die Scherbe fort und griff stattdessen nach der Flasche Champagner, die, durch den Kübel geschützt, unversehrt geblieben war. Anne öffnete sie und setzte die Flasche an den Mund. Sie ließ das kühle Gold in ihre Kehle laufen und wollte aufhören zu denken. Wollte nicht an Milena und nicht an morgen denken. Und nichts fühlen. Trinken, sich betäuben.

Morgen war auch noch ein Tag.

25.

Der strenge Geruch, der ihm entgegenschlug, kaum öffnete er die Tür seines Büros, war überwältigend. Berthold hielt die Schupos ständig an, alle Türen und Fenster zu öffnen, damit die eisige Nachtluft wenigstens den gröbsten Mief aus dem Präsidium entfernen würde, aber es half nicht viel.

Der Gestank von Ausscheidungen aller Art hing in der Luft, Schweiß, Bier und Schnaps, Zigaretten- und Pfeifenrauch, auf den Boden gespuckter Kautabak, nasse Wolle und ungewaschene Körper, es war kaum auszuhalten. Wenn der Kommissar durch die Gänge lief, in die Verhörzimmer schaute oder die Schupos vorne in der Wache mit bestärkenden Worten und Schulterklopfen aufzumuntern versuchte, überfiel ihn das dringende Bedürfnis, aus dem Stadthaus zu flüchten, hinauszustürmen an die frische Luft, sich zu bewegen und die Lungen zu reinigen.

Den gesamten Tag über waren die Polizeikräfte in der Stadt unterwegs gewesen und hatten das lichtscheue Gesindel aus den Spelunken und Kellern, aus Verschlägen und überfüllten Wohnungen, aus finsteren Straßenwinkeln und Hafenpiers hervorgezerrt und zum Präsidium geschafft.

Alle, von denen sie wussten oder auch nur ahnten, dass sie einer halbseidenen Tätigkeit nachgingen, hatten sie eingepackt, ohne Erklärung, ohne Beweise und, dessen war sich Berthold Rheydt nur allzu bewusst, ohne Not. Diese groß angelegte Razzia sollte ein Zeichen sein.

Eines an die Öffentlichkeit, die sehen musste, dass ihre Polizei im großen Stil tätig wurde, Himmel und Hölle in Bewegung setzte, um den Mörder zu finden.

Eines an die konservativen Parteien in der Bürgerschaft, damit deren Forderung, den Täter in den Reihen der armen Bevölkerungsschicht zu suchen, Genüge getan wurde.

Und nicht zuletzt eines an den Hafenmörder selbst, auch wenn er nicht unter den heute Festgesetzten war, wovon Roscher, Paulmann und Rheydt ausgingen, aber er sollte sehen, wie mächtig der Gegner war, mit dem er sich anlegte.

Allerdings war der Preis, den die Truppe dafür zahlte, hoch. Die Polizisten waren den ganzen Tag auf den Beinen gewesen, und sie würden so schnell auch nicht in ihre Betten kommen. Stattdessen hatten sie nach den Festnahmen die Aufgabe, die Menschen, die das Präsidium überfluteten, zu vernehmen und von jedem Gespräch Protokolle anzufertigen. Der überwiegende Teil der Ganoven, Herumtreiber und Taugenichtse war bereits in Roschers Kartei erfasst, die Akten wurden jedoch auf Aktualität überprüft; Neuigkeiten und Veränderungen wie Narben, fehlende Gliedmaßen, neu gewachsene Bärte, Tätowierungen, Fingerabdrücke, die in der Kartei fehlten, wurden nachgetragen.

Schultheiss, der Polizeifotograf, hatte drei Kollegen mit in sein Atelier geholt, sie schossen Fotos im Akkord. Über die zusätzliche Arbeit war Schultheiss alles andere als erfreut, er machte Berthold dafür verantwortlich und ließ seine schlechte Laune an ihm aus, auch wenn der Befehl vom Kripochef selbst gekommen war.

»Das kostet dich ein paar Lagen, Berthold«, hatte er ihm außerdem angekündigt, und damit war er nicht der Einzige, der flüssige Entschädigung vom Kommissar forderte. Rheydt würde nach dieser Aktion viele Kneipengänge absolvieren müssen, um die Schuld, die nicht seine war, abzutragen.

Neben allem Ärger über die Razzia, die ihnen zu viel Kraft abforderte und zu wenig für den Fall einbrachte, machte Rheydt sich noch andere Sorgen. Ausgerechnet jetzt, wo er konkrete Hinweise bekommen hatte, konnte er den Fall nicht mit aller Kraft nach vorne treiben, weil er nicht genug Leute hatte. Eigentlich niemanden. Er hatte sich zudem auf die Agenda geschrieben, Dr. Fitzpatrick auf Herz und Nieren zu überprüfen, er war gewiss, dass mit dieser Ärztin etwas nicht stimmte, aber auch das würde warten müssen. Und dann mussten sie auch noch das Frauenhaus am Magdeburgquai überwachen!

Wie sollte er das leisten? Und vor allem: mit wem?

Jungblut, der Wachhabende, machte ihm ein Zeichen, als er gerade im Begriff war, wieder in sein Büro zu gehen.

»Gibt's was?«, erkundigte Berthold sich.

»Vielleicht. Fink hat einen, der behauptet, er hätte was gesehen, was Sie interessiert.«

Der Kommissar nickte. »Wo sitzt er?«

»Zimmer 23.«

Es war nicht der Erste, der versuchte, sich auf diese Art freizupressen. Die Männer, die sie heute in Gewahrsam genommen hatten – Frauen waren in der deutlichen Unterzahl –, mochten arm an Bildung und Geld sein, an Gerissenheit allerdings schlugen sie so manchen unbescholtenen Bürger. Dass es etwas zu holen gab, wenn man vorgab, wichtige Informationen über den Hafenmörder zu haben, hatte sich rasch herumgesprochen – entsprach allerdings nicht der Wahrheit. Berthold ließ keinen ziehen, bloß weil der ihm Märchen auftischte. Und bislang war an all den vermeintlich heißen Hinweisen nichts dran gewesen.

»Fritzchen hier möchte mit Ihnen reden«, sagte Fink, der die Vernehmung in Zimmer 23 führte, als Berthold Rheydt die Tür geöffnet hatte.

Fritzchen, bürgerlich Fritz Kolacek, dessen Spitzname von seiner mickrigen Statur herrührte, war ein polizeibekannter Sittlichkeitsverbrecher. Er drückte sich in den dunklen Ecken des Gängeviertels herum und ließ seine Hosen herunter, wenn junge Mädchen seinen Weg kreuzten. Eine armselige Kreatur. Jetzt nickte er beflissen und drehte nervös seinen abgewetzten Hut in beiden Händen.

»Jawohl, so isses. Will ich, will ich.«

Der Kommissar setzte sich auf die Kante des Schreibtisches und blickte den Mann nur an. Dieses Würstchen musste er nicht noch zusätzlich einschüchtern, der redete von selbst.

»Eine Kutsche, eine Kutsche hab ich gesehn.«

»Du hast also eine Kutsche gesehen? Wo und wann?«

»Inne Gasse«, gab Fritzchen zurück. »Vonner Praxis von Doktor Schumann.«

»Welche Gasse?«

»Das hab ich doch gerade …«

»Welche Gasse?«

»Weiß nich, wie die heißt. Die hat kein' Nam. Geht vom Höxter rein, anner Ecke is Tabakwarn Heinrich.«

»Da drückt er sich herum«, bekräftigte der Polizist, »das ist Fritzchen sein Revier, hier haben wir ihn schon ein ums andere Mal aufgegriffen.«

Fritzchen nickte fleißig, als wäre das eine Auszeichnung.

»Also gut. Und was genau hast du gesehen?«

»Eine Kutsche, die was aufgeladen hat.«

Berthold schnaufte. Wenn das so weiterging, würde er morgen früh noch hier sitzen und dem Exhibitionisten alles aus der Nase ziehen.

»Eine Chaise«, erläuterte der Kommissar eine halbe Stunde später seiner Truppe, nachdem er Fritz Kolacek mit Nachdruck zu einer rascheren Aussage verholfen hatte. Anschließend holte er Brenner, Raabe und Kalweit zu sich ins Zimmer.

Mittlerweile war es elf Uhr am Abend und damit längst Zeit, die Leute nach Hause zu schicken, aber noch immer waren die Zimmer voll; auf der Wache warteten nicht wenige Kanaillen auf Vernehmung. Es würde eine lange Nacht werden, und Berthold wollte jede Minute nutzen, um an seinem Fall zu arbeiten. Deshalb hatte er die Ermittlungsgruppe von den Vernehmungen befreit und in sein Büro befohlen.

»Eine schwarze Chaise mit einem schwarzen Pferd. Das Verdeck geschlossen. Den Fahrer hat er nicht gesehen oder jedenfalls nicht gut gesehen. Er hat nur beobachtet, dass die Chaise vor die Praxis gefahren ist. Jemand ist abgestiegen, hat die Praxis betreten und ist mit einem schweren, großen Paket wieder herausgekommen. Das hat er in die Kutsche geladen und ist weitergefahren, in Richtung Dovenfleet.«

Rheydt nahm einen Zettel, auf den er in Versalien »Chaise« geschrieben hatte und darunter die Angaben, die Fritz Kolacek gemacht hatte. Diesen pinnte er nun auf ihre Ermittlungswand, neben die rot umkringelte Praxis von Dr. Theodor Schumann.

»Das Besondere daran ist, dass er die Kutsche nicht nur einmal gesehen hat. Er hat sie gesehen, als Elsie Lautenschläger starb, und er hat sie ein paar Monate davor schon einmal gesehen.«

»Behauptet er«, warf Kalweit ein.

»Er hat gesagt, als er die Chaise das erste Mal dort in der Gasse gesehen hat, sei es Frühling gewesen. Natürlich hat sich auch zu Fritzchen herumgesprochen, dass Rosi Speyer das erste Opfer war, aber ob er sich noch daran erinnert, wann sie vermisst wurde? Das traue ich ihm nicht zu, besonders helle ist er nicht.«

Brenner hob die Hand.

»Wir sind nicht in der Schule, Brenner, bitte frei von der Leber weg.«

Der junge Polizist bekam sofort rote Ohren. So wie am Vortag, als er Berthold Rheydt freudestrahlend von seinem Einzeltraining mit Napfmann erzählt hatte. Er hatte sich als überaus sportlich und fußballbegabt erwiesen, sodass der Trainer ihm für das Spiel am Sonntag gegen Victoria Hamburg tatsächlich die Position im Tor angeboten hatte.

»Hat der Fahrer da auch etwas aus der Praxis geholt, oder hat Fritzchen nur die Kutsche gesehen?«

»Das gleiche Prozedere. Aber!« Berthold Rheydt hob den Stift in seiner rechten Hand in die Höhe, wie um die Bedeutung seiner nächsten Aussage zu unterstreichen. »Die Kutsche hat er nicht nur einmal gesehen. Er behauptet, dass er sie ab und an mal in den Straßen gesehen hat. Sie ist angeblich auffällig: ein edles Pferd, kein Gaul, ein Rappe, kein weißer Fleck, nirgends. Die Chaise ist ebenfalls kein einfaches Ding, sondern eine noble Karosse. Das Verdeck stets geschlossen, sodass man das Gesicht nicht erkennen konnte.«

Raabe pfiff durch die Zähne. »Das müssen andere doch auch bemerkt haben. Damit dürften wir weiterkommen.«

»Richtig. Raabe, Sie zischen jetzt los und instruieren alle, die noch in Vernehmungen sitzen, danach zu fragen. Leider sind die meisten unserer Ganoven schon wieder auf freiem Fuß. Aber Jungblut soll allen Schupos, die in den kommenden Tagen auf den Straßen unterwegs sind, den Befehl geben, danach herumzufragen. Über die Kutsche kriegen wir unseren Mann. So ein Gefährt ist auffällig. Vor allem in diesen Vierteln. Außerdem ist sie ein weiterer Hinweis auf die gehobene Stellung unseres Täters.«

Raabe sprang gehorsam auf und wollte das Zimmer verlassen, aber Berthold hielt ihn zurück.

»Einen Moment noch. Bitte.«

Er verschränkte die Arme vor der Brust und nahm jeden der drei Männer, die vor ihm standen oder saßen, ins Visier.

»Die nächsten Tage werden nicht einfach. Sie werden Ihre Familien nicht sehen und viel zu wenig Schlaf bekommen. Sie werden sich die Füße platt laufen, stundenlang im Regen und der Kälte stehen, immer wieder die gleichen Fragen stellen, vielleicht keine oder keine ergiebigen Antworten bekommen – und vor allem: Sie werden nicht darüber reden dürfen.«

Brenners Ohren wurden tiefrot, Raabe scharrte nervös mit den Füßen, nur Kalweit blieb regungslos und stocksteif sitzen. Berthold strich sich über das Kinn.

»Und Rasieren dürfte auch schwierig werden.«

Seine Männer rangen sich ein Lächeln ab.

»Seien Sie sich im Klaren: Wir sind jetzt auf uns gestellt.

Nur Roscher und Paulmann sind eingeweiht. Offiziell suchen wir unseren Mörder im Milieu, das ist die Ermittlung, die ich nach außen hin leite. Aber Sie wissen, und ich weiß: Unser Mann ist keiner von denen da draußen! Die Razzia kostet uns Zeit und Kraft, zum Glück ist diese Information mit der Chaise für uns abgefallen. Mit etwas Glück fördern wir noch mehr zutage, was uns behilflich ist.«

Er machte eine Pause. Die drei Männer, die ihn konzentriert ansahen, waren gut. Mehr als gut. Er wusste, dass er sich auf sie verlassen konnte. Aber was sie jetzt brauchten, war ein Erfolg. Er fuhr fort.

»Wir stehen kurz vor der Lösung. Ich kann es riechen, wir sind unserem Mann eng auf den Fersen. Deshalb bitte ich Sie – kein Wort über diese kleine Ermittlungsgruppe. Zu niemandem. Wir vier – wir arbeiten jetzt mit aller Kraft. Aber der Ruhm wird dann auch unser sein! Und wenn wir unseren Mann haben, gibt es ein paar Tage Sonderurlaub.«

Seine Rede hatte ihre Wirkung nicht verfehlt. Brenner, Raabe und sogar Kalweit nickten ergriffen. Raabe verließ kurz darauf das Zimmer, die beiden anderen blieben und warteten auf Instruktionen.

»Wir beginnen morgen mit unserer Observation am Magdeburger Hafen. Heute war das Haus geschlossen, deshalb habe ich darauf verzichtet, jemanden abzustellen. Aber ab morgen Vormittag müssen wir dort vor Ort sein. Brenner, Sie übernehmen die erste Schicht.«

»In Räuberzivil?«

Berthold Rheydt lächelte. »Jawohl. Mit der Betonung auf Räuber. Je weniger manierlich Sie aussehen, desto besser.«

»Das wird zu machen sein.«

»Gut.« Der Kommissar wandte sich an Kalweit, der die Aufgabe übernommen hatte, alle Ergebnisse und Informationen, die sie bekamen, schriftlich festzuhalten und die Ermittlungsakte so auf dem aktuellen Stand zu halten. »Was hat die Befragung des Wachmanns ergeben?«

»Nicht viel. Genau genommen genauso wenig wie die Aussage von Dr. Fitzpatrick zum Täter. Ein junger, schlanker Mann, gut gekleidet, Melone, tief ins Gesicht gezogen, glatt rasiert. Gesicht nicht erkennbar.«

»Gut. Oder vielmehr nicht gut. Trotzdem, Kalweit: Sie gehen morgen mit der Beschreibung ins Allgemeine Krankenhaus. Nehmen Sie Raabe mit. Wir müssen uns unter den Medizinern umhören. Ich habe das starke Gefühl, dass unser Täter aus dem medizinischen Bereich kommt. Die Verwendung von Chloroform, die Arztpraxis als Tatort, die professionelle Öffnung des Brustkorbs. Die Beschreibung ist mau, aber vielleicht erinnert sich jemand an die Chaise. Wir müssen es versuchen.«

»Ist notiert, Herr Kommissar. Krankenhaus und niedergelassene Ärzte.«

»Danach einigen Sie sich mit Raabe, wer nach Brenner am Hafen Wache schiebt. Wir lösen uns ab, jeder macht eine Sechs-Stunden-Schicht.«

Kalweit und Brenner sahen sich an.

»Sie auch, Herr Kommissar?«, fragte der Assistent ungläubig nach.

»Natürlich auch ich. Denken Sie, ich lege mich schlafen, wenn meine Leute arbeiten?«

Berthold erhob sich von der Schreibtischkante und öffnete die Zimmertür. »Und jetzt unterstützen wir die Kollegen hier. Wir alle wollen das hinter uns bringen.«

»Wann haben Sie zuletzt geschlafen, Kommissar?« Agathe Melwerk sah ihn an und schüttelte den Kopf. »Sie sehen grauenvoll aus. Nicht wahr, Heinrich?«

Heinrich Melwerk, der Chemiker, saß in einem Rollstuhl in seinem Labor hinter der Apotheke, über das nun seine Frau die Befehlsgewalt hatte. Der Schlaganfall hatte seine gesamte rechte Körperhälfte in Mitleidenschaft gezogen, sein Gehirn jedoch funktionierte nach wie vor exzellent. Er arbeitete mit, so gut er konnte, das genaue Abwiegen oder Mischen der Substanzen leistete seine Frau.

»Gib ihm Kokain«, sagte er. »Das weckt Tote auf.«

»Wunderbare Sache.« Frau Melwerk nahm ein Fläschchen aus dem Regal, schüttete einen halben Fingernagel weißes Pulver auf einen Löffel und reichte ihn Berthold Rheydt. »Wir nehmen es immer, wenn wir aus dem Labor nicht herauskommen. Es macht frisch und munter, ohne Nebenwirkungen.«

Der Kommissar steckte den Löffel in den Mund und schluckte. Der Expertise der Melwerks vertraute er vollkommen. Das Pulver schmeckte nach nichts, aber sein Gaumen fühlte sich sogleich taub an, wie vereist.

»In Amerika machen sie schon Limonade daraus und trinken es. Herrlich! Morgens ein Löffelchen in den Kaffee, und Sie sind stundenlang wach und gestärkt.«

»Das klingt, als wäre es genau das, was ich brauche«, bedankte sich Berthold, wollte aber lieber über den Grund seines Kommens sprechen als über Medizin. »Ich komme, weil …«

»Wir wissen natürlich, weshalb Sie hier sind. Nicht wahr, Heinrich?«

»Und wir haben Ergebnisse für Sie«, ergänzte dieser und lenkte seinen Rollstuhl zu einem Glastisch, auf dem mehrere Laborbehälter aufgereiht waren sowie Glasplatten, ein Mikroskop und andere labortechnische Utensilien. Daneben lag eine Kladde, die Heinrich nun mit der gesunden linken Hand ergriff und Rheydt übergab.

»Sie werden Arbeit haben«, sagte er. »Die Blutproben, die Sie in der Praxis genommen haben, stammen von unterschiedlichen Menschen. Wir haben alle drei Blutgruppen analysieren können …«

»Alle drei?«

»Es gibt nach Landsteiner die Blutgruppen A, B und Null«, präzisierte Agathe. »Da es unwahrscheinlich ist, dass es sich ausgerechnet um das Blut von drei Menschen handelt, von denen der eine A, der andere B und der dritte Null hatte, können Sie davon ausgehen, dass sich im Holz des Fußbodens in der Praxis das Blut mehrerer Menschen gesammelt hat.«

»Des Weiteren«, fuhr nun ihr Gatte fort, »glauben wir feststellen zu können, dass die Blutproben unterschiedlich alt sind. Wie alt – da müssen wir passen.«

Berthold atmete tief durch. Die Wirkung dieses weißen Pulvers schien nun einzusetzen, er fühlte das Blut durch seine Gefäße rasen, war wach und konzentriert. »Das hilft mir sehr weiter«, sagte er, »und ist viel mehr, als ich erhofft habe.«

»Mehr, als wir erhofft haben!« Agathe Melwerk lächelte ihn strahlend an. »Das war auch für uns eine Herausforderung! Nicht wahr, Heinrich?«

Der Angesprochene nickte. »Wir haben uns mit Jesenich ins Benehmen gesetzt, und ich darf sagen: Von ihm haben wir unwahrscheinlich viel gelernt. Im Bereich der Forensik gibt es noch viel zu tun. Sie dürfen uns gerne mehr solcher Tüfteleien bringen, Kommissar Rheydt, wir werden uns mit Begeisterung diesem Feld zuwenden!«

»Jesenich? Wer ist Jesenich?«

»Ein Chemiker, oder sollte ich besser sagen: ein begnadeter Wissenschaftler! Dank ihm konnte ein Mordfall aufgeklärt werden. Durch die Blutspuren! Er konnte nachweisen, dass die Spuren vom Menschen und nicht vom Tier stammen. Wie auch in Ihrem Fall, lieber Kommissar. Das haben wir natürlich überprüft. Alles Menschenblut, kein Tierblut.«

Nun übernahm wieder Agathe Melwerk und zeigte auf die Kladde. »Haar- und Faseranalysen finden Sie ebenfalls hier. Ich bringe Sie hinaus, Herr Kommissar.«

Als er draußen vor der Apotheke auf der Straße stand, überlegte Berthold Rheydt, ob er um ein Tütchen Kokain hätte bitten sollen, auch seine Kollegen würden von diesem Effekt profitieren, aber dann sah er davon ab und eilte zurück ins Stadthaus, um Paulmann von den neusten Erkenntnissen zu berichten.

»Ein wichtiger Anruf für Sie, Rheydt!« Der Wachhabende hielt ihn auf. »Aus Afrika!«

»Wann?«

Afrika! Es konnte sich nur um Doktor Schumann handeln!

»Vor einer Stunde etwa. Der Mann hat gesagt, er ist noch zwei Stunden zu erreichen. Hier.« Er reichte Rheydt einen Zettel, und tatsächlich, Doktor Schumann hatte sich zurückgemeldet! Aus Windhoek. Offensichtlich konnte man ihn in einer Missionarsstation erreichen.

Kommissar Rheydt bat darum, ihm eine Leitung zu geben, sodass er von seinem Büro aus mit dem Mann telefonieren konnte – ungestört.

Es war mittlerweile Samstag, noch am Morgen. Berthold hatte versucht, in seinem Büro ein paar Stunden zu schlafen, bevor er zu den Melwerks aufgebrochen war. Ruhe war im Präsidium eingekehrt, der Sturm des vorangegangenen Tages und der Nacht hatte sich gelegt, nun waren lediglich die Polizisten anwesend, die dienstlich im Präsidium zu tun hatten, sowie ein paar Frauen, die die Flure und Büros reinigten, um so den Urzustand wiederherzustellen.

Von unterwegs hatte Berthold Rheydt sich eine Tüte frischer Rundstücke mitgebracht, er bat den Wachhabenden zusätzlich um Kaffee und konnte es jetzt kaum erwarten, endlich mit dem Arzt in Afrika zu sprechen. Heute schien ihm ein guter Tag zu werden, er fühlte sich kraftvoll und energiegeladen, obwohl er überarbeitet war und sich eigentlich nach einer ordentlichen Mütze Schlaf verzehrte.

Bis die Leitung mit Windhoek stand, brauchte es drei Versuche, auch ließ die Qualität zu wünschen übrig, aber Berthold schickte dennoch ein Stoßgebet an den Gott der Erfinder, falls es ihn gab, dass dieses Gespräch überhaupt möglich war. Die Stimme eines Menschen zu hören, der sich am anderen Ende der Welt befand! Um wie viel komplizierter wäre es gewesen, hätte er brieflich mit ihm korrespondieren müssen!

»Kommissar Rheydt?«

»Am Apparat! Doktor Schumann? Doktor Theodor Schumann?«

Es knisterte gehörig, aber das, was bei Berthold in Hamburg ankam, hörte sich wie eine Bestätigung an.

»Warum wollen Sie mich sprechen? Hamburg! Ich war seit vielen Jahren nicht mehr in meiner Heimat.«

»Damit haben Sie meine erste Frage bereits beantwortet, Doktor.« Berthold ertappte sich dabei, dass er in den Hörer brüllte, obwohl ihm das Fräulein vom Amt vorhin noch versichert hatte, das sei nicht nötig. Er versuchte, mit normaler Lautstärke weiterzusprechen. »Was ich Ihnen jetzt sage, ist sehr unschön. Aber ich brauche dringend Ihre Hilfe!«

»Bin ganz Ohr.«

»Wir haben in Ihrer Praxis die Leiche einer Frau gefunden. Und wir gehen davon aus, dass die Praxis der Schauplatz nicht nur dieses Mordes war.«

In der Leitung rauschte und knackte es. Der Doktor würde

sich ob dieser Neuigkeiten erst fassen müssen, aber als das Schweigen allzu lange währte, befürchtete der Kommissar, die Leitung nach Afrika sei unterbrochen worden. Er rief einige Male in den Hörer, und tatsächlich meldete sich der Doktor wieder.

»Das ist entsetzlich. Was erzählen Sie mir da? Wieso verfolgen mich diese Gräueltaten?«

Kommissar Rheydt horchte auf. »Wie meinen Sie das? Mord? Hatten Sie bereits mit Mord zu tun?«

Erneut blieb es in der Leitung lange still.

»Die Schlacht am Waterberg, sagt Ihnen das was?«

Der Doktor wartete Bertholds Antwort nicht ab.

»Oder Generalleutnant von Trotha? Die Omaheke-Wüste? Der Hottentotten-Aufstand? Haben Sie jemals vom edlen Stamme der Nama gehört? Oder der Herero? Wissen Sie, wie viele von ihnen – oder sollte ich sagen, wie wenige – unsere Herrschaft in Südwestafrika überlebt haben? Herr Kommissar Rheydt, ich habe nicht mit *einem* Mord zu tun gehabt. Auch nicht mit zwei, drei oder einem Dutzend.«

Während Rheydt den Worten dieser fremden Stimme lauschte, glitt ein Schauer über seinen Rücken.

»Tausende. Ich habe Tausende grauenhafte Morde erlebt. Über welchen dieser Morde wollen Sie sprechen?«

26.

Helene ließ den Umschlag in den Schlitz des Briefkastens gleiten. Mit Genugtuung lauschte sie dem leisen Poltern, mit dem der Brief hineinfiel. Niemals hätte sie das kostbare Dokument der Post anvertraut, stattdessen hatte sie sich auf ihr Hammonia-Rad geschwungen und war am frühen Morgen den Weg bis in die Neustadt zum Frauenhaus in der Paulstraße gefahren.

Eigentlich war es dafür zu frostig, das Rudern musste sie ohnehin in den Wintermonaten aufgeben, aber auch das Fahrrad war um diese Jahreszeit kein geeignetes Sportgerät. Helene fürchtete um ihre Nasenspitze, sie spürte sie kaum mehr. Dennoch hatte es ihre Lebensgeister geweckt, an der Alster entlang durch die langsam erwachende Stadt zu sausen, die Lungen mit neuer Energie zu versorgen, den verbrauchten Mief ihres Elternhauses abzustreifen.

Immer wieder trat das Bild ihres Vaters vor ihr geistiges Auge. Wie er sie angesehen hatte, nachdem sie ihn mit ihrem Wissen konfrontiert hatte. Keinen Ton hatte er mehr gesagt. Den Antrag unterzeichnet und ihr nicht ein einziges Mal mehr in die Augen gesehen.

Recht so. Er sollte sich schämen. Er hatte ihren Respekt verloren – an der Liebe zu ihm hielt sie fest, er war ihr Vater, und sie erinnerte sich auch an andere Zeiten mit ihm. Aber Helene wusste, je länger sie im Elternhaus verweilte, desto weniger würde auch davon bleiben. Der Blick auf ihre Eltern hatte sich verschärft, seit Klaus' Weggang sah sie nur noch die Unzulänglichkeiten und Fehler der beiden.

Anstatt auf derselben Strecke zurückzufahren, auf der sie gekommen war, nahm Helene den Weg über die andere Seite der Binnenalster. Aus einer Laune heraus, wie sie sich einredete, weil sie sich nach Abwechslung sehnte.

Tatsächlich aber – es fiel ihr schwer, sich das einzugestehen –, weil sie unbedingt am Harvestehuder Weg entlangfahren wollte. Denn dort wohnte, wie sie sehr wohl wusste, die Familie von Stetten.

Was erhoffte sie sich nur davon, fragte sie sich verschämt. Dass der Zufall den jungen Baron ausgerechnet dann vor die

Tür schickte, wenn sie am Anwesen vorbeiradelte? Nun, das würde gewiss nicht geschehen, und selbst wenn – was dann? Würde sie sich trauen, zu bremsen, zu winken, ein Gespräch zu beginnen? Niemals!

Als Helene schließlich tatsächlich an der Villa der von Stettens vorbeifuhr, trat sie engagierter in die Pedale und blickte stur geradeaus, um auf gar keinen Fall den Eindruck zu erwecken, sie wüsste, wer hier wohnte – nur für den Fall, irgendjemand würde sie bemerken.

An der Krugkoppel atmete sie hörbar aus, sie hatte vor Anspannung auf dem Weg an der Von-Stetten-Villa vorbei die Luft angehalten. Wie ein verliebter Backfisch, du meine Güte, sie verlor beinahe den Respekt vor sich selbst.

Wie war es möglich, fragte sie sich beim Weiterfahren, dass sie sich einerseits traute, ihrem gestrengen Herrn Vater die Stirn zu bieten, und sich andererseits benahm wie eine Vierzehnjährige?

Sie passierte die Alsterbiegung der Bellevuestraße, überquerte die Sierichstraße und sah vor sich, kurz vor ihrem Zuhause, eine wohlbekannte Gestalt auf dem Trottoir. Aus alter Gewohnheit klingelte sie Sturm – und bekam einen Schrecken, als die Frau, die ihr den Rücken zugekehrt hatte, sich tatsächlich umdrehte.

Paulina erschrak ebenfalls über Helene, und weil es nun kein Zurück mehr gab, ließ diese ihr Fahrrad ausrollen und kam neben ihrer Freundin zum Stehen.

Paulina trat einen Schritt zurück.

»Es tut mir leid«, sagte Helene. »Ich war dumm. Kannst du mir verzeihen?«

Das Gesicht ihrer Freundin verhärtete sich. »Du hast dich unmöglich benommen.«

»Bitte«, brachte Helene hervor, und auch wenn sie nicht

vorgehabt hatte, bei ihrer Freundin zu Kreuze zu kriechen, fühlte es sich plötzlich sehr richtig an. Sie vermisste Paulina und wünschte, es wäre alles wie vor dem Streit.

»Es war überaus verletzend, was du gesagt hast.«

»Ach, ich weiß! Und es stimmt ja auch gar nicht. Es ist so über mich gekommen. Aus einer Laune heraus.«

»Aus einer Laune heraus!« Paulina zog die Augenbrauen zusammen, ihr hübsches Gesicht wirkte ärgerlich und nicht, als wollte sie ihrer Freundin vergeben. »Du beendest unsere lebenslange Freundschaft aus einer Laune heraus?«

Helene schwieg. Offenbar machte sie es mit jedem Wort, das sie sagte, noch schlimmer.

»Nein, Helene, tut mir leid, aber du musst mit einer besseren Entschuldigung kommen.« Paulina wandte sich ab. »Werd du erst einmal erwachsen.«

Mit diesen Worten setzte sie ihren Weg fort. Helene blickte ihr nach, mit einer Mischung aus Trotz und Wehmut. Ob es ihr gelingen würde, diesen Riss zu kitten?

Nachdenklich schob sie ihr Fahrrad das restliche Stück des Weges. Zu Hause angekommen, öffnete sie die Tür des Schuppens, um das Hammonia in sein Winterquartier zu stellen, hielt aber auf der Schwelle inne. Julie hockte dort im Dunkeln auf einer Kiste und hob den Kopf, als Helene eintrat. Ihre Augen waren tränennass, das Antlitz weiß wie ein Leintuch.

»Du meine Güte, Julie!« Helene lehnte ihr Rad an, trat zu dem Dienstmädchen und kniete sich vor ihm nieder.

»Was ist mit dir? Bist du krank?«

Julie lachte bitter auf. »Krank. Ja, vielleicht.«

»Du kannst es mir doch sagen.«

»Dir? Seit Tagen gehst du mir aus dem Weg? Kein Wort, kein Blick.«

Was sollte Helene daraufhin erwidern? Die Wahrheit? Besser nicht.

»Ach, das denkst du nur.« Sie bemühte sich um einen leichten Ton. »Das war keine Absicht. Ich war in Gedanken ganz und gar mit mir beschäftigt.«

Julie schaute skeptisch, wahrscheinlich glaubte sie kein Wort, aber Helene sprach einfach weiter. Sie verspürte ein großes Bedürfnis, sich zu unterhalten, seit einigen Tagen musste sie alles mit sich selbst ausmachen.

»Ich habe die Hauswirtschaftsschule abgebrochen, wie du vielleicht weißt, und ...«

»Ich bin schwanger«, fuhr Julie ihr über den Mund.

Helene schwieg augenblicklich. Schwanger! Was für eine Katastrophe! Die Frage nach der Vaterschaft stellte sie lieber nicht, der Gedanke daran, dass die Frau, die vor ihr saß, jünger als sie selbst, ein Kind von ihrem alten Vater erwartete, verursachte ihr Übelkeit.

Auch Julie schwieg, sie hockten in dem dunklen und eiskalten Schuppen, sahen zu Boden, und keine wusste, was sie sagen sollte. Ihr Atem bildete weiße Wölkchen. Helene verspürte das dringende Bedürfnis, eine Zigarette zu rauchen, aus Verlegenheit, aber auch, um die betäubende Wirkung des Tabaks zu spüren, der ihr beim ersten Zug stets so gnadenlos in die Glieder fuhr.

»Was wirst du tun?«, fragte sie schließlich in die Stille hinein.

Julie zuckte nur mit den Schultern, ihre Augen füllten sich erneut mit Tränen.

»Wegmachen, was sonst? Ich kann nicht mehr zu meinen Eltern und mit einem Balg schon dreimal nicht. Ich muss meine Stellung behalten, sonst lande ich am Hafen.«

Beschämt fiel Helene auf, dass sie sich niemals gefragt hatte, woher das Mädchen kam, das seit zwei Jahren mit ihr unter einem Dach lebte. Natürlich, auch Julie musste irgendwo Familie haben, aber niemals hatten sie darüber gesprochen. Helene war es nicht in den Sinn gekommen zu fragen. Sie hatten eigentlich überhaupt immer nur über das gesprochen, was Helene bewegte. Pfui, dachte diese nun. Schäm dich, Curtius. Du bist keinen Deut besser als deine Eltern. Du willst im Frauenverein mithelfen, achtest aber Frauen gering, die nicht deiner Schicht angehören. Das musste sich ändern, und sie konnte gleich damit anfangen. Sie würde Julie helfen, ohne sie zu verurteilen.

»Wegmachen? Wie?«, fragte Helene.

»Na, ich geh wohin. Heute Nachmittag. Ilse hat mir eine Adresse gegeben.«

»Ich gehe mit.«

Julie sah sie ungläubig an, dann verzerrte sich ihr jugendliches Gesicht zu einem gequälten Grinsen.

»Du? Weißt du nicht, wo du hingehörst? Bleib in deinem Schlösschen! Was unsereins für Sorgen hat, geht dich nichts an.«

»Und ob«, beharrte Helene. Dass sie wusste oder zumindest annahm, dass das ungeborene Kind die natürliche Tochter ihres Vaters war, verschwieg sie. Schon diese Tatsache verpflichtete sie, Julie zu helfen. Sie stand in der Verantwortung! Wenn schon ihr Vater ein Lüstling, ein Ehebrecher und Feigling war, der sich nicht darum scherte, was er mit seinem ehebrecherischen Verhalten verursachte, dann musste wenigstens einer aus der Familie Curtius für das Unglück, das sie über ihr Dienstmädchen brachten, geradestehen. Und das würde sie sein. Klaus hätte ebenso gehandelt, da war Helene gewiss.

»Ich bin heute in den Frauenverein eingetreten«, gab sie

zurück. »Und was meinst du, warum wohl? Um anderen Frauen zu helfen. Warum sollte ich vor dem Elend, das in meinem Haus geschieht, die Augen verschließen?«

»Elend? Helene, komm von deinem hohen Ross runter. Ich bin einfach dumm gewesen und hab nicht aufgepasst. Was denkst du denn, glaubst du vielleicht, ich bin die Einzige, der so etwas passiert?« Julie schüttelte den Kopf. »Das passiert alle naselang. Dienstmädchen wie ich können nicht immer auf den Richtigen warten, der uns heiratet und versorgt und über die Schwelle seines Heims trägt.«

»Für so naiv hältst du mich also?«

Julie sah sie nur an, aber ihr Blick sprach Bände.

Helene stand auf und hielt ihr die Hand hin. »Ich begleite dich, und du kannst nichts dagegen ausrichten. Außerdem habe ich Geld.«

Julie ließ sich von ihr hochhelfen. »Nach dem Mittagessen habe ich frei«, sagte sie. »Um drei Uhr muss ich in der Finkenstraße sein.«

»Wo ist das?«

»Um die Ecke vom Hamburger Tor. Sankt Pauli.«

»Wir treffen uns um halb drei am Mühlenkamp und fahren mit der Tram.«

Helene war zu allem entschlossen. Sie wusste nichts darüber, wie man ein Kind wegmachen ließ, aber sie hatte einige gruselige Geschichten darüber gehört, wie es Frauen ergangen war, die es versucht hatten. Die um ein Haar verblutet waren, nie wieder Kinder bekommen konnten und dergleichen mehr. Nicht wenige Geschichten hatte Julie persönlich ihr erzählt, die sie stets mit Informationen aus dem Leben des Personals versorgte. Und nun musste Julie also selbst zu einer Engelmacherin – und Helene ging mit.

Ihre Eltern saßen im Salon, als Helene das Erdgeschoss betrat. Einen Moment lang überlegte sie, ihnen einen guten Morgen zu wünschen, sie hatten schließlich nicht gemeinsam gefrühstückt, aber dann entschied sie sich dagegen.

In ihrem Zimmer suchte sie den Umschlag mit Geld, den sie in einer abgeschlossenen Schublade des Sekretärs verwahrte. Sie hatte das Geld nicht einfach zwischen ihre Wäsche gesteckt, so wie die Blechdose mit den Zigaretten. Der Grund war Angst vor Diebstahl, weil man ihr immer schon beigebracht hatte, Dienstpersonal stehle wie die Raben. Eine »Weisheit«, die sie nie hinterfragt hatte. Wie hatte sie nur glauben können, sie sei aufrichtig mit Julie befreundet gewesen – wenn sie ihr nicht einmal für fünf Pfennig über den Weg traute! Helene schämte sich und nahm sich selbst das Versprechen ab, künftig weniger vorurteilsbehaftet zu sein.

Was würde es kosten, ein Kind wegmachen zu lassen? Sie hatte es versäumt, Julie zu fragen, und steckte kurzerhand ein Bündel verschiedener Scheine in ihre Rocktasche.

Die Zeit bis zu ihrer Verabredung mit Julie verbrachte Helene lesend, sie blätterte in der *Jugend* hin und her, aber keiner der Artikel vermochte ihre Aufmerksamkeit zu bannen. Das Essen mit ihren Eltern war eine einzige Qual. Sie sprachen kein Wort, der Vater sah starr auf das Essen, ihre Mutter legte appetitlos das Besteck zur Seite, ohne die Mahlzeit angerührt zu heben, und Helene stopfte sich in Windeseile voll, damit sie beschäftigt war.

Als es endlich Zeit für die Verabredung mit Julie war, verließ sie grußlos das Haus. Niemand fragte sie, wohin sie unterwegs sei. Fanny ruhte auf ihrem Zimmer, Helenes Vater, der sie auf Schritt und Tritt zu kontrollieren pflegte, mied den Kontakt mit seiner Tochter.

Helene und Julie fuhren stumm mit der Tram bis zum Nobistor. Julie sah schrecklich aus, Helene konnte das Elend, in dem das Dienstmädchen steckte, beinahe körperlich mitempfinden. Sie hatte hundert Fragen, stellte jedoch keine einzige, um Julie, die tapfere Julie, nicht noch mehr zu belasten.

Das Haus in der Finkenstraße war eines der schmalen, hohen Mietshäuser, die in den Jahren vor Helenes Geburt aus dem Boden gestampft wurden, um die ständig wachsende Bevölkerung Hamburgs hineinzupferchen. Mit den Fabriken, die entlang der Elbe und Alster wie Pilze aus dem Boden schossen, drängte die arme Landbevölkerung in die Stadt, um dort Arbeit und Glück zu suchen. Die meisten von ihnen fanden Arbeit, aber wohl nur selten das Glück, stattdessen hielt der Moloch Hamburg Elend für alle bereit. Und wo das Elend herrscht, so predigte es Helenes Vater nicht nur sonntags von der Kanzel, war das Verbrechen nicht weit.

Tatsächlich musste Helene nun an seine Worte denken, während sie dem Dienstmädchen durch die Hinterhöfe folgte. Helene war überrascht, dass sich hinter der Hofeinfahrt des Hauses drei Hinterhöfe mit Seiten- und Quergebäuden verbargen. Sie hatte geglaubt, sie würden das Haus betreten und durchs Treppenhaus in eine Wohnung gelangen – dass sich hinter der Fassade eines Hauses noch viele weitere Quartiere befanden, kannte sie aus ihrer Welt nicht.

Für Julie schien dies nichts Besonderes zu sein, mit schlafwandlerischer Sicherheit bewegte sie sich durch die für Helene befremdliche Welt, als kennte sie nichts anderes.

In den dunklen Höfen, die kaum ein Lichtstrahl erreichte, spielten Kinder zwischen Unrat, der aussah, als hätte ihn jemand aus dem Fenster geworfen. Es waren Kinder, die Helene so auch schon in der Paulstraße gesehen hatte, aber dort waren sie in einem freundlichen Umfeld gewesen. Hier aber verstärkte die schreckliche Umgebung den Eindruck, dass die Kleinen schlecht ernährt und noch schlechter gekleidet waren.

Helene wollte sich nicht anmerken lassen, welchen Eindruck all das auf sie machte, die bedrückende Atmosphäre der lichtarmen Häuser, die schmutzigen Fassaden, die üblen Gerüche von Abort und Kohl, von Seifenlauge und Angebranntem, ja, das Enge, Eingeschlossene und Vergebliche setzte ihr zu, ängstigte sie, spornte sie aber auch an. Diese Menschen brauchten eine Stimme! Es musste sich jemand ihrer annehmen, das, was Helene hier sah, war keine Umgebung, in der Kinder unbeschwert groß werden konnten, das durfte man doch nicht zulassen! Wenn sie nicht schon den Wunsch gehabt hätte, sich für diese armen Menschen einzusetzen, spätestens jetzt wäre er in ihr geweckt worden.

Im dritten Hof, der dunkler und enger war als die beiden zuvor, öffnete Julie eine schmale Tür zum Quergebäude und erklomm zielstrebig die ausgetretenen Treppenstufen in den dritten Stock. Auf halber Treppe trat ein Mann aus einem Kabuff, vage erkannte Helene hinter ihm einen Abort, von dem Gestank, der ihr in die Nase stieg, wurde ihr schlecht.

Schließlich schienen sie an der Wohnung der Engelmacherin angekommen zu sein, und erst hier, direkt vor der Tür, verließ Julie der Mut. Sie hatte die Faust erhoben, um an die hölzerne Tür, deren schwarzer Lack abgestoßen war, zu klopfen, ließ diese dann aber sinken und drehte sich zu Helene um.

»Du kannst es dir noch überlegen«, sagte Helene.

»Was? Ob ich das Kind bekomme?« Julie schüttelte den Kopf.

»Nein. Ob du es hier machen lässt.« Helene verzog das Gesicht.

»Glaubst du etwa, woanders ist es besser?« Julies Augen

wurden feucht, aber bevor ihre Gefühle sie übermannen konnten, streckte sie resolut die Hand aus. »Gib mir das Geld!«

Helene zögerte. Sollte sie Julie einfach so das dicke Bündel mit den Scheinen überlassen? Würde diese alles nehmen, um die Abtreibung zu bezahlen? Es war viel Geld, Geld, das sie jahrelang angespart hatte.

Sie griff in ihre Rocktasche und reichte Julie die Scheine.

Die zählte routiniert drei Zwanzigmarkscheine ab und gab Helene das dicke Bündel zurück.

»Mehr bekommt sie nicht«, kommentierte Julie und klopfte an.

Ein kleines Mädchen öffnete ihnen die Tür. Ausgerechnet ein Kind, schoss Helene durch den Kopf.

Die Kleine fragte nicht, was sie wollten oder zu wem sie wollten, sie führte die Frauen ohne ein Wort durch den Flur zu einer Wohnküche.

Helene traute sich kaum, sich umzusehen, aber das, was sie im Vorbeigehen erblickte, genügte ihr, um zu wissen, dass diese Engelmacherin keinerlei Wert auf Hygiene legte. Die Wohnung war schmuddelig, dreckiges Bettzeug lag auf dem Boden, Töpfe und Teller mit verkrusteten Essensresten stapelten sich in einer Zinkwanne, die Fenster waren starr vor Staub und Fliegendreck.

In der Wohnküche saß ein Mann im Unterhemd am Tisch und rauchte. Die Luft war stickig, der Geruch fetten Essens hing im Raum und verursachte Helene noch mehr Übelkeit.

Die Abtreiberin war eine dicke Frau in den Vierzigern, schätzte Helene. Sie war ungepflegt, trug das Haar in einem losen Knoten, über dem speckigen Mieder lediglich ein Unterhemd, das den Blick auf ihre kräftigen Arme freigab.

Warum, fragte sich Helene, war die Frau so fett, der Rest der Familie aber unterernährt? Und weshalb lebten sie in bitterer Armut, wenn die Engelmacherin viel Geld für ihre Dienste nahm und sich, wie Julie behauptete, regen Zulaufs erfreute?

Als sie die Küche betraten, kniff die Dicke ein Auge zu und musterte ihre Gäste.

»Die?«, fragte sie skeptisch und deutete auf Helene.

Julie schüttelte den Kopf. »Nein, ich.«

Sie reichte der Frau die drei Scheine, die diese unter dem begehrlichen Blick des Mannes in ihr Mieder steckte.

Helene wurde noch einmal kritisch beäugt, dann erhob sich die Frau, nahm eine Emailleschüssel aus dem Haufen mit dem dreckigen Geschirr, wischte diese mit einem Tuch aus und bedeutete den jungen Frauen, ihr zu folgen.

Sie führte sie ins Schlafzimmer.

»Hinlegen!«, befahl sie und deutete auf das Bett.

Julie und Helene wechselten einen Blick. Sie dachten beide dasselbe. Helene, die das Unbehagen mit Händen greifen konnte, zwang sich zu schweigen. Sie war nicht diejenige, deren Leben hier auf dem Spiel stand. Sie erwartete kein uneheliches Kind und lief nicht Gefahr, alles zu verlieren. Sie musste schweigen, auch wenn ihre innere Stimme schrie, dass alles an dieser Situation falsch war. Falsch und gefährlich.

Julie legte sich rücklings auf das Bett, sie war gerade im Begriff, ihre langen Unterhosen aufzubinden, da sah Helene, wie die Hausherrin ihre Utensilien auf der Kommode zurechtlegte. Neben der Schüssel hatte sie eine lange Nadel und einen großen Löffel vorbereitet. Ohne genau zu wissen, was damit passieren sollte, wusste Helene, dass sie einschreiten musste.

Jetzt.

»Komm«, sagte sie, fasste Julie bei der Hand und zog sie vom Bett.

»Helene, lass mich«, flehte das Mädchen, aber Helene war

unerbittlich. Mit stahlhartem Griff zerrte sie Julie vom Bett hoch und schleifte sie hinter sich aus dem Zimmer.

Die Engelmacherin runzelte die Stirn und wollte etwas sagen, aber Helene war schneller. Sie bugsierte Julie durch den Flur, riss die Haustür auf und schubste sie aus der Wohnung.

»Das Geld!«, rief Julie, aber Helene nahm sie anstelle einer Antwort an die Hand, lief mit ihr die Treppe hinunter, raus aus dem Haus, durch die Höfe, an schreienden Kindern und zeternden Frauen vorbei. Immer schneller liefen sie, Hand in Hand, auf die Finkenstraße und von dort bis zur Reeperbahn.

Erst dort, auf der breiten Straße, mit Luft und Licht zu allen Seiten, blieb Helene stehen und ließ Julies Hand los. Sie kam recht schnell wieder zu Atem, das Mädchen dagegen brauchte etwas länger, bis es wieder Luft holen und sprechen konnte.

»Bist du wahnsinnig?«, fuhr Julie Helene an, gleichzeitig jedoch schien sie erleichtert.

»Du hättest sterben können«, gab Helene zurück. »Dieser Schmutz und die Grobheit, Julie, das ist viel zu gefährlich. Das kann ich nicht zulassen.«

»Hätte ich nur niemals eingewilligt, dich mitzunehmen«, klagte Julie. »Warum mischst du dich ein? Musst du das Kind bekommen oder ich? Verdammich!«

»Wir finden eine Lösung«, versuchte Helene, sie zu beschwichtigen. »Eine bessere. Eine, bei der du nicht um Leib und Leben fürchten musst.«

»Ach ja? Sag bloß. Das will ich sehen. Als ob du dich damit auskennst.«

Helene schwieg. Ihr Gehirn arbeitete fieberhaft. Natürlich kam ihr als Erstes der Frauenverein in den Sinn.

»Verstehst du nicht, dass ich geliefert bin?«, jammerte Julie. »Ich kann kein Kind bekommen, ich muss es wegmachen! Und darf nicht mehr lange warten.«

»Ich kenne jemanden«, gab Helene zurück. »Eine Ärztin. Sie weiß gewiss, was zu tun ist.«

Doktor Fitzpatrick. Und sie würde Julie nicht verurteilen.

»Komm«, sagte Helene. »Ich lade dich auf eine Schokolade ein. Und dann sorge ich dafür, dass du Hilfe bekommst. Es wird alles gut werden, du kannst mir vertrauen.«

27.

Die hastig und zur Gänze geleerte Flasche Champagner hatte Anne nicht gutgetan. Noch weniger waren ihr die Verzweiflung und die Angst um Milena bekommen. Bei Tagesanbruch wachte sie auf, mit höllischen Kopfschmerzen und Wut. Wut darauf, dass sie sich hatte gehen lassen, dass sie in Selbstmitleid zerflossen war, anstatt stark zu bleiben und nach Lösungen zu suchen.

So etwas wie den Zusammenbruch am Vorabend kannte Anne von sich nicht, sie war nicht die Art Frau, die sich gehen ließ. Die Strafe war auf dem Fuß erfolgt, an diesem Samstagmorgen war sie zu nichts zu gebrauchen. Da sie es sich nicht leisten konnte, malad im Bett zu liegen, nahm Anne einen Löffel Aspirinpulver und zwang sich zu einem üppigen Frühstück. Noch in der Nacht war sie trotz erheblichem Alkoholeinfluss immerhin so geistesgegenwärtig gewesen und hatte die Delikatessen, die sie für Milena gekauft hatte, aus dem von ihr selbst angerichteten Chaos gerettet. All das, was unversehrt war, wie das Weißbrot, die Dose mit dem Kaviar, einige Scheiben Roastbeef und vor allem das Obst, hatte sie in die Speisekammer gebracht, den Rest mitsamt der ruinierten Tischdecke zu einem Beutel zusammengerafft und vor die Tür gestellt. Sie würde später die Schweinerei in die Aschentonne werfen.

Das Aspirin wirkte zusammen mit drei Spiegeleiern auf Schinkenbrot und einem starken Earl-Grey-Tee Wunder, und Anne überlegte beim Frühstück, wie sie herausfinden konnte, warum Milena ihre Schiffspassage nach Hamburg nicht in Anspruch genommen hatte.

Etwas Unvorhergesehenes war geschehen, das lag auf der Hand. Milena war zuverlässig, wäre sie krank geworden oder anderweitig verhindert, hätte sie dem Klub telegraphiert, dass sie den Vortrag nicht halten könne.

Annes große Sorge war, dass ihr etwas zugestoßen war. Der Gedanke jedoch, dass der Hamburger Hafenmörder etwas damit zu tun hatte, war einfach zu abwegig. Auch wenn Anne das Gefühl hatte, dass die Morde in Hamburg in direktem Zusammenhang mit ihrer Person standen, weil es immer wieder Verbindungen zu ihr oder dem grünen Haus gab, war die Befürchtung, der Täter könnte plötzlich in England auftauchen und Milena Leid zufügen, sehr aus der Luft gegriffen.

Andererseits – welche Erklärung konnte es für deren Schweigen und Nichterscheinen geben? War sie Opfer eines Verbrechens geworden? Wie um alles in der Welt sollte Anne sich darüber Gewissheit verschaffen? Milena besaß ebenso wie die meisten ihrer gemeinsamen Freunde keinen eigenen Telefonapparat. Anne scheute aber die Möglichkeit, ihrer Freundin ein Telegramm zu schicken – dann hätte Milena ihr antworten müssen, doch an welche Adresse? An welchen Namen? Anne durfte ihre neue Identität und den Aufenthaltsort nicht verraten. Das kam also nicht in Betracht.

Bei Scotland Yard anzurufen und sich nach Milena zu erkundigen, war ebenfalls unmöglich. Mit Frau Rohlsen vom Frauenklub, die sie am Vorabend aufgesucht hatte, war Anne so verblieben, dass man sie umgehend benachrichtigen würde, sobald Milena sich gemeldet hatte – oder irgendjemand anders, der Kenntnis über ihren Verbleib hatte.

Was also tun?

Arbeiten, entschied Anne, viele andere Möglichkeiten blieben ihr nicht. Und darauf hoffen, dass sie im Laufe des Tages etwas von Milena hören würde.

Sie musste nicht lange warten.

Auf ihrem Weg zum grünen Haus stieß die Medizinerin mit Max Lauritzen zusammen, am Großen Wandrahm.

»Wollen Sie zu mir?«

Der Journalist nickte, und er sah sehr ernst aus.

»Ich nehme an, Sie haben noch nicht gehört, was sich gestern in London zugetragen hat?«

Anne starrte ihn an. Woher in drei Teufels Namen wusste er, dass sie nach Neuigkeiten aus London gierte?!

Aber Lauritzen ahnte nicht einmal, dass Anne ihre Freundin vermisste, wie sich kurz darauf herausstellte. Er wollte sie warnen. Sie und alle Frauen, die sich für Frauenrechte einsetzten, denn das, was sich am gestrigen Freitag in London zugetragen hatte, konnte überall passieren, so der Journalist, die Lunte war gelegt.

Lauritzen schilderte ihr, wie sich am Vortag in London Hunderte von Frauen vor dem Parlament eingefunden hatten. Grund war, dass Premierminister Henry Asquith sein Wort gebrochen hatte. Er hatte den Suffragetten versprochen, einen Gesetzesentwurf zum Frauenwahlrecht zu unterstützen, rückte dann aber in einer Rede davon ab. Die Frauen hatten in einer spontanen Demonstration ihre Empörung gezeigt und waren daraufhin von einer Übermacht Polizisten auseinandergetrieben worden. Lauritzen, der als Sozialdemokrat über gute Verbindungen zu Politikern der Labour Party verfügte, hatte gehört, dass es dabei brutale Übergriffe vonseiten der Polizisten gegeben hatte. Man hatte die Frauen regelrecht gejagt und dann verprügelt. Allerdings waren die Suffragetten zum Teil auch bewaffnet gewesen. Grauenvolle Szenen mussten sich abgespielt haben. Die Öffentlichkeit, vor allem die internationale Presse, sollte natürlich nur einen Teil der Wahrheit erfahren, nämlich dass die »hysterischen Weiber« gegen das Demonstrationsverbot verstoßen hatten und eine Gefahr für die Öffentlichkeit darstellten.

»Achtzig Frauen sind in Gewahrsam genommen worden«, resümierte er nach seiner Schilderung der blutigen Ereignisse, »und viele sind in Krankenhäuser eingeliefert worden.«

Anne stand starr vor Entsetzen. Das, was in London geschehen war, war eine bis dato unerreichte Eskalation in der Auseinandersetzung zwischen Frauenrechtlerinnen und der Staatsgewalt.

Und eines wusste sie mit großer Gewissheit: Milena war an vorderster Front der Demonstrierenden gewesen. So, wie Anne ihre Freundin kannte, war sie körperlichen Auseinandersetzungen nicht aus dem Weg gegangen. Bestimmt lag sie im Krankenhaus – verletzt an Leib und Seele.

Es brach Anne schier das Herz, dass sie nun nicht an Milenas Seite sein konnte, und ja, auch dass sie bei der Demonstration vor dem Parlament nicht dabei gewesen war, schmerzte sie. Es fühlte sich an, als hätte sie ihre Weggefährtinnen im Stich gelassen.

»Ich danke Ihnen«, brachte sie hervor, spürte jedoch, dass der Journalist sie neugierig musterte.

»Es tut mir leid, wenn diese Nachricht Sie so trifft«, sagte er. »Kennen Sie dort Frauen, die betroffen sein könnten?«

Journalisten sind gefährlich, dachte Anne unwillkürlich, sie treffen allzu häufig den Nagel auf den Kopf. Sie schwieg, aber Lauritzen ließ nicht locker.

»Sie kommen doch von drüben, oder? Ich meine, Sie hätten einmal so etwas fallen lassen. Ihr Nachname …«

»Ich danke Ihnen jedenfalls für diese Nachrichten«, fasste Anne sich, entschlossen, den Schreiberling schnell loszuwerden. »Nein, ich kenne niemanden, aber es erschüttert mich trotz alledem. Wie kann es sein, dass Frauen, die für ihre Rechte eintreten, schlimmer behandelt werden als Kriminelle? Das ist einfach entsetzlich.«

»Ich fürchte, wir sind nur eine Handbreit davon entfernt«, gab Lauritzen zurück. »Auch in unserer fortschrittlichen Zeit gibt es gewaltbereite Kräfte, und nicht wenige wähnen sich unter dem Protektorat des Senats.«

»Herr Lauritzen!« Anne schüttelte den Kopf. »Bei aller Sympathie für die Sozialdemokraten, aber lassen Sie das bloß niemanden hören, sonst muss Kommissar Rheydt Sie wegen übler Rede gegen die Obrigkeit festnehmen.«

Jetzt grinste der junge Mann, schob sich seine Schiebermütze keck in den Nacken. »Keine Sorge. Ich weiß schon, mit wem ich offen reden kann. Wer sich so hartnäckig gegen die Interessen der Stadtoberen durchsetzt wie Sie, wird mich schon nicht verpfeifen.«

Seine Kühnheit zwang Anne zum Lächeln, auch wenn ihr innerlich zum Heulen zumute war. »Ich muss mich beeilen«, gab sie zurück und machte eine Handbewegung in Richtung Magdeburgquai.

»Und ich muss in die Redaktion. Aus den Ereignissen in London stricke ich einen Artikel für die Abendausgabe. Das muss jetzt ganz fix gehen.« Er tippte sich an den Schirm seiner Mütze und lief eilig in Richtung Wandrahmbrücke davon.

Erleichtert sah Anne ihm hinterher. Gottlob war er nicht

weiter in sie gedrungen, was ihre Verbindung zu London betraf, aber sie merkte, dass es weniger leicht war, ihr Inkognito aufrechtzuerhalten, als sie gehofft hatte.

Vor dem grünen Haus saß an der Hafenkante ein Angler. Was der in dieser Drecksbrühe fischen wollte, fragte Anne sich, bis sie in ihm einen von Berthold Rheydts Männern erkannte. Der Kommissar hatte also Wort gehalten, das Haus wurde bewacht. Sie war über sich selbst erstaunt, wie die Nähe des Schupos ihr sofort ein Gefühl der Sicherheit vermittelte – obwohl sie versuchte, einen großen Bogen um Polizisten zu machen. Aus gutem Grund.

Im grünen Haus, das bereits geöffnet war, erwartete sie eine Überraschung. Theresa und eine andere Frau aus dem Verein waren dort schon beschäftigt.

»Wir unterstützen dich«, sagte Theresa auf Annes Nachfrage.

»Kommt gar nicht infrage!«, entgegnete Anne. »Es ist zu gefährlich! Außerdem wird Charlotte nicht damit einverstanden sein.«

»Doch, das ist sie. Sie hatte ein Gespräch mit einem Inspektor Paulmann, der ihr versichert hat, dass das Haus rund um die Uhr bewacht wird. Wir haben daraufhin beschlossen, dich zu entlasten.«

Sie strahlte, Anne umarmte sie und freute sich, dass ihr Appell an die Solidarität der Frauen vor ein paar Tagen nicht ungehört geblieben war.

»Du sollst ein paar Tage freinehmen«, fuhr Theresa fort. »Wir gehen außerdem immer zu zweit hierher, auf dem Rückweg werden wir begleitet – du siehst, es kann nichts passieren.«

Freinehmen? Das war nicht, was Anne wollte. Untätig herumsitzen war ihre Sache nicht, sie war rastlos. Und ausgerechnet jetzt, wo die Dinge sich überstürzten, sollte sie in ihrer kleinen Wohnung sitzen und Däumchen drehen? Nein, das kam nicht infrage. Und sie wusste auch schon, was sie unternehmen wollte. Sie würde eine Solidaritätsbekundung mit den englischen Schwestern und Mitkämpferinnen organisieren!

Obwohl Lauritzen, den sie in seinem Büro im Gebäude der *Hansepost* aufsuchte, Zweifel anmeldete, ob es eine gute Idee sei, in diesen aufgepeitschten Zeiten eine Kundgebung von Frauenrechtlerinnen aus dem Boden zu stampfen, versprach er Anne, ihren Aufruf noch in die Abendausgabe zu setzen. Zuvor hatte Anne einen Text entworfen, mit dem sie an alle engagierten Frauen appellierte, sich am Abend vor dem Frauenklub am Jungfernstieg einzufinden.

Im Anschluss daran lief die Medizinerin durch die halbe Stadt, sie klapperte die verschiedenen Wohlfahrtsvereine von Frauen ab, um diese von dem ungeheuerlichen Vorfall in London zu unterrichten und um Solidarität mit den englischen Suffragetten zu bitten. Einige der gemäßigten Frauenvereine waren skeptisch, darunter diejenigen, die von der Stadt finanziell unterstützt wurden. Ja, manche fürchteten sich sogar davor, in Zusammenhang mit dem Frauenverein »Frauenwohl« gebracht zu werden, den die konservativen Stadtoberen in der Bürgerschaft plötzlich so vehement bekämpften. »Frauenwohl« war einer der wenigen Vereine, der sich um die Belange der Prostituierten kümmerte, und geriet aufgrund dieses Engagements in die Schusslinie.

Am frühen Nachmittag gönnte Anne sich eine Pause, kehrte in ein Gasthaus am Gänsemarkt ein, wo sie ein herzhaftes Gulasch mit frischem Brot genoss und sich anschließend gestärkt an die nächste Aufgabe machte.

Milena.

Jetzt, wo sie Kenntnis von den Vorkommnissen in London hatte, setzte sich ein Bild zusammen. Milena hatte vermutlich nicht gezögert, noch vor ihrer Abreise nach Hamburg an der Demonstration der Suffragetten vor dem Unterhaus teilzunehmen. Bestimmt hatte sie geglaubt, die Sache sei in kurzer Zeit erledigt – dass es zu einem regelrechten Kesseltreiben gegen die Frauen kam, war nicht auszudenken gewesen. Sie wird sich mit Händen, Füßen und möglicherweise auch einer Waffe zur Wehr gesetzt haben, stellte Anne sich vor, sie kannte ihre Lebensgefährtin. Milena konnte fuchsteufelswild werden, wenn sie unsanft behandelt wurde. Anne durfte also mit Fug und Recht davon ausgehen, dass sie sich in ärztlicher Behandlung befand, vielleicht im Krankenhaus. Jetzt, da Anne Kenntnis darüber hatte, welche Suffragettenorganisation zu der Demonstration aufgerufen hatte, war sie gewiss, dass sie über diese an Informationen über Milenas Verbleib kommen würde. Allein: Sie konnte nicht als sie selbst anfragen, um ihr Inkognito nicht zu gefährden.

»Wir haben bereits Kontakt aufgenommen«, versicherte ihr Berta Rohlsen und stellte Anne eine Tasse Tee hin. »Wir haben telegrafiert, aber bei denen ist jetzt die Hölle los, ich erwarte keine allzu schnelle Antwort.«

»Sobald Sie etwas von Miss Suslowa hören oder darüber, wie es ihr geht, wäre ich dankbar, wenn Sie mich darüber unterrichten«, bat Anne.

»Kennen Sie sich denn persönlich?«

»Nein, nein«, beeilte sich Anne zu versichern, »aber ich habe Miss Suslowa bereits bei Versammlungen erleben dürfen. Sie ist eine beeindruckende Persönlichkeit. Ich hatte mich darauf gefreut, ihr endlich einmal in persona zu begegnen.

Deshalb nehme ich wohl mehr Anteil daran, was ihr zugestoßen sein mag.«

»Das ist nur allzu verständlich!«

Die Leiterin des Klubs erhob sich, und Anne tat es ihr gleich. Sehr bald sollte die Solidaritätsbekundung auf dem Jungfernstieg stattfinden. Allerdings strömten bereits mehr und mehr Frauen in den Klub, die Abendblätter waren gerade ausgeliefert worden, und die meisten hatten erst jetzt erfahren, wie es ihren Mitstreiterinnen in England ergangen war. Allen, die kamen, stand der Schock und das Entsetzen ins Gesicht geschrieben. Anne hoffte, dass die Journalisten, die darüber berichteten, die Ereignisse ausgeschmückt hatten, denn in den Artikeln fanden sich grausame Details, die Lauritzen ihr gegenüber nicht erwähnt hatte. Angeblich waren Frauen in enge Gassen und Höfe ohne Fluchtmöglichkeit getrieben worden, mit Füßen getreten und Schlagstöcken malträtiert – wie sehr hoffte Anne, dass dies nicht den Tatsachen, sondern der Fantasie der Berichtenden entsprach.

Die Stimmung unter den Besucherinnen des Hamburger Frauenklubs war gottlob eher gedämpft als aggressiv, es stand nicht zu befürchten, dass die Frauen auch hier, wie in London angeblich geschehen, Schaufensterscheiben einwerfen würden, um ihrer Empörung freien Lauf zu lassen. Der Frauenklub am Jungfernstieg war nicht in erster Linie ein Sammelbecken von Frauenrechtlerinnen, sondern wandte sich ganz allgemein an die Damen des gehobenen Bürgertums, die eine kultivierte und entspannte Atmosphäre zu schätzen wussten und sich gerne einige Stunden unter ihresgleichen die Zeit vertrieben. Sie spielten Bridge, lasen, schrieben, telefonierten, plauderten. Alles auf gehobenem Niveau, die Kleiderordnung war gepflegt bis elegant.

Friedlich zu demonstrieren, war oberstes Gebot! Sie durften den Politikern, die sie mit Kriminellen und Sozialdemokraten in einen Topf warfen, keinen Grund geben, ihre Vereinigungen zu verbieten. Politisches Engagement von Frauen stand unter Strafe, und Anne Fitzpatrick wusste ebenso wie alle anderen Frauenrechtlerinnen, dass sie sich mit ihrem Engagement auf einem sehr schmalen Grat bewegten.

Erfüllt von der Anteilnahme und Betroffenheit der Frauen, ging Anne durch die Räumlichkeiten des Klubs, als sie plötzlich Helene Curtius entdeckte, die sich suchend umsah.

»Helene.« Anne ging zu der jungen Frau und berührte sie sanft an der Schulter.

Die junge Frau drehte sich zu ihr um, Erleichterung stand ihr ins Gesicht geschrieben. »Anne! Gott sei Dank! Ich habe Sie überall gesucht. In der Paulstraße, am Hafen ...« Sie sah sich um. »Was ist hier los? Feiern Sie etwas?«

Anne war überrascht. »Sind Sie nicht deshalb da? Wegen der Kundgebung?«

Helene sah sie verständnislos an, und erst jetzt fiel Anne auf, dass das junge Mädchen anders aussah als sonst. Jedes Mal, wenn sie Helene getroffen hatte, hatte diese stets aufgeweckt, frisch und energiegeladen gewirkt. Eine junge Sportlerin mit unbändigem Tatendrang. Heute aber erschien sie verzagt, vorsichtig und zurückhaltend.

Helene schüttelte als Antwort auf Annes Frage nur den Kopf und sah sich verunsichert um. »Kundgebung? Nein, ich wollte Sie sprechen. In einer dringenden Angelegenheit. Am besten unter vier Augen.«

»Kommen Sie.«

Anne fasste die junge Frau am Oberarm und wollte mit ihr den Klub verlassen, in dessen Räumlichkeiten sie heute nirgendwo ungestört wären. Aber die Frauen drängten sich ihnen entgegen, sie vernahmen aufgeregte Rufe von der Tür, plötzlich erste Schreie.

»Schließt die Tür!«, schrie eine, und als wäre dies das Signal, begann augenblicklich ein Tumult – all jene, die sich in der Nähe des Eingangs befanden, drängten hastig in die Räumlichkeiten des Klubs vor. Diejenigen, die bereits drinnen waren und nicht wussten, was vor sich ging, versuchten instinktiv, den Klub zu verlassen, aber nun hörte man, dass draußen auf der Straße große Unruhe entstanden war. Frauen schrien und riefen um Hilfe, aufgebrachte Männerstimmen übertönten sie, aggressiv und drohend. Schläge krachten donnernd gegen die Eingangstür, ein wütender Mob schien sich Einlass verschaffen zu wollen.

»Die Polizei!«, rief Anne laut. »Ruft die Polizei an!«

Andere Frauen nahmen ihren Ruf nach der Polizei auf, und Anne, die sich mit Helene nicht in der Nähe eines der Apparate befand, hoffte inständig, dass irgendjemand die Geistesgegenwart besaß und im Präsidium um Hilfe anrief.

Während von der Tür das Splittern von Holz zu vernehmen war, übernahm Anne das Ruder. Sie rief Berta Rohlsen, die sich im hinteren Teil des Salons befand, zu, dass diese umgehend den Hinterausgang öffnen und die Frauen dort hinausleiten solle. Sie selbst wollte die Stellung halten und mögliche Eindringlinge davon abhalten, weiter in den Klub vorzudringen. Helene stand neben ihr, unsicher, was zu tun war und wohin sie sich wenden sollte.

»Raus!«, schrie Anne und schubste die junge Frau etwas von sich weg. »Zum Hinterausgang, rasch!« Dann drehte sie sich um und griff sich die erstbeste Waffe, um sich zur Wehr zu setzen. Sie erwischte einen schweren Krug aus Blei, der als Vase diente, schüttete das Wasser mitsamt den Blumen aus und ergriff den Krug fest mit beiden Händen. Wild entschlossen, ihn jedem, der sich ihr näherte, um die Ohren zu hauen. Einige andere Frauen taten es ihr gleich, als sie bemerkten, dass ihnen die Flucht durch den Hinterausgang nicht schnell genug gelingen würde. Es waren zu viele, die dort hinausdrängten, und die Tür war zu schmal, um mehr als eine Frau auf einmal in die Freiheit zu entlassen.

Die Angreifer hatten das Schloss aus der hölzernen Eingangstür gebrochen, und die Ersten drängten hindurch. Anne wollte nicht glauben, was sie sah. Männer in Uniformen, die sie nicht identifizieren konnte – was war das? Garderöcke? Fantasieuniformen? Außerdem trugen sie Masken auf den Gesichtern und Waffen in den Händen. Sie schrien und johlten, gaben vereinzelt Schüsse in die Luft ab, drängten in die Räumlichkeiten des Klubs und begannen ad hoc mit ihrem Zerstörungswerk. Kaum hatten sie ihre Füße in das Allerheiligste der Frauen gesetzt, warfen sie Möbel um, rissen Bilder von den Wänden, zerschlugen Spiegel und wüteten wie Berserker. Von den Frauen, die sich ihnen in den Weg gestellt hatten, nahmen sie kaum Notiz, ja, Anne kam es beinahe so vor, als trauten sie sich trotz aller Wut nicht, ihnen wirklich zu Leibe zu rücken. Sie drängten die Frauen lediglich zur Seite, schubsten sie, und wenn diese ins Straucheln kamen und stürzten, liefen sie über sie hinweg, anstatt ihnen aufzuhelfen.

In Annes Ohren rauschte das Blut, die Kakofonie der Geräusche um sich herum – die tierisch anmutenden Schreie der Männer, die Hilferufe der Frauen, Weinen, splitterndes Glas und berstendes Holz – vernahm sie nur gedämpft, ihre gesamte Energie war darauf gerichtet, die Angreifer in die Flucht zu treiben. Wie wild schlug sie mit dem schweren Krug um sich, und es gelang ihr nicht nur einmal, einen Mann zu treffen. Sie hörte sich selbst schreien, es waren Laute, die sie von sich nicht kannte, es war, als kämen diese aggressiven Töne nicht aus ihrem Körper, sondern aus den Tiefen ihrer verletzten Seele. Sie schrie, um sich anzufeuern, sie war wie im Rausch.

Die Männer, so grausam sie auch wüteten, waren in der Unterzahl. Es waren weit weniger Frauen durch den Hinterausgang geflüchtet, als möglich gewesen war, von der Straße drängten weitere mutige Frauenrechtlerinnen herein, bewaffnet mit Stöcken und Schirmen, Handtaschen und anderen improvisierten Waffen. Sie waren zur Solidaritätsbekundung gekommen, und nun mussten sie erleben, dass ihnen hier, vor der eigenen Haustür, Ähnliches widerfuhr – nicht von der Staatsgewalt, aber von Männern. Männern, die sie wütend bekämpften.

Es gelang den Frauen, die Angreifer in die Zange zu nehmen, die Männer ließen langsam von ihrem Zerstörungswerk ab und versuchten den Rückzug.

In dem Moment, als Anne schon glaubte, triumphieren zu können, weil die ersten Maskierten bereits aus dem Klub gestürzt waren, vernahm sie eine gepresste Stimme an ihrem Ohr: »Du bist die Nächste!«

Kurz stand sie starr vor Schreck, doch dann drehte sie sich rasch um, aber von dem Mann, der ihr gedroht hatte, sah sie nur noch den Rücken. Sie versuchte, ihn festzuhalten, bekam den Knopf eines Rockschoßes zu fassen, aber der Mann kämpfte sich rücksichtslos durch den Tumult zum Ausgang. Der Knopf riss ab, Anne wurde abgedrängt, und ihre Rufe danach, ihn aufzuhalten, gingen in der allgemeinen Aufregung unter.

Anne versuchte, ihm zu folgen, aber sie schaffte es nicht, zu ihm aufzuschließen. Als sie sich endlich einen Weg durch die Menge gebahnt hatte und vor dem Klub auf dem Jungfernstieg stand, sah sie gerade noch, wie er gemeinsam mit seinen Kameraden um eine Straßenecke bog.

Er war es, schoss es ihr durch den Kopf, der Hafenmörder war hier gewesen. Und wie von ihr befürchtet, wusste er nicht nur, wer sie war, er trachtete auch nach ihrem Leben.

28.

Schwere dunkle Wolken jagten am milchigen Mond vorbei, kein Stern wagte sich aus der Deckung. Berthold Rheydt saß auf einer umgedrehten Obstkiste mit dem Rücken an die Fassade eines der alten Fruchtschuppen gelehnt und blickte in den Nachthimmel. Gottlob regnete es während seiner Observation nicht. Er hatte Willy Brenner vor zwei Stunden abgelöst, der wiederum seine Schicht vor dem grünen Haus nach Kalweit angetreten hatte.

Die Gedanken des Kommissars zogen ebenso rasch und düster durch seinen Kopf wie die Wolken am abendlichen Firmament.

Er dachte an das Gespräch mit Doktor Schumann. Dieser war sehr kooperativ gewesen. Das Telefonat hatte beinahe eine Stunde gedauert, was auch daran lag, dass Theodor Schumann ein lebendiger und interessanter Gesprächspartner war, dem Berthold Rheydt nur zu gerne zuhörte – auch wenn das, was ihm der Mediziner berichtete, alles andere als schön anzuhören gewesen war. Mehrmals war ihre Leitung unterbrochen worden, es hatte Störungen gegeben, während derer der Kommissar nicht verstehen konnte, was der Mann im fernen Afrika ihm erzählte, aber im Wesentlichen hatte er sich dessen Geschichte zusammensetzen können.

Doktor Theodor Schumann war ein Mediziner, der sich in Hamburg für den ärmeren Teil der Bevölkerung eingesetzt hatte, aus seiner christlich-protestantischen Überzeugung heraus. Seine Praxis hatte er mit Absicht in der engen Gasse der neuen Speicherstadt angesiedelt, dort, wo seine Hilfe dringend benötigt wurde. Zu seinen Patienten hatten neben den Bewohnern des nahe gelegenen Gängeviertels vor allem Prostituierte, Hafenarbeiter, aber auch Matrosen aus aller

Welt gehört. Es hatte sich schnell herumgesprochen, dass Schumann niemandem die Hilfe versagte, und der Doktor, der von Haus aus über ausreichend Kapital verfügte, sah sich glücklich in der Erfüllung seiner Pflicht. Vor sechs Jahren wurde er als Reserveoffizier gefragt, ob er als Militärarzt in die Kolonien gehen würde, nach Deutsch-Südwestafrika. Doktor Schumann überließ seine Praxis einem Kollegen – an dieser Stelle horchte Berthold interessiert auf, doch die Hoffnung, in dem besagten Kollegen einen möglichen Tatverdächtigen zu finden, zerschlug sich schnell. Dieser andere Mediziner nämlich erlag kurze Zeit nach der Praxisübernahme einem Herzschlag, und seitdem war die Praxis verwaist.

In Afrika angekommen, erwartete Doktor Schumann ein Albtraum. Ein Albtraum, der weder mit der dortigen Bevölkerung noch den klimatischen Bedingungen zu tun hatte, sondern mit seinen eigenen Landsleuten. Er war zunächst im Militärlazarett, musste dann aber dem Kommandeur der Schutztruppen, Lothar von Trotha, in den Feldzug gegen die Hottentotten folgen. Die Soldaten der Schutztruppe von Trothas gingen mit äußerster Brutalität gegen die einheimische Bevölkerung vor – obwohl Berthold Näheres hatte wissen wollen, verzichtete der Doktor darauf, ins Detail zu gehen. Auch, wie er sagte, um sein mühsam wiedererlangtes Seelenheil nicht zu gefährden. Er hatte sich nach einigen Monaten in der Schutztruppe Deutsch-Südwestafrika aus dieser abgemeldet und in den Dienst protestantischer Missionare gestellt. Missionare wohlgemerkt, deren oberstes Ziel es war, die indigene Bevölkerung in ihrer Sprache und den Gebräuchen zu respektieren. Seitdem zog er mit den Missionaren durch Afrika, wo er gerade für eine Zeit lang in Windhoek Station machte.

Der Doktor war tief betroffen über die Vorkommnisse in

Hamburg, insbesondere, dass seine ehemalige Praxis Schauplatz von mindestens drei Morden geworden war. Über den möglichen Täter, der sich Zugang zu den Räumlichkeiten verschafft hatte, konnte er keine Informationen geben, aber als Berthold Rheydt ihm schilderte, unter welchen Umständen die betreffenden Frauen ihr Leben gelassen hatten, schwieg der Doktor lange.

»Diese Art des Mordens habe ich hier erlebt«, brach er schließlich sein Schweigen. »Ohne die Betäubung. Aber der Schnitt durch die Kehle ...«

»Das haben die Soldaten im Verband von Trothas gemacht?«, hakte der Kommissar nach.

»Einige.« Doktor Schumann sprach stockend. »Einige wenige. Ich kann nicht für alle Männer der Schutztruppe sprechen, Herr Kommissar. Aber ich habe Männer gesehen, die sich wie Tiere benahmen. Schlimmer als Tiere.«

»Haben Sie Namen?«

Der Doktor zögerte. »Vielleicht. Es ist nun schon einige Jahre her. Aber ich werde versuchen, mich zu erinnern.«

»Wir gehen davon aus, dass der Mörder medizinische Kenntnisse hat. Zumindest rudimentäre. Und dass er professionelles Werkzeug benutzt, das er möglicherweise aus Ihrer Praxis entwendet hat. Er muss irgendwie an den Schlüssel gelangt sein«, hatte Berthold geantwortet.

Doktor Schumann verabschiedete den Kommissar mit dem Versprechen, darüber nachzudenken und sich wieder mit ihm in Verbindung zu setzen, falls ihm etwas Erhellendes eingefallen war. Zudem hatte der Doktor aus seinem Abscheu über die Gräueltaten in Hamburg keinen Hehl gemacht, Berthold Rheydt hatte ihm seine Verstörung darüber, dass die Schreckensbilder der Vergangenheit wieder auftauchten, geglaubt.

Dieses Gespräch ging dem Kommissar nun, wo er allein in der Dunkelheit am Hafen saß und seinen Gedanken freien Lauf lassen konnte, im Kopf herum. Er hatte seinen Vorgesetzten davon berichtet, sowohl Paulmann als auch Roscher waren der festen Überzeugung: Der Weg zur Ergreifung des Hamburger Mörders führte über Afrika!

Das Puzzle setzte sich Stück für Stück zusammen.

Berthold zog den dicken Mantel enger um seinen Körper und nahm einen Schluck von dem starken Tee, den ihm eine der beiden Frauen aus dem grünen Haus gebracht hatte. Er versuchte, sich an eine Bemerkung von Doktor Fitzpatrick zu erinnern, von der er wusste, dass sie unmittelbar mit den Erzählungen des Doktors zu tun hatte, aber der genaue Zusammenhang mochte ihm nicht einfallen.

Überhaupt fragte er sich, wie diese Medizinerin ins Bild passte. Hatte sie vielleicht ebenfalls eine Verbindung nach Afrika, in die Kolonien? Er musste wissen, woher sie kam und warum sie ein Geheimnis um ihren Werdegang machte.

Die Kolonien! Das war das Stichwort! Unwillkürlich richtete Berthold sich auf. Ihr Gespräch hatte sich um den Ripper gedreht! Darum, dass er plötzlich aufgehört hatte zu morden, obwohl er nicht gefasst worden war. Doktor Fitzpatrick hatte daraufhin die Vermutung geäußert, dass dieser mitnichten aufgehört hatte zu töten, sondern stattdessen unbeachtet woanders seinem grauenvollen Werk nachgegangen war. In den Kolonien!

Er zog seinen ledernen Tabaksbeutel und die Pfeife aus der Manteltasche und begann sich seine Bulldog-Pfeife zu stopfen. Das würde die grauen Gehirnzellen in Schwung bringen.

Es erschien also denkbar, dass der Hafenmörder in Afrika das Handwerk des Tötens bereits ausgeübt hatte, als Soldat der

Schutztruppe. Seine Technik dort entwickelt und verfeinert und die Mordserie in Hamburg einfach nur fortgesetzt hatte.

Sie mussten nach einem Angehörigen des Militärs suchen, der sich eine Zeit lang in den Kolonien aufgehalten hatte, setzte der Kommissar auf seine Agenda. Die Taten konnten dort unbeobachtet bleiben, wenn der Mörder sie unter dem Deckmantel des Kriegseinsatzes ausgeführt hatte. Irgendwann war er aus dem Einsatz zurückgekommen, nach Hamburg. Und hier konnte er seine Neigung, seinen Trieb nicht unterdrücken.

Berthold Rheydt beschloss, sich so bald wie möglich mit der Kolonialgesellschaft und der Kaiserlichen Armee in Verbindung zu setzen. Die Schlinge zog sich immer weiter zu, das hoffte er nun inständig.

Kaum hatte er seine Pfeife angeraucht, hörte er eilige Absätze auf dem Pflaster durch die Nacht klappern. Vom Sandtorquai sah er eine dunkle Silhouette in seine Richtung laufen, an den wehenden Rockschößen und der Spitze einer Pickelhaube erkannte er, dass es sich um einen Schupo handeln musste.

»Kommissar!«, rief dieser ihn an, sobald er Berthold Rheydt entdeckt hatte. Der ärgerte sich. Wozu gab er sich den Anschein, ein obdachloser Herumtreiber zu sein, wenn die eigenen Leute mir nichts, dir nichts seine Deckung auffliegen ließen? Doch schon wenige Minuten später war ihm die Deckung völlig gleich. Der Schupo hatte ihm den Grund seines Kommens geschildert – ein brutaler Überfall auf den Frauenklub am Jungfernstieg erforderte Bertholds Anwesenheit.

»Sie bleiben hier«, ordnete der Kommissar an und zeigte auf das grüne Haus. »Stellen Sie sich direkt vor die Tür. Wir verzichten auf die geheime Observation, wir setzen auf Präsenz. Ich schicke Ihnen Verstärkung!«

Der Schupo gehorchte, und Berthold rannte, die schmauchende Pfeife in der Faust, im Dauerlauf in Richtung Innenstadt. Am Dovenfleet hielt er eine Droschke an und hieß diese, ihn schnellstmöglich zum Ort des Geschehens zu bringen.

Schon von Weitem sah er, dass sich etwas ganz und gar Spektakuläres zugetragen haben musste. Eine große Menge Schaulustiger hatte sich im näheren Umkreis des Frauenklubs versammelt, aus allen Gassen drängten weitere Sensationslüsterne nach.

Schupos bildeten einen Ring um den Tatort und mühten sich nach Kräften, die Gaffer zurückzudrängen. Berthold Rheydt ließ die Droschke anhalten und bahnte sich zu Fuß einen Weg durch die Menge. Die Polizisten erkannten ihn, ließen ihn passieren, schlossen den Ring aber sogleich.

Elmar Thönnes, der den Einsatz vor Ort leitete, kam auf ihn zu. »Tote haben wir keine zu beklagen, Berthold. Ich habe trotzdem gedacht, es ist besser, du kommst.«

»Meinst du, das hat mit unserem Hafenmörder zu tun?«

Thönnes wiegte den Kopf hin und her. »Kann ich schlecht sagen. Vielleicht auch nicht. Aber eine von den Frauen behauptet, dass der Mörder sie bedroht hat.«

»Tatsächlich? Der Mörder?« Berthold zog erstaunt die Augenbrauen hoch. »Woher will sie denn wissen, dass er es war?«

»Das fragst du sie am besten selbst«, gab sein Kollege zurück und deutete in Richtung Klub. »Sie ist da drinnen und wartet auf dich. Sie wollte mit dir und keinem anderen sprechen.«

Noch bevor der Kommissar sich wundern konnte, welche der Frauen aus dem Klub mit ihm bekannt sein konnte, hörte er außerhalb der Absperrung jemanden seinen Namen rufen. Der Jemand schwenkte eine Schiebermütze, der Kommissar erkannte in ihm trotz der Dunkelheit Max Lauritzen. Berthold zeigte Thönnes den Mann.

»Können Sie ihn reinlassen?«

»Presse?«, hakte Thönnes skeptisch nach.

»Ein Freund.«

Atemlos lief der Journalist auf Berthold Rheydt zu.

»Ich habe es geahnt!«, sagte er und zeigte einmal rundherum. Auf dem breiten Boulevard vor dem Frauenklub herrschte der Ausnahmezustand. Innerhalb der Absperrung standen aufgelöste Frauen in Grüppchen zusammen, manche von ihnen hatten kleinere Blessuren davongetragen, andere waren in Tränen aufgelöst. Diejenigen, die ernsthaft verletzt worden waren, wurden von Sanitätern vor Ort versorgt, zwei Krankenwagen standen auf der Straße, Ärzte kümmerten sich um die Betroffenen. Schupos nahmen weitere Zeugenaussagen auf, auch war der Polizeifotograf Schultheiss vor Ort und machte Bilder von dem Chaos ringsum. Vereinzelt lagen Kleidungsstücke wie Hüte, Schuhe, Handschuhe oder Schals auf der Straße, schmutzig, weil Menschen im Durcheinander darüber hinweggelaufen waren. Aber auch Stöcke, Regenschirme und andere Utensilien, die als Waffen eingesetzt worden waren, lagen auf dem Pflaster und zeugten von dem großen Durcheinander, das kurz zuvor hier geherrscht haben musste.

»Was weiß man?«, fragte der Kommissar den Journalisten. Er war sich der Absurdität der Situation bewusst, sie agierten mit vertauschten Rollen. Aber Berthold Rheydt ahnte, dass Lauritzen, der Aufgeweckte, vor ihm am Ort des Geschehens eingetroffen war und dementsprechend einen Wissensvorsprung hatte.

»Der Frauenklub wurde überfallen«, klärte Lauritzen ihn auf. »Aber das wissen Sie ja bereits. Maskierte Männer waren es, in Uniform und mit Waffen.«

»In Uniform?« Berthold hatte augenblicklich das Afrika-Corps vor sich. Uniformen, Soldaten – gab es doch eine Verbindung vom Überfall zu ihrem Hafenmörder?

»Sagen Augenzeugen. Mensch, ich mache mir Vorwürfe.« Lauritzen nahm die Schiebermütze ab und fuhr sich durchs Haar. Tatsächlich machte er einen zerknirschten Eindruck.

»Sie? Was haben Sie damit zu tun? Sie haben wohl nicht zu der Sache aufgerufen?«

»Doch, in gewissem Sinne schon.«

Zu allem Überfluss begann es in diesem Moment zu regnen. Keine dicken Tropfen, feiner Sprühregen, trotzdem stellten sich die beiden Männer unter den Sims des Hauses.

»Doktor Fitzpatrick ...«, fing der Journalist an, aber Berthold stöhnte.

»Das kann doch nicht sein!« Der Kommissar schüttelte den Kopf. »Ist die Frau denn überall? Sagen Sie bloß, hier ist sie auch beteiligt?«, und in dem Moment, in dem er den Satz ausgesprochen hatte, wusste er, wer die Frau sein musste, die behauptet hatte, der Mörder habe sie bedroht, und die verlangte, mit Kommissar Rheydt zu sprechen.

»Sie ist nicht nur beteiligt, sie ist gewissermaßen verantwortlich«, konkretisierte Lauritzen und klärte Berthold Rheydt auf. Über die Geschehnisse in London. Darüber, dass Doktor Fitzpatrick zu einer Solidaritätsveranstaltung aufgerufen hatte – und dass er gleich befürchtet hatte, dies würde radikale Gegner der Frauenbewegung auf den Plan rufen. Der Kommissar hatte von alldem nichts mitbekommen, weil er bis über beide Ohren mit seinem Hafenmörder-Fall befasst gewesen war und später obendrein das grüne Haus observiert hatte.

»Dass die Sache allerdings so eskaliert«, schloss Lauritzen seinen Bericht, »das schockiert mich. Was sind das wohl für Männer gewesen? Doch wohl kaum welche von den Deutschkonservativen. Die sind zwar extrem, aber nie und nimmer brutale Schläger.«

»Das wird Thönnes vielleicht schon in Erfahrung gebracht haben«, gab Berthold zurück. »Ich nehme mir jedenfalls Doktor Fitzpatrick zur Brust. Kommen Sie mit.«

Anne Fitzpatrick erwartete ihn bereits. Sie saß im zerstörten Salon des Klubs, aufrecht und selbstbewusst, obwohl auch sie einiges abbekommen haben musste. Davon zeugte eine verbundene Hand und ein großes Pflaster an der Stirn.

Als Rheydt und Lauritzen den Raum betraten, nickte sie huldvoll, als empfinge eine Königin nach der Schlacht ihre Getreuen. Der Kommissar musste sich immer wieder über die Frau wundern, stets steckte sie mitten im Geschehen, immer kam sie mit einem blauen Auge davon, aber nie verlor sie ihre Contenance, und nichts schien sie langfristig von ihrer Mission abzubringen.

»Das ist ja ein Schlachtfeld«, kommentierte er, während er sich einen Weg über zerbrochene Spiegel und Vasen, aufgeschlitzte Polstermöbel und zersplitterte Stühle bahnte.

»Können Sie sich diese Wut vorstellen?«, gab Doktor Fitzpatrick zurück, und ihre Augen glitzerten gefährlich. »Dazu sind nur Männer in der Lage. Männer, die sich vor Frauen fürchten.«

Der Kommissar zog es vor, die Bemerkung im Raum stehen zu lassen, stattdessen setzte er sich neben sie auf das Sofa, dessen Bezug mehrfach zerrissen war, sodass die Polsterwolle herausquoll.

Erst jetzt bemerkte er, dass er noch immer die Pfeife in der Faust mit sich herumtrug. Ohne ein Wort mit der Ärztin neben sich zu wechseln, zog er Streichhölzer hervor und machte mehrere Anläufe, seine Pfeife wieder zum Glimmen zu bringen.

»Was wollen Sie wissen?«, brach sie das Schweigen, als er eine Rauchwolke ausstieß, die die Luft mit dem Geruch von süßem dänischem Virginia erfüllte.

»Was wollen Sie mir erzählen?«, konterte Berthold.

Anne Fitzpatrick lachte trocken. »Ach, so geht das Spiel jetzt?«

»*Sie* haben mich rufen lassen, weil *Sie* mir etwas über den Hafenmörder erzählen wollen. Der Überfall hier ist nicht mein Gebiet. Ich bin für Mord und Totschlag zuständig.«

Max Lauritzen lehnte ihnen gegenüber an der Wand und verfolgte den Schlagabtausch interessiert.

»Es war ganz zum Schluss dieser ...« Die Medizinerin machte eine vage Geste in den Raum und suchte nach dem passenden Begriff. »Schlacht. Wir waren dabei, die Männer aus dem Klub zu drängen. Ich hatte mich gewehrt«, sie hob einen großen Krug aus Blei vom Boden hoch, »und keine Details wahrgenommen. Ich habe einfach um mich geschlagen und war bemüht, so oft einen Holzkopf zu treffen, wie ich nur konnte.«

Berthold Rheydt nahm den Krug und wog ihn in seiner Hand. Er wollte damit weiß Gott nicht mit voller Wucht getroffen werden, auch nicht mit all den anderen improvisierten Waffen, die die Frauen zur Gegenwehr genutzt hatten.

»Plötzlich spürte ich jemanden hinter mir. Nah, sehr nah.« Sie schauderte kaum merklich. »Seinen Atem an meinem Ohr. Ich hatte dasselbe Gefühl wie damals, vor der Praxis von Doktor Schumann.«

Jetzt drehte sie sich frontal zu Berthold Rheydt und sah ihm fest in die Augen. Zum ersten Mal erkannte er darin ihre Angst.

»Du bist die Nächste, hat er zu mir gesagt.«

Der Kommissar zog unwillkürlich so heftig an seiner Pfeife, dass er sich fast die Zunge verbrannte.

»Er weiß also, wer Sie sind.«

Sie schwieg. Und wandte ihren Blick ab.

»Was glauben Sie?«, setzte er nach. »Welche Verbindung hat er zu Ihnen? Warum Sie? Von Anfang an!«

Doktor Fitzpatrick schüttelte nur den Kopf.

Diese Geste, gepaart mit einer winzigen Bewegung – die Frau drehte sich leicht von ihm ab und signalisierte damit, dass sie nicht gewillt war, weiter mit ihm zu reden –, brachte Berthold Rheydt auf die Palme.

»Nein«, sagte er, »so kommen Sie nicht davon. Wir unterhalten uns jetzt. Richtig.«

Er packte sie fest am Oberarm, zog sie vom Sofa hoch. Wider Erwarten leistete sie keine Gegenwehr und folgte ihm durch den Salon, den Flur, hinaus auf den Jungfernstieg. Lauritzen lief hinter ihnen. Draußen regnete es jetzt heftig, zudem waren noch immer viele Schaulustige anwesend, das war nicht der passende Ort für ein Vieraugengespräch. Am liebsten hätte Berthold die Ärztin jetzt in sein Büro im Stadthaus gebracht und in die Zange genommen, sie einer gnadenlosen Befragung ausgesetzt, aber der Weg war zu weit. Bis dahin würde die Frau, die ihm gerade eben zum ersten Mal einen Moment der Schwäche gezeigt hatte, wieder verschlossen sein wie eine Auster. Nein, jetzt war der geeignete Zeitpunkt, um ihr zuzusetzen.

Er ging ein paar Schritte weiter und zog Anne in die benachbarte Hofeinfahrt. Aus den Augenwinkeln sah er, dass nicht nur der Journalist ihnen mit den Blicken folgte, sondern auch eine Frau mit leuchtend rotem Haar ihnen interessiert hinterhersah.

Doktor Fitzpatrick ließ sich von ihm führen, fast willenlos. Er zog sie in die Einfahrt, stellte sie mit dem Rücken zur Wand und postierte sich direkt vor sie. Er wusste, dass er sie bedrängte, er wusste, dass sie ihm so nicht ausweichen konnte. Er wusste nur allzu gut, dass dies überhaupt nicht seine Art war, mit Frauen umzugehen, aber ihm war die Hutschnur gerissen. Er war einem Serienmörder auf der Spur, und einer der Schlüssel, die ihn zu diesem Mann führen würde, war diese Frau. Sie musste ihm endlich die Wahrheit sagen – sonst würden weitere Frauen sterben müssen, nicht zuletzt sie selbst.

»Vom ersten Moment an tauchen Sie in diesem Fall auf«, begann Berthold Rheydt, auf sie einzureden. »Die ersten Leichen finden wir vor dem Hafenbecken am grünen Haus. Elsie Lautenschläger war auf dem Weg zu Ihnen! Sie sind direkt vor Ort, als Katharina Martinen getötet wird. Sie ist mit einem Flugblatt von Ihnen in der Hand gestorben!«

Er und Doktor Fitzpatrick standen im Finsteren, die Hofeinfahrt war nicht beleuchtet, aber Berthold Rheydt hatte sein Gesicht so nah an das ihre geschoben, dass er das Glitzern in ihren Augen erkannte. Waren das Tränen? Aber er konnte darauf keine Rücksicht nehmen, er sprach weiter, eindringlich.

»Sie selbst sagen, dass Sie den Mörder kennen, geben aber nichts preis von Ihrer Vergangenheit. Und nun behaupten Sie – ich wiederhole, Sie behaupten es! –, dass der Mann Sie direkt bedroht hat. Dass er in Ihnen sein nächstes Opfer sieht.« Er stützte jetzt die linke Hand an der Mauer neben ihrem Kopf ab, als wollte er ihr einen möglichen Fluchtweg abschneiden.

»Sie müssen mit mir reden, Doktor! Wer sind Sie? Woher kommen Sie? Warum hat es dieser Mann auf Sie abgesehen? Nur Sie kennen die Antwort.«

Sie fasste mit beiden Händen das Revers seines Mantels und zog sein Gesicht an ihres, mit Kraft. Berthold war von dem Manöver so überrumpelt, dass er sich nicht zur Wehr setzte, als er ihre Lippen auf seinen spürte. Sie küsste ihn. Nur kurz, aber mit einer Intensität, die ihn tief in seinem verletzten Herzen traf, und er konnte nicht anders, als sich hinzugeben. Einen Moment nur, dann zuckte er zurück, trat einen Schritt von ihr weg.

»Ich kann es Ihnen nicht sagen.« Ihr Blick war wieder so, wie er sie stets erlebt hatte. Fest, klar, hochmütig. »Ich zermartere mir das Gehirn, wer er sein könnte. Aber ich habe es heute gespürt: Er hasst mich. Er hasst mich, so wie er alle Frauen hasst. Finden Sie die Männer, die uns heute überfallen haben, dann finden Sie Ihren Mörder.«

Vom Jungfernstieg aus kamen nun zwei Menschen in den Eingang auf sie zu. Berthold Rheydt erkannte neben Max Lauritzen die junge Helene Curtius. Er wandte sich wieder an Doktor Fitzpatrick. »Sie müssen uns helfen.«

»Ich komme morgen in Ihr Büro«, gab sie zurück. »Jetzt muss ich mich hinlegen. Sie werden verstehen, ich bin erschöpft.«

»Sie können auf keinen Fall in Ihre Wohnung gehen«, wollte der Kommissar sie aufhalten, denn Doktor Fitpatrick hatte sich bereits von ihm abgewandt und ging Helene Curtius entgegen. »Und wenn, dann nur unter Polizeischutz!«

Sie drehte ihren Kopf über die Schulter und blickte zu ihm zurück. »Wollen Sie die Nacht vor meiner Tür verbringen?«, fragte sie spöttisch und zog eine Augenbraue in die Höhe. Dann ließ sie ihn stehen.

Berthold sah ihr nach. Sein Herz hämmerte in seiner Brust. Er war wütend. Aber nicht nur das. Da war auch noch ein anderes, starkes Gefühl, das er lange Jahre nicht mehr gespürt hatte.

29.

Helene war fest entschlossen, sich nicht von ihrem Vorhaben abbringen zu lassen. Nicht durch das verstörende Erlebnis des Überfalls, den sie dank der Geistesgegenwart Annes und der Hilfe anderer Frauen, die sie aus dem Klub gelotst und in Sicherheit gebracht hatten, körperlich unbeschadet überstanden hatte. Auch nicht von dem Kuss, dessen unfreiwillige Zeugin sie gerade geworden war und der sie in höchstem Maß irritierte.

Nein, Helene hielt den Blick Annes fest, die ihr durch die dunkle Hofeinfahrt entgegenkam, und sie würde nicht eher lockerlassen, bis sie mit der Ärztin über Julies Schwangerschaft gesprochen hatte.

Sie spürte, dass sie die Kraft besaß, durch all das hindurchzugehen, sich nicht aus der Bahn werfen zu lassen und vor allem: sich nicht unter die Fittiche ihres Bruders, Vaters oder ihrer besten Freundin zu begeben.

Sie hatte Anne jetzt erreicht, diese streckte die Hand nach ihr aus, Helene ergriff sie, und gemeinsam verließen sie die Hofeinfahrt, bogen ab in den Jungfernstieg, ließen die Polizeiabsperrung hinter sich und liefen Hand in Hand durch den Regen über den Boulevard. Ohne ein Wort. Helene wusste nicht, wohin Anne sie führte, aber sie wäre dieser Frau überallhin gefolgt.

Am Glockengießerwall blieb Anne stehen und ließ Helenes Hand los. »Hier trennen sich unsere Wege«, sagte sie. »Ich gehe nach Hause, Sie steigen hier in die Tram nach Uhlenhorst.«

»Nein.« Helene schüttelte den Kopf. »Ich fahre nicht nach Hause. Jedenfalls nicht, bevor wir miteinander gesprochen haben.«

Die Ärztin sah sie an, Amüsement und Erstaunen wechselten sich in ihrer Mimik ab.

Helene sprach weiter. »Und Sie können auch nicht nach Hause gehen. Sie haben gehört, was der Kommissar gesagt hat.«

»Wie wollen Sie mich davon abhalten?«

»Ich begleite Sie. Versuchen Sie nicht, mich loszuwerden. Ich habe ein Anliegen, und ich ruhe nicht eher, bis ich dafür eine Lösung gefunden habe.«

»Sie müssten längst zu Hause sein.«

Helene schwieg.

»Ihre Eltern werden sich Sorgen machen.«

Helene zuckte mit den Schultern. »Das ist mir gleich. Es ist so viel geschehen. Außerdem sind Sie mir eine Erklärung schuldig. Was waren das für Männer? Was wollten die? Warum verfolgt der Mörder Sie?«

Helene hörte sich selbst reden und konnte nicht glauben, dass sie es war, die Anne Fitzpatrick mit Fragen und Forderungen bombardierte. Der Tag war ungeheuer ereignisreich für sie gewesen, sie hatte Dinge gesehen und Menschen erlebt, von deren Existenz sie vorher nichts gewusst hatte. Sie fühlte sich wie einer der Kanarienvögel aus ihrer Kindheit: Die Käfigtür war geöffnet worden, sie flog in die Freiheit und breitete ihre Flügel aus. Es fühlte sich gut an! Trotz des Elends Julies, des Schmutzes, der Enge und der Verkommenheit in dem Haus der Engelmacherin, trotz der Gefahr, die von den grausamen Männern ausgegangen war, die den Klub überfallen hatten – Helene verspürte keine Angst, stattdessen war sie stärker denn je.

Lewer duad üs Slav!

»Helene, ich habe einen langen Tag hinter mir. Und der war voller unschöner Erlebnisse. Melden Sie sich nächste Woche bei mir. Dann trinken wir einen Kaffee …«

»Nein!« Resolut stellte Helene sich Anne in den Weg. »Es duldet keinen Aufschub. Ich habe keine Zeit bis morgen. Schon gar nicht bis nächste Woche. Ich gehe auch nicht nach Hause.«

Sie verschränkte die Arme über der Brust, um zu signalisieren, dass sie nicht verhandlungsbereit war.

Das Gesicht der Ärztin konnte sie nicht deuten. Tatsächlich fiel Helene erst jetzt der müde Zug um den Mund auf, die verschatteten Augen. Ja, es stimmte, Anne Fitzpatrick sah erschöpft aus. Einen Moment lang zögerte Helene, ob sie weiterhin vehement insistieren solle, aber dann hatte sie das Bild von Julie vor sich, der Achtzehnjährigen, die sich willenlos auf das schmutzige Bett der Engelmacherin gelegt hatte, bereit, alles mit sich machen zu lassen, um das Kind, das Helenes Vater mit ihr gezeugt hatte, abzutreiben.

»Wir gehen zu Ihnen«, entschied Helene. »Sie packen Ihren Koffer, und ich bringe Sie in ein Hotel. Währenddessen reden wir.«

Zu ihrer großen Überraschung widersprach Anne Fitzpatrick ihr nicht, drehte sich stattdessen auf dem Absatz um, überquerte den Glockengießerwall und lief an der Kunsthalle vorbei in Richtung Norden an der Alster entlang. Helene begriff das als Einladung, ihr zu folgen – oder wenn schon nicht als direkte Aufforderung, so doch zumindest als Erlaubnis. Sie schloss zu Doktor Fitzpatrick auf, die Frauen gingen stumm nebeneinanderher, bis Helene das Schweigen brach.

»Haben Sie keine Angst?«

»Vor wem?« Anne bedachte sie mit einem schnellen Seitenblick. »Vor den Männern heute? Nein.«

»Wer waren die?«

»Vandalen. Dummköpfe. Angsthasen.«

»Für Angsthasen hätte ich sie nicht gehalten.«

»Jeder Mann, der es nötig hat, sich bewaffnet gegen unbewaffnete Frauen zur Wehr zu setzen, oder besser: sie anzugreifen, ist ein Angsthase.«

»Das stimmt wohl. So habe ich es noch nicht gesehen. Ich habe nur die Wut gesehen, die Waffen. Und ich hatte Angst.«

»Besser, Sie lernen diese Lektion früh, Helene. Machen Sie einen Bogen um jeden Mann, der die Hand gegen Sie erhebt – aber Gefahr geht auch von denen aus, die andere Waffen einsetzen.«

»Sie mögen Männer nicht besonders?«

Anne lachte bitter. »Ich habe zu wenige kennengelernt, die ich wirklich schätzen konnte. Zeigen Sie mir einen, der so klug ist, dass er Frauen auf Augenhöhe akzeptiert, und ich revidiere sofort mein Urteil.«

»Kommissar Rheydt?«, versuchte Helene vorsichtig einzuwenden, obwohl sie diesen für einen Widerling hielt.

»Sicher nicht!«

»Aber der Kuss?«

Die Frau neben ihr machte eine wegwerfende Handbewegung. »Bedeutet nichts. Ich sagte schon, ich habe einen furchtbaren Tag hinter mir.«

Obwohl Helene den Zusammenhang zu dem Kuss mit dem Kommissar nicht verstand, drängte sie Anne nicht weiter. Es war deren Angelegenheit, das ging sie nichts an, und die Sache, wegen der sie hier war, hatte nichts damit zu tun. Die Frage danach, warum der Mörder Anne bedroht hatte – das hatte sie zumindest dem Verhör entnommen, dem Kommissar Rheydt Anne in der Hofeinfahrt unterzogen hatte –, verkniff sie sich. Anne würde es ihr nicht sagen. Nicht jetzt, nicht heute.

Sie bogen in eine Seitenstraße ein, vor einem hohen Mietshaus blieb die Ärztin stehen.

»Hier wohne ich«, sagte sie und zeigte nach oben. »Unter dem Dach.«

Sie schloss die Eingangstür auf, ließ Helene hindurch, und gemeinsam stiegen sie die Treppen empor, bis sie im fünften und letzten Stockwerk angelangt waren. Das Haus war sehr viel sauberer, großzügiger ausgestattet und bürgerlicher als das Haus, in dem die Engelmacherin gewohnt hatte. Es gab hier weder Aborte auf der halben Treppe, noch roch es nach schlechtem Essen. Die hölzernen Stufen waren mit Teppich bespannt, die Eingangstüren zu den Wohnungen breit, mit doppelten Flügeltüren, es gab Türklopfer auf poliertem Messing und gravierte Namensschilder. Die Tür zu Annes Wohnung allerdings war bedeutend schmaler, außer ihr wohnte niemand mehr in diesem Stockwerk, und Helene wunderte sich ein wenig, dass Anne, die doch immerhin promovierte Medizinerin war, nicht großbürgerlicher lebte. Dennoch empfand sie das Mietshaus als behaglich, sie konnte sich vorstellen, auch einmal so zu wohnen. Wenn sie erst eine Anstellung als Lehrerin gefunden hatte, ein anständiges Gehalt bezog, war sie vielleicht in der Lage, eine Wohnung in einem Haus wie diesem anzumieten.

Die Ärztin schloss die Tür auf, sie traten ein, und der angenehme Eindruck, den Helene soeben noch gehabt hatte, verflüchtigte sich augenblicklich. Nichts an der Wohnung von Doktor Fitzpatrick war anheimelnd. Eine elektrische Glühbirne ohne Lampenschirm erhellte den Raum und tauchte ihn in fahlgelbliches Licht. Ein Tisch, zwei Stühle, in einer Ecke des Zimmers ein Bett. Ein einfacher Holzschrank – das war alles. Kein Teppich auf dem nackten Holzfußboden, keine Pflanzen, Kerzen, Bilder, keine Kommode, kein Spiegel. Sauber, aber karg und traurig. Helene war entsetzt, und Anne las ihr dieses Entsetzen von den Augen ab.

»Sie wollten unbedingt mitkommen«, sagte sie. »Ich kann Ihnen immerhin etwas zu trinken anbieten.«

Mit diesen Worten verschwand sie hinter einer Tür, hinter der Helene die Küche vermutete. Anne kehrte mit zwei einfachen Wassergläsern und einer Flasche zurück, goss ihnen beiden ein und prostete Helene zu.

»Aufs Überleben!«

Helene zögerte. »Ich würde lieber auf das Leben trinken.«

»Auch gut.« Die Ärztin stürzte die klare Flüssigkeit mit einem beherzten Schluck zur Hälfte hinunter, Helene jedoch nahm nur einen kleinen Schluck, und alles in ihr zog sich zusammen. Das war etwas anderes als der liebliche Portwein von Ida Reimers.

»Gin«, erklärte Anne. »Habe ich in London schätzen gelernt. In den Kolonien trinken sie ihn mit Tonic – gegen die Malaria.«

»So schmeckt er auch«, bemerkte Helene, »wie Medizin.«

»Vielleicht mag ich ihn deshalb.«

Helene merkte, dass die Ärztin langsam, ganz langsam weniger angespannt wirkte. Aber der richtige Zeitpunkt, um das heikle Thema der Abtreibung anzusprechen, schien noch nicht gekommen. Fieberhaft suchte Helene nach Worten und Themen, um die Konversation aufrechtzuerhalten.

»Entschuldigen Sie meine Offenheit – aber wieso wohnen Sie … so?« Helene schaute einmal im trostlosen Zimmer herum.

»Sie meinen, so furchtbar?«

Helene nickte.

»Ich bin noch nicht lange in Hamburg. Ich bin mit nichts als einem Koffer hier angekommen. Und habe mich sofort in die Arbeit gestürzt. Mir fehlte schlicht die Zeit, mich um die Wohnung zu kümmern.«

»Aber das ist schrecklich.«

Anne sah sich um, als sähe sie ihre Wohnung zum ersten Mal.

»Ja«, stimmte sie zu. »Es ist schrecklich.«

Sie schenkte sich aus der Gin-Flasche nach.

»Sie wollten in einer bestimmten Sache mit mir reden, Helene. Ist es nicht so? Deswegen sind Sie doch in den Klub gekommen.«

Jetzt musste es hinaus. Wie sollte sie es anfangen? Schließlich war das, worum sie Anne Fitzpatrick bitten wollte, alles andere als eine kleine Gefälligkeit.

»Wir haben ein Dienstmädchen. Julie. Sie ist achtzehn Jahre alt.«

Anne holte tief Luft, aber Helene wollte sich nicht aufhalten lassen.

»Sie ist schwanger«, platzte sie heraus. »Sie muss es wegmachen lassen. Ich habe ihr versprochen, dass ich ihr helfe.« Jetzt gab es kein Zurück mehr. »Wir sind zu einer Frau. Einer Frau, die es wegmacht. Gegen Geld.« Es fiel Helene schwer weiterzusprechen, die Bilder vom Vormittag zogen vor ihrem inneren Auge herauf. »Alles war entsetzlich schmutzig. Die Frau, ihre Wohnung, das … die Geräte.« Sie schauderte. »Ich konnte es nicht zulassen. Ich habe Julie gezwungen, wieder zu gehen. Wir sind regelrecht geflüchtet. Es war so ekelhaft, Anne, Sie können sich gar nicht vorstellen …«

Jetzt war ihr nach Trost und Schnaps, sie nahm einen weiteren Schluck von dem Gin, der ihr Innerstes mit Feuer auskleidete.

»Was wollen Sie von mir?« Annes Stimme war schneidend.

Helene hatte gehofft, die Ärztin würde verstehen, ohne dass sie es aussprechen musste, aber Anne ließ ihr keine Wahl. »Ich habe Julie versprochen, dass ich Hilfe hole. Und Sie sind die einzige …«

»Nein. Das mache ich nicht. Es ist strafbar, und Sie wissen das.«

»Aber was soll ich tun?«

Anne Fitzpatrick stand auf. »Sie müssen gehen, Helene, ich führe dieses Gespräch nicht mit Ihnen.«

»Aber Sie müssen mir helfen! Es muss doch etwas geben, etwas, wo sich Frauen hinwenden können, jemanden.« Helene verstand nicht, warum Anne ihr das Gespräch darüber verweigerte. »Sie helfen doch jeden Tag Frauen, Sie müssen doch wissen …«

»Aber nicht damit.« Anne stand noch immer. Ihr Blick war hart. »Ich nehme keine Abtreibungen vor. Ich vermittle auch keine. Sie müssen sich woanders Hilfe holen.«

Helene erhob sich vom Stuhl, ihre Verzweiflung schlug in Wut um. »Ist das alles? Sie lassen mich hier einfach stehen? Machen Sie das mit den Frauen in Ihrem Haus auch? Lassen die stehen, die Probleme haben, die Sie nicht lösen können? Wenden sich ab?«

Anne trat so rasch hinter dem Tisch hervor, dass ihr Stuhl umfiel, sie war mit zwei Sätzen bei Helene, packte diese am Arm.

»Sie haben keine Ahnung, Helene! Sie wissen nicht, welchen Gefahren wir uns aussetzen. Sie kennen mich nicht. Sie sind eine verwöhnte Pastorentochter, die nichts von der Welt weiß. Wagen es, hierherzukommen, mich um etwas zu bitten, für das ich ins Gefängnis kommen kann, und werfen mir dann Feigheit vor?«

Helene wich zurück. Anne, die schöne, beneidenswerte, kluge und stets beherrschte Anne Fitzpatrick sah aus wie eine Furie, Helene bekam Angst vor ihr.

»Sorgen Sie dafür, dass Ihr Mädchen in bessere Verhältnisse kommt. Dass sie nicht rund um die Uhr für einen Hungerlohn in Ihrem Haus zur Verfügung stehen muss. Klären Sie sie darüber auf, wie man eine Schwangerschaft verhindern kann. Tun Sie etwas, Helene! Sie wollten helfen, also helfen Sie! Und hören Sie auf, anderen die Schuld an den Verhältnissen zu geben.«

Sie öffnete die Tür zum Treppenhaus. »Gute Nacht!«

Die Worte der Ärztin hallten in Helene nach – den ganzen Weg am Alsterufer entlang. Tun Sie etwas, Helene! Hatte Doktor Fitzpatrick recht? Aber was sollte sie tun? Julie war schwanger, es war zu spät, um etwas anderes zu tun, als sich um eine Abtreibung zu bemühen. Und wie hätte Helene verhindern sollen, dass Julie schwanger geworden war? War das ihre Sache? Oder nicht vielmehr die Sache ihres Vaters, der die Stellung des Mädchens ausgenutzt hatte?

Es war ein wildes Gedankenkarussell, das sich in Helenes Kopf drehte, und der abendliche Gang an der stillen Alster machte es nicht besser. Je länger sie lief, desto mehr Sorgen machte sie sich. Erst jetzt wirkte auch der Schock über das Erlebte – der brutale Überfall, dessen Zeugin und um ein Haar auch Opfer sie geworden war. Direkt danach hatte Helene kaum eine Reaktion gespürt, aber nun merkte sie, wie verletzt und verängstigt sie war. Sie zitterte am ganzen Körper, fühlte sich schwach und sehnte sich nach der Wärme und Geborgenheit ihres Zimmers, wollte sich in ihr Bett kuscheln, mit ihrem Stoffelefanten, und Julie sollte ihr eine warme Milch mit Honig aufs Zimmer bringen.

Julie.

Nie wieder würde Helene sich von Julie bedienen lassen können, das brachte sie nicht fertig. Sie fühlte sich schuldbeladen, nachdem sie sich niemals ernsthaft Gedanken darüber gemacht hatte, was für ein Leben Julie führte und all die

Dienstmädchen davor, die im Hause Curtius gearbeitet hatten; Annes Worte hatten ihr die Verantwortung, die sie dafür trug, erstmals vor Augen geführt.

Helene wollte im Frauenhaus helfen, wollte Frauen und Kinder unterstützen, die in prekären Verhältnissen lebten, verdrängte aber erfolgreich, dass sie sich von einem Mädchen bedienen ließ, das im Stand einer Leibeigenen unter ihrem Dach wohnte.

Aber noch stärker als die Erkenntnis darüber, dass sie zunächst ihre eigenen Verhältnisse überdenken sollte, bevor sie sich in der Wohlfahrt um die Verhältnisse anderer kümmerte, war die Verwunderung darüber, dass Anne Fitzpatrick ihr heute eine äußerst unschöne Seite von sich gezeigt hatte.

Wie sehr hatte Helene diese Frau bewundert! Wollte es ihr gleichtun, sich aufopfern, ihr Leben dem Wohl der Frauen widmen. Aber das, was sie heute von der Ärztin gesehen hatte, stieß sie ab.

Der gierige Kuss mit dem Kommissar. Die schäbige Wohnung. Die Art, wie sie den starken Alkohol heruntergekippt hatte – wie ein Hafenarbeiter. Vor allem aber die rasende Wut, als Helene ihr Anliegen vorgebracht hatte.

Sicher, es ehrte Doktor Fitzpatrick, dass ihr Berufsethos ihr verbat, ungeborenes Leben zu töten. Aber Helene hatte nicht das Gefühl gehabt, dass dies der Grund für den Wutausbruch der Medizinerin gewesen war. Dann hätte ein konsequentes Nein und eine Erklärung genügt. Vielleicht hätte Anne sich dann auch die Zeit genommen, um gemeinsam mit Helene zu überlegen, wie man Julie helfen konnte. Aber dieser Furor! Helene hatte sich gefürchtet vor dem, was sie in Doktor Fitzpatricks Augen gesehen hatte. Eines war ihr nach dem Abend klar geworden: Diese Frau hatte zwei Seiten, und die, die sie heute von ihr erlebt hatte, wollte Helene nie mehr wiedersehen.

Es war erst kurz vor neun Uhr abends, als Helene die Haustür aufsperrte, darum war sie auch nicht überrascht, als sie ihre Eltern noch wach und im Salon vorfand. Aufgrund deren besorgter Gesichter rechnete Helene mit einer inquisitorischen Befragung – warum kommst du so spät? Wo kommst du her? Was hast du den ganzen Tag gemacht? Warum hast du uns nichts gesagt –, aber stattdessen erkundigte ihre Mutter sich als Erstes nach Julie.

»Julie? Die hat heute frei.«

Ob ihre Eltern etwas wissen konnten? Hatte die Köchin sie verpetzt? Vielleicht hatte Julie ihr erzählt, dass sie gemeinsam mit Helene zu einer Engelmacherin fahren wollte? Helene beschloss, sich trotz ihres aufgewühlten Zustands unbeteiligt und desinteressiert zu geben. Sie durfte Julie nicht in eine unangenehme Lage bringen. Ärger mit der Herrschaft war das Letzte, was das arme Mädchen jetzt noch brauchen konnte.

»Sie hat ihr Zimmer ausgeräumt«, erklärte Fanny. »All ihre Habseligkeiten sind weg. Und sie selbst natürlich auch.«

Es brauchte etwas, bis die Bedeutung des eben Gehörten Helenes Hirnwindungen erreicht hatte. »Sie ist weg?«

Die Beine gaben unter Helene nach, sie schaffte es gerade noch, sich zu setzen.

»Es scheint so. Sie hat nicht gekündigt und sich nicht verabschiedet. Im Zimmer sind keine persönlichen Gegenstände mehr von ihr.«

Helene versuchte, die Information in ihrem Kopf zu sortieren, aber sie kam zu keiner Erklärung von Julies Verhalten. Währenddessen sprach ihre Mutter weiter.

»Die Köchin hat euch zusammen an der Trambahn-Haltestelle gesehen. Hast du etwas damit zu tun, Helene?«

Sie schüttelte den Kopf. Blickte erst in Fannys Augen, dann in die ihres Vaters, um sich den Anschein der Aufrichtigkeit zu geben. Sie wollte demonstrieren, dass sie nichts zu verbergen hatte – auch wenn das glatte Gegenteil der Fall war. Aber Helene konnte lügen. Ziemlich gut sogar. Auch das hatte sie von ihrem Bruder gelernt.

»Nein. Das war Zufall. Sie wollte nach Sankt Pauli. Mehr weiß ich nicht.«

Fanny seufzte, rang die Hände und blickte Hilfe suchend zu ihrem Mann.

»Uns bleibt nichts anderes übrig, als das zu glauben«, sagte ihr Vater. »Geh bitte auf dein Zimmer. Falls dir doch etwas einfällt, dann sag es uns.«

Natürlich wollte ihr Vater das Gespräch schnell beenden, damit nichts auf den Tisch kam, was sein unrühmliches Verhältnis mit dem Dienstmädchen aufdeckte, dachte Helene und war sofort bereit, dieses Wissen für sich zu nutzen.

»Nein«, gab sie zur Antwort und stand auf. »Ich gehe zu Paulina.«

Damit ließ sie ihre Eltern zurück. Niemand hielt sie auf.

Paulina öffnete ihr direkt die Tür und sah Helene fragend an. Wahrscheinlich hatte sie bereits aus dem Fenster gesehen, dass Helene im Lichtschein der Laterne stand und geklingelt hatte.

»Ich brauche dich«, sagte Helene. »Ich kann ohne dich nicht sein. Bitte nimm mich zurück.«

Paulina trat aus der Tür und ließ Helene ein.

30.

Der Appetit auf Gin war ihr vergangen. Seit Helene sie zurückgelassen hatte, starrte Anne auf die zwei Gläser auf ihrem Tisch.

Sie hatte den einzigen Menschen in Hamburg vertrieben, der sich aufrichtig für sie interessierte, ja, den sie etwas näher an sich herangelassen hatte als alle anderen. Und nicht nur das – sie hatte diesen Menschen bedroht. Hatte vollkommen die Beherrschung verloren.

Jetzt tat es ihr von Herzen leid. Am liebsten hätte Anne sich ihren Mantel übergeworfen und wäre noch einmal hinaus in die Nacht gegangen, hinter Helene hergelaufen, um sie um Entschuldigung zu bitten. Aber nun war es zu spät. Sie hatte das junge Mädchen, das sich Hilfe suchend an sie gewandt hatte, vertrieben, und das wahrscheinlich ein für alle Mal. Anne wollte auf keinen Fall, dass das Bild, das sie heute Abend abgegeben hatte, sich Helene unwiderruflich einbrannte, sie wollte, nein, sie *musste* eine Gelegenheit finden, sich für ihren Ausfall zu entschuldigen. Die junge Curtius hatte nicht ahnen können, in welche Wunde sie getroffen hatte. Annes tiefste Wunde, eine, die nie wieder verheilen würde. Das Thema war ihre Achillesferse, ihre größte Angst, der Teufel, der sie jagte.

Ihr größtes Geheimnis.

Andererseits ließ Anne der Gedanke an das Dienstmädchen Helenes nicht los. Eine Achtzehnjährige! Was würde sie jetzt tun? Sich doch wieder an die Engelmacherin wenden? Es war ein Trauerspiel, dass Frauen, die ungewollt schwanger geworden waren, die nicht wussten, wie sie ihre Kinder großziehen und versorgen sollten, dass diese Frauen in die Arme von Kriminellen getrieben wurden. Diese Verbrecherinnen – häufig waren es Frauen, die illegale Abbrüche vornahmen – versprachen den armen Opfern unzählige Möglichkeiten, eine Schwangerschaft zu beenden. Beim Gedanken daran wurde Anne übel. Sie hatte wöchentlich, manchmal täglich Opfer von Abtreibungen in ihrer Praxis, sie sah, was geschehen konnte, wenn sich Pfuscherinnen ohne medizinische Vorkenntnisse ans Werk machten.

Stattdessen sollten die Frauen medizinisch betreut werden, sie sollten einen Abbruch im Krankenhaus vornehmen lassen dürfen, wo die hygienischen Voraussetzungen gegeben waren und man die Frauen nach dem Eingriff beobachten und bei Komplikationen sofort behandeln konnte.

Auch deswegen fühlte Anne sich miserabel. Sie hatte Hilfe verweigert. Selbstverständlich musste sie das Ansinnen Helenes ablehnen, und dennoch ... Was würde jetzt aus dem Hilfe suchenden Dienstmädchen werden? Hoffentlich blieb Helene an ihrer Seite, und hoffentlich gelang es den beiden, eine seriöse Adresse für einen Abbruch zu finden. Anne hätte auch hier nicht helfen können, in Hamburg mangelte es ihr an Kontakten. Und das Thema war heikel. Hätte sie die Vorsitzende des Vereins gefragt, hätte diese ihr nicht einfach eine Adresse nennen können, das war strafbar.

Anne fasste den Vorsatz, in den nächsten Tagen Kontakt zu Helene aufzunehmen. Sich zu entschuldigen, ihr schroffes Verhalten mit den Erlebnissen des Abends – insbesondere der Bedrohung durch den Hafenmörder – zu erklären. Und vielleicht gelang es ihnen gemeinsam, Hilfe für das Dienstmädchen zu organisieren. »Frauenwohl« verfügte über Möglichkeiten der Kinderbetreuung, eventuell war die junge Frau bereit, das Kind zu behalten, wenn das für sie nicht bedeutete, ihre Stelle zu verlieren.

Aus dem Treppenhaus drangen nun die Geräusche von Schritten an ihr Ohr. Jemand stieg die Treppe empor. Anne lauschte angespannt, doch dann vernahm sie Schlüsselgeklapper, das Öffnen und Schließen einer Tür in der Etage unter ihr. Ihr Herz klopfte etwas schneller, aber sie war nicht in Panik. Seltsam, dachte Anne, dass sie keine Angst verspürte. Weder vor ein paar Stunden im Klub noch jetzt. Sie würde die Warnung des Kommissars, die Nacht nicht allein in ihrer Wohnung zu bleiben, in den Wind schlagen. Zwei Schlösser an der Tür mussten ausreichen, um sie zu schützen. Außerdem: Woher sollte der Mörder wissen, wo sie wohnte? Nein, am grünen Haus und dessen Umgebung lauerte die größte Gefahr für sie, und dort wurde streng observiert, das hatte Kommissar Rheydt ihr versichert.

Vielleicht hatte sie darauf gewartet, dass so etwas geschah, dass der Mörder sich ihr näherte. Es war nur folgerichtig, nachdem sie bereits gespürt hatte, dass sie in seinen Fokus geraten war. Ihre Panik, die sie noch vor der Praxis von Dr. Schumann ergriffen hatte, diese namenlose Angst vor der Gegenwart des Bösen, die sie verspürt hatte, hatte sie verlassen. Seit dem Vorfall im Klub war Wut an die Stelle getreten. Unbändige Wut! Dieser Mann, den sie den Hafenmörder nannten, der Hamburg in Angst und Schrecken versetzte, der Frauen überwältigte, betäubte und sie schließlich massakrierte, war in ihren Augen ein Feigling. Die Drohung, die er heute ihr gegenüber ausgesprochen hatte, war nichts anderes als ein Mittel, sie in Panik zu versetzen. Sie sollte sich nicht mehr sicher fühlen, sie sollte zittern und klein sein.

Aber er hatte sich die Falsche ausgesucht! Falls er dachte, er hätte ein leichtes Spiel mit ihr, hatte er sich getäuscht. Anne fasste in die Tasche ihres Kleides und zog den Knopf mit dem Stofffetzen hervor, den sie ihm abgerissen hatte. Sie hätte es dem Kommissar zeigen sollen, vorhin, in der Hofeinfahrt. Aber sie war noch nicht bereit, einstweilen würde sie den Uniformknopf für sich behalten. Dieser Knopf war ein Schatz. Herrschaftswissen, das sie zum Mörder führen würde. Es war eine Sache zwischen ihnen beiden.

Der Kommissar hatte ihr vorhin unmissverständlich klargemacht, dass er ihr nicht über den Weg traute. Je weniger Nahrung sie ihm für seine Ermittlungen gab, je mehr sie aus seinem Blickfeld rückte, desto besser für sie. Es war ein Fehler gewesen, Rheydt in den Klub rufen zu lassen.

Ihre Gedanken wanderten vom Hafenmörder zum Kommissar. Gefiel er ihr?

Ja, wenn sie ehrlich war, war er attraktiv. Er besaß genau die Art gebrochener Männlichkeit, die sie anziehend fand. Er sah gut aus, obwohl er sich zu vernachlässigen schien. Aber das verlieh ihm einen Hauch Verruchtheit, die im reizvollen Kontrast zu seinem überaus korrekten Beruf stand. Er war viril, kräftig, rau. Aber der Schmerz und die Trauer in seinen Augen waren unübersehbar, das machte ihn verletzlich, er war wie sie ein Gestrandeter. Anne konnte sich ihn nicht als Geliebten vorstellen, aber dieser eine Moment in der Dunkelheit, sein Atem, der Geruch seiner Haut – sie hatte ihn überwältigen wollen, ihm zeigen, dass sie keine Frau war, über die er bestimmen konnte, doch dann hatte sie für einen winzigen Moment die Kontrolle verloren. Dieser Kuss hatte sich gut angefühlt, sehr gut. Aber er würde ein einmaliges Erlebnis bleiben. Keine Sentimentalitäten! Keine Schwäche!

Entschlossen stand Anne auf, räumte den Alkohol und die Gläser vom Tisch und warf von der Küche aus einen Blick in ihr Wohnzimmer. Helene hatte recht – es war schrecklich. Kein Wunder, dass sie sich heimatlos fühlte, diese Wohnung war nicht dafür gemacht, dass man sich in ihr aufhielt, sondern dass man aus ihr flüchtete. Der kleine Salon im grünen Haus mit seinen abgewetzten Sofas war gemütlicher. Anne erkannte, dass sie ihre Energie darauf verwendet hatte, es anderen komfortabel zu machen, aber sich selbst darüber vergessen hatte. Auch das würde sich ändern müssen. Die finanziellen Möglichkeiten hatte sie, sie würde ein Möbelgeschäft aufsuchen und sich ein paar schöne Dinge liefern lassen. Vorhänge, Sessel, ein Sofa, Dekoration.

Schon nächste Woche. Vielleicht. Aber bald, auf alle Fälle!

Als Anne am Morgen die Augen aufschlug, holte die Unwirtlichkeit ihrer Wohnung sie wieder ein. Durch das Fenster drang kaum Licht – Hamburgs Himmel war bedeckt von schweren dunklen Wolken, die die Stadt mit Graupelschauern überzogen. Wind pfiff um ihre Dachgaube, durch die Fensterritzen drang die Kälte. Auf nackten Sohlen hüpfte Anne zum Kamin, legte Briketts ein und feuerte an. Sie zitterte unter ihrem Nachthemd, setzte in der Küche Wasser auf, damit sie sich die kupferne Wärmflasche mit ins Bett nehmen konnte und abwarten, bis der Kachelofen das kleine Zimmer aufgewärmt hatte. Vorhänge, die die Kälte draußen hielten, Teppiche, die den nackten Boden wärmten, und hübsche Lampen in den Ecken, die den grauen Spätherbst vor den Fenstern verdrängten, hätten ihr geholfen, einen Sonntagmorgen im Bett zu genießen. Stattdessen schien es Anne, als machte es kaum einen Unterschied, ob sie sich in ihrer Wohnung oder draußen vor der Tür befand, ungemütlich war es hier wie dort.

Nach einer weiteren Stunde unter dem klammen Plumeau war sie schließlich bereit, den Tag zu beginnen. Anne zog sich die wärmsten Unterkleider an, darüber ein dunkelblaues Reformkleid aus feiner Wolle, kochte sich eine Kanne starken Tee, den sie mit Kandis trank, und frühstückte den letzten Rest Weißbrot, in einer Pfanne geröstet. Hauptsache, warm!

So fühlte sie sich gerüstet, dem kommenden Tag ins Auge zu schauen.

Anne Fitzpatrick war nicht die Einzige und auch nicht die Erste, die sich im Frauenklub einfand. Berta Rohlsen hatte schon am frühen Morgen mit den Aufräumarbeiten im Klub begonnen, dazu hatte sie einige starke Männer angeheuert, die die unbrauchbaren Trümmer der Einrichtung nach draußen trugen, auf einen Pferdekarren luden und entsorgten. Andere Frauen halfen, so wie Anne, die Räume mit den unversehrten Möbeln und Dekorationsteilen wieder einigermaßen bewohnbar zu machen. Das Schreibzimmer und einige Gästewohnungen waren in sehr gutem Zustand; gestern Abend hatte es noch so ausgesehen, als könnte der Klub so schnell nicht wieder eröffnet werden, doch bei Tageslicht machte dieser schon einen besseren Eindruck. Dennoch saß den Frauen der Schock über den Überfall in den Knochen. Die Spekulationen darüber, wer hinter der gemeinen Attacke stecken könnte, wucherten wild, zumeist wurden Mitglieder nationalkonservativer Burschenschaften genannt, radikale Verbände der Deutschkonservativen oder dem Alldeutschen Verband. Die Frauen waren sich einig: Hinter dieser Attacke steckten Männer, die in den vergangenen Tagen von den konservativen Kräften in der Bürgerschaft ganz konkret gegen die Frauenverbände aufgestachelt worden waren. Die Propagandamaschine gegen das Frauenwahlrecht und die von den Deutschkonservativen hergestellte Verbindung zwischen dem Verein »Frauenwohl« und dem Hafenmörder waren der Auslöser dafür gewesen, dass die Frauenfeinde sich von Staats wegen legitimiert sahen.

Die Berichte über die Eskalation in London und der Aufruf zur Solidaritätsveranstaltung mit den Suffragetten hatten schließlich bei den Gewaltbereiten den letzten Anstoß gegeben.

»Ich fühle mich schuldig«, gestand Anne Fitzpatrick der Leiterin des Klubs, nachdem diese sie in ihr Büro gebeten hatte.

Berta Rohlsen sah sie bekümmert an. »Ich kann Sie leider nicht davon freisprechen. Unser Klub diente immer dem Zweck, dass wir Frauen hier ungestört zusammenkommen können, um uns auf gesellschaftlicher Ebene auszutauschen. Über Kunst, über das Soziale und ja, auch die Politik. Aber von politischem Engagement haben wir uns ferngehalten – aus gutem Grund. Ihr Aufruf zur Demonstration, der im Übrigen nicht mit mir abgesprochen war, hat uns nun in diese Situation gebracht.«

Anne schwieg.

»Es tut mir aufrichtig leid, Doktor Fitzpatrick«, fuhr die Vorsitzende fort, »aber ich würde es begrüßen, wenn Sie Ihre Mitgliedschaft einstweilen ruhen ließen.«

Man wies ihr die Tür? Anne war im ersten Moment unfähig, darauf zu reagieren. Suchte nach einer Antwort, fand aber keine. Auch wenn sie die Motive der Klubvorsitzenden nachvollziehen konnte, traf sie deren Bitte tief. Der Klub war für sie in jüngster Zeit ein zweites Wohnzimmer geworden, nun gab es außer dem grünen Haus keinen Ort mehr für sie, an dem sie sich behütet fühlte.

Berta Rohlsen schwieg ebenfalls, Anne sah ihr an, wie unangenehm es der Vorsitzenden war, ihre »Bitte« auszusprechen, aber sie nahm sie auch nicht zurück. Schließlich hatte Anne sich so weit gefangen, dass sie sich erhob und verabschiedete. Ein vorerst letztes Mal lief sie durch die Räumlichkeiten. Die Mitgliedschaft ruhen lassen – sie wusste, was das bedeutete. Solange ihr Engagement und das des Vereins »Frauenwohl« im Zentrum des politischen Interesses stand, würde der Frauenklub nicht mit ihr in Verbindung gebracht werden wollen. Aber würde ihr Engagement jemals enden?

Auf dem Jungfernstieg stehend, zögerte Anne, wohin sie ihre Schritte lenken sollte. Zwar hatte sie dem Kommissar versprochen, sich auf dem Präsidium zu melden, um die Drohung des mutmaßlichen Hafenmörders zu Protokoll zu geben, aber sie verspürte im Augenblick wenig Lust darauf.

Dem grünen Haus sollte sie ein paar Tage fernbleiben, das hatte Charlotte Lehmann so entschieden, also würde sie sich daran halten.

Wohin nun an einem Novembersonntag, an dem die Kumuluswolken wie Granitblöcke auf die Stadt drückten, an dem Schnee und gelegentlicher Hagel die Menschen aus den Straßen in die Häuser fegten? Ins Museum!, entschied Anne. Sie würde die Kunsthalle besuchen. Jeden Tag führte ihr Weg sie daran vorbei, sie hatte den Fortschritt der Bauarbeiten am neuen Teil des Museums verfolgen können, aber bislang nicht die Zeit gefunden – oder nicht finden wollen –, hineinzugehen und die Alten Meister zu bewundern.

Kaum wandte sie sich in Richtung Lombardsbrücke, als sie hörte, wie jemand ihren Namen rief.

Anne drehte sich um. In der Eingangstür des Frauenklubs stand Berta Rohlsen und winkte sie zu sich. Anne kehrte um.

»Ein Anruf!«, erklärte ihr die Vorsitzende. »London.«

London! Annes Herz verfiel augenblicklich in wilden Galopp. London, das konnte nur Milena sein. Oder eine Nachricht über sie. Sie lief ins Schreibzimmer, schloss die Tür sorgfältig hinter sich und ergriff den Hörer.

»Ja?«

»Anne!«

Sie war es! Milena hatte angerufen! Sofort erkannte Anne den Klang der geliebten Stimme, das weich schwingende tiefe Timbre ihrer Freundin.

»Darling!« Sie umklammerte den Hörer, als wäre es die Hand der Geliebten. »Wo bist du? Wie geht es dir?«

»*Don't worry*«, sagte Milena, »Ich bin bei Freunden. Ich war nur eine Nacht im Krankenhaus.«

»Im Krankenhaus! Was ist dir passiert?«

»Lass uns nicht darüber reden. Es ist alles wieder gut.«

»Es soll furchtbar gewesen sein.« Anne musste es direkt aus dem Mund ihrer Freundin hören, sie konnte und wollte die Berichte in der Zeitung nicht glauben. »Sie haben euch geschlagen, stimmt das? Ich habe mir schreckliche Sorgen um dich gemacht.«

»Alles, was du darüber hörst, ist wahr. Sie haben uns behandelt wie Vieh.« Milenas Stimme brach. »Ich muss mich ein paar Tage erholen. Aber dann klagen wir. Wir wehren uns!«

Anne saugte jedes Wort auf, sie versuchte, sich vorzustellen, wie Milena in dem Moment aussah, in dem sie mit ihr sprach. Das dicke kastanienfarbene Haar, das nach Veilchen duftete, ihre dunklen Augen mit dem lodernden Feuer, ihre Haut, die niemals so weiß wurde wie ihre eigene, sondern stets goldbraun schimmerte.

Milena sprach weiter. »Ich habe meine Reise abgesagt, Anne. Ich kann jetzt nicht aus London weggehen.«

Obwohl Anne so etwas vermutet hatte, war sie augenblicklich enttäuscht. »Ich verstehe. Aber … ich war so glücklich, als ich gesehen habe, dass du nach Hamburg kommst. Wie hast du mich gefunden unter dem falschen Namen?«

»Ich wusste nicht, ob du in Hamburg bist oder woanders. Ich hatte vor, durch ganz Deutschland zu reisen in der Hoffnung, dich irgendwo zu treffen.« Milena hörte sich nun wieder fröhlich an. »Dann habe ich durch Berta Rohlsen erfahren, dass eine Doktor Anne Fitzpatrick mich abholen sollte und sich Sorgen macht. Das konntest nur du sein!«

»Ja«, flüsterte Anne in den Hörer. »Ich bin hier. Und ich warte auf dich.«

Milena ging nicht darauf ein. »Wie geht es dir dort? Was machst du? Hast du keine Angst, erkannt zu werden? Jemand, der dich von früher kennt?«

Anne beschloss, ihr nichts vom Hafenmörder zu erzählen und erst recht nichts darüber, wie nahe ihr dieser gekommen war.

»Ich war fünfzehn, als wir hier weggezogen sind«, antwortete sie. »Niemand erkennt mich.«

»Und was machst du? Erzähl mir etwas vom rauschenden Hamburger Leben! Theater, Oper, Bälle – wo treibst du dich herum? Hast du aufregende Menschen getroffen? Ich höre immer wieder, wie international und wunderschön deine Stadt ist.«

Wenn Milena wüsste, welch einsames Leben Anne führte, es bräche ihr das Herz. Aus diesem Grund zog Anne es vor, auf diesen Teil der Frage nicht direkt zu antworten. Stattdessen erzählte sie ihrer Freundin von den neuen Landungsbrücken, dem sensationellen Elbtunnel, der kurz vor der Eröffnung stand, und vor allem von dem grünen Haus.

»Chapeau, meine Liebe! Das hört sich gut an! Du hast also zu tun.«

»Tag und Nacht.«

»Ich hoffe, nachts hast du etwas Besseres zu tun, als zu arbeiten.«

Anne spürte Hitze aufsteigen bei dem Gedanken an die Nächte, die sie mit Milena verbracht hatte. Dem leidenschaftlichsten Wesen, dem sie jemals begegnet war. Nie zuvor hatte Anne sich vorstellen können, sich in eine Frau zu verlieben, sie hatte immer und ausschließlich Beziehungen zu Männern gehabt. Bis Milena sie regelrecht verführt hatte.

»Du bist nicht bei mir«, entgegnete sie, »was also soll ich nachts anderes tun, als zu arbeiten?«

»Um Himmels willen, Darling!« Milenas Stimme überschlug sich vor gespielter Empörung. »Du sollst keine Nonne werden! Vergnüge dich, geh aus, genieße das Leben.«

Anne biss sich auf die Lippen. Zum ersten Mal verspürte sie nagende Eifersucht. Was machte Milena in London ohne sie? Genau das, was sie ihr nun riet. Milena war keine Frau, die sich aufsparte, und Treue konnte sie nicht einmal buchstabieren. Anne wollte sich nicht vorstellen, wie ihre Freundin die vergangenen elf Monate seit ihrer Flucht aus London verbracht hatte. Sie konnte es ihr nicht übel nehmen – ein Wiedersehen war schließlich nicht geplant gewesen. Dennoch würde sie Milenas Rat nie und nimmer beherzigen können. Auch wenn sie Kommissar Rheydt gestern aus einem spontanen Impuls heraus geküsst hatte – sie war kein Schmetterling, der von Blume zu Blume flog.

»Ja«, log sie, »ich mache es mir schön hier. Und warte auf dich.«

»Warte nicht zu lange«, gab Milena zurück. »*Carpe diem.* Du musst lernen, im Moment zu leben, Anne.«

»Das heißt, du hast nicht vor, später nach Deutschland zu kommen?«

»Doch, doch. Irgendwann werde ich kommen. Aber das kann dauern. Wie kann ich dich erreichen? Beim Klub?«

Anne versuchte, sich ihre Enttäuschung nicht anmerken zu lassen. Sie nannte Milena den Namen des Frauenvereins in der Paulstraße. Auch Charlotte Lehmann verfügte dort über einen Anschluss, es würde vorerst die einzige Möglichkeit sein, mit ihr Kontakt aufzunehmen.

»*Wonderful!* Ich rufe dich wieder an. Oder schicke dir ein Telegramm. *Goodbye* und vergiss mich nicht!«

»Ich liebe dich«, rief Anne noch in den Hörer, aber wie bei dem Gespräch mit ihrem Vater meldete sich darauf nur noch das Fräulein vom Amt und teilte ihr mit, dass der Anruf beendet worden war.

Anne hatte ihren Vorsatz, den Sonntag im Museum zu verbringen, wahr gemacht. Sie saß auf dem rotsamtenen Polster einer Bank und starrte seit Ewigkeiten auf »Das Eismeer« von Caspar David Friedrich. Sie versuchte, das Gespräch mit Milena einzusortieren. So glücklich sie gewesen war, die geliebte Stimme zu hören, so sehr ernüchterte sie, was Milena gesagt hatte. Kein Wort, dass auch sie sich nach Anne sehnte. Dass sie ihr fehlte oder sie darauf wartete, sie endlich wiederzusehen. Stattdessen der wiederholte Ratschlag, Anne solle sich vergnügen und – das war unmissverständlich – sich andere Liebhaber oder Liebhaberinnen suchen.

Milena ließ sich nicht einfangen. So war es schon in London gewesen. Ihre Freundin hatte die gemeinsame Zeit genossen, es waren aufregende Monate gewesen, aber Anne machte sich nichts vor: Es war nur eine Frage der Zeit gewesen, bis sich Milena mit ihr gelangweilt hätte.

Anne zog ein Taschentuch aus ihrem Muff, um sich die Augen abzutupfen, und bemerkte eine kleine Karte, die zusammen mit dem Stoff darin gesteckt haben musste. Sie bückte sich und hob sie auf. Es war die Einladung zur Soiree im Hause Reimers, den Bekannten von Helene Curtius. Anne warf einen Blick auf das Datum. Die Soiree fand heute statt! In wenigen Stunden – wenn das kein Zeichen war, dass die Karte ihr ausgerechnet jetzt wieder in die Hände fiel.

Sie brauchte nicht darüber nachzudenken. Das Telefonat mit Milena gab den Anstoß. Was hatte ihre Freundin gesagt? Du musst lernen, im Moment zu leben.

Nun, heute Abend würde Anne damit beginnen.

31.

Trotz des grauenhaften Wetters waren erstaunlich viele Zuschauer auf das Heiligengeistfeld gekommen, um das Spiel von Victoria Hamburg gegen den 1. FC Sankt Pauli 1910 zu sehen. Sie spielten um die Bezirksmeisterschaft – der Sieger dieses Wettbewerbs durfte in der Meisterschaft des Norddeutschen Fußballverbandes gegen die anderen Bezirksmeister antreten. Noch befanden sie sich allerdings in der Vorrunde, und das bedeutete, dass eine Niederlage in dieser Partie nicht das Aus besiegelte.

Berthold Rheydt vermutete, dass das Spiel nicht wegen Sankt Pauli so gut besucht war, sondern dass dies an Victoria Hamburg lag, die bereits zweimal siegreicher Norddeutscher Meister gewesen war. In der vergangenen Saison hatte Holstein Kiel den Meistertitel geholt. Berthold hatte dem Endspiel beigewohnt, und ihm war klar geworden, dass er und sein Verein noch Meilen von dieser Könnerschaft entfernt waren, selbst mit ihrer ersten Mannschaft. Für diese aber wollte er sich heute unbedingt qualifizieren, und deshalb gab er sein Bestes. Drei Torchancen hatte er bereits gehabt, einmal sogar den Ball ins Tor gejagt. Für die gegnerische Mannschaft lief es nur unwesentlich besser – was weniger an deren sportlicher Leistung, sondern vielmehr am überragenden Sankt-Pauli-Torhüter lag! Willy Brenner war ein Naturtalent. Gesetzt den Fall, Eugen Knäppke würde jemals wieder in den Verein kommen können – und seine Verletzungen sprachen nicht dafür –, er würde keine Chance haben, wieder erster Torwart zu werden.

Brenner gab sich sehr souverän, der Kommissar war voller Bewunderung für seinen jungen Schupo, der keinerlei Nervosität zu kennen schien, der das Spiel mit Adleraugen verfolgte und sich bis jetzt jedes Mal in die richtige Torecke geschmissen hatte. Trainer Napfmann war richtiggehend verliebt in den Neuzugang.

Wie auch vielleicht jemand anderes. Brenner war in Begleitung einer jungen Frau zum Spiel erschienen, sie stand nun zwischen Kalweit und Jens Raabe am Spielfeldrand und applaudierte Brenner leidenschaftlich bei jedem von ihm gehaltenen Ball.

Berthold Rheydt hatte die junge Frau schon einmal gesehen, sie hatte am Vorabend im grünen Haus gearbeitet, als er dort zur Observation war. Brenner gestand ihm, dass er Theresa – so der Name des jungen Mädchens – bei dieser Gelegenheit erst kennengelernt hatte. Als sie hörte, dass er heute am Spiel teilnahm, hatte sie sich kurzerhand selbst eingeladen.

Obwohl Berthold Rheydt unbedingt gegen jede Verbindung zwischen Polizisten und Fallbeteiligten war, konnte er nicht umhin, sich für seinen Schupo zu freuen. Das Mädchen mit den langen blonden Zöpfen und strahlend blauen Augen war eine sympathisch bodenständige Erscheinung, und Berthold wusste durchaus, dass es Polizisten schwerfiel, neben der Ausübung ihres Berufes auf Brautschau zu gehen. Vielleicht würde sich zwischen den beiden jungen Menschen etwas entwickeln, seinen Segen hatten sie.

Zumal er gestern vor Zeugen selbst von einer Fallbeteiligten, ja, in gewissem Sinne sogar Verdächtigen, geküsst worden war. Gegen seinen Willen, aber es war geschehen. Und es hätte nicht geschehen können, hätte er professionelle Distanz gewahrt.

Er warf sich vor, dass er Doktor Fitzpatrick nicht auf die Wache gebeten und dort in aller Form verhört hatte, so wie er es von Amts wegen hätte tun müssen. Stattdessen hatte er sie in die Hofeinfahrt gezerrt und richtiggehend bedrängt – er hatte sich wieder einmal nicht im Griff gehabt.

»Rheydt!«, hörte er Napfmann in dem Moment brüllen. Ein paar Augenblicke, in denen er sich nicht auf das Spiel konzentrierte, und schon trieb einer der Victoria-Spieler den Ball ungedeckt an der rechten Außenkante vor sich her! Er suchte nach einem Anspielpartner, aber offenbar pennten seine Mitspieler. Eine Chance für Berthold »Die Maschine« Rheydt,der dem armen Tropf am nächsten war. Er sprintete los, nahm den Ball fest in den Blick, und als er nahe genug war, schob er dem Spieler sein rechtes Bein von hinten zwischen die Füße, traf das Leder, der Ball zischte ab in den leeren Raum. Der Victoria-Spieler stoppte verblüfft, er hatte das Manöver nicht kommen sehen, Rheydt jedoch spurtete dem Ball hinterher. Bekam ihn noch an den Fuß und startete zum Angriff durch. Herrlich, er hatte einen Lauf, das Leder klebte förmlich an ihm. Die gegnerische Mannschaft verstand nun, dass dieser große und behäbig wirkende Mann einen Durchmarsch gestartet hatte, und versuchte, ihn aufzuhalten. Aber Berthold ließ sich nicht beirren, er steuerte auf eine Glanzleistung zu. Der gegnerische Strafraum lag kaum bewacht vor ihm – in seinem Rücken hetzte die Meute. Berthold registrierte, dass der Torwart sich bei seinem Anblick nervös die Lippen leckte, aber zu spät. Er schoss, die linke obere Ecke im Visier – und er traf!

Sankt Pauli ging in Führung! Berthold brüllte vor Freude, seine Teamkollegen liefen zu ihm, warfen sich über ihn, strubbelten ihm durch die Haare, und sogar Napfmann am Spielfeldrand riss die Arme hoch und grinste wie ein Honigkuchenpferd. Wenige Minuten später pfiff der Schiedsrichter zur Halbzeitpause. Vier zu drei für Sankt Pauli. Gegen den Favoriten!

Auf dem Heiligengeistfeld waren improvisierte Holzschuppen aufgebaut, damit sich die Spieler darin aufwärmen konnten. Heiße Getränke standen bereit, Wasser, Napfmann hatte sogar Knackwürste organisiert. Berthold Rheydt bat einen Mannschaftskollegen um eine Zigarette und sog den Rauch gierig in die Lungen.

Er klopfte Brenner, der sich neben ihm auf der Bank niedergelassen hatte, auf die Schulter.

»Mensch, Brenner, Sie sind um Längen besser als unser Knäppke. Geben Sie es zu: Sie haben früher schon Fußball gespielt.«

»Ach was!« Brenner strahlte und freute sich über das Lob seines Vorgesetzten. »Glück muss der Mann haben.«

»Glück!« Napfmann trat vor sie hin. »Das ist kein Glück, mein Junge, du bist ein Naturtalent! Das habe ich beim Training gleich erkannt. Alle Achtung, wenn wir in der zweiten Halbzeit so weitermachen, versenken wir die Victoria!« Dann wandte er sich an Berthold. »Hast dich richtig reingehängt. Weiter so. Ich würde dich gerne mal spielen sehen, wenn du ordentlich in Form bist.«

»Was denn noch? Mehr als zwei Tore schießen kann ich auch nicht.«

»Doch. Drei Tore schießen.«

So war der Trainer. Egal, was Berthold auch anstellte. Es war nie gut genug.

Napfmann ging weiter von Spieler zu Spieler und machte Manöverkritik. Brenner beugte sich näher an den Kommissar.

»Haben Sie heute Vormittag etwas erreicht?«

Berthold nickte. »Ein paar Namen haben wir. Kalweit gleicht später die Listen ab und überprüft Kameraden von Doktor Schumann. Vielleicht wissen die mehr. Außerdem will Doktor Fitzpatrick später kommen, damit wir den Vorfall im Klub zu Protokoll nehmen können. Bei der Gelegenheit will ich ihr gründlicher auf den Zahn fühlen. Der Mörder hat irgendeine Verbindung zu ihr, und wir müssen herausfinden, was das ist.«

Berthold Rheydt war bereits seit dem frühen Morgen auf den Beinen. Nach der unseligen Begegnung mit Doktor Fitzpatrick am Vorabend hatte er sich mit Inspektor Paulmann ins Vernehmen gesetzt. Sein Vorgesetzter hatte entschieden, dass der Überfall auf den Frauenklub am Jungfernstieg in direktem Zusammenhang mit der Mordermittlung gegen den Hafenmörder stand. Kommissar Thönnes sollte sich auf den Überfall konzentrieren, sich dabei aber eng mit Kommissar Rheydt abstimmen. Daraufhin hatten sich Thönnes und Rheydt noch kurz vor Mitternacht in einer Kneipe bei einem Bier und einem Genever zusammengesetzt und ausgetauscht. Der Austausch hatte damit geendet, dass sie noch drei weitere Lagen bestellen mussten und schließlich gegen zwei Uhr in der Nacht schwankend aus der Kneipe kamen, wo sie Brüderschaft getrunken hatten. Handfeste Ergebnisse konnten sie trotz des Alkoholpegels aufweisen. Thönnes und seine Leute schlossen aufgrund der Beschreibungen sowie der Äußerungen der Männer, die den Klub überfallen hatten, darauf, dass es sich bei den Vandalen um Mitglieder des Alldeutschen Verbands handelte. Einige der Männer waren so dumm – oder so dreist – gewesen, ihre Mitgliedsabzeichen offen zu tragen. Einige Frauen hatten die kleine Anstecknadel mit dem weißen Fünfeck und dem Eichenlaub in der Mitte erkannt.

Der Verband hatte in Hamburg mehrere Ortsgruppen, in welchen insgesamt wohl mehrere Hundert Mitglieder zusammengeschlossen waren. Sie alle einzeln zu überprüfen, hätte zu viel Aufwand bedeutet, Thönnes jedoch würde am Sonntagabend in einer geheimen und konzertierten Aktion die Büros der Ortsgruppen durchsuchen. Berthold Rheydt würde mit seinen Männern an der Aktion teilnehmen.

Mit diesem Arbeitsauftrag war der Kommissar spät in der Nacht in sein Bett gesunken. Als sein Wecker ihn um sechs Uhr aus den Federn holte, glaubte er, sein Kopf sei in der Nacht mit einem Vorschlaghammer kollidiert. Das von Agathe Melwerk propagierte Löffelchen Kokain im Kaffee wäre nun genau das Richtige gewesen. Trotzdem machte er für seine Vermieterin noch Feuerholz klein und wurde dafür von der Witwe Petermann mit einem Frühstück, das Tote aufwecken konnte, belohnt.

Die alte Dame machte sich große Sorgen um ihren Mieter, den sie kaum noch zu Gesicht bekam, aber als Berthold ihr anvertraute, dass er dem Hafenmörder auf den Fersen sei, war sie entsetzlich stolz auf ihn und legte noch einmal zwei Scheiben daumendicken Speck in die Bratpfanne.

Im Büro hatte Kalweit auf ihn gewartet – Doktor Schumann hatte aus Windhoek eine Liste von Namen geschickt. Kameraden, die mit ihm im Einsatz gewesen waren, ganz allgemein, und die, so betonte der Arzt in einem Anschreiben, sich nicht durch besondere Grausamkeit hervorgetan hatten. Aber möglicherweise wusste der ein oder andere mehr über die spezielle Tötungsmethode als er.

Ferner erwähnte er Gerüchte über eine kleine Truppe, die Generalleutnant von Trotha nach Bedarf für besonders heikle Einsätze zusammengestellt hatte. Über diese Schutztruppe hatte es die wildesten Geschichten gegeben, man munkelte von Massakern an den Familien von Nama- oder Herero-Häuptlingen, aber Genaueres wusste Schumann nicht. Angeblich hatte Lothar von Trotha für diese Spezialaufgaben junge Männer ausgesucht, die er für besonders skrupellos hielt. Männer, die sich nicht vor dem Nahkampf fürchteten, die entschlossen und mit äußerster Brutalität gegen die Eingeborenen vorgingen. In dieser Truppe waren vor allem adlige junge Offiziere, die in der Heimat bereits in Burschenschaften organisiert waren, eine eingeschworene Gruppe, die keinen Außenstehenden Einblick in ihr Vorgehen gaben.

Berthold war elektrisiert, als er das las, hier würde er seinen Mann finden! Allein – es fehlten konkrete Namen dieser Spezialtruppe. Er müsste vom Militärkabinett in Berlin die Listen der eingesetzten Soldaten anfordern. An einem Sonntag unmöglich, und ob Kalweit, dem er diese Aufgabe für Montagmorgen übertrug, erfolgreich sein würde, war alles andere als gewiss. Berthold Rheydt hatte mit den Bürohengsten von der Militärverwaltung nicht die besten Erfahrungen gemacht. Und dass Soldaten, die dem Kaiser direkt unterstellt waren, für Morde verantwortlich sein sollten, würde die Bereitschaft der Berliner zur Zusammenarbeit mit Polizisten aus Hamburg nicht befördern.

So blieb an Kalweit fürs Erste die undankbare Aufgabe haften, die Namen, die Schumann ihnen genannt hatte, nachzuverfolgen und mit den Männern Kontakt aufzunehmen. Ein Berg Arbeit ohne Aussicht auf großen Erfolg. Da Berthold seinen Assistenten nicht mit gutem Gewissen damit im Büro zurücklassen konnte, lud er ihn ein, sich das Fußballspiel anzusehen.

Als die Mannschaft nun zur zweiten Halbzeit wieder auf das Spielfeld lief, warf der Kommissar einen Blick hinüber, dorthin, wo die Kollegen mit dem Mädchen Theresa standen. Was er sah, durchbohrte sein Herz. Neben Kalweit klammerte sich ein kleiner Junge mit beiden Händen an den Zaun, der die Zuschauer vom Spielfeld abschirmte. Er hatte blondes Haar, aus dem Wasser troff. Sein kleiner Körper war völlig durchnässt, die gewalkte Joppe hatte sich mit Meerwasser vollgesogen.

Willem.

So stand er da im Graupelschauer, durchweicht bis auf die Knochen, die blauen Augen wie Murmeln in dem blassen Gesichtchen, und sah seinem Vater beim Spiel zu.

Für dich, mein Junge, sagte sich Berthold, heute spiele ich nur für dich. Du sollst sehen, wie dein Papa Tore schießt, und stolz auf ihn sein.

So plötzlich, wie sein Sohn erschienen war, verschwand er auch wieder. Wie sehr hätte Berthold sich gewünscht, dass es Wirklichkeit wäre – dass sein kleiner Junge wohlbehalten, trocken und lebendig, an der Hand seiner Mutter dem Spiel zusehen konnte. Niemals würde dieser Traum für ihn wahr werden.

Schrill tönte der Anpfiff des Schiedsrichters in Berthold Rheydts Ohren, und in den kommenden fünfundvierzig Minuten war er auf nichts anderes konzentriert als auf das Leder.

Der zweiunddreißig Jahre alte Mordermittler Berthold Rheydt, der zu wenig schlief und zu viel trank, dessen Lunge nach einem Sprint pfiff wie eine alte Dampflok, der die anderen Spieler auf dem Feld fast um einen Kopf überragte und dessen Muskeln sich weniger deutlich abzeichneten als bei allen anderen auf dem Feld – dieser Berthold Rheydt schoss in der zweiten Halbzeit noch drei Tore und vereitelte doppelt so viele der gegnerischen Mannschaft. Er führte an diesem Sonntag den 1. FC St. Pauli zum Sieg über Victoria Hamburg.

Als Trainer Napfmann nach dem Spiel zu seiner Mannschaft in die Holzbaracke trat, war Berthold gewiss, dass dieser ihm endlich die Anerkennung zuteilwerden ließ, die er sich immer gewünscht hatte.

Napfmann lobte ihn. Er schlug ihm einmal auf die Schulter, nickte und sagte: »Reife Leistung. Weiter so.«

Dann drehte er sich zu Willy Brenner um. »Bombenspiel, mein Junge«, sagte der Trainer. »Du gehörst in die erste Mannschaft. Keine Frage. Ich werde mit dem Vorstand darüber sprechen.«

So ließ er die beiden Polizisten stehen. Willy Brenner hatte einen hochroten Kopf bekommen. Sein Mund klappte auf, dann klappte er wieder zu.

»Glückwunsch, Brenner«, brachte Berthold heraus, und er meinte, was er sagte.

Aber sein Schupo schüttelte nur den Kopf. »Nee, Chef. Das mache ich nicht. Das geht nicht.«

»Und ob das geht. Sie haben es sich wirklich verdient.«

»Aber Sie doch auch!«

Berthold Rheydt bemühte sich, die tiefe Enttäuschung nicht zu zeigen. »Beim nächsten Mal«, gab er zurück und bückte sich, um die Fußballschuhe aufzuschnüren. »Wird schon.«

Er verfluchte Napfmann und wünschte ihm alle sieben Plagen auf den krummen Buckel. Es war etwas Persönliches zwischen ihm und Napfmann, das wusste er. Und trotzdem tat es weh. Was der Trainer ihm aber nicht nehmen konnte, versuchte Berthold sich zu trösten: Der wichtigste kleine Mensch in seinem Leben hatte gesehen, dass sein Papa ein guter Fußballer war. Berthold »Die Maschine« Rheydt hatte seinem Namen heute alle Ehre gemacht, Willem wäre stolz auf seinen Papa gewesen.

Berthold Rheydt hatte für sich und seine Männer den Verein in der Niedernstraße ausgesucht. Thönnes hatte ihm eine Liste gezeigt, aus der hervorging, dass eine Ortsgruppe des

Alldeutschen Verbands ihren Versammlungsraum inmitten seines neuralgischen Dreiecks hatte, also dem Radius des Hafenmörders. Nun glaubte der Kommissar, den richtigen Riecher zu haben. Das konnte kein Zufall sein!

Der Raum der Ortsgruppe lag in einem Hinterhaus, dessen Hof auf der einen Seite an die Seifensiederei angrenzte, die Rheydt und Brenner bereits bekannt war. Raabe hatte die Tür kurzerhand aufgebrochen, Kripochef Gustav Roscher hatte die ausdrückliche Genehmigung dazu erteilt. Er sah Gefahr im Verzug und hatte den Durchsuchungskommandos von Rheydt und Thönnes den Befehl gegeben, ohne vorherige Ankündigung und ohne Genehmigung durch den Verband vorzugehen.

Die Ortsgruppe hatte in der Niedernstraße lediglich zwei Räume. Der kleinere diente als Büro, hier stapelten sich verschiedene Drucksachen, allesamt Publikationen des Verbandes. Angewidert blätterte Kalweit durch eines der Hefte mit dem Titel »Kampf um das Deutschtum«, warf es dann wieder auf den Haufen, zu Ausgaben der »Alldeutschen Blätter«, der »Flugschriften« und anderen Heften, in welchen die Autoren aufs schärfste gegen die Außenpolitik des Reiches hetzten, sich nach der Expansion der Kolonialherrschaft sehnten oder einen deutschen Rassegedanken propagierten. Immer haarscharf an der Grenze der Gesetze entlang, und doch troff aus jeder Zeile Verachtung für Kaiser und Kanzler, für Sozialdemokraten, Frauen und Juden.

Die Wand zierten Bilder der Gründungsväter des Verbandes, diverse Aufnahmen kolonialer Schutztruppen, von der kaiserlichen Flotte und andere Motive, in denen die Stärke des Verbands und des Militärs gefeiert wurden.

Kalweit und Raabe öffneten alle Schränke, alle Schubladen, sichteten die darin befindlichen Papiere und sammelten zusammen, was für ihre Ermittlungen von Interesse sein könnte. Mitgliederlisten, Quittungen von Beitragszahlungen, Korrespondenz.

Berthold Rheydt begutachtete inzwischen mit Willy Brenner das größere Zimmer. Hier schienen die Versammlungen stattzufinden, zentral stand ein langer Tisch, um den herum Stühle aufgereiht waren. Die Wanddekoration bestand aus Flaggen und Standarten, dem Wappen des Alldeutschen Verbandes, es gab außerdem eine Vitrine, in der Bierhumpen aufbewahrt wurden. Mit verzierten Deckeln und aus bemaltem Porzellan. Aus der Entfernung betrachtet dekorativ, aber als der Kommissar die Vitrine öffnete und einen der Humpen herausnahm, zuckte er angewidert zurück. Auf dem Trinkgefäß, dessen Deckel der Kopf Bismarcks zierte, war eine Folterszene detailgetreu nachgezeichnet. Die Leiber dreier Schwarzer hingen an einem Baum, darunter posierte ein siegreicher Soldat der Schutztruppe.

Am liebsten hätte Berthold den Krug auf dem Boden zerschmettert, die Widerlichkeit der Szene war kaum zu überbieten.

»Die Waffen hier sind schon lange nicht mehr eingesetzt worden.« Willy Brenner stand vor der Stirnwand des Raumes, wo Bajonette, Handfeuerwaffen, aber auch verzierte Säbel und ein afrikanischer Speer als Dekoration ausgestellt waren. Er fuhr mit dem Finger darüber und zeigte ihn seinem Vorgesetzten.

»Staub.«

Der Kommissar inspizierte die Waffen ebenfalls und gelangte zu dem gleichen Schluss wie der Schupo. Überhaupt ließ nichts in den Räumen einen Rückschluss auf eine direkte Verbindung zu dem Überfall zu, es sei denn, Raabe und Kalweit würden unter dem Wust von Papieren noch etwas

Schriftliches darüber finden. Aber wer war so dumm und würde einen Aufruf zu einer kriminellen Aktion schwarz auf weiß verbreiten? Das Ergiebigste für ihre Ermittlungen gegen den Hafenmörder würden sicherlich die Listen der Ortsgruppenmitglieder sein.

Ohnehin hatte der Kommissar schlechte Laune. Zuerst die Enttäuschung durch seinen Fußballtrainer, und dann hatte er den Sonntagnachmittag in seinem Büro auf Anne Fitzpatrick gewartet, die versprochen hatte zu kommen, aber nicht erschienen war. Er hatte schließlich Raabe nach ihr ausgesandt, doch dieser hatte die Ärztin weder im grünen Haus noch in der Paulstraße noch in ihrer Wohnung angetroffen. Und nun schien auch die Durchsuchung dieser Räumlichkeiten eine Pleite zu sein.

Der gestrige Samstag war vielversprechend gewesen – das Telefonat mit Doktor Schumann aus Afrika, das leibhaftige Auftreten des Hafenmörders im Frauenklub – Kommissar Rheydt hatte sich schon nah an der Aufklärung des Falles gewähnt. Und nun traten sie wieder auf der Stelle!

Er gab seinen Männern das Signal zum Rückzug. Sollten Raabe, Brenner und Kalweit wenigstens einen freien Sonntagabend genießen. Die Observation am grünen Haus hatte Inspektor Paulmann auf weitere Schultern verteilt, einstweilen konnten sie nichts mehr unternehmen. Mochte der Montag mit der Auswertung diverser Listen und dem Anruf beim Militärkabinett neue Erkenntnisse bringen.

Als die vier Polizisten die Treppen hinabstiegen, blieb der Blick Bertholds an den angrenzenden Hinterhöfen hängen. Rechts die Seifensiederei, links fiel ihm ein quadratischer Innenhof auf, zu dem er keinen Zugang entdecken konnte. Seltsam, er wirkte wie ein kleiner Gefängnishof. Er polterte die Treppe hinab und kletterte im Hinterhof kurzerhand auf eine Aschentonne, um einen Blick über die Mauer zu werfen. Tatsächlich war hier eine Fläche, die von vier Seiten von Brandmauern umgeben war, keine Tür, kein Fenster führte auf dieses vielleicht neun mal neun Meter große Quadrat. Warum aber befanden sich im Boden vergitterte Lüftungsschlitze? Vermutlich waren dort unten Kellerräume. Kellerräume, die zu den angrenzenden Häusern gehörten, harmlose Kellerräume, in denen Anwohner ihre Habseligkeiten aufbewahrten.

Wahrscheinlich.

Vielleicht.

Aber vielleicht war es auch ganz anders.

Einem plötzlichen Impuls folgend, hieß Kommissar Rheydt seine Leute, noch einmal zurückzukommen. Wieder betraten sie das schmale Treppenhaus, aber dieses Mal nahmen sie nicht die Treppe nach oben, sondern stiegen die Kellertreppe hinab. Unten teilte sich der Gang. Berthold fand den Schalter für das elektrische Licht. Linker Hand führte ein schmaler Gang an durch Holzlatten abgetrennten Kellerabteilen entlang. Rechter Hand verschloss eine Tür den Gang. Keine normale Kellertür, sondern eine schwere Tür aus Stahl, die sie nicht einfach aufbrechen konnten. Er wies Raabe an, sich nach einem Hausmeister zu erkundigen oder irgendjemanden ausfindig zu machen, der verantwortlich war.

Nach fünf Minuten kehrte der Schupo in Begleitung eines Mannes zurück, der einen umfangreichen Schlüsselbund bei sich führte und sich sofort bereit erklärte, den Polizisten die Tür zu öffnen – er wollte jeden Ärger in seinem Haus vermeiden. Für die Tür verwendete er allerdings einen Dietrich und keinen Schlüssel, schien aber über die nötige Fingerfertigkeit und Professionalität im Umgang mit diesem kriminellen Werkzeug zu verfügen, denn es dauerte nur eine kurze Weile, bis die Tür aufsprang.

Als Berthold Rheydt den Lichtschalter innen neben dem Eingang betätigte und kurz darauf gleich mehrere Glühlampen ansprangen, die den niedrigen Raum bestens ausleuchteten, staunten er und seine Kollegen nicht schlecht. Sie standen in einem Schießkeller. Vor der Wand ihnen gegenüber war die Anlage mit den Schießscheiben und der Handkurbel, auf ihrer Seite eine halbhohe Absperrung, hinter der die Schützen Position bezogen. Waffen und Munition wurden in zwei Regalen neben der Tür aufbewahrt.

Hier also trainierte der Ortsverein der Alldeutschen seine Waffenfertigkeit. Das war nicht strafbar, solange die Schießbahn registriert war, und auch nicht ungewöhnlich. Das Makabre an dem Schießkeller offenbarte sich erst auf den zweiten Blick. Die Schießscheiben hatten menschliche Umrisse. Weibliche Umrisse. Und jede Scheibe trug den Namen einer Frau. Genauer: von bekannten Frauenrechtlerinnen. Lida Heymann, Mina Cauer, Clara Zetkin, Helene Lange, Anita von Augspurg.

Und natürlich Anne Fitzpatrick.

Berthold wurde flau im Magen. Er drehte sich zu seinen Leuten um.

»Wir suchen nach Anne Fitzpatrick. Sofort. Alle verfügbaren Kräfte alarmieren. Roscher und Paulmann in Kenntnis setzen. Die Frau ist in Lebensgefahr.«

32.

Sie lagen nebeneinander auf Paulinas Bett und teilten sich eine Schale mit gesalzenen Mandeln, die Paulina aus der Küche stibitzt hatte. Von unten hörten sie das Klingeln an der Tür, Murmeln von Gästen, ausgelassene Begrüßungen vonseiten der Gastgeber, Getrappel auf dem Flur. Das Haus Reimers machte sich bereit für eine Soiree. Die ersten Gäste trafen ein, Ida Reimers begrüßte sie herzlich, ihre Begeisterung wuchs mit jedem Glas Champagner, der als Begrüßungsgetränk gereicht wurde.

Helene trug ein Kleid ihrer Freundin, sie hatte nicht nach Hause gehen wollen, um sich umzuziehen. Zumal ihr Schrank nur wenige elegante Kleider aufzubieten hatte – so tief ausgeschnitten wie dieses war ohnehin keines.

Nervös zupfte Helene an dem duftigen Chiffon, der als Tunika über dem lachsfarbenen, sehr eng anliegenden Seidenkleid getragen wurde und jede Rundung ihres Körpers betonte, aber Paulina schlug ihr spielerisch auf die Hand.

»Lass das, du siehst großartig aus.«

»Ich bin halb nackt!«, protestierte Helene.

»Und wenn schon. Man muss anbieten, was man hat.«

Helene schüttelte den Kopf. »Ich will mich nicht anbieten. Überhaupt bin ich nicht in Stimmung.«

Das Verschwinden Julies überschattete ihren Tag. Sie hatte beim Einschlafen an das Mädchen gedacht und beim Aufwachen. Mittlerweile war klar: Julie hatte ihre Sachen gepackt und war auf Nimmerwiedersehen aus dem Hause Curtius verschwunden. Sie hatte sich von niemandem verabschiedet, keinen Grund genannt und sogar auf den Anteil ihres Monatslohns verzichtet. Allein Helene konnte sich zusammenreimen, warum Julie bei Nacht und Nebel untergetaucht war. Und seit gestern Abend wusste es auch Paulina. Ihre Freundin hatte sie sofort in die Arme geschlossen, nachdem Helene durch die Haustür der Familie Reimers geschlüpft war. Ohne Umschweife, Erklärungen oder tränenreiche Entschuldigungen waren sie in Paulinas Zimmer gelaufen, mit Bergen von Süßigkeiten, und hatten geredet. Die halbe Nacht. Vor allem

Helene hatte geredet, Paulina hatte atemlos gelauscht und immer wieder nachgefragt. Das Hauptthema war allerdings nicht Julie – sondern die geheimnisvolle Anne Fitzpatrick, der Hafenmörder und der Überfall auf den Klub. Paulina konnte kaum glauben, dass Helene in wenigen Tagen all dies hautnah erlebt hatte.

Helene hingegen hatte ihre Erschöpfung gespürt, je weiter der Abend vorangeschritten war. Sie war neben Paulina im Bett eingekuschelt, wie sie seit ihren frühesten Kindertagen nebeneinandergelegen und geflüstert, sich Geschichten erzählt und gekichert hatten. Aber nun waren sie bald großjährig, und ihre Geschichten hatten sich verändert. Waren schwer und traurig geworden, es gab wenig, worüber man kichern konnte.

Weit nach Mitternacht, als Helene keine Worte mehr in sich fand und Paulina immer öfter die Augen zufielen, hatten sie sich bei den Händen gefasst.

»Woran denkst du?«, flüsterte Paulina.

»An Julie«, antwortete Helene. »Ich habe sie im Stich gelassen. Sie ist ganz allein.«

»Ich weiß, wo sie ist.«

»Du weißt es?« Überrascht richtete sich Helene von ihrem Kissen auf.

»Nein, ich glaube nur, es zu wissen«, korrigierte Paulina. »Ich glaube, sie geht dahin, wo alle hingehen, die hier kein Glück haben. Die verzweifelt sind. Kriminelle, aber auch gefallene Frauen.«

»Amerika?«

»Ja! Sie wandert bestimmt aus. In Amerika kann sie ihr uneheliches Kind zur Welt bringen und trotzdem noch einen guten Mann heiraten.«

»Ach, hör auf! Das sind die Märchen aus der *Gartenlaube*!«

Paulina verschlang die Zeitschrift förmlich, Helene, die die progressive *Jugend* bevorzugte, machte sich gerne darüber lustig.

»Nein. Es ist wahr. Sogar mein Vater sagt das. Er will auch auswandern, aber meine Mutter weigert sich.«

»Zum Glück!«

Helene hatte die Augen geschlossen und ihre Gedanken zu Klaus nach Havanna wandern lassen. Havanna! Ob es stimmte, dass Julie ebenfalls die Reise über den großen Teich antreten wollte? Würde sie Klaus nachfolgen? Hatten die beiden Kontakt? Helene wusste, dass Julie untröstlich gewesen war, als Klaus sie verließ, sie war sehr verliebt gewesen. Hatte er ihr auch Briefe geschrieben, ohne dass Helene davon wusste? Sie dachte an die HAPAG-Schiffe, die sie manchmal beim Auslaufen beobachtet hatte, deren Zwischendecks voller Menschen waren, die ihr Glück in Amerika versuchen wollten. Arme Menschen zumeist, viele kamen aus den Ostgebieten, ihre große Hoffnung lag auf einem Neuanfang in der unbekannten Ferne.

Daraufhin war Helene rasch in einen schweren Schlaf gefallen, hatte von Schiffsbäuchen, in denen Menschen wie Vieh aneinandergepfercht saßen, vom aufgewühlten Ozean, von schreienden Kindern geträumt. Sie hatte Dinge im Schlaf gesehen, die sie nie zuvor erlebt hatte, aber die in ihrer Fantasie so präsent waren – sei es durch Erzählungen von Klaus, sei es durch Lektüre –, dass sie glaubte, selbst auf einem dieser Ozeanriesen nach Amerika gefahren zu sein.

Zweimal war sie am Morgen wach geworden, einmal durch das Meckern einer Elster, die in der Kastanie vor Paulinas Zimmer saß. Das Licht hatte fahlgrau durch die Vorhangschlitze geschimmert. Viel zu früh, hatte Helene entschieden und sich noch einmal die Decke über den Kopf gezogen. Das zweite Mal wurde sie durch ein Geräusch im Zimmer geweckt, sie blinzelte durch die Wimpern und sah Ida Reimers, die sie betrachtete und ihr liebevoll eine Haarsträhne hinters Ohr strich.

»Schlaf weiter«, flüsterte sie, lächelte und verließ das Zimmer. Paulina neben ihr drehte sich stöhnend auf die andere Seite.

In ihrem Zuhause wurde sie niemals liebevoll von ihren Eltern geweckt, hatte Helene müde gedacht. Und erst recht hätte sie niemand zum Weiterschlafen aufgefordert. Morgenstund hat Gold im Mund! Der frühe Vogel fängt den Wurm! Das waren die Sprüche im Haushalt eines protestantischen Pastors, die sie jeden Morgen um sechs Uhr vernahm.

Bei Reimers durften die Mädchen den gesamten Tag vertrödeln, es war Paulinas Mutter sogar recht gewesen, so stand ihr bei den Vorbereitungen für die Abendeinladung niemand im Weg.

Am Nachmittag hatte Paulina schließlich angefangen, Kleider für Helene auszusuchen, sie zu frisieren und zu schminken. Helene war sich vorgekommen wie eine Puppe, aber sie ließ es willenlos über sich ergehen. Sie war von Herzen froh, dass sie ihre Paulina wieder zurückbekommen hatte, und spürte, wie wichtig es war, die Freundin an ihrer Seite zu wissen. In Zukunft würde sie ihre Zunge hüten, nie wieder wollte sie den Alsterschwan vor den Kopf stoßen.

Als Paulina schließlich fertig war mit ihrem Verschönerungswerk, nickte sie zufrieden.

»Ich glaube, heute Abend bist du der Schwan. Und nicht das Entlein.«

Damit hatte sie das Tuch vom Spiegel gezogen, das diesen verhängt hatte, sodass Helene sich nicht anschauen und gegen ihre Verschönerung protestieren konnte.

Helene hatte sich im Spiegel gesehen und doch nicht. Es war nicht allein das Werk Paulinas, das ihr Spiegelbild fremd wirken ließ. Etwas war mit ihr geschehen. Sie wirkte älter. Ernster. Die Frau, die ihr aus dem Spiegel entgegengeblickt hatte, war wissender als die Helene, die sie vor wenigen Wochen, ach was, wenigen Tagen noch gewesen war.

Nicht die Schminke machte sie schön. Nicht das großzügig ausgeschnittene Seidenkleid, das so viel Dekolleté zeigte, nicht die kunstvoll aufgesteckten Haare.

Es waren die Reife und die Ernsthaftigkeit, die eine Frau aus ihr gemacht hatten.

Nun lagen sie noch immer auf Paulinas Bett und zogen den Moment, bevor sie hinuntergingen, in die Länge. Für Paulina war eine Soiree ihrer Mutter nichts Besonderes, sie war damit aufgewachsen. Hatte als Kind auf dem Schoß der Gäste gesessen und sich mit Delikatessen füttern lassen. Veranstaltete Ida Reimers eine ihrer Abendeinladungen, durften die Töchter so lange zwischen den Gästen spielen, bis sie vor Müdigkeit umfielen.

Für Helene dagegen war es eine Premiere, und es erschien ihr, als sei dies der Eintritt ins Erwachsenenleben. Noch vor einiger Zeit wäre sie furchtbar aufgeregt gewesen, die Abende bei Familie Reimers waren legendär – illustre Gäste und die Großzügigkeit der Gastgeber machten jedes dieser Feste zum Erfolg.

Heute aber war die kindliche Aufregung darüber, dass Ida sie eingeladen hatte, zu bleiben und zur Soiree zu kommen, fast verflogen. Es galt noch immer, was Helene vor wenigen Tagen zu Paulina gesagt hatte: Sie konnte Vergnügungen dieser Art nicht viel abgewinnen. Die Ereignisse der vergangenen Tage hatten ohnehin dafür gesorgt, dass Helene in Gedanken ganz woanders war.

Doch bereits nach kurzer Zeit inmitten der Gäste hatte Helene ihre Vorbehalte vergessen. Ihr stand nicht der Sinn nach belanglosen Plaudereien? Nun, den meisten Gästen der Soiree ebenfalls nicht. Gleich als Erstes hatte Paulina ihre Freundin einem skurrilen Herrn vorgestellt, der mit seiner wuchernden Mähne, einem Bart, der ihm bis zum Nabel reichte, einem Kaftan und mit nackten Füßen aus der Schar der Gäste schon optisch hervorstach. Helene war zunächst nicht nur von seinem Habitus, sondern auch von seiner Art zu sprechen befremdet, doch das, was der Mann ihr erzählte, war überaus interessant. Er sei der bekannte Lebensreformer gustaf nagel, stellte er sich vor und schilderte ihr, dass er ein Zentrum für vegetarische Ernährung sowie gesunde Lebensführung gegründet hatte und seit vielen Jahren einkömmlich betrieb. Es bedurfte nur weniger Nachfragen ihrerseits, denn als der Reformer erkannte, wie unwissend seine Gesprächspartnerin in diesen Dingen war, hub er zu einem atemlosen Vortrag über die Vorzüge dieser Lebensweise an – mit glühender Inbrunst schilderte er der erstaunten Helene die Vorzüge fleischloser Ernährung, die er als Allheilmittel gegen Fallsucht, Flatulenzen, Veitstanz oder Stottern pries. Nachdem sie versicherte, dass sie weder unter dem einen noch dem anderen litt, sich aber dennoch für Vegetarismus interessiere, erlöste Ferdinand Reimers sie von dem seltsamen Gast, den er zu einer Gruppe Mediziner führte, wo die hitzige Diskussion sogleich weitergeführt wurde.

Helene nahm die Gelegenheit wahr und zog sich in eine Ecke des Salons zurück, fand Deckung hinter einer großen Palme und beobachtete in Ruhe das Treiben.

Der Salon der Familie war mit einem großzügigen und vollverglasten Erker ausgestattet, der einen Blick auf den in der Nacht von unzähligen Fackeln ausgeleuchteten Garten erlaubte. Im Erker führten an beiden Schmalseiten Flügeltüren in die angrenzenden, kleineren Räume. Bei einer größeren Gesellschaft, so wie an diesem Abend, blieben die Flügeltüren geöffnet, sodass die rund vierzig Gäste bequem von einem Raum zum anderen wandeln konnten. An einer Seite des Salons war prominent das Grammophon aufgebaut, auf rotem Samt. Ferdinand Reimers nannte eine umfangreiche Schallplattensammlung sein Eigen, insbesondere besaß er jede Tonaufnahme Enrico Carusos, derer er habhaft werden konnte. Helene liebte es, den Arien des berühmten Sängers zu lauschen, heute aber spielte das Grammophon die neuesten Schlager aus verschiedenen Operetten, im Moment erklang ein Couplet aus der *Fledermaus*, passend zur heiteren Gelassenheit Ida Reimers'.

Engelbert Curtius nannte sie eine Salondame, und er sagte das mit einem despektierlichen Unterton. Helene, die Ida Reimers liebte und bewunderte, erkannte erst heute, da sie Paulinas Mutter im Umgang mit ihren Gästen beobachtete, wie diese die hohe Kunst perfektioniert hatte, nichts Eigenes darzustellen, aber dennoch der Mittelpunkt von allem zu sein. Sie beherrschte ein Gespräch auf höchstem intellektuellem Niveau ebenso wie belanglose, angenehme Plauderei. Sie bewegte sich charmant durch die Gäste, initiierte hier ein Gespräch, umarmte dort jemanden, verband Menschen miteinander und ließ mit ihrem sprühenden Charme den hell erleuchteten Salon noch wärmer strahlen. Kein Wunder, dachte Helene, dass Paulina nichts dabei fand, sich ohne eigenen Beruf zu verheiraten, sie hatte in ihrer Mutter das perfekte Vorbild, dass auch diese Lebensweise erfüllend und sinnhaft sein konnte.

Mädchen in langen schwarzen Kleidern, mit weißen Hauben auf dem Kopf und gestärkten Schürzen reichten

Horsd'œuvres und Kanapees von Silbertabletts. Oberkellner im Frack sorgten dafür, dass niemand ohne Getränk war. Champagner perlte in geeisten Kelchen, Hummerscheren und Weinbergschnecken wurden gereicht, und alles schien heiter und gelöst.

Die Gästeschar war bunt gemischt, darauf lag Idas Hauptaugenmerk. Alt und Jung, Frau und Mann, gut betucht oder Hungerleider – Hauptsache, der oder die Eingeladene fiel aus dem Rahmen, übte einen außergewöhnlichen Beruf aus, war ein schillernder Charakter –, jeder, der auf die Gastgeberin inspirierend wirkte, hatte gute Chancen, in das Haus der Reimers geladen zu werden.

Dass ihre Eltern nur einmal eine Einladung erhalten hatten, und das auch nur um der guten Nachbarschaft willen, wunderte Helene kein bisschen. Danach hatte Ida Reimers keine Einladung mehr ausgesprochen, und ihre Eltern hatten anscheinend keinen Wert auf eine nähere Bekanntschaft gelegt.

Ihrem Vater glaubte Helene die Abneigung sofort, aber was war mit Fanny? Es hätte ihr gefallen, dachte Helene mit leiser Wehmut. Sie konnte sich ihre Mutter nur zu gut inmitten der Gäste vorstellen.

»Sie gehören also nun zur Prominenz, nachdem Sie meinen Vater bloßgestellt haben?«

Helene fuhr herum.

Er stand direkt hinter ihr. Auch heute trug er einen Dreiteiler, aus dunkelblauem feinstem Tuch, ebenso wie vor drei Tagen im Alsterpavillon stand der Kragen des weißen Hemds offen, die langen schwarzen Haare fielen ihm in die Stirn und gaben seiner Gestalt das Verwegene, das Helene so anziehend gefunden hatte. Und immer noch anziehend fand.

Der junge von Stetten! Ihr Herz klopfte bis zum Hals.

»Ich bin nur eine Freundin des Hauses.«

Er musterte sie amüsiert. »Das heißt, Sie stellen nichts dar? Gar nichts? Tun Sie mir das nicht an! Ich hatte eine höhere Meinung von Ihnen!«

Nonchalant nahm er zwei Champagnerkelche von einem Tablett, das ein Oberkellner an ihnen vorbeitrug, reichte ein Glas Helene und stieß mit ihr an.

»À la vôtre!«

»Cheers!« Helene nippte am eiskalten Getränk und hoffte, dass der Baron nicht wahrnahm, dass ihr die Hitze in den Kopf gestiegen war. Bestimmt war sie so rot im Gesicht wie die Hummer auf dem Büfett.

»Und Sie?«, stellte sie die Gegenfrage. »Wodurch zeichnen Sie sich aus, dass Sie auf die Gästeliste von Ida geraten sind? Und sagen Sie nicht, es ist wegen Ihres Vaters!«

Er verzog sein Gesicht, spielte den Beleidigten. »Um ehrlich zu sein: Ich bin trotz meines Vaters hier.«

»Dann müssen Sie etwas Besonderes darstellen! Wenn Sie die Prominenz Ihres Vaters übertrumpfen.«

»Ich muss Sie enttäuschen.« Der junge Mann lächelte nun wieder, in seinen dunklen Augen glaubte Helene tausend funkelnde Goldstäubchen zu erkennen. »Ich bin ein hoffnungsloser Fall. Gestatten«, er machte einen theatralischen Diener, »erfolgloser Dichter von minderem Talent und Lebemann.«

»Wenn Sie beruflich also schon nichts darstellen«, Helene fand nun Vergnügen an der ironischen Neckerei mit ihm, »dann müssen Sie Ida charakterlich beeindruckt haben.«

»Ich nehme an, das haben wir gemeinsam.« Er ließ sein Glas leise an ihres klingen. »Johannes.«

»Helene.«

»Sie haben mich auch beeindruckt«, fuhr er fort. »Mein Vater ist es nicht gewohnt, dass ihm jemand Widerworte gibt. Erst recht keine Frau. Und schon gar nicht eine junge Frau!«

»Er wird sich daran gewöhnen müssen«, gab Helene selbstbewusst zurück. »Wir sind eine neue Generation von Frauen. Bei allem Respekt für die Lebensleistung Ihres Vaters, aber Alter ist nicht automatisch im Recht.«

»Wohl wahr. Mir hat es gefallen, was Sie gesagt haben. Und im Recht waren ohnehin *Sie.*«

»Sie sind also nicht der Meinung Ihres Vaters?«

»Ich bin nie der Meinung meines Vaters.«

Ein harter Zug zeigte sich in seinem Gesicht. Helene ließ sich davon nicht beirren.

»Ich liege mit meinem Vater auch über Kreuz. Ständig! Vielleicht muss das so sein. Es ist das Privileg der jungen Generation, die alten Zöpfe abzuschneiden.«

Johannes lächelte wieder. »Ich bewundere Ihre Forschheit. Springen Sie so auch mit Ihrem Vater um?«

Nun war es an Helene, den Blick abzuwenden. »Gelegentlich. In der letzten Zeit.«

»Chapeau. Ich wünschte, ich könnte das auch. Wir leben unter einem Dach, mein Vater und ich, aber fremder als wir beide könnte man sich gar nicht sein.«

»Und dennoch gehen Sie zusammen zur *Teatime*?«, fragte Helene.

»Ich bin käuflich. Da ich nicht auf eigenen Füßen stehen kann, lasse ich mich von meinem Vater unterhalten. Fürstlich.« Johannes war ernst, als er das von sich erzählte, aber Helene mochte die aufrichtige Wendung, die ihr Gespräch genommen hatte.

»Zum Preis dafür zeige ich mich ab und zu mit ihm in der Öffentlichkeit. Er legt Wert darauf, aller Welt eine heile Familie zu präsentieren.«

Helene schwieg. Es schien, als plagte sich Johannes mit ähnlichen Dämonen herum wie sie. Auch sie ließ sich von ihren Eltern unterhalten, weil sie nicht auf eigenen Füßen stehen konnte.

»Und was hält er von Ihrer Dichtung?«, erkundigte sie sich.

Johannes wollte ihr antworten, aber im gleichen Moment schlang sich ein Arm von hinten um seinen Bauch, an seiner Schulter tauchte das Gesicht eines blonden Mannes auf, der den jungen von Stetten auf den Hals küsste und an dessen Stelle auf Helenes Frage antwortete.

»Ebenso wenig wie von der Tatsache, dass sein Sohn nicht heiraten will.«

Helene war unfähig, auf die überraschende Situation zu reagieren, sie starrte den Blonden an und hielt sich an ihrem Champagnerkelch fest. Johannes von Stetten dagegen strahlte über das ganze Gesicht, legte seinen Arm um den anderen, zog ihn eng an sich heran.

»Darf ich vorstellen? Meinhard Tannenberg. Dichter, erfolgreicher Dichter! Dorn im Auge meines Vaters und wunderbarster Mensch auf Erden.«

Tannenberg verbeugte sich vor Helene.

»Et voilà!«, fuhr Johannes fort. »Helene Curtius, eine Frau der neuen Zeit.«

»Meine Verehrung«, Meinhard Tannenberg ergriff Helenes freie Hand und küsste sie.

Helene war völlig vor den Kopf geschlagen, sie wusste nicht, ob sie lachen oder weinen sollte.

Ihre romantischen Gefühle für den jungen Baron endeten jäh im Absurden, niemals war sie davon ausgegangen, dass der Mann, der sich im Umgang mit ihr von der charmantesten Seite gezeigt hatte, nicht an ihr, ja, nicht am weiblichen Geschlecht überhaupt interessiert sein könnte. Gleichzeitig fand sie ihn deshalb nicht weniger sympathisch und amüsant, auch sein Freund Meinhard Tannenberg wirkte auf sie von der ersten Sekunde an einnehmend.

»Frauen der neuen Zeit sind wichtiger denn je«, sagte dieser, lachte Helene mit großer Offenheit an, »Männer aber auch.« Er zwinkerte ihr zu, und sie wusste nichts Besseres zu entgegnen, als ihm zuzuprosten.

»Auf die neue Zeit!«, sagte sie, und beide jungen Männer ließen ihre Gläser an das ihre klirren.

»Hier spielt also die wirklich interessante Musik!« Paulina stieß zu ihnen und wurde augenblicklich und ohne Umschweife von den beiden Männern in die Mitte genommen und vertraulich umarmt. Man kannte sich also! Das nahm Helene nicht Wunder, durch ihre Mutter war Paulina mit *le tout* Hamburg bekannt, und sie beglückwünschte sich dazu, dass sie noch nicht dazu gekommen war, ihrer besten Freundin die romantischen Gefühle für Johannes von Stetten zu offenbaren – wie lächerlich hätte sie sich gemacht!

Helene wollte etwas sagen, aber dann beobachtete sie über Paulinas Schulter hinweg, wie ein neuer Gast in den Salon eintrat. Anne Fitzpatrick wurde soeben von Ida Reimers herzlich begrüßt und in den Raum geführt. Mit ihr hatte Helene niemals gerechnet! Die Frau, die sich Helene noch gestern von einer äußerst unschönen Seite präsentiert hatte, stand nun wenige Meter von ihr entfernt und strahlte in ihrer goldfarbenen Robe so viel Glamour und Schönheit aus, dass Helene der Atem stockte.

Was machte die Ärztin hier? Sie hatte Helene doch einen Korb gegeben und ihr erklärt, dass sie keine Zeit für die Soiree habe!

Dieser Abend hatte schon einige Überraschungen für Helene bereitgehalten, und sie fragte sich, ob der Abend so spannend enden würde, wie er begonnen hatte.

33.

Ida Reimers war die perfekte Gastgeberin! Anne fühlte sich sofort wohl in ihrem großzügigen und warmherzigen Haus. Wie recht Milena gehabt hatte! Es war erfrischend, wieder unter Leuten zu sein – interessanten Leuten. Zumal der Frauenklub vorerst keine Anlaufstelle mehr für sie war.

Anne fühlte sich wieder ein wenig wie in London, es war ihr, als erwachte sie zum Leben nach einem fast einjährigen Dornröschenschlaf. Das Kleid, das sie für den heutigen Abend ausgewählt hatte, hatte sie zuletzt an Silvester getragen. Just an jenem Silvesterfest, das so unbeschwert begonnen und mit ihrer Flucht geendet hatte. Eigentlich hatte sich Anne nicht vorstellen können, das Kleid jemals wieder anzuziehen, aber heute fühlte sie sich erstaunlich wohl darin und war bereit, die damit verbundene schlechte Erinnerung abzustreifen. Gemeinsam mit Milena hatte sie es bei Harrods ausgesucht, eine schmal geschnittene Robe, bodenlang, kunstvoll bestickt mit winzigen goldfarbenen Perlen und Pailletten. Anne trug es ohne Mieder, es fiel leicht und fließend an ihrem Körper herab, ein angenehmes Gefühl ohne jegliche Einengung. Die Haare hatte sie locker aufgesteckt, auch mit Schmuck und Schminke war sie sehr sparsam gewesen. Sie wollte sich fühlen wie ein Mensch und nicht wie eine Puppe.

Ida Reimers freute sich aufrichtig und verlor kein Wort darüber, dass Anne die Soiree bereits abgesagt hatte. Stattdessen hieß sie sie herzlich willkommen, erkundigte sich nach ihrem Wohlergehen – der Überfall auf den Frauenklub war als Aufmacher aller Zeitungen auf der ersten Seite, in der *Hansepost* hatte der Journalist Lauritzen zudem Annes Namen erwähnt –, nötigte sie zu einem Glas Champagner und begannsie den anderen Anwesenden vorzustellen.

Anne sog den Duft der schweren Abendparfüms der Frauen gierig ein, den Rauch von Orientzigaretten, Geräusche von Kleiderrascheln, Gesprächen, Gelächter, Musik, das Essen, das Funkeln der Kronleuchter und Kerzen – ach, einfach alles, was sie empfing, sobald sie über die Schwelle des Hauses getreten war. Vor allem aber: die Gegenwart anderer Menschen, die mit ihrem Beruf nichts zu tun hatten. Menschen, die sich mit Themen und Dingen beschäftigten, mit denen Anne nicht täglich Umgang hatte, Menschen, die intelligente und anregende Konversation führten. Blicke, Berührungen, Einverständnis – wie sehr hatte ihr all das gefehlt. Der Klub hatte ihr ein Zuhause gegeben, eine ruhige und behagliche Atmosphäre inmitten anderer Frauen. Eine Abendeinladung wie diese Soiree jedoch war anders, war aufregend, prickelnd und belebte ihre Sinne.

Anne bewegte sich durch die Gäste wie durch Wasser, Männer küssten ihre Hand, Frauen lächelten sie an. Es war ein wunderbares Gefühl, sie fühlte sich wie ein Fisch, der nach langer Zeit auf dem Trockenen endlich wieder zurück in die See geworfen wurde und zu schwimmen begann.

Um einen Menschen auf dieser Soiree allerdings machte sie einen Bogen. Noch. Anne war nicht überrascht davon, Helene hier zu sehen, schließlich hatte diese ihr die Einladung dazu überreicht. Die junge Frau stand mit einer blonden Schönheit und zwei Männern etwas abseits und gab sich alle Mühe, Anne nicht zu bemerken. Das war nur gut so. Anne wollte ihr Zeit geben. Sie hatte nicht vorgehabt, die junge Frau mit ihrer Entschuldigung so zu überfallen wie mit ihrem Verhalten am gestrigen Abend. Sie musste einen günstigen Zeitpunkt abpassen, am besten erwischte sie Helene in einer ruhigen Minute allein.

Die Gäste der Reimers waren allesamt interessant, eine perfekte Mischung aus Wissenschaft, Kunst und Politik. Anne führte Gespräche mit einem Dirigenten, einer Frau, die soeben von einer Reise durch Indien heimgekommen war, sowie einem Ehepaar – er war Psychologe, sie hatte gerade erst ein Studium der Psychologie aufgenommen –, das soeben aus Wien zurückgekehrt war, wo die beiden Kontakt zum Kreis um Sigmund Freud gehabt hatten.

Die Psychoanalyse war ein Gebiet, das Anne Fitzpatrick sehr faszinierte, zu gerne hätte sie sich in dieser Richtung weitergebildet, ihre Arbeit ließ dies jedoch zeitlich nicht zu. Umso lebhafter interessierte sie sich für die Berichte der beiden.

Irgendwann bat Ferdinand Reimers um Aufmerksamkeit für ein Streichquartett, das eine Komposition Arnold Schönbergs zum Besten gab.

Alle Gäste versammelten sich im großen Salon, bildeten einen Kreis um die Musiker und lauschten andächtig. Anne suchte Helene inmitten der Gäste, und kaum hatte sie diese entdeckt, trafen sich ihre Blicke. Anne lächelte. Helene ließ ihre Augen weiterwandern. Die Blonde neben ihr jedoch sah neugierig zu Anne hinüber und erwiderte deren Blick. Tuschelte Helene etwas zu, aber die schüttelte nur den Kopf. Direkt neben den beiden Frauen hatten sich auch die Männer aufgestellt. Sie waren um wenige Jahre älter als die Mädchen, Anne schätzte sie auf Ende zwanzig, so wie sie selbst. Sie fielen durch ausnehmend gute Kleidung auf und waren offensichtlich ein Paar, anders konnte man ihr Händehalten nicht interpretieren. Der Dunkelhaarige kam Anne bekannt vor, und sie erschrak, als ihr einfiel, woher.

Der Mann, der neben Helene stand, war einer der Söhne Wilhelm von Stettens. Ihr ehemaliger Nachbar. Auch wenn sie ihn zwölf Jahre nicht gesehen hatte, erkannte sie ihn.

Entweder Johannes oder Joachim, einer der Zwillinge, ihre Freunde aus Kindertagen. Auch ihr Kontakt war jäh abgerissen, nachdem es zu einem Zerwürfnis zwischen den Vätern gekommen war. Doch nicht diese Erkenntnis lähmte Anne und ließ ihr Blut erstarren.

Sie erkannte in Johannes außerdem den Mann, den sie aus der Gasse hatte kommen sehen, nachdem sie aus dieser in den Dovenfleet geflüchtet war.

Darum war er ihr so vertraut vorgekommen!

Anne war unfähig, ihre Gedanken zu sortieren. Mit Johannes – oder war es Joachim von Stetten? – verband sie eine Kinderfreundschaft, warum um Himmels willen sollte einer der Brüder ihr nach dem Leben trachten? Oder bildete sie sich nur ein, dass er es war? Schließlich hatte sie nur einen Teil des Gesichts gesehen, sicher, die Ähnlichkeit war frappant, aber genauso gut war es möglich, dass ihre Fantasie ihr einen Streich spielte.

Und wenn es einer der Zwillinge gewesen war – hätte sie ihn dann nicht sofort erkennen müssen? Warum bildete sie sich nun ein, dass der Mann, den sie seit Kindertagen kannte, der Mörder war – war ihr Bewusstsein getrübt? War sie überreizt? Anne war unfähig, ihre vermeintliche Beobachtung einzusortieren, die ihr Glücksgefühl, das sie eben noch auf der Soiree empfunden hatte, jäh zunichtemachte.

Johannes hatte sie entweder noch nicht entdeckt, sie nicht erkannt, oder er war ein überaus talentierter Schauspieler, denn er hatte in keiner Sekunde signalisiert, dass er wusste, wer sie war.

Unwillkürlich trat Anne einen Schritt zurück und verbarg sich hinter anderen Zuhörern. Bevor sie Alarm schlug, musste sie Gewissheit haben.

Die Gedanken in ihrem Kopf überschlugen sich – Wilhelm

von Stetten, ihr Vater, der Widerstand der Deutschkonservativen gegen das grüne Haus, der Mörder, der ihr drohte – sie war unfähig, die Puzzleteile in ihrem Kopf zusammenzusetzen. Aber sie spürte, dass all diese Indizien ein Netz bildeten, ein Netz, in dem sie selbst gefangen war.

Ihr wurde heiß, der Champagner sorgte dafür, dass ihre Beine schwach wurden, Anne hatte größte Mühe, stehen zu bleiben und das Gleichgewicht zu halten. Die Musik Schönbergs tönte schrill in ihren Ohren, und alle Sinneseindrücke, die sie zuvor als berauschend wahrgenommen hatte, ließen sie nun schwindeln. Für eine Sekunde überlegte sie, ob sie ihn vor aller Augen bloßstellen, anklagen, ihn als Mörder enttarnen sollte. Aber diesen Gedanken verwarf sie rasch. Was, wenn er unschuldig war? Was, wenn ihr der Alkohol zu Kopf gestiegen war und sie sich täuschte? Nein, sie konnte und wollte ihren Verdacht zu diesem frühen Zeitpunkt nicht teilen. Stattdessen würde sie ihn im Auge behalten, beobachten, Nachforschungen anstellen.

Plötzlich kam ihr der Gedanke, dass Helene etwas damit zu tun haben könnte. Helene hatte die Leiche am Hafen entdeckt. Helene war unvermutet im Klub aufgetaucht – kurz bevor der Mörder Anne bedroht hatte. Helene war es auch, die ihr die Einladung zu dieser Soiree überbracht hatte. Sollte sie hierhergelockt werden, war dies eine Falle? Anne sah sich um, Panik ergriff Besitz von ihr – verließ sie aber sofort, als sie die entspannten und gelösten Gesichter der anderen Gäste und auch ihrer Gastgeber sah.

Behalte die Nerven, Anne!, beschwor sie sich. Du siehst Gespenster!

Das Streichquartett wollte und wollte nicht enden, Anne fühlte sich gefangen zwischen all den Menschen, gleichzeitig zwang sie sich, nicht aus der Situation zu fliehen.

Sie würde den jungen von Stetten im Auge behalten. Hoffen, dass er sie seinerseits nicht sah und am Ende doch noch erkannte. Wenn er das Fest verließ, würde sie ihm folgen. Ein klärendes Gespräch mit Helene dagegen war nun nachrangig, das konnte sie immer noch tun, und im Moment hatte sie dafür nicht die Nerven.

Je länger Anne von Stetten beobachtete, desto unwahrscheinlicher erschien es ihr, dass ausgerechnet dieser Mann ein Frauenmörder sein sollte. Der junge Baron war lässig, entspannt, aufgeschlossen, er wechselte mit allen Gästen freundliche Worte und erhielt ebenso wohlwollende Aufmerksamkeit zurück. Er entsprach, so wie er sich auf der Soiree gab, in keiner Weise dem Bild eines Mannes, der des Nachts heimlich Frauen auflauerte und sie massakrierte. Aber, auch das hatte Anne im Lauf ihres Lebens, vor allem aber in ihrer Zeit als Forensikerin bei Scotland Yard gelernt, der äußerliche Schein war trügerisch.

Als er sich schließlich von seinen Gastgebern verabschiedete und gemeinsam mit seinem blonden Freund das Haus verließ, entschuldigte auch Anne sich bei Ida Reimers. Diese zeigte ihre Enttäuschung: Man habe noch nicht die Gelegenheit gehabt, miteinander ins Gespräch zu kommen, überhaupt sei der Abend noch jung, warum Miss Fitzpatrick sie denn so früh verlasse – gefalle es ihr etwa nicht? Aber Anne beeilte sich zu versichern, dass sie alles ganz wunderbar fand, sie kämpfe nur leider mit einer Migräne und schlage ein Treffen mit der Hausherrin zum wechselseitigen Austausch vor. Sie verabredeten sich zu einem baldigen Lunch.

Hastig ließ Anne sich ihren Mantel, Hut und Muff reichen und lief die Zufahrt zum Grundstück der Familie Reimers hinab. Sie konnte gerade noch beobachten, wie die beiden jungen Männer von einem Bediensteten ihre Chaise entgegennahmen, von Stetten ergriff die Zügel, und das schwarze Pferd trabte davon. Zu Fuß würde sie die Kutsche nicht verfolgen können, in der Körnerstraße war keine Droschke zu sehen, deshalb entschied sich Anne dafür, in den Harvestehuder Weg zu fahren. Auf dem noch gut befahrenen Mühlenkamp winkte sie einer Motordroschke und ließ sich auf die andere Seite der Binnenalster kutschieren.

Ganz gleich, ob der Baron dorthin fuhr oder nicht, die Villa war das erste Anlaufziel. Einer der drei von Stettens würde zu Hause sein, entweder der Vater oder die Brüder. Und sie brauchte Klarheit – jetzt. Ein Geheimnis verband sie mit der Familie, und wenn ihr Vater ihr auch nicht sagen wollte, was zum Teufel es war, das eine anscheinend lebenslange Feindschaft zwischen beiden Familien verursacht hatte, hatte sie trotzdem ein Recht darauf, es zu wissen!

Ob dieser junge Mann, den sie auf der Soiree beobachtet hatte, nun der Hafenmörder war oder nicht, wusste sie nicht mit Gewissheit, sie konnte es nur herausfinden, wenn sie das Gespräch darüber suchte. In einem Haushalt wie dem des Senatsmitglieds und einflussreichen Politikers von Stetten lief sie nur eine Gefahr: nicht eingelassen oder herausgeschmissen zu werden. Aber niemand konnte ihr dort etwas antun, das war nicht eine der dunklen Gassen des Gängeviertels oder ein verlassener Quai im Hafen.

Anne war wild entschlossen, Fragen zu stellen. Sie würde die Villa der von Stettens nicht eher verlassen, bis sie nicht wenigstens eine befriedigende Antwort erhalten hatte.

»Das tut mir leid, meine Dame, aber um diese Uhrzeit empfängt Baron von Stetten keine Besucher.« Der Diener, der ihr die Tür geöffnet hatte, deutete eine leichte Verbeugung an und versuchte, die Tür vor ihrer Nase zu schließen.

Anne jedoch schob sich etwas näher heran. »Aber ich weiß, dass der Herr Baron noch wach ist. Er pflegt zwischen neun und elf Uhr am Abend in seiner Bibliothek zu weilen.«

Ihr Gegenüber sagte nichts, zog lediglich die Augenbrauen hoch. Anne kramte in ihrem Kopf nach seinem Namen, sie glaubte sich zu erinnern, dass der Mann, der die sechzig weit überschritten hatte, schon zu ihrer Zeit in den Diensten von Stettens gestanden hatte.

Der Diener zögerte, sie hatte ihn verunsichert, diese Situation nutzte sie und setzte nach.

»Ich kenne seine Gepflogenheiten. Es sei denn, er hat sie in den vergangenen Jahren gewechselt.«

Sie schenkte dem Mann ein breites Lächeln, und plötzlich fiel ihr auch sein Name wieder ein.

»Sie erkennen mich tatsächlich nicht, Anton. Wie bedauerlich!«

»Anne van der Zwaan«, dröhnte nun die Stimme des Hausherrn aus der Villa, und direkt darauf erschien Wilhelm von Stetten höchstselbst hinter seinem Diener. »Ist gut, Anton, lassen Sie die Dame herein.«

Dieser gab die Tür frei, ließ Anne eintreten und nahm ihre Garderobe entgegen.

»Bringen Sie uns Getränke in die Bibliothek«, wies ihn Baron von Stetten an. »Was darf ich Ihnen anbieten?«, erkundigte er sich formvollendet bei Anne. Mit keinem Wimpernzucken ließ er sich anmerken, dass ihr Besuch ihn überraschte.

»Gerne einen Kaffee, türkisch«, bat Anne, die für das folgende Gespräch einen klaren Kopf brauchte. Noch mehr Alkohol würde sie unaufmerksam machen.

»Sie sind also wieder in der Stadt«, begann von Stetten das Gespräch, nachdem sie in bequemen Sesseln in seiner Bibliothek Platz genommen hatten. Das prasselnde Kaminfeuer wärmte den halbrunden und bis unter die Decke mit Büchern vollgestopften Raum angenehm. Ein großer Globus im Holzgestell war keineswegs zur bloßen Dekoration aufgestellt, sondern zeugte von den globalen Interessen, die der Baron verfolgte. Seine Bank finanzierte Geschäftspartner weltweit, und als Anne sich in der Bibliothek umsah, war sie gewiss, dass hier, in diesem Raum, und weniger im Büro seiner Bank die Expansionsideen des Mannes, der ihr gegenübersaß, ihren Ursprung fanden.

»Sie wissen, dass ich schon ein paar Monate in der Stadt bin«, gab sie zurück, und das leichte Erstaunen, das sich durch ein Zucken seiner Augenbrauen offenbarte, schien nicht gespielt.

»Allerdings nicht unter meinem Mädchennamen. Ich leite als Anne Fitzpatrick das Haus des Vereins ›Frauenwohl‹ am Hafen.«

Sein Gesicht zeigte leichtes Amüsement, er lehnte sich zurück. Das Gespräch schien ihm Gefallen zu bereiten.

»Jenes Haus, das Sie mit aller Macht bekämpfen. Und ich frage mich, Herr Baron, was wohl der Grund dafür ist.«

»Chapeau, Fräulein van der Zwaan. Oder soll ich sagen Misses Fitzpatrick? Sie haben in England geheiratet, wie es scheint.«

Sollte er das ruhig denken. Sie würde ihn nicht über den wahren Grund der Namensänderung aufklären.

»Sie halten sich nicht lange mit Präliminarien auf. Allerdings wundere ich mich, dass Sie, um Geschäftliches zu besprechen, an einem Sonntagabend zu unchristlicher Zeit hier erscheinen. In einer Robe, die einem Besuch in der Oper angemessen ist. Und Ihnen vorzüglich steht, wenn ich das bemerken darf.«

Anne wurde eine Antwort erspart, denn der Diener betrat

nun den Raum, servierte ihr den Kaffee und dem Baron Whisky in einem funkelnden Kristallglas.

»Tatsächlich ist das nicht der einzige und nicht der ausschließliche Grund meines Hierseins.« Anne gab zwei Löffelchen Zucker in das schwarze Gebräu, um sich ein wenig Zeit zu verschaffen. Wie sollte sie den Grund Ihres Kommens zur Sprache bringen? Ich bin hier, weil ich glaube, dass Ihr Sohn ein Mörder ist? Wohl kaum.

»Ich habe einen Ihrer Söhne bei einer Abendgesellschaft angetroffen. Und mich an Ihre Familie erinnert.«

»Sehnsucht nach der alten Nachbarschaft? Pardon, meine liebe Anne – ich darf Sie doch wohl so nennen?! Aber das kann ich nur schwerlich glauben.«

Sie lächelte ihn an. »Nein. Sie haben recht. Sehnsucht ist nicht der richtige Begriff. Es ist vielmehr so, dass ich schon lange einige Fragen habe, die der Klärung bedürfen. Und als ich Ihren Sohn gesehen habe, dachte ich mir – wann, wenn nicht jetzt?«

»Ihre Fragen«, der Baron zögerte, »sind welcher Natur?«

»Alle meine Fragen haben denselben Kern. Ich frage mich, warum ich ins Visier Ihrer Familie geraten bin. Warum Sie und Ihre Söhne – oder zumindest ein Sohn – mir nachstellen.«

»Nachstellen? Erklären Sie sich bitte. Sie sehen mich ratlos.«

Anne stellte ihre zierliche Kaffeetasse ab. Holte tief Luft, legte die Hände in den Schoß und trat die Flucht nach vorne an.

»Ich komme nach Hamburg zurück und stecke monatelang meine Energie in ein Vorhaben, das in einem Haus meines Vaters realisiert werden soll. Für den Sie – aus mir unbekannten Gründen – eine tiefe Feindschaft hegen. Am Tag der Eröffnung werden vor dem Haus die Leichen zweier Frauen gefunden. Zufall? Oder möglicherweise ein Akt der Sabotage? Ich kann das Haus vorerst nicht eröffnen. Als ich es doch tue, wird eine dritte Frau ermordet, mit einem meiner Flugblätter in der Hand. Daraufhin diffamieren Sie unseren Verein in der Bürgerschaft aufs schärfste. Unterstellen, dass wir mit dem Engagement für gefallene Frauen den Hafenmörder regelrecht anlocken. Dabei muss ich davon ausgehen, dass der Mörder einer Ihrer Söhne ist! Oder vielmehr der Sohn, dem ich soeben auf einer Soiree begegnet bin und der mich noch einen Tag zuvor direkt mit dem Tod bedroht hat.«

Es war geschafft. Unverblümt hatte sie alles ausgesprochen, was sie seit Tagen beschäftigte. All das, weswegen Sie die von Stettens anklagte. Es war weniger schwer auszusprechen gewesen, als sie gedacht hatte. Und noch während sie die Sätze geformt hatte, hatte sie gemerkt, dass jedes Puzzleteil an seine Stelle fiel. Alles passte perfekt.

Anne sah ihn an. Er erwiderte ihren Blick, zeigte aber keinerlei Reaktion. Ihr wurde heiß. Die Sätze ihres Vaters hallten in ihr nach: Halte dich fern von Wilhelm von Stetten. Er ist gefährlich.

Das Gesagte hing schwer zwischen ihnen, und Anne wurde bewusst, was sie getan hatte. Sie hatte den Mann herausgefordert, der ihren Vater vor fünfzehn Jahren aus der Stadt getrieben hatte. Ihren Vater. Einen erfolgreichen Reeder, der fest verankert in der Bürgerschaft gewesen war.

Was, fragte sie sich, würde er mit ihr tun? Würde er es einfach hinnehmen, dass sie seinen Sohn einen Mörder genannt hatte?

Wilhelm von Stetten wandte seinen Blick nicht von ihr ab. Er nahm einen Schluck aus seinem Whiskyglas, stellte dieses dann behutsam auf den Beistelltisch, faltete die Hände vor dem Bauch und kniff die Augen zusammen.

»Das sind starke Anschuldigungen, die Sie in meinem Haus gegen mich erheben.«

»Entkräften Sie sie.«

»Ich rechtfertige mich nicht, Anne. Ich habe auch keinen Grund dazu. Für meinen Sohn lege ich die Hand ins Feuer. Mein Sohn hat sein Land verteidigt. Er hat sein Leben riskiert. Ich würde ihn jederzeit und überall vor den Anwürfen einer Frau verteidigen, die sich für den Abschaum dieser Stadt einsetzt.«

Anne presste ihre Zähne vor Anspannung aufeinander.

»Und noch etwas«, fuhr von Stetten fort, seine Stimme gewann mit jedem Wort mehr Nachdruck, »was Ihren Vater betrifft und unser Zerwürfnis.«

Anne verschränkte die Hände in ihrem Schoß, damit der Baron nicht sah, wie sie zitterte.

»Wenn Sie glauben, ich nehme Rache, indem ich Sie und Ihre Arbeit behindere, dann unterschätzen Sie mich.«

»Erklären Sie es mir. Überzeugen Sie mich vom Gegenteil.«

»Fragen Sie Ihren Vater, was geschehen ist, nicht mich.«

»Das habe ich bereits. Er will sich nicht dazu äußern.«

Der Baron lachte trocken auf. »Natürlich nicht. Er wird seine Gründe haben, warum er nicht darüber spricht.«

»Ebenso wie Sie.«

»Er hat mein Leben zerstört. Nicht mehr und nicht weniger. Wenn Sie wissen möchten, was vorgefallen ist, müssen Sie ihn danach fragen.« Er erhob sich. »Und nun möchte ich Sie bitten, mein Haus zu verlassen.«

Anne stand ebenfalls auf. Sie würde vom Baron keine Antworten erhalten, das wurde ihr klar. Nun denn, sie wusste, was zu tun war.

»Selbstverständlich,« sagte sie und ging mit durchgestrecktem Rücken zur Tür, Wilhelm von Stetten folgte ihr. Bevor er seine Hand an die Klinke legen konnte, drehte sie sich zu ihm um. »Ich werde mich an die Polizei wenden. Ich wollte Ihnen die Chance geben, sich zu den Vorfällen zu äußern, aber Sie lassen mir keine andere Wahl.«

Der Baron öffnete schweigend die Tür, ließ sie hindurchgehen und bedeutete Anton mit einem Wink, dass er ihr die Garderobe holen solle.

Durch die große Eingangshalle, in die Anne und der Baron getreten waren, kam ihnen der junge Mann entgegen, den Anne auf der Soiree gesehen hatte. Er nickte seinem Vater knapp zu und blickte sie neugierig an.

»Interessante Gesellschaft hast du, Vater.« Dann stutzte er. »Habe ich Sie nicht eben auf der Soiree von Ida Reimers gesehen?«

Anstelle einer Antwort drehte Anne sich zu Wilhelm von Stetten um und sah ihn an.

»Sie halten meinen Sohn für einen Mörder?«, verstand dieser sofort ihren Blick. »Diesen hier?«

Er begann zu lachen. Zu Annes Entsetzen hallte das Lachen des Barons durch den Raum, warf beinahe ein Echo, was es umso furchterregender wirken ließ, und es mochte nicht enden. Als er sich endlich beruhigt hatte, warf der Vater seinem Sohn, der verständnislos von ihm zu Anne sah, einen verächtlichen Blick zu.

»Johannes ein Mörder? Niemals. Er ist ein Versager auf ganzer Linie. Aus der Art geschlagen. Unwertes Leben. Wäre er wenigstens ein Mörder, könnte ich stolz auf ihn sein.«

Der so Betitelte wandte sich ab, lief mit großen Schritten die Treppe empor, sein Vater blickte ihm hinterher, und Anne riss dem Diener ihren Mantel aus dem Arm, wartete nicht, bis er ihr hineinhalf, sondern verließ ohne Umschweife das Haus. Hastete die Einfahrt hinunter, nahm sich kaum

Zeit, anzuhalten, um sich ihren Mantel überzuwerfen. Der von Straßenlaternen mäßig erleuchtete und menschenleere Harvestehuder Weg lag wenige Meter vor ihr, die Alster glitzerte im Mondlicht hinter den Grünanlagen, als Anne endlich ihre Schritte verlangsamte und sich zwang, Luft zu holen. Sie hielt sich am kalten Metall des Gartentores fest. Was für ein furchterregendes Erlebnis! Warum hatte sie nicht auf ihren Vater gehört, der sie vor von Stettens Gefährlichkeit gewarnt hatte, von der sie soeben eine Kostprobe erlebt hatte. Was für ein grausamer, kalter Mensch! Und noch während sie mit Schaudern an das soeben Gesehene und Gehörte zurückdachte, legte sich ein Arm um ihre Schulter und eine Hand mit einem Stück Stoff auf ihren Mund. Chloroform!, war das Letzte, was Anne Fitzpatrick denken konnte, bevor sie in die Arme des Mörders sank.

34.

Gustav Roscher hatte für Berthold Rheydt und Inspektor Paulmann die Bühne im Großen Saal herrichten lassen, ein Rednerpult wartete auf den Kommissar sowie um die einhundert Schupos, die aus dem Wochenende ins Präsidium beordert worden waren.

Alles hätte Berthold Rheydt lieber getan, als den Einsatz zu planen, er scheute strategische Arbeit und war nicht gut darin, Aufgaben zu verteilen. Lieber wäre er selbst auf den Straßen der Hansestadt unterwegs, würde jeden Stein umdrehen und nach Doktor Fitzpatrick und dem Hafenmörder suchen. Aber die Ansage des Kripochefs war in der Hinsicht sehr klar gewesen: Berthold Rheydt leitete den Einsatz, also war er es auch, der die Leute instruieren sollte.

Nun trat der Kommissar zu dieser späten sonntäglichen Stunde an das Pult und erklärte den Schupos, die zu ihm emporblickten – einige wirkten, als hätte man sie aus den Betten geholt, andere waren nicht mehr ganz nüchtern –, warum Gefahr im Verzug sei. Er rekapitulierte die Vorgänge im Frauenklub am Jungfernstieg und schlug von dort den direkten Bogen zum Fund in der Niedernstraße.

»Wir nehmen heute Abend den Alldeutschen Verband unter die Lupe. Nach der Entdeckung des Schießkellers haben wir den ernsten Verdacht, dass der Überfall auf den Frauenklub aus deren Reihen geplant und durchgeführt wurde. Kollege Thönnes ist mit seiner Truppe schon dabei, wir unterstützen ihn. Jeder, den ihr findet, wird hierher ins Stadthaus verbracht. Kollege Kalweit«, er machte eine Geste zu seinem Assistenten, der hinter ihm stand, »teilt für die Verhöre ein und gibt Instruktionen, auf welche Hintergründe bei der Befragung geachtet werden muss.«

Er sprach noch weitere zehn Minuten lang, und je länger er redete, desto unruhiger wurden die Männer vor ihm. Und das nicht, weil er sie mit seiner Rede langweilte, sondern weil jedem Polizisten im Auditorium bewusst wurde, wie dringlich ihr Einsatz war. Jetzt. Heute noch. Sie würden die Nacht in den regnerischen Straßen Hamburgs verbringen, würden das Unterste zuoberst kehren und hoffen, dass sie nicht auf eine weitere Frauenleiche stießen.

Frauen standen auf der Abschussliste einer Gruppe von Extremisten. Der Hafenmörder hatte sich augenscheinlich unter sie gemischt und trachtete Doktor Anne Fitzpatrick nach dem Leben. Diese sollte ebenso wie die anderen in Hamburg befindlichen Frauenrechtlerinnen, deren Namen auf die Schießscheiben gekritzelt worden waren, in Sicherheit gebracht werden – war jedoch spurlos verschwunden. Weder in ihrer Wohnung noch in der Paulstraße, im Frauenklub oder am grünen Haus hatte man sie angetroffen. Seit dem Vormittag hatte sie niemand mehr gesehen. Der Verdacht, dass sie bereits in der Gewalt des Täters oder schlimmstenfalls schon tot war, lag nahe.

Berthold Rheydt hatte seine Ansprache, die Instruktion und Motivation gleichermaßen sein sollte, beendet, Stühle kratzten über den Boden, das Klappern Hunderter Absätze erfüllte den Raum, Pickelhauben glänzten im Schein der Saalbeleuchtung. Berthold drehte sich zu Paulmann, Roscher und seiner Kerntruppe um.

»Ich habe einen Verdacht, wer wissen könnte, wo sich Anne Fitzpatrick aufhält.«

»Wenn sie noch lebt«, kommentierte Paulmann düster.

»Wenn sie noch lebt. Aber die Hoffnung stirbt zuletzt. Kalweit, Sie werden hier dringend gebraucht. Brenner, Raabe, Sie kommen mit mir.«

In dem Moment, als er den Saal in Richtung Ausgang verlassen wollte, sah er Elmar Thönnes winkend den Gang heraufkommen. Wuchtiger Schritt, grimmige Miene. Kaum hatte der Kollege Kommissar Rheydt erreicht, packte er ihn am Arm und zog ihn in seine Richtung.

»Berthold! Ich hab da einen Fang gemacht, den Burschen solltest du dir ansehen.«

In einem der Vernehmungszimmer saß ein junger Mann. Aufrecht, mit stolzem Blick, der in scharfem Kontrast zu dem leicht lädierten Eindruck stand, den er machte. Ein blaues Auge und heftig gerötete Wangen wiesen darauf hin, dass die Befragung bereits ein wenig andauerte und er sich nicht sonderlich kooperativ gezeigt hatte. Neben ihm stand ein Herr, den Berthold kannte, ein Anwalt, der bereits einigen Töchtern und Söhnen aus gehobenen Kreisen aus der Patsche geholfen und dafür gesorgt hatte, dass die Öffentlichkeit nichts davon spitzkriegte, wenn die verzogenen Bengel mit Adelstitel über die Stränge schlugen. Der stolze Junge passte perfekt in das Bild.

»Justus von Schwerin«, stellte Thönnes ihm den Burschen vor. »Und den Winkeladvokaten hier kennst du zur Genüge.«

Der Anwalt überhörte die Beleidigung geflissentlich, er verzog keine Miene.

Berthold Rheydt holte sich einen Stuhl heran, setzte sich dicht vor den Jungen und musterte ihn ausgiebig. Er schätzte ihn auf Anfang zwanzig. War es möglich, dass dieser Junge, noch grün hinter den Ohren, bereits in der Schutztruppe Deutsch-Südwestafrikas gedient hatte?

Thönnes schien seine Gedanken gelesen zu haben.

»Er ist letzten Dezember zurückgekommen. War ein Jahr dort unten, der Herr Papa hat ihn geschickt, direkt nach dem Internat. Er sollte sich in Afrika die Hörner abstoßen.«

Ein halbes Kind, dachte Berthold. Bilder aus seiner eigenen Militärzeit bei der Kaiserlichen Marine zogen herauf. Was glaubten Väter wie dieser von Schwerin eigentlich, was es bedeutete, beim Militär zu sein? Uniform tragen, auf Pappscheiben schießen, ein bisschen Exerzieren, ein paar Gewehrgriffe kloppen, und schon war das Kind ein Mann? Er selbst hatte nicht in den Kolonien gedient, hatte aber Kameraden gehabt, die ihm von ihren Erlebnissen dort erzählt hatten. Es war weiß Gott nicht nur Schönes gewesen. In den Augen des jungen Mannes vor ihm konnte Berthold erkennen, dass dieser mehr gesehen und erlebt hatte, als gut für einen Jungen in dem Alter war.

»Im Dezember sind Sie zurückgekommen. Regulär? Oder haben Sie Mist gebaut?«

Der Befragte schwieg ebenso wie sein Anwalt.

»Ich kenne das«, fuhr Berthold fort. »Sie haben das große Abenteuer erlebt, eine Menge gesehen und gelernt. Dann kommen Sie und Ihre Freunde nach Hamburg zurück, und was ist hier? Nichts. Keine Hitze, keine barbusigen Frauen, keine Krieger, keine Feinde. Nur Langeweile.«

Der Junge sah ihn an. Der Blick war herablassend, aber dahinter flackerte etwas anderes auf, das der Kommissar zu gut kannte. Die Angst, der Polizist könnte an etwas rühren. Etwas Verbotenes.

»Also schließt Ihr Euch zusammen, Ihr Kameraden aus der Schutztruppe, sauft und schießt und schwingt große Reden. Und kommt auf ein paar dumme Gedanken.«

Keine Reaktion.

Thönnes wandte sich an Berthold Rheydt.

»Stumm wie ein Fisch. Aber er muss nicht reden, das erledigen seine Kameraden für ihn.« Er deutete auf das Nebenzimmer. »Er passt jedenfalls zu allem, was wir wissen, der Staatsanwalt kann schon mal die Anklage formulieren.«

»Vorsicht, Herr Kommissar. Keine Drohungen, ich muss doch sehr bitten«, meldete sich immerhin der Anwalt zu Wort.

Berthold stand auf. »Wenn das so ist. Dann höre ich mir mal drüben an, was seine Kameraden plaudern.«

Justus von Schwerin bemühte sich nach Kräften, mit keiner Wimper zu zucken, aber die Schweißperlen auf der Stirn zeigten an, dass ihm die Drohungen der beiden Kommissare nicht ganz gleichgültig waren.

Thönnes brachte Berthold vor die Tür. Er brauchte dem Kollegen nicht zu erklären, dass er geblufft hatte.

»Ich habe noch ein paar andere von der Sorte. Alle zwischen zwanzig und dreißig. Tragen ihre Nase verdammt hoch. Waren alle bei der Schutztruppe. Keiner von denen redet.

Aber wir graben gerade aus, was wir über die Früchtchen herausbekommen können. Ob dein Mörder dabei ist, kann ich dir nicht sagen, aber ich bin mir sicher, dass wir viel Schlamm aufwirbeln.« Er boxte Rheydt gegen die Brust. »Richtigen Riecher gehabt mit der Niedernstraße.«

Berthold boxte zurück. »Mach sie platt, Elmar. Ich komme nachher wieder rein, wenn ich Doktor Fitzpatrick habe.«

Brenner bremste das Polizeiauto in der Körnerstraße, direkt vor dem stattlichen Bürgerhaus, in dem Helene Curtius lebte. Die Pastorentochter war Berthold Rheydts letzter Strohhalm. Sie war am Vorabend mit Anne Fitzpatrick zusammen weggegangen, möglich, dass sich die beiden Frauen besser kannten, möglich auch, dass sie wusste, wo sich die Ärztin aufhalten könnte.

Es war seine letzte Chance, etwas über deren Verbleib herauszufinden, eine andere Quelle hatte er nicht.

Auf sein Klingeln öffnete ein älterer Mann im Hausmantel die Tür. Überrascht sah er den Kommissar die Auffahrt hochkommen, der seine Polizeimarke bereits herausgeholt hatte und vorzeigte.

»Polizei Hamburg, Kommissar Rheydt. Machen Sie sich keine Sorgen, aber ich muss in einer dringenden Angelegenheit mit Ihrer Tochter sprechen.«

Der Mann, Berthold vermutete in ihm Helenes Vater, sah ihn zutiefst erschrocken an. »In einer dringenden Angelegenheit? Geht es etwa um Julie? Sie sind doch der Kommissar, der im Fall des Frauenmörders ermittelt?«

»Ganz richtig. Bitte entschuldigen Sie die späte Störung, aber die Sache duldet keinen Aufschub.«

»Das mag wohl sein, aber meine Tochter ist nicht zu Hause.«

Nun war es an Berthold, überrascht zu sein. Er war sicher davon ausgegangen, dass ein großbürgerliches Mädchen zu so später Stunde, es ging auf elf Uhr zu, in ihrem Heim, wenn nicht gar bereits zu Bett gegangen war.

Pastor Curtius sah ihm die Irritation an und zeigte schräg gegenüber auf eine Villa. »Sie ist bei ihrer besten Freundin. Paulina Reimers. Ihre Mutter hat heute eine Abendgesellschaft, und Helene ist eingeladen.«

Was dem Vater nicht behagte, interpretierte der Kommissar den sauertöpfischen Ausdruck im Gesicht des Mannes vor ihm.

»Danke! Dann versuche ich dort mein Glück.« Er stockte. »Und wer, wenn ich fragen darf, ist Julie?«

»Unser Dienstmädchen«, gab der Mann zurück. »Sie ist gestern bei Nacht und Nebel verschwunden. Ohne ein Wort zu sagen. Wir machen uns große Sorgen.«

»Mein Kollege nimmt eine Anzeige auf«, sagte Berthold und hoffte, dass der Weggang des Mädchens nicht mit seinem Fall in Verbindung stand. »Jede Frau, die zurzeit in Hamburg verschwindet, ist ein Fall für die Polizei.«

Mit diesen Worten eilte er die Auffahrt hinunter, beugte sich kurz in den Wagen und bat Carl Raabe, eine Vermisstenanzeige wegen des Dienstmädchens zu protokollieren. Brenner sollte im Wagen warten. Dann schlug er den Weg zu der frei stehenden Villa ein, durch deren bodentiefe Fenster er Menschen in Abendkleidung sah, die sich vergnügten.

Bei dem Bediensteten an der Tür erkundigte sich Berthold Rheydt direkt nach Helene Curtius, er hatte nicht vor, umständlich mit dem Hausherrn zu konferieren, die Zeit rannte ihm davon.

Lange musste er nicht warten, keine zwei Minuten später erschien Helene Curtius an der Tür. Berthold hätte sie fast nicht erkannt, aus dem bockigen Mädchen, das er in seinem Büro vernommen hatte, war über Nacht eine strahlend schöne Frau geworden. Doch für derlei Betrachtungen oder gar Komplimente war dies nicht der rechte Zeitpunkt, deshalb kam Berthold ohne Umschweife auf den Grund seines Erscheinens zu sprechen.

»Ja, ich habe Doktor Fitzpatrick gesehen«, beantwortete Helene Curtius seine Frage, »sie war bis vor einer Stunde noch hier. Auf dem Fest.«

Berthold stöhnte auf. Eine Stunde. Gewiss war sie von der Soiree direkt nach Hause gegangen. Er hatte einen Polizisten an ihrer Wohnung abgestellt, möglich, dass die Nachricht über ihre Unversehrtheit ihn soeben im Präsidium erreichte.

»Pardon«, mischte sich nun der Bedienstete ein. »Frau Doktor Fitzpatrick hat das Fest um wenige Minuten nach zehn verlassen. Direkt hinter dem Baron von Stetten und Herrn Tannenberg. Ich habe den Herren gerade ihre Chaise bereitstellen lassen …«

»Ihre Chaise?«, unterbrach Berthold wie elektrisiert. »Der Baron fährt eine Chaise? Beschreiben Sie sie!«

»Eine einfache schwarze Chaise mit einem Rappen. Schönes Tier. Der Baron kommt immer mit dieser Kutsche.«

Ein weiteres Puzzleteil fiel an seine Stelle.

»Und die Frau Doktor – ist sie in die Kutsche eingestiegen?«

»Aber nein. Die Herren sind gefahren. Doch ich hatte den Eindruck, dass Frau Doktor ihnen folgen wollte. Jedenfalls wirkte es so auf mich. Dann ist sie jedoch zu Fuß zum Mühlenkamp. Ich hätte ihr selbstverständlich eine Droschke rufen lassen!«

»Verdammt!«

Ohne ein weiteres Wort machte Berthold kehrt, rannte die

Auffahrt hinunter, überquerte die stille Körnerstraße, riss den Schlag des Polizeiautos auf und wuchtete sich auf den Beifahrersitz.

»Von Stetten«, herrschte er Willy Brenner an. »Wo wohnt der?«

Der junge Schupo schüttelte den Kopf. »Keine Ahnung.«

»Verdammt!« Berthold konnte sich nicht beherrschen, wiederholt donnerte er mit der Faust auf das Armaturenbrett. »Verdammt, verdammt, verdammt!«

Carl Raabe stand noch mit Pastor Curtius an dessen Eingangstür, Berthold wollte ihn zurückrufen, als er Helene auf sich zulaufen sah. Sie hatte ihre Robe vorne gerafft, um schneller rennen zu können, und Berthold fielen völlig unpassend ihre schönen Beine auf.

»Helene!«, rief ihr Vater von der Tür, während Berthold gleichzeitig Raabe zurief, dass dieser umgehend zum Auto kommen solle. Die junge Curtius ignorierte ihren Vater, öffnete die hintere Tür und schwang sich in den Fond des Wagens, wo sie beinahe gleichzeitig mit dem Schupo auf den Sitzen landete.

»Ich fahre mit«, gab sie dem Kommissar atemlos zu verstehen.

»Kommt nicht infrage!«, protestierte dieser, um sich im gleichen Atemzug danach zu erkundigen, ob sie wisse, wo die von Stettens ansässig waren.

Sie reagierte sofort und wies Brenner den Weg, der das Auto gestartet hatte, sodass es Berthold Rheydt gar nicht mehr möglich war, die junge Frau nach draußen zu befördern. Solange sie nachher im Wagen sitzen blieb, war sie im Moment sein kleinstes Problem.

Helene hatte sich nach vorne gebeugt, damit sie Willy Brenner den Weg zu der Villa am Harvestehuder Weg besser weisen konnte, und Berthold stieg der Duft ihres Parfüms in die Nase. Es war ein erstaunlich erwachsener Duft, nichts mädchenhaft Süßes, der Duft von Puder, von Süden und warmen Nächten. Die Erinnerung an Weiblichkeit, an Nähe und Wärme stieg in ihm auf, tief Verschüttetes regte sich, ebenso wie gestern, als Anne Fitzpatrick ihre Lippen auf die seinen gedrückt hatte. Berthold bemerkte, dass Helene zitterte, es war bitterkalt, draußen wie auch im Auto, und die junge Frau trug nichts weiter als einen Hauch von Stoff am Leib. Er schälte sich aus seinem Wintermantel und reichte ihn ihr nach hinten.

»Ich will nicht schuld sein, wenn Sie erfrieren«, sagte er, als sie das grobe Stück entgegennahm und sich darin einhüllte. »Sie müssen mir versprechen, dass Sie unter allen Umständen im Wagen bleiben. Ich möchte Sie unversehrt Ihrer Familie zurückbringen.«

Sie nickte stumm. In ihren Augen entdeckte er keinerlei Furcht oder Unbehagen, Helene Curtius war aus härterem Holz geschnitzt, als er angenommen hatte.

Dann richtete Berthold seine Gedanken auf den bevorstehenden Einsatz. Um eine Verhaftung vorzunehmen, waren sie gefährlich wenige Männer. Es bestand Fluchtgefahr, der Mann, wenn er *ihr* Mann war, war brandgefährlich. Rheydt brauchte Verstärkung, eine Truppe, die das Grundstück der von Stettens umstellte, eine Truppe, die das Haus durchsuchte. Er ging davon aus, dass sie Anne Fitzpatrick dort finden würden, des Weiteren war er fest davon überzeugt, dass es sich um die Chaise handelte, die Fritz Kolacek, der Sittenstrolch, vor Doktor Schumanns Praxis gesehen hatte. Und wer diese Kutsche fuhr, war mit hoher Wahrscheinlichkeit auch der Mörder. In dem Fall der Sohn des mächtigen Bankiers und Politikers Wilhelm von Stetten.

War es nicht von Stetten gewesen, der mit seiner Intervention beim Polizeipräsidenten dafür gesorgt hatte, dass der Mörder unter den Arbeitern und im Milieu zu suchen war und keinesfalls im Bürgertum?

War es nicht der Politiker von Stetten, der in den letzten Tagen wiederholt einen Feldzug gegen das von Anne Fitzpatrick gegründete grüne Haus geführt hatte?

Auch wenn sich ihm der tiefere Bezug zwischen der Medizinerin und dem Bankier, zwischen dessen Sohn – oder hatte dieser nicht sogar zwei Söhne?, fiel Berthold ein, Zwillinge? – und den ermordeten Frauen noch nicht erschloss, die Indizienkette war beinahe lückenlos.

Er hatte allemal genug Gründe, um den jungen Baron von Stetten wenigstens vorübergehend festzusetzen. Hatten sie ihn erst einmal in Gewahrsam, würden sie mit einer groß angelegten Spurensicherung – beginnend mit der Chaise – handfeste Beweise finden. Blutspuren, Faserproben, Fingerabdrücke. Noch bevor der mächtige Baron von Stetten seinen Sohn mithilfe seiner guten Verbindungen von Anwälten aus dem Präsidium holte, würde er, Berthold Rheydt, den gesamten Polizeiapparat eingesetzt haben, um den Jungen vor den Richter zu bringen.

»Hier«, Helene Curtius zeigte nach rechts, »hier ist es.«

Brenner stoppte den Wagen. Sie blickten alle aus dem Fenster auf die gewundene lang gezogene Auffahrt, an deren Ende die imposante Bankiersvilla lag.

»Sollten wir nicht Verstärkung anfordern?«, erkundigte sich Raabe vom Rücksitz.

»Sollten wir. Und ich sollte mich auch mit meinen Vorgesetzten besprechen, bevor ich da reingehe«, gab Berthold Rheydt zurück. Gleichzeitig öffnete er die Beifahrertür und stieg aus. Dann drehte er sich noch einmal zum Wagen um.

»Aber wir sind uns einig: Es ist Gefahr im Verzug. Raabe, mit mir. Brenner, Sie bleiben hier. Wenn Sie etwas beobachten, falls jemand das Haus verlässt – Verfolgung aufnehmen. Und Sie«, er nahm Helene Curtius ins Visier, »Sie bleiben unter allen Umständen im Wagen. Unter allen Umständen!«

Die junge Frau sah ihm direkt in die Augen. »Nehmen Sie ihn fest?«

Berthold gab ihr keine Antwort.

»Johannes?«, setzte sie nach. »Nehmen Sie Johannes von Stetten fest?«

Der Kommissar wandte sich ab und ging Schulter an Schulter mit Carl Raabe den gepflasterten Weg empor. Sein Jagdfieber, das ihn die letzten Stunden und Tage fest im Griff gehabt hatte, das ihn an nichts anderes als an den Hafenmörder denken, das ihn keinen Schlaf finden ließ und Hunger und Durst dämpfte, dieses Fieber war verschwunden. Stattdessen schlich sich ein anderes Gefühl ein. Leiser Zweifel. Mit jedem Schritt, den er tat, der ihn seinem ersehnten Ziel näher brachte, den Hafenmörder zu verhaften, wurde er unsicherer.

War das, was er hier im Begriff war zu tun, das Richtige? Was hätte Paulmann an seiner Stelle getan? Wie würde Roscher reagieren, wenn er erfuhr, dass er im Alleingang den Sohn Wilhelm von Stettens verhaftete? Hatte er genug in der Hand?

Sie brauchten den Türklopfer nicht zu betätigen, kurz bevor sie die Eingangstür erreichten, öffnete sich diese, und ein Diener trat heraus.

»Wen darf ich melden?«

»Kommissar Berthold Rheydt.« Berthold wollte seine Marke zeigen, aber diese steckte in der Innentasche seines Mantels und den trug Helene Curtius.

»Bedaure.«

»Ist gut, Anton, ich kenne den Herrn.« Der Hausherr erschien nun ebenfalls in der Tür und bat die beiden Polizisten in die Eingangshalle. »Zu so später Stunde? Was kann ich für Sie tun, Kommissar Rheydt?«

Der Kommissar nahm, so gut es ihm möglich war, in Hemd und Jackett Haltung an. Wilhelm von Stetten war ein Mann von Statur, sowohl rein physisch, aber auch in seiner Haltung und Bedeutung. Er würde ihn nur ernst nehmen, wenn er ihm selbstbewusst und in der Ausübung seines Amtes gegenübertrat.

»Wir haben den begründeten Verdacht, dass sich Frau Doktor Fitzpatrick in Ihrem Haus aufhält, Herr Baron. Wir müssen sie sprechen.«

»Sie kommen zu spät. Doktor Fitzpatrick war in der Tat hier, sie hat uns jedoch ...« Der Baron wandte sich an seinen Diener: »Anton, helfen Sie mir – vor einer halben Stunde? – verlassen.«

»Exakt vor fünfundzwanzig Minuten, Herr Baron«, bestätigte der Diener. »Ich habe ihr die Garderobe gebracht und gesehen, wie sie in Richtung Gartentor ging.«

»Ganz allein? Um diese Zeit?«

»Sie schien sehr entschlossen«, versicherte der Bedienstete.

Berthold wandte sich erneut an den Hausherrn. »Ich hätte gerne mit Ihren Söhnen gesprochen. Sind sie zu Hause?«

Sollte Wilhelm von Stetten verärgert oder verunsichert sein, so ließ er es sich nicht anmerken.

»Anton, bitte lassen Sie nach den beiden rufen. Darf ich fragen, Kommissar Rheydt, in welcher Angelegenheit Sie meine Söhne sprechen wollen? Immerhin beehren Sie uns zu ungewöhnlicher Zeit und, wenn ich mir die Bemerkung erlauben darf, in einem Aufzug, der einem Beamten unserer Stadt nicht angemessen ist.«

Berthold hub zu einer Antwort an, aber von Stetten war noch nicht fertig mit ihm. Er benahm sich gleichbleibend freundlich, doch der drohende Unterton in dem, was er zu sagen hatte, blieb dem Kommissar nicht verborgen.

»Ich sehe für heute darüber hinweg, denn soweit ich vom Polizeipräsidenten, mit dem ich zu Mittag gegessen habe, weiß, sind alle Kräfte im Einsatz. Der Hafenmörder hält Sie schon lange auf Trab. Nicht wahr, Kommissar?«

»Richtig, Herr Baron.« Berthold antwortete knapp, er würde sich nicht rechtfertigen, wozu auch, in den Augen von Stettens hatte er bereits verloren. In diesem Moment kamen zwei Männer die geschwungene Treppe hinab in die Eingangshalle.

»Joachim, Johannes, Kommissar Rheydt«, stellte Wilhelm von Stetten sie einander vor.

Die beiden jungen Männer glichen einander aufs Haar und waren doch vollkommen unterschiedlich. Berthold stand vor der undankbaren Aufgabe, dass er gleich einen von ihnen mitnehmen würde – aber nicht wusste, welcher der beiden der Richtige war.

»Einer von Ihnen hat sich heute Abend im Haus der Familie Reimers aufgehalten, bei einer Abendgesellschaft.«

Der eine Sohn, er hatte eine markante Narbe, die sich über Stirn und Nasenrücken zog, lächelte augenblicklich, trat einen Schritt zurück und wies auf seinen Bruder. Dieser schien irritiert zu sein, aber er war nicht auf der Hut. Offen und überrascht sah er den Kommissar an und nickte.

»Das bin ich. Ich bin vor nicht ganz einer Stunde zurückgekehrt. Ist etwas geschehen?«

»Gehört Ihnen die schwarze Chaise, mit der Sie dorthin und zurückgefahren sind?«

Der junge Mann nickte und zeigte jetzt erste Anzeichen von Nervosität.

»Dann muss ich Sie bitten, mich auf das Präsidium zu begleiten.«

»Aber weshalb? Nennen Sie mir den Grund, was werfen Sie mir vor? Ich versichere Ihnen, es kann sich nur um eine Verwechslung handeln.«

»Johannes, begleite die Herren aufs Präsidium«, schaltete sich Wilhelm von Stetten ein, immer noch die Ruhe selbst. »Ich rufe Königstein an. Der wird dich noch heute Nacht herausholen.«

Königstein war auch dem Kommissar bekannt, einer der einflussreichsten Juristen der Hansestadt. Selbstverständlich würde es ihm gelingen, den jungen Baron noch in der gleichen Nacht nach Hause zu holen. Berthold zweifelte auch nicht daran, dass sich der Polizeipräsident einschalten würde – aber solange er Johannes von Stetten in Gewahrsam hatte, würde er aus dem jungen Mann herauspressen, was möglich war. Um schließlich, das war sein erklärtes Ziel, eine lückenlose Indizienkette aufzubauen, der niemand, weder sein oberster Dienstherr noch der erfolgreiche Anwalt, etwas entgegenzusetzen hatte.

Johannes von Stetten warf seinem Vater einen verunsicherten Blick zu, beugte sich dann aber dessen Diktum.

»Joachim und ich haben in der Bibliothek Schach gespielt«, erklärte der alte Bankier unaufgefordert. »Nur für den Fall, dass Sie auf die Idee kommen, auch uns auf Ihre Wache zu befördern.«

Er lächelte Berthold Rheydt an, was dieser angesichts der Tatsache, dass er soeben einen seiner Söhne in Gewahrsam nahm, befremdlich fand. Überhaupt gab sich der Baron seltsam ungezwungen, aber was wusste ein Kommissar schon über das hochherrschaftliche Leben. Möglicherweise waren in diesem Haus schon bedeutend schlimmere Dinge geschehen als eine vorläufige Festnahme. Berthold zog es vor, auf die Bemerkung nicht zu reagieren, stattdessen führte er den jungen Baron vor die Tür und verabschiedete sich.

Johannes von Stetten machte keinerlei Anstalten, zu fliehen oder sich sonst wie zu widersetzen, deshalb verzichtete der Kommissar auf eine Sicherung.

Am Auto angekommen, stutzte von Stetten, als er Helene Curtius erblickte. »Du Helene? Was hast du damit zu tun?«

Die junge Frau wollte ihm antworten, aber Berthold unterband das. »Ich muss Sie bitten, Fräulein Curtius, kein Wort mit dem Delinquenten zu wechseln. Bitte nehmen Sie vorne Platz.«

Sie gehorchte augenblicklich, versuchte jedoch, dem Baron gestisch zu bedeuten, dass sie nichts mit der Aktion zu tun hatte. Carl Raabe und Berthold Rheydt nahmen den Verdächtigen auf der Rückbank zwischen sich, Brenner startete den Wagen und fuhr zunächst zu Helene Curtius' Elternhaus. Sie stieg aus, wandte sich zu den drei Männern auf der Rückbank, und als sie dem Kommissar seinen Wintermantel zurückgab, nutzte sie die Gelegenheit, doch noch verbotenerweise das Wort an Johannes von Stetten zu richten.

»Ich weiß, du hast nichts damit zu tun!«

»Fräulein Curtius!«, herrschte der Kommissar sie ungehalten an. Zu seinem Bedauern konnte er Brenner nicht das Zeichen zum sofortigen Losfahren geben, denn sowohl Helene als auch er hatten jeder eine Hand an seinem Mantel. Aber sie ließ los, schloss die Tür, er zog den nach ihrem Parfüm riechenden Mantel zu sich, klappte das Fenster hinunter, und schon gab der Schupo am Steuer Gas.

»Wenn ich nur wüsste, mit was ich nichts zu tun habe«, kommentierte der junge von Stetten, dem Berthold nun anmerkte, dass er langsam Angst bekam. »Müssen Sie mir den Grund der Verhaftung nicht nennen?«

»Vorerst sind Sie nicht verhaftet, mein Junge, sondern werden als Verdächtiger vernommen. Weil Gefahr im Verzug ist.«

»Und welche Gefahr ist das? Ich bin mit meiner Kutsche zu einer Abendgesellschaft gefahren, habe mich dort sehr gut unterhalten und bin schließlich wieder nach Hause gefahren. Von welcher Gefahr sprechen Sie?«

Aber Kommissar Rheydt schwieg sich ebenso wie seine Schupos aus. Je unsicherer der Kandidat neben ihm wurde, desto größer die Wahrscheinlichkeit, dass er später umso mehr redete. Dass er sich verplapperte. Wenngleich Berthold zugeben musste, dass er selbst mit jedem Meter, den sie sich dem Präsidium näherten, mehr zweifelte. Berthold Rheydt war ein Mann, der harte Fakten brauchte, um von der Schuld oder Unschuld eines Menschen überzeugt zu sein. Aber er hatte bislang noch immer intuitiv gespürt, ob ein Mensch Schuld auf sich geladen hatte oder nicht. Manchmal musste er einen Ganoven laufen lassen, weil dieser mit der Tat, die man ihm zur Last gelegt hatte, nachweislich nichts zu tun hatte. Aber der Kommissar hatte dennoch gewusst, dass derjenige nicht unschuldig war, er hatte mit den Jahren ein untrügliches Gespür dafür entwickelt.

Selten, sehr selten wurde er aus einem Menschen nicht schlau. Doktor Anne Fitzpatrick war so ein Mensch. Obwohl er ihr objektiv nichts zur Last legen konnte, ja, die Ärztin einem redlichen Beruf nachging, hätte er Stein und Bein geschworen, dass sie etwas verbarg. Etwas Unschönes, etwas, das sich mit dem Gesetz nicht vereinbaren ließ.

Und dieser junge Mann neben ihm, Berthold wollte es nicht zugeben, aber ein Gefühl tief in seinem Inneren sagte ihm, dass dieser Mann unmöglich der Hafenschlächter von Hamburg sein konnte. Vielleicht hätte er ihm sogar einen

Mord zugetraut. Einen Giftmord oder einen gezielten Schuss mit der Pistole. Aber dass der Mann neben ihm drei oder mehr bestialisch ermordete Frauen auf dem Gewissen hatte, war unglaubhaft.

Dabei passte er unbedingt zu dem Bild, das sie sich vom Mörder gemacht hatten.

»Waren Sie beim Militär?«, erkundigte Berthold sich unvermittelt.

»Aber *bien sûr.*« Johannes von Stetten schien überrascht. »Nach dem Tod meiner Mutter schickte mein Vater mich und meinen Bruder nach Lichterfelde auf die Kadettenanstalt. Eine militärische Erziehung und Ausbildung gehören unabdingbar zur Erziehung unseres Adelsgeschlechtes. Leider.«

Willy Brenner rollte in diesem Moment auf den Hof des Stadthauses. Er hatte den Wagen kaum gebremst, da zeigte sich bereits die runde Figur Inspektor Paulmanns auf den Eingangstreppen des Haupttores.

Baron von Stetten war schnell gewesen. Er musste umgehend den Polizeipräsidenten angerufen haben, Berthold Rheydt hatte da mit dem Sohn vermutlich noch nicht einmal das Grundstück verlassen.

»Beten Sie, dass Sie keinen Fehler gemacht haben«, donnerte Paulmann Berthold Rheydt statt einer Begrüßung entgegen. »Der Präsident ist äußerst alarmiert.«

»Alarmiert worden«, mutmaßte der Kommissar. »Wir müssen umgehend die Chaise auf dem Grundstück der von Stettens beschlagnahmen lassen. Spurensicherung in den Gemächern des jungen Herrn hier. Blutabnahme, Fingerabdrücke. Ist Schultheiss noch da? Wir brauchen Fotos von dem Verdächtigen.«

»Es ist bald Mitternacht! Was denken Sie denn, wo Schultheiss ist?«, brummelte der Schneemann. »Da, wo ich auch gerne wäre, im Bett. Aber Sie haben uns alle um die Nachtruhe gebracht mit Ihrer Aktion.«

»Nicht ich, sondern die Alldeutschen Burschen«, erlaubte Berthold Rheydt zu korrigieren. »Wissen wir mittlerweile etwas über den Verbleib von Anne Fitzpatrick?«

Paulmann blieb abrupt stehen. »Man hat mir gesagt, Sie haben sie bei von Stetten gesucht. Haben Sie Frau Doktor dort denn nicht angetroffen?«

Rheydt stöhnte. »Dann ist sie also immer noch nicht nach Hause gekommen?« Er wandte sich an von Stetten.

»Wenn Sie sie in Ihrer Gewalt haben oder wenn Sie ihr etwas angetan haben, dann Gnade Ihnen Gott!«

»Ich kenne die Dame nicht! Ich habe sie heute zum ersten Mal im Haus meines Vaters gesehen. Das heißt – ich glaube, sie war auch auf der Soiree. Aber ich habe nichts mit ihr zu tun!«, setzte sich Johannes von Stetten zur Wehr.

Berthold schnaubte. »Sie sind beide auf ein und derselben Abendgesellschaft, werden anschließend beide in *Ihrem* Elternhaus gesehen, danach ist die Frau, die ernst zu nehmende Morddrohungen erhält, spurlos verschwunden, und Sie wollen mir erzählen, dass Sie nichts damit zu tun haben? Für mich sind das ein paar Zufälle zu viel.«

Auf dem Gang im Präsidium, den sie mittlerweile erreicht hatten, kam ihnen von der anderen Seite Elmar Thönnes entgegen, in Begleitung von Justus von Schwerin und dem Anwalt.

Als er den Kommissar sah, grinste Thönnes. »Das Früchtchen hat ein paar Namen ausgespuckt. Feine Truppe, die Namen liegen auf deinem Tisch. Die könntest du allesamt vors Kriegsgericht bringen, so wie die sich bei den Hottentotten benommen haben.«

Berthold Rheydt sah den ehemaligen Offizier der Schutztruppen an. Und er sah, wie dieser seinerseits Johannes von Stetten ansah. Tiefe Verachtung im Blick. Als die beiden Festgenommenen fast voreinanderstanden, spuckte von Schwerin vor dem jungen Baron aus. Dieses Bild der Herabwürdigung löste etwas in Berthold Rheydt aus. Abrupt drehte er sich zu von Stetten.

»Leiht sich Ihr Bruder manchmal die Kutsche aus?«

Von Stetten blickte ihm entgeistert in die Augen. Er reagierte nicht, aber das musste er auch nicht.

»Er war in Deutsch-Südwest?«

Jetzt nickte der junge Mann zaghaft.

»Ich habe den falschen Mann«, wandte Rheydt sich an Paulmann. Alle Farbe war aus seinem Gesicht gewichen. »Es ist der Bruder.«

Damit drehte er sich um und rannte den Weg, den er gekommen war, zurück. Brenner und Raabe folgten, als sie durch die Wache kamen, schlugen sie Großalarm.

35.

Paulina war natürlich noch nicht zu Bett gegangen, die Soiree war in vollem Gang. Helene hatte sich zwar zu Hause absetzen lassen, war aber, kaum war das Polizeiauto auf dem Mühlenkamp verschwunden, quer über die Straße zu ihrer besten Freundin gelaufen. Sie wollte mit der schockierenden Nachricht, dass Johannes von Stetten verdächtigt wurde, der Hafenmörder zu sein, nicht allein bleiben.

»Das ist vollkommen absurd!«, hatte Paulina ihr zugestimmt.

Sie hatten die Räume im Erdgeschoss, wo sich die Abendgesellschaft aufhielt, verlassen und saßen in Paulinas Zimmer.

Helene schlüpfte soeben aus der geliehenen Robe und zog ihre Alltagskleider über.

»Eigentlich müsste jemand Meinhard davon unterrichten«, überlegte Paulina. »Der Ärmste. Er kann noch nicht einmal etwas für seinen Freund tun, ohne Gefahr zu laufen, selbst wegen Unsittlichkeit belangt zu werden.«

Helene stand am Fenster und blickte nachdenklich in den finsteren Garten hinunter, wo sich vage die Silhouetten der mächtigen Bäume gegen das Licht des vollen Mondes abzeichneten. Paulinas Zimmer lag an der Rückseite des Hauses, nichts war hier von der heiteren Abendgesellschaft zu spüren. Keine Fackeln, kein Gelächter, keine Musik, nur schwarze Nacht, ruhig und ein wenig furchteinflößend. Was verbarg sich dort draußen, fragte sich Helene, welche dunklen Kräfte wirkten, Kräfte, die sie nicht sehen, aber durchaus fühlen konnte.

»Das kann doch gar nicht sein, oder?« Sie drehte sich um. »Ich meine, welchen Grund hätte Johannes haben sollen? Ein Mord? Zwei, drei? Niemals! Er ist ein feinfühliger Mensch, kein Mörder!«

Sie dachte an ihre Gespräche zurück, die sie noch vor wenigen Stunden in gelöster Heiterkeit miteinander geführt hatten. Nach der ersten Enttäuschung, die aus der Erkenntnis herrührte, dass Johannes von Stetten ihre Verliebtheit nicht erwiderte und niemals erwidern würde, hatte Helene sich nicht abgewandt, sondern die Dinge genommen, wie sie waren. Ihre romantischen Gefühle verflogen schnell, machten aber tiefer Zuneigung und Interesse Platz. Obschon Johannes von Stetten sich nichts aus Frauen machte – was ihren Entschluss unterstützte, zumindest vorerst den Männern abzuschwören –, pflegte er einen überaus charmanten Umgang mit dem weiblichen Geschlecht. Er und Meinhard waren gewitzte und zuvorkommende Gesprächspartner, der Abend, den Helene mit dem Paar und Paulina verbracht hatte, war herrlich gewesen. Sie hatten intelligente Konversation gemacht, waren dennoch nie in zu tiefe Gefilde geraten, und Helene hatte sich endlich einmal ernst genommen gefühlt, als erwachsene Frau mit eigener Meinung und wachem Geist. Ein Gefühl, das ihr zuvor nur Anne Fitzpatrick entgegengebracht hatte.

Anne.

Rätselhaftes Chamäleon.

»Meinst du, sie ist noch dort? Anne?«, wandte Helene sich an Paulina.

»Wo?«

»Beim Baron.«

Ihre Freundin runzelte die Stirn. »Warum sollte sie?«

»Ich weiß es nicht. Es ist nur so ein Gefühl.« Helene versuchte Worte für das zu finden, was sie gespürt hatte, als sie zusammen mit dem netten Schupo vor dem Grundstück der von Stettens auf den Kommissar gewartet hatte. »Es war so eine seltsame Stimmung. Wie … wie ein Vibrieren. Unruhe.«

Paulina musste trotz ihrer Anspannung lauthals lachen. »Bist du jetzt ein Medium?«

»Außerdem habe ich das hier gefunden«, Helene setzte sich zu ihrer Freundin ans Bett und zog aus ihrem Mieder einen Fetzen Stoff. Hauchdünner Chiffon mit goldenen Pailletten.

Paulina nahm den Fetzen in die Hand und befühlte ihn. »Das ist von ihrem Kleid. Wo hast du das gefunden? Und warum hast du es dem Kommissar nicht gezeigt?«

»Was hätte das geändert! Ich hatte Angst, dass er das erst recht gegen Johannes verwendet. Er war fest entschlossen, in ihm den Mörder zu sehen. Außerdem durfte ich kein Wort sagen. Also habe ich es eingesteckt.« Helene nahm Paulina das Stoffstückchen wieder ab. »Es hing am Gartentor. Das hat im Grunde nichts zu bedeuten, sie war ja schließlich dort, erwiesenermaßen. Wahrscheinlich ist sie beim Hinein- oder Herausgehen einfach nur daran hängen geblieben.«

»Wahrscheinlich.«

Beide Mädchen starrten auf den funkelnden Stoff. Dann sahen sie sich in die Augen und hatten den gleichen Impuls. Sie standen auf.

»Wir nehmen mein Rad«, sagte Helene.

»Aber versprich mir«, Paulina saß auf dem Gepäckträger und klammerte sich fest an die Taille ihrer Freundin, die wie eine Teufelin in die Pedale trat, »wir schauen uns nur um! Von außen!«

»Natürlich,« gab Helene außer Atem zurück. »Ich will nur noch einmal über den Zaun schauen. Gewissheit haben.«

»Falls uns etwas seltsam vorkommt, fahren wir zu Inspektor Rheydt«, machte Paulina einen erneuten Ansatz, wohl wissend, dass Helene unberechenbar war und sich an keine ihrer Verabredungen halten würde.

»Kommissar«, verbesserte diese. »Er ist einfach nur Kommissar.«

»Aber schmuck.«

Paulina hatte neugierig einen Blick auf die Polizisten geworfen, als diese nach Doktor Fitzpatrick gefragt hatten. Der große Mann mit dem leicht verlotterten Äußeren und dem interessantesten Gesicht ganz Hamburgs hatte ihr sofort gefallen. Männer aus solchem Holz gab es in ihrem Umfeld nicht. Auch wenn ihre Mutter die schrägsten Vögel auflas – dieser Rheydt war anders. Weit entfernt von den Künstlern oder Geistesgrößen, die in ihrem Haushalt ein und aus gingen. Er wirkte proletarisch, ohne ein Proletarier zu sein. Anziehend. Und erst seine Augen …

Helene hörte auf zu strampeln und ließ das Hammonia ausrollen. Der Harvestehuder Weg war totenstill. All die an ihm gelegenen hochherrschaftlichen Villen waren dunkel, auch in der Villa des Barons waren die Lichter erloschen. Paulina stieg vom Gepäckträger, Helene schob ihr Rad auf den Bürgersteig, und Schulter an Schulter näherten sie sich dem Grundstück.

»Siehst du …?«, begann Paulina, aber Helene schnitt ihr das Wort ab.

»Schhh!« Sie blieb abrupt stehen. Helene hatte etwas vernommen, Geräusche, das Zuklappen einer Tür. Tatsächlich war kurz darauf ein Motor zu hören, die Mädchen wichen augenblicklich zurück und suchten unter den Zweigen eines Baumes, der nah am Zaun stand, Schutz.

Weil der Vollmond hoch und prall am Himmel leuchtete, erkannten sie in seinem Licht, dass eine Limousine die Auffahrt hinab durch das geöffnete Tor fuhr. Mit schwach leuchtenden Scheinwerfern. Kaum auf der Straße angelangt, blendeten diese auf, der Fahrer, der durch den hochgeschlagenen Mantelkragen und einen Hut nicht zu erkennen war, gab Gas, und der schwere Wagen rollte an ihnen vorbei und in nördlicher Richtung davon.

Helene und Paulina blieben in ihrer Deckung stehen, sahen zu, wie ein Bediensteter das Einfahrtstor schloss und zurück zum Haus lief.

»Das war der Mercedes des Barons«, fasste sich Paulina. »Vielleicht fährt er zum Präsidium?«

»Falsche Richtung«, kommentierte Helene. »Vielleicht fährt er zu seinem Anwalt?«

Sie schwiegen. Und dachten dasselbe. Für das Ereignis konnte es eine simple Erklärung geben. Vielleicht. Es konnte aber auch viel komplizierter sein. Wenn der Baron – oder wer auch immer den Wagen gefahren haben mochte – mitten in der

Nacht seine Villa verließ, sollte man dann nicht annehmen, dass er dies nicht wie ein Dieb in der Finsternis tat, sondern zumindest die Lampen über dem Eingang eingeschaltet waren? Dass das Auto sich in völliger Dunkelheit davongemacht hatte, wirkte verstohlen und unheimlich.

Nach einigen Minuten des Abwartens wagten sie sich einige Schritte weiter vor, aber auf dem Grundstück der von Stetten'schen Villa blieb alles totenstill und finster.

»Da passiert heute Nacht nichts mehr«, flüsterte Paulina. »Lass uns nach Hause fahren. Ich bin völlig durchgefroren.«

Helene war einverstanden und wendete ihr Hammonia. Dabei fiel ihr Blick auf das Alsterufer. Mondlicht funkelte auf der stillen Wasseroberfläche, auf der gegenüberliegenden Seite der Außenalster konnte Helene schwach das Uhlenhorster Fährhaus erahnen. Gleich dahinter, auf der anderen Seite des Langen Zugs, lag ihr Heim. Ob ihre Eltern noch wach waren? Machten sie sich Sorgen? Was ging in ihnen vor? Julie verschwand auf Nimmerwiedersehen, und ihre eigene Tochter mied das Zuhause, zog es vor, Tag und Nacht bei den Nachbarn zu bleiben.

Helene starrte in die Dunkelheit und wusste, wenn das hier vorüber war, wenn sie Anne gefunden und der Kommissar den Hafenmörder dingfest gemacht hatte, würde es Zeit für eine Aussprache. Ein richtiges Gespräch unter Erwachsenen und keine Standpauke ihres Vaters, bei der sie zu schweigen hatte.

Sie wandte sich wieder ihrem Hammonia zu, als ihr Blick den Steg am Ende der Sophienterrasse streifte und an einem Bündel hängen blieb. Lag dort ein Haufen Stoff auf den Bohlen? Helene kniff die Augen zusammen, Stoff, ja, aber auch dieser schien zu funkeln, was um Himmels willen war das?

Sie stieß Paulina an und zeigte in die Richtung. Die Mädchen waren keine hundert Meter entfernt, Helene bewegte sich magnetisch angezogen in Richtung Sophienterrasse auf das geheimnisvolle Bündel zu. Sie war vielleicht zwanzig Meter gegangen, als sie erkannte, was dort funkelte. Das goldfarbene Kleid Anne Fitzpatricks! Das Hammonia fiel zu Boden, Helene rannte zum Steg, ihre Beine flogen. Schon immer war sie eine hervorragende Sprinterin gewesen, es dauerte nur wenige Sekunden, die Distanz zwischen ihr und dem Bündel auf dem Steg zu überwinden. Ihre Stiefel donnerten über die hölzernen Planken, aber der Kleiderhaufen vor ihr zeigte keine Regung. Jetzt, wo sie nahe war, gab es keinen Zweifel: Auf dem Steg lag Anne Fitzpatrick, in ihrem goldschimmernden Abendkleid, hingesunken auf den Wintermantel.

»Anne!« Helene kniete nieder, packte die Ärztin bei der Schulter und drehte sie zu sich.

Keine Reaktion – das Gesicht war weiß und starr, die Lippen blau, der Körper kalt.

»Lebt sie?« Auch Paulina hatte die beiden jetzt erreicht und beugte sich ebenfalls über den leblosen Körper Anne Fitzpatricks.

Helene gab keine Antwort, sie war damit beschäftigt, Anne in deren Mantel einzuwickeln.

»Ich laufe und versuche, Hilfe zu holen!« Paulina stand auf und sah sich um.

Die Wohnhäuser waren dunkel, Licht funkelte von weit her, von der Alsterlust an der Lombardsbrücke. Es würde mit dem Rad viel zu lange dauern, dorthin zu fahren, jetzt zählte jede Sekunde. Entschlossen rannte Paulina zurück zur Straße. Sie würde die Menschen in den Wohnhäusern aus den Betten klingeln, so lange, bis ihr jemand öffnete und ihnen half, Anne Fitzpatrick ins Warme zu bringen.

Während Paulina sich auf den Weg machte, begann Helene

systematisch, die kalten Gliedmaßen der Leblosen zu massieren. Sie drückte und rieb, schlug mit ihren Handkanten auf die Arme und Unterschenkel. Hatten soeben die Lider geflattert? Immer wieder schlug sie leicht auf Annes Wangen, rief deren Namen. Den Puls hatte sie gefühlt, er war schwach, aber vorhanden. Anne lebte noch, und Helene würde alles daransetzen, dass diese Frau nicht starb.

Helene blickte kurz auf, um nachzusehen, ob Paulina schon erfolgreich war, als sie sah, wie mehrere Automobile mit hoher Geschwindigkeit in den Harvestehuder Weg einfuhren. Sechs, sieben, acht große Wagen – die vor der Villa von Stettens hielten!

Vor Staunen hatte Helene mit ihren Wiederbelebungsmaßnahmen aufgehört, da stöhnte die Frau in ihren Armen. Helene beugte sich dicht an ihr Gesicht. Tatsächlich, Annes Lider flatterten.

»Anne! Alles wird gut, ich bin da.«

Sanft streichelte Helene der Ärztin übers Gesicht, dann fuhr sie damit fort, die Gliedmaßen zu massieren. Trotzdem verfolgte sie mit einem Auge das Geschehen hundert Meter weit von ihr entfernt. Das war die Polizei! Hilfe war da! Angespannt beobachtete sie, wie Paulina auf einen der Wagen zurannte. Soviel Helene sehen konnte, sprangen jetzt aus allen Autos Schupos, stürmten das Grundstück des Barons und verteilten sich. Aus ihrer Mitte lösten sich nun drei Personen, ein großer Mann kam quer über die Parkanlage auf sie zugelaufen. Die Schöße seines Mantels flogen, der Hut wehte ihm vom Kopf, er kümmerte sich nicht darum. Kommissar Rheydt! Dicht gefolgt von Paulina und dem jungen Schupo, den Helene bereits kennengelernt hatte.

Im Nu hatte der Kommissar sie erreicht, kniete neben ihr nieder, legte zwei Finger an Annes Halsschlagader.

»Sie hat einen schwachen Puls«, bestätigte Helene. »Erste Lebenszeichen. Sie muss ins Warme, sofort.«

Berthold Rheydt schenkte ihr einen kurzen Blick, dann packte er Anne Fitzpatrick in ihrem Wollmantel, hob sie hoch wie eine Feder und trug sie mit riesigen Schritten zurück zum Harvestehuder Weg, wo die Polizeiwagen standen.

»Brenner«, rief er über die Schulter, »sorgen Sie dafür, dass jemand sie ins Krankenhaus bringt. Sie,« er sah Paulina an, »fahren mit. Und wir beide«, Blick auf die andere Seite zu Helene, »unterhalten uns.«

Sie hatten die Wagenkolonne nun erreicht. Der Kommissar legte Anne behutsam in den Fond eines der großen Wagen. Er tat das mit überraschender Behutsamkeit, fiel Helene auf, als bettete er ein Vogeljunges in sein Nest. Paulina stieg ebenfalls zu, während Brenner einen anderen Polizisten über die Anweisungen des Kommissars instruierte. Dieser startete den Wagen und brauste mit seiner fragilen Fracht davon.

Helene sah ihm nach, schickte in Gedanken ein Stoßgebet gen Himmel, dass Anne Fitzpatrick überleben würde, wurde dann aber von Kommissar Rheydt aufgefordert, ihm zu schildern, was geschehen war.

Sie hörte sich selbst dabei zu, wie sie sprach, mechanisch den Abend rekapitulierte, ihm schließlich den Stofffetzen zeigte, der sie und Paulina noch einmal zur Villa des Barons geführt hatte. Vor allem aber schilderte sie, was sie gesehen hatten: dass der Wagen des Barons in der Dunkelheit der Nacht das Grundstück verlassen und rasch davongefahren war.

Bei diesen Worten stöhnte Berthold Rheydt, dann schob er sie zu einem weiteren Wagen, ein großer neuer Mercedes. Auf der Rückbank saß ein runder Mann, der das Geschehen auf dem Grundstück des Barons genau beobachtete.

»Inspektor Paulmann«, stellte Rheydt ihn Helene vor. »Ich

möchte Sie bitten, mit ihm im Wagen zu warten. Wir haben keine Möglichkeit, Sie nach Hause zu bringen, bevor wir hier nicht fertig sind.«

»Ich kann mein Fahrrad nehmen«, protestierte Helene schwach, aber der rundliche Mann nahm ihre Hand, zog sie neben sich auf das Lederpolster und lächelte sie väterlich an.

»Das kommt gar nicht infrage, junge Dame.«

Kaum hatte sie neben ihm Platz genommen, überfiel ein unkontrolliertes Zittern ihren Körper. Es schien tief von innen zu kommen, und obwohl Helene alles versuchte, um ihren Körper unter Kontrolle zu bekommen, wollte es ihr nicht gelingen. Sie zitterte, ihre Zähne schlugen aufeinander, und als der freundliche Herr ihre Hand in seine nahm und sacht tätschelte, gab sie den Widerstand gegen die Welle von Erschöpfung auf und begann hemmungslos zu weinen.

Sie hörte erst damit auf, als der Kommissar nach einer halben Ewigkeit wieder an den Wagen trat. Neben ihm ein eleganter Herr mit imposantem Schnurrbart und Zwicker. Beider Mienen waren ernst. Kaum hatten sie den Wagen erreicht, bat Inspektor Paulmann Helene um Entschuldigung, verließ den Wagen ebenfalls und hörte sich an, was die Männer zu erzählen hatten. Helene schnappte zwischen ihren letzten Schluchzern nur Wortfetzen auf, aber sie konnte sich zusammenreimen, um was es ging.

Kommissar Rheydt hatte in Johannes von Stetten den falschen Sohn verhaftet. Er war zurückgekehrt, um dessen Bruder Joachim abzuholen, doch dieser befand sich nach der Durchsuchung des Geländes nicht mehr auf dem Anwesen. Es bestand der dringende Verdacht, dass er mit dem Wagen des alten Barons geflüchtet war. Der Mann mit dem Schnurrbart schien eine hohe Position bei der Polizei zu bekleiden, offenbar war er dafür zuständig gewesen, den Baron von Stetten in Schach zu halten, was nicht gänzlich geglückt war. Immer wieder fielen die Worte »Beschwerde«, »Konsequenzen« und »Polizeipräsident«.

Sie beratschlagten hin und her, Helene verstand irgendwann nichts mehr als Gemurmel, schließlich stiegen die drei Männer – der Elegante nahm hinter dem Steuer Platz und wurde ihr als Gustav Roscher, der Polizeichef, vorgestellt – in den Wagen und steuerten in Richtung Körnerstraße. Die Mienen der Männer waren verschlossen, niemand sprach ein Wort, und auch Helene schwieg. Als sie schließlich vor ihrem Elternhaus hielten, half Kommissar Rheydt ihr aus dem Wagen und geleitete sie bis an die Haustür.

»Was Doktor Fitzpatrick angeht, haben Sie besonnen und klug reagiert, Fräulein Curtius. Sollte sie überleben, dann überlebt sie wegen Ihnen.«

Eine eisige Hand griff nach Helenes Herz. Sollte sie überleben … Grundgütiger, was war mit ihr geschehen? Wer hatte sie dort auf dem Steg abgelegt, bloß in dem dünnen Kleid, und hatte in Kauf genommen, dass sie erfror? Oder hatte sie versucht, sich das Leben zu nehmen? Hatte sie Gift genommen und sich dort zum Sterben hingelegt? Die Fantasie Helenes galoppierte davon, wie gerne hätte sie all die drängenden Fragen formuliert und sie dem Kommissar gestellt, aber sie wusste, er würde ihr nicht antworten, selbst wenn er es gekonnt hätte.

Berthold Rheydt sprach weiter. »Aber dass Sie mit Ihrer Freundin mitten in der Nacht auf Mördersuche gehen, ist ein Ding der Unmöglichkeit. Ich habe Sie diesbezüglich schon einmal gewarnt, Fräulein Curtius. Respektieren Sie Ihre Grenzen, und vor allem: Lernen Sie, Gefahr zu erkennen!«

Er sah sie streng an. Helene wusste, wie recht er hatte.

»Wird sie es schaffen?«

»Ich weiß es nicht.«

»Und der Mörder?«

»Ich finde ihn.« Berthold Rheydt fasste sanft ihr Kinn und drehte ihr Gesicht zu seinem. »Ich suche ihn, und wenn es bis ans Ende meiner Tage dauert, ich finde ihn. Er wird büßen für das, was er getan hat.«

Aus einem spontanen Impuls heraus schlang Helene ihre Arme um seinen Körper, presste sich fest an ihn. Drückte ihr Gesicht an den rauen Stoff seines Mantels, der nach Pfeife und ihrem eigenen Parfüm roch, und schloss die Augen. Sich geborgen fühlen, dachte sie, nur einen gestohlenen Moment lang das Gefühl haben, dass da einer ist, der alles richtet. Der dafür sorgt, dass die Welt wieder gut wird.

»Danke«, sagte sie an seine Brust gedrückt, »danke, Berthold!«

Neues Leben, erste Schritte

Ein strahlender Nachmittag
am 30. November in Hamburg-Stellingen

Der Kommissar wartete am Haupteingang auf Anne. Als sie näher kam, hob er die Eintrittskarten hoch, die er bereits besorgt hatte. Galant bot er ihr seinen Arm, und sie passierten das kunstvolle Eingangstor zu Hagenbecks Tierpark wie ein ganz normales Paar, das sich eine besondere Vergnügung gönnte.

Der Eindruck könnte nicht trügerischer sein.

Tatsächlich trafen sich Anne Fitzpatrick und Berthold Rheydt hier, weil es ihnen nicht gelungen war, sich auf einen anderen Platz für das Gespräch zu einigen. Sie hatte sich geweigert, diese wichtige Unterhaltung im Präsidium zu führen, und er wollte wiederum kein Kaffeehaus betreten, weil die Wände überall Ohren hatten.

Also verabredeten sie sich hier, es war Annes Idee gewesen. Zu Hagenbeck wollte sie seit Monaten, den Tierpark kannte sie noch nicht, die Anlage hatte erst seit drei Jahren geöffnet.

Es fühlte sich seltsam an, Arm in Arm mit einem Mann zu gehen, aber nur auf diese Weise war es ihnen möglich, sich so leise zu unterhalten, dass niemand anderes hören konnte, was gesprochen wurde. Sie wandelten eng nebeneinander durch die Rundwege, zwischen künstlichen Felsungetümen, der Urzeitlandschaft mit den täuschend echten Dinosauriern, den Affenhäusern und Raubtieranlagen. Stets begleitet vom Rattern der kleinen Schmalspurbahn, deren Schienen kreuz und quer über das Gelände führten.

Es war ein überaus wichtiges Gespräch für Anne, nichts hatte sie in den vergangenen zehn Tagen, von denen sie sieben im Krankenhaus verbracht hatte, mehr herbeigesehnt.

Denn Berthold Rheydt würde ihr zwei Stunden ihres Lebens zurückgeben.

Jene zwei Stunden, die zwischen dem Verlassen des von Stetten'schen Grundstücks und ihrem Erwachen im Krankenhaus vergangen waren.

Zwei Stunden, an die sie keine Erinnerung hatte.

Zwei Stunden, in denen so vieles geschehen war, zwei Stunden, die über Leben und Tod entschieden hatten.

Ihr Leben. *Ihren* Tod.

Ein wenig Licht hatte Helene in die Dunkelheit bringen können. Das Mädchen war am ersten Tag mit Blumen an Annes Krankenbett geeilt. Sie hatten sich ausgesprochen und versöhnt – Helene allerdings hatte nichts von einer Entschuldigung hören wollen, angesichts der furchtbaren Ereignisse, die alles davor Geschehene vergessen ließen. Stattdessen zeigte sie sich sehr besorgt, besuchte Anne Tag für Tag. Manchmal hatte sie ihre Freundin Paulina im Schlepptau, und an einem Tag war sogar Ida Reimers gekommen, die sich furchtbar schuldig fühlte, weil sie Anne ohne Begleitung von ihrem Haus hatte fortgehen lassen. Regelmäßig waren auch Theresa, Charlotte Lehmann und andere Mitstreiterinnen aus dem Verein »Frauenwohl« an ihrem Bett erschienen. Berta Rohlsen vom Frauenklub hatte sogar ein Blumenbouquet schicken lassen mit besten Genesungswünschen.

Kommissar Rheydt war noch in derselben Nacht, in der sie ins Krankenhaus eingeliefert worden war, erschienen und hatte sie eindringlich befragt, ob sie sich erinnern konnte, was ihr widerfahren war, und vor allem, wer ihr das angetan hatte, doch sie musste ihn enttäuschen – das Letzte, an das sie sich erinnerte, war das finstere Gelächter des Barons und wie sie daraufhin die Flucht aus seiner Villa angetreten hatte. Sie konnte dem Kommissar nicht helfen, daraufhin war er gegangen und hatte erst gestern wieder Kontakt zu ihr aufgenommen.

»Wie geht es Ihnen?«, erkundigte er sich nun, und Anne glaubte herauszuhören, dass es ihn nicht wahrhaftig interessierte. Es war der nötige Anlauf für das Gespräch, echte Anteilnahme hörte sich anders an.

»Es geht. Ich habe Erfrierungen ersten und zweiten Grades an den Zehen, an den obersten Fingergliedern des Ringfingers und des kleinen Fingers meiner Rechten sowie am linken Ohr – auf dem rechten habe ich gelegen.«

»Das tut mir leid. Werden die Schäden bleiben?«

»Nicht zwingend. Es kann sein, dass diese Partien noch viele Jahre besonders empfindlich sind, aber mit einer tauben Ohrmuschel kann ich leben.«

Anne fasste sich unwillkürlich an das linke Ohr. Sie meinte es so, wie sie sagte. Sie konnte sich mit den Spuren, die sie ihr Leben lang daran erinnern würden, dass sie den Hafenmörder überlebt hatte, gut arrangieren. Es hätte schlimmer kommen können. Ja, es war außergewöhnliches Glück; nicht allein, dass Helene und Paulina so unvernünftig gewesen und mitten in der Nacht an den Harvestehuder Weg zurückgekehrt waren – und sie auf dem Steg entdeckt hatten! Als ein noch größeres Wunder erschien es, dass der Mörder sie betäubt und in seiner Gewalt hatte – ihr jedoch nicht die Kehle aufgeschlitzt und Schlimmeres mit ihr angestellt hatte. Warum das so war – Aufklärung darüber erhoffte sie sich von diesem Gespräch.

»Wo ist er?«

Die drängendste Frage. Die Frage, die eigentlich erst am Schluss von alldem stand, nicht am Beginn der Geschehnisse in dieser folgenschweren Nacht, aber es war die Frage, die seit zehn Tagen ununterbrochen in ihrem Kopf herumspukte.

Wo war Joachim von Stetten, wo war der Hafenmörder?

Und die Frage, die sich daran anschloss: Konnte er ihr gefährlich werden?

»Wir konnten seinen Weg bis Rotterdam verfolgen«, gab Rheydt zurück. Sie passierten die Urzeitwelt, einen Diplodocus, ein graues Ungeheuer, das ihnen seinen kleinen Kopf zugewandt hatte und sie aus gemeinen gelben Äuglein anstarrte. »Dort hat er eine Passage nach Brasilien genommen. Ich weiß sogar, dass er in Rio an Land gegangen ist, danach verliert sich seine Spur.«

»Woher wissen Sie das? Er ist doch wohl kaum unter seinem richtigen Namen gereist?«

Rheydt lachte kurz und trocken auf. »Nicht doch. Er war zu schnell für uns und konnte die Grenzen mit seinem eigenen Pass überqueren. Aber eingeschifft hat er sich unter anderem Namen.«

»Wie konnten Sie ihn dann identifizieren?«

»Das ist das Verdienst meines Kollegen Kalweit. Ich habe ihn immer für einen Korinthenkacker gehalten«, jetzt huschte ein Lächeln über das Gesicht des Kommissars, »aber ich sehe ein: Wir brauchen auch Korinthenkacker. Er hat die Passagierlisten durchgesehen, damit hat er mittlerweile Erfahrung. Und dabei ist ihm ein Name aufgefallen. Der Name eines Mannes, der auch im Alldeutschen Verband, Ortsgruppe Niedernstraße war.«

»Was hat es damit auf sich?«

Sie passierten die Nordlandschaft, wo sich Eisbären träge

aus ihrer Höhle bewegten und Seelöwen nach Heringen, die ihnen ein Pfleger hinwarf, tauchten. Nun wanderten Anne und Berthold an der Rückseite auf die künstliche Felsformation hinauf. Von dort oben hatte man einen herrlichen Blick über das gesamte Gelände, direkt vor ihnen befand sich der Wasserfall, der jetzt, im Winter, allerdings außer Betrieb war.

Berthold Rheydt erzählte Anne, was sie in dem Schießkeller der Alldeutschen gefunden hatten – unter anderem die Schießscheibe mit ihrem Namen.

»In dieser Ortsgruppe des Alldeutschen Verbands, die verantwortlich ist für den Überfall auf den Frauenklub, hat sich ein ganz exklusiver Zirkel getroffen. Joachim von Stetten war Teil eines besonderen Haufens innerhalb der Schutztruppe in Deutsch-Südwestafrika. Eine Handvoll junger Männer, die der dortige Befehlshaber persönlich ausgewählt und für spezielle Einsätze ausgebildet hatte. Geheime Aufträge. Sie haben Dörfer ausgespäht, aus denen heraus sie feindliche Aktionen gegen die Truppe erwarteten. So etwas. Sie haben getötet und vergewaltigt. Und wurden von ihrem Kommandeur dafür auch noch belobigt.«

»Schrecklich! Diese Truppe – sind die Männer alle wieder hier? In Hamburg?« Anne blieb stehen und sah Berthold in die Augen. »Was das mit jungen Männern macht ... ein Krieg, die Gewalterfahrung. Die Seele nimmt Schaden.«

Ohne darauf einzugehen, setzte der Kommissar seinen Bericht fort. »Sie sind nicht alle zurück. Manche sind noch immer in Afrika. Und nicht jeder Mann ist aus Hamburg. Aber allein fünf junge Männer, darunter von Stetten, sind hier. In der Stadt. Und einer von ihnen hat Joachim für die Flucht seinen Namen überlassen. Das hat Kalweit entdeckt. Ich nehme an, Baron von Stetten hat seinen Einfluss geltend gemacht und gut für einen falschen Pass bezahlt. In Rotterdam sitzt ein Haufen Leute, die in einer Stunde einen Pass gefälscht haben.« Der Kommissar warf ihr einen schnellen Seitenblick zu. »Wenn man über die entsprechenden Mittel verfügt, ist es kein Problem, sich in Windeseile falsche Papiere zu beschaffen.«

Anne zog es vor, nicht weiter in dieses verminte Gebiet vorzudringen. »Waren die anderen aus dieser Afrikatruppe auch beteiligt? An den Morden?«

Der Kommissar schüttelte den Kopf. »Das können wir mittlerweile ausschließen. So, wie es aussieht, war Joachim ein Einzeltäter. Er ist bereits vor seinem Einsatz in Afrika durch – ich formuliere es vorsichtig – seltsame Verhaltensweisen aufgefallen.«

»Und deshalb hat sein Vater ihn weit weggeschickt?«

Rheydt nickte. »Der Baron hat einen Ruf zu verlieren. Er gilt etwas. Zwei missratene Söhne – das kann er sich nicht leisten. Der eine Sohn liebt Männer, der andere ist verrückt. Er tut, was er kann, um die Fassade zu wahren, aber anscheinend hatte von Stetten Joachim nicht unter Kontrolle.«

»Hat der alte Baron von den Taten gewusst?«

»Das werden wir nie erfahren.« Rheydt räusperte sich. »Er hat es aber spätestens an dem Abend verstanden, als Joachim Sie betäubt hat.«

»Sind Sie sicher, dass er es war?«

»Ganz sicher. Wir haben alle Ihre Kleider, den Gartenweg, das Tor und den Steg genauestens untersucht. Wir fanden Spuren von ihm und von Ihnen. Von niemandem sonst.« Er blieb stehen und beugte sich ein wenig hinunter, damit er ihr in die Augen sehen konnte. »Das kann ich Ihnen versichern: Er war ein Einzeltäter. Die Praxis von Doktor Schumann – seine Fingerabdrücke. Die Chaise hat er sich von seinem Bruder geliehen, wir haben Blutspuren darin gefunden. Johannes von Stetten ist glaubhaft aus allen Wolken gefallen. Er hatte einen Nervenzusammenbruch und ist in einem Sanatorium in der Schweiz.«

Anne brauchte Zeit, um das, was Rheydt ihr erzählte, wirken zu lassen. Tausend Fragen formulierten sich in ihrem Kopf, aber sie brachte keine über die Lippen.

Sie verließen den Aussichtspunkt und stiegen den felsigen Pfad wieder hinab. Weit entfernt konnte Anne das monströse Bismarck-Denkmal sehen, die Luft an diesem letzten Novembertag war klar. Klirrend kalt, aber sie war warm eingepackt, Anne sorgte dafür, dass ihr Kälte so schnell nichts mehr anhaben konnte. Sie trug wollene Unterwäsche und ein dick gewebtes Kleid. Auch in ihrer Dachwohnung hatte sie für mehr Behaglichkeit gesorgt. Hatte Paulina und Helene gebeten, einen Ausstatter in ihrem Namen zu beauftragen, der sich ihrer traurigen Wohnung annahm. Die beiden jungen Damen hatten ihre Aufgabe ernst genommen und in der Kürze der Zeit Erstaunliches zuwege gebracht. Als Anne vor drei Tagen die Tür zu ihrer Wohnung aufgesperrt hatte, dachte sie zunächst, sie habe sich in der Wohnung geirrt – so anders sah alles aus. Noch waren die Handwerker zugange, sie tapezierten das Wohnzimmer und strichen Bad und Küche. Aber so viel man auch im Rohzustand schon erkennen konnte, erinnerte der Stil mit leicht exotischem Touch an den Salon der Familie Reimers. Vorhänge, Teppiche, ein Sofa und ein dazu passender Lesesessel, zu dessen Füßen das Fell eines Tigers lag. Kerzen, Spiegel, Bilder. Es hatte ein Vermögen gekostet, aber Anne hatte das Geld auf der Bank. Zumal ihr Vater ihr einen satten Scheck hatte zukommen lassen, als sie ihm gestanden hatte, was geschehen war. Für ihre Finanzen war gesorgt. Für ihr Wohlbefinden zu Hause auch und anscheinend auch für ihr Seelenheil. Alle waren rührend bemüht um sie, und obwohl Anne noch immer unter dem Erlebten und auch der Trennung von Milena litt, wurde ihr doch bewusst, dass sie in Hamburg Freunde gefunden hatte. Sie war nicht allein. Es gab Menschen, denen sie am Herzen lag – nun musste sie noch das Monster, das sie in ihren Träumen besuchte, niederringen.

Er war also in Brasilien, dachte sie. War das weit genug entfernt? Würde er wiederkommen? Sie stellte dem Kommissar die Frage.

Dieser zeigte auf einen Stand mit heißen Maronen. »Darf ich Sie einladen?«

Anne nickte. Während der Maronimann die heißen Kastanien in kleine papierne Tüten füllte und Rheydt sein Geld abzählte, schwiegen sie. Erst als sie außer Hörweite waren, antwortete Berthold ihr.

»Um ehrlich zu sein, weiß ich nicht, ob er zurückkommt. Aber«, fuhr er fort, nachdem er wohl bemerkt hatte, dass sie bei seiner Antwort zusammengezuckt war, »ich halte es für sehr unwahrscheinlich. Ich glaube nicht, dass sein Vater es ihm erlaubt.«

»Er ist ein Scheusal«, sagte Anne, während sie nebeneinander am Geländer zur Raubtierschlucht standen, ihre heißen Maronen schälten und die Löwen beobachteten.

»Wer mindestens drei Menschenleben auf dem Gewissen hat, kann nur ein Scheusal sein«, gab Rheydt zurück. »Und weit mehr als das. Er ist ein Monster.«

»Ich meine den alten Baron.« Anne drehte sich zum Kommissar. »Sie hätten ihn erleben sollen. Ich habe an dem Abend gesehen, wie er wirklich ist. Die Art, wie er über Johannes gesprochen hat: widerwärtig. Ich wollte nur noch raus, weg von diesem entsetzlichen Mann.«

Berthold Rheydt ließ einige Sekunden verstreichen, bevor

er darauf einging. »Ich stelle mir das so vor: Sie haben diesen Streit mit dem Vater. Johannes kommt nach Hause, er ist ahnungslos. Joachim aber wird das Geschehen verfolgt haben. Er sieht seine Chance gekommen – er hat nur auf eine Gelegenheit gewartet, Sie in seine Gewalt zu bringen. Und jetzt ist die Gelegenheit da! Sie verlassen das Haus – allein. Kurz bevor sie am Gartentor sind – Helene Curtius hat dort ein Stück Stoff von Ihrem Kleid gefunden –, überwältigt er Sie. Er betäubt Sie. Aber jemand hat ihn beobachtet. Der Butler, sein Vater – wir wissen es nicht.«

Eine Familie mit kleinen Kindern stellte sich jetzt neben sie, deshalb lösten sie sich von ihrem Platz und gingen weiter.

»Auf alle Fälle wird der alte Baron seinen Sohn davon abgehalten haben, Sie zu töten. Das kann er nicht zulassen. Nicht auf seinem Grundstück, nicht, nachdem Sie bei ihm waren.«

»Dann verdanke ich ihm wohl mein Leben«, flüsterte Anne.

»Ich glaube nicht.« Der Kommissar neben ihr streckte sich. »Schließlich hat Sie jemand auf dem Steg abgelegt. Und Ihnen wohlweislich den Mantel ausgezogen. Sie wären erfroren. Und es sollte wie Selbstmord aussehen.«

»Wie Selbstmord …«, wiederholte Anne nachdenklich. Warum in aller Welt sollte sie sich umbringen? Was hatte sich ihr Mörder – oder vielmehr ihr Mörder und sein Unterstützer, denn für sie stand es außer Frage, dass der alte Baron an dem Mordversuch seinen Anteil hatte – dabei gedacht? War es plausibel, dass sie sich selbst das Leben nahm?

Die ehrliche Antwort fiel ernüchternd aus. Ja, dachte Anne, ja, Motive hätte es durchaus gegeben. Sie war eine flüchtige Straftäterin. Die Beziehung mit ihrer Freundin war so gut wie beendet. Sie war aus dem Klub geschmissen worden. Sie lebte allein, hatte keine Freunde. Warum sollte sie sich also nicht in einer Vollmondnacht, mit ausreichend Champagner im Blut, angetan mit einem goldenen Kleid, auf einen Steg legen und erfrieren? Eine große theatralische Inszenierung, die Klasse hatte. So hätte ihr Leben enden können, und alle hätten es geglaubt. Allein: Es passte nicht zu ihr. Sie war willensstark, nicht unterzukriegen, und sie hing an ihrem Leben. Gerade die vergangenen Tage hatten ihr gezeigt, dass es sich lohnte zu leben. Und zu kämpfen.

Eine letzte Frage musste sie dem Kommissar noch stellen, bevor sie auseinandergingen. Anne warf einen Blick auf ihre Uhr. Sie hatte noch einen Termin und war spät dran. Den Rundgang durch Hagenbecks hatten sie ohnehin fast beendet.

»Aber warum ich?« Anne blieb stehen und drehte sich direkt zu Kommissar Rheydt. »Warum hat er mich ausgesucht?«

Berthold Rheydt holte einmal tief Luft. Er ließ seinen Blick ziellos umherschweifen, bis er ihre Augen fand. »Ich hatte gehofft, dass Sie mir diese Frage beantworten.«

»Ich? Aber …«

»Fräulein Anne van der Zwaan.«

Ihr Mund blieb offen stehen. Touché. Der Kommissar hatte einen Trumpf im Ärmel gehabt. Und sie war blank.

»Ich habe die ganze Zeit gewusst, dass Sie etwas verbergen«, sagte er. »Seien Sie unbesorgt, das Auslieferungsgesuch der Engländer ist vage. Niemand kommt darauf, dass Sie die Gesuchte sein könnten.«

Er musste es nicht aussprechen. Er würde sie nicht aus den Augen lassen. Und was noch viel schlimmer war: Er hatte sie in der Hand. Ausgerechnet jetzt, wo alles danach aussah, dass sie sich in Hamburg ein neues, schönes Leben aufbauen konnte. Anne schwieg.

Der Kommissar machte keine Anstalten weiterzugehen, aber nach einigen Minuten brach er das Schweigen.

»Um ehrlich zu sein, glaube ich, dass Sie erst zum Schluss für Johannes von Stetten interessant geworden sind. Er hat angefangen zu morden, kurz nachdem er wieder nach Hamburg gekommen ist. Die Niedernstraße, wo der Schießkeller liegt, ist gleich in der Nähe der Praxis Schumann. Dunkle Gassen, leichte Mädchen – für einen wie ihn war die Gelegenheit günstig. Er hat Rosi Speyer dort aufgegabelt. Vielleicht hatte er es nicht einmal geplant. Aber es ist passiert, und er blieb unbeobachtet. Weil es so einfach war, hat er es wieder getan – nachdem er versucht hat, seinen Blutdurst zu zügeln. Er lebte bei seinem Vater, dem er keine Schande machen durfte. Also hat er seinen Trieb unterdrückt. Aber als er Elsie Lautenschläger begegnet ist – vielleicht nach einem Abend mit den Kameraden –, kam es erneut über ihn. Sie war allein, es war finster, wieder war die Gelegenheit günstig. Genauso bei Katharina Martinen.«

»Aber nicht bei mir.«

»Nein«, nickte der Kommissar. »Bei Ihnen hätte er sich etwas einfallen lassen müssen. Sie sind ihm nicht vor die Füße gefallen.«

»Warum dann also?«

»Sein Vater. Wilhelm von Stetten hat einen Feldzug gegen Frauenvereine geführt. Sein Hass ist grenzenlos. Nicht nur gegenüber Frauen, auch gegenüber Sozis, Juden, Homosexuellen. Das färbt auf den Sohn ab. Jeden Tag hört er, wie der Vater über Frauen hetzt. Über die Vereine. Über Sie. Dabei wissen weder der Vater noch der Sohn, wer Sie in Wirklichkeit sind. Aber durch Ihre Flugblätter, Ihr Engagement und Ihre Präsenz in der Zeitung werden Sie zur Zielscheibe.«

»Verkettung tragischer Umstände«, fasste Anne zusammen. Berthold Rheydt war klug. Sie glaubte jedes Wort seiner Schlussfolgerung. Aber dennoch blieb ein seltsames Gefühl zurück. Es war ihr, als hätte das Schicksal seine Hände im Spiel. Als müsste sich die Feindschaft der Väter bei den Kindern wiederholen. Ja, dachte Anne, vielleicht war es Zufall. Aber viel mehr glaubte sie an das Unbewusste, glaubte, dass sie selbst das Schicksal herausgefordert hatte. Damit, dass sie sich für Hamburg entschieden hatte. Warum war sie nicht woandershin gegangen? Nach München, nach Berlin, Hannover, Göttingen, Dresden. Prag, Paris! Warum hatte sie unbedingt das grüne Haus gewollt, das Haus ihres Vaters? Als hätte sie alles darangesetzt, die Aufmerksamkeit von Stettens auf sich zu ziehen. Der Kampf zwischen ihren Familien war nicht beendet. Er war lediglich in eine neue Phase eingetreten. Joachim von Stetten war verschwunden. Aber sein Vater war noch immer in der Stadt.

Der alte Baron hatte Annes Vater nicht besiegt. Er hatte sie nicht besiegt, dachte Anne plötzlich selbstbewusst. Und ihr war klar, welche Aufgabe auf sie wartete: Sie musste das Erbe ihres Vaters antreten.

»Ich muss mich verabschieden.« Sie hielt Berthold Rheydt ihre Hand hin. »Ich habe einen wichtigen Termin. Ich danke Ihnen für alles. Für Ihre Zeit, für Ihre Beharrlichkeit. Und für Ihre ausgezeichnete Arbeit.«

Er nahm ihre Hand in seine, und jetzt lächelte er. Dieser große, etwas liederlich aussehende Kriminalkommissar mit dem melancholischen Blick, der immer ernst und angestrengt dreinschaute – er lächelte! Und es stand ihm ausgezeichnet. Ob Berthold Rheydt wusste, dass er vielleicht kein schöner, aber ausgesprochen interessanter und anziehender Mann war?

»Ich finde es erstaunlich, wie Sie einfach darüber hinweggehen, dass ich Sie enttarnt habe«, gab er zurück. »Sie sind eine besondere Frau, Frau Doktor.« Sein Lächeln erstarb so rasch, wie es gekommen war. Nun wurde er wieder ernst.

»Ich weiß, was Sie getan haben. Aber es liegt nicht an mir, über Sie zu richten. Ich möchte, dass Sie das wissen.«

Anne nickte nur. Sie war außerstande, etwas dazu zu sagen. Er war nicht nur klug und anziehend, der Kommissar hatte auch noch Größe.

Er ließ ihre Hand los, tippte an den Rand seines Hutes. »Ich werde ihn finden«, sagte er noch, bevor er sich mit langen Schritten auf den Weg zum Ausgang machte. »Sobald Joachim von Stetten einen Fuß nach Europa setzt, finde ich ihn.«

Anne sah ihm nach. Wäre er nicht Kriminalkommissar, würde sie ihn gerne wiedersehen. Aber unter den gegebenen Umständen hoffte sie, dass sie nie wieder mit Berthold Rheydt zu tun haben würde.

»Bist du sicher?«

Helene sah Anne an, in ihren Augen mischten sich Staunen und Skepsis mit Vorfreude. »Wird es dich nicht immer an sie erinnern?«

»Doch, das wird es«, gab Anne zurück, während sie den Schlüssel ins Schloss steckte. »Aber ich bin es ihnen schuldig.«

Sie öffnete die Tür, und vor ihnen lagen die Räumlichkeiten der lange verlassenen Praxis. Draußen hatten die Handwerker bereits die Schilder ausgetauscht. »Doktor Fitzpatrick, Allgemeinmedizin« prangten die Lettern nun stolz auf dem polierten silberfarbenen Schild. Hier drinnen jedoch herrschte blankes Chaos. Die Polizisten hatten ganze Arbeit geleistet – einen Teil des Parketts entfernt, um Blutspuren zu sichern, und viele Dinge beschlagnahmt, um sie auf Fingerabdrücke zu untersuchen. Aber das machte Anne nichts aus – im Geiste sah sie die Räumlichkeiten ihrer neuen Praxis bereits vor sich. Hell würde sie werden, freundlich. Eine Spielecke für die Kleinsten im Wartezimmer. Das grüne Haus war zwei Wochen ohne sie ausgekommen, Theresa hatte ihre Aufgabe übernommen, Anne wollte weitergehen, eine neue Wirkungsstätte eröffnen.

»Dies hier soll nicht länger ein Ort der Toten sein«, erläuterte sie Helene, die ihr behutsam durch die Räume folgte. »Sondern ein Ort der Genesenden.«

So wie ich eine bin, fügte Anne Fitzpatrick im Geiste hinzu. Eine Überlebende.